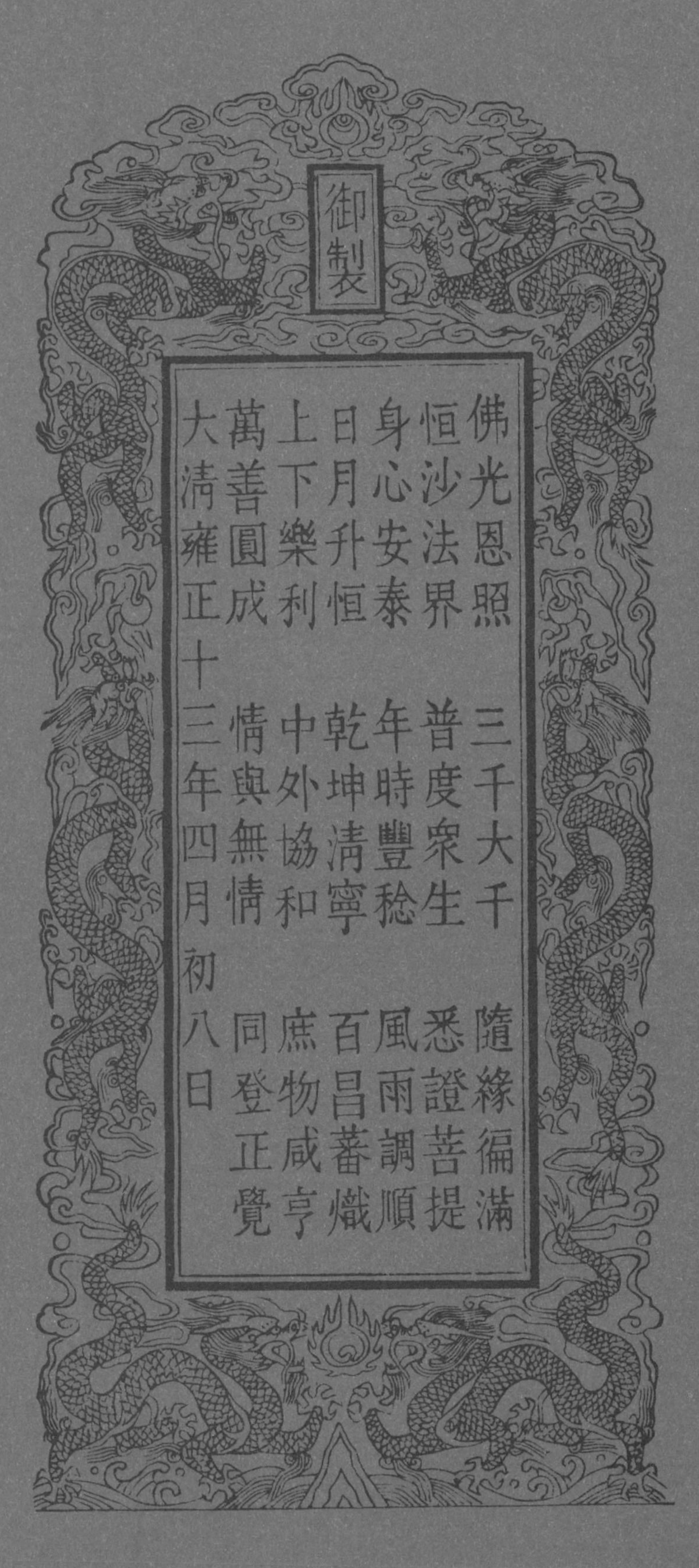

御製

佛光恩照　三千大千　隨緣徧滿

恒沙法界　普度衆生　悉證菩提

身心安泰　年時豐稔　風雨調順

日月升恒　乾坤清寧　百昌蕃熾

上下樂利　中外協和　庶物咸亨

萬善圓成　情與無情　同登正覺

大清雍正十三年四月初八日

第二六册　大乘經　華嚴部（三）

大方廣佛華嚴經

唐于闐國三藏沙門實叉難陀譯

清刻龍藏佛說法變相圖

大方廣佛華嚴經卷第二十六

唐于闐國三藏沙門實叉難陀譯

十迴向品第二十五之四

佛子菩薩摩訶薩以種種車衆寶嚴飾奉施諸佛及諸菩薩師長善友聲聞緣覺如是無量種種福田乃至貧窮孤露之者此諸人衆或從遠來或從近來或承菩薩名聞故來或是菩薩因緣故來或聞菩薩往昔所發施願故來或是菩薩心願請來菩薩是時或施寶車或施金車悉妙莊嚴鈴網覆上寶帶垂下或施上妙瑠璃之車無量珍奇以爲嚴飾或復施與白銀之車覆以金網駕以駿馬或復施與無量雜寶所莊嚴車覆以寶網駕以香象或復施與栴檀之車妙寶爲輪雜寶爲蓋寶師子座敷置嚴好百千婇女列坐其上十

萬丈夫牽御而行或復施與玻瓈寶車衆雜妙寶以爲嚴飾端正女人充滿其中寶帳覆上幢旛侍側或復施與碼碯藏車飾以衆寶熏諸雜香種種妙華散布莊嚴百千婇女持寶瓔珞駕馭均調涉險能安或復施與堅固香車衆寶爲輪莊嚴巨麗寶帳覆上寶網垂下種種寶衣敷布其中清淨好香流芬外徹其香美妙稱悅人心無量諸天翼從而行載以衆寶隨時給施或復施與光明寶車種種諸寶妙色映徹衆妙寶網羅覆其上雜寶瓔珞周帀垂下散以末香内外芬潔所愛男女悉載其上佛子菩薩摩訶薩以如是等衆妙寶車奉施佛時以此善根如是迴向所謂願一切衆生悉解供養最上福田深信施佛得無量報願一切衆生一心向佛常遇無量清淨福田願一切衆生於諸如來無所悋惜具足成就大捨之心願一切衆生於諸佛所修行施行離二乘願逮得如來無礙解脱一切智智願一切衆生於諸佛所行無盡施入佛無量功德智慧願一切衆生入佛勝智得成清淨無上智王願一切衆生得佛徧至無礙神通隨所欲往靡不自在願一切衆生深入大乘獲無量智安住不動願一切衆生皆能出生一切智法爲諸天人最上福田願一切衆生於諸佛所無嫌恨心勤種善根樂求佛智願一切衆生任運能往一切佛刹一刹那中普周法界而無懈倦願一切衆生逮得菩薩自在神通分身徧滿等虛空界一切佛所親近供養願一切衆生得無比身徧往十方而無厭倦願一切衆生得廣大身飛行迅疾

隨意所往終無懈退願一切衆生得佛究竟自在威力一剎那中盡虛空界悉現諸佛神通變化願一切衆生修安樂行隨順一切諸菩薩道願一切衆生得速疾行究竟十力智慧神通願一切衆生普入法界十方國土悉盡邊際等無差別願一切衆生行普賢行無有退轉到於彼岸成一切智願一切衆生升於無比智慧之乘隨順法性見如實理是爲菩薩摩訶薩以衆寶車奉施現在一切諸佛及佛滅後所有塔廟善根迴向爲令衆生得於如來究竟出離無礙乘故佛子菩薩摩訶薩以衆寶車施菩薩等善知識時以諸善根如是迴向所謂願一切衆生心常憶持善知識教專勤守護令不忘失願一切衆生與善知識同一義利普攝一切與共善根願一切衆生近善知識尊重供養悉捨所有順可其心願一切衆生得善志欲隨逐善友未嘗捨離願一切衆生常得值遇諸善知識專意承奉不違其教願一切衆生樂善知識常不捨離無間無雜亦無誤失願一切衆生能以其身施善知識隨其教命靡有違逆願一切衆生爲善知識之所攝受修習大慈遠離諸惡願一切衆生隨善知識聽聞諸佛所說正法願一切衆生與善知識同一善根清淨業果與諸菩薩同一行願究竟十力願一切衆生悉能受持善知識法逮得一切三昧境界智慧神通願一切衆生悉能受持一切正法修習諸行到於彼岸願一切衆生乘於大乘無所障礙究竟成就一切智道願一切衆生悉得上於一切智乘至安隱處無有退轉願一

切衆生知如實行隨其所聞一切佛法皆得究竟永無忘失願一切衆生普爲諸佛之所攝受得無礙智究竟諸法願一切衆生得無退失自在神通所欲往詣一念皆到願一切衆生往來自在廣行化導令住大乘願一切衆生所行不空載以智乘到究竟位願一切衆生得無礙乘以無礙智至一切處是爲菩薩摩訶薩施善知識種種車時善根迴向爲令衆生功德具足與佛菩薩等無異故佛子菩薩摩訶薩以衆寶車布施僧時起學一切施心智善了心淨功德心隨順捨心僧寶難遇心深信僧寶心攝持正教心住勝志樂得未曾有爲大施會出生無量廣大功德深信佛教不可沮壞以諸善根如是迴向所謂願一切衆生普入佛法憶持不忘願一切衆生離凡愚法入賢聖處願一切衆生速入聖位能以佛法次第開誘願一切衆生舉世宗重言必信用願一切衆生善入一切諸法平等了知法界自性無二願一切衆生從於如來智境而生諸調順人所共圍繞願一切衆生住離染法滅除一切煩惱塵垢願一切衆生皆得成就無上僧寶離凡夫地入賢聖衆願一切衆生勤修善法得無礙智具聖功德願一切衆生得智慧心不著三世於諸衆中自在如王願一切衆生乘智慧乘轉正法輪願一切衆生具足神通一念能往不可說不可說世界願一切衆生乘虛空身於諸世間智慧無礙願一切衆生普入一切虛空法界諸佛衆會成就第一波羅蜜行願一切衆生得輕舉身殊勝智慧悉能徧入一切佛刹願一

切衆生獲無邊際善巧神足於一切剎普現其身願一切衆生得於一切無所依身以神通力如影普現願一切衆生得不思議自在神力隨應可化即現其前教化調伏願一切衆生得入法界無礙方便一念徧遊十方國土是爲菩薩摩訶薩施僧寶車善根迴向爲令衆生普乘清淨無上智乘於一切世間轉無礙法智慧輪故佛子菩薩摩訶薩以衆寶車布施聲聞獨覺之時起如是心所謂福田心尊敬心功德海心能出生功德智慧心從如來功德勢力所生心百千億那由他劫修習心能於不可說劫修菩薩行心解脫一切魔繫縛心摧滅一切魔軍衆心慧光照了無上法心以此施車所有善根如是迴向所謂願一切衆生爲世所信第一福田具足無上檀波羅蜜願一切衆生離無益語常樂獨處心無二念願一切衆生成最第一清淨福田攝諸衆生令修福業願一切衆生成智慧淵能與衆生無量無數善根果報願一切衆生住無礙行滿足清淨第一福田願一切衆生住無諍法了一切法皆無所作無性爲性願一切衆生常得親近最上福田具足修成無量福德願一切衆生能現無量自在神通以淨福田攝諸含識願一切衆生具足無盡功德福田能與衆生如來十力第一乘果願一切衆生爲能辦果眞實福田成一切智無盡福聚願一切衆生得滅罪法悉能受持所未曾聞佛法句義願一切衆生常勤聽受一切佛法聞悉解悟無空過者願一切衆生聽聞佛法通達究竟如其所聞隨順演說願一切

衆生於如來教信解修行捨離一切九十六種外道邪見願一切衆生常見賢聖增長一切最勝善根願一切衆生心常信樂智行之士與諸聖哲同止共歡願一切衆生聽聞佛名悉不唐捐隨其所聞咸得目見願一切衆生善分別知諸佛正教悉能守護持佛法者願一切衆生常樂聽聞一切佛法受持讀誦開示照了願一切衆生信解佛教如實功德悉捨所有恭敬供養是爲菩薩摩訶薩施聲聞獨覺種種車時善根迴向爲令衆生皆得成就清淨第一智慧神通精進修行無有懈怠獲一切智力無畏故佛子菩薩摩訶薩以衆寶車施諸福田乃至貧窮孤獨者時隨其所求一切悉捨心生歡喜無有猒倦仍向彼人自悔責言我應往就供養供給不應勞汝遠來疲頓言已拜跪問訊起居凡有所須一切施與或時施彼摩尼寶車以閻浮提第一女寶充滿其上或復施與金莊嚴車人間女寶充滿其上或復施與妙瑠璃車內宮妓女充滿其上或施種種奇妙寶車童女充滿如天婇女或施無數寶莊嚴車寶女滿中柔明辯慧或施所乘妙栴檀車或復施與玻瓈寶車悉載寶女充滿其上顏容端正色相無比袨服莊嚴見者欣悅或復施與碼碯寶車灌頂王子身載其上或時施與堅固香車所有男女悉載其中或施一切寶莊嚴車載以難捨親善眷屬佛子菩薩摩訶薩以如是等無量寶車隨其所求恭敬施與皆令遂願歡喜滿足以此善根如是迴向所謂願一切衆生乘不退轉無障礙輪廣大之乘詣不可思議

菩提樹下願一切衆生乘清淨因大法智乘盡未來劫修菩薩行永不退轉願一切衆生乘一切法無所有乘永離一切分別執著而常修習一切智道願一切衆生乘無諂誑正直之乘往諸佛刹自在無礙願一切衆生隨順安住一切智乘以諸佛法共相娛樂願一切衆生皆乘菩薩清淨行乘具足菩薩十出離道及三昧樂願一切衆生乘四輪乘所謂住好國土依止善人集勝福德發大誓願以此成滿一切菩薩清淨梵行願一切衆生得普照十方法光明乘修學一切如來智力願一切衆生乘佛法乘到一切法究竟彼岸願一切衆生載衆福善難思法乘普示十方安隱正道願一切衆生乘大施乘捨慳恡垢願一切衆生乘淨戒乘持等法界無邊淨戒願一切衆生乘忍辱乘常於衆生離瞋濁心願一切衆生乘大精進不退轉乘堅修勝行趣菩提道願一切衆生乘禪定乘速至道場證菩提智願一切衆生乘於智慧巧方便乘化身充滿一切法界諸佛境界願一切衆生乘法王乘成就無畏恒普惠施一切智法願一切衆生乘無所著智慧之乘悉能徧入一切十方於眞法性而無所動願一切衆生乘於一切諸佛法乘示現受生徧十方刹而不失壞大乘之道願一切衆生乘一切智最上寶乘滿足普賢菩薩行願而無厭倦是爲菩薩摩訶薩以衆寶車施諸福田乃至貧窮孤露之人善根迴向爲令衆生具無量智歡喜踊躍究竟皆得一切智乘故佛子菩薩摩訶薩布施象寶其性調順七支具足年齒盛壯六

牙清淨口色紅赤猶如蓮華形體鮮白譬如雪山金幢爲飾寶網羅覆種種妙寶莊嚴其鼻見者欣玩無有厭足超步萬里曾不疲倦或復施與調良馬寶諸相具足猶如天馬妙寶月輪以爲光飾眞金鈴網羅覆其上行步平正乘者安隱隨意所往迅疾如風遊歷四洲自在無礙菩薩以此象寶馬寶或奉養父母及善知識或給施貧乏苦惱衆生其心曠然不生悔悋但倍增欣慶益加悲愍修菩薩德淨菩薩心以此善根如是迴向所謂願一切衆生住調順乘增長一切菩薩功德願一切衆生得善巧乘能隨出生一切佛法願一切衆生得信解乘普照如來無礙智力願一切衆生得發趣乘能普發興一切大願願一切衆生具足平等波羅蜜乘成滿一切平等

善根願一切衆生成就寶乘生諸佛法無上智寶願一切衆生成就菩薩行莊嚴乘開敷菩薩諸三昧華願一切衆生得無邊速疾乘於無數劫淨菩薩心精勤思惟了達諸法願一切衆生成就最勝調順大乘以善方便具菩薩地願一切衆生成最高廣堅固大乘普能運載一切衆生皆得至於一切智位是爲菩薩摩訶薩施象馬時善根迴向爲令衆生皆得乘於無礙智乘圓滿究竟至佛乘故佛子菩薩摩訶薩布施座時或施所處師子之座其座高廣殊特妙好瑠璃爲足金縷所成柔輭衣服以敷其上建以寶幢熏諸妙香無量雜寶莊嚴之具以爲莊校金網覆上寶鐸風摇出妙音聲奇珍萬計周帀塡飾一切臣民所共瞻仰灌頂大王獨居其上宣布法化

萬邦遵奉其王復以妙寶嚴身所謂普光明寶帝青寶大帝青寶勝藏摩尼寶明淨如日清涼猶月周帀繁布譬如衆星上妙莊嚴第一無比海殊妙寶海堅固幢寶奇文異表種種莊嚴於大衆中最尊最勝閻浮檀金離垢寶繒以冠其首享灌頂位王閻浮提具足無量大威德力以慈為主伏諸怨敵教令所行靡不承順時轉輪王以如是等百千萬億無量無數寶莊嚴座施於如來第一福田及諸菩薩眞善知識賢聖僧寶說法之師父母宗親聲聞獨覺及以發趣菩薩乘者或如來塔乃至一切貧窮孤露隨其所須悉皆施與以此善根如是迴向所謂願一切衆生坐菩提座悉能覺悟諸佛正法願一切衆生處自在座得法自在諸金剛山所不能壞能悉摧伏一切魔軍願一切衆生得佛自在師子之座一切衆生之所瞻仰願一切衆生得不可說不可說種種殊妙寶莊嚴座於法自在化導衆生願一切衆生得三種世間最殊勝座廣大善根之所嚴飾願一切衆生得周徧不可說不可說世界座阿僧祇劫歎之無盡願一切衆生得大深密福德之座其身充滿一切法界願一切衆生得不思議種種寶座隨其本願所念衆生廣開法施願一切衆生得善妙座現不可說諸佛神通願一切衆生得一切寶座一切香座一切華座一切衣座一切鬘座一切摩尼座一切瑠璃等不思議種種寶座無量不可說世界座一切世間莊嚴清淨座一切金剛座示現如來威德自在成最正覺是為菩薩摩訶薩施寶座時善根迴向

爲令衆生獲離世間大菩提座自然覺悟一切佛法故佛子菩薩摩訶薩施諸寶盖此盖殊特尊貴所用種種大寶而爲莊嚴百千億那由他上妙盖中最爲第一衆寶爲竿妙網覆上寶繩金鈴周帀垂下摩尼瓔珞次第懸布微風吹動妙音克諧珠玉寶藏種種充滿無量奇珍悉以嚴飾栴檀沉水妙香普熏閻浮檀金光明清淨如是無量百千億那由他阿僧祇衆妙寶物具足莊嚴以清淨心奉施於佛及佛滅後所有塔廟或爲法故施諸菩薩及善知識名聞法師或施父母或施僧寶或復奉施一切佛法或施種種衆生福田或施師僧及諸尊宿或施初發菩提之心乃至一切貧窮孤露隨有求者悉皆施與以此善根如是迴向所謂願一切衆生勤修善根以覆其身常爲諸佛之所庇廕願一切衆生功德智慧以爲其盖永離世間一切煩惱願一切衆生覆以善法除滅世間塵垢熱惱願一切衆生得智慧藏令衆樂見心無厭足願一切衆生以寂靜白法而自覆蔭皆得究竟不壞佛法願一切衆生善覆其身究竟如來清淨法身願一切衆生作周徧盖十力智慧徧覆世間願一切衆生得妙智慧出過三世無所染著願一切衆生得應供盖成勝福田受一切供願一切衆生得最上盖獲無上智自然覺悟是爲菩薩摩訶薩布施盖時善根迴向爲令一切衆生得自在盖能持一切諸善法故爲令一切衆生能以一盖普覆一切虛空法界一切刹土示現諸佛自在神通無退轉故爲令一切衆生能以一盖莊嚴十方一

切世界供養佛故爲令一切衆生以妙幢旛及諸寶蓋供養一切諸如來故爲令一切衆生得普莊嚴蓋徧覆一切諸佛國土盡無餘故爲令一切衆生得廣大蓋普蓋衆生皆令於佛生信解故爲令一切衆生以不可說衆妙寶蓋供養一佛於不可說一一佛所皆如是故爲令一切衆生得佛菩提高廣之蓋普覆一切諸如來故爲令一切衆生得一切摩尼寶莊嚴蓋一切寶瓔珞莊嚴蓋一切堅固香莊嚴蓋種種寶清淨莊嚴蓋無量寶清淨莊嚴蓋廣大寶清淨莊嚴蓋寶網彌覆寶鈴垂下隨風揺動出微妙音普覆法界虛空界一切世界諸佛身故爲令一切衆生得無障無礙智莊嚴蓋普覆一切諸如來故又欲令一切衆生得第一智慧故又欲令一切衆生得佛功德莊嚴故又欲令一切衆生於佛功德生清淨欲願心故又欲令一切衆生得無量無邊自在心寶故又欲令一切衆生滿足諸法自在智故又欲令一切衆生以諸善根普覆一切故又欲令一切衆生成就最勝智慧蓋故又欲令一切衆生成就十力普徧蓋故又欲令一切衆生能以一蓋彌覆法界諸佛刹故又欲令一切衆生於法自在爲法王故又欲令一切衆生得大威德自在心故又欲令一切衆生得廣大智恒無絶故又欲令一切衆生得無量功德普覆一切皆究竟故又欲令一切衆生以諸功德蓋其心故又欲令一切衆生以平等心覆衆生故又欲令一切衆生得大智慧平等蓋故又欲令一切衆生具大迴向巧方便故又欲令一切衆生獲

勝欲樂清淨心故又欲令一切衆生得善欲樂清淨意故又欲令一切衆生得大迴向普覆一切諸衆生故佛子菩薩摩訶薩或施種種上妙幢旛衆寶爲竿寶繒爲旛種種雜綵以爲其幢寶網垂覆光色徧滿寶鐸微摇音節相和奇特妙寶形如半月閻浮檀金光踰瞰日悉置幢上隨諸世界業果所現種種妙物以爲嚴飾如是無數千萬億那由他諸妙幢旛接影連輝遞相間發光明嚴潔周徧大地充滿十方虛空法界一切佛剎菩薩摩訶薩淨心信解以如是等無量幢旛或施現在一切諸佛及佛滅後所有塔廟或施法寶或施僧寶或施菩薩諸善知識或施聲聞及辟支佛或施大衆或施別人諸來求者普皆施與以此善根如是迴向所謂願一切衆生皆能建立一切善根福德幢旛不可毀壞願一切衆生建一切法自在幢旛尊重愛樂勤加守護願一切衆生常以寶繒書寫正法護持諸佛菩薩法藏願一切衆生建高顯幢然智慧燈普照世間願一切衆生立堅固幢悉能摧殄一切魔業願一切衆生建智力幢一切諸魔所不能壞願一切衆生得大智慧那羅延幢摧滅一切世間幢旛願一切衆生得智慧日大光明幢以智日光普照法界願一切衆生具足無量寶莊嚴幢充滿十方一切世界供養諸佛願一切衆生得如來幢摧滅一切九十六種外道邪見是爲菩薩摩訶薩施幢旛時善根迴向爲令一切衆生得甚深高廣菩薩行幢及諸菩薩神通行幢清淨道故佛子菩薩摩訶薩開衆寶藏以百千億那由

他諸妙珍寶給施無數一切衆生隨意與之心無悋惜以諸善根如是迴向所謂願一切衆生常見佛寶捨離愚癡修行正念願一切衆生皆得具足法寶光明護持一切諸佛法藏願一切衆生能悉攝受一切僧寶周給供養恒無厭足願一切衆生得一切智無上心寶淨菩提心無有退轉願一切衆生得智慧寶普入諸法心無疑惑願一切衆生具足菩薩諸功德寶開示演說無量智慧願一切衆生得於無量妙功德寶修成正覺十力智慧願一切衆生得妙三昧十六智寶究竟成滿廣大智慧願一切衆生成就第一福田之寶悟入如來無上智慧願一切衆生得成第一無上寶王以無盡辯開演諸法是爲菩薩摩訶薩施衆寶時善根迴向爲令一切衆生皆得成滿第一智寶如來無礙淨眼寶故佛子菩薩摩訶薩或以種種妙莊嚴具而爲布施所謂一切身莊嚴具令身淨妙靡不稱可菩薩摩訶薩等觀一切世間衆生猶如一子欲令皆得身淨莊嚴成就世間最上安樂佛智慧樂安住佛法利益衆生以如是等百千億那由他種種殊妙寶莊嚴具勤行布施行布施時以諸善根如是迴向所謂願一切衆生成就無上妙莊嚴具以諸清淨功德智慧莊嚴人天願一切衆生得清淨莊嚴相以淨福德莊嚴其身願一切衆生得上妙莊嚴相以百福相莊嚴其身願一切衆生得不雜亂莊嚴相以一切相莊嚴其身願一切衆生得善淨語言莊嚴相具足種種無盡辯才願一切衆生得一切功德聲莊嚴相其音清淨聞者

喜悅願一切衆生得可愛樂諸佛語言莊嚴相令諸衆生聞法歡喜修清淨行願一切衆生得心莊嚴相入深禪定普見諸佛願一切衆生得總持莊嚴相照明一切諸佛正法願一切衆生得智慧莊嚴相以佛智慧莊嚴其心是爲菩薩摩訶薩惠施一切莊嚴具時善根迴向爲令衆生具足一切無量佛法功德智慧圓滿莊嚴永離一切憍慢放逸故佛子菩薩摩訶薩以受灌頂自在王位摩尼寶冠及髻中珠普施衆生心無悋惜常勤修習爲大施主修學施慧增長捨根智慧善巧其心廣大給施一切以彼善根如是迴向所謂願一切衆生得諸佛法之所灌頂成一切智願一切衆生具足頂髻得第一智到於彼岸願一切衆生以妙智寶普攝衆生皆令究竟功德之頂願一切衆生皆得成就智慧寶頂堪受世間之所禮敬願一切衆生以智慧冠莊嚴其首爲一切法自在之王願一切衆生智慧明珠繫其頂上一切世間無能見者願一切衆生皆悉堪受世間頂禮成就慧頂照明佛法願一切衆生首冠十力莊嚴之冠智慧寶海清淨具足願一切衆生至大地頂得一切智究竟十力破欲界頂諸魔眷屬願諸衆生得成第一無上頂王獲一切智光明之頂無能映奪是爲菩薩摩訶薩施寶冠時善根迴向爲令衆生得第一智最清淨處智慧摩尼妙寶冠故佛子菩薩摩訶薩見有衆生處在牢獄黑暗之處杻械枷鏁檢繫其身起坐不安衆苦競集無有親識無歸無救裸露饑羸酸劇難忍菩薩見已捨其所有一切財寶

妻子眷屬及以自身於牢獄中救彼衆生如大悲菩薩妙眼王菩薩既救度已隨其所須普皆給施除其苦患令得安隱然後施以無上法寶令捨放逸安住善根於佛教中心無退轉佛子菩薩摩訶薩於牢獄中救衆生時以諸善根如是廻向所謂願一切衆生究竟解脫貪愛纒縛願一切衆生斷生死流升智慧岸願一切衆生除滅愚癡生長智慧解脫一切煩惱纒縛願一切衆生滅三界縛得一切智究竟出離願一切衆生永斷一切煩惱結縛到無煩惱無障礙地智慧彼岸願一切衆生離諸動念思惟分別入於平等不動智地願一切衆生脫諸欲縛永離世間一切貪欲於三界中無所染着願一切衆生得勝志樂常蒙諸佛爲説法門願一切衆生得無著無縛解脫心廣大如法界究竟如虛空願一切衆生得菩薩神通一切世界調伏衆生令離世間住於大乘是爲菩薩摩訶薩救度牢獄苦衆生時善根廻向爲令衆生普入如來智慧地故佛子菩薩摩訶薩見有獄囚五處被縛受諸苦毒防衛驅逼將之死地欲斷其命捨閻浮提一切樂具親戚朋友悉將永訣置高碪上以刀屠割或用木槍豎貫其體衣纒油沃以火焚燒如是等苦種種逼迫菩薩見已自捨其身而代受之如阿逸多菩薩殊勝行王菩薩及餘無量諸大菩薩爲衆生故自捨身命受諸苦毒菩薩爾時語主者言我願捨身以代彼命如此等苦可以與我如治彼人隨意皆作設過彼苦阿僧祇倍我亦當受令其解脫我若見彼將被殺害不捨身命

救贖其苦則不名爲住菩薩心何以故我爲救護一切衆生發一切智菩提心故佛子菩薩摩訶薩自捨身命救衆生時以諸善根如是迴向所謂願一切衆生得無斷盡究竟身命永離一切災横逼惱願一切衆生依諸佛住受一切智具足十力菩提記莂願一切衆生普救含識令無怖畏永出惡道願一切衆生得一切命入於不死智慧境界願一切衆生永離怨敵無諸厄難常爲諸佛善友所攝願一切衆生捨離一切刀劒兵仗諸惡苦具修行種種清淨善業願一切衆生離諸怖畏菩提樹下摧伏魔軍願一切衆生離大衆怖於無上法心淨無畏能爲最上大師子吼願一切衆生得無障礙師子智慧於諸世間修行正業願一切衆生到無畏處常念救護諸苦衆生是爲菩薩摩訶薩自捨身命救彼臨刑諸獄囚時善根迴向爲令衆生離生死苦得於如來上妙樂故

大方廣佛華嚴經卷第二十六

音釋

駿馬 駿子峻切馬之材良者曰駿 駕馭 馭牛倨切駕馭使馬也謂範其馳驅也 稱恱 稱昌孕切稱恱謂愜稱喜恱人意也 翼從 翼與職切翼衛也從疾用切侍從也 悋惜 悋良刃切慳悋也惜私積切貪惜也 衼服 衼黃絹切衼服謂好衣盛服也 塡 塡徒年切塡塞也 光踰曒日 踰音俞曒音皎光踰曒日謂金光踰越於曒明之日也 首冠 冠古玩切冠於首曰冠 杻械 杻敕久切手械也械胡懈切器之總名桎梏也 枷鏁 枷古牙切項械也鏁蘇果切鋃鐺也謂鐵索也 裸露 裸郎果切裸露謂赤體也 酸劇 酸蘇官切辛酸也劇竭戟切尤甚也 碪 正作椹知林切木櫍也 屠割 屠同都切刳也殺也割古達切切肉也又剝也 木槍 槍千羊切木槍謂剡木爲矟也 記莂 莂并列切記莂謂授將來成佛之記劫國名號之莂也

大方廣佛華嚴經卷第二十七

唐于闐國三藏沙門實叉難陀譯

十迴向品第二十五之五

佛子菩薩摩訶薩布施乞者連膚頂髻如寶髻王菩薩勝妙身菩薩及餘無量諸菩薩等菩薩是時見乞者來心生歡喜而語之言汝今若須連膚頂髻可就我取我此頂髻閻浮提中最爲第一作是語時心無動亂不念餘業捨離世間志求寂靜究竟清淨精勤質直向一切智便執利刀割其頭上連膚頂髻右膝著地合十指掌一心施與正念三世一切諸佛菩薩所行發大歡喜增上志樂於諸法中意善開解不取於苦了知苦受無相無生諸受互起無有常住是故我應同去來今一切菩薩修行大捨發深信樂求一切智無有退轉不由他教善知識力菩薩摩訶薩作是施時以諸善根如是迴向所謂願一切衆生得無見頂成就菩薩如塔之髻願一切衆生得紺青髮金剛髮細軟髮能滅衆生一切煩惱願一切衆生得潤澤髮密緻髮不侵鬢額髮願一切衆生得柔軟髮盡於鬢額而生髮願一切衆生得如卍字髮螺文右旋髮願一切衆生得佛相髮永離一切煩惱結習願一切衆生得光明髮其光普照十方世界願一切衆生得無亂髮如如來髮淨妙無雜願一切衆生得成應供頂塔之髮令其見者如見佛髮願一切衆生皆得如來無染著髮永離一切暗翳塵垢是爲菩薩摩訶薩施連膚髻時善根迴向爲令衆生其心寂靜皆得圓滿諸陀羅尼究竟如來一切種智十種力故佛

子菩薩摩訶薩以眼布施諸來乞者如歡喜行菩薩月光王菩薩及餘無量諸菩薩等所行惠施菩薩摩訶薩布施眼時起清淨施眼心起清淨智眼心起依止法光明心起現觀無上佛道心發迴向廣大智慧心發與三世菩薩平等捨施心發於無礙眼起不壞淨信心於其乞者起歡喜攝受心爲究竟一切神通故爲生佛眼故爲增廣大菩提心故爲修習大慈悲故爲制伏六根故於如是法而生其心佛子菩薩摩訶薩布施眼時於其乞者心生愛樂爲設施會增長法力捨離世間愛見放逸除斷欲縛修習菩提隨彼所求心安不動不違其意皆令滿足而常隨順無二捨行以此善根如是迴向所謂願一切衆生得最勝眼示導一切願一切衆生得無礙眼開廣智藏願一切衆生得淨肉眼光明鑒徹無能蔽者願一切衆生得淨天眼悉見衆生生死業果願一切衆生得淨法眼能隨順入如來境界願一切衆生得智慧眼捨離一切分別取著願一切衆生具足佛眼悉能覺悟一切諸法願一切衆生成就普眼盡諸境界無所障礙願一切衆生成就清淨離癡翳眼了衆生界空無所有願一切衆生具足清淨無障礙眼皆得究竟如來十力是爲菩薩摩訶薩布施眼時善根迴向爲令衆生得一切智清淨眼故佛子菩薩摩訶薩能以耳鼻施諸乞者如勝行王菩薩無怨勝菩薩及餘無量諸菩薩等布施之時親附乞者專心修習諸菩薩行具佛種性生如來家念諸菩薩所修施行常勤發起諸佛菩提清淨諸根功德智

慧觀察三有無一堅固願常得見諸佛菩薩隨順憶念一切佛法知身虛妄空無所有無所貪惜菩薩如是施耳鼻時心常寂靜調伏諸根勉濟衆生險惡諸難生長一切智慧功德入大施海了達法義具修諸道依智慧行得法自在以不堅身易堅固身佛子菩薩摩訶薩布施耳時以諸善根如是廻向所謂願一切衆生得無礙耳普聞一切說法之音願一切衆生得無障耳悉能解了一切音聲願一切衆生得如來耳一切聰達無所壅滯願一切衆生得清淨耳不因耳處生分別心願一切衆生得無聾聵耳令蒙昧識畢竟不生願一切衆生得徧法界耳悉知一切諸佛法音願一切衆生得無礙耳開悟一切無障礙法願一切衆生得無壞耳善知諸論無能壞者願一切衆生得普聞耳廣大清淨爲諸耳王願一切衆生具足天耳及以佛耳是爲菩薩摩訶薩布施耳時善根廻向爲令衆生皆悉獲得清淨耳故佛子菩薩摩訶薩布施鼻時如是廻向所謂願一切衆生得隆直鼻得隨好鼻得善相鼻得可愛樂鼻得淨妙鼻得隨順鼻得高顯鼻得伏怨鼻得善見鼻得如來鼻願一切衆生得離恚怒面得一切法面得無障礙面得善見面得隨順面得清淨面得離過失面得如來圓滿面得徧一切處面得無量美好面是爲菩薩摩訶薩布施鼻時善根廻向爲令衆生究竟得入諸佛法故爲令衆生究竟攝受諸佛法故爲令衆生究竟了知諸佛法故爲令衆生究竟住持諸佛法故爲令衆生究竟常見諸如來故爲令衆生

皆悉證得佛法門故爲令衆生究竟成就無能壞心故爲令衆生皆能照了諸佛正法故爲令衆生普悉嚴淨諸佛國土故爲令衆生皆得如來大威力身故是爲菩薩摩訶薩施耳鼻時善根迴向佛子菩薩摩訶薩安住堅固自在地中能以牙齒施諸衆生猶如往昔華齒王菩薩六牙象王菩薩及餘無量諸菩薩等菩薩摩訶薩施牙齒時其心清淨希有難得如優曇華所謂無盡心施大信心施步步成就無量捨心施調伏諸根心施一切悉捨心施一切智願心施安樂衆生心施大施極施勝施最勝施輟身要用無所嫌恨心施菩薩爾時以諸善根如是迴向所謂願一切衆生得銛白牙齒成最勝墖受天人供願一切衆生得齊平牙齒如佛相好無有踈缺願一切衆生得調伏心善趣菩薩波羅蜜行願一切衆生口善清淨牙齒鮮白分明顯現願一切衆生得可憶念莊嚴牙齒其口清淨無可惡相願一切衆生牙齒成就具滿四十常出種種希有妙香願一切衆生意善調伏牙齒鮮潔如白蓮華文理迴旋卍字成就願一切衆生口脣鮮淨牙齒潔白放無量光周徧照耀願一切衆生牙齒堅利食無完粒無所味著爲上福田願一切衆生於牙齒閒常放光明授諸菩薩第一記莂是爲菩薩摩訶薩施牙齒時善根迴向爲令衆生具一切智於諸法中智慧清淨故佛子菩薩摩訶薩若有人來從乞舌時於乞者所以慈悲心軟語愛語猶如往昔端正面王菩薩不退轉菩薩及餘無量諸菩薩等佛子菩薩摩訶薩於諸趣

中而受生時有無量百千億那由他衆生而來乞舌菩薩爾時安置其人在師子座以無恚心無害心無恨心大威德心從佛種性所生心住於菩薩所住心常不濁亂心住大勢力心於身無著心於語無著心兩膝著地開口出舌以示乞者慈心軟語而告之言我今此身普皆屬汝可取我舌隨意所用令汝所願皆得滿足菩薩爾時以諸善根如是迴向所謂願一切衆生得周普舌悉能宣示諸語言法願一切衆生得覆面舌所言無二皆悉真實願一切衆生得普覆一切佛國土舌示現諸佛自在神通願一切衆生得軟薄舌恒受美妙清淨上味願一切衆生得辯才舌能斷一切世間疑網願一切衆生得光明舌能放無數萬億光明願一切衆生得決定舌辯說諸法無有窮盡願一切衆生得普調伏舌善能開示一切祕要所有言說皆令信受願一切衆生得普通達舌善入一切語言大海願一切衆生得善說一切諸法門舌於言語智悉到彼岸是爲菩薩摩訶薩布施舌時善根迴向爲令衆生皆得圓滿無礙智故佛子菩薩摩訶薩以頭布施諸來乞者如最勝智菩薩及大丈夫迦尸國王等諸大菩薩所行布施爲欲成就入一切法最勝智首爲欲成就證大菩提救衆生首爲欲具足見一切法最第一首爲得正見清淨智首爲欲成就無障礙首爲欲證得第一地首爲求世間最勝智首欲成三界無能見頂淨智慧首爲得示現普到十方智慧王首爲欲滿足一切諸法無能破壞自在之首佛子菩薩摩訶薩安住

是法精勤修習則爲已入諸佛種性學佛行施於諸佛所生清淨信增長善根令諸乞者皆得喜足其心清淨慶悦無量心淨信解照明佛法發菩提意安住捨心諸根悦豫功德增長生善樂欲常好修行廣大施行菩薩爾時以諸善根如是廻向所謂願一切衆生得如來頭得無見頂於一切處無能映蔽於諸佛刹最爲上首其髮右旋光淨潤澤卍字嚴飾世所希有具足佛首成就智首一切世間最第一首爲具足首爲清淨首爲坐道場圓滿智首是爲菩薩摩訶薩布施頭時善根廻向爲令衆生得最勝法成於無上大智慧故佛子菩薩摩訶薩以其手足施諸衆生如常精進菩薩無憂王菩薩及餘無量諸菩薩等於諸趣中種種生處布施手足以信爲手起饒益行往反周旋勤修正法願得寶手以手爲施所行不空具菩薩道常舒其手擬將廣惠安步遊行勇猛無怯以淨信力具精進行除滅惡道成就菩提佛子菩薩摩訶薩如是施時以無量無邊廣大之心開淨法門入諸佛海成就施手周給十方願力任持一切智道住於究竟離垢之心法身智身無斷無壞一切魔業不能傾動依善知識堅固其心同諸菩薩修行施度佛子菩薩摩訶薩爲諸衆生求一切智施手足時以諸善根如是廻向所謂願一切衆生具神通力皆得寶手得寶手已各相尊敬生福田想以種種寶更相供養又以衆寶供養諸佛興妙寶雲徧諸佛土令諸衆生互起慈心不相惱害遊諸佛刹安住無畏自然具足究竟神通又令皆得寶手

華手香手衣手蓋手華手鬘手末香手莊嚴具手無邊手無量手普手得是手已以神通力常勤往詣一切佛土能以一手徧摩一切諸佛世界以自在手持諸衆生得妙相手放無量光能以一手普覆衆生成於如來手指網縵赤銅爪相菩薩爾時以大願手普覆衆生願一切衆生志常樂求無上菩提出生一切功德大海見來乞者歡喜無厭入佛法海同佛善根是爲菩薩摩訶薩施手足時善根迴向佛子菩薩摩訶薩壞身出血布施衆生如法業菩薩善意王菩薩及餘無量諸菩薩等於諸趣中施身血時起成就一切智心起欣仰大菩提心起樂修菩薩行心起不取苦受心起樂見乞者心起不嫌來乞心起趣向一切菩薩道心起守護一切菩薩捨心起增廣菩薩善施心起不退轉心不休息心無戀己心以諸善根如是迴向所謂願一切衆生皆得成就法身智身願一切衆生得無勞倦身猶如金剛願一切衆生得不可壞身無能傷害願一切衆生得如變化身普現世間無有盡極願一切衆生得可愛樂身淨妙堅固願一切衆生得法界生身同於如來無所依止願一切衆生得如妙寶光明之身一切世人無能映蔽願一切衆生得智藏身於不死界而得自在願一切衆生得寶海身見皆獲益無空過者願一切衆生得虛空身世間惱患無能染著是爲菩薩摩訶薩施身血時以大乘心清淨心廣大心欣悦心慶幸心歡喜心增上心安樂心無濁心善根迴向佛子菩薩摩訶薩見有乞求其身髓肉歡喜軟語謂乞

者言我身髓肉隨意取用如饒益菩薩一切施王菩薩及餘無量諸菩薩等於諸趣中種種生處以其髓肉施乞者時歡喜廣大施心增長同諸菩薩修習善根離世塵垢得深志樂以身普施心無有盡具足無量廣大善根攝受一切妙功德寶如菩薩法受行無厭心常愛樂布施功德一切周給心無有悔審觀諸法從緣無體不貪施業及業果報隨所會遇平等施與佛子菩薩摩訶薩如是施時一切諸佛皆悉現前想之如父得護念故一切衆生皆悉現前普令安住清淨法故一切世界皆悉現前嚴淨一切佛國土故一切衆生皆悉現前以大悲心普救護故一切佛道皆悉現前樂觀如來十種力故去來現在一切菩薩皆悉現前同共圓滿諸善根故一切無畏皆悉現前能作最上師子孔故一切三世皆悉現前得平等智普觀察故一切世間皆悉現前發廣大願盡未來劫修菩提故一切菩薩無疲厭行皆悉現前發無數量廣大心故佛子菩薩摩訶薩施髓肉時以此善根如是迴向所謂願一切衆生得金剛身不可沮壞願一切衆生得堅密身恒無缺減願一切衆生得意生身猶如佛身莊嚴清淨願一切衆生得百福相身三十二相而自莊嚴願一切衆生得八十種好妙莊嚴身具足十力不可斷壞願一切衆生得如來身究竟清淨不可限量願一切衆生得堅固身一切魔怨所不能壞願一切衆生得一相身與三世佛同一身相願一切衆生得無礙身以淨法身徧虛空界願一切衆生得菩提藏身普能容納

一切世間是爲菩薩摩訶薩求一切智施髓肉時善根迴向爲令衆生皆得如來究竟清淨無量身故佛子菩薩摩訶薩以心布施諸來乞者如無悔厭菩薩無礙王菩薩及餘無量諸大菩薩以其自心施乞者時學自在施心修一切施心習行檀波羅蜜心成就檀波羅蜜心學一切菩薩布施心一切悉捨無盡心一切悉施慣習心荷負一切菩薩施行心正念一切諸佛現前心供養一切諸來乞者無斷絶心菩薩摩訶薩如是施時其心清淨爲度一切諸衆生故爲得十力菩提處故爲依大願而修行故爲欲安住菩薩道故爲欲成就一切智故爲不捨離本誓願故以諸善根如是迴向所謂願一切衆生得金剛藏心一切金剛圍山等所不能壞願一切衆生得卍相莊嚴金剛界心得無能動揺心得不可恐怖心得利益世間常無盡心得大勇猛幢智慧藏心得如那羅延堅固幢心得如衆生海不可盡心得那羅延藏無能壞心得滅諸魔業魔軍衆心得無所畏心得大威德心得常精進心得大勇猛心得不驚懼心得被金剛甲冑心得諸菩薩最上心得成就佛法菩提光明心得菩提樹下坐安住一切諸佛正法離諸迷惑成一切智心得成就十力心是爲菩薩摩訶薩布施心時善根迴向爲令衆生不染世間具足如來十力心故佛子菩薩摩訶薩若有乞求腸腎肝肺悉皆施與如善施菩薩降魔自在王菩薩及餘無量諸大菩薩行此施時見乞者來其心歡喜以愛眼觀爲求菩提隨其所須悉皆施與心不中悔觀

察此身無有堅固我應施彼取堅固身復念此身尋即敗壞見者生厭狐狼餓狗之所噉食此身無常會當棄捨爲他所食無所覺知佛子菩薩摩訶薩作是觀時知身無常穢汙之極於法解悟生大歡喜敬心諦視彼來乞者如善知識而來護想隨所乞求無不惠施以不堅身易堅固身佛子菩薩摩訶薩如是施時所有善根悉以迴向願一切衆生得智藏身內外清淨願一切衆生得福藏身能普任持一切智願願一切衆生得上妙身內蘊妙香外發光明願一切衆生得腹不現身上下端直支節相稱願一切衆生得智慧身以佛法味充悅滋長願一切衆生得無盡身修習安住甚深法性願一切衆生得陀羅尼清淨藏身以妙辯才顯示諸法願一切衆生得清淨身若身若心內外俱淨願一切衆生得如來智深觀行身智慧充滿雨大法雨願一切衆生得內寂身外爲衆生作智幢王放大光明普照一切是爲菩薩摩訶薩施腸腎肝肺善根迴向爲令衆生內外清淨皆得安住無礙智故佛子菩薩摩訶薩布施乞者支節諸骨如法藏菩薩光明王菩薩及餘無量諸大菩薩施其身分支節骨時見乞者來生愛樂心歡喜心淨信心安樂心勇猛心慈心無礙心清淨心隨所乞求皆施與心菩薩摩訶薩施身骨時以諸善根如是迴向所謂願一切衆生得如化身不復更受骨肉血身願一切衆生得金剛身不可破壞無能勝者願一切衆生得一切智圓滿法身於無縛無著無繫界生願一切衆生得智力身諸根圓滿不

斷不壞願一切衆生得法力身智力自在到於彼岸願一切衆生得堅固身其身貞實常無散壞願一切衆生得隨應身教化調伏一切衆生願一切衆生得智熏身具那羅延支節大力願一切衆生得堅固相續不斷絶身永離一切疲極勞倦願一切衆生得大力安住身悉能具足精進大力願一切衆生得徧世間平等法身住於無量最上智處願一切衆生得福德力身見者蒙益遠離衆惡願一切衆生得無依處身皆得具足無依著智願一切衆生得佛攝受身常爲一切諸佛加護願一切衆生得普饒益諸衆生身悉能徧入一切諸道願一切衆生得普現身普能照現一切佛法願一切衆生得具足精進身專念勤修大乘智行願一切衆生得離我慢貢高清淨身智常安住無所動亂願一切衆生得堅固行身成就大乘一切智業願一切衆生得佛家身永離世間一切生死是爲菩薩摩訶薩施身骨時善根迴向爲令衆生得一切智永清淨故佛子菩薩摩訶薩見有人來手執利刀乞其身皮心生歡喜諸根悅豫譬如有人惠以重恩逢迎引納敷座令坐曲躬恭敬而作是念此來乞者甚爲難遇斯欲滿我一切智願故來求索饒益於我歡喜和顏而語之言我今此身一切皆捨所須皮者隨意取用猶如往昔清淨藏菩薩金脇鹿王菩薩及餘無量諸大菩薩等無有異菩薩爾時以諸善根如是迴向所謂願一切衆生得微細皮猶如如來色相清淨見者無厭願一切衆生得不壞皮猶如金剛無能壞者願一切衆

生得金色皮如閻浮檀上妙真金清淨明潔願一切衆生得無量色皮隨其心樂現清淨色願一切衆生得淨妙色皮具足沙門善軟清淨如來色相願一切衆生得第一色皮自性清淨色相無比願一切衆生成就如來清淨色皮以諸相好而自莊嚴願一切衆生得妙色皮放大光明普照一切願一切衆生得明網皮如世高幢放不可說圓滿光明願一切衆生得潤澤色皮一切色相悉皆清淨是爲菩薩摩訶薩施身皮時善根迴向爲令衆生皆得一切嚴淨佛刹具足如來大功德故佛子菩薩摩訶薩以手足指施諸乞者如堅精進菩薩閻浮提自在王菩薩及餘無量諸大菩薩菩薩爾時顔貌和悦其心安善無有顛倒乗於大乗不求美欲不尚名聞但發菩

薩廣大之意遠離慳嫉一切諸垢專向如來無上妙法佛子菩薩摩訶薩如是施時攝諸善根悉以迴向願一切衆生得纖長指與佛無異願一切衆生得牖圓指上下相稱願一切衆生得赤銅甲指其甲隆起清淨鑒徹願一切衆生得一切智勝丈夫指悉能攝持一切諸法願一切衆生得隨好指具足十力願一切衆生得大人指纖牖齊等願一切衆生得輪相指指節圓滿文相右旋願一切衆生得如蓮華卍字旋指十力業報相好莊嚴願一切衆生得光藏指放大光明照不可說諸佛世界願一切衆生得善安布指善巧分布網縵具足是爲菩薩摩訶薩布施指時善根迴向爲令衆生一切皆得心清淨故佛子菩薩摩訶薩請求法時若有人言汝能施我連

肉爪甲當與汝法菩薩荅言但與我法連肉爪甲隨意取用如求法自在王菩薩無盡菩薩及餘無量諸大菩薩爲求法故欲以正法開示演說饒益衆生一切皆令得滿足故捨連肉爪甲與諸乞者菩薩爾時以此善根如是迴向所謂願一切衆生皆得諸佛赤銅相爪願一切衆生得潤澤爪隨好莊嚴願一切衆生得光淨爪鑒徹第一願一切衆生得一切智爪具大人相願一切衆生得無比爪於諸世間無所染著願一切衆生得妙莊嚴爪光明普照一切世間願一切衆生得不壞爪清淨無缺願一切衆生得入一切佛法方便相爪廣大智慧皆悉清淨願一切衆生得善生爪菩薩業果無不淨妙願一切衆生得一切智大導師爪放無量色妙光明藏是爲菩薩摩訶薩爲求法故施連肉爪甲時善根迴向爲令衆生具足諸佛一切智爪無礙力故佛子菩薩摩訶薩求佛法藏恭敬尊重生難得想有能說者來語之言若能投身七仞火坑當施汝法菩薩聞已歡喜踊躍作是思惟我爲法故尚應久住阿鼻獄等一切惡趣受無量苦何況纔入人間火坑即得聞法奇哉正法甚爲易得不受地獄無量楚毒但入火坑即便得聞但爲我說我入火坑如求善法王菩薩金剛思惟菩薩爲求法故入火坑中菩薩爾時以此善根如是迴向所謂願一切衆生住佛所住一切智法永不退轉無上菩提願一切衆生離諸險難受佛安樂願一切衆生得無畏心離諸恐怖願一切衆生常樂求法具足喜樂衆法莊嚴願一切衆生離諸

惡趣滅除一切三毒熾火願一切衆生常得安樂具足如來勝妙樂事願一切衆生得菩薩心永離一切貪恚癡火願一切衆生悉得菩薩諸三昧樂普見諸佛心大歡喜願一切衆生善說正法於法究竟常無忘失願一切衆生具足菩薩神通妙樂究竟安住一切種智是爲菩薩摩訶薩爲求正法投火坑時善根迴向爲令衆生離障礙業皆得具足智慧火故佛子菩薩摩訶薩爲求正法分別演說開菩薩道示菩提路趣無上智勤修十力廣示一切智心獲無礙智法令衆生清淨住菩薩境界勤修大智護佛菩提時以身具受無量苦惱如求善法菩薩勇猛王菩薩及餘無量諸大菩薩爲求法故受無量苦乃至攝取誹謗正法惡業所覆魔業所持極大惡人彼所應受一切苦惱以求法故悉皆爲受以此善根如是迴向所謂願一切衆生永離一切苦惱逼迫成就安樂自在神通願一切衆生永離諸苦得一切樂願一切衆生永滅苦蘊得照現身恒受安樂願一切衆生超出苦獄成就智行願一切衆生見安隱道離諸惡趣願一切衆生得法喜樂永斷衆苦願一切衆生永拔衆苦互相慈愛無損害心願一切衆生得諸佛樂離生死苦願一切衆生成就清淨無比安樂一切苦惱無能損害願一切衆生得一切勝樂究竟具足佛無礙樂是爲菩薩摩訶薩爲求法故受衆苦時善根迴向爲欲救護一切衆生令離險難住一切智無所障礙解脫處故佛子菩薩摩訶薩處於王位求正法時乃至但爲一文一字一句一義生

難得想能悉罄捨海内所有若近若遠國土城邑人民庫藏園池屋宅樹林華果乃至一切珍奇妙物宫殿樓閣妻子眷屬及以王位悉能捨之於不堅中求堅固法爲欲利益一切衆生勤求諸佛無礙解脱究竟清淨一切智道如大勢德菩薩勝德王菩薩及餘無量諸大菩薩勤求正法乃至極少爲於一字五體投地正念三世一切佛法愛樂修習永不貪著名聞利養捨諸世間自在王位求佛自在法王之位於世間樂心無所著以出世法長養其心永離世間一切戲論住於諸佛無戲論法菩薩爾時以諸善根如是迴向所謂願一切衆生常樂惠施一切悉捨願一切衆生能捨所有心無中悔願一切衆生常求正法不惜身命資生之具願一切衆生悉得法利能斷一切衆生疑惑願一切衆生得善法欲心常喜樂諸佛正法願一切衆生爲求佛法能捨身命及以王位大心修習無上菩提願一切衆生尊重正法常深愛樂不惜身命願一切衆生護持諸佛甚難得法常勤修習願一切衆生皆得諸佛菩提光明成菩提行不由他悟願一切衆生常能觀察一切佛法拔除疑箭心得安隱是爲菩薩摩訶薩爲求正法捨國城時善根迴向爲令衆生知見圓滿常得住於安隱道故佛子菩薩摩訶薩作大國王於法自在普行教命令除殺業閻浮提内城邑聚落一切屠殺皆令禁斷無足二足四足多足種種生類普施無畏無欺奪心廣修一切菩薩諸行仁慈莅物不行侵惱發妙寶心安隱衆生於諸佛所立深智樂常自

安住三種淨戒亦令衆生如是安住菩薩摩訶薩令諸衆生住於五戒永斷殺業以此善根如是廻向所謂願一切衆生發菩薩心具足智慧永保壽命無有終盡願一切衆生住無量劫供一切佛恭敬勤修更增壽命願一切衆生具足修行離老死法一切災毒不害其命願一切衆生具足成就無病惱身壽命自在能隨意住願一切衆生得無盡命窮未來刼住菩薩行教化調伏一切衆生願一切衆生爲壽命門十力善根於中增長願一切衆生善根具足得無盡命成滿大願願一切衆生悉見諸佛供養承事住無盡壽修習善根願一切衆生於如來處善學所學得聖法喜無盡壽命願一切衆生得不老不病常住命根勇猛精進入佛智慧是爲菩薩摩訶薩住三聚淨戒永斷殺業善根廻向爲令衆生得佛十力圓滿智故佛子菩薩摩訶薩見有衆生心懷殘忍損諸人畜所有男形令身缺減受諸楚毒見是事已起大慈悲而哀救之令閻浮提一切人民皆捨此業菩薩爾時語其人言汝何所爲作是惡業我有庫藏百千萬億一切樂具悉皆充滿隨汝所須盡當相給汝之所作衆罪由生我今勸汝莫作是事汝所作業不如道理設有所獲於何可用損他益已終無是處如此惡行諸不善法一切如來所不稱歎作是語已即以所有一切樂具盡皆施與復以善語爲說妙法令其歡悅所謂示寂靜法令其信受滅除不善修行淨業互起慈心不相損害彼人聞已永捨罪惡菩薩爾時以此善根如是廻向所謂願一切

衆生具丈夫形成就如來馬陰藏相願一切衆生具男子形發勇猛心修諸梵行願一切衆生具勇猛力恒爲主導住無礙智永不退轉願一切衆生皆得具足大丈夫身永離欲心無有染著願一切衆生悉得成就善男子法智慧增長諸佛所歎願一切衆生普得具於大人之力常能修習十力善根願一切衆生永不失壞男子之形常修福智未曾有法願一切衆生於五欲中無著無縛心得解脱厭離三有住菩薩行願一切衆生成就第一智慧丈夫一切宗信伏從其化願一切衆生具足菩薩丈夫智慧不久當成無上大雄是爲菩薩摩訶薩禁絶一切毁敗男形善根迴向爲令衆生具丈夫形皆能守護諸善丈夫生賢聖家智慧具足常勤修習丈夫勝行有丈夫用巧能顯示七丈夫道具足諸佛善丈夫種丈夫正教丈夫勇猛丈夫精進丈夫智慧丈夫清淨普令衆生究竟皆得

大方廣佛華嚴經卷第二十七

音釋

紺青　紺古暗切青而含赤色也　緻　直利切密也　鬢額　鬢必刃切額旁髮也額五華切顙也　卍　按卍字本非是字武后長壽二年權制此文著於天樞音之爲萬謂吉祥萬德之所集也　壅滯　壅委勇切堨塞也滯直例切凝滯也　聾聵　聾音籠耳無聞也聵胡對切亦聾也　網縵　縵莫官切網縵謂佛手指間皮相連如鵝鴈掌也　慣習　慣古患切亦習也　脇　虛業切腋下也　𦡆圓　𦡆尺容切圓直也　莅物　莅力至切莅物謂臨莅萬物也

大方廣佛華嚴經卷第二十八

唐于闐國三藏沙門實叉難陀譯

十迴向品第二十五之六

佛子菩薩摩訶薩若見如來出興於世開演正法以大音聲普告一切如來出世如來出世令諸衆生得聞佛名捨離一切我慢戲論復更勸導令速見佛令憶念佛令歸向佛令攀緣佛令觀察佛令讚歎佛復爲廣說佛難值遇千萬億劫時乃一出衆生由此得見於佛生清淨信踊躍歡喜尊重供養復於佛所聞諸佛名轉更值遇無數諸佛植諸善本修習增長爾時無數百千萬億那由他衆生因見佛故皆得清淨究竟調伏彼諸衆生於菩薩所皆生最上善知識想因菩薩故成就佛法以無數劫所種善根普於世間施作佛事

佛子菩薩摩訶薩開示衆生令見佛時以諸善根如是迴向所謂願一切衆生不待勸誘自往見佛承事供養皆令歡喜願一切衆生常樂見佛心無廢捨願一切衆生常勤修習廣大智慧受持一切諸佛法藏願一切衆生隨所聞聲皆悟佛法於無量劫修菩薩行願一切衆生安住正念恒以智眼見佛出興願一切衆生不念異業常憶見佛勤修十力願一切衆生於一切處常見諸佛了達如來徧虛空界願一切衆生皆得具足佛自在身普於十方成道說法願一切衆生遇善知識常聞佛法於諸如來得不壞信願一切衆生悉能稱歎諸佛出興令其見者普得清淨是爲菩薩摩訶薩歎佛出世善根迴向爲令衆生見一切佛供養承事於無上法究竟清淨故

佛子菩薩摩訶薩捨於大地或施諸佛造立精舍或施菩薩及善知識隨意所用或施衆僧以爲住處或施父母或施别人聲聞獨覺種種福田乃至一切貧窮孤露及餘四衆隨意悉與令無所乏或施造立如來塔廟於如是等諸處之中悉爲辦具資生什物令隨意用無所恐懼菩薩摩訶薩隨何方所布施地時以諸善根如是迴向所謂願一切衆生具足清淨一切智地悉到普賢衆行彼岸願一切衆生得總持地正念受持一切佛法願一切衆生得住持力常能守護一切佛教願一切衆生得如地心於諸衆生意常清淨無有惡念願一切衆生持諸佛種成就菩薩諸地次第無有斷絶願一切衆生普爲一切作安隱處悉令調伏住清淨道願一切衆生同諸如來利益世間普使勤修安住佛力願一切衆生普爲世間之所愛樂悉令安住無上佛樂願一切衆生獲善方便住佛諸力無畏法中願一切衆生得如地智自在修行一切佛法是爲菩薩摩訶薩施大地時善根迴向爲令衆生皆得究竟一切如來清淨地故佛子菩薩摩訶薩布施僮僕供養一切諸佛菩薩眞善知識或施僧寶或奉父母尊勝福田或復給施病苦衆生令無闕乏以存其命或復施與貧窮孤露及餘一切無瞻侍者或爲守護如來塔廟或爲書持諸佛正法以百千億那由他僕使隨時給施其諸僕使皆聰慧善巧性自調順常勤精進無有懈惰具質直心安樂心利益心仁慈心恭恪心無怨恨心無讎敵心能隨受者方俗所宜於彼彼中作諸

利益又皆從菩薩淨業所感才能技藝工巧筭數靡不通達善能供侍悅可其心菩薩爾時以諸善根如是迴向所謂願一切衆生得調順心一切佛所修習善根願一切衆生隨順供養一切諸佛於佛所說悉能聽受願一切衆生得佛攝受常觀如來更無餘念願一切衆生不壞佛種勤修一切順佛善根願一切衆生常勤供養一切諸佛無空過時願一切衆生攝持一切諸佛妙義言詞清淨遊行無畏願一切衆生常樂見佛心無厭足於諸佛所不惜身命願一切衆生得見諸佛心無染著離世所依願一切衆生但歸於佛永離一切邪歸依處願一切衆生隨順佛道心常樂觀無上佛法是爲菩薩摩訶薩施僕使時善根迴向爲令衆生遠離塵垢淨治佛地能現如來自在身故佛子菩薩摩訶薩以身布施諸來乞者布施之時生謙下心生如地心生忍受衆苦無變動心生給侍衆生不疲厭心生於諸衆生猶如慈母所有衆善悉迴與心生於諸愚險極惡衆生種種侵陵皆寬宥心安住善根精勤給事菩薩爾時悉以善根如是迴向所謂願一切衆生隨其所須常無闕乏修菩薩行恒不間斷不捨一切菩薩義利善住菩薩所行之道了達菩薩平等法性得在如來種族之數住真實語持菩薩行令諸世間得淨佛法深心信解證法究竟令諸衆生出生清淨增上善根住大功德具一切智又以此善根令一切衆生常得供養一切諸佛解一切法受持讀誦不忘不失不壞不散心善調伏不調令調以寂靜法而調習之

令彼衆生於諸佛所住如是事又以此善根令一切衆生作第一塔應受世間種種供養令一切衆生成最上福田得佛智慧開悟一切令一切衆生作最上受者普能饒益一切衆生令一切衆生成最上福利能使具足一切善根令一切衆生成第一好施處能使獲得無量福報令一切衆生於三界中皆得出離令一切衆生作第一導師能爲世間示如實道令一切衆生得妙總持具持一切諸佛正法令一切衆生證得無量第一法界具足虛空無礙正道是爲菩薩摩訶薩施自已身善根廻向爲令衆生皆得應供無量智身故佛子菩薩摩訶薩聞法喜悅生淨信心能以其身供養諸佛欣樂信解無上法寶於諸佛所生父母想讀誦受持無礙道法普入無數那由他法大智慧實諸善根門心常憶念無量諸佛入佛境界深遠義理能以如來微密梵音興佛法雲雨佛法雨勇猛自在能分別說一切智人第一之地具足成就薩婆若乘以無量百千億那由他大法成滿諸根佛子菩薩摩訶薩於諸佛所聞如是法歡喜無量安住正法自斷疑惑亦令他斷心恒怡暢功德成滿善根具足意恒相續利益衆生心常不匱獲最勝智成金剛藏親近諸佛淨諸佛刹常勤供養一切如來菩薩爾時以諸善根如是廻向所謂願一切衆生皆得圓滿最勝之身一切諸佛之所攝受願一切衆生常近諸佛依諸佛住恒得覲仰未曾遠離願一切衆生皆得清淨不壞之身具足一切功德智慧願一切衆生常勤供養一切諸佛行無所

得究竟梵行願一切衆生得無我身離我我所願一切衆生悉能分身徧十方刹猶如影現而無來往願一切衆生得自在身普往十方無我無受願一切衆生從佛身生處在如來無上身家願一切衆生得法力身忍辱大力無能壞者願一切衆生得無比身成就如來清淨法身願一切衆生成就出世功德之身生無所得清淨法界是爲菩薩摩訶薩以身供佛善根迴向爲令衆生永住三世諸佛家故佛子菩薩摩訶薩以身布施一切衆生爲欲普令成就善根憶念善根菩薩摩訶薩自願其身爲大明燈普能照耀一切衆生爲衆樂具普能攝受一切衆生爲妙法藏普能住持一切衆生爲淨光明普能開曉一切衆生爲世光影普令衆生常得覩見爲善根因緣普令衆生常得值遇爲眞善知識令一切衆生悉蒙教誘爲平坦道令一切衆生皆得履踐爲無有上具足安樂令一切衆生離苦清淨爲明淨日普作世間平等利益菩薩爾時以諸善根如是迴向所謂願一切衆生常親近佛入佛智地願一切衆生得隨順智住無上覺願一切衆生常處佛會意善調伏願一切衆生所行有則具佛威儀願一切衆生悉得涅槃深解法義願一切衆生具知足行生如來家願一切衆生捨無明欲住佛志樂願一切衆生生勝善根坐菩提樹願一切衆生殺煩惱賊離怨害心願一切衆生具足護持一切佛法是爲菩薩摩訶薩以身布施一切衆生善根迴向爲欲利益一切衆生令得無上安隱處故佛子菩薩摩訶薩自以其身

給侍諸佛於諸佛所念報重恩如父母想於諸如來起深信樂以清淨心護佛菩提住諸佛法離世間想生如來家隨順諸佛離魔境界了達一切諸佛所行成就一切諸佛法器菩薩爾時以比善根如是迴向所謂願一切衆生得清淨心一切智寶而自莊嚴願一切衆生住善調伏遠離一切諸不善業願一切衆生得不可壞堅固眷屬普能攝受諸佛正法願一切衆生爲佛弟子到於菩薩灌頂之地願一切衆生常爲諸佛之所攝受永離一切不善之法願一切衆生隨順諸佛修行菩薩最勝之法願一切衆生入佛境界悉皆得授一切智記願一切衆生與諸如來皆悉平等一切佛法無不自在願一切衆生悉爲諸佛之所攝受常能修行無取著業願一切衆生常爲諸佛第一侍者一切佛所修智慧行是爲菩薩摩訶薩給侍諸佛善根迴向爲欲證得諸佛菩提爲欲救護一切衆生爲欲出離一切三界爲欲成就無損惱心爲得無量廣大菩提爲欲成就照佛法智爲欲常蒙諸佛攝受爲得諸佛之所護持爲欲信解一切佛法爲欲成就與三世佛平等善根爲欲圓滿無悔恨心證得一切諸佛法故佛子菩薩摩訶薩布施國土一切諸物乃至王位悉亦能捨於諸世事心得自在無繫無縛無所戀著遠離惡業饒益衆生不著業果不樂世法不復貪染諸有生處雖住世間非此處生心不執著蘊界處法於內外法心無依住常不忘失諸菩薩行未曾遠離諸善知識持諸菩薩廣大行願常樂承事一切善友菩薩爾時

以此善根如是迴向所謂願一切衆生爲大法王於法自在到於彼岸願一切衆生成佛法王摧滅一切煩惱怨賊願一切衆生住佛王位得如來智開演佛法願一切衆生住佛境界能轉無上自在法輪願一切衆生生如來家於法自在護持佛種永使不絶願一切衆生開示無量法王正法成就無邊諸大菩薩願一切衆生住淨法界爲大法王現佛出興相繼不斷願一切衆生於諸世界作智慧王化導群生無時暫捨願一切衆生普爲法界虛空界等諸世界中一切衆生作法施主使其咸得住於大乘願一切衆生得成具足衆善之王與三世佛善根齊等是爲菩薩摩訶薩布施王位善根迴向爲欲令彼一切衆生究竟住於安隱處故佛子菩薩摩訶薩見有人來乞王京都嚴麗大城及以關防所有輸稅盡皆施與心無悋惜專向菩提發大誓願住於大慈行於大悲志意歡悅利益衆生以廣大智解了深法安住諸佛平等法性發心爲求一切智故於自在法起深樂故於自在智求證得故淨修一切諸功德故住於堅固廣大智故廣集一切諸善根故修行一切佛法願故自然覺悟大智法故安住菩提心無退故修習一切菩薩行願一切種智盡究竟故而行布施以此善根如是迴向所謂願一切衆生悉能嚴淨無量刹土奉施諸佛以爲住處願一切衆生常樂居止阿蘭若處寂靜不動願一切衆生永不依止王都聚落心樂寂靜永得究竟願一切衆生永不樂著一切世間於世語言常樂遠離願一切衆生得

離貪心施諸所有心無中悔願一切衆生得出離心捨諸家業願一切衆生得無惱心常行惠施願一切衆生得不著心離居家法願一切衆生得離衆苦除滅一切災橫怖畏願一切衆生嚴淨十方一切世界奉施諸佛是爲菩薩摩訶薩布施王都善根迴向爲令衆生悉能嚴淨諸佛刹故佛子菩薩摩訶薩所有一切内宫眷屬妓侍衆女皆顔貌端正才能具足談笑歌舞悉皆巧妙種種衣服種種華香而以嚴身見者歡喜情無厭足如是寶女百千萬億那由他數皆由菩薩善業所生隨意自在敬順無失盡以布施諸來乞者而於其中無愛樂心無顧戀心無耽著心無繫縛心無執取心無貪染心無分別心無隨逐心無取相心無樂欲心菩薩爾時觀諸善根爲欲令一切衆生咸得出離故迴向得佛法喜故迴向於不堅固中而得堅固故迴向得金剛智不可壞心故迴向入佛道場故迴向到於彼岸故迴向得無上菩提心故迴向能以智慧了達諸法故迴向出生一切善根故迴向入三世諸佛家故迴向佛子菩薩摩訶薩住如是法生如來家增長諸佛清淨勝因出生最勝一切智道深入菩薩廣大智業滅除一切世間垢惱常能供施功德福田爲諸衆生宣說妙法善巧安立令其修習諸清淨行常勤攝取一切善根菩薩爾時以諸善根如是迴向所謂願一切衆生常得無量三昧眷屬菩薩勝定相續不斷願一切衆生常樂見佛悉入諸佛莊嚴三昧願一切衆生成就菩薩不思議定自在遊戲無量神通願一切

衆生入如實定得不壞心願一切衆生盡獲菩薩甚深三昧於諸禪定而得自在願一切衆生得解脱心成就一切三昧眷屬願一切衆生種種三昧皆得善巧悉能攝取諸三昧相願一切衆生得勝智三昧普能學習諸三昧門願一切衆生得無礙三昧入深禪定終不退失願一切衆生得無著三昧心但正受不取二法是爲菩薩摩訶薩布施一切内宫眷屬時善根迴向爲欲令一切衆生皆得不壞清淨眷屬故爲欲令一切衆生皆得菩薩眷屬故爲欲令一切衆生悉得滿足佛法故爲欲令一切衆生滿足一切智力故爲欲令一切衆生證於無上智慧故爲欲令一切衆生得於隨順眷屬故爲欲令一切衆生得同志行人共居故爲欲令一切衆生具足一切

福智故爲欲令一切衆生成就清淨善根故爲欲令一切衆生得善和眷屬故爲欲令一切衆生成就如來清淨法身故爲欲令一切衆生成就次第如理辯才善説諸佛無盡法藏故爲欲令一切衆生永捨一切世俗善根同修出世清淨善根故爲欲令一切衆生淨業圓滿成就一切清淨法故爲欲令一切衆生一切佛法皆悉現前以法光明普嚴淨故佛子菩薩摩訶薩能以所愛妻子布施猶如往昔須達拏太子現莊嚴王菩薩及餘無量諸菩薩等菩薩爾時乘薩婆若心行一切施淨修菩薩布施之道其心清淨無有中悔罄捨所珍求一切智令諸衆生淨深志樂成菩提行觀菩薩道念佛菩提住佛種性菩薩摩訶薩成辦如是布施心已決定志求如來之

身自觀已身繫屬一切不得自在又以其身普攝衆生猶如寶洲給施一切未滿足者令其滿足菩薩如是護念衆生欲令自身作第一塔普使一切皆生歡喜欲於世間生平等心欲爲衆生作清涼池欲與衆生一切安樂欲爲衆生作大施主智慧自在了知菩薩所行之行而能如是大誓莊嚴趣一切智願成無上智慧福田普念衆生常隨守護而能成辦自身利益智慧光明普照於世常勤憶念菩薩施心恒樂觀察如來境界佛子菩薩摩訶薩以無縛無著解脱心布施妻子所集善根如是迴向所謂願一切衆生住佛菩提起變化身周徧法界轉不退輪願一切衆生得無著身願力周行一切佛刹願一切衆生捨愛憎心斷貪恚結願一切衆生爲諸佛子隨佛所行願一切衆生於諸佛所生自已心不可沮壞願一切衆生常爲佛子從法化生願一切衆生得究竟處成就如來自在智慧願一切衆生證佛菩提永離煩惱願一切衆生能具演説佛菩提道常樂修行無上法施願一切衆生得正定心不爲一切諸縁所壞願一切衆生坐菩提樹成最正覺開示無量從法化生諸善男女是爲菩薩摩訶薩布施妻子善根迴向爲令衆生皆悉證得無礙解脱無著智故佛子菩薩摩訶薩莊嚴舍宅及諸資具隨有乞求一切施與行布施法於家無著遠離一切居家覺觀厭惡家業資生之具不貪不味心無繫著知家易壞心恒猒捨都於其中無所愛樂但欲出家修菩薩行以諸佛法而自莊嚴一切悉捨心無中悔常爲諸

佛之所讚歎舍宅財物隨處所有悉以惠施心無戀著見有乞求心生喜慶菩薩爾時以此善根如是迴向所謂願一切衆生捨離妻子成就出家第一之樂願一切衆生解脫家縛入於非家諸佛法中修行梵行願一切衆生捨離慳垢樂一切施心無退轉願一切衆生永離家法少欲知足無所藏積願一切衆生出世俗家住如來家願一切衆生得無礙法滅除一切障礙之道願一切衆生離家屬愛雖現居家心無所著願一切衆生善能化誘不離家法說佛智慧願一切衆生身現在家心常隨順佛智而住願一切衆生在居家地住於佛地普令無量無邊衆生發歡喜心是爲菩薩摩訶薩布施舍宅時善根迴向爲令衆生成就菩薩種種行願神通智故佛子菩薩摩訶薩布施種種園林臺榭遊戲快樂莊嚴之處作是念言我當爲一切衆生作好園林我當爲一切衆生示現法樂我當施一切衆生歡喜之意我當示一切衆生無邊喜樂我當爲一切衆生開淨法門我當令一切衆生發歡喜心我當令一切衆生得佛菩提我當令一切衆生成滿大願我當於一切衆生猶如慈父我當令一切衆生智慧觀察我當施一切衆生資生之具我當於一切衆生猶如慈母生長一切善根大願佛子菩薩摩訶薩如是修行諸善根時於惡衆生不生疲厭亦不誤起棄捨之心設滿世間一切衆生悉不知恩菩薩於彼初無嫌恨不生一念求反報心但欲滅其無量苦惱於諸世間心如虛空無所染著普觀諸法眞實之相發大誓

願滅衆生苦永不厭捨大乘志願滅一切見
修諸菩薩平等行願佛子菩薩摩訶薩如是
觀察已攝諸善根悉以迴向所謂願一切衆
生念念滋生無量善法成就無上園林之心
願一切衆生得不動法見一切佛皆令歡喜
願一切衆生樂法園苑得諸佛刹園苑妙樂
願一切衆生得淨妙心常見如來神足園林
願一切衆生得佛戲樂常善遊戲智慧境界
願一切衆生得遊戲樂普詣佛刹道場衆會
願一切衆生成就菩薩解脫遊戲盡未來劫
行菩薩行心無疲倦願一切衆生見一切佛
充滿法界發廣大心住佛園林願一切衆生
悉能徧往一切佛刹一一刹中供養諸佛願
一切衆生得善欲心清淨莊嚴一切佛刹是
爲菩薩摩訶薩布施一切園林臺榭善根迴

向爲令衆生見一切佛遊戲一切佛園林故
佛子菩薩摩訶薩作百千億那由他無量無
數廣大施會一切清淨諸佛印可終不損惱
於一衆生普令衆生遠離衆惡淨三業道成
就智慧開置無量百千億那由他阿僧祇清
淨境界積集無量百千億那由他阿僧祇資
生妙物發甚難得菩提之心行無限施令諸
衆生住清淨道初中後善生淨信解隨百千
億無量衆生心之所樂悉令歡喜以大慈悲
救護一切承事供養三世諸佛爲欲成就一
切佛種修行布施心無中悔增長信根成滿
勝行念念增進檀波羅蜜菩薩爾時以諸善
根如是迴向所謂願一切衆生發大乘心悉
得成就摩訶衍施願一切衆生皆悉能行大
會施盡施善施最勝施無上施最無上施無

等等施超諸世間施一切諸佛所稱歎施願一切衆生作第一施主於諸惡趣勉濟衆生皆令得入無礙智道修平等願如實善根得無差別證自境智願一切衆生安住寂靜諸禪定智入不死道究竟一切神通智慧勇猛精進具足諸地莊嚴佛法到於彼岸永不退轉願一切衆生設大施會終不疲厭給濟衆生無有休息究竟無上一切種智願一切衆生恒勤種植一切善根到於無量功德彼岸願一切衆生常蒙諸佛之所稱歎普爲世間作大施主功德具足充滿法界徧照十方施無上樂願一切衆生設大施會廣集善根等攝衆生到於彼岸願一切衆生成最勝施普令衆生住第一乘願一切衆生爲應時施永離非時大施究竟願一切衆生成就善施到

佛丈夫大施彼岸願一切衆生究竟常行大莊嚴施盡以一切諸佛爲師悉皆親近與大供養願一切衆生住清淨施集等法界無量福德到於彼岸願一切衆生於諸世間爲大施主誓度群品住如來地是爲菩薩摩訶薩設大施會善根迴向爲令衆生行無上施究竟佛施成就善施不可壞施供諸佛施無恚恨施救衆生施成一切智施常見諸佛施善精進施成就一切菩薩功德諸佛智慧廣大施故佛子菩薩摩訶薩布施一切資生之物心無貪惜不求果報於世富樂無所希望離妄想心善思惟法爲欲利益一切衆生審觀一切諸法實性隨諸衆生種種不同所用所求各各差別成辦無量資生之具所有嚴飾悉皆妙好行無邊施行一切施盡内外施行

此施時增志樂力獲大功德成就心寶常能守護一切衆生皆令發生殊勝志願初未曾有求反報心所有善根等三世佛悉以圓滿一切種智佛子菩薩摩訶薩以此布施所有善根迴向衆生願一切衆生清淨調伏願一切衆生滅除煩惱嚴淨一切諸佛刹土願一切衆生以清淨心於一念中周徧法界願一切衆生智慧充滿虛空法界願一切衆生得一切智普入三世調伏衆生於一切時常轉清淨不退法輪願一切衆生具一切智善能示現神通方便饒益衆生願一切衆生悉能悟入諸佛菩提盡未來劫於十方世界常說正法曾無休息令諸衆生普得聞知願一切衆生於無量劫修菩薩行悉得圓滿願一切衆生於一切世界若染若淨若小若大若麤若細若覆若仰或一莊嚴或種種莊嚴所可演說在世界數諸世界中修菩薩行靡不周徧願一切衆生於念念中常作三世一切佛事教化衆生向一切智佛子菩薩摩訶薩隨諸衆生一切所須以如是等阿僧祇物而為給施為令佛法相續不斷大悲普救一切衆生安住大慈修菩薩行於佛教誨終無違犯以巧方便修行衆善不斷一切諸佛種性隨求悉與而無患厭一切悉捨未曾中悔常勤迴向一切智道時十方國土種種形類種種趣生種種福田皆來集會至菩薩所種種求索菩薩見已普皆攝受心生歡喜如見善友大悲哀愍思滿其願捨心增長無有休息亦不疲厭隨其所求悉令滿足離貧窮苦時諸乞者心大欣慶轉更稱傳讚揚其德美聲遐

布悉來歸往菩薩見已歡喜無量假使百千億那由他劫受帝釋樂無數劫受夜摩天樂無量劫受兜率陀天樂無邊劫受善變化天樂無等劫受他化自在天樂不可數劫受梵王樂不可稱劫受轉輪王王三千樂不可思劫受徧淨天樂不可說劫受淨居天樂悉不能及菩薩摩訶薩見乞者來歡喜愛樂欣慶踊躍信心增長志樂清淨諸根調順信解成滿乃至增進諸佛菩提佛子菩薩摩訶薩以此善根爲欲利益一切衆生故迴向爲欲安樂一切衆生故迴向爲令一切衆生得大義利故迴向爲令一切衆生悉得清淨故迴向爲令一切衆生悉求菩提故迴向爲令一切衆生悉得平等故迴向爲令一切衆生悉得賢善心故迴向爲令一切衆生悉入摩訶衍故迴向爲令一切衆生悉得賢善智慧故迴向爲令一切衆生悉具普賢菩薩行願滿十力乘現成正覺故迴向佛子菩薩摩訶薩以諸善根如是迴向時身口意業皆悉解脫無著無繫無衆生想無命者想無補伽羅想無人想無童子想無生者想無作者想無受者想無有想無無想無今世後世想無死此生彼想無常想無無常想無三有想無無三有想非想非非想如是非縛迴向非縛解迴向非業迴向非業報迴向非分別迴向非無分別迴向非思迴向非思已迴向非心迴向非無心迴向佛子菩薩摩訶薩如是迴向時不著內不著外不著能緣不著所緣不著因不著果不著法不著非法不著思不著非思不著色不著色生不著色滅不著受想行識不

著受想行識生不著受想行識滅佛子菩薩摩訶薩若能於此諸法不著則不縛色不縛色生不縛色滅不縛受想行識不縛受想行識生不縛受想行識滅若能於此諸法不縛則亦於諸法不解何以故無有少法若現生若已生若當生無法可取無法可著一切諸法自相如是無有自性自性相離非一非二非多非無量非小非大非狹非廣非深非淺非寂靜非戲論非處非非處非法非非法非體非非體非有非非有菩薩如是觀察諸法則爲非法於言語中隨世建立非法爲法不斷諸業道不捨菩薩行求一切智終無退轉了知一切業緣如夢音聲如響衆生如影諸法如幻而亦不壞因緣業力了知諸業其用廣大解一切法皆無所作行無作道未嘗暫廢佛子此菩薩摩訶薩住一切智若處非處普皆迴向一切智性於一切處皆悉迴向無有退轉以何義故說名迴向永度世間至於彼岸故名迴向永出諸蘊至於彼岸故名迴向度言語道至於彼岸故名迴向離種種想至於彼岸故名迴向永斷身見至於彼岸故名迴向永離依處至於彼岸故名迴向永絕所作至於彼岸故名迴向永出諸有至於彼岸故名迴向永捨諸取至於彼岸故名迴向永出世法至於彼岸故名迴向佛子菩薩摩訶薩如是迴向時則爲隨順佛住隨順法住隨順智住隨順菩提住隨順義住隨順迴向住隨順境界住隨順行住隨順眞實住隨順清淨住佛子菩薩摩訶薩如是迴向則爲了達一切諸法則爲承事一切諸佛無有一佛

而不承事無有一法而不供養無有一法而可滅壞無有一法而可乖違無有一物而可貪著無有一法而可厭離不見内外一切諸法有少滅壞違因緣道法力具足無有休息佛子是爲菩薩摩訶薩第六隨順堅固一切善根迴向菩薩摩訶薩住此迴向時常爲諸佛之所護念堅固不退入深法性修一切智隨順法義隨順法性隨順一切堅固善根隨順一切圓滿大願具足隨順堅固之法一切金剛所不能壞於諸法中而得自在爾時金剛幢菩薩觀察十方觀察衆會觀察法界已入於字句甚深之義修習無量廣大之心以大悲心普覆世間長去來今佛種性心入於一切諸佛功德成就諸佛自在力身觀諸衆生心之所樂隨其善根所可成熟依法性身

爲現色身承佛神力而説頌言

菩薩現身作國王　於世位中最無等
福德威光勝一切　普爲群萌興利益
其心清淨無染著　於世自在咸遵敬
弘宣正法以訓人　普使衆生獲安隱
現生貴族升王位　常依正教轉法輪
禀性仁慈無毒虐　十方敬仰皆從化
智慧分別常明了　色相才能皆具足
臨馭率土靡不從　摧伏魔軍悉令盡
堅持淨戒無違犯　決志堪忍不動揺
永願蠲除忿恚心　常樂修行諸佛法
飲食香鬘及衣服　車騎牀褥座與燈
菩薩悉以給濟人　并及所餘無量種
爲利益故而行施　令其開發廣大心
於尊勝處及所餘　意皆清淨生歡喜

菩薩一切皆周給　內外所有悉能捨
必使其心永清淨　不應暫爾生狹劣
或施於頭或施眼　或施於手或施足
皮肉骨髓及餘物　一切皆捨心無悋
菩薩身居大王位　種族豪貴人中尊
開口出舌施群生　其心歡喜無憂戀
以彼施舌諸功德　迴向一切諸衆生
普願藉此勝因緣　悉得如來廣長舌
或施妻子及王位　或施其身作僮僕
其心清淨常歡喜　如是一切無憂悔
隨所樂求咸施與　應時給濟無疲厭
一切所有皆能散　諸來求者普滿足
爲聞法故施其身　修諸苦行求菩提
復爲衆生捨一切　求無上智不退轉
以於佛所聞正法　自捨其身充給侍
爲欲普救諸群生　發生無量歡喜心
彼見世尊大導師　能以慈心廣饒益
是時踊躍生歡喜　聽受如來深法味
菩薩所有諸善根　悉以迴向諸衆生
普皆救護無有餘　永使解脫常安樂
菩薩所有諸眷屬　色相端嚴能辯慧
華鬘衣服及塗香　種種莊嚴皆具足
此諸眷屬甚希有　菩薩一切皆能施
專求正覺度群生　如是之心無暫捨
菩薩如是諦思惟　備行種種廣大業
悉以迴向諸含識　而不生於取著心
菩薩捨彼大王位　及以國土諸城邑
宫殿樓閣與園林　僮僕侍衛皆無悋
彼於無量百千劫　處處周行而施與
因以教導諸群生　悉使超升無上岸

無量品類各差別　十方世界來萃止
菩薩見已心欣慶　隨其所乏令滿足
如三世佛所迴向　菩薩亦修如是業
調御人尊之所行　悉皆隨學到彼岸
菩薩觀察一切法　誰爲能入此法者
云何爲入何所入　如是布施心無住
菩薩迴向善巧智　菩薩迴向方便法
菩薩迴向眞實義　於其法中無所著
心不分別一切業　亦不染著於業果
知菩提性從緣起　入深法界無違逆
不於身中而有業　亦不依止於心住
智慧了知無業性　以因緣故業不失
心不妄取過去法　亦不貪著未來事
不於現在有所住　了達三世悉空寂
菩薩已到色彼岸　受想行識亦如是
超出世間生死流　其心謙下常清淨
諦觀五蘊十八界　十二種處及已身
於此一一求菩提　體性畢竟不可得
不取諸法常住相　於斷滅相亦不著
法性非有亦非無　業理次第終無盡
不於諸法有所住　不見衆生及菩提
十方國土三世中　畢竟求之無可得
若能如是觀諸法　則如諸佛之所解
雖求其性不可得　菩薩所行亦不虛
菩薩了法從緣有　不違一切所行道
開示解說諸業跡　欲使衆生悉清淨
是爲智者所行道　一切如來之所說
隨順思惟入正義　自然覺悟成菩提
諸法無生亦無滅　亦復無來無有去
不於此死而生彼　是人悟解諸佛法

了達諸法眞實性　而於法性無分別
知法無性無分別　此人善入諸佛智
法性徧在一切處　一切衆生及國土
三世悉在無有餘　亦無形相而可得
一切諸佛所覺了　悉皆攝取無有餘
雖說三世一切法　如是等法悉非有
如諸法性徧一切　菩薩廻向亦復然
如是廻向諸衆生　常於世間無退轉

大方廣佛華嚴經卷第二十八

音釋

懈惰 懈古隘切息也惰徒卧切慢也 恪 克各切敬也 技藝 技奇寄切方術也藝魚祭切才能也 寬宥 宥于救切謂寬之而已未全放也 怡暢 怡弋支切怡悅也暢尺亮切通暢也 匱 求位切竭也 履踐 履力紙切蹈也踐才線切蹈也 阿蘭若 梵語也此云閑靜處若爾者切 摩訶衍 梵語也此云大乘衍以淺切 萃 秦醉切聚也

大方廣佛華嚴經卷第二十九

唐于闐國三藏沙門實叉難陀譯

十迴向品第二十五之七

佛子云何爲菩薩摩訶薩等隨順一切衆生迴向佛子此菩薩摩訶薩隨所積集一切善根所謂小善根大善根廣善根多善根無量善根種種善根微塵數善根阿僧祇善根無邊際善根不可思善根不可量善根佛境界善根法境界善根僧境界善根善知識境界善根一切衆生境界善根方便善巧境界善根修諸善心境界善根内境界善根外境界善根無邊助道法境界善根勤修一切捨善根立勝志究竟持淨戒善根一切捨無不受堪忍善根常精進心無退善根以大方便入無量三昧善根以智慧善觀察善根知一切衆生心行差別善根集無邊功德善根勤修習菩薩業行善根普覆育一切世間善根佛子菩薩摩訶薩於此善根修行安住趣入攝受積集辦具悟解心淨開示發起時得堪忍心閉惡趣門善攝諸根威儀具足遠離顛倒正行圓滿堪爲一切諸佛法器能作衆生福德良田爲佛所念長佛善根住諸佛願行諸佛業心得自在等三世佛趣佛道場入如來力具佛色相超諸世間不樂生天不貪富樂不著諸行一切善根悉以迴向爲諸衆生功德之藏住究竟道普覆一切於虚妄道中拔出衆生令其安住一切善法徧諸境界無斷無盡開一切智菩提之門建立智幢嚴淨大道普能示現一切世間令除垢染心善調伏生如來家淨佛種性功德具足作大福田爲

世所依安立衆生咸令清淨常勤修習一切善根佛子菩薩摩訶薩以淨志願菩提心力修諸善根時作是念言此諸善根是菩提心之所積集是菩提心之所思惟是菩提心之所發起是菩提心之所志樂是菩提心之所增益皆爲憐愍一切衆生皆爲趣求一切種智皆爲成就如來十力作是念時善根增進永不退轉佛子菩薩摩訶薩復作是念願我以此善根果報盡未來劫修菩薩行悉以惠施一切衆生悉以迴向一切衆生普徧無餘願令阿僧祇世界珍寶充滿阿僧祇世界衣服充滿阿僧祇世界妙香充滿阿僧祇世界莊嚴具充滿阿僧祇世界無量摩尼寶充滿阿僧祇世界妙華充滿阿僧祇世界上味充滿阿僧祇世界財貨充滿阿僧祇世界牀座

充滿蓋以寶帳敷以妙衣阿僧祇世界種種莊嚴寶冠充滿假使一人盡未來劫常來求索以此等物而惠施之未曾厭倦而有休息如於一人於一切衆生悉亦如是佛子菩薩摩訶薩如是施時無虛僞心無希望心無名譽心無中悔心無熱惱心但發專求一切智道心一切悉捨心哀愍衆生心教化成熟心皆令安住一切智智心佛子菩薩摩訶薩以諸善根如是迴向盡未來劫常行惠施住一切智智心佛子菩薩摩訶薩復作是念我爲一衆生故欲令阿僧祇世界寶象充滿七支具足性極調順上立金幢金網彌覆種種妙寶而爲莊嚴以用布施願令阿僧祇世界寶馬充滿如龍馬王種種衆寶莊嚴之具而嚴飾之持用布施願令阿僧祇世界妓女充滿

悉能敷奏種種妙音持用布施願令阿僧祇世界男女充滿持用布施願令阿僧祇世界已身充滿發菩提心而用布施願令阿僧祇世界已頭充滿起不放逸心而用布施願令阿僧祇世界已眼充滿而用布施願令阿僧祇世界已身血肉及以骨髓充滿其中心無顧戀持用布施願令阿僧祇世界自在王位充滿其中持用布施願令阿僧祇世界奴僕作使充滿其中持用布施菩薩摩訶薩以如是等種種諸物盡未來劫安住廣大一切施心施一衆生如一衆生盡衆生界一切衆生皆如是施佛子菩薩摩訶薩於一世界盡未來劫修菩薩行以是等物施一衆生如是給施一切衆生皆令滿足如於一世界於盡虛空徧法界一切世界中悉亦如是大悲普覆終無間息普加哀愍隨其所須供給供養不令施行遇緣而息乃至不於一彈指頃生疲倦心佛子菩薩摩訶薩如是施時生於此心所謂無著心無縛心解脫心大力心甚深心善攝心無執心無壽者心善調伏心不散亂心不妄計心具種種寶性心不求果報心了達一切法心住大迴向心善決諸義心令一切衆生住無上智心生大法光明心入一切智智心佛子菩薩摩訶薩以所集善根於念念中如是迴向所謂願一切衆生財寶豐足無所乏少願一切衆生成就無盡大功德藏願一切衆生具足一切安隱快樂願一切衆生增長菩薩摩訶薩業願一切衆生成滿無量第一勝法願一切衆生得不退轉一切智乘願一切衆生普見十方一切諸佛願一切

衆生永離世間諸惑塵垢願一切衆生皆得清淨平等之心願一切衆生離諸難處得一切智佛子菩薩摩訶薩如是迴向時發歡喜心爲令一切衆生得利益安樂故爲令一切衆生得平等心故爲令一切衆生住能捨心故爲令一切衆生住一切施心故爲令一切衆生住歡喜施心故爲令一切衆生住永離貧窮施心故爲令一切衆生住一切財寶施心故爲令一切衆生住無數財寶施心故爲令一切衆生住普施無量施一切施心故爲令一切衆生住盡未來劫無斷施心故爲令一切衆生住一切悉捨無悔無惱施心故爲令一切衆生住悉捨一切資生之物施心故爲令一切衆生住隨順施心故爲令一切衆生住攝取施心故爲令一切衆生住廣大施心故爲令一切衆生住捨無量莊嚴具供養施心故爲令一切衆生住無著施心故爲令一切衆生住平等施心故爲令一切衆生住如金剛極大力施心故爲令一切衆生住如日光明施心故爲令一切衆生住攝如來智施心故爲令一切衆生善根眷屬具足故爲令一切衆生善根智慧常現在前故爲令一切衆生得不可壞淨心圓滿故爲令一切衆生成就最勝清淨善根故爲令一切衆生於煩惱睡眠中得覺悟故爲令一切衆生滅除一切諸疑惑故爲令一切衆生得平等智慧淨功德故爲令一切衆生功德圓滿無能壞者故爲令一切衆生具足清淨不動三昧故爲令一切衆生住不可壞一切智智故爲令一切衆生成滿菩薩無量清淨神通行故爲

令一切衆生修集無著善根故爲令一切衆生念去來今一切諸佛心清淨故爲令一切衆生出生清淨勝善根故爲令一切衆生滅除一切魔所作業障道法故爲令一切衆生具足無礙清淨平等功德法故爲令一切衆生以廣大心常念諸佛無懈廢故爲令一切衆生常近諸佛勤供養故爲令一切衆生廣開一切諸善根門普能圓滿白淨法故爲令一切衆生無量心廣大心最勝心悉清淨故爲令一切衆生成就清淨等施心故爲令一切衆生奉持諸佛尸波羅蜜等清淨故爲令一切衆生得大堪忍波羅蜜故爲令一切衆生住精進波羅蜜常無懈故爲令一切衆生住無量定能起種種神通智故爲令一切衆生得知一切法無體性般若波羅蜜故爲令一切衆生圓滿無邊淨法界故爲令一切衆生成滿一切神通清淨善根故爲令一切衆生住平等行積集善法悉圓滿故爲令一切衆生善入一切諸佛境界悉周徧故爲令一切衆生身口意業普清淨故爲令一切衆生善業果報普清淨故爲令一切衆生了達諸法普清淨故爲令一切衆生了達實義普清淨故爲令一切衆生修諸勝行普清淨故爲令一切衆生成就一切菩薩大願普清淨故爲令一切衆生證得一切功德智慧普清淨故爲令一切衆生成就一切同體善根迴向出生一切智乘普圓滿故爲令一切衆生嚴淨一切諸佛國土普圓滿故爲令一切衆生見一切佛而無所著普圓滿故爲令一切衆生具諸相好功德莊嚴普圓滿故爲令一切

衆生得六十種音聲發言誠諦皆可信受百千種法而以莊嚴如來無礙功德妙音悉圓滿故爲令一切衆生成就十力莊嚴無礙平等心故爲令一切衆生得一切佛無盡法明一切辯才普圓滿故爲令一切衆生得無上無畏人中之雄師子吼故爲令一切衆生得一切智轉不退轉無盡法輪故爲令一切衆生了一切法開示演説普圓滿故爲令一切衆生以時修習清淨善法普圓滿故爲令一切衆生成就導師無上法寳等清淨故爲令一切衆生於一莊嚴無量莊嚴大莊嚴諸佛莊嚴普圓滿故爲令一切衆生等入三世所有境界悉周徧故爲令一切衆生悉能往詣一切佛刹聽受正法無不徧故爲令一切衆生智慧利益爲世所宗與佛等故爲令一切衆生以一切智知一切法普圓滿故爲令一切衆生行不動業得無礙果普圓滿故爲令一切衆生所有諸根咸得神通能知一切衆生根故爲令一切衆生得無差別平等智慧於一相法普清淨故爲令一切衆生與理無違一切善根悉具足故爲令一切衆生於一切菩薩自在神通悉明達故爲令一切衆生得一切佛無盡功德若福若智悉平等故爲令一切衆生發菩提心解一切法平等一相無遺缺故爲令一切衆生了達正法爲世最上福德田故爲令一切衆生成就平等清淨大悲爲諸施者大力田故爲令一切衆生堅固第一無能沮壞故爲令一切衆生見必蒙益無能摧伏故爲令一切衆生成滿最勝平等心故爲令一切衆生善能了達一切諸法

得大無畏故爲令一切衆生放一光明普照十方一切世界故爲令一切衆生普修一切菩薩精進行無懈退故爲令一切衆生以一行願普滿一切諸行願故爲令一切衆生以一妙音普使聞者皆得解故爲令一切衆生悉能具足一切菩薩清淨心故爲令一切衆生普得值遇諸善知識咸承事故爲令一切衆生修菩薩行調伏衆生不休息故爲令一切衆生以妙辯才具一切音隨機廣演無斷盡故爲令一切衆生能以一心知一切心以一切善根等迴向故爲令一切衆生常樂積集一切善根安立衆生於淨智故爲令一切衆生得一切智福德智慧清淨身故爲令一切衆生善知一切衆生善根觀察迴向普成就故爲令一切衆生得一切智成等正覺普圓滿故爲令一切衆生得具足神通智於一處出興一切諸處皆出興故爲令一切衆生得普莊嚴智嚴淨一衆會一切衆會皆嚴淨故爲令一切衆生於一佛國土普見一切佛國土故爲令一切衆生以一切莊嚴具不可說莊嚴具無量莊嚴具無盡莊嚴具莊嚴一切諸佛國土普周徧故爲令一切衆生於一切法悉能決了甚深義故爲令一切衆生得諸如來最上第一自在神通故爲令一切衆生得非一非異一切功德自在神通故爲令一切衆生具足一切平等善根普爲諸佛灌其頂故爲令一切衆生悉得成滿清淨智身於諸有中最尊勝故佛子菩薩摩訶薩如是悲愍利益安樂一切衆生咸令清淨遠離慳嫉受勝妙樂具大威德生大信解永離瞋恚

及諸翳濁其心清淨質直柔輭無有諂曲迷惑愚癡行出離行堅固不壞平等之心永無退轉白淨法力具足成就無惱無失善巧迴向常修正行調伏衆生滅除一切諸不善業修行苦行一切善根又勸衆生令其修習普爲含識具受衆苦以大智眼觀諸善根知其悉以智慧爲性方便迴向一切衆生爲令一切衆生悉得安住一切清淨功德處故爲令一切衆生悉能攝受一切善根知諸功德性及義故爲令一切衆生普淨一切諸善根故爲令一切衆生於福田境界中種諸善法心無悔故爲令一切衆生普能攝受一切衆生一一皆令趣一切智故爲令一切衆生普攝一切所有善根一一皆與平等迴向而相應故又以諸善根如是迴向所謂願一切衆生究竟安隱願一切衆生究竟清淨願一切衆生究竟安樂願一切衆生究竟解脫願一切衆生究竟平等願一切衆生究竟了達願一切衆生究竟安住諸白淨法願一切衆生得無礙眼願一切衆生善調其心願一切衆生具足十力調伏衆生佛子菩薩摩訶薩如是迴向時不著業不著報不著身不著物不著剎不著方不著衆生不著無衆生不著一切法不著無一切法佛子菩薩摩訶薩如是迴向時以此善根普施世間願一切衆生成滿佛智得清淨心智慧明了內心寂靜外緣不動增長成就三世佛種佛子菩薩摩訶薩修行如是迴向之時超出一切無能過者一切世間所有言詞悉共稱讚亦不可盡普修一切菩薩諸行悉能往詣一切佛土普見諸佛

無所障礙又能普見一切世界菩薩所行以善方便爲諸衆生分別諸法甚深句義得陀羅尼演說妙法盡未來劫無有斷絶爲衆生故念念於不可說不可說世界猶如影像普現其身供養諸佛念念嚴淨不可說不可說諸佛國土悉令周徧修行嚴淨佛刹智慧而無厭足念念令不可說不可說百千億那由他衆生清淨成就平等滿足於彼一切諸國土中勤修一切諸波羅蜜攝取衆生成就淨業得無礙耳於不可說不可說諸佛世界一一如來所轉法輪聽聞受持精勤修習不生一念捨離之心住無所得無依止無作無著菩薩神通於一刹那一彈指頃分身普詣不可說諸佛世界與諸菩薩等同一見佛子菩薩摩訶薩如是修習菩薩行時尚能成滿無量不可說不可說清淨功德憶念稱讚所不能盡況復得成無上菩提一切佛刹平等清淨一切衆生平等清淨一切身平等清淨一切根平等清淨一切業果平等清淨一切衆會道場平等清淨一切圓滿行平等清淨一切法方便智平等清淨一切如來諸願迴向平等清淨一切諸佛神通境界平等清淨佛子菩薩摩訶薩如是迴向時得一切功德清淨歡喜法門無量功德圓滿莊嚴如是迴向時衆生不違一切刹刹不違一切衆生刹衆生不違業業不違刹衆生思不違心心不違思思心不違境界境界不違思心業不違報報不違業業不違業道業道不違業法性不違相法相不違性法生不違性法性不違生刹平等不違衆生平等衆生平等不違刹平

等一切衆生平等不違一切法平等一切法平等不違一切衆生平等離欲際平等不違一切衆生安住平等一切衆生安住平等不違離欲際平等過去不違未來未來不違過去過去未來不違現在現在不違過去未來世平等不違佛平等佛平等不違世平等菩薩行不違一切智一切智不違菩薩行佛子菩薩摩訶薩如是迴向時得業平等得報平等得身平等得方便平等得願平等得一切衆生平等得一切刹平等得一切行平等得一切智平等得三世諸佛平等得承事一切諸佛得供養一切菩薩得種一切善根得滿一切大願得教化一切衆生得了知一切業得承事供養一切善知識得入一切清淨衆會道場得通達一切正教得成滿一切白法佛子是爲菩薩摩訶薩第七等隨順一切衆生迴向菩薩摩訶薩成就此迴向則能摧滅一切魔怨拔諸欲刺得出離樂住無二性具大威德救護衆生爲功德王神足無礙往一切刹入寂滅處具一切身成菩薩行於諸行願心得自在分別了知一切諸法悉能徧生一切佛刹得無礙耳聞一切刹所有音聲得淨慧眼見一切佛未嘗暫捨於一切境界成就善根心無高下於一切法得無所得菩薩摩訶薩以一切善根等隨順一切衆生如是迴向爾時金剛幢菩薩承佛神力普觀十方而說頌言

菩薩所作諸功德　微妙廣大甚深遠
乃至一念而修行　悉能迴向無邊際
菩薩所有資生具　種種豐盈無限億

香象寶馬以駕車　衣服珍財悉殊妙
或以頭目并手足　或持身肉及骨髓
悉徧十方無量刹　普施一切令充徧
無量劫中所修習　一切功德盡迴向
爲欲救度諸群生　其心畢竟不退轉
菩薩爲度衆生故　常修最勝迴向業
普令三界得安樂　悉使當成無上果
菩薩普興平等願　隨其所集清淨業
悉以迴施諸群生　如是大誓終無捨
菩薩願力無限礙　一切世間咸攝受
如是迴向諸群生　未曾暫起分別心
普願衆生智明了　布施持戒悉清淨
精進修行不懈廢　如是大誓無休息
菩薩迴向到彼岸　普開清淨妙法門
智慧同於兩足尊　分別實義得究竟
菩薩言詞已通達　種種智慧亦如是
說法如理無障礙　而於其中心不著
常於諸法不作二　亦復不作於不二
於二不二並皆離　知其悉是語言道
知諸世間悉平等　莫非心語一切業
衆生幻化無有實　所有果報從茲起
一切世間之所有　種種果報各不同
莫不皆由業力成　若滅於業彼皆盡
菩薩觀察諸世間　身口意業悉平等
亦令衆生住平等　猶如無等大聖尊
菩薩善業悉迴向　普令衆生色清淨
福德方便皆具足　同於無上調御士
菩薩利益諸群生　功德大海盡迴向
願使威光特超世　得成雄猛大力身
凡所修習諸功德　願使世間普清淨

諸佛清淨無倫匹　衆生清淨亦如是
菩薩於義得善巧　能知諸佛最勝法
以衆善業等迴向　願令庶品同如來
菩薩了知諸法空　一切世間無所有
無有造作及作者　衆生業報亦不失
諸法寂滅非寂滅　遠離此二分別心
知諸分別是世見　入於正位分別盡
如是真實諸佛子　從於如來法化生
彼能如是善迴向　世間疑惑悉除滅

大方廣佛華嚴經卷第二十九

大方廣佛華嚴經卷第三十

唐于闐國三藏沙門實叉難陀譯

十迴向品第二十五之八

佛子何者是菩薩摩訶薩眞如相迴向佛子此菩薩摩訶薩正念明了其心堅住遠離迷惑專意修行深心不動成不壞業趣一切智終不退轉志求大乘勇猛無畏植諸德本普安世間生勝善根修白淨法大悲增長心寶成就常念諸佛護持正法於菩薩道信樂堅固成就無量淨妙善根勤修一切功德智慧爲調御師生衆善法以智方便而爲迴向菩薩爾時慧眼普觀所有善根無量無邊其諸善根修習之時若求緣若辦具若治淨若趣入若專勵若起行若明達若精審若開示如是一切有種種門種種境種種相種種事種種分種種行種種名字種種分別種種出生種種修習其中所有一切善根悉是趣向十力乘心之所建立皆悉迴向一切種智唯一無二以諸善根如是迴向所謂願得圓滿無礙身業修菩薩行願得清淨無礙口業修菩薩行願得成就無礙意業安住大乘願得圓滿無障礙心淨修一切諸菩薩行願起無量廣大施心周給無邊一切衆生願於諸法心得自在演大法明無能障蔽願得明達一切智處發菩提心普照世間願常正念三世諸佛諦想如來常現在前願住圓滿增上志樂遠離一切諸魔怨敵願得安住佛十力智普攝衆生無有休息願得三昧遊諸世界而於世間無所染著願住諸世界無有疲厭教化衆生恒不休息願起無量思慧方便成就菩

薩不思議道願得諸方不迷惑智悉能分別一切世間願得自在神通智力於一念中悉能嚴淨一切國土願得普入諸法自性見一切世間悉皆清淨願得生起無差別智於一剎中入一切剎願以一切剎莊嚴之事顯示一切教化無量無邊衆生願於一佛剎中示無邊法界一切佛剎悉亦如是願得自在大神通智普能往詣一切佛土佛子菩薩摩訶薩以諸善根願得莊嚴一切佛國願得周徧一切世界願得成就智慧觀察如爲己身如是迴向如是而爲一切衆生所謂願一切衆生永離一切地獄畜生閻羅王趣願一切衆生除滅一切障礙之業願一切衆生得周普心平等智慧願一切衆生於怨於親等心攝受皆令安樂智慧清淨願一切衆生智慧圓滿淨光普照願一切衆生思慧成滿了眞實義願一切衆生以淨志樂趣求菩提獲無量智願一切衆生普能顯示安隱住處佛子菩薩摩訶薩恒以善心如是迴向爲令一切衆生遇清涼雲霔法雨故爲令一切衆生常值福田勝境界故爲令一切衆生皆能善入菩提心藏自護持故爲令一切衆生離諸蓋纏善安住故爲令一切衆生皆獲無礙神通智故爲令一切衆生得自在身普示現故爲令一切衆生成就最勝一切種智普興利益無空過故爲令一切衆生普攝群品令清淨故爲令一切衆生皆能究竟一切智故爲令一切衆生心不動摇無障礙故佛子菩薩摩訶薩見可愛樂國土園林草木華果名香上服珍寶財物諸莊嚴具或見可樂村邑聚落或

見帝王威德自在或見住處離諸諠雜見是事已以方便智精勤修習出生無量勝妙功德爲諸衆生勤求善法心無放逸廣集衆善猶如大海以無盡善普覆一切爲衆善法所依之處以諸善根方便迴向而無分別開示無量種種善根智常觀察一切衆生心恒憶念善根境界以等眞如平等善根迴向衆生無有休息菩薩爾時以諸善根如是迴向所謂願一切衆生得諸如來可愛樂見見法眞性平等平等無所取著圓滿清淨願一切衆生見諸如來甚可愛樂圓滿供養願一切衆生往生一切無諸煩惱甚可愛樂清淨佛刹願一切衆生得見諸佛可愛樂法願一切衆生常樂護持一切菩薩可愛樂行願一切衆生得善知識可愛樂眼見無所礙願一切衆生常見一切可愛樂物無有違逆願一切衆生諮得一切可愛樂法而勤護持願一切衆生於一切佛可樂法中得淨光明願一切衆生修諸菩薩一切能捨可愛樂心願一切衆生得無所畏能說一切可愛樂法願一切衆生得諸菩薩極可愛樂甚深三昧願一切衆生得諸菩薩甚可愛樂陀羅尼門願一切衆生得諸菩薩甚可愛樂善觀察智願一切衆生能現菩薩甚可愛樂自在神通願一切衆生能於諸佛大衆會中說可愛樂甚深妙法願一切衆生能以方便開示演說甚可愛樂差別之句願一切衆生常能發起甚可愛樂平等大悲願一切衆生念念發起甚可愛樂大菩提心常令諸根歡喜悅豫願一切衆生能入一切甚可愛樂諸如來家願一切衆生

得可愛樂能調伏行調伏衆生無有休息願一切衆生得諸菩薩甚可愛樂無盡辯才演說諸法願一切衆生於不可說不可說劫住於一切可樂世界教化衆生心無厭倦願一切衆生以無量方便普能悟入甚可愛樂諸佛法門願一切衆生得可愛樂無礙方便知一切法無有根本願一切衆生得可愛樂離貪欲際知一切法畢竟無二斷一切障願一切衆生得可愛樂離貪欲際知一切法平等眞實願一切衆生具足成滿一切菩薩甚可愛樂無戲論法願一切衆生得金剛藏精進之心成可愛樂一切智道願一切衆生具可愛樂無礙善根摧伏一切煩惱怨敵願一切衆生得可愛樂一切智門普於世間現成正覺佛子菩薩摩訶薩修習如是諸善根時得智慧明爲善知識之所攝受如來慧日明照其心永滅癡冥勤修正法入諸智業善學智地流布善根充滿法界以智迴向盡諸菩薩善根源底以智深入大方便海成就無量廣大善根佛子菩薩摩訶薩以此善根如是迴向所謂不著世間不取衆生其心清淨無所依止正念諸法離分別見不捨一切佛自在慧不違三世一切諸佛正迴向門隨順一切平等正法不壞如來眞實之相等觀三世無衆生相善順佛道善說於法深了其義入最勝地悟眞實法智慧圓滿信樂堅固雖善修正業而知業性空了一切法皆如幻化知一切法無有自性觀一切義及種種行隨世言說而無所著除滅一切執著因緣知如實理觀諸法性皆悉寂滅了一切法同一實相知

諸法相不相違背與諸菩薩而共同止修行其道善攝衆生入去來今一切菩薩迴向之門於諸佛法心無驚怖以無量心令諸衆生普得清淨於十方世界不起執取我我所心於諸世間無所分別於一切境界不生染著勤修一切出世間法於諸世間無取無依於深妙道正見牢固離諸妄見了眞實法譬如眞如徧一切處無有邊際善根迴向亦復如是徧一切處無有邊際譬如眞如眞實爲性善根迴向亦復如是了一切法眞實爲性譬如眞如恒守本性無有改變善根迴向亦復如是守其本性始終不改譬如眞如以一切法無性爲性善根迴向亦復如是了一切法無性爲性譬如眞如無相爲相善根迴向亦復如是了一切法無相爲相譬如眞如若有

得者終無退轉善根迴向亦復如是若有得者於諸佛法永不退轉譬如眞如一切諸佛之所行處善根迴向亦復如是一切如來所行之處譬如眞如離境界相而爲境界善根迴向亦復如是離境界相而爲三世一切諸佛圓滿境界譬如眞如能有安立善根迴向亦復如是悉能安立一切衆生譬如眞如性常隨順善根迴向亦復如是盡未來劫隨順不斷譬如眞如無能測量善根迴向亦復如是等虛空界盡衆生心無能測量譬如眞如充滿一切善根迴向亦復如是一刹那中普周法界譬如眞如常住無盡善根迴向亦復如是究竟無盡譬如眞如無有比對善根迴向亦復如是普能圓滿一切佛法無有比對譬如眞如體性堅固善根迴向亦復如是體

性堅固非諸惑惱之所能沮譬如真如不可破壞善根迴向亦復如是一切衆生不能損壞譬如真如照明爲體善根迴向亦復如是以普照明而爲其性譬如真如無所不在善根迴向亦復如是於一切處悉無不在譬如真如徧一切時善根迴向亦復如是徧一切時譬如真如性常清淨善根迴向亦復如是住於世間而體清淨譬如真如於法無礙善根迴向亦復如是周行一切而無所礙譬如真如爲衆法眼善根迴向亦復如是能爲一切衆生作眼譬如真如性無勞倦善根迴向亦復如是修行一切菩薩諸行恒無勞倦譬如真如體性甚深善根迴向亦復如是其性甚深譬如真如無有一物善根迴向亦復如是了知其性無有一物譬如真如性非出現善根迴向亦復如是其體微妙難可得見譬如真如離衆垢翳善根迴向亦復如是慧眼清淨離諸癡翳譬如真如性無與等善根迴向亦復如是成就一切諸菩薩行最上無等譬如真如體性寂靜善根迴向亦復如是善能隨順寂靜之法譬如真如無有根本善根迴向亦復如是能入一切無根本法譬如真如體性無邊善根迴向亦復如是淨諸衆生其數無邊譬如真如體性無著善根迴向亦復如是畢竟遠離一切諸著譬如真如無有障礙善根迴向亦復如是除滅一切世間障礙譬如真如非世所行善根迴向亦復如是非諸世間之所能行譬如真如體性無住善根迴向亦復如是一切生死皆非所住譬如真如性無所作善根迴向亦復如是一切所

作悉皆捨離譬如真如體性安住善根迴向亦復如是安住真實譬如真如與一切法而共相應善根迴向亦復如是與諸菩薩聽聞修習而共相應譬如真如一切法中性常平等善根迴向亦復如是於諸世間修平等行譬如真如不離諸法善根迴向亦復如是盡未來際不捨世間譬如真如一切法中畢竟無盡善根迴向亦復如是於諸衆生迴向無盡譬如真如與一切法無有相違善根迴向亦復如是不違三世一切佛法譬如真如普攝諸法善根迴向亦復如是盡攝一切衆生善根譬如真如與一切法同其體性善根迴向亦復如是與三世佛同一體性譬如真如與一切法不相捨離善根迴向亦復如是攝持一切世出世法譬如真如無能映蔽善根

迴向亦復如是一切世間無能映蔽譬如真如不可動揺善根迴向亦復如是一切魔業無能動揺譬如真如性無垢濁善根迴向亦復如是修菩薩行無有垢濁譬如真如無有變易善根迴向亦復如是愍念衆生心無變易譬如真如不可窮盡善根迴向亦復如是非諸世法所能窮盡譬如真如性常覺悟善根迴向亦復如是普能覺悟一切諸法譬如真如不可失壞善根迴向亦復如是於諸衆生起勝志願永不失壞譬如真如能大照明善根迴向亦復如是以大智光照諸世間譬如真如不可言説善根迴向亦復如是一切言語所不可説譬如真如持諸世間善根迴向亦復如是能持一切菩薩諸行譬如真如隨世言説善根迴向亦復如是隨順一切智

慧言說譬如真如徧一切法善根迴向亦復如是徧於十方一切佛刹現大神通成等正覺譬如真如無有分別善根迴向亦復如是於諸世間無所分別譬如真如徧一切身善根迴向亦復如是徧十方刹無量身中譬如真如體性無生善根迴向亦復如是方便示生而無所生譬如真如無所不在善根迴向亦復如是十方三世諸佛土中普現神通而無不在譬如真如徧在於夜善根迴向亦復如是於一切夜放大光明施作佛事譬如真如徧在於晝善根迴向亦復如是悉令一切在晝衆生見佛神變演不退輪離垢清淨無空過者譬如真如徧在半月及以一月善根迴向亦復如是於諸世間次第時節得善方便於一念中知一切時譬如真如徧在年歲善根迴向亦復如是住無量劫明了成熟一切諸根皆令圓滿譬如真如徧成壞劫善根迴向亦復如是住一切劫清淨無染教化衆生咸令清淨譬如真如盡未來際善根迴向亦復如是盡未來際修諸菩薩清淨妙行成滿大願無有退轉譬如真如徧住三世善根迴向亦復如是令諸衆生於一刹那見三世佛未曾一念而有捨離譬如真如徧一切處善根迴向亦復如是超出三界周徧一切悉得自在譬如真如住有無法善根迴向亦復如是了達一切有無之法畢竟清淨譬如真如體性清淨善根迴向亦復如是能以方便集助道法淨治一切諸菩薩行譬如真如體性明潔善根迴向亦復如是令諸菩薩悉得三昧明潔之心譬如真如體性無垢善根迴

向亦復如是遠離諸垢滿足一切諸清淨意譬如真如無我我所善根迴向亦復如是以無我我所清淨之心充滿十方諸佛國土譬如真如體性平等善根迴向亦復如是獲得平等一切智智照了諸法離諸癡翳譬如真如超諸數量善根迴向亦復如是與超數量一切智乘大力法藏而同止住與徧十方一切世界廣大法雲譬如真如平等安住善根迴向亦復如是發生一切諸菩薩行平等住於一切智道譬如真如徧住一切諸衆生界善根迴向亦復如是滿足無礙一切種智於衆生界悉現在前譬如真如無有分別普住一切音聲智中善根迴向亦復如是具足一切諸言音智能普示現種種言音開示衆生譬如真如永離世間善根迴向亦復如是普

使衆生永出世間譬如真如體性廣大善根迴向亦復如是悉能受持去來今世廣大佛法恒不忘失勤修一切菩薩諸行譬如真如無有間息善根迴向亦復如是爲欲安處一切衆生於大智地於一切劫修菩薩行無有間息譬如真如體性寬廣徧一切法善根迴向亦復如是淨念無礙普攝一切寬廣法門譬如真如徧攝群品善根迴向亦復如是證得無量品類之智修諸菩薩真實妙行譬如真如無所取著善根迴向亦復如是於一切法皆無所取除滅一切世間取著普令清淨譬如真如體性不動善根迴向亦復如是安住普賢圓滿行願畢竟不動譬如真如是佛境界善根迴向亦復如是令諸衆生滿足一切大智境界滅煩惱境悉令清淨譬如真如

無能制伏善根迴向亦復如是不爲一切衆魔事業外道邪論之所制伏譬如眞如非是可修非不可修善根迴向亦復如是捨離一切妄想取著於修不修無所分別譬如眞如無有退捨善根迴向亦復如是常見諸佛發菩提心大誓莊嚴永無退捨譬如眞如普攝一切世間言音善根迴向亦復如是能得一切差別言音神通智慧普發一切種種言詞譬如眞如於一切法無所希求善根迴向亦復如是令諸衆生乘普賢乘而得出離於一切法無所貪求譬如眞如住一切地善根迴向亦復如是令一切衆生捨世間地住智慧地以普賢行而自莊嚴譬如眞如無有斷絶善根迴向亦復如是於一切法得無所畏隨其類音處處演說無有斷絶譬如眞如捨離諸漏善根迴向亦復如是令一切衆生成就法智了達於法圓滿菩提無漏功德譬如眞如無有少法而能壞亂令其少分非是覺悟善根迴向亦復如是普令開悟一切諸法其心無量徧周法界譬如眞如過去非始未來非末現在非異善根迴向亦復如是爲一切衆生新新恒起菩提心願普使清淨永離生死譬如眞如於三世中無所分別善根迴向亦復如是現在念念心常覺悟過去未來皆悉清淨譬如眞如成就一切諸佛菩薩善根迴向亦復如是發起一切大願方便成就諸佛廣大智慧譬如眞如究竟清淨不與一切諸煩惱俱善根迴向亦復如是能滅一切衆生煩惱圓滿一切清淨智慧佛子菩薩摩訶薩如是迴向時得一切佛刹平等普嚴淨一

切世界故得一切衆生平等普爲轉無礙法輪故得一切菩薩平等普出生一切智願故得一切諸佛平等觀察諸佛體無二故得一切法平等普知諸法性無易故得一切世間平等以方便智善解一切語言道故得一切菩薩行平等隨種種善根盡迴向故得一切時平等勤修佛事於一切時無斷絶故得一切業果平等於世出世所有善根皆無染著咸究竟故得一切佛自在神通平等隨順世間現佛事故佛子是爲菩薩摩訶薩第八真如相迴向菩薩摩訶薩住此迴向證得無量清淨法門能爲如來大師子吼自在無畏以善方便教化成就無量菩薩於一切時未曾休息得佛無量圓滿之身一身充徧一切世界得佛無量圓滿音聲一音開悟一切衆生得佛無量圓滿之力一毛孔中普能容納一切國土得佛無量圓滿神通置諸衆生於一塵中得佛無量圓滿解脱於一衆生身示現一切諸佛境界成等正覺得佛無量圓滿三昧一三昧中普能示現一切三昧得佛無量圓滿辯才説一句法窮未來際而不可盡悉除一切衆生疑惑得佛無量圓滿衆生具佛十力盡衆生界示成正覺佛子是爲菩薩摩訶薩以一切善根順眞如相迴向爾時金剛幢菩薩承佛威力普觀十方而説頌言

菩薩志樂常安住　正念堅固離癡惑
其心善軟恒清涼　積集無邊功德行
菩薩謙順無違逆　所有志願悉清淨
已得智慧大光明　善能照了一切業
菩薩思惟業廣大　種種差別甚希有

決意修行無退轉　以此饒益諸群生
諸業差別無量種　菩薩一切勤修習
隨順衆生不違意　普令心淨生歡喜
已升調御人尊地　離諸熱惱心無礙
於法於義悉善知　爲利群生轉勤習
菩薩所修衆善行　無量無數種種別
於彼一切分別知　爲利群生故迴向
以妙智慧恒觀察　究竟廣大眞實理
斷諸有處悉無餘　如彼眞如善迴向
譬如眞如徧一切　如是普攝諸世間
菩薩以此心迴向　悉令衆生無所著
菩薩願力徧一切　譬如眞如無不在
若見不見念悉周　悉以功德而迴向
夜中隨住晝亦住　半月一月亦隨住
若年若劫悉住中　眞如如是行亦然
所有三世及刹土　一切衆生與諸法
悉住其中無所住　以如是行而迴向
譬如眞如本自性　菩薩如是發大心
眞如所在無不在　以如是行而迴向
譬如眞如本自性　其中未曾有一法
不得自性是眞性　以如是業而迴向
如眞如相業亦爾　如眞如性業亦爾
如眞如性本眞實　業亦如是同眞如
譬如眞如無邊際　業亦如是無有邊
而於其中無縛著　是故此業得清淨
如是聰慧眞佛子　志願堅固不動揺
以其智力善通達　入於諸佛方便藏
覺悟法王眞實法　於中無著亦無縛
如是自在心無礙　未曾見有一法起
如來法身所作業　一切世間如彼相

說諸法相皆無相　知如是相是知法
菩薩住是不思議　於中思議不可盡
入此不可思議處　思與非思皆寂滅
如是思惟諸法性　了達一切業差別
所有我執皆除滅　住於功德無能動
菩薩一切業果報　悉爲無盡智所印
如是無盡自性盡　是故無盡方便滅
菩薩觀心不在外　亦復不得在於內
知其心性無所有　我法皆離永寂滅
彼諸佛子如是知　一切法性常空寂
無有一法能造作　同於諸佛悟無我
了知一切諸世間　悉與眞如性相等
見是不可思議相　是則能知無相法
若能住是甚深法　常樂修行菩薩行
爲欲利益諸群生　大誓莊嚴無退轉
是則超過於世間　不起生死妄分別
了達其心如幻化　勤修衆行度群生
菩薩正念觀世間　一切皆從業緣得
爲欲救度修諸行　普攝三界無遺者
了知衆生種種異　悉是想行所分別
於此觀察悉明了　而不壞於諸法性
智者了知諸佛法　以如是行而迴向
哀愍一切諸衆生　令於實法正思惟

大方廣佛華嚴經卷第三十

大方廣佛華嚴經卷第三十一

唐于闐國三藏沙門實叉難陀譯

十迴向品第二十五之九

佛子云何爲菩薩摩訶薩無著無縛解脱迴向佛子是菩薩摩訶薩於一切善根心生尊重所謂於出生死心生尊重於攝取一切善根心生尊重於希求一切善根心生尊重於悔諸過業心生尊重於隨喜善根心生尊重於禮敬諸佛心生尊重於合掌恭敬心生尊重於頂禮塔廟心生尊重於勸佛説法心生尊重於如是等種種善根皆生尊重隨順忍可佛子菩薩摩訶薩於彼善根皆生尊重隨順忍可時究竟欣樂堅固信解自得安住令他安住勤修無著自在積集成勝志樂住如來境勢力增長悉得知見以諸善根如是迴向所謂以無著無縛解脱心成就普賢身業以無著無縛解脱心清淨普賢語業以無著無縛解脱心圓滿普賢意業以無著無縛解脱心發起普賢廣大精進以無著無縛解脱心具足普賢無礙音聲陀羅尼門其聲廣大普徧十方以無著無縛解脱心具足普賢見一切佛陀羅尼門恒見十方一切諸佛以無著無縛解脱心成就解了一切音聲陀羅尼門同一切音説無量法以無著無縛解脱心成就普賢一切劫住陀羅尼門普於十方修菩薩行以無著無縛解脱心成就普賢自在力於一衆生身中示修一切菩薩行盡未來劫常無間斷如一衆生身一切衆生身悉亦如是以無著無縛解脱心成就普賢自在力普入一切衆道場普現一切諸佛前修菩薩

行以無著無縛解脫心成就普賢佛自在力於一門中示現經不可說不可說劫無有窮盡令一切衆生皆得悟入以無著無縛解脫心成就普賢佛目在力於種種門中示現經不可說不可說劫無有窮盡令一切衆生皆得悟入其身普現一切佛前以無著無縛解脫心成就普賢自在力念念中令不可說不可說衆生住十力智心無疲倦以無著無縛解脫心成就普賢自在力於一切衆生身中現一切佛自在神通令一切衆生住普賢行以無著無縛解脫心成就普賢自在力於一一衆生語言中作一切衆生語言令一切衆生一一皆住一切智地以無著無縛解脫心成就普賢自在力於一一衆生身中普容納一切衆生身令皆自謂成就佛身以無著無縛解脫心成就普賢自在力能以一華莊嚴一切十方世界以無著無縛解脫心成就普賢自在力出大音聲普徧法界周聞一切諸佛國土攝受調伏一切衆生以無著無縛解脫心成就普賢自在力盡未來際不可說不可說劫於念念中悉能徧入一切世界以佛神力隨念莊嚴以無著無縛解脫心成就普賢自在力盡未來際所住之劫常能徧入一切世界示現成佛出興於世以無著無縛解脫心成普賢行一光普照盡虛空界一切世界以無著無縛解脫心成普賢行得無量智慧具一切神通說種種法以無著無縛解脫心成普賢行入於如來盡一切劫不可測量神通智慧以無著無縛解脫心成普賢行住盡法界諸如來所以佛神力修習一切諸菩

薩行身口意業曾無懈倦以無著無縛解脫心成普賢行不違於義不壞於法言詞清淨樂說無盡教化調伏一切衆生令其當得一切諸佛無上菩提以無著無縛解脫心修普賢行入一法門時放無量光照不思議一切法門如一法門一切法門皆亦如是通達無礙究竟當得一切智地以無著無縛解脫心住菩薩行於法自在到於普賢莊嚴彼岸於一一境界皆以一切智觀察悟入而一切智亦不窮盡以無著無縛解脫心始從此生盡未來際住普賢行常不休息得一切智悟不可說不可說眞實法於法究竟無有迷惑以無著無縛解脫心修普賢業方便自在得法光明於諸菩薩所行之行照了無礙以無著無縛解脫心修普賢行得一切方便智知一切方便所謂無量方便不思議方便菩薩方便一切智方便一切菩薩調伏方便轉無量法輪方便不可說時方便說種種法方便無邊際無畏藏方便說一切法無餘方便以無著無縛解脫心住普賢行成就身業令一切衆生見者歡喜不生誹謗發菩提心永不退轉究竟清淨以無著無縛解脫心修普賢行得了一切衆生語言清淨智一切言詞具足莊嚴普應衆生皆令歡喜以無著無縛解脫心住普賢行立殊勝志具清淨心得廣大神通廣大智慧普詣一切廣大世間廣大國土廣大衆生所說一切如來不可說廣大法廣大莊嚴圓滿藏以無著無縛解脫心成滿普賢迴向行願得一切佛清淨身清淨心清淨解攝佛功德住佛境界智印普照示現菩薩

清淨之業善入一切差別句義示諸佛菩薩廣大自在爲一切衆生現成正覺以無著無縛解脫心勤修普賢諸根行願得聰利根調順根一切法自在根無盡根勤修一切善根根一切佛境界平等根受一切菩薩不退轉記大精進根了知一切佛法金剛界根一切如來智慧光照金剛燄根分別一切諸根自在根安立無量衆生於一切智根無邊廣大根一切圓滿根清淨無礙根以無著無縛解脫心修普賢行得一切菩薩神力所謂無量廣大力神力無量自在智神力不動其身普現一切佛刹神力無礙不斷自在神力普攝一切佛刹置於一處神力一身徧滿一切佛刹神力無礙解脫遊戲神力無所作一念自在神力住無性無依神力一毛孔中次第安立不可說世界徧遊法界諸佛道場示諸衆生皆令得入大智慧門神力以無著無縛解脫心入普賢門生菩薩行以自在智於一念頃普入無量諸佛國土一身容受無量佛刹獲能嚴淨佛國土智恒以智慧觀見無邊諸佛國土永不發起二乘之心以無著無縛解脫心修普賢方便行入智慧境界生如來家住菩薩道具足不可說不可說無量不思議殊勝心行無量願未曾休息了知三世一切法界以無著無縛解脫心成就普賢清淨法門於一毛端量處悉包容盡虛空徧法界不可說不可說一切國土皆使明見如一毛端量處徧法界虛空界一一毛端量處悉亦如是以無著無縛解脫心成就普賢深心方便於一念心中現一衆生不可說不可說劫念

心如是乃至現一切衆生爾許劫念心以無著無縛解脱心入普賢迴向行方便地於一身中悉能包納盡法界不可說不可說身而衆生界無所增減如一身乃至周徧法界一切身悉亦如是以無著無縛解脱心成就普賢大願方便捨離一切想倒心倒見倒普入一切諸佛境界常見諸佛虚空界等清淨法身相好莊嚴神力自在常以妙音開示演說無礙無斷令其聞者如說受持於如來身了無所得以無著無縛解脱心修普賢行住菩薩地於一念中入一切世界所謂入仰世界覆世界不可說不可說十方網一切處廣大世界以因陀羅網分別方便普分別一切法界以種種世界入一世界以不可說不可說無量世界入一世界以一切法界所安立無量世界入一世界以一切虚空界所安立無量世界入一世界而亦不壞安立之相悉令明見以無著無縛解脱心修習普賢菩薩行願得佛灌頂於一念中入方便地成滿安住衆行智寶悉能了知一切諸想所謂衆生想法想刹想方想佛想世想業想行想界想解想根想時想持想煩惱想清淨想成熟想見佛想轉法輪想聞法解了想調伏想無量想出離想種種地想無量地想菩薩了知想菩薩修習想菩薩三昧想菩薩三昧起想菩薩成想菩薩壞想菩薩歿想菩薩生想菩薩解脱想菩薩自在想菩薩住持想菩薩境界想劫成壞想明想暗想晝想夜想半月一月一時一歲變異想去想來想住想坐想睡想覺想如是等想於一念中悉能了知而離一切

想無所分別斷一切障無所執著一切佛智充滿其心一切佛法長其善根與諸如來等同一身一切諸佛之所攝取離垢清淨一切佛法皆隨修學到於彼岸以無著無縛解脫心爲一切衆生修普賢行生大智寶於一一心中知無量心隨其依止隨其分別隨其種性隨其所作隨其業用隨其相狀隨其思覺種種不同靡不明見以無著無縛解脫心成就普賢大願智寶於一處中知於無量不可說處如於一處於一切處悉亦如是以無著無縛解脫心修習普賢行業智地於一業中能知無量不可說不可說業其業各以種種緣造明了知見如於一業於一切業悉亦如是以無著無縛解脫心修習普賢知諸法智於一法中知不可說不可說法於一切法中而知一法如是諸法各各差別無有障礙無違無著以無著無縛解脫心住菩薩行得具普賢無礙耳根於一言音中知不可說不可說言音無量無邊種種差別而無所著如於一言音於一切言音悉亦如是以無著無縛解脫心修普賢智起普賢行住普賢地於一一法中演說不可說不可說法其法廣大種種差別教化攝受不可思議方便相應於無量時於一切時隨諸衆生所有欲解隨根隨時以佛音聲而爲說法以一妙音令不可說道場衆會無量衆生皆悉歡喜一切如來所無量菩薩充滿法界立殊勝志生廣大見究竟了知一切諸行住普賢地隨所說法於念念中悉能證入一刹那頃增長無量不可說不可說大智慧聚盡未來劫如是演說於一

切剎修習廣大虚空等行成就圓滿以無著無縛解脫心修習普賢諸根行門成大行王於一一根中悉能了知無量諸根無量心樂不思議境界所生妙行以無著無縛解脫心住普賢行大迴向心得色甚微細智身甚微細智剎甚微細智劫甚微細智世甚微細智方甚微細智時甚微細智數甚微細智業報甚微細智清淨甚微細智如是等一切甚微細於一念中悉能了知而心不恐怖心不迷惑不亂不散不濁不劣其心一緣心善寂定心善分別心善安住以無著無縛解脫心住菩薩智修普賢行無有懈倦能知一切衆生趣甚微細衆生死甚微細衆生生甚微細衆生住甚微細衆生處甚微細衆生品類甚微細衆生境界甚微細衆生行甚微細衆生取

甚微細衆生攀緣甚微細如是等一切甚微細於一念中悉能了知以無著無縛解脫心立深志樂修普賢行能知一切菩薩從初發心為一切衆生修菩薩行甚微細菩薩住處甚微細菩薩神通甚微細菩薩遊行無量佛剎甚微細菩薩法光明甚微細菩薩清淨眼甚微細菩薩成就殊勝心甚微細菩薩往詣一切如來道場衆會甚微細菩薩陀羅尼門智甚微細菩薩無量無畏地一切辯才藏演說甚微細菩薩無量三昧相甚微細菩薩見一切佛三昧智甚微細菩薩甚深三昧智甚微細菩薩大莊嚴三昧智甚微細菩薩法界三昧智甚微細菩薩大自在神通三昧智甚微細菩薩盡未來際廣大行住持三昧智甚微細菩薩出生無量差別三昧智甚微細菩

薩出生一切諸佛前勤修供養恒不捨離三昧智甚微細菩薩修行一切甚深廣博無障無礙三昧智甚微細菩薩究竟一切智地住持行智地大神通地決定義地離翳三昧智甚微細如是等一切甚微細悉能了知以無著無縛解脫心修普賢行悉知一切菩薩安立智甚微細菩薩地甚微細菩薩無量行甚微細菩薩出生迴向甚微細菩薩得一切佛藏甚微細菩薩觀察智甚微細菩薩神通願力甚微細菩薩演説三昧甚微細菩薩自在方便甚微細菩薩印甚微細菩薩一生補處甚微細菩薩生兜率天甚微細菩薩住止天宫甚微細菩薩嚴淨佛國甚微細菩薩觀察人中甚微細菩薩放大光明甚微細菩薩種族殊勝甚微細菩薩道場衆會甚微細菩薩

徧一切世界受生甚微細菩薩於一身示現一切身命終甚微細菩薩入母胎甚微細菩薩住母胎甚微細菩薩在母胎中自在示現一切法界道場衆會甚微細菩薩在母胎中示現一切佛神力甚微細菩薩示現誕生事甚微細菩薩師子遊行七步智甚微細菩薩示處王宫巧方便智甚微細菩薩出家修調伏行甚微細菩薩菩提樹下坐道場甚微細菩薩破魔軍衆成阿耨多羅三藐三菩提甚微細如來坐菩提座放大光明照十方界甚微細如來示現無量神變甚微細如來師子吼大涅槃甚微細如來調伏一切衆生而無所礙甚微細如來不思議自在力如金剛菩提心甚微細如來普護念一切世間境界甚微細如來普於一切世界施作佛事盡未來

劫而無休息甚微細如來無礙神力周徧法界甚微細如來於盡虛空界一切世界普現成佛調伏衆生甚微細如來於一佛身現無量佛身甚微細如來於去來今三世中皆處道場自在智甚微細如是等一切微細悉能了知成就清淨普能示現一切世間於念念中增長智慧圓滿不退善巧方便修菩薩行無有休息成就普賢迴向之地具足一切如來功德永不厭捨菩薩所行出生菩薩現前境界無量方便皆悉清淨普欲安隱一切衆生修菩薩行成就菩薩大威德地得諸菩薩心之樂欲獲金剛幢迴向之門出生法界諸功德藏常爲諸佛之所護念入諸菩薩深妙法門演說一切真實之義於法善巧無所違失起大誓願不捨衆生於一念中盡知一切心非心地境界之藏於非心處示生於心遠離語言安住智慧同諸菩薩所行之行以自在力示成佛道盡未來際常無休息一切世間衆生劫數妄想言說之所建立神通願力悉能示現以無著無縛解脫心修普賢行得一切衆生界甚微細智所謂衆生界分別甚微細智衆生界言說甚微細智衆生界執著甚微細智衆生界異類甚微細智衆生界同類甚微細智衆生界無量趣甚微細智衆生界不思議種種分別所作甚微細智衆生界無量雜染甚微細智衆生界無量清淨甚微細智如是等一切衆生界境界甚微細於一念中能以智慧皆如實知廣攝衆生而爲說法開示種種清淨法門令修菩薩廣大智慧化身無量見者歡喜以智日光照菩薩心令

其開悟智慧自在以無著無縛解脫心爲一切衆生於一切世界修普賢行得盡虚空界法界一切世界甚微細智所謂小世界甚微細智大世界甚微細智雜染世界甚微細智清淨世界甚微細智無比世界甚微細智種種世界甚微細智廣世界甚微細智狹世界甚微細智無礙莊嚴世界甚微細智徧一切世界佛出現甚微細智徧一切世界說正法甚微細智徧一切世界普現身甚微細智徧一切世界放大光明甚微細智盡一切世界示現諸佛自在神通甚微細智盡一切世界以一音聲示一切音甚微細智入一切世界一切佛刹道場衆會甚微細智以一切法界佛刹作一佛刹甚微細智以一佛刹作一切法界佛刹甚微細智知一切世界如夢甚微細智知一切世界如像甚微細智知一切世界如幻甚微細智如是了知出生一切菩薩之道入普賢行智慧神通具普賢觀修菩薩行常無休息得一切佛自在神變具無礙身住無依智於諸善法無所取著心之所行悉無所得於一切處起遠離想於菩薩行起淨修想於一切智無取著想以諸三昧而自莊嚴智慧隨順一切法界以無著無縛解脫心入普賢菩薩行門得無量法界甚微細智演說一切法界甚微細智入廣大法界甚微細智分別不思議法界甚微細智分別一切法界甚微細智一念徧一切法界甚微細智普入一切法界甚微細智知一切法界無所得甚微細智觀一切法界無所礙甚微細智知一切法界無有生甚微細智於一切法界現

神變甚微細智如是等一切法界甚微細以廣大智皆如實知於法自在示普賢行令諸衆生皆悉滿足不捨於義不著於法出生平等無礙之智知無礙本不住一切法不壞諸法性如實無染猶若虛空隨順世間起於言說開真實義示寂滅性於一切境無依無住無有分別明見法界廣大安立了諸世間及一切法平等無二離一切著以無著無縛解脫心修普賢行生諸劫甚微細智所謂以不可說劫爲一念甚微細智以一念爲不可說劫甚微細智以阿僧祇劫入一劫甚微細智以一劫入阿僧祇劫甚微細智以長劫入短劫甚微細智以短劫入長劫甚微細智入有佛劫無佛劫甚微細智知一切劫數甚微細智知一切劫非劫甚微細智一念中見三世一切劫甚微細智如是等一切諸劫甚微細以如來智於一念中皆如實知得諸菩薩圓滿行王心入普賢行心離一切分別異道戲論心發大願無懈息心普見無量世界網無量諸佛充滿心於諸佛善根諸菩薩行能聞持心於安慰一切衆生廣大行聞已不忘心能於一切劫現佛出世心於一一世界盡未來際行不動行無休息心於一切世界中以如來身業充滿菩薩身心以無著無縛解脫心修普賢行成不退轉得一切法甚微細智所謂甚深法甚微細智廣大法甚微細智種種法甚微細智莊嚴法甚微細智一切法無有量甚微細智一切法入一法甚微細智一法入一切法甚微細智一切法入非法甚微細智無法中安立一切法而不相違甚微細

智入一切佛法方便無有餘甚微細智如是等一切世界一切言說所安立法諸微細智與彼同等其智無礙皆如實知得入無邊法界心於一一法界深心堅住成無礙行以一切智充滿諸根入諸佛智正念方便成就諸佛廣大功德徧滿法界普入一切諸如來身現諸菩薩所有身業隨順一切世界言詞演說於法得一切佛神力所加智慧意業出生無量善巧方便分別諸法薩婆若智以無著無縛解脫心修普賢行出生一切甚微細智所謂知一切刹甚微細智知一切衆生甚微細智知一切法果報甚微細智知一切衆生心甚微細智知一切說法時甚微細智知一切法界甚微細智知一切盡虛空界三世甚微細智知一切語言道甚微細智知一切世間行甚微細智知一切出世行甚微細智乃至知一切如來道一切菩薩道一切衆生道甚微細智修菩薩行住普賢道若文若義皆如實知生如影智生如夢智生如幻智生如響智生如化智生如空智生寂滅智生一切法界智生無所依智生一切佛法智佛子菩薩摩訶薩以無著無縛解脫心迴向不分別若世間若世間法不分別若菩提若菩提薩埵不分別若菩薩行若出離道不分別若佛若一切佛法不分別若調伏衆生若不調伏衆生不分別若善根若迴向不分別若自若他不分別若施物若受施者不分別若菩薩行若等正覺不分別若法若智佛子菩薩摩訶薩以彼善根如是迴向所謂心無著無縛解脫身無著無縛解脫口無著無縛解脫業

無著無縛解脱報無著無縛解脱世間無著無縛解脱佛刹無著無縛解脱衆生無著無縛解脱法無著無縛解脱智無著無縛解脱菩薩摩訶薩如是迴向時如三世諸佛爲菩薩時所修迴向而行迴向學過去諸佛迴向成未來諸佛迴向住現在諸佛迴向安住過去諸佛迴向道不捨未來諸佛迴向道隨順現在諸佛迴向道勤修過去諸佛教成就未來諸佛教了知現在諸佛教滿足過去諸佛平等成就未來諸佛平等安住現在諸佛平等行過去諸佛境界住未來諸佛境界等現在諸佛境界得三世一切諸佛善根具三世一切諸佛種性住三世一切諸佛所行順三世一切諸佛境界佛子是爲菩薩摩訶薩第九無著無縛解脱心迴向菩薩摩訶薩住此迴向時一切金剛輪圍山所不能壞於一切衆生中色相第一無能及者悉能摧破諸魔邪業普現十方一切世界修菩薩行爲欲開悟一切衆生以善方便説説佛法得大智慧於諸佛法心無迷惑在在生處若行若住常得值遇不壞眷屬三世諸佛所説正法以清淨念悉能受持盡未來劫修菩薩行常不休息無所依著普賢行願增長具足得一切智施作佛事成就菩薩自在神通爾時金剛幢菩薩承佛神力普觀十方而説頌言

普於十方無等尊　未曾一起輕慢心
隨其所修功德業　亦復恭敬生尊重
所修一切諸功德　不爲自己及他人
恒以最上信解心　利益衆生故迴向
未嘗暫起高慢心　亦復不生下劣意

如來所有身等業　彼悉請問勤修習
所修種種諸善根　悉為利益諸含識
安住深心廣大解　迴向人尊功德位
世間所有無量別　種種善巧奇特事
麤細廣大及甚深　靡不修行皆了達
世間所有種種身　以身平等入其中
於此修行得了悟　慧門成就無退轉
世間國土無量種　微細廣大仰覆別
菩薩能以智慧門　一毛孔中無不見
衆生心行無有量　能令平等入一心
以智慧門悉開悟　於所修行不退轉
衆生諸根及欲樂　上中下品各不同
一切甚深難可知　隨其本性悉能了
衆生所有種種業　上中下品各差別
菩薩深入如來力　以智慧門普明見
不可思議無量劫　能令平等入一念
如是見已徧十方　修行一切清淨業
過去未來及現在　了知其相各不同
而亦不違平等理　是則大心明達行
世間衆生行不同　或顯或隱無量種
菩薩悉知差別相　亦知其相皆無相
十方世界一切佛　所現自在神通力
廣大難可得思議　菩薩悉能分別知
一切世界兜率中　自然覺悟人師子
功德廣大淨無等　如其體相悉能見
或現降神處母胎　無量自在大神變
成佛說法示滅度　普徧世間無暫已
人中師子初生時　一切勝智悉承奉
諸天帝釋梵王等　靡不恭敬而瞻侍
十方一切無有餘　無量無邊法界中

無始無末無邊邇　示現如來自在力
人中尊導現生已　遊行諸方各七步
欲以妙法悟群生　是故如來普觀察
見諸衆生沉欲海　盲闇愚癡之所覆
人中自在現微笑　念當救彼三有苦
大師子吼出妙音　我為世間第一尊
應然明淨智慧燈　滅彼生死愚癡闇
人師子王出世時　普放無量大光明
令諸惡道皆休息　永滅世間衆苦難
或時示現處王宮　或現捨家修學道
爲欲饒益衆生故　示其如是自在力
如來始坐道場時　一切大地皆動搖
十方世界悉蒙光　六趣衆生咸離苦
震動一切魔宮殿　開悟十方衆生心
昔曾受化及修行　皆使了知真實義

十方所有諸國土　悉入毛孔無有餘
一切毛孔刹無邊　於彼普現神通力
一切諸佛所開演　無量方便皆隨悟
設諸如來所不說　亦能解了勤修習
徧滿三千大千界　一切魔軍興鬬諍
所作無量種種惡　無礙智門能悉滅
如來或在諸佛刹　或復現處諸天宮
或在梵宮而現身　菩薩悉見無障礙
佛現無量種種身　轉於清淨妙法輪
乃至三世一切劫　求其邊際不可得
寶座高廣最無等　徧滿十方無量界
種種妙相而莊嚴　佛處其上難思議
諸佛子衆共圍繞　盡於法界悉周徧
開示菩提無量行　一切最勝所由道
諸佛隨宜所作業　無量無邊等法界

智者能以一方便　一切了知無不盡
諸佛自在神通力　示現一切種種身
或現諸趣無量生　或現婇女衆圍繞
或於無量諸世界　示現出家成佛道
乃至最後般涅槃　分布其身起塔廟
如是種種無邊行　導師演說佛所住
世尊所有大功德　誓願修行悉令盡
以彼善根迴向時　住於如是方便法
如是修習菩提行　其心畢竟無厭怠
如來所有大神通　及以無邊勝功德
乃至世間諸智行　一切悉知無不盡
如是一切人中主　隨其所有諸境界
於一念中皆了悟　而亦不捨菩提行
諸佛所有微細行　及一切剎種種法
於彼悉能隨順知　究竟迴向到彼岸

有數無數一切劫　菩薩了知即一念
於此善入菩提行　常勤修習不退轉
十方所有無量剎　或有雜染或清淨
及彼一切諸如來　菩薩悉能分別知
於念念中悉明見　不可思議無量劫
如是三世無有餘　具足修治菩薩行
於一切心平等入　入一切法亦平等
盡空佛剎斯亦然　彼最勝行悉了知
出生衆生及諸法　所有種種諸智慧
菩薩神力亦復然　如是一切無窮盡
諸微細智各差別　菩薩盡攝無有餘
同相異相悉善知　如是修行廣大行
十方無量諸佛剎　其中衆生各無量
趣生族類種種殊　住行力己悉能知
過去未來現在世　所有一切諸導師

若人知此而迴向　則與彼佛行平等
若人能修此迴向　則爲學佛所行道
當得一切佛功德　及以一切佛智慧
一切世間莫能壞　一切所學皆成就
常能憶念一切佛　常見一切世間燈
菩薩勝行不可量　諸功德法亦如是
已住如來無上行　悉知諸佛自在力

大方廣佛華嚴經卷第三十一

音釋

欣樂 樂五教切 疲倦 疲音皮勞乏也倦渠卷切懈也 誹謗 誹敷尾切非議也謗補曠切訕也 翳 於計切 狹 侯夾切隘也 薩婆若 梵語也此云一切智若爾者切 薩埵 梵語也此云成衆生謂用佛道成就衆生也埵音朶 摧 昨回切折也 劣 力輟切鄙也 盲闇 盲武庚切日無童子也闇烏紺切不明也 鬪諍 鬪都豆切競也諍側耕切訟也 厭怠 厭於豔切足也怠徒耐切惰也

大方廣佛華嚴經卷第三十二

唐于闐國三藏沙門實叉難陀譯

十迴向品第二十五之十

佛子云何爲菩薩摩訶薩等法界無量迴向佛子此菩薩摩訶薩以離垢繒而繫其頂住法師位廣行法施起大慈悲安立衆生於菩提心常行饒益無有休息以菩提心長養善根爲諸衆生作調御師示諸衆生一切智道爲諸衆生作法藏日善根光明普照一切於諸衆生其心平等修諸善行無有休息心淨無染智慧自在不捨一切善根道業作諸衆生大智商主普令得入安隱正道爲諸衆生而作導首令修一切善根法行爲諸衆生作不可壞堅固善友令其善根增長成就佛子此菩薩摩訶薩以法施爲首發生一切清淨白法攝受趣向一切智心殊勝願力究竟堅固成就增益具大威德依善知識心無諂誑思惟觀察一切智門無邊境界以此善根如是迴向願得修習成就增長廣大無礙一切境界願得於佛正教之中乃至聽聞一句一偈受持演說願得憶念與法界等無量無邊一切世界去來現在一切諸佛既憶念已修菩薩行又願以此念佛善根爲一衆生於一世界盡未來劫修菩薩行如於一世界盡法界虛空界一切世界皆亦如是如爲一衆生爲一切衆生亦復如是以善方便一一皆爲盡未來劫大誓莊嚴終無離佛善知識想常見諸佛現在其前無有一佛出興於世不得親近一切諸佛及諸菩薩所讃所說清淨梵行誓願修行悉令圓滿所謂不破梵行不缺

梵行不雜梵行無玷梵行無失梵行無能蔽梵行佛所讚梵行無所依梵行無所得梵行增益菩薩清淨梵行三世諸佛所行梵行無礙梵行無著梵行無諍梵行無滅梵行安住梵行無比梵行無動梵行無亂梵行無恚梵行佛子菩薩摩訶薩若能爲已修行如是清淨梵行則能普爲一切衆生令一切衆生皆得安住令一切衆生皆得開曉令一切衆生皆得成就令一切衆生皆得清淨令一切衆生皆得無垢令一切衆生皆得照明令一切衆生離諸塵染令一切衆生無諸障翳令一切衆生離諸熱惱令一切衆生離諸纏縛令一切衆生永離諸惡令一切衆生無諸惱害畢竟清淨何以故菩薩摩訶薩自於梵行不能清淨不能令他而得清淨自於梵行而有退轉不能令他無有退轉自於梵行而有失壞不能令他無有失壞自於梵行而有遠離不能令他常不遠離自於梵行而有懈怠不能令他不生懈怠自於梵行不生信解不能令他心生信解自於梵行而不安住不能令他而得安住自於梵行而不證入不能令他心得證入自於梵行而有放捨不能令他恒不放捨自於梵行而有散動不能令他心不散動何以故菩薩摩訶薩住無倒行說無倒法所言誠實如說修行淨身口意離諸雜染住無礙行滅一切障菩薩摩訶薩自得淨心爲他演說清淨心法自修和忍以諸善根調伏其心令他和忍以諸善根調伏其心自離疑悔亦令他人永離疑悔自得淨信亦令他得不壞淨信自住正法亦令衆生安住正法

佛子菩薩摩訶薩復以法施所生善根如是迴向所謂願我獲得一切諸佛無盡法門普爲衆生分別解說皆令歡喜心得滿足摧滅一切外道異論願我能爲一切衆生演說三世諸佛法海於一一法生起一一法義理一一法名言一一法安立一一法解說一一法顯示一一法門戶一一法悟入一一法觀察一一法分位悉得無邊無盡法藏獲無所畏具四辯才廣爲衆生分別解說窮未來際而無有盡爲欲令一切衆生立勝志願出生無礙無謬失辯爲欲令一切衆生皆生歡喜爲欲令一切衆生成就一切淨法光明隨其類音演說無斷爲欲令一切衆生深信歡喜住一切智辯了諸法俾無迷惑作是念言我當普於一切世界爲諸衆生精勤修習得徧法界無量自在身得徧法界無量廣大心具等法界無量清淨音聲現等法界無量衆會道場修等法界無量菩薩業得等法界無量菩薩住證等法界無量菩薩平等學等法界無量菩薩法住等法界無量菩薩行入等法界無量菩薩迴向是爲菩薩摩訶薩以諸善根而爲迴向爲令衆生悉得成就一切智故佛子菩薩摩訶薩復以善根如是迴向所謂爲欲見等法界無量諸佛調伏等法界無量衆生住持等法界無量佛刹證等法界無量菩薩智獲等法界無量無所畏成等法界無量諸菩薩陀羅尼得等法界無量諸菩薩不思議住具等法界無量功德滿等法界無量利益衆生善根又願以此善根故令我得福德平等智慧平等力平等無畏平等清淨平等

自在平等正覺平等說法平等義平等決定平等一切神通平等如是等法皆悉圓滿如我所得願一切衆生亦如是得如我無異佛子菩薩摩訶薩復以善根如是迴向所謂如法界無量善根迴向亦復如是所得智慧終無有量如法界無邊善根迴向亦復如是見一切佛無有其邊如法界無限善根迴向亦復如是詣諸佛刹無有齊限如法界無際善根迴向亦復如是於一切世界修菩薩行無有涯際如法界無斷善根迴向亦復如是住一切智永不斷絶如法界一性善根迴向亦復如是與一切衆生同一智性如法界自性清淨善根迴向亦復如是令一切衆生究竟清淨如法界隨順善根迴向亦復如是令一切衆生悉皆隨順普賢行願如法界莊嚴善根迴向亦復如是令一切衆生以普賢行而爲莊嚴如法界不可失壞善根迴向亦復如是令諸菩薩永不失壞諸清淨行佛子菩薩摩訶薩復以此善根如是迴向所謂願以此善根承事一切諸佛菩薩皆令歡喜願以此善根速得趣入一切智性願以此善根徧一切處修一切智願以此善根令一切衆生常得往覲一切諸佛願以此善根令一切衆生常見諸佛能作佛事願以此善根令一切衆生恒得見佛不於佛事生怠慢心願以此善根令一切衆生常得見佛心喜清淨無有退轉願以此善根令一切衆生常得見佛心善解了願以此善根令一切衆生常得見佛不生執著願以此善根令一切衆生常得見佛了達無礙願以此善根令一切衆生常得見

佛成普賢行願以此善根令一切衆生常見諸佛現在其前無時暫捨願以此善根令一切衆生常見諸佛出生菩薩無量諸力願以此善根令一切衆生常見諸佛於一切法永不忘失佛子菩薩摩訶薩又以諸善根如是迴向所謂如法界無起性迴向如法界根本性迴向如法界自體性迴向如法界無依性迴向如法界無忘失性迴向如法界空無性迴向如法界寂靜性迴向如法界無處所性迴向如法界無遷動性迴向如法界無差別性迴向佛子菩薩摩訶薩復以法施所有宣示所有開悟及因此起一切善根如是迴向所謂願一切衆生成菩薩法師常爲諸佛之所護念願一切衆生作無上法師方便安立一切衆生於一切智願一切衆生作無屈法師一切問難莫能窮盡願一切衆生作無礙法師得一切法無礙光明願一切衆生作智藏法師能善巧說一切佛法願一切衆生成諸如來自在法師善能分別如來智慧願一切衆生作如眼法師說如實法不由他教願一切衆生作憶持一切佛法法師如理演說不違句義願一切衆生作修行無相道法師以諸妙相而自莊嚴放無量光善入諸法願一切衆生作大身法師其身普徧一切國土興大法雲雨諸佛法願一切衆生作護法藏法師建無勝幢護諸佛法令正法海無所缺減願一切衆生作一切法日法師得佛辯才巧說諸法願一切衆生作妙音方便法師善說無邊法界之藏願一切衆生作到法彼岸法師以智神通開正法藏願一切衆生作安

住正法法師演說如來究竟智慧願一切衆生作了達諸法法師能說無量無盡功德願一切衆生作不誑世間法師能以方便令入實際願一切衆生作破諸魔衆法師善能覺知一切魔業願一切衆生作諸佛所攝受法師離我我所攝受之心願一切衆生作安隱一切世間法師成就菩薩說法願力佛子菩薩摩訶薩復以諸善根如是迴向所謂不以取著業故迴向不以取著報故迴向不以取著心故迴向不以取著法故迴向不以取著事故迴向不以取著因故迴向不以取著語言音聲故迴向不以取著名句文身故迴向不以取著迴向故迴向不以取著利益衆生故迴向佛子菩薩摩訶薩復以善根如是迴向所謂不爲耽著色境界故迴向不爲耽著

聲香味觸法境界故迴向不爲求生天故迴向不爲求欲樂故迴向不爲著欲境界故迴向不爲求眷屬故迴向不爲求自在故迴向不爲求生死樂故迴向不爲著生死故迴向不爲樂諸有故迴向不爲求和合樂故迴向不爲求可樂著處故迴向不爲懷毒害心故迴向不壞善根故迴向不依三界故迴向不著諸禪解脫三昧故迴向不住聲聞辟支佛乘故迴向但爲教化調伏一切衆生故迴向但爲成滿一切智智故迴向但爲得無礙智故迴向但爲得無障礙清淨善根故迴向但爲令一切衆生超出生死證大智慧故迴向但爲令大菩提心如金剛不可壞故迴向但爲成就究竟不死法故迴向但爲以無量莊嚴莊嚴佛種性示現一切智自在故迴向但

爲求菩薩一切法明大神通智故迴向但爲於盡法界虚空界一切佛刹行普賢行圓滿不退被堅固大願鎧令一切衆生住普賢地故迴向但爲盡未來劫度脱衆生常無休息示現一切智地無礙光明恒不斷故迴向佛子菩薩摩訶薩以彼善根迴向時以如是心迴向所謂以本性平等心迴向以法性平等心迴向以一切衆生無量平等心迴向以無諍平等心迴向以自性無所起平等心迴向以知諸法無亂心迴向以入三世平等心迴向以出生三世諸佛種性心迴向以得不退失神通心迴向以生成一切智行心迴向又爲令一切衆生永離一切地獄故迴向爲令一切衆生不入畜生趣故迴向爲令一切衆生不往閻羅王處故迴向爲令一切衆生除滅一切障道法故迴向爲令一切衆生滿足一切善根故迴向爲令一切衆生能應時轉法輪令一切歡喜故迴向爲令一切衆生入十力輪故迴向爲令一切衆生滿足菩薩無邊清淨法願故迴向爲令一切衆生隨順一切善知識教菩提心器得滿足故迴向爲令一切衆生受持修行甚深佛法得一切佛智光明故迴向爲令一切衆生修諸菩薩無障礙行常現前故迴向爲令一切衆生常見諸佛現其前故迴向爲令一切衆生清淨法光明常現前故迴向爲令一切衆生無畏大菩提心常現前故迴向爲令一切衆生菩薩不思議智常現前故迴向爲令一切衆生普救護衆生令清淨大悲心常現前故迴向爲令一切衆生以不可説不可説勝妙莊嚴具莊

嚴一切諸佛刹故迴向爲令一切衆生摧滅一切衆魔鬭諍羅網業故迴向爲令一切衆生於一切佛刹皆無所依修菩薩行故迴向爲令一切衆生發一切種智心入一切佛法廣大門故迴向佛子菩薩摩訶薩又以此善根正念清淨迴向智慧決定迴向盡知一切佛法方便迴向爲成就無量無礙智故迴向爲欲滿足清淨殊勝心故迴向爲一切衆生住大慈故迴向爲一切衆生住大悲故迴向爲一切衆生住大喜故迴向爲一切衆生住大捨故迴向爲永離二著住勝善根故迴向爲思惟觀察分別演說一切緣起法故迴向爲立大勇猛幢心故迴向爲立無能勝幢藏故迴向爲破諸魔衆故迴向爲得一切法清淨無礙心故迴向爲修一切菩薩行不退轉故迴向爲得樂求第一勝法心故迴向爲得樂求諸功德法自在清淨一切智智心故迴向爲滿一切願除一切諍得佛自在無礙清淨法爲一切衆生轉不退法輪故迴向爲得如來最上殊勝法智慧日百千光明之所莊嚴普照一切法界衆生故迴向爲欲調伏一切衆生隨其所樂常令滿足不捨本願盡未來際聽聞正法修習大行得淨智慧離垢光明斷除一切憍慢消滅一切煩惱裂愛欲網破愚癡闇具足無垢無障礙法故迴向爲一切衆生於阿僧祇劫常勤修習一切智行無有退轉一一令得無礙妙慧示現諸佛自在神通無有休息故迴向佛子菩薩摩訶薩以諸善根如是迴向時不應貪著三有五欲境界何以故菩薩摩訶薩應以無貪善根迴向

應以無瞋善根迴向應以無癡善根迴向應以不害善根迴向應以離慢善根迴向應以不諂善根迴向應以質直善根迴向應以精勤善根迴向應以修習善根迴向佛子菩薩摩訶薩如是迴向時得淨信心於菩薩行歡喜忍受修習清淨大菩薩道具佛種性得佛智慧捨一切惡離衆魔業親近善友成已大願請諸衆生設大施會佛子菩薩摩訶薩復以此法施所生善根如是迴向所謂令一切衆生得淨妙音得柔軟音得天鼓音得無量無數不思議音得可愛樂音得清淨音得周徧一切佛刹音得百千那由他不可說功德莊嚴音得高遠音得廣大音得滅一切散亂音得充滿法界音得攝取一切衆生語言音得一切衆生無邊音聲智得一切清淨語言音聲智得無量語言音聲智得最自在音入一切音聲智得一切清淨莊嚴音得一切世間無厭足音得究竟不繫屬一切世間音得歡喜音得佛清淨語言音得說一切佛法遠離癡翳名稱普聞音得令一切衆生得一切法陀羅尼莊嚴音得說一切無量種法音得普至法界無量衆會道場音得普攝持不可思議法金剛句音得開示一切法音得能說不可說字句差別智藏音得演說一切法無所著不斷音得一切法光明照曜音得能令一切世間清淨究竟至於一切智音得普攝一切法句義音得神力護持自在無礙音得到一切世間彼岸智音又以此善根令一切衆生得不下劣音得無怖畏音得無染著音得一切衆會道場歡喜音得隨順美妙音得

善說一切佛法音得斷一切衆生疑念皆令覺悟音得具足辯才音得普覺悟一切衆生長夜睡眠音佛子菩薩摩訶薩復以諸善根如是迴向所謂願一切衆生得離衆過惡清淨法身願一切衆生得離衆過惡淨妙功德願一切衆生得離衆過惡清淨妙相願一切衆生得離衆過惡清淨業果願一切衆生得離衆過惡清淨一切智心願一切衆生得離衆過惡無量清淨菩提心願一切衆生得離衆過惡了知諸根清淨方便願一切衆生得離衆過惡清淨信解願一切衆生得離衆過惡清淨勤修無礙行願願一切衆生得離衆過惡清淨正念智慧辯才佛子菩薩摩訶薩復以諸善根爲一切衆生如是迴向願得種種清淨妙身所謂光明身離濁身無染身清淨身極清淨身離塵身極離塵身離垢身可愛樂身無障礙身於一切世界現諸業像於一切世間現言說像於一切宮殿現安立像如淨明鏡種種色像自然顯現示諸衆生大菩提行示諸衆生甚深妙法示諸衆生種種功德示諸衆生修行之道示諸衆生成就之行示諸衆生菩薩行願示諸衆生於一世界一切世界佛興於世示諸衆生一切諸佛神通變化示諸衆生一切菩薩不可思議解脫威力示諸衆生成滿普賢菩薩行願一切智性菩薩摩訶薩以如是等微妙淨身方便攝取一切衆生悉令成就清淨功德一切智身佛子菩薩摩訶薩復以法施所生善根如是迴向願身隨住一切世界修菩薩行衆生見者皆悉不虛發菩提心永無退轉順真實義

不可傾動於一切世界盡未來劫住菩薩道而無疲厭大悲均普量同法界知衆生根應時說法常不休息於善知識心常正念乃至不捨一剎那頃一切諸佛常現在前心常正念未曾暫懈修諸善根無有虛僞置諸衆生於一切智令不退轉具足一切佛法光明持大法雲受大法雨修菩薩行入一切衆生入一切佛刹入一切諸法入一切三世入一切衆生業報智入一切菩薩善巧方便智入一切菩薩出生智入一切菩薩清淨境界智入一切佛自在神通入一切無邊法界於此安住修菩薩行

大方廣佛華嚴經卷第三十二

音釋

繒疾陵切帛也　玷都念切　恚於避切恨怒也　謬靡幼切誤也　俾并弭切使也　齊限齊在詣切齊限分齊限量也　覲渠遴切見也　耽丁含切樂也　鎧可亥切甲也　憍慢憍舉喬切恣也慢莫晏切倨也　裂良薛切破也　柔軟軟乳兗切亦柔也　頃丘頴切頃刻也　僞于睡切詐也

大方廣佛華嚴經卷第三十三

唐于闐國三藏沙門實叉難陀譯

十廻向品第二十五之十一

佛子菩薩摩訶薩復以法施所修善根如是迴向願一切佛刹皆悉清淨以不可說不可說莊嚴具而莊嚴之一一佛刹其量廣大同於法界純善無礙清淨光明諸佛於中現成正覺一佛刹中清淨境界悉能顯現一切佛刹如一佛刹一切佛刹亦復如是其一一刹悉以等法界無量無邊清淨妙寶莊嚴之具而爲嚴飾所謂阿僧祇清淨寶座敷衆寶衣阿僧祇寶帳寶網垂布阿僧祇寶蓋一切妙寶互相映徹阿僧祇寶雲普雨衆寶阿僧祇寶華周徧清淨阿僧祇衆寶所成欄楯軒檻清淨莊嚴阿僧祇寶鈴常演諸佛微妙音聲周流法界阿僧祇寶蓮華種種寶色開敷榮曜阿僧祇寶樹周帀行列無量妙寶以爲華果阿僧祇寶宮殿無量菩薩止住其中阿僧祇寶樓閣廣博崇麗延袤遠近阿僧祇寶却敵大寶所成莊嚴妙好阿僧祇寶門闥妙寶瓔珞周帀垂布阿僧祇寶牕牖不思議寶清淨莊嚴阿僧祇寶多羅形如半月衆寶集成如是一切悉以衆寶而爲嚴飾離垢清淨不可思議無非如來善根所起具足無數寶藏莊嚴復有阿僧祇寶河流出一切清淨善法阿僧祇寶海法水盈滿阿僧祇寶芬陀利華常出妙法芬陀利聲阿僧祇寶須彌山智慧山王秀出清淨阿僧祇八楞妙寶寶線貫穿嚴淨無比阿僧祇淨光寶常放無礙大智光明普照法界阿僧祇寶鈴鐸更相扣擊出妙

音聲阿僧祇清淨寶諸菩薩寶具足充滿阿僧祇寶繒綵處處垂下色相光潔阿僧祇妙寶幢以寶半月而爲嚴飾阿僧祇寶旛悉能普雨無量寶旛阿僧祇寶帶垂布空中莊嚴殊妙阿僧祇寶敷具能生種種微細樂觸阿僧祇妙寶旋示現菩薩一切智眼阿僧祇寶瓔珞一一瓔珞百千菩薩上妙莊嚴阿僧祇寶宮殿超過一切妙絶無比阿僧祇寶莊嚴具金剛摩尼以爲嚴飾阿僧祇種種妙寶莊嚴具常現一切清淨妙色阿僧祇清淨寶殊形異彩光鑒映徹阿僧祇寶山以爲垣牆周帀圍繞清淨無礙阿僧祇寶香其香普熏一切世界阿僧祇寶化事一一化事周徧法界阿僧祇寶光明一一光明現一切光復有阿僧祇寶光明清淨智光照了諸法復有阿僧祇無礙寶光明一一光明周徧法界有阿僧祇寶處一切諸寶皆悉具足阿僧祇寶藏開示一切正法藏寶阿僧祇寶幢如來幢相迥然高出阿僧祇寶賢大智賢像具足清淨阿僧祇寶園生諸菩薩三昧快樂阿僧祇寶音如來妙音普示世間阿僧祇寶形其一一形皆放無量妙法光明阿僧祇寶相其一一相悉超衆相阿僧祇寶威儀見者皆生菩薩喜樂阿僧祇寶聚見者皆生智慧寶聚阿僧祇寶安住見者皆生善住寶心阿僧祇寶衣服其有著者生諸菩薩無比三昧阿僧祇寶袈裟其有著者纔始發心則得善見陀羅尼門阿僧祇寶修習其有見者知一切寶皆是業果決定清淨阿僧祇寶無礙知見其有見者得了一切清淨法眼阿僧祇寶光藏其有見

者則得成就大智慧藏阿僧祇寶座佛坐其上大師子吼阿僧祇寶燈常放清淨智慧光明阿僧祇寶多羅樹次第行列繚以寶繩莊嚴清淨其樹復有阿僧祇寶幹從身聳擢端直圓潔阿僧祇寶枝種種衆寶莊嚴稠密不思議鳥翔集其中常吐妙音宣揚正法阿僧祇寶葉放大智光徧一切處阿僧祇寶華一一華上無量菩薩結跏趺坐徧遊法界阿僧祇寶果見者當得一切智智不退轉果阿僧祇寶聚落見者捨離世聚落法阿僧祇寶都邑無礙衆生於中盈滿阿僧祇寶宮殿王處其中具足菩薩那羅延身勇猛堅固被法甲冑心無退轉阿僧祇寶舍入者能除戀舍宅心阿僧祇寶衣著者能令解了無著阿僧祇寶宮殿出家菩薩充滿其中阿僧祇寶珍玩見者咸生無量歡喜阿僧祇寶輪放不思議智慧光明轉不退輪阿僧祇寶䟦陀樹因陀羅網莊嚴清淨阿僧祇寶地不思議寶間錯莊嚴阿僧祇寶吹其音清亮充滿法界阿僧祇寶鼓妙音克諧窮劫不絕阿僧祇寶衆生盡能攝持無上法寶阿僧祇寶身具足無量功德妙寶阿僧祇寶口常演一切妙法寶音阿僧祇寶心具清淨意大智願寶阿僧祇寶念斷諸愚惑究竟堅固一切智寶阿僧祇寶明誦持一切諸佛法寶阿僧祇寶慧決了一切諸佛法藏阿僧祇寶智得大圓滿一切智寶阿僧祇寶眼鑒十力寶無所障礙阿僧祇寶耳聽聞無量盡法界聲清淨無礙阿僧祇寶鼻常齅隨順清淨寶香阿僧祇寶舌能說無量諸語言法阿僧祇寶身徧遊十方而無

畢礙阿僧祇寶意常勤修習普賢行願阿僧祇寶音淨妙音聲徧十方界阿僧祇寶身業一切所作以智爲首阿僧祇寶語業常說修行無礙智寶阿僧祇寶意業得無障礙廣大智寶究竟圓滿佛子菩薩摩訶薩於彼一切諸佛剎中於一佛剎一方一處一毛端量有無量無邊不可說數諸大菩薩皆悉成就清淨智慧充滿而住如一佛剎一方一處一毛端量如是盡虛空徧法界一一佛剎一一方一一處一一毛端量悉亦如是是爲菩薩摩訶薩以諸善根而爲迴向普願一切諸佛國土悉具種種妙寶莊嚴如寶莊嚴如是廣說如是香莊嚴華莊嚴鬘莊嚴塗香莊嚴燒香莊嚴末香莊嚴衣莊嚴蓋莊嚴幢莊嚴旛莊嚴摩尼寶莊嚴次第乃至過此百倍皆如寶莊嚴如是廣說佛子菩薩摩訶薩以法施等所集善根爲長養一切善根故迴向爲嚴淨一切佛剎故迴向爲成就一切衆生故迴向爲令一切衆生皆心淨不動故迴向爲令一切衆生皆入甚深佛法故迴向爲令一切衆生皆得無能過清淨功德故迴向爲令一切衆生皆得不可壞清淨福力故迴向爲令一切衆生皆得無盡智力度諸衆生令入佛法故迴向爲令一切衆生皆得平等無量清淨言音故迴向爲令一切衆生皆得平等無礙眼成就盡虛空徧法界等智慧故迴向爲令一切衆生皆得清淨念知前際劫一切世界故迴向爲令一切衆生皆得無礙大智慧悉能決了一切法藏故迴向爲令一切衆生皆得無限量大菩提周徧法界無所障礙故迴

向爲令一切衆生皆得平等無分別同體善根故迴向爲令一切衆生皆得一切功德具足莊嚴清淨身語意業故迴向爲令一切衆生皆得同於普賢行故迴向爲令一切衆生皆得入一切同體清淨佛刹故迴向爲令一切衆生悉觀察一切智智趣入圓滿故迴向爲令一切衆生皆得遠離不平等善根故迴向爲令一切衆生皆得平等無異相深心次第圓滿一切智故迴向爲令一切衆生皆得安住一切白法故迴向爲令一切衆生皆於一念中證一切智得究竟故迴向爲令一切衆生皆得成滿清淨一切智道故迴向佛子菩薩摩訶薩以諸善根普爲一切衆生如是迴向已復以此善根欲普圓滿演說一切清淨行法力故迴向欲成就清淨行威力得不可說不可說法海故迴向欲於一一法海具足無量等法界清淨智光明故迴向欲開示演說一切法差別句義故迴向欲成就無邊廣大一切法光明三昧故迴向欲隨順三世諸佛辯才故迴向欲成就去來現在一切佛自在身故迴向爲尊重一切佛可愛樂無障礙法故迴向爲滿足大悲心救護一切衆生常無退轉故迴向欲成就不思議差別法無障礙智心無垢染諸根清淨普入一切衆會道場故迴向欲於一切若覆若仰若麤若細若廣若狹小大染淨如是等諸佛國土常轉平等不退法輪故迴向欲於念念中得無所畏無有窮盡種種辯才妙法光明開示演說故迴向爲樂求衆善發心修習諸根轉勝獲一切法大神通智盡能了知一切諸法故迴

向欲於一切衆會道場親近供養爲一切衆生演一切法咸令歡喜故迴向佛子菩薩摩訶薩又以此善根如是迴向所謂以住法界無量住迴向以住法界無量身業迴向以住法界無量語業迴向以住法界無量意業迴向以住法界無量色平等迴向以住法界無量受想行識平等迴向以住法界無量蘊平等迴向以住法界無量界平等迴向以住法界無量處平等迴向以住法界無量内平等迴向以住法界無量外平等迴向以住法界無量發起平等迴向以住法界無量深心平等迴向以住法界無量方便平等迴向以住法界無量信解平等迴向以住法界無量諸根平等迴向以住法界無量初中後際平等迴向以住法界無量業報平等迴向以住法界無量染淨平等迴向以住法界無量衆生平等迴向以住法界無量佛刹平等迴向以住法界無量法平等迴向以住法界無量世間光明平等迴向以住法界無量諸佛菩薩平等迴向以住法界無量菩薩行願平等迴向以住法界無量菩薩出離平等迴向以住法界無量菩薩教化調伏平等迴向以住法界無量法界無二平等迴向以住法界無量如來衆會道場平等迴向佛子菩薩摩訶薩如是迴向時安住法界無量平等清淨身安住法界無量平等清淨語安住法界無量平等清淨心安住法界無量平等諸菩薩清淨行願安住法界無量平等清淨衆會道場安住法界無量平等爲一切菩薩廣說諸法清淨智安住法界無量平等能入盡法界一切

世界身安住法界無量平等一切法光明清淨無畏能以一音盡斷一切衆生疑網隨其根欲皆令歡喜住於無上一切種智力無所畏自在神通廣大功德出離法中佛子是爲菩薩摩訶薩第十住等法界無量迴向菩薩摩訶薩以法施等一切善根如是迴向時成滿普賢無量無邊菩薩行願悉能嚴淨盡虚空等法界一切佛刹令一切衆生亦得如是具足成就無邊智慧了一切法於念念中見一切佛出興於世於念念中見一切佛無量無邊自在力所謂廣大自在力無著自在力無礙自在力不思議自在力淨一切衆生自在力立一切世界自在力現不可說語言自在力隨時應現自在力住不退轉神通智自在力演說一切無邊法界俾無有餘自在力

出生普賢菩薩無邊際眼自在力以無礙耳識聞持無量諸佛正法自在力一身結跏趺坐周徧十方無量法界於諸衆生無所迫隘自在力以圓滿智普入三世無量法自在力又得無量清淨所謂一切衆生清淨一切佛刹清淨一切法清淨一切處徧知智清淨徧虚空界無邊智清淨得一切差別言音智以種種言音普應衆生清淨放無量圓滿光普照一切無邊世界清淨出生一切三世菩薩行智清淨一念中普入三世一切諸佛衆會道場智清淨入無邊一切世間令一切衆生皆作所應作清淨如是等皆得具足皆得成就皆已修治皆得平等皆悉現前皆悉知見皆悉悟入皆已觀察皆得清淨到於彼岸爾時佛神力故十方各百萬佛刹微塵數世界

六種震動所謂動徧動等徧動起徧起等徧起踊徧踊等徧踊震徧震等徧震吼徧吼等徧吼擊徧擊等徧擊佛神力故法如是故雨衆天華天鬘天末香天諸雜香天衣服天珍寶天莊嚴具天摩尼寶天沉水香天栴檀香天上妙蓋天種種幢天雜色旛阿僧祇諸天身無量百千億不可說天妙法音不可思議天讚佛音阿僧祇天歡喜音咸稱善哉無量阿僧祇百千那由他諸天恭敬禮拜無數天子常念諸佛希求如來無量功德心不捨離無數天子作衆妓樂歌詠讚歎供養如來百千阿僧祇諸天放大光明普照盡虛空徧法界一切佛剎現無量阿僧祇諸佛境界如來化身出過諸天如於此世界兜率陀天宮說如是法周徧十方一切世界兜率天宮悉亦如是爾時復以佛神力故十方各過百萬佛剎微塵數世界外各有百萬佛剎微塵數諸菩薩而來集會周徧十方咸作是言善哉善哉佛子乃能說此諸大迴向佛子我等皆同一號名金剛幢悉從金剛光世界金剛幢佛所來詣此土彼諸世界悉以佛神力故而說是法衆會眷屬文辭句義皆亦如是不增不減我等皆承佛神力從彼土來爲汝作證如我來此衆會爲汝作證十方所有一切世界兜率天宮寶莊嚴殿諸菩薩衆來爲作證亦復如是爾時金剛幢菩薩承佛神力觀察十方一切衆會暨于法界已善知文義增廣大心大悲普覆一切衆生繫心安住三世佛種善入一切佛功德法成就諸佛自在之身觀諸衆生心之所樂及其所種一切善根悉分

別知隨順法身爲現清淨妙色之身即於是時而說頌曰

菩薩成就法智慧　悟解無邊正法門
爲法光明調御師　了知無礙眞實法
菩薩爲法大導師　開示甚深難得法
引導十方無量衆　悉令安住正法中
菩薩已飮佛法海　法雲普雨十方界
法日出現於世閒　闡揚妙法利群生
常爲難遇法施主　了知入法巧方便
法光清淨照其心　於世說法恒無畏
善修於法自在心　悉能悟入諸法門
成就甚深妙法海　普爲衆生擊法鼓
宣說甚深希有法　以法長養諸功德
具足清淨法喜心　示現世閒佛法藏
諸佛法王所灌頂　成就法性智藏身
悉能解了法實相　安住一切衆善法
菩薩修行第一施　一切如來所讚喜
所作皆蒙佛忍可　以此成就人中尊
菩薩成就妙法身　親從諸佛法化生
爲利衆生作法燈　演說無量最勝法
隨所修行妙法施　則亦觀察彼善根
所作衆善爲衆生　悉以智慧而迴向
所有成佛功德法　悉以迴施諸群生
願令一切皆清淨　到佛莊嚴之彼岸
十方佛刹無有量　悉具無量大莊嚴
如是莊嚴不可思　盡以莊嚴一國土
如來所有清淨智　願令衆生皆具足
猶如普賢眞佛子　一切功德自莊嚴
成就廣大神通力　往詣世界悉周徧
一切衆生無有餘　皆使修行菩薩道

諸佛如來所開悟　十方無量諸衆生
一切皆令如普賢　具足修行最上行
諸佛菩薩所成就　種種差别諸功德
如是功德無有邊　願使衆生悉圓滿
菩薩具足自在力　所應學處皆往學
示現一切大神通　普詣十方無量土
菩薩能於一念頃　覲等衆生無數佛
又復於一毛端中　盡攝諸法皆明見
世間衆生無有量　菩薩悉能分别知
諸佛無量等衆生　大心供養咸令盡
種種名香上妙華　衆寶衣裳及旛蓋
分布法界咸充滿　發心普供十方佛
一毛孔中悉明見　不思議數無量佛
一切毛孔皆如是　普禮一切世間燈
舉身次第恭敬禮　如是無邊諸最勝
亦以言辭普稱讚　窮盡未來一切劫
一如來所供養具　其數無量等衆生
如是供養一如來　一切如來亦復然
供養讚歎諸如來　盡彼世間一切劫
世間劫數可終盡　菩薩供養無休懈
一切世間種種劫　於爾所劫修諸行
恭敬供養一如來　盡一切劫無厭足
如無量劫供一佛　供一切佛皆如是
亦不分别是劫數　於所供養生疲厭
法界廣大無邊際　菩薩觀察悉明了
以大蓮華徧布中　施等衆生無量佛
寶華香色皆圓滿　清淨莊嚴甚微妙
一切世間無可喻　持以供養人中尊
衆生數等無量刹　諸妙寶蓋滿其中
悉以供養一如來　供一切佛皆如是

塗香無比最殊勝　一切世間未曾有
以此供養天人師　窮盡衆生數等劫
末香燒香上妙華　衆寶衣服莊嚴具
如是供養諸最勝　歡喜奉事無厭足
等衆生數照世燈　念念成就大菩提
亦以無邊偈稱述　供養人中調御者
如衆生數佛世尊　皆修無上妙供養
如衆生數無量劫　如是讚歎無窮盡
如是供養諸佛時　以佛神力皆周徧
悉見十方無量佛　安住普賢菩薩行
過去未來及現在　所有一切諸善根
令我常修普賢行　速得安住普賢地
一切如來所知見　世間無量諸衆生
悉願具足如普賢　爲聰慧者所稱讚
此是十方諸大士　共所修治迴向行
諸佛如來爲我說　此迴向行最無上
十方世界無有餘　其中一切諸衆生
莫不咸令得開覺　悉使常如普賢行
如其迴向行布施　亦復堅持於禁戒
精進長時無退怯　忍辱柔和心不動
禪定持心常一緣　智慧了境同三昧
去來現在皆通達　世間無有得其邊
菩薩身心及語業　如是所作皆清淨
一切修行無有餘　悉與普賢菩薩等
譬如法界無分別　戲論染著皆永盡
亦如涅槃無障礙　心常如是離諸取
智者所有迴向法　諸佛如來已開示
種種善根悉迴向　是故能成菩薩道
佛子善學此迴向　無量行願悉成滿
攝取法界盡無餘　是故能成善逝力

若欲成就佛所説　菩薩廣大殊勝行
宜應善住此迴向　是諸佛子號普賢
一切衆生猶可數　三世心量亦可知
如是普賢諸佛子　功德邊際無能測
一毛度空可得邊　衆刹爲塵可知數
如是大仙諸佛子　所住行願無能量

大方廣佛華嚴經卷第三十三

音釋

欄楯 欄音闌楯食尹切檻也 延袤 袤莫候切亘長也 芬陀利 梵語也此云白蓮華芬音分 鐸 達各切 瓔珞 瓔於盈切珞盧各切 帀 作合切徧也 迥 户茗切寥遠也 繚 憐蕭切繚纏也 幹 古按切莖也 聳 聳息拱切高也 擢 擢直角切拔也 翔 似羊切翺翔也 跏趺 跏音加趺音夫

屈足坐也 冑 直又切兜鍪也 克諧 克苦得切能也諧户皆切和也 齅 許救切以鼻擥氣也 罣礙 罣古賣切礙牛蓋切 迫隘 迫博陌切隘烏廨切狹陋也 踊 余隴切 鬘 莫班切 暨于 暨其冀切及也 闡 齒善切顯明也 怯 去劫切畏懦也

大方廣佛華嚴經卷第三十四

唐于闐國三藏沙門實义難陀譯

十地品第二十六之一

爾時世尊在他化自在天王宮摩尼寶藏殿與大菩薩衆俱其諸菩薩皆於阿耨多羅三藐三菩提不退轉悉從他方世界來集住一切菩薩智所住境入一切如來智所入處勤行不息善能示現種種神通諸所作事教化調伏一切衆生而不失時為成菩薩一切大願於一切世一切劫一切刹勤修諸行無暫懈息具足菩薩福智助道普益衆生而恒不匱到一切菩薩智慧方便究竟彼岸示入生死及以涅槃而不廢捨修菩薩行善入一切菩薩禪定解脱三昧三摩鉢底神通明智諸所施為皆得自在獲一切菩薩自在神力於一念頃無所動作悉能往詣一切如來道場衆會為衆上首請佛説法護持諸佛正法之輪以廣大心供養承事一切諸佛常勤修習一切菩薩所行事業其身普現一切世間其音普及十方法界心智無礙普見三世一切菩薩所有功德悉已修行而得圓滿於不可説劫説不能盡其名曰金剛藏菩薩寶藏菩薩蓮華藏菩薩德藏菩薩蓮華德藏菩薩日藏菩薩蘇利耶藏菩薩無垢月藏菩薩於一切國土普現莊嚴藏菩薩毗盧遮那智藏菩薩妙德藏菩薩栴檀德藏菩薩華德藏菩薩俱蘇摩德藏菩薩優鉢羅德藏菩薩天德藏菩薩福德藏菩薩無礙清淨智德藏菩薩功德藏菩薩那羅延德藏菩薩無垢藏菩薩離垢藏菩薩種種辯才莊嚴藏菩薩大光明網

藏菩薩淨威德光明王藏菩薩金莊嚴大功德光明王藏菩薩一切相莊嚴淨德藏菩薩金剛燄德相莊嚴藏菩薩光明燄藏菩薩星宿王光照藏菩薩虛空無礙智藏菩薩妙音無礙藏菩薩陀羅尼功德持一切衆生願藏菩薩海莊嚴藏菩薩須彌德藏菩薩淨一切功德藏菩薩如來藏菩薩佛德藏菩薩解脱月菩薩如是等無數無量無邊無等不可數不可稱不可思不可量不可說諸菩薩摩訶薩衆金剛藏菩薩而爲上首爾時金剛藏菩薩承佛神力入菩薩大智慧光明三昧入是三昧已即時十方各過十億佛刹微塵數世界外各有十億佛刹微塵數諸佛同名金剛藏而現其前作如是言善哉善哉金剛藏乃能入是菩薩大智慧光明三昧善男子此是十方各十億佛刹微塵數諸佛共加於汝以毗盧遮那如來應正等覺本願力故威神力故亦是汝勝智力故欲令汝爲一切菩薩說不思議諸佛法光明故所謂令入智地故攝一切善根故善簡擇一切佛法故廣知諸法故善能說法故無分別智清淨故一切世法不染故出世善根清淨故得不思議智境界故得一切智人智境界故又令得菩薩十地始終故如實說菩薩十地差別相故緣念一切佛法故修習分別無漏法故善選擇觀察大智光明巧莊嚴故善入決定智門故隨所住處次第顯說無所畏故得無礙辯才光明故住大辯才地善決定故憶念菩薩心不忘失故成熟一切衆生界故能徧至一切處決定開悟故善男子汝當辯說此法門差別善

巧法所謂承佛神力如來智明所加故淨自善根故普淨法界故普攝衆生故深入法身智身故受一切佛灌頂故得一切世間最高大身故超一切世間道故清淨出世善根故滿足一切智智故爾時十方諸佛與金剛藏菩薩無能映奪身與無礙樂說辯與善分別清淨智與善憶念不忘力與善決定明了慧與至一切處開悟智與成道自在力與如來無所畏與一切智人觀察分別諸法門辯才智與一切如來上妙身語意具足莊嚴何以故得此三昧法如是故本願所起故善淨深心故善淨智輪故善積集助道故善修治所作故念其無量法器故知其清淨信解故得無錯謬總持故法界智印善印故爾時十方諸佛各申右手摩金剛藏菩薩頂摩頂已金剛藏菩薩從三昧起普告一切菩薩衆言諸佛子諸菩薩願善決定無雜不可見廣大如法界究竟如虚空盡未來際徧一切佛刹救護一切衆生爲一切諸佛所護入過去未來現在諸佛智地佛子何等爲菩薩摩訶薩智地佛子菩薩摩訶薩智地有十種過去未來現在諸佛已說當說今說我亦如是說何等爲十一者歡喜地二者離垢地三者發光地四者燄慧地五者難勝地六者現前地七者遠行地八者不動地九者善慧地十者法雲地佛子此菩薩十地三世諸佛已說當說今說佛子我不見有諸佛國土其中如來不說此十地者何以故此是菩薩摩訶薩向菩提最上道亦是清淨法光明門所謂分別演說菩薩諸地佛子此處不可思議所謂諸菩薩

隨證智爾時金剛藏菩薩說此菩薩十地名已默然而住不復分別是時一切菩薩衆聞菩薩十地名不聞解釋咸生渴仰作如是念何因何緣金剛藏菩薩唯說菩薩十地名而不解釋解脫月菩薩知諸大衆心之所念以頌問金剛藏菩薩曰

何故淨覺人　念智功德具　說諸上妙地
有力不解釋　一切咸決定　勇猛無怯弱
何故說地名　而不爲開演　諸地妙義趣
此衆皆欲聞　其心無怯弱　願爲分別說
衆會悉清淨　離懈怠嚴潔　能堅固不動
具功德智慧　相視咸恭敬　一切悉專仰
如蜂念好蜜　如渴思甘露

爾時大智無所畏金剛藏菩薩聞說是已欲令衆會心歡喜故爲諸佛子而說頌言

菩薩行地事　最上諸佛本　顯示分別說
第一希有難　微細難可見　離念超心地
出生佛境界　聞者悉迷惑　持心如金剛
深信佛勝智　知心地無我　能聞此勝法
如空中彩畫　如空中風相　牟尼智如是
分別甚難見　我念佛智慧　最勝難思議
世間無能受　默然而不說

爾時解脫月菩薩聞是說已白金剛藏菩薩言佛子今此衆會皆悉已集善淨深心善潔思念善修諸行善集助道善能親近百千億佛成就無量功德善根捨離癡惑無有垢染深心信解於佛法中不隨他教善哉佛子當承佛神力而爲演說此諸菩薩於如是等甚深之處皆能證知爾時解脫月菩薩欲重宣其義而說頌曰

願說最安隱　菩薩無上行　分別於諸地
智淨成正覺　此衆無諸垢　志解悉明潔
承事無量佛　能知此地義

爾時金剛藏菩薩言佛子雖此衆集善淨思念捨離愚癡及以疑惑於甚深法不隨他教然有其餘劣解衆生聞此甚深難思議事多生疑惑於長夜中受諸衰惱我愍此等是故默然爾時金剛藏菩薩欲重宣其義而說頌曰

雖此衆淨廣智慧　甚深明利能決擇
其心不動如山王　不可傾覆猶大海
有行未久解未得　隨識而行不隨智
聞此生疑墮惡道　我愍是等故不說

爾時解脫月菩薩重白金剛藏菩薩言佛子願承佛神力分別說此不思議法此人當得如來護念而生信受何以故說十地時一切菩薩法應如是得佛護念得護念故於此智地能生勇猛何以故此是菩薩最初所行成就一切諸佛法故譬如書字數說一切皆以字母爲本字母究竟無有少分離字母者佛子一切佛法皆以十地爲本十地究竟修行成就得一切智是故佛子願爲演說此人必爲如來所護令其信受爾時解脫月菩薩欲重宣其義而說頌曰

善哉佛子願演說　趣入菩提諸地行
十方一切自在尊　莫不護念智根本
此安住智亦究竟　一切佛法所從生
譬如書數字母攝　如是佛法依於地

爾時諸大菩薩衆一時同聲向金剛藏菩薩而說頌言

上妙無垢智　無邊分別辯　宣暢深美言
第一義相應　念持清淨行　十力集功德
辯才分別義　說此最勝地　定戒集正心
離我慢邪見　此衆無疑念　惟願聞善說
如渴思冷水　如饑念美食　如病憶良藥
如蜂貪好蜜　我等亦如是　願聞甘露法
善哉廣大智　願說入諸地　成十力無礙
善逝一切行

爾時世尊從眉間出清淨光明名菩薩力燄明百千阿僧祇光明以爲眷屬普照十方一切世界靡不周徧三惡道苦皆得休息又照一切如來衆會顯現諸佛不思議力又照十方一切世界一切諸佛所加說法菩薩之身作是事已於上虛空中成大光明雲網臺而住時十方諸佛悉亦如是從眉間出清淨光明其光名號眷屬作業悉同於此又亦照此娑婆世界佛及大衆幷金剛藏菩薩身師子座已於上虛空中成大光明雲網臺時光臺中以諸佛威神力故而說頌言

佛無等等如虛空　十力無量勝功德
人間最勝世中上　釋師子法加於彼
佛子當承諸佛力　開此法王最勝藏
諸地廣智勝妙行　以佛威神分別說
若爲善逝力所加　當得法寶入其心
諸地無垢次第滿　亦具如來十種力
雖住海水劫火中　堪受此法必得聞
其有生疑不信者　永不得聞如是義
應說諸地勝智道　入住展轉次修習
從行境界法智生　利益一切衆生故

爾時金剛藏菩薩觀察十方欲令大衆增淨

信故而說頌曰

如來大仙道　微妙難可知　非念離諸念
求見不可得　無生亦無滅　性淨恒寂然
離垢聰慧人　彼智所行處　自性本空寂
無二亦無盡　解脫於諸趣　涅槃平等住
非初非中後　非言辭所說　出過於三世
其相如虛空　寂滅佛所行　言說莫能及
地行亦如是　難說難可受　智起佛境界
非念離心道　非蘊界處門　智知意不及
如空中鳥跡　難說難可示　如是十地義
心意不能了　慈悲及願力　出生入地行
次第圓滿心　智行非慮境　是境界難見
可知不可說　佛力故開演　汝等應敬受
如是智入行　億劫說不盡　我今但略說
真實義無餘　一心恭敬待　我承佛力說
勝法微妙音　譬喻字相應　無量佛神力
咸來入我身　此處難宣示　我今說少分

佛子若有衆生深種善根善修諸行善集助道善供養諸佛善集白淨法爲善知識善攝善清淨深心立廣大志生廣大解慈悲現前爲求佛智故爲得十力故爲得大無畏故爲得佛平等法故爲救一切世間故爲淨大慈悲故爲得十力無餘智故爲淨一切佛刹無障礙故爲一念知一切三世故爲轉大法輪無所畏故佛子菩薩起如是心以大悲爲首智慧增上善巧方便所攝最上深心所持如來力無量善觀察分別勇猛力智力無礙智現前隨順自然智能受一切佛法以智慧教化廣大如法界究竟如虛空盡未來際佛子菩薩始發如是心即得超凡夫地入菩薩位

生如來家無能説其種族過失離世間趣入出世道得菩薩法住菩薩處入三世平等於如來種中決定當得無上菩提菩薩住如是法名住菩薩歡喜地以不動相應故佛子菩薩住歡喜地成就多歡喜多淨信多愛樂多適悦多欣慶多踊躍多勇猛多無鬭諍多無惱害多無瞋恨佛子菩薩住此歡喜地念諸佛故生歡喜念諸佛法故生歡喜念諸菩薩故生歡喜念諸菩薩行故生歡喜念清淨諸波羅蜜故生歡喜念諸菩薩地殊勝故生歡喜念菩薩不可壞故生歡喜念如來教化衆生故生歡喜念能令衆生得利益故生歡喜念入一切如來智方便故生歡喜復作是念我轉離一切世間境界故生歡喜親近一切佛故生歡喜遠離凡夫地故生歡喜近智慧地故生歡喜永斷一切惡趣故生歡喜與一切衆生作依止處故生歡喜見一切如來故生歡喜生佛境界中故生歡喜入一切菩薩平等性中故生歡喜遠離一切怖畏毛竪等事故生歡喜何以故此菩薩得歡喜地已所有怖畏悉得遠離所謂不活畏惡名畏死畏惡道畏大衆威德畏如是怖畏皆得永離何以故此菩薩離我想故尚不愛自身何況資財是故無有不活畏不於他所希求供養唯專給施一切衆生是故無有惡名畏遠離我見無有我想是故無有死畏自知死已決定不離諸佛菩薩是故無有惡道畏我所志樂一切世間無與等者何況有勝是故無有大衆威德畏菩薩如是遠離驚怖毛竪等事佛子此菩薩以大悲爲首廣大志樂無能沮壞

轉更勤修一切善根而得成就所謂信增上故多淨信故解清淨故信決定故發生悲愍故成就大慈故心無疲懈故慚愧莊嚴故成就柔和故敬順尊重諸佛教法故日夜修習善根無厭足故親近善知識故常愛樂法故求多聞無厭足故如所聞法正觀察故心無依著故不耽著利養名聞恭敬故不求一切資生之物故生如實心無厭足故求一切智地故求如來力無畏不共佛法故求諸波羅蜜助道法故離諸諂誑故如說能行故常護實語故不汙如來家故不捨菩薩戒故生一切智心如山王不動故不捨一切世間事成就出世間道故集助菩提分法無厭足故常求上上殊勝道故佛子菩薩成就如是淨治地法名爲安住菩薩歡喜地佛子菩薩住此歡喜地能成就如是大誓願如是大勇猛如是大作用所謂生廣大清淨決定解以一切供養之具恭敬供養一切諸佛令無有餘廣大如法界究竟如虛空盡未來際一切劫數無有休息又發大願願受一切佛法輪願攝一切佛菩提願護一切諸佛教願持一切諸佛法廣大如法界究竟如虛空盡未來際一切劫數無有休息又發大願願一切世界佛興于世從兜率天宮没入胎住胎初生出家成道說法示現涅槃皆悉往詣親近供養爲衆上首受行正法於一切處一時而轉廣大如法界究竟如虛空盡未來際一切劫數無有休息又發大願願一切菩薩行廣大無量不壞不雜攝諸波羅蜜淨治諸地總相別相同相異相成相壞相所有菩薩行皆如實說

教化一切令其受行心得增長廣大如法界究竟如虛空盡未來際一切劫數無有休息又發大願願一切衆生界有色無色有想無想非有想非無想卵生胎生濕生化生三界所繫入於六趣一切生處名色所攝如是等類我皆教化令入佛法令永斷一切世間趣令安住一切智智道廣大如法界究竟如虛空盡未來際一切劫數無有休息又發大願願一切世界廣大無量麤細亂住倒住正住若入若行若去如帝網差別十方無量種種不同智皆明了現前知見廣大如法界究竟如虛空盡未來際一切劫數無有休息又發大願願一切國土入一國土一國土入一切國土無量佛土普皆清淨光明衆具以爲莊嚴離一切煩惱成就清淨道無量智慧衆生充滿其中普入廣大諸佛境界隨衆生心而爲示現皆令歡喜廣大如法界究竟如虛空盡未來際一切劫數無有休息又發大願願與一切菩薩同一志行無有怨嫉集諸善根一切菩薩平等一緣常共集會不相捨離隨意能現種種佛身任其自心能知一切如來境界威力智慧得不退如意神通遊行一切世界現形一切衆會普入一切生處成就不思議大乘修菩薩行廣大如法界究竟如虛空盡未來際一切劫數無有休息又發大願願乘不退輪行菩薩行身語意業悉不唐捐若暫見者則必定佛法暫聞音聲則得實智慧纔生淨信則永斷煩惱得如大藥王樹身得如如意寶身修行一切菩薩行廣大如法界究竟如虛空盡未來際一切劫數無有休

息又發大願願於一切世界成阿耨多羅三藐三菩提不離一毛端處於一切毛端處皆悉示現初生出家詣道場成正覺轉法輪入涅槃得佛境界大智慧力於念念中隨一切衆生心示現成佛令得寂滅以一三菩提知一切法界即涅槃相以一音說法令一切衆生心皆歡喜示入大涅槃而不斷菩薩行示大智慧地安立一切法以法智通神足通幻通自在變化充滿一切法界廣大如法界究竟如虛空盡未來際一切劫數無有休息佛子菩薩住歡喜地發如是大誓願如是大勇猛如是大作用以此十願門爲首滿足百萬阿僧祇大願佛子此大願以十盡句而得成就何等爲十所謂衆生界盡世界盡虛空界盡法界盡涅槃界盡佛出現界盡如來智界盡心所緣界盡佛智所入境界界盡世間轉法轉智轉界盡若衆生界盡我願乃盡若世界乃至世間轉法轉智轉界盡我願乃盡而衆生界不可盡乃至世間轉法轉智轉界不可盡故我此大願善根無有窮盡佛子菩薩發如是大願已則得利益心柔軟心隨順心寂靜心調伏心寂滅心謙下心潤澤心不動心不濁心成淨信者有信功用能信如來本行所入信成就諸波羅蜜信入諸勝地信成就力信具足無所畏信生長不可壞不共佛法信不思議佛法信出生無中邊佛境界信隨入如來無量境界信成就果舉要言之信一切菩薩行乃至如來智地說力故佛子此菩薩復作是念諸佛正法如是甚深如是寂靜如是寂滅如是空如是無相如是無願如

是無染如是無量如是廣大而諸凡夫心墮邪見無明覆翳立憍慢高幢入渴愛網中行諂誑稠林不能自出心與慳嫉相應不捨恒造諸趣受生因緣貪恚愚癡積集諸業日夜增長以忿恨風吹心識火熾然不息凡所作業皆顛倒相應欲流有流無明流見流相續起心意識種子於三界田中復生苦芽所謂名色共生不離此名色增長生六處聚落於中相對生觸觸故生受因受生愛愛增長故生取取增長故生有有生故有生老死憂悲苦惱如是衆生生長苦聚是中皆空離我我所無知無覺無作無受如草木石壁亦如影像然諸衆生不覺不知菩薩見諸衆生於如是苦聚不得出離是故即生大悲智慧復作是念此諸衆生我應救拔置於究竟安樂之

處是故即生大慈光明智佛子菩薩摩訶薩隨順如是大悲大慈以深重心住初地時於一切物無所悋惜求佛大智修行大捨凡是所有一切能施所謂財穀倉庫金銀摩尼真珠瑠璃珂貝璧玉珊瑚等物珍寶瓔珞嚴身之具象馬車乘奴婢人民城邑聚落園林臺觀妻妾男女内外眷屬及餘所有珍玩之具頭目手足血肉骨髓一切身分皆無所惜爲求諸佛廣大智慧是名菩薩住於初地大捨成就佛子菩薩以此慈悲大施心爲欲救護一切衆生轉更推求世出世間諸利益事無疲厭故即得成就無疲厭心得無疲厭心已於一切經論心無怯弱無怯弱故即得成就一切經論智獲是智已善能籌量應作不應作於上中下一切衆生隨應隨力隨其所習

如是而行是故菩薩得成世智成世智已知時知量以慙愧莊嚴勤修自利利他之道是故成就慙愧莊嚴於此行中勤修出離不退不轉成堅固力得堅固力已勤供諸佛於佛教法能如說行佛子菩薩如是成就十種淨諸地法所謂信悲慈捨無有疲厭知諸經論善解世法慙愧堅固力供養諸佛依教修行佛子菩薩住此歡喜地已以大願力得見多佛所謂見多百佛多千佛多百千佛多億佛多百億佛多千億佛多百千億佛多億那由他佛多百億那由他佛多千億那由他佛多百千億那由他佛悉以大心深心恭敬尊重承事供養衣服飲食卧具醫藥一切資生悉以奉施亦以供養一切衆僧以此善根皆悉迴向無上菩提佛子此菩薩因供養諸佛故得成就衆生法以前二攝攝取衆生謂布施愛語後二攝法但以信解力故行未善通達是菩薩十波羅蜜中檀波羅蜜增上餘波羅蜜非不修行但隨力隨分是菩薩隨所勤修供養諸佛教化衆生皆以修行清淨地法所有善根悉以迴向一切智地轉轉明淨調柔成就隨意堪用佛子譬如金師善巧鍊金數數入火轉轉明淨調柔成就隨意堪用菩薩亦復如是供養諸佛教化衆生皆爲修行清淨地法所有善根悉以迴向一切智地轉轉明淨調柔成就隨意堪用佛子菩薩摩訶薩住於初地應從諸佛菩薩善知識所推求請問於此地中相及得果無有厭足爲欲成就此地法故亦應從諸佛菩薩善知識所推求請問第二地中相及得果無有厭足爲欲成

就彼地法故亦應如是推求請問第三第四第五第六第七第八第九第十地中相及得果無有厭足爲欲成就彼地法故是菩薩善知諸地障對治善知地成壞善知地相果善知地得修善知地法清淨善知地地轉行善知地地處非處善知地地殊勝智善知地地不退轉善知淨治一切菩薩地乃至轉入如來地佛子菩薩如是善知地相始於初地起行不斷如是乃至入第十地無有斷絶由此諸地智光明故成於如來智慧光明佛子譬如商主善知方便欲將諸商人往詣大城未發之時先問道中功德過失及住止之處安危可不然後具道資糧作所應作佛子彼大商主雖未發足能知道中所有一切安危之事善以智慧籌量觀察備其所須令無乏少

將諸商衆乃至安隱到彼大城身及衆人悉免憂患佛子菩薩商主亦復如是住於初地善知諸地障對治乃至善知一切菩薩地清淨轉入如來地然後乃具福智資糧將一切衆生經生死曠野險難之處安隱得至薩婆若城身及衆生不經患難是故菩薩常應匪懈勤修諸地殊勝淨業乃至趣入如來智地佛子是名略說菩薩摩訶薩入菩薩初地門廣說則有無量無邊百千阿僧祇差别事佛子菩薩摩訶薩住此初地多作閻浮提王豪貴自在常護正法能以大施攝取衆生善除衆生慳貪之垢常行大施無有窮盡布施愛語利行同事如是一切諸所作業皆不離念佛不離念法不離念僧不離念同行菩薩不離念菩薩行不離念諸波羅蜜不離念諸地

不離念力不離念無畏不離念不共佛法乃至不離念具足一切種一切智智復作是念我當於一切衆生中爲首爲勝爲殊勝爲妙爲微妙爲上爲無上爲導爲將爲帥乃至爲一切智智依止者是菩薩若欲捨家於佛法中勤行精進便能捨家妻子五欲依如來教出家學道既出家已勤行精進於一念頃得百三昧得見百佛知百佛神力能動百佛世界能過百佛世界能照百佛世界能教化百世界衆生能住壽百劫能知前後際各百劫事能入百法門能示現百身於一一身能示百菩薩以爲眷屬若以菩薩殊勝願力自在示現過於是數百劫千劫百千劫乃至百千億那由他劫不能數知爾時金剛藏菩薩欲重宣其義而說頌曰

若人集衆善　具足白淨法　供養天人尊
隨順慈悲道　信解極廣大　志樂亦清淨
爲求佛智慧　發此無上心　淨一切智力
及以無所畏　成就諸佛法　救攝群生衆
爲得大慈悲　及轉勝法輪　嚴淨佛國土
發此最勝心　一念知三世　而無有分別
種種時不同　以示於世間　略說求諸佛
一切勝功德　發生廣大心　量等虛空界
悲先慧爲主　方便共相應　信解清淨心
如來無量力　無礙智現前　自悟不由他
具足同如來　發此最勝心　佛子始發生
如是妙實心　則超凡夫位　入佛所行處
生在如來家　種族無瑕玷　與佛共平等
決成無上覺　纔生如是心　即得入初地
志樂不可動　譬如大山王　多喜多愛樂

亦復多淨信　極大勇猛心　及以慶躍心
遠離於鬬諍　惱害及瞋恚　慙敬而質直
善守護諸根　救世無等者　所有衆智慧
此處我當得　憶念生歡喜　始得入初地
即超五怖畏　不活死惡名　惡趣衆威德
以不貪著我　及以於我所　是諸佛子等
遠離諸怖畏　常行大慈愍　恒有信恭敬
慙愧功德備　日夜增善法　樂法眞實利
不愛受諸欲　思惟所聞法　遠離取著行
不貪於利養　唯樂佛菩提　一心求佛智
專精無異念　修行波羅蜜　遠離諂虛誑
如說而修行　安住實語中　不汙諸佛家
不捨菩薩戒　不樂於世事　常利益世間
修善無厭足　轉求增勝道　如是好樂法
功德義相應　恒起大願心　願見於諸佛

護持諸佛法　攝取大仙道　常生如是願
修行最勝行　成熟諸群生　嚴淨佛國土
一切諸佛刹　佛子悉充滿　平等共一心
所作皆不空　一切毛端處　一時成正覺
如是等大願　無量無邊際　虛空與衆生
法界及涅槃　世間佛出興　佛智心境界
如來智所入　及以三轉盡　彼諸若有盡
我願方始盡　如彼無盡期　我願亦復然
如是發大願　心柔軟調順　能信佛功德
觀察於衆生　知從因緣起　則興慈念心
如是苦衆生　我今應救脫　爲是衆生故
而行種種施　王位及珍寶　乃至象馬車
頭目與手足　乃至身血肉　一切皆能捨
心得無憂悔　求種種經書　其心無厭倦
善解其義趣　能隨世所行　慙愧自莊嚴

修行轉堅固　供養無量佛　恭敬而尊重
如是常修習　日夜無懈倦　善根轉明淨
如火鍊真金　菩薩住於此　淨修於十地
所作無障礙　具足不斷絕　譬如大商主
爲利諸商衆　問知道險易　安隱至大城
菩薩住初地　應知亦如是　勇猛無障礙
到於第十地　住此初地中　作大功德王
以法化衆生　慈心無損害　統領閻浮地
化行靡不及　皆令住大捨　成就佛智慧
欲求最勝道　捨已國王位　能於佛教中
勇猛勤修習　則得百三昧　及見百諸佛
震動百世界　光照行亦爾　化百土衆生
入於百法門　能知百劫事　示現於百身
及現百菩薩　以爲其眷屬　若自在願力
過是數無量　我於地義中　略述其少分
若欲廣分別　億劫不能盡　菩薩最勝道
利益諸群生　如是初地法　我今已說竟

大方廣佛華嚴經卷第三十四

音釋

匱求位切乏也　沮壞沮慈呂切遏也壞古墤切毀也　諂誑諂丑琰切佞言也誑居況切欺也　慳嫉慳苦閑切悋也嫉秦悉切妬也　忿恨忿扶粉切恚也恨胡良切恕也　珂貝珂苦何切貝布蓋切　珊瑚珊蘇干切瑚音胡　珍玩珍陟鄰切貴也玩五換切弄也　數數並所角切頻也　糧呂張切　匪懈匪府尾切非也懈居隘切懶也

大方廣佛華嚴經卷第三十五

唐于闐國三藏沙門實叉難陀譯

十地品第二十六之二

諸菩薩聞此　最勝微妙地　其心盡清淨
一切皆歡喜　皆從於座起　踊住虛空中
普散上妙華　同時共稱讚　善哉金剛藏
大智無畏者　善說於此地　菩薩所行法
解脫月菩薩　知衆心清淨　樂聞第二地
所有諸行相　即請金剛藏　大慧願演說
佛子皆樂聞　所住第二地

爾時金剛藏菩薩告解脫月菩薩言佛子菩薩摩訶薩已修初地欲入第二地當起十種深心何等爲十所謂正直心柔軟心堪能心調伏心寂靜心純善心不雜心無顧戀心廣心大心菩薩以此十心得入第二離垢地佛子菩薩住離垢地性自遠離一切殺生不畜刀杖不懷怨恨有慚有愧仁恕具足於一切衆生有命之者常生利益慈念之心是菩薩尚不惡心惱諸衆生何況於他起衆生想故以重意而行殺害性不偷盜菩薩於自資財常知止足於他慈恕不欲侵損若物屬他起他物想終不於此而生盜心乃至草葉不與不取何況其餘資生之具性不邪婬菩薩於自妻知足不求他妻於他妻妾他所護女親族媒定及爲法所護尚不生於貪染之心何況從事況於非道性不妄語菩薩常作實語真語時語乃至夢中亦不忍作覆藏之語無心欲作何況故犯性不兩舌菩薩於諸衆生無離間心無惱害心不將此語爲破彼故而向彼說不將彼語爲破此故而向此說未破

者不令破已破者不增長不喜離間不樂離間不作離間語不說離間語若實若不實性不惡口所謂毒害語麤獷語苦他語令他瞋恨語現前語不現前語鄙惡語庸賤語不可樂聞語聞者不悅語瞋忿語如火燒心語怨結語熱惱語不可愛語不可樂語能壞自身他身語如是等語皆悉捨離常作潤澤語柔軟語悅意語可樂聞語聞者喜悅語善入人心語風雅典則語多人愛樂語多人悅樂語身心踊悅語性不綺語菩薩常樂思審語時語實語義語法語順道理語巧調伏語隨時籌量決定語是菩薩乃至戲笑尚恒思審何況故出散亂之言性不貪欲菩薩於他財物他所資用不生貪心不願不求性離瞋恚菩薩於一切衆生恒起慈心利益心哀愍心歡喜心和潤心攝受心永捨瞋恨怨害熱惱常思順行仁慈祐益又離邪見菩薩住於正道不行占卜不取惡戒心見正直無誑無諂於佛法僧起決定信佛子菩薩摩訶薩如是護持十善業道常無間斷復作是念一切衆生墮惡趣者莫不皆以十不善業是故我當自修正行亦勸於他令修正行何以故若自不能修行正行令他修者無有是處佛子此菩薩摩訶薩復作是念十不善業道是地獄畜生餓鬼受生因十善業道是人天乃至有頂處受生因又此上品十善業道以智慧修習心狹劣故怖三界故闕大悲故從他聞聲而解了故成聲聞乘又此上品十善業道修治清淨不從他教自覺悟故大悲方便不具足故悟解甚深因緣法故成獨覺乘又此上品

十善業道修治清淨心廣無量故具足悲愍故方便所攝故發生大願故不捨衆生故希求諸佛大智故淨治菩薩諸地故淨修一切諸度故成菩薩廣大行又此上上十善業道一切種清淨故乃至證十力四無畏故一切佛法皆得成就是故我今等行十善應令一切具足清淨如是方便菩薩當學佛子此菩薩摩訶薩又作是念十不善業道上者地獄因中者畜生因下者餓鬼因於中殺生之罪能令衆生墮於地獄畜生餓鬼若生人中得二種果報一者短命二者多病偷盜之罪亦令衆生墮三惡道若生人中得二種果報一者貧窮二者共財不得自在邪婬之罪亦令衆生墮三惡道若生人中得二種果報一者妻不貞良二者不得隨意眷屬妄語之罪亦令衆生墮三惡道若生人中得二種果報一者多被誹謗二者爲他所誑兩舌之罪亦令衆生墮三惡道若生人中得二種果報一者眷屬乖離二者親族弊惡惡口之罪亦令衆生墮三惡道若生人中得二種果報一者常聞惡聲二者言多諍訟綺語之罪亦令衆生墮三惡道若生人中得二種果報一者言無人受二者語不明了貪欲之罪亦令衆生墮三惡道若生人中得二種果報一者心不知足二者多欲無厭瞋恚之罪亦令衆生墮三惡道若生人中得二種果報一者常被他人求其長短二者恒被於他之所惱害邪見之罪亦令衆生墮三惡道若生人中得二種果報一者生邪見家二者其心諂曲佛子十不善業道能生此等無量無邊衆大苦聚是故

菩薩作如是念我當遠離十不善道以十善道爲法園苑愛樂安住自住其中亦勸他人令住其中佛子此菩薩摩訶薩復於一切衆生生利益心安樂心慈心悲心怜愍心攝受心守護心自己心師心大師心作是念言衆生可愍墮於邪見惡慧惡欲惡道稠林我應令彼住於正見行真實道又作是念一切衆生分別彼我互相破壞鬬諍瞋恨熾然不息我當令彼住於無上大慈之中又作是念一切衆生貪取無厭唯求財利邪命自活我當令彼住於清淨身語意業正命法中又作是念一切衆生常隨三毒種種煩惱因之熾然不解志求出要方便我當令彼除滅一切煩惱大火安置清涼涅槃之處又作是念一切衆生爲愚癡重闇妄見厚膜之所覆故入陰翳稠林失智慧光明行曠野險道起諸惡見我當令彼得無障礙清淨智眼知一切法如實相不隨他教又作是念一切衆生在於生死險道之中將墮地獄畜生餓鬼入惡見網中爲愚癡稠林所迷隨逐邪道行顛倒行譬如盲人無有導師非出要道謂爲出要入魔境界惡賊所攝隨順魔心遠離佛意我當拔出如是險難令住無畏一切智城又作是念一切衆生爲大瀑水波浪所没入欲流有流無明流見流生死洄澓愛河漂轉湍馳奔激不暇觀察爲欲覺恚覺害覺隨逐不捨身見羅刹於中執取將其永入愛欲稠林於所貪愛深生染著住我慢原阜安六處聚落無善救者無能度者我當於彼起大悲心以諸善根而爲救濟令無災患離染寂靜住於一切

智慧寶洲又作是念一切衆生處世牢獄多諸苦惱常懷愛憎自生憂怖貪欲重械之所繫縛無明稠林以爲覆障於三界内莫能自出我當令彼永離三有住無障礙大涅槃中又作是念一切衆生執著於我於諸蘊窟宅不求出離依六處空聚起四顛倒行爲四大毒蛇之所侵惱五蘊寃賊之所殺害受無量苦我當令彼住於最勝無所著處所謂滅一切障礙無上涅槃又作是念一切衆生其心狹劣不行最上一切智道雖欲出離但樂聲聞辟支佛乘我當令住廣大佛法廣大智慧佛子菩薩如是護持於戒善能增長慈悲之心佛子菩薩住此離垢地以願力故得見多佛所謂見多百佛多千佛多百千佛多億佛多百億佛多千億佛多百千億佛如是乃至見多百千億那由他佛於諸佛所以廣大心深心恭敬尊重承事供養衣服飲食卧具醫藥一切資生悉以奉施亦以供養一切衆僧以此善根迴向阿耨多羅三藐三菩提於諸佛所以尊重心復更受行十善道法隨其所受乃至菩提終不忘失是菩薩於無量百千億那由他劫遠離慳嫉破戒垢故布施持戒清淨滿足譬如真金置礬石中如法鍊已離一切垢轉復明淨菩薩住此離垢地亦復如是於無量百千億那由他劫遠離慳嫉破戒垢故布施持戒清淨滿足佛子此菩薩四攝法中愛語偏多十波羅蜜中持戒偏多餘非不行但隨力隨分佛子是名略説菩薩摩訶薩第二離垢地菩薩住此地多作轉輪聖王爲大法主具足七寶有自在力能除一切衆

生慳貪破戒垢以善方便令其安住十善道中爲大施主周給無盡布施愛語利行同事如是一切諸所作業皆不離念佛不離念法不離念僧乃至不離念具足一切種一切智智又作是念我當於一切衆生中爲首爲勝爲殊勝爲妙爲微妙爲上爲無上乃至爲一切智智依止者是菩薩若欲捨家於佛法中勤行精進便能捨家妻子五欲既出家已勤行精進於一念頃得千三昧得見千佛知千佛神力能動千世界乃至能示現千身於一一身能示現千菩薩以爲眷屬若以菩薩殊勝願力自在示現過於是數百劫千劫乃至百千億那由他劫不能數知爾時金剛藏菩薩欲重宣其義而說頌曰

質直柔輭及堪能　調伏寂靜與純善
速出生死廣大意　以此十心入二地
住此成就戒功德　遠離殺生不惱害
亦離偷盜及邪婬　妄惡乖離無義語
不貪財物常慈愍　正道直心無諂僞
離險捨慢極調柔　依教而行不放逸
地獄畜生受衆苦　餓鬼燒然出猛燄
一切皆由罪所致　我當離彼住實法
人中隨意得受生　乃至頂天禪定樂
獨覺聲聞佛乘道　皆因十善而成就
如是思惟不放逸　自持淨戒教他護
復見群生受衆苦　轉更增益大悲心
凡愚邪智不正解　常懷忿恨多諍訟
貪求境界無足期　我應令彼除三毒
愚癡大闇所纏覆　入大險道邪見網
生死籠檻怨所拘　我應令彼摧魔賊

四流漂蕩心没溺　三界焚如苦無量
計蘊爲宅我在中　爲欲度彼勤行道
設求出離心下劣　捨於最上佛智慧
我欲令彼住大乘　發勤精進無厭足
菩薩住此集功德　見無量佛咸供養
億劫修治善更明　如以好藥鍊真金
佛子住此作輪王　普化衆生行十善
所有善法皆修習　爲成十力救於世
欲捨王位及財寶　即棄居家依佛教
勇猛精勤一念中　獲千三昧見千佛
所有種種神通力　此地菩薩皆能現
願力所作復過此　無量自在度群生
一切世間利益者　所修菩薩最勝行
如是第二地功德　爲諸佛子已開演
佛子得聞此地行　菩薩境界難思議
靡不恭敬心歡喜　散華空中爲供養
讚言善哉大山王　慈心愍念諸衆生
善說智者律儀法　第二地中之行相
是諸菩薩微妙行　真實無異無差別
爲欲利益諸群生　如是演說最清淨
一切人天供養者　願爲演說第三地
與法相應諸智業　如其境界希具闡
大仙所有施戒法　忍辱精進禪智慧
及以方便慈悲道　佛清淨行願皆說
時解脫月復請言　無畏大士金剛藏
願說趣入第三地　柔和心者諸功德

爾時金剛藏菩薩告解脫月菩薩言佛子菩薩摩訶薩已淨第二地欲入第三地當起十種深心何等爲十所謂清淨心安住心厭捨心離貪心不退心堅固心明盛心勇猛心廣

心大心菩薩以是十心得入第三地佛子菩薩摩訶薩住第三地已觀一切有爲法如實相所謂無常苦不淨不安隱敗壞不久住刹那生滅非從前際生非向後際去非於現在住又觀此法無救無依與憂與悲苦惱同住愛憎所繫愁慼轉多無有停積貪恚癡火熾然不息衆患所纏日夜增長如幻不實見如是已於一切有爲倍增厭離趣佛智慧見佛智慧不可思議無等無量難得無雜無惱無憂至無畏城不復退還能救無量苦難衆生菩薩如是見如來智慧無量利益見一切有爲無量過患則於一切衆生生十種哀愍心何等爲十所謂見諸衆生孤獨無依生哀愍心見諸衆生貧窮困乏生哀愍心見諸衆生三毒火然生哀愍心見諸衆生諸有牢獄之所禁閉生哀愍心見諸衆生煩惱稠林恒所覆障生哀愍心見諸衆生不善觀察生哀愍心見諸衆生無善法欲生哀愍心見諸衆生失諸佛法生哀愍心見諸衆生隨生死流生哀愍心見諸衆生失解脫方便生哀愍心是爲十菩薩如是見衆生界無量苦惱發大精進作是念言此等衆生我應救我應脫我應淨我應度應著善處應令安住應令歡喜應令知見應令調伏應令涅槃菩薩如是厭離一切有爲如是愍念一切衆生知一切智智有勝利益欲依如來智慧救度衆生作是思惟此諸衆生墮在煩惱大苦之中以何方便而能拔濟令住究竟涅槃之樂便作是念欲度衆生令住涅槃不離無障礙解脫智無障礙解脫智不離一切法如實覺一切法如實

覺不離無行無生行慧光無行無生行慧光不離禪善巧決定觀察智禪善巧決定觀察智不離善巧多聞菩薩如是觀察了知已倍於正法勤求修習日夜唯願聞法喜法樂法依法隨法解法順法到法住法行法菩薩如是勤求佛法所有珍財皆無悋惜不見有物難得可重但於能說佛法之人生難遭想是故菩薩於內外財爲求佛法悉能捨施無有恭敬而不能行無有憍慢而不能捨無有承事而不能作無有勤苦而不能受若聞一句未曾聞法生大歡喜勝得三千大千世界滿中珍寶若聞一偈未聞正法生大歡喜勝得轉輪聖王位若得一偈未曾聞法能淨菩薩行勝得帝釋梵王位住無量百千劫若有人言我有一句佛所說法能淨菩薩行汝今若能入大火坑受極大苦當以相與菩薩爾時作如是念我以一句佛所說法淨菩薩行故假使三千大千世界大火滿中尚欲從於梵天之上投身而下親自受取況小火坑而不能入然我今者爲求佛法應受一切地獄衆苦何況人中諸小苦惱菩薩如是發勤精進求於佛法如其所聞觀察修行此菩薩得聞法已攝心安住於空閑處作是思惟如說修行乃得佛法非但口言而可清淨佛子是菩薩住此發光地時即離欲惡不善法有覺有觀離生喜樂住初禪滅覺觀內淨一心無覺無觀定生喜樂住第二禪離喜住捨有念正知身受樂諸聖所說能捨有念受樂住第三禪斷樂先除苦喜憂滅不苦不樂捨念清淨住第四禪超一切色想滅有對想不念種種

想入無邊虛空住虛空無邊處超一切虛空無邊處入無邊識住識無邊處超一切識無邊處入無少所有住無所有處超一切無所有處住非有想非無想處但隨順法故行而無所樂著佛子此菩薩心隨於慈廣大無量不二無怨無對無障無惱徧至一切處盡法界虛空界徧一切世間住悲喜捨亦復如是佛子此菩薩得無量神通力能動大地以一身爲多身多身爲一身或隱或顯石壁山障所往無礙猶如虛空於虛空中跏趺而去同於飛鳥入地如水履水如地身出煙燄如大火聚復雨於水猶如大雲日月在空有大威力而能以手捫摸摩觸其身自在乃至梵世此菩薩天耳清淨過於人耳悉聞人天若近若遠所有音聲乃至蚊蚋虻蠅等聲亦悉能聞此菩薩以他心智如實而知他衆生心所謂有貪心如實知有貪心離貪心如實知離貪心有瞋心離瞋心有癡心離癡心有煩惱心無煩惱心小心廣心大心無量心略心非略心散心非散心定心非定心解脫心非解脫心有上心無上心雜染心非雜染心廣心非廣心皆如實知菩薩如是以他心智知衆生心此菩薩念知無量宿命差別所謂念知一生念知二生三生四生乃至十生二十三十乃至百生無量百生無量千生無量百千生成劫壞劫成壞劫無量成壞劫我曾在某處如是名如是姓如是種族如是飲食如是壽命如是久住如是苦樂我於彼死生於某處從某處死生於此處如是形狀如是相貌如是言音如是過去無量差別皆能憶念此

菩薩天眼清淨過於人眼見諸衆生生時死時好色惡色善趣惡趣隨業而去若彼衆生成就身惡行成就語惡行成就意惡行誹謗賢聖具足邪見及邪見業因緣身壞命終必墮惡趣生地獄中若彼衆生成就身善行成就語善行成就意善行不謗賢聖具足正見正見業因緣身壞命終必生善趣諸天之中菩薩天眼皆如實知此菩薩於諸禪三昧三摩鉢底能入能出然不隨其力受生但隨能滿菩提分處以意願力而生其中佛子是菩薩住此發光地以願力故得見多佛所謂見多百佛見多千佛見多百千佛乃至見多百千億那由他佛悉以廣大心深心恭敬尊重承事供養衣服飲食卧具湯藥一切資生悉以奉施亦以供養一切衆僧以此善根迴向阿耨多羅三藐三菩提於其佛所恭敬聽法聞已受持隨力修行此菩薩觀一切法不生不滅因緣而有見縛先滅一切欲縛色縛有縛無明縛皆轉微薄於無量百千億那由他劫不積集故邪貪邪瞋及以邪癡悉得除斷所有善根轉更明淨佛子譬如真金善巧鍊治秤兩不減轉更明淨菩薩亦復如是住此發光地不積集故邪貪邪瞋及以邪癡皆得除斷所有善根轉更明淨此菩薩忍辱心柔和心諧順心悅美心不瞋心不動心不濁心無高下心不望報心報恩心不諂心不誑心無險詖心皆轉清淨此菩薩於四攝中利行偏多十波羅蜜中忍波羅蜜偏多餘非不修但隨力隨分佛子是名菩薩第三發光地菩薩住此地多作三十三天王能以方便令諸

衆生捨離貪欲布施愛語利行同事如是一切諸所作業皆不離念佛不離念法不離念僧乃至不離念具足一切種一切智智復作是念我當於一切衆生中爲首爲勝爲殊勝爲妙爲微妙爲上爲無上乃至爲一切智智依止者若勤行精進於一念頃得百千三昧得見百千佛知百千佛神力能動百千佛世界乃至示現百千身一一身百千菩薩以爲眷屬若以菩薩殊勝願力自在示現過於此數百劫千劫乃至百千億那由他劫不能數知爾時金剛藏菩薩欲重宣其義而說頌曰

清淨安住明盛心　厭離無貪無害心
堅固勇猛廣大心　智者以此入三地
菩薩住此發光地　觀諸行法苦無常
不淨敗壞速歸滅　無堅無住無來往
觀諸有爲如重病　憂悲苦惱惑所纏
三毒猛火恒熾然　無始時來不休息
厭離三有不貪著　專求佛智無異念
難測難思無等倫　無量無邊無逼惱
見佛智已愍衆生　孤獨無依無救護
三毒熾然常困乏　住諸有獄恒受苦
煩惱纏覆盲無目　志樂下劣喪法寶
隨順生死怖涅槃　我應救彼勤精進
將求智慧益衆生　思何方便令解脫
不離如來無礙智　彼復無生慧所起
心念此慧從聞得　如是思惟自勤勵
日夜聽習無間然　唯以正法爲尊重
國城財貝諸珍寶　妻子眷屬及王位
菩薩爲法起敬心　如是一切皆能捨
頭目耳鼻舌牙齒　手足骨髓心血肉

此等皆捨未爲難　但以聞法爲最難
設有人來語菩薩　孰能投身大火聚
我當與汝佛法寶　聞已投之無怯懼
假使火滿三千界　身從梵世而投入
爲求法故不爲難　況復人間諸小苦
從切發意至得佛　其間所有阿鼻苦
爲聞法故皆能受　何況人中諸苦事
聞已如理正思惟　獲得四禪無色定
四等五通次第起　不隨其力而受生
菩薩住此見多佛　供養聽聞心決定
斷諸邪惑轉清淨　如鍊真金體無減
住此多作忉利王　化導無量諸天衆
令捨貪心住善道　一向專求佛功德
佛子住此勤精進　百千三昧皆具足
見百千佛相嚴身　若以願力復過是

一切衆生普利益　彼諸菩薩最上行
如是所有第三地　我依其義已解釋

大方廣佛華嚴經卷第三十五

音釋

麤獷 麤倉胡切獷居猛切　鄙惡 鄙方美切惡烏各切鄙惡謂鄙陋醜惡也　庸賤 庸餘封切賤才線切庸賤謂庸常厮賤也　潤澤 潤如順切澤場伯切　綺語 綺去倚切綺語謂綺麗之語也　籌量 籌直由切筭計也　乖 古懷切戾也　弊 毗祭切弊惡也　厚膜 膜慕各切翳也　洄澓 洄音回澓音伏洄澓水旋流也　湍 他端切急瀨也　激 古歷切疾波也　械 胡介切　礬 音煩　捫摸 捫音門摸音莫　蚊蚋 蚊音文蚋儒稅切　䖟 眉庚切蚊屬　險詖 詖彼義切險詖謂險險不平之言也　勵 音例勉力也

大方廣佛華嚴經卷第三十六

唐于闐國三藏沙門實叉難陀譯

十地品第二十六之三

佛子聞此廣大行　可樂深妙殊勝法
心皆勇悅大歡喜　普散衆華供養佛
演說如是妙法時　大地海水皆震動
一切天女咸歡喜　悉吐妙音同讚歎
自在天王大欣慶　雨摩尼寶供養佛
讚言佛爲我出興　演說第一功德行
如是智者諸地義　於百千劫甚難得
我今忽然而得聞　菩薩勝行妙法音
願更演說聰慧者　後地決定無餘道
利益一切諸天人　此諸佛子皆樂聞
勇猛大心解脫月　請金剛藏言佛子
從此轉入第四地　所有行相願宣說

爾時金剛藏菩薩告解脫月菩薩言佛子菩薩摩訶薩第三地善清淨已欲入第四燄慧地當修行十法明門何等爲十所謂觀察衆生界觀察法界觀察世界觀察虛空界觀察識界觀察欲界觀察色界觀察無色界觀察廣心信解界觀察大心信解界菩薩以此十法明門得入第四燄慧地佛子菩薩住此燄慧地則能以十種智成熟法故得彼內法生如來家何等爲十所謂深心不退故於三寶中生淨信畢竟不壞故觀諸行生滅故觀諸法自性無生故觀世間成壞故觀因業有生故觀生死涅槃故觀衆生國土業故觀前際後際故觀無所有盡故是爲十佛子菩薩住此第四地觀內身循身觀勤勇念知除世間貪憂觀外身循身觀勤勇念知除世間貪憂

觀内外身循身觀勤勇念知除世間貪憂如是觀内受外受内外受循受觀觀内心外心内外心循心觀觀内法外法内外法循法觀勤勇念知除世間貪憂復次此菩薩未生諸惡不善法爲不生故欲生勤精進發心正斷已生諸惡不善法爲斷故欲生勤精進發心正斷未生諸善法爲生故欲生勤精進發心正行已生諸善法爲住不失故修令增廣故欲生勤精進發心正行復次此菩薩修行欲定斷行成就神足依止厭依止離依止滅迴向於捨修行精進定心定觀定斷行成就神足依止厭依止離依止滅迴向於捨復次此菩薩修行信根依止厭依止離依止滅迴向於捨修行精進根念根定根慧根依止厭依止離依止滅迴向於捨復次此菩薩修行信力依止厭依止離依止滅迴向於捨修行精進力念力定力慧力依止厭依止離依止滅迴向於捨復次此菩薩修行念覺分依止厭依止離依止滅迴向於捨修行擇法覺分精進覺分喜覺分猗覺分定覺分捨覺分依止厭依止離依止滅迴向於捨復次此菩薩修行正見依止厭依止離依止滅迴向於捨修行正思惟正語正業正命正精進正念正定依止厭依止離依止滅迴向於捨菩薩修行如是功德爲不捨一切衆生故本願所持故大悲爲首故大慈成就故思念一切智智故成就莊嚴佛土故成就如來力無所畏不共佛法相好音聲悉具足故求於上上殊勝道故隨順所聞甚深佛解脱故思惟大智善巧方便故佛子菩薩住此燄慧地所有身見爲

首我人衆生壽命蘊界處所起執著出没思惟觀察治故我所故財物故著處故於如是等一切皆離此菩薩若見業是如來所訶煩惱所染皆悉捨離若見業是順菩薩道如來所讚皆悉修行佛子此菩薩隨所起方便慧修習於道及助道分如是而得潤澤心柔軟心調順心利益安樂心無雜染心求上上勝法心求殊勝智慧心救一切世間心恭敬尊德無違教命心隨所聞法皆善修行心此菩薩知恩知報恩心極和善同住安樂質直柔軟無稠林行無有我慢善受教誨得説者意此菩薩如是忍成就如是調柔成就如是寂滅成就如是忍調柔寂滅成就淨治後地業作意修行時得不休息精進不雜染精進不退轉精進廣大精進無邊精進熾然精進無等等精進無能壞精進成熟一切衆生精進善分别道非道精進是菩薩心界清淨深心不失悟解明利善根增長離世垢濁斷諸疑惑明斷具足喜樂充滿佛親護念無量志樂皆悉成就佛子菩薩住此燄慧地以願力故得見多佛所謂見多百佛見多千佛見多百千佛乃至見多百千億那由他佛皆恭敬尊重承事供養衣服卧具飲食湯藥一切資生悉以奉施亦以供養一切衆僧以此善根皆悉迴向阿耨多羅三藐三菩提於彼佛所恭敬聽法聞已受持具足修行復於彼諸佛法中出家修道又更修治深心信解經無量百千億那由他劫令諸善根轉復明淨佛子譬如金師鍊治真金作莊嚴具餘所有金皆不能及菩薩摩訶薩亦復如是住於此地所有

善根下地善根所不能及如摩尼寶清淨光輪能放光明非諸餘寶之所能及風雨等緣悉不能壞菩薩摩訶薩亦復如是住於此地下地菩薩所不能及衆魔煩惱悉不能壞此菩薩於四攝中同事偏多十波羅蜜中精進偏多餘非不修但隨力隨分佛子是名略說菩薩摩訶薩第四燄慧地菩薩住此地多作須夜摩天王以善方便能除衆生身見等惑令住正見布施愛語利行同事如是一切諸所作業皆不離念佛不離念法不離念僧乃至不離念具足一切種一切智智復作是念我當於一切衆生中爲首爲勝爲殊勝爲妙爲微妙爲上爲無上乃至爲一切智智依止者是菩薩若發勤精進於一念頃得入億數三昧得見億數佛得知億數佛神力能動億數世界乃至能示現億數身一一身億數菩薩以爲眷屬若以菩薩殊勝願力自在示現過於此數百劫千劫乃至百千億那由他劫不能數知爾時金剛藏菩薩欲重宣其義而說頌言

菩薩已淨第三地　次觀衆生世法界
空界識界及三界　心解悉了能趣入
始登燄地增勢力　生如來家永不退
於佛法僧信不壞　觀法無常無有起
觀世成壞業有生　生死涅槃刹等業
觀前後際亦觀盡　如是修行生佛家
得是法已增慈愍　轉更勤修四念處
身受心法内外觀　世間貪愛皆除遣
菩薩修治四勤行　惡法除滅善增長
神足根力悉善修　七覺八道亦如是

爲度衆生修彼行　本願所護慈悲首
求一切智及佛土　亦念如來十種力
四無所畏不共法　殊特相好深美音
亦求妙道解脱處　及大方便修行彼
身見爲首六十二　我及我所無量種
藴界處等諸取著　此四地中一切離
如來所訶煩惱行　以無義利皆除斷
智者修行清淨業　爲度衆生無不作
菩薩勤修不懈怠　即得十心皆具足
專求佛道無厭倦　志期受職度衆生
恭敬尊德修行法　知恩易誨無慍暴
捨慢離諂心調柔　轉更精勤不退轉
菩薩住此燄慧地　其心清淨永不失
悟解決定善增長　疑網垢濁悉皆離
此地菩薩人中勝　供那由他無量佛
聽聞正法亦出家　不可沮壞如真金
菩薩住此具功德　以智方便修行道
不爲衆魔心退轉　譬如妙寶無能壞
住此多作燄天王　於法自在衆所尊
普化群生除惡見　專求佛智修善業
菩薩勤加精進力　獲三昧等皆億數
若以願智力所爲　過於此數無能知
如是菩薩第四地　所行清淨微妙道
功德義智共相應　我爲佛子已宣說
菩薩聞此勝地行　於法解悟心歡喜
空中雨華讚歎言　善哉大士金剛藏
自在天王與天衆　聞法踴躍住虛空
普放種種妙光雲　供養如來喜充徧
天諸婇女奏天樂　亦以言辭歌讚佛
悉以菩薩威神故　於彼聲中發是言

佛願久遠今乃滿　佛道久遠今乃得
釋迦文佛至天宮　利天人者久乃見
大海久遠今始動　佛光久遠今乃放
衆生久遠始安樂　大悲音聲久乃聞
功德彼岸皆已到　憍慢黑闇皆已滅
最極清淨如虚空　不染世法猶蓮華
大牟尼尊現於世　譬如須彌出巨海
供養能盡一切苦　供養必得諸佛智
此應供處供無等　是故歡心供養佛
如是無量諸天女　發此言辭稱讚已
一切恭敬喜充滿　瞻仰如來默然住
是時大士解脱月　復請無畏金剛藏
第五地中諸行相　唯願佛子爲宣説
爾時金剛藏菩薩告解脱月菩薩言佛子菩薩摩訶薩第四地所行道善圓滿已欲入第五難勝地當以十種平等清淨心趣入何等爲十所謂於過去佛法平等清淨心未來佛法平等清淨心現在佛法平等清淨心戒平等清淨心心平等清淨心除見疑悔平等清淨心道非道智平等清淨心修行智見平等清淨心於一切菩提分法上上觀察平等清淨心教化一切衆生平等清淨心菩薩摩訶薩以此十種平等清淨心得入菩薩第五地佛子菩薩摩訶薩住此第五地已以善修菩提分法故善淨深心故復轉求上勝道故隨順真如故願力所持故於一切衆生慈愍不捨故積集福智助道故精勤修習不息故出生善巧方便故觀察照明上上地故受如來護念故念智力所持故得不退轉心佛子此菩薩摩訶薩如實知此是苦聖諦此是苦集

聖諦此是苦滅聖諦此是苦滅道聖諦善知俗諦善知第一義諦善知相諦善知差別諦善知成立諦善知事諦善知生諦善知盡無生諦善知入道智諦善知一切菩薩地次第成就諦乃至善知如來智成就諦此菩薩隨衆生心樂令歡喜故知俗諦通達一實相故知第一義諦覺法自相共相故知相諦了諸法分位差別故知差別諦善分別蘊界處故知成立諦覺身心苦惱故知事諦覺諸趣生相續故知生諦一切熱惱畢竟滅故知盡無生智諦出生無二故知入道智諦正覺一切行相故善知一切菩薩地次第相續成就乃至如來智成就諦以信解智力知非以究竟智力知佛子此菩薩摩訶薩得如是諸諦智已如實知一切有爲法虛妄詐僞誑惑愚夫

菩薩爾時於諸衆生轉增大悲生大慈光明佛子此菩薩摩訶薩得如是智力不捨一切衆生常求佛智如實觀一切有爲行前際後際知從前際無明有愛故生生死流轉於諸蘊宅不能動出增長苦聚無我無壽者無養育者無更數取後趣身者離我我所如前際後際亦如是皆無所有虛妄貪著斷盡出離若有若無皆如實知佛子此菩薩摩訶薩復作是念此諸凡夫愚癡無智甚爲可愍有無數身已滅今滅當滅如是盡滅不能於身而生厭想轉更增長機關苦事隨生死流不能還返於諸蘊宅不求出離不知憂畏四大毒蛇不能拔出諸慢見箭不能息滅貪恚癡火不能破壞無明黑暗不能乾竭愛欲大海不求十力大聖導師入魔意稠林於生死海中

爲覺觀波濤之所漂溺佛子此菩薩摩訶薩復作是念此諸衆生受如是苦孤窮困迫無救無依無洲無舍無導無目無明覆翳黑暗纏裹我今爲彼一切衆生修行福智助道之法獨一發心不求伴侶以是功德令諸衆生畢竟清淨乃至獲得如來十力無礙智慧佛子此菩薩摩訶薩以如是智慧觀察所修善根皆爲救護一切衆生利益一切衆生安樂一切衆生哀愍一切衆生成就一切衆生解脫一切衆生攝受一切衆生令一切衆生離諸苦惱令一切衆生普得清淨令一切衆生悉皆調伏令一切衆生入般涅槃佛子菩薩摩訶薩住此第五難勝地名爲念者不忘諸法故名爲智者能善決了故名爲有趣者知經意趣次第連合故名爲慚愧者自護護他故名爲堅固者不捨戒行故名爲覺者能觀是處非處故名爲隨智者不隨於他故名爲隨慧者善知義非義句差別故名爲神通者善修禪定故名爲方便善巧者能隨世行故名爲無厭足者善集福德故名爲不休息者常求智慧故名爲不疲倦者集大慈悲故名爲爲他勤修者欲令一切衆生入涅槃故名爲勤求不懈者求如來力無畏不共法故名爲發意能行者成就莊嚴佛土故名爲勤修種種善業者能具足相好故名爲常勤修習者求莊嚴佛身語意故名爲大尊重恭敬法者於一切菩薩法師處如教而行故名爲心無障礙者以大方便常行世間故名爲日夜遠離餘心者常樂教化一切衆生故佛子菩薩摩訶薩如是勤修行時以布施教化衆生

以愛語利行同事教化衆生示現色身教化衆生演說諸法教化衆生開示菩薩行教化衆生顯示如來大威力教化衆生示生死過患教化衆生稱讃如來智慧利益教化衆生現大神通力教化衆生以種種方便行教化衆生佛子此菩薩摩訶薩能如是勤方便教化衆生心恒相續趣佛智慧所作善根無有退轉常勤修學殊勝行法佛子此菩薩摩訶薩爲利益衆生故世間技藝靡不該習所謂文字筭數圖書印璽地水火風種種諸論咸所通達又善方藥療治諸病顛狂乾消鬼魅蠱毒悉能除斷文筆讃詠歌舞妓樂戲笑談說悉善其事國城村邑宫宅園苑泉流陂池草樹花藥凡所布列咸得其宜金銀摩尼真珠瑠璃螺貝璧玉珊瑚等藏悉知其處出以示人日月星宿鳥鳴地震夜夢吉凶身相休咎咸善觀察一無錯謬持戒入禪神通無量四無色等及餘一切世間之事但於衆生不爲損惱爲利益故咸悉開示漸令安住無上佛法佛子菩薩住是難勝地以願力故得見多佛所謂見多百佛見多千佛見多百千佛乃至見多百千億那由他佛悉恭敬尊重承事供養衣服飲食卧具湯藥一切資生悉以奉施亦以供養一切衆僧以此善根迴向阿耨多羅三藐三菩提於諸佛所恭敬聽法聞已受持隨力修行復於彼諸佛法中而得出家既出家已又更聞法得陀羅尼爲聞持法師住此地中經於百劫經於千劫乃至無量百千億那由他劫所有善根轉更明淨佛子譬如真金以硨磲磨瑩轉更明淨此地菩薩

所有善根亦復如是以方便慧思惟觀察轉更明淨佛子菩薩住此難勝地以方便智成就功德下地善根所不能及佛子如日月星宿宫殿光明風力所持不可沮壞亦非餘風所能傾動此地菩薩所有善根亦復如是以方便智隨逐觀察不可沮壞亦非一切聲聞獨覺世間善根所能傾動此菩薩十波羅蜜中禪波羅蜜偏多餘非不修但隨力隨分佛子是名略說菩薩摩訶薩第五難勝地菩薩住此地多作兜率陀天王於諸衆生所作自在摧伏一切外道邪見能令衆生住實諦中布施愛語利行同事如是一切諸所作業皆不離念佛不離念法不離念僧乃至不離念具足一切種一切智智復作是念我當於衆生中爲首爲勝爲殊勝爲妙爲微妙爲上爲無上乃至爲一切智智依止者此菩薩若發勤精進於一念頃得千億三昧見千億佛知千億佛神力能動千億佛世界乃至示現千億身一一身示千億菩薩以爲眷屬若以菩薩殊勝願力自在示現過於此數百劫千劫乃至百千億那由他劫不能數知爾時金剛藏菩薩欲重宣其義而說頌曰

菩薩四地已清淨　思惟三世佛平等
戒心除疑道非道　如是觀察入五地
念處爲弓根利箭　正勤爲馬神足車
五力堅鎧破怨敵　勇健不退入五地
慚愧爲衣覺分鬘　淨戒爲香禪塗香
智慧方便妙莊嚴　入總持林三昧苑
如意爲足正念頸　慈悲爲眼智慧牙
人中師子無我吼　破煩惱怨入五地

菩薩住此第五地　轉修勝上清淨道
志求佛法不退轉　思念慈悲無厭倦
積集福智勝功德　精勤方便觀上地
佛力所加具念慧　了知四諦皆如實
善知世諦勝義諦　相諦差別成立諦
事諦生盡及道諦　乃至如來無礙諦
如是觀諦雖微妙　未得無礙勝解脫
以此能生大功德　是故超過世智慧
既觀諦已知有為　體性虛偽無堅實
得佛慈愍光明分　為利衆生求佛智
觀諸有為先後際　無明黑闇愛纏縛
流轉遷迴苦聚中　無我無人無壽命
愛取為因受來苦　欲求邊際不可得
迷妄漂流無返期　此等可愍我應度
蘊宅界蛇諸見箭　心火猛熾癡闇重
愛河漂轉不暇觀　苦海淪胥闕明導
如是知已勤精進　所作皆為度衆生
名為有念有慧者　乃至覺解方便者
習行福智無厭足　恭敬多聞不疲倦
國土相好皆莊嚴　如是一切為衆生
為欲教化諸世間　善知書數印等法
亦復善解諸方藥　療治衆病悉令愈
文辭歌舞皆巧妙　宮宅園池悉安隱
寶藏非一咸示人　利益無量衆生故
日月星宿地震動　乃至身相亦觀察
四禪無色及神通　為益世間皆顯示
智者住此難勝地　供那由佛亦聽法
如以妙寶磨真金　所有善根轉明淨
譬如星宿在虛空　風力所持無損動
亦如蓮華不著水　如是大士行於世

住此多作兜率王　能摧異道諸邪見
所修諸善爲佛智　願得十力救衆生
彼復修行大精進　即時供養千億佛
得定動刹亦復然　願力所作過於是
如是第五難勝地　人中最上真實道
我以種種方便力　爲諸佛子宣說竟

大方廣佛華嚴經卷第三十六

音釋

循身觀　循音旬遍也觀音貫循身觀謂遍觀此身皆不淨也
猗覺　猗於宜切覺訖嶽切
纏裹　纏直連切繞也裹古火切包也
該　古哀切備也
璽　想氏切印也
療　力照切治也
癲　音顛狂病也
魅　明秘切魑魅也
蠱　音古蠱毒也
陂　彼爲切澤也
硨磲　硨音車磲音渠
瑩　烏定切潔也

淪胥　淪力迍切胥相居切淪胥謂相牽引也

大方廣佛華嚴經卷第三十七

唐于闐國三藏沙門實叉難陀譯

十地品第二十六之四

菩薩既聞諸勝行　其心歡喜雨妙華
放淨光明散寶珠　供養如來稱善說
百千天衆皆欣慶　共在空中散衆寶
華鬘瓔珞及幢旛　寶蓋塗香咸供佛
自在天王幷眷屬　心生歡喜住空中
散寶成雲持供養　讚言佛子快宣說
無量天女空中住　共以樂音歌讚佛
音中悉作如是言　佛語能除煩惱病
法性本寂無諸相　猶如虛空不分別
超諸取著絕言道　真實平等常清淨
若能通達諸法性　於有於無心不動
爲欲救世勤修行　此佛口生真佛子
不取衆相而行施　本絕諸惡堅持戒
解法無害常堪忍　知法性離具精進
已盡煩惱入諸禪　善達性空分別法
具足智力能博濟　滅除衆惡稱大士
如是妙音千萬種　讚已默然瞻仰佛
解脫月語金剛藏　以何行相入後地

爾時金剛藏菩薩告解脫月菩薩言佛子菩薩摩訶薩已具足第五地欲入第六現前地當觀察十平等法何等爲十所謂一切法無相故平等無體故平等無生故平等無滅故平等本來清淨故平等無戲論故平等無取捨故平等寂靜故平等如幻如夢如影如響如水中月如鏡中像如燄如化故平等有無不二故平等菩薩如是觀一切法自性清淨隨順無違得入第六現前地得明利隨順忍

未得無生法忍佛子此菩薩摩訶薩如是觀已復以大悲爲首大悲增上大悲滿足觀世間生滅作是念世間受生皆由著我若離此著則無生處復作是念凡夫無智執著於我常求有無不正思惟起於妄行行於邪道罪行福行不動行積集增長於諸行中植心種子有漏有取復起後有生及老死所謂業爲田識爲種無明闇覆愛水爲潤我慢漑灌見網增長生名色芽名色增長生五根諸根相對生觸觸對生受受後希求生愛愛增長生取取增長生有有生已於諸趣中起五蘊身名生生已衰變爲老終歿爲死於老死時生諸熱惱因熱惱故憂愁悲歎衆苦皆集此因緣故集無有集者任運而滅亦無滅者菩薩如是隨順觀察緣起之相佛子此菩薩摩訶薩復作是念於第一義諦不了故名無明所作業果是行行依止初心是識與識共生四取蘊爲名色名色增長爲六處根境識三事和合是觸觸共生有受於受染著是愛愛增長是取取所起有漏業爲有從業起蘊爲生蘊熟爲老蘊壞爲死死時離別愚迷貪戀心胷煩悶爲愁涕泗咨嗟爲歎在五根爲苦在意地爲憂憂苦轉多爲惱如是但有苦樹增長無我無我所無作無受者復作是念若有作者則有作事若無作者亦無作事第一義中俱不可得佛子此菩薩摩訶薩復作是念三界所有唯是一心如來於此分別演說十二有支皆依一心如是而立何以故隨事貪欲與心共生心是識事是行於行迷惑是無明與無明及心共生是名色名色增長是六

處六處三分合爲觸觸共生是受受無厭足是愛愛攝不捨是取彼諸有支生是有有所起名生生熟爲老老壞爲死佛子此中無明有二種業一令衆生迷於所緣二與行作生起因行亦有二種業一能生未來報二與識作生起因識亦有二種業一令諸有相續二與名色作生起因名色亦有二種業一互相助成二與六處作生起因六處亦有二種業一各取自境界二與觸作生起因觸亦有二種業一能觸所緣二與受作生起因受亦有二種業一能領受愛憎等事二與愛作生起因愛亦有二種業一染著可愛事二與取作生起因取亦有二種業一令諸煩惱相續二與有作生起因有亦有二種業一能令於餘趣中生二與生作生起因生亦有二種業一能起諸蘊二與老作生起因老亦有二種業一令諸根變異二與死作生起因死亦有二種業一能壞諸行二不覺知故相續不絕佛子此中無明緣行乃至生緣老死者由無明乃至生爲緣令行乃至老死不斷助成故無明滅則行滅乃至生滅則老死滅者由無明乃至生不爲緣令諸行乃至老死斷滅不助成故佛子此中無明愛取不斷是煩惱道行有不斷是業道餘分不斷是苦道前後際分別滅三道斷如是三道離我我所但有生滅猶如束蘆復次無明緣行者是觀過去識乃至受是觀現在愛乃至有是觀未來於是以後展轉相續無明滅行滅者是觀待斷復次十二有支名爲三苦此中無明行乃至六處是行苦觸受是苦苦餘是壞苦無明滅行滅

者是三苦斷復次無明緣行者無明因緣能生諸行無明滅行滅者以無無明諸行亦無餘亦如是又無明緣行者是生繫縛無明滅行滅者是滅繫縛餘亦如是又無明緣行者是隨順無所有觀無明滅行滅者是隨順盡滅觀餘亦如是佛子菩薩摩訶薩如是十種逆順觀諸緣起所謂有支相續故一心所攝故自業差别故不相捨離故三道不斷故觀過去現在未來故三苦聚集故因緣生滅故生滅繫縛故無所有盡觀故佛子菩薩摩訶薩以如是十種相觀諸緣起知無我無人無壽命自性空無作者無受者即得空解脱門現在前觀諸有支皆自性滅畢竟解脱無有少法相生即時得無相解脱門現在前如是入空無相已無有願求唯除大悲爲首教化

衆生即時得無願解脱門現在前菩薩如是修三解脱門離彼我想離作者受者想離有無想佛子此菩薩摩訶薩大悲轉增精勤修習爲未滿菩提分法令圓滿故作是念一切有爲有和合則轉無和合則不轉緣集則轉緣不集則不轉我如是知有爲法多諸過患當斷此和合因緣然爲成就衆生故亦不畢竟滅於諸行佛子菩薩如是觀察有爲多諸過惡無有自性不生不滅而恒起大悲不捨衆生即得般若波羅蜜現前名無障礙智光明成就如是智光明已雖修習菩提分因緣而不住有爲中雖觀有爲法自性寂滅亦不住寂滅中以菩提分法未圓滿故佛子菩薩住此現前地得入空三昧自性空三昧第一義空三昧第一空三昧大空三昧合空三昧

起空三昧如實不分別空三昧不捨離空三昧離不離空三昧此菩薩得如是十空三昧門爲首百千空三昧皆悉現前如是十無相十無願三昧門爲首百千無相無願三昧門皆悉現前佛子菩薩住此現前地復更修習滿足不可壞心決定心純善心甚深心不退轉心不休息心廣大心無邊心求智心方便慧相應心皆悉圓滿佛子菩薩以此十心順佛菩提不懼異論入諸智地離二乘道趣於佛智諸煩惱魔無能沮壞住於菩薩智慧光明於空無相無願法中皆善修習方便智慧恒共相應菩提分法常行不捨佛子菩薩住此現前地中得般若波羅蜜行增上得第三明利順忍以於諸法如實相隨順無違故佛子菩薩住此現前地已以願力故得見多佛所謂見多百佛乃至見多百千億那由他佛悉以廣大心深心供養恭敬尊重讚歎衣服飲食卧具湯藥一切資生悉以奉施亦以供養一切衆僧以此善根迴向阿耨多羅三藐三菩提於諸佛所恭敬聽法聞已受持得如實三昧智慧光明隨順修行憶持不捨又得諸佛甚深法藏經於百劫經於千劫乃至無量百千億那由他劫所有善根轉更明淨譬如真金以毗瑠璃寶數數磨瑩轉更明淨此地菩薩所有善根亦復如是以方便慧隨逐觀察轉更明淨轉復寂滅無能映蔽譬如月光照衆生身令得清涼四種風輪所不能壞此地菩薩所有善根亦復如是能滅無量百千億那由他衆生煩惱熾火四種魔道所不能壞此菩薩十波羅蜜中般若波羅蜜偏多

餘非不修但隨力隨分佛子是名略說菩薩摩訶薩第六現前地菩薩住此地多作善化天王所作自在一切聲聞所有問難無能退屈能令衆生除滅我慢深入緣起布施愛語利行同事如是一切諸所作業皆不離念佛乃至不離念具足一切種一切智智復作是念我當於一切衆生中爲首爲勝乃至爲一切智智依止者此菩薩若勤行精進於一念頃得百千億三昧乃至示現百千億菩薩以爲眷屬若以願力自在示現過於此數乃至百千億那由他劫不能數知爾時金剛藏菩薩欲重宣其義而說頌曰

菩薩圓滿五地已　觀法無相亦無性
無生無滅本清淨　無有戲論無取捨
體相寂滅如幻等　有無不二離分別
隨順法性如是觀　此智得成入六地
明利順忍智具足　觀察世間生滅相
以癡闇力世間生　若滅癡闇世無有
觀諸因緣實義空　不壞假名和合用
無作無受無思念　諸行如雲徧興起
不知真諦名無明　所作思業愚癡果
識起共生是名色　如是乃至衆苦聚
了達三界依心有　十二因緣亦復然
生死皆由心所作　心若滅者生死盡
無明所作有二種　緣中不了爲行因
如是乃至老終歿　從此苦生無有盡
無明爲緣不可斷　彼緣若盡悉皆滅
愚癡愛取煩惱支　行有是業餘皆苦
癡至六處是行苦　觸受增長是苦苦
所餘有支是壞苦　若見無我三苦滅

無明與行爲過去　識至於受現在轉
愛取有生未來苦　觀待若斷邊際盡
無明爲緣是生縛　於緣得離縛乃盡
從因生果離則斷　觀察於此知性空
隨順無明起諸有　若不隨順諸有斷
此有彼有無亦然　十種思惟心離著
有支相續一心攝　自業不離及三道
三際三苦因緣生　繫縛起滅順無盡
如是普觀緣起行　無作無受無真實
如幻如夢如光影　亦如愚夫逐陽燄
如是觀察入於空　知緣性離得無相
了其虛妄無所願　唯除慈愍爲衆生
大士修行解脫門　轉益大悲求佛法
知諸有爲和合作　志樂決定勤行道
空三昧門具百千　無相無願亦復然

般若順忍皆增上　解脫智慧得成滿
復以深心多供佛　於佛教中修習道
得佛法藏增善根　如金瑠璃所磨瑩
如月清涼被衆物　四風來觸無能壞
此地菩薩超魔道　亦息群生煩惱熱
此地多作善化王　化導衆生除我慢
所作皆求一切智　悉已超勝聲聞道
此地菩薩勤精進　獲諸三昧百千億
亦見若干無量佛　譬如盛夏空中日
甚深微妙難見知　聲聞獨覺無能了
如是菩薩第六地　我爲佛子已宣說
是時天衆心歡喜　散寶成雲在空住
普發種種妙音聲　告於最勝清淨者
了達勝義智自在　成就功德百千億
人中蓮華無所著　爲利群生演深行

自在天王在空中　放大光明照佛身
亦散最上妙香雲　普供除憂煩惱者
爾時天衆皆歡喜　悉發美音同讚述
我等聞斯地功德　則爲已獲大善利
天女是時心慶悅　競奏樂音千萬種
悉以如來神力故　音中共作如是言
威儀寂靜最無比　能調難調世應供
已超一切諸世間　而行於世闡妙道
雖現種種無量身　知身一一無所有
巧以言辭說諸法　不取文字音聲相
往詣百千諸國土　以諸上供供養佛
智慧自在無所著　不生於我佛國想
雖勤教化諸衆生　而無彼已一切心
雖已修成廣大善　而於善法不生著
以見一切諸世間　貪恚癡火常熾然
於諸想念悉皆離　發起大悲精進力
一切諸天及天女　種種供養稱讚已
悉共同時默然住　瞻仰人尊願聞法
時解脫月復請言　此諸大衆心清淨
第七地中諸行相　唯願佛子爲宣說

爾時金剛藏菩薩告解脫月菩薩言佛子菩薩摩訶薩具足第六地行已欲入第七遠行地當修十種方便慧起殊勝道何等爲十所謂雖善修空無相無願三昧而慈悲不捨衆生雖得諸佛平等法而樂常供養佛雖入觀空智門而勤集福德雖遠離三界而莊嚴三界雖畢竟寂滅諸煩惱燄而能爲一切衆生起滅貪瞋癡煩惱燄雖知諸法如幻如夢如影如響如燄如化如水中月如鏡中像自性無二而隨心作業無量差別雖知一切國土

猶如虛空而能以清淨妙行莊嚴佛土雖知諸佛法身本性無身而以相好莊嚴其身雖知諸佛音聲性空寂滅不可言說而能隨一切衆生出種種差别清淨音聲雖隨諸佛了知三世唯是一念而隨衆生意解分别以種種相種種時種種劫數而修諸行菩薩以如是十種方便慧起殊勝行從第六地入第七地入已此行常現在前名爲住第七遠行地佛子菩薩摩訶薩住此第七地已入無量衆生界入無量諸佛教化衆生業入無量世界網入無量諸佛清淨國土入無量種種差别法入無量諸佛現覺智入無量劫數入無量諸佛覺了三世智入無量衆生差别信解入無量諸佛示現種種名色身入無量衆生欲樂諸根差别入無量諸佛語言音聲令衆生歡喜入無量衆生種種心行入無量諸佛了知廣大智入無量聲聞乘信解入無量諸佛說智道令信解入無量辟支佛所成就入無量諸佛說甚深智慧門令趣入入無量諸菩薩方便行入無量諸佛所說大乘集成事令菩薩得入此菩薩作是念如是無量如來境界乃至於百千億那由他劫不能得知我悉應以無功用無分别心成就圓滿佛子此菩薩以深智慧如是觀察常勤修習方便慧起殊勝道安住不動無有一念休息廢捨行住坐卧乃至睡夢未曾暫與蓋障相應常不捨於如是想念此菩薩於念念中常能具足十波羅蜜何以故念念皆以大悲爲首修行佛法向佛智故所有善根爲求佛智施與衆生是名檀那波羅蜜能滅一切諸煩惱熱是名

尸羅波羅蜜慈悲爲首不損衆生是名羼提波羅蜜求勝善法無有厭足是名毗梨耶波羅蜜一切智道常現在前未嘗散亂是名禪那波羅蜜能忍諸法無生無滅是名般若波羅蜜能出生無量智是名方便波羅蜜能求上上勝智是名願波羅蜜一切異論及諸魔衆無能沮壞是名力波羅蜜如實了知一切法是名智波羅蜜佛子此十波羅蜜菩薩於念念中皆得具足如是四攝四持三十七品三解脫門略說乃至一切菩提分法於念念中皆悉圓滿爾時解脫月菩薩問金剛藏菩薩言佛子菩薩但於此第七地中滿足一切菩提分法爲諸地中亦能滿足金剛藏菩薩言佛子菩薩於十地中皆能滿足菩提分法然第七地最爲殊勝何以故此第七地功用行滿得入智慧自在行故佛子菩薩於初地中緣一切佛法願求故滿足菩提分法第二地離心垢故第三地願轉增長得法光明故第四地入道故第五地順世所作故第六地入甚深法門故第七地起一切佛法故皆亦滿足菩提分法何以故菩薩從初地乃至第七地成就智功用分以此力故從第八地乃至第十無功用行皆悉成就佛子譬如有二世界一處雜染一處純淨是二中間難可得過唯除菩薩有大方便神通願力佛子菩薩諸地亦復如是有雜染行有清淨行是二中間難可得過唯除菩薩有大願力方便智慧乃能得過解脫月菩薩言佛子此七地菩薩爲是染行爲是淨行金剛藏菩薩言佛子從初地至七地所行諸行皆捨離煩惱業以迴

向無上菩提故分得平等道故然未名為超煩惱行佛子譬如轉輪聖王乘天象寶遊四天下知有貧窮困苦之人而不為彼衆患所染然未名為超過人位若捨王身生於梵世乘天宮殿見千世界遊千世界示現梵天光明威德爾乃名為超過人位佛子菩薩亦復如是始從初地至於七地乘波羅蜜乘遊行世間知諸世間煩惱過患以乘正道故不為煩惱過失所染然未名為超煩惱行若捨一切有功用行從第七地入第八地乘菩薩清淨乘遊行世間知煩惱過失不為所染爾乃名為超煩惱行以得一切盡超過故佛子此第七地菩薩盡超過多貪等諸煩惱衆住此地不名有煩惱者不名無煩惱者何以故一切煩惱不現行故不名有者求如來智心未滿故不名無者佛子菩薩住此第七地以深淨心成就身業成就語業成就意業所有一切不善業道如來所訶皆已捨離一切善業如來所讚常善修行世間所有經書技術如五地中說皆自然而行不假功用此菩薩於三千大千世界中為大明師唯除如來及八地已上其餘菩薩深心妙行無與等者諸禪三昧三摩鉢底神通解脫皆得現前然是修成非如八地報得成就此地菩薩於念念中具足修習方便智力及一切菩提分法轉勝圓滿佛子菩薩住此地入菩薩善觀擇三昧善擇義三昧最勝慧三昧分別義藏三昧如實分別義三昧善住堅固根三昧智慧神通門三昧法界業三昧如來勝利三昧種種義藏生死涅槃門三昧入如是等具足大智神

通門百千三昧淨治此地是菩薩得此三昧善治淨方便慧故大悲力故超過二乘地得觀察智慧地佛子菩薩住此地善淨無量身業無相行善淨無量語業無相行善淨無量意業無相行故得無生法忍光明解脱月菩薩言佛子菩薩從初地來所有無量身語意業豈不超過二乘耶金剛藏菩薩言佛子彼悉超過然但以願求諸佛法故非是自智觀察之力今第七地自智力故一切二乘所不能及譬如王子生在王家王后所生具足王相生已即勝一切臣衆但以王力非是自力若身長大藝業悉成乃以自力超過一切菩薩摩訶薩亦復如是初發心時以志求大法故超過一切聲聞獨覺今住此地以自所行智慧力故出過一切二乘之上佛子菩薩住

此第七地得甚深遠離無行常行身語意業勤求上道而不捨離是故菩薩雖行實際而不作證解脱月菩薩言佛子菩薩從何地來能入滅定金剛藏菩薩言佛子菩薩從第六地來能入滅定今住此地能念念入亦念念起而不作證故此菩薩名爲成就不可思議身語意業行於實際而不作證譬如有人乘船入海以善巧力不遭水難此地菩薩亦復如是乘波羅蜜船行實際海以願力故而不證滅佛子此菩薩得如是三昧智力以大方便雖示現生死而恒住涅槃雖眷屬圍繞而常樂遠離雖以願力三界受生而不爲世法所染雖常寂滅以方便力而還熾然雖然不燒雖隨順佛智而示入聲聞辟支佛地雖得佛境界藏而示住魔境界雖起魔道而現行

魔法雖示同外道行而不捨佛法雖示隨順一切世間而常行一切出世間法所有一切莊嚴之事出過一切天龍夜叉乾闥婆阿脩羅迦樓羅緊那羅摩睺羅伽人及非人帝釋梵王四天王等之所有者而不捨離樂法之心佛子菩薩成就如是智慧住遠行地以願力故得見多佛所謂見多百佛乃至見多百千億那由他佛於彼佛所以廣大心增勝心供養恭敬尊重讚歎衣服飲食卧具醫藥一切資生悉以奉施亦以供養一切衆僧以此善根迴向阿耨多羅三藐三菩提復於佛所恭敬聽法聞已受持獲如實三昧智慧光明隨順修行於諸佛所護持正法常爲如來之所讃喜一切二乘所有問難無能退屈利益衆生法忍清淨如是經無量百千億那由他劫所有善根轉更增勝譬如真金以衆妙寶間錯莊嚴轉更增勝倍益光明餘莊嚴具所不能及菩薩住此第七地所有善根亦復如是以方便慧力轉更明淨非是二乘之所能及佛子譬如日光星月等光無能及者閻浮提地所有泥潦悉能乾竭此遠行地菩薩亦復如是一切二乘無有能及悉能乾竭一切衆生諸惑泥潦此菩薩十波羅蜜中方便波羅蜜偏多餘非不修但隨力隨分佛子是名略說菩薩摩訶薩第七遠行地菩薩住此地多作自在天王善爲衆生說證智法令其證入布施愛語利行同事如是一切諸所作業皆不離念佛乃至不離念具足一切種一切智智復作是念我當於一切衆生中爲首爲勝乃至爲一切智智依止者此菩薩若發勤

精進於一念頃得百千億那由他三昧乃至示現百千億那由他菩薩以爲眷屬若以菩薩殊勝願力自在示現過於此數乃至百千億那由他劫不能數知爾時金剛藏菩薩欲重宣其義而說頌曰

第一義智三昧道　六地修行心滿足
即時成就方便慧　菩薩以此入七地
雖明三脫起慈悲　雖等如來勤供佛
雖觀於空集福德　菩薩以此升七地
遠離三界而莊嚴　滅除惑火而起燄
知法無二勤作業　了刹皆空樂嚴土
解身不動具諸相　達聲性離善開演
入於一念事各別　智者以此升七地
觀察此法得明了　廣爲群迷興利益
入衆生界無有邊　佛教化業亦無量
國土諸法與劫數　解欲心行悉能入
說三乘法亦無限　如是教化諸群生
菩薩勤求最勝道　動息不捨方便慧
一一迴向佛菩提　念念成就波羅蜜
發心迴向是布施　滅惑爲戒不害忍
求善無厭斯進策　於道不動即修禪
忍受無生名般若　迴向方便希求願
無能摧力善了智　如是一切皆成滿
初地攀緣功德滿　二地離垢三諍息
四地入道五順行　第六無生智光照
七住菩提功德滿　種種大願皆具足
以是能令八地中　一切所作咸清淨
此地難過智乃超　譬如世界二中間
亦如聖王無染著　然未名爲總超度
若住第八智地中　爾乃踰於心境界

如梵觀世超人位　如蓮處水無染著
此地雖超諸惑衆　不名有惑非無惑
以無煩惱於中行　而求佛智心未足
世間所有衆技藝　經書辭論普明了
禪定三昧及神通　如是修行悉成就
菩薩修成七住道　超過一切二乘行
初地願成此由智　譬如王子力具足
成就甚深仍進道　心心寂滅不取證
譬如乘船入海中　在水不爲水所溺
方便慧行功德具　一切世間無能了
供養多佛心益明　如以妙寶莊嚴金
此地菩薩智最明　如日舒光竭愛水
又作自在天中主　化導群生修正智
若以勇猛精勤力　獲多三昧見多佛
百千億數那由他　願力自在復過是
此是菩薩遠行地　方便智慧清淨道
一切世間天及人　聲聞獨覺無能知

大方廣佛華嚴經卷第三十七

音釋

溉灌（溉古代切澆也灌古玩切沃也）歿（莫勃切終也）涕泗（涕他計切泗息利切）羼提（梵語也此云忍羼初限切）泥潦（潦魯晧切路上流水也）

大方廣佛華嚴經卷第三十八

唐于闐國三藏沙門實叉難陀譯

十地品第二十六之五

是時天王及天衆　聞此勝行皆歡喜
爲欲供養於如來　及以無央大菩薩
雨妙華旛及幢蓋　香鬘瓔珞與寶衣
無量無邊千萬種　悉以摩尼作嚴飾
天女同時奏天樂　普發種種妙音聲
供養於佛幷佛子　共作是言而讚歎
一切見者兩足尊　哀愍衆生現神力
令此種種諸天樂　普發妙音咸得聞
於一毛端百千億　那由他國微塵數
如是無量諸如來　於中安住說妙法
一毛孔內無量刹　各有四洲及大海
須彌鐵圍亦復然　悉見在中無迫隘
一毛端處有六趣　三種惡道及人天
諸龍神衆阿修羅　各隨自業受果報
於彼一切刹土中　悉有如來演妙音
隨順一切衆生心　爲轉最上淨法輪
刹中種種衆生身　身中復有種種刹
人天諸趣各各異　佛悉知已爲說法
大刹隨念變爲小　小刹隨念亦變大
如是神通無有量　世間共說不能盡
普發此等妙音聲　稱讚如來功德已
衆會歡喜默然住　一心瞻仰欲聽說
時解脫月復請言　今此衆會皆寂靜
願說隨次之所入　第八地中諸行相

爾時金剛藏菩薩告解脫月菩薩言佛子菩薩摩訶薩於七地中善修習方便慧善清淨諸道善集助道法大願力所攝如來力所加

自善力所持常念如來力無所畏不共佛法善清淨深心思覺能成就福德智慧大慈大悲不捨衆生入無量智道入一切法本來無生無起無相無成無壞無盡無轉無性爲性初中後際皆悉平等無分別如如智之所入處離一切心意識分別想無所取著猶如虛空入一切法如虛空性是名得無生法忍佛子菩薩成就此忍即時得入第八不動地爲深行菩薩難可知無差別離一切相一切想一切執著無量無邊一切聲聞辟支佛所不能及離諸諠諍寂滅現前譬如比丘具足神通得心自在次第乃至入滅盡定一切動心憶想分別悉皆止息此菩薩摩訶薩亦復如是住不動地即捨一切功用行得無功用法身口意業念務皆息住於報行譬如有人夢中見身墮在大河爲欲度故發大勇猛施大方便以大勇猛施方便故即便覺寤既覺寤已所作皆息菩薩亦爾見衆生身在四流中爲救度故發大勇猛起大精進以勇猛精進故至此不動地既至此已一切功用靡不皆息二行相行悉不現前佛子如生梵世欲界煩惱皆不現前住不動地亦復如是一切心意識行皆不現前此菩薩摩訶薩菩薩心佛心菩提心涅槃心尚不現起況復起於世間之心佛子此地菩薩本願力故諸佛世尊親現其前與如來智令其得入法流門中作如是言善哉善哉善男子此忍第一順諸佛法然善男子我等所有十力無畏十八不共諸佛之法汝今未得汝應爲欲成就此法勤加精進勿復放捨於此忍門又善男子汝雖得

是寂滅解脱然諸凡夫未能證得種種煩惱皆悉現前種種覺觀常相侵害汝當愍念如是衆生又善男子汝當憶念本所誓願普大饒益一切衆生皆令得入不可思議智慧之門又善男子此諸法法性若佛出世若不出世常住不異諸佛不以得此法故名爲如來一切二乘亦能得此無分别法又善男子汝觀我等身相無量智慧無量國土無量方便無量光明無量清淨音聲亦無有量汝今宜應成就此事又善男子汝今適得此一法明所謂一切法無生無分别善男子如來法明無量入無量作無量轉乃至百千億那由他劫不可得知汝應修行成就此法又善男子汝觀十方無量國土無量衆生無量法種種差别悉應如實通達其事佛子諸佛世尊與此菩薩如是等無量起智門令其能起無量無邊差别智業佛子若諸佛不與此菩薩起智門者彼時即入究竟涅槃棄捨一切利衆生業以諸佛與如是等無量無邊起智門故於一念頃所生智業從初發心乃至七地所修諸行百分不及一乃至百千億那由他分亦不及一如是阿僧祇分歌羅分筭數分譬喻分優波尼沙陀分亦不及一何以故佛子是菩薩先以一身起行今住此地得無量身無量音聲無量智慧無量受生無量淨國教化無量衆生供養無量諸佛入無量法門具無量神通有無量衆會道場差别住無量身語意業集一切菩薩行以不動法故佛子譬如乘船欲入大海未至於海多用功力若至海已但隨風去不假人力以至大海一日所

行比於未至其未至時設經百歲亦不能及佛子菩薩摩訶薩亦復如是積集廣大善根資糧乘大乘船到菩薩行海於一念頃以無功用智入一切智智境界本有功用行經於無量百千億那由他劫所不能及佛子菩薩住此第八地以大方便善巧智所起無功用覺慧觀一切智智所行境所謂觀世間成觀世間壞由此業集故成由此業盡故壞幾時成幾時壞幾時成住幾時壞住皆如實知又知地界小相大相無量相差別相知水火風界小相大相無量相差別相知微塵細相差別相無量差別相隨何世界中所有微塵聚及微塵差別相皆如實知隨何世界中所有地水火風界各若干微塵所有寶物若干微塵衆生身若干微塵國土身若干微塵皆如實知知衆生大身小身各若干微塵成知地獄身畜生身餓鬼身阿修羅身天身人身各若干微塵成得如是知微塵差別智又知欲界色界無色界成知欲界色界無色界壞知欲界色界無色界小相大相無量相差別相得如是觀三界差別智佛子此菩薩復起智明教化衆生所謂善知衆生身差別善分別衆生身善觀察所生處隨其所應而爲現身教化成熟此菩薩於一三千大千世界隨衆生身信解差別以智光明普現受生如是若二若三乃至百千乃至不可說三千大千世界隨衆生身信解差別普於其中示現受生此菩薩成就如是智慧故於一佛刹其身不動乃至不可說佛刹衆會中悉現其身佛子此菩薩隨諸衆生身心信解種種差別於彼

佛國衆會之中而現其身所謂於沙門衆中示沙門形婆羅門衆中示婆羅門形刹利衆中示刹利形如是毗舍衆首陀衆居士衆四天王衆三十三天衆夜摩天衆兜率陀天衆化樂天衆他化自在天衆魔衆梵衆乃至阿迦尼吒天衆中各隨其類而為現形又應以聲聞身得度者現聲聞形應以辟支佛身得度者現辟支佛形應以菩薩身得度者現菩薩形應以如來身得度者現如來形佛子菩薩如是於一切不可說佛國土中隨諸衆生信樂差別如是如是而為現身佛子此菩薩遠離一切身想分別住於平等此菩薩知衆生身國土身業報身聲聞身獨覺身菩薩身如來身智身法身虛空身此菩薩知諸衆生心之所樂能以衆生身作自身亦作國土身業報身乃至虛空身又知衆生心之所樂能以國土身作自身亦作衆生身業報身乃至虛空身又知諸衆生心之所樂能以業報身作自身亦作衆生身國土身乃至虛空身又知衆生心之所樂能以自身作衆生身國土身乃至虛空身隨諸衆生所樂不同則於此身現如是形此菩薩知衆生集業身報身煩惱身色身無色身又知國土身小相大相無量相染相淨相廣相倒住相正住相普入相方網差別相知業報身假名差別知聲聞身獨覺身菩薩身假名差別知如來身有菩提身願身化身力持身相好莊嚴身威勢身意生身福德身法身智身知智身善思量相如實決擇相果行所攝相世間出世間差別相三乘差別相共相不共相出離相非出離相

學相無學相知法身平等相不壞相隨時隨俗假名差別相衆生非衆生法差別相佛法聖僧法差別相知虛空身無量相周徧相無形相無異相無邊相顯現色身相佛子菩薩成就如是身智已得命自在心自在財自在業自在生自在願自在解自在如意自在智自在法自在得此十自在故則爲不思議智者無量智者廣大智者無能壞智者此菩薩如是入已如是成就已得畢竟無過失身業無過失語業無過失意業身語意業隨智慧行般若波羅蜜增上大悲爲首方便善巧善能分別善起大願佛力所護常勤修習利衆生智普住無邊差別世界佛子舉要言之菩薩住此不動地身語意業諸有所作皆能積集一切佛法佛子菩薩住此地得善住深心力一切煩惱不行故得善住勝心力不離於道故得善住大悲力不捨利益衆生故得善住大慈力救護一切世間故得善住陀羅尼力不忘於法故得善住辯才力善觀察分別一切法故得善住神通力普往無邊世界故得善住大願力不捨一切菩薩所作故得善住波羅蜜力成就一切佛法故得如來護念力一切種一切智智現前故此菩薩得如是智力能現一切諸所作事於諸事中無有過咎佛子此菩薩智地名爲不動地無能沮壞故名爲不退轉地智慧無退故名爲難得地一切世間無能測故名爲童真地離一切過失故名爲生地隨樂自在故名爲成地更無所作故名爲究竟地智慧決定故名爲變化地隨願成就故名爲力持地他不能動故名

爲無功用地先已成就故佛子菩薩成就如是智慧入佛境界佛功德照順佛威儀佛境現前常爲如來之所護念梵釋四王金剛力士常隨侍衛恒不捨離諸大三昧能現無量諸身差别於一一身有大勢力報得神通三昧自在隨有可化衆生之處示成正覺佛子菩薩如是入大乘會獲大神通放大光明入無礙法界知世界差别示現一切諸大功德隨意自在善能通達前際後際普伏一切魔邪之道深入如來所行境界於無量國土修菩薩行以能獲得不退轉法是故說名住不動地佛子菩薩住此不動地已以三昧力常得現見無量諸佛恒不捨離承事供養此菩薩於一一劫一一世界見無量百佛無量千佛乃至無量百千億那由他佛恭敬尊重承事供養一切資生悉以奉施於諸佛所得於如來甚深法藏受世界差别等無量法明若有問難世界差别如是等事無能屈者如是經於無量百劫無量千劫乃至無量百千億那由他劫所有善根轉增明淨譬如真金治作寶冠置閻浮提主聖王頂上一切臣民諸莊嚴具無與等者此地菩薩所有善根亦復如是一切二乘乃至第七地菩薩所有善根無能及者以住此地大智光明普滅衆生煩惱黑闇善能開闡智慧門故佛子譬如千世界主大梵天王能普運慈心普放光明滿千世界此地菩薩亦復如是能放光明照百萬佛刹微塵數世界令諸衆生滅煩惱火而得清涼此菩薩十波羅蜜中願波羅蜜增上餘波羅蜜非不修行但隨力隨分是名略說諸

菩薩摩訶薩第八不動地若廣說者經無量劫不可窮盡佛子菩薩摩訶薩住此地多作大梵天王主千世界最勝自在善說諸義能與聲聞辟支佛諸菩薩波羅蜜道若有問難世界差別無能退屈布施愛語利行同事如是一切諸所作業皆不離念佛乃至不離念一切種一切智智復作是念我當於一切衆生中為首為勝乃至為一切智智依止者此菩薩若以發起大精進力於一念頃得百萬三千大千世界微塵數三昧乃至示現百萬三千大千世界微塵數菩薩以為眷屬若以菩薩殊勝願力自在示現過於是數乃至百千億那由他劫不能數知爾時金剛藏菩薩欲重宣其義而說頌曰

七地修治方便慧 善集助道大願力
復得人尊所攝持 為求勝智登八住
功德成就恒慈愍 智慧廣大等虛空
聞法能生決定力 是則寂滅無生忍
知法無生無起相 無成無壞無盡轉
離有平等絕分別 超諸心行如空住
成就是忍超戲論 甚深不動恒寂滅
一切世間無能知 心相取著悉皆離
住於此地不分別 譬如比丘入滅定
如夢度河覺則無 如生梵天絕下欲
以本願力蒙勸導 歎其忍勝與灌頂
語言我等衆佛法 汝今未獲當勤進
汝雖已滅煩惱火 世間惑燄猶熾然
當念本願度衆生 悉使修因趣解脫
法性真常離心念 二乘於此亦能得
不以此故為世尊 但以甚深無礙智

如是人天所應供　與此智慧令觀察
無邊佛法悉得成　一念超過曩衆行
菩薩住茲妙智地　則獲廣大神通力
一念分身徧十方　如船入海因風濟
心無功用任智力　悉知國土成壞住
諸界種種各殊異　小大無量皆能了
三千世界四大種　六趣衆生身各別
及以衆寶微塵數　以智觀察悉無餘
菩薩能知一切身　爲化衆生同彼形
國土無量種種別　悉爲現形無不徧
譬如日月住虛空　一切水中皆現影
住於法界無所動　隨心現影亦復然
隨其心樂各不同　一切衆中皆現身
聲聞獨覺與菩薩　及以佛身靡不現
衆生國土業報身　種種聖人智法身
虛空身相皆平等　普爲衆生而示作
十種聖智普觀察　復順慈悲作衆業
所有佛法皆成就　持戒不動如須彌
十力成就不動搖　一切魔衆無能轉
諸佛護念天王禮　密跡金剛恒侍衛
此地功德無邊際　千萬億劫說不盡
復以供佛善益明　如王頂上莊嚴具
菩薩住此第八地　多作梵王千界主
演說三乘無有窮　慈光普照除衆惑
一念所獲諸三昧　百萬世界微塵等
諸所作事悉亦然　願力示現復過是
菩薩第八不動地　我爲汝等已略說
若欲次第廣分別　經於億劫不能盡
說此菩薩八地時　如來現大神通力
震動十方諸國土　無量億數難思議

一切知見無上尊　其身普放大光明
照耀彼諸無量土　悉使衆生獲安樂
菩薩無量百千億　俱時踊在虛空住
以過諸天上妙供　供養說中最勝者
大自在王自在天　悉共同心喜無量
各以種種衆供具　供養甚深功德海
復有天女千萬億　身心歡喜悉充徧
各奏樂音無量種　供養人中大導師
是時衆樂同時奏　百千萬億無量別
悉以善逝威神力　演出妙音而讚歎
寂靜調柔無垢害　隨所入地善修習
心如虛空詣十方　廣說佛道悟群生
天上人間一切處　悉現無等妙莊嚴
以從如來功德生　令其見者樂佛智
不離一刹詣衆土　如月普現照世間
音聲心念悉皆滅　譬猶谷響無不應
若有衆生心下劣　爲彼演說聲聞行
若心明利樂辟支　則爲彼說中乘道
若有慈悲樂饒益　爲說菩薩所行事
若有最勝智慧心　則示如來無上法
譬如幻師作衆事　種種形相皆非實
菩薩智幻亦如是　雖現一切離有無
如是美音千萬種　歌讚佛已默然住
解脫月言今衆淨　願說九地所行道

爾時金剛藏菩薩告解脫月菩薩言佛子菩薩摩訶薩以如是無量智思量觀察欲更求轉勝寂滅解脫復修習如來智慧入如來祕密法觀察不思議大智性淨諸陀羅尼三昧門具廣大神通入差別世界修力無畏不共法隨諸佛轉法輪不捨大悲本願力得入菩

薩第九善慧地佛子菩薩摩訶薩住此善慧地如實知善不善無記法行有漏無漏法行世間出世間法行思議不思議法行定不定法行聲聞獨覺法行菩薩行法行如來地法行有爲法行無爲法行此菩薩以如是智慧如實知衆生心稠林煩惱稠林業稠林根稠林解稠林性稠林樂欲稠林隨眠稠林受生稠林習氣相續稠林三聚差別稠林此菩薩如實知衆生心種種相所謂雜起相速轉相壞不壞相無形質相無邊際相清淨相垢無垢相縛不縛相幻所作相隨諸趣生相如是百千萬億乃至無量皆如實知又知諸煩惱種種相所謂久遠隨行相無邊引起相俱生不捨相眠起一義相與心相應不相應相隨趣受生而住相三界差別相愛見癡慢如箭深入過患相三業因緣不絕相略說乃至八萬四千皆如實知又知諸業種種相所謂善不善無記相有表示無表示相與心同生不離相因自性刹那壞而次第集果不失相有報無報相受黑黑等衆報相如田無量相凡聖差別相現受生受後受相乘非乘定不定相略說乃至八萬四千皆如實知又知諸根輭中勝相先際後際差別無差別相上中下相煩惱俱生不相離相乘非乘定不定相淳熟調柔相隨根網輕轉壞相增上無能壞相退不退差別相遠隨共生不同相略說乃至八萬四千皆如實知又知諸解輭中上諸性輭中上樂欲輭中上皆略說乃至八萬四千又知諸隨眠種種相所謂與深心共生相與心共生相心相應不相應差別相久遠隨行

相無始不拔相與一切禪定解脫三昧三摩鉢底神通相違相三界相續受生繫縛相令無邊心相續現起相開諸處門相堅實難治相地處成就不成就相唯以聖道拔出相又知受生種種相所謂隨業受生相六趣差別相有色無色差別相有想無想差別相業爲田愛水潤無明暗覆識爲種子生後有芽相名色俱生不相離相癡愛希求續有相欲受欲生無始樂著相妄謂出三界貪求相又知習氣種種相所謂行不行差別相隨趣熏習相隨衆生行熏習相隨業煩惱熏習相善不善無記熏習相隨入後有熏習相次第熏習相不斷煩惱遠行不捨熏習相實非實熏習相見聞親近聲聞獨覺菩薩如來熏習相又知衆生正定邪定不定相所謂正見正定相邪見邪定相二俱不定相五逆邪定相五根正定相二俱不定相八邪邪定相正性正定相更不作二俱離不定相深著邪法邪定相習行聖道正定相二俱捨不定相佛子菩薩隨順如是智慧名住善慧地住此地已了知衆生諸行差別教化調伏令得解脫佛子此菩薩善能演說聲聞乘法獨覺乘法菩薩乘法如來地法一切行處智隨行故能隨衆生根性欲解所行有異諸趣差別亦隨受生煩惱眠縛諸業習氣而爲說法令生信解增益智慧各於其乘而得解脫佛子菩薩住此善慧地作大法師具法師行善能守護如來法藏以無量善巧智起四無礙辯用菩薩言辭而演說法此菩薩常隨四無礙智轉無暫捨離何等爲四所謂法無礙智義無礙智辭無

礙智樂說無礙智此菩薩以法無礙智知諸法自相義無礙智知諸法別相辭無礙智無錯謬說樂說無礙智無斷盡說復次以法無礙智知諸法自性義無礙智知諸法生滅辭無礙智安立一切法不斷說樂說無礙智隨所安立不可壞無邊說復次以法無礙智知現在法差別義無礙智知過去未來法差別辭無礙智於去來今法無錯謬說樂說無礙智於一一世無邊法明了說復次以法無礙智知法差別義無礙智知義差別辭無礙智隨其言音說樂說無礙智隨其心樂說復次法無礙智以法智知差別不異義無礙智以比智知差別如實辭無礙智以世智差別說樂說無礙智以第一義智善巧說復次法無礙智知諸法一相不壞義無礙智知蘊界處諦緣起善巧辭無礙智以一切世間易解了美妙音聲文字說樂說無礙智以轉勝無邊法明說復次法無礙智知一乘平等性義無礙智知諸乘差別性辭無礙智說一切乘無差別樂說無礙智說一一乘無邊法復次法無礙智知一切菩薩行智行法行智隨證義無礙智知十地分位義差別辭無礙智說地道無差別相樂說無礙智說一一地無邊行相復次法無礙智知一切如來一念成正覺義無礙智知種種時種種處等各差別辭無礙智說成正覺差別樂說無礙智於一一句法無量劫說不盡復次法無礙智知一切如來語力無所畏不共佛法大慈大悲辯才方便轉法輪一切智智隨證義無礙智知如來隨八萬四千衆生心行根解差別音聲辭無

礙智隨一切衆生行以如來音聲差別說樂說無礙智隨衆生信解以如來智清淨行圓滿說佛子菩薩住第九地得如是善巧無礙智得如來妙法藏作大法師得義陀羅尼法陀羅尼智陀羅尼光照陀羅尼善慧陀羅尼衆財陀羅尼威德陀羅尼無礙門陀羅尼無邊際陀羅尼種種義陀羅尼如是等百萬阿僧祇陀羅尼門皆得圓滿以百萬阿僧祇善巧音聲辯才門而演說法此菩薩得如是百萬阿僧祇陀羅尼門已於無量佛所一一佛前悉以如是百萬阿僧祇陀羅尼門聽聞正法聞已不忘以無量差別門為他演說此菩薩初見於佛頭頂禮敬即於佛所得無量法門此所得法門非彼聞持諸大聲聞於百千劫所能領受此菩薩得如是陀羅尼如是無礙智坐於法座而說於法大千世界滿中衆生隨其心樂差別為說唯除諸佛及受職菩薩其餘衆會威德光明無能與比此菩薩處於法座欲以一音令諸大衆皆得解了即得解了或時欲以種種音聲令諸大衆皆得開悟或時心欲放大光明演說法門或時心欲於其身上一一毛孔皆演法音或時心欲乃至三千大千世界所有一切形無形物皆悉演出妙法言音或時心欲發一言音周徧法界悉令解了或時心欲一切言音皆作法音恒住不滅或時心欲一切世界簫笛鐘鼓及以歌詠一切樂聲皆演法音或時心欲於一字中一切法句言音差別皆悉具足或時心欲令不可說無量世界地水火風四大聚中所有微塵一一塵中皆悉演出不可說法門

如是所念一切隨心無不得者佛子此菩薩假使三千大千世界所有衆生咸至其前一一皆以無量言音而興問難一一問難各各不同菩薩於一念頃悉能領受仍以一音普爲解釋令隨心樂各得歡喜如是乃至不可說世界所有衆生一刹那間一一皆以無量言音而興問難一一問難各各不同菩薩於一念頃悉能領受亦以一音普爲解釋各隨心樂令得歡喜乃至不可說不可說世界滿中衆生菩薩皆能隨其心樂隨根隨解而爲說法承佛神力廣作佛事普爲一切作所依怙佛子此菩薩復更精進成就智明假使一毛端處有不可說世界微塵數諸佛衆會一一衆會有不可說世界微塵數衆生一一衆生有不可說世界微塵數性欲彼諸佛隨其性欲各與法門如一毛端處一切法界處悉亦如是如是所說無量法門菩薩於一念中悉能領受無有忘失佛子菩薩住此第九地晝夜專勤更無餘念唯入佛境界親近如來入諸菩薩甚深解脱常在三昧恒見諸佛未曾捨離一一刧中見無量佛無量百佛無量千佛乃至無量百千億那由他佛恭敬尊重承事供養於諸佛所種種問難得說法陀羅尼所有善根轉更明淨譬如真金善巧金師用作寶冠轉輪聖王以嚴其首四天下内一切小王及諸臣民諸莊嚴具無與等者此第九地菩薩善根亦復如是一切聲聞辟支佛及下地菩薩所有善根無能與等佛子譬如二千世界主大梵天王身出光明二千界中幽遠之處悉能照耀除其黑闇此地菩薩所

有善根亦復如是能出光明照衆生心煩惱黑闇皆令息滅此菩薩十波羅蜜中力波羅蜜最勝餘波羅蜜非不修行但隨力隨分佛子是名略說菩薩摩訶薩第九善慧地若廣說者於無量劫亦不能盡佛子菩薩摩訶薩住此地多作二千世界主大梵天王善能統理自在饒益能爲一切聲聞緣覺及諸菩薩分別演說波羅蜜行隨衆生心所有問難無能屈者布施愛語利行同事如是一切諸所作業皆不離念佛乃至不離念一切種一切智智復作是念我當於一切衆生中爲首爲勝乃至爲一切智智依止者此菩薩若發勤精進於一念頃得百萬阿僧祇國土微塵數三昧乃至示現百萬阿僧祇國土微塵數菩薩以爲眷屬若以菩薩殊勝願力自在示現過於此數乃至百千億那由他劫不能數知

爾時金剛藏菩薩欲重宣其義而說頌曰

無量智力善觀察　最上微妙世難知
普入如來祕密處　利益衆生入九地
總持三昧皆自在　獲大神通入衆刹
力智無畏不共法　願力悲心入九地
住於此地持法藏　了善不善及無記
有漏無漏世出世　思不思議悉善知
若法決定不決定　三乘所作悉觀察
有爲無爲行差別　如是而知入世間
若欲知諸衆生心　則能以智如實知
種種速轉壞非壞　無質無邊等衆相
煩惱無邊恒共伴　眠起一義續諸趣
業性種種各差別　因壞果集皆能了
諸根種種下中上　先後際等無量別

解性樂欲亦復然　八萬四千靡不知
衆生惑見恒隨縛　無始稠林未除翦
與志共俱心並生　常相羈繫不斷絶
但唯妄想非實物　不離於心無處所
禪定境排仍退轉　金剛道滅方畢竟
六趣受生各差別　業田愛潤無明覆
識爲種子名色芽　三界無始恒相續
惑業心習生諸趣　若離於此不復生
衆生悉在三聚中　或溺於見或行道
住於此地善觀察　隨其心樂及根解
悉以無礙妙辯才　如其所應差別說
處於法座如師子　亦如牛王寶山王
又如龍王布密雲　霔甘露雨充大海
善知法性及奧義　隨順言辭能辯說
總持百萬阿僧祇　譬如大海受衆雨
總持三昧皆清淨　能於一念見多佛
一一佛所皆聞法　復以妙音而演暢
若欲三千大千界　教化一切諸群生
如雲廣布無不及　隨其根欲悉令喜
毛端佛衆無有數　衆生心樂亦無極
悉應其心與法門　一切法界皆如是
菩薩勤加精進力　復獲功德轉增勝
聞持爾所諸法門　如地能持一切種
十方無量諸衆生　咸來親近會中坐
一念隨心各問難　一音普對悉充足
住於此地爲法王　隨機誨誘無厭倦
日夜見佛未曾捨　入深寂滅智解脫
供養諸佛善益明　如王頂上妙寶冠
復使衆生煩惱滅　譬如梵王光普照
住此多作大梵王　以三乘法化衆生

所行善業普饒益　乃至當成一切智
一念所入諸三昧　阿僧祇刹微塵數
見佛說法亦復然　願力所作復過此
此是第九善慧地　大智菩薩所行處
甚深微妙難可見　我爲佛子已宣說

大方廣佛華嚴經卷第三十八

音釋

毗舍梵語正言吠舍此云坐估即商賈種也　首陀梵語也亦云戍達那即農田種也　曩乃朗切曏也　淳熟淳音純熟殊六切　輭而兗切　依怙怙侯古切依怙倚恃也　統理統他總切總也　羇居宜切寄也　霔之戍切霖霔也　誘與久切引也

大方廣佛華嚴經卷第三十九

唐于闐國三藏沙門實叉難陀譯

十地品第二十六之六

淨居天衆那由他　聞此地中諸勝行
空中踊躍心歡喜　悉共虔誠供養佛
不可思議菩薩衆　亦在空中大歡喜
俱然最上悅意香　普熏衆會令清淨
自在天王與天衆　無量億數在虚空
普散天衣供養佛　百千萬種繽紛下
天諸婇女無有量　靡不歡欣供養佛
各奏種種妙樂音　悉以此言而讃歎
佛身安坐一國土　一切世界悉現身
身相端嚴無量億　法界廣大悉充滿
於一毛孔放光明　普滅世間煩惱闇
國土微塵可知數　此光明數不可測

或見如來具衆相　轉於無上正法輪
或見遊行諸佛刹　或見寂然安不動
或現住於兜率宫　或現下生入母胎
或示住胎或出胎　悉令無量國中見
或現出家修世道　或現道場成正覺
或現説法或涅槃　普使十方無不覩
譬如幻師知幻術　在於大衆多所作
如來智慧亦復然　於世間中普現身
佛住甚深真法性　寂滅無相同虚空
而於第一實義中　示現種種所行事
所作利益衆生事　皆依法性而得有
相與無相無差別　入於究竟皆無相
若有欲得如來智　應離一切妄分別
有無通達皆平等　疾作人天大導師
無量無邊天女衆　種種言音稱讃已

身心寂靜共安樂　瞻仰如來默然住
即時菩薩解脫月　知諸衆會咸寂靜
向金剛藏而請言　大無畏者眞佛子
從第九地入十地　所有功德諸行相
及以神通變化事　願聰慧者爲宣說

爾時金剛藏菩薩摩訶薩告解脫月菩薩言佛子菩薩摩訶薩從初地乃至第九地以如是無量智慧觀察覺了已善思惟修習善滿足白法集無邊助道法增長大福德智慧廣行大悲知世界差別入衆生界稠林入如來所行處隨順如來寂滅行常觀察如來力無所畏不共佛法名爲得一切種一切智智受職位佛子菩薩摩訶薩以如是智慧入受職地已即得菩薩離垢三昧入法界差別三昧莊嚴道場三昧一切種華光三昧海藏三昧海印三昧虛空界廣大三昧觀一切法自性三昧知一切衆生心行三昧一切佛皆現前三昧如是等百萬阿僧祇三昧皆現在前菩薩於此一切三昧若入若起皆得善巧亦善了知一切三昧所作差別其最後三昧名受一切智勝職位此三昧現在前時有大寶蓮華忽然出生其華廣大量等百萬三千大千世界以衆妙寶間錯莊嚴超過一切世間境界出世善根之所生起知諸法如幻性衆行所成恒放光明普照法界非諸天處之所能有毗瑠璃摩尼寶爲莖栴檀王爲臺碼碯爲鬚閻浮檀金爲葉其華常有無量光明衆寶爲藏寶網彌覆十三千大千世界微塵數蓮華以爲眷屬爾時菩薩坐此華座身相大小正相稱可無量菩薩以爲眷屬各坐其餘蓮

華之上周帀圍繞一一各得百萬三昧向大菩薩一心瞻仰佛子此大菩薩并其眷屬坐華座時所有光明及以言音普皆充滿十方法界一切世界咸悉震動惡趣休息國土嚴淨同行菩薩靡不來集人天音樂同時發聲所有衆生悉得安樂以不思議供養之具供一切佛諸佛衆會悉皆顯現佛子此菩薩坐彼大蓮華座時於兩足下放百萬阿僧祇光明普照十方諸大地獄滅衆生苦於兩膝輪放百萬阿僧祇光明普照十方諸畜生趣滅衆生苦於齊輪中放百萬阿僧祇光明普照十方閻羅王界滅衆生苦從左右脇放百萬阿僧祇光明普照十方一切人趣滅衆生苦從兩手中放百萬阿僧祇光明普照十方一切諸天及阿脩羅所有宫殿從兩肩上放百萬阿僧祇光明普照十方一切聲聞從其項背放百萬阿僧祇光明普照十方辟支佛身從其面門放百萬阿僧祇光明普照十方初始發心乃至九地諸菩薩身從兩眉間放百萬阿僧祇光明普照十方受職菩薩令魔宫殿悉皆不現從其頂上放百萬阿僧祇三千大千世界微塵數光明普照十方一切世界諸佛如來道場衆會右繞十帀住虛空中成光明網名熾然光明發起種種諸供養事供養於佛餘諸菩薩從初發心乃至九地所有供養而比於此百分不及一乃至筭數譬喻所不能及其光明網普於十方一一如來衆會之前雨衆妙香華鬘衣服幢旛寶蓋諸摩尼等莊嚴之具以爲供養皆從出世善根所生超過一切世間境界若有衆生見知此者

皆於阿耨多羅三藐三菩提得不退轉佛子此大光明作於如是供養事畢復繞十方一切世界一一諸佛道場衆會經十帀已從諸如來足下而入爾時諸佛及諸菩薩知某世界中某菩薩摩訶薩能行如是廣大之行到受職位佛子是時十方無量無邊乃至九地諸菩薩衆皆來圍繞恭敬供養一心觀察正觀察時其諸菩薩即各獲得十千三昧當爾之時十方所有受職菩薩皆於金剛莊嚴臆德相中出大光明名能壞魔怨百萬阿僧祇光明以爲眷屬普照十方現於無量神通變化作是事已而來入此菩薩摩訶薩金剛莊嚴臆德相中其光入已令此菩薩所有智慧勢力增長過百千倍爾時十方一切諸佛從眉間出清淨光明名增益一切智神通無數光明以爲眷屬普照十方一切世界右繞十帀示現如來廣大自在開悟無量百千億那由他諸菩薩衆周徧震動一切佛刹滅除一切諸惡道苦隱蔽一切諸魔宮殿示一切佛得菩提處道場衆會莊嚴威德如是普照盡虛空徧法界一切世界已而來至此菩薩會上周帀右繞示現種種莊嚴之事現是事已從大菩薩頂上而入其眷屬光明亦各入彼諸菩薩頂當爾之時此菩薩得先所未得百萬三昧名爲已得受職之位入佛境界具足十力墮在佛數佛子如轉輪聖王所生太子母是正后身相具足其轉輪王令此太子坐白象寶妙金之座張大網幔建大幢旛然香散花奏諸音樂取四大海水置金瓶內王執此瓶灌太子頂是時即名受王職位墮在灌

頂刹利王數即能具足行十善道亦得名爲轉輪聖王菩薩受職亦復如是諸佛智水灌其頂故名爲受職具足如來十種力故墮在佛數佛子是名菩薩受大智職菩薩以此大智職故能行無量百千萬億那由他難行之行增長無量智慧功德名爲安住法雲地佛子菩薩摩訶薩住此法雲地如實知欲界集色界集無色界集世界集法界集有爲界集無爲界集衆生界集識界集虛空界集涅槃界集此菩薩如實知諸見煩惱行集知世界成壞集知聲聞行集辟支佛行集菩薩行集如來力無所畏色身法身集一切種一切智智集示得菩提轉法輪集入一切法分別決定智集舉要言之以一切智知一切集佛子此菩薩摩訶薩以如是上上覺慧如實知衆生業化煩惱化諸見化世界化法界化聲聞化辟支佛化菩薩化如來化一切分別無分別化如是等皆如實知又如實知佛持法持僧持業持煩惱持時持願持供養持行持劫持智持如是等皆如實知又如實知諸佛如來入微細智所謂修行微細智命終微細智受生微細智出家微細智現神通微細智成正覺微細智轉法輪微細智住壽命微細智般涅槃微細智教法住微細智如是等皆如實知又入如來祕密處所謂身祕密語祕密心祕密時非時思量祕密授菩薩記祕密攝衆生祕密種種乘祕密一切衆生根行差別祕密業所作祕密得菩提行祕密如是等皆如實知又知諸佛所有入劫智所謂一劫入阿僧祇劫阿僧祇劫入一劫有數劫入無數

劫無數劫入有數劫一念入劫劫入一念劫入非劫非劫入劫有佛劫入無佛劫無佛劫入有佛劫過去未來劫入現在劫現在劫入過去未來劫過去劫入未來劫未來劫入過去劫長劫入短劫短劫入長劫如是等皆如實知又知如來諸所入智所謂入毛道智入微塵智入國土身正覺智入衆生身正覺智入衆生心正覺智入衆生行正覺智入隨順一切處正覺智入示現徧行智入示現順行智入示現逆行智入示現思議不思議世間了知不了知行智入示現聲聞智辟支佛智菩薩行如來行智佛子一切諸佛所有智慧廣大無量此地菩薩皆能得入佛子菩薩摩訶薩住此地即得菩薩不思議解脫無障礙解脫淨觀察解脫普照明解脫如來藏解脫隨順無礙輪解脫通達三世解脫法界藏解脫光明輪解脫無餘境界解脫此十為首有無量百千阿僧祇解脫門皆於此第十地中得如是乃至無量百千阿僧祇三昧門無量百千阿僧祇陀羅尼門無量百千阿僧祇神通門皆悉成就佛子此菩薩摩訶薩通達如是智慧隨順無量菩提成就善巧念力十方無量諸佛所有無量大法明大法照大法雨於一念頃皆能安能受能攝能持譬如娑伽羅龍王所霔大雨唯除大海餘一切處皆不能安不能受不能攝不能持如來祕密藏大法明大法照大法雨亦復如是唯除第十地菩薩餘一切衆生聲聞獨覺乃至第九地菩薩皆不能安不能受不能攝不能持佛子譬如大海能安能受能攝能持一大龍王所霔

大雨若二若三乃至無量諸龍王雨於一念間一時霔下皆能安能受能攝能持何以故以是無量廣大器故住法雲地菩薩亦復如是能安能受能攝能持一佛法明法照法雨若二若三乃至無量於一念頃一時演說悉亦如是是故此地名爲法雲解脱月菩薩言佛子此地菩薩於一念間能於幾如來所安受攝持大法明大法照大法雨金剛藏菩薩言佛子不可以筭數能知我當爲汝說其譬喻佛子譬如十方各有十不可說百千億那由他佛刹微塵數世界其世界中一一衆生皆得聞持陀羅尼爲佛侍者聲聞衆中多聞第一如金剛蓮華上佛所大勝比丘然一衆生所受之法餘不重受佛子於汝意云何此諸衆生所受之法爲有量耶爲無量耶解脱

月菩薩言其數甚多無量無邊金剛藏菩薩言佛子我爲汝說令汝得解佛子此法雲地菩薩於一佛所一念之頃所安所受所攝所持大法明大法照大法雨三世法藏前爾所世界一切衆生所聞持法於此百分不及一乃至譬喻亦不能及如一佛所如是十方如前所說爾所世界微塵數佛復過此數無量無邊於彼一一諸如來所所有法明法照法雨三世法藏皆能安能受能攝能持是故此地名爲法雲佛子此地菩薩以自願力起大悲雲震大法雷通明無畏以爲電光福德智慧而爲密雲現種種身周旋往返於一念頃普徧十方百千億那由他世界微塵數國土演說大法摧伏魔怨復過此數於無量百千億那由他世界微塵數國土隨諸衆生心之

所樂霔甘露雨滅除一切衆惑塵燄是故此地名爲法雲佛子此地菩薩於一世界從兜率天下乃至涅槃隨所應度衆生心而現佛事若二若三乃至如上微塵數國土復過於此乃至無量百千億那由他世界微塵數國土皆亦如是是故此地名爲法雲佛子此地菩薩智慧明達神通自在隨其心念能以狹世界作廣世界廣世界作狹世界垢世界作淨世界淨世界作垢世界亂住次住倒住正住如是無量一切世界皆能互作或隨心念於一塵中置一世界須彌盧等一切山川塵相如故世界不減或復於一微塵之中置二置三乃至不可說世界須彌盧等一切山川而彼微塵體相如本於中世界悉得明現或隨心念於一世界中示現二世界莊嚴乃至不可說世界莊嚴或於一世界莊嚴中示現二世界乃至不可說世界或隨心念以不可說世界中衆生置一世界或隨心念以一世界中衆生置不可說世界而於衆生無所嬈害或隨心念於一毛孔示現一切佛境界莊嚴之事或隨心念於一念中示現不可說世界微塵數身一一身示現如是微塵數手一一手各執恒河沙數華奩香篋鬘蓋幢旛周徧十方供養於佛一一身復示現爾許微塵數頭一一頭復現爾許微塵數舌於念念中周徧十方歎佛功德或隨心念於一念間普徧十方示成正覺乃至涅槃及以國土莊嚴之事或現其身普徧三世而於身中有無量諸佛及佛國土莊嚴之事世界成壞靡不皆現或於自身一毛孔中出一切風而於衆生

無所惱害或隨心念以無邊世界爲一大海此海水中現大蓮華光明嚴好徧覆無量無邊世界於中示現大菩提樹莊嚴之事乃至示成一切種智或於其身現十方世界一切光明摩尼寶珠日月星宿雲電等光靡不皆現或以口噓氣能動十方無量世界而不令衆生有驚怖想或現十方風災火災及以水災或隨衆生心之所樂示現色身莊嚴具足或於自身示現佛身或於佛身而現自身或於佛身現已國土或於已國土而現佛身佛子此法雲地菩薩能現如是及餘無量百千億那由他自在神力爾時會中諸菩薩及天龍夜叉乾闥婆阿脩羅護世四王釋提桓因梵天淨居摩醯首羅諸天子等咸作是念若菩薩神通智力能如是者佛復云何爾時解脫月菩薩知諸衆會心之所念白金剛藏菩薩言佛子今此大衆聞其菩薩神通智力墮在疑網善哉仁者爲斷彼疑當少示現菩薩神力莊嚴之事時金剛藏菩薩即入一切佛國土體性三昧入此三昧時諸菩薩及一切大衆皆自見身在金剛藏菩薩身內於中悉見三千大千世界所有種種莊嚴之事經於億劫說不能盡又於其中見菩提樹其身周圍十萬三千大千世界高百萬三千大千世界枝葉所蔭亦復如是稱樹形量有師子座座上有佛號一切智通王一切大衆悉見其佛坐菩提樹下師子座上種種諸相以爲莊嚴假使億劫說不能盡金剛藏菩薩示現如是大神力已還令衆會各在本處時諸大衆得未曾有生奇特想默然而住向金剛藏一

心瞻仰爾時解脫月菩薩白金剛藏菩薩言佛子今此三昧甚爲希有有大勢力其名何等金剛藏言此三昧名一切佛國土體性又問此三昧境界云何答言佛子若菩薩修此三昧隨心所念能於身中現恒河沙世界微塵數佛刹復過此數無量無邊佛子菩薩住法雲地得如是等無量百千諸大三昧故此菩薩身身業不可測知語語業意意業神通自在觀察三世三昧境界智慧境界遊戲一切諸解脫門變化所作神力所作光明所作略說乃至舉足下足如是一切諸有所作乃至法王子住善慧地菩薩皆不能知佛子此法雲地菩薩所有境界略說如是若廣說者假使無量百千阿僧祇劫亦不能盡解脫月菩薩言佛子若菩薩神通境界如是佛神通力其復云何金剛藏言佛子譬如有人於四天下取一塊土而作是言爲無邊世界大地土多爲此土多我觀汝問亦復如是如來智慧無邊無等云何而與菩薩比量復次佛子如四天下取少許土餘者無量此法雲地神通智慧於無量劫但說少分況如來地佛子我今爲汝引事爲證令汝得知如來境界佛子假使十方一一方各有無邊世界微塵數諸佛國土一一國土得如是地菩薩充滿如甘蔗竹葦稻麻叢林彼諸菩薩於百千億那由他劫修菩薩行所生智慧比一如來智慧境界百分不及一乃至優波尼沙陀分亦不能及佛子此菩薩住如是智慧不異如來身語意業不捨菩薩諸三昧力於無數劫承事供養一切諸佛一一劫中以一切種供養之

具而爲供養一切諸佛神力所加智慧光明轉更增勝於法界中所有問難善爲解釋百千億劫無能屈者佛子譬如金師以上妙真金作嚴身具大摩尼寶鈿厠其間自在天王身自服戴其餘天人莊嚴之具所不能及此地菩薩亦復如是始從初地乃至九地一切菩薩所有智行皆不能及此地菩薩智慧光明能令衆生乃至入於一切智智餘智光明無能如是佛子譬如摩醯首羅天王光明能令衆生身心清涼一切光明所不能及此地菩薩智慧光明亦復如是能令衆生皆得清涼乃至住於一切智智一切聲聞辟支佛乃至第九地菩薩智慧光明悉不能及佛子此菩薩摩訶薩已能安住如是智慧諸佛世尊復更爲說三世智法界差別智徧一切世界智照一切世界智慈念一切衆生智舉要言之乃至爲說得一切智智此菩薩十波羅蜜中智波羅蜜最爲增上餘波羅蜜非不修行佛子是名略說菩薩摩訶薩第十法雲地若廣說者假使無量阿僧祇劫亦不能盡佛子菩薩住此地多作摩醯首羅天王於法自在能授衆生聲聞獨覺一切菩薩波羅蜜行於法界中所有問難無能屈者布施愛語利行同事如是一切諸所作業皆不離念佛乃至不離念具足一切種一切智智復作是念我當於一切衆生爲首爲勝乃至爲一切智智依止者若勤加精進於一念頃得十不可說百千億那由他佛刹微塵數三昧乃至示現爾所微塵數菩薩以爲眷屬若以菩薩殊勝願力自在示現過於此數所謂若修行若莊

嚴若信解若所作若身若語若光明若諸根若神變若音聲若行處乃至百千億那由他劫不能數知佛子此菩薩摩訶薩十地行相次第現前則能趣入一切智智譬如阿耨達池出四大河其河流注徧閻浮提既無盡竭復更增長乃至入海令其充滿佛子菩薩亦爾從菩提心流出善根大願之水以四攝法充滿衆生無有窮盡復更增長乃至入於一切智海令其充滿佛子菩薩十地因佛智故而有差別如因大地有十山王何等爲十所謂雪山王香山王鞞陀梨山王神仙山王由乾陀山王馬耳山王尼民陀羅山王斫羯羅山王計都末底山王須彌盧山王佛子如雪山王一切藥草咸在其中取不可盡菩薩所住歡喜地亦復如是一切世間經書技藝文頌呪術咸在其中說不可盡佛子如香山王一切諸香咸集其中取不可盡菩薩所住離垢地亦復如是一切菩薩戒行威儀咸在其中說不可盡佛子如鞞陀梨山王純寶所成一切衆寶咸在其中取不可盡菩薩所住發光地亦復如是一切世間禪定神通解脫三昧三摩鉢底咸在其中說不可盡佛子如神仙山王純寶所成五通神仙咸住其中無有窮盡菩薩所住燄慧地亦復如是一切道中殊勝智慧咸在其中說不可盡佛子如由乾陀羅山王純寶所成夜叉大神咸住其中無有窮盡菩薩所住難勝地亦復如是一切自在如意神通咸在其中說不可盡佛子如馬耳山王純寶所成一切諸果咸在其中取不可盡菩薩所住現前地亦復如是入緣起理

聲聞果證咸在其中說不可盡如尼民陀羅山王純寶所成大力龍神咸住其中無有窮盡菩薩所住遠行地亦復如是方便智慧獨覺果證咸在其中說不可盡如斫羯羅山王純寶所成諸自在衆咸住其中無有窮盡菩薩所住不動地亦復如是一切菩薩自在行差別世界咸在其中說不可盡如計都山王純寶所成大威德阿脩羅王咸住其中無有窮盡菩薩所住善慧地亦復如是一切世間生滅智行咸在其中說不可盡如須彌盧山王純寶所成大威德諸天咸住其中無有窮盡菩薩所住法雲地亦復如是如來力無畏不共法一切佛事咸在其中問答宣說不可窮盡佛子此十寶山王同在大海差別得名菩薩十地亦復如是同在一切智中差別得名佛子譬如大海以十種相得大海名不可移奪何等爲十一次第漸深二不受死屍三餘水入中皆失本名四普同一味五無量珍寶六無能至底七廣大無量八大身所居九潮不過限十普受大雨無有盈溢菩薩行亦復如是以十相故名菩薩行不可移奪何等爲十所謂歡喜地出生大願漸次深故離垢地不受一切破戒屍故發光地捨離世間假名字故欿慧地與佛功德同一味故難勝地出生無量方便神通世間所作衆珍寶故現前地觀察緣生甚深理故遠行地廣大覺慧善觀察故不動地示現廣大莊嚴事故善慧地得深解脱行於世間如實而知不過限故法雲地能受一切諸佛如來大法明雨無厭足故佛子譬如大摩尼珠有十種性出過衆

寶何等爲十一者從大海出二者巧匠治理三者圓滿無缺四者清淨離垢五者内外明徹六者善巧鑚穿七者貫以寶縷八者置在瑠璃高幢之上九者普放一切種種光明十者能隨王意雨衆寶物如衆生心充滿其願佛子當知菩薩亦復如是有十種事出過衆聖何等爲十一者發一切智心二者持戒頭陀正行明淨三者諸禪三昧圓滿無缺四者道行清白離諸垢穢五者方便神通内外明徹六者緣起智慧善能鑚穿七者貫以種種方便智縷八者置於自在高幢之上九者觀衆生行放聞持光十者受佛智職墮在佛數能爲衆生廣作佛事佛子此集一切種一切智功德菩薩行法門品若諸衆生不種善根不可得聞解脱月菩薩言聞此法門得幾所福金剛藏菩薩言如一切智所集福德聞此法門福德如是何以故非不聞此功德法門而能信解受持讀誦何況精進如說修行是故當知要得聞此集一切智功德法門乃能信解受持修習然後至於一切智地爾時佛神力故法如是故十方各有十億佛刹微塵數世界六種十八相動所謂動徧動等徧動起徧起等徧起踊徧踊等徧踊震徧震等徧震吼徧吼等徧吼擊徧擊等徧擊雨衆天華天鬘天衣及諸天寶莊嚴之具幢幡繒蓋奏天伎樂其音和雅同時發聲讚一切智地所有功德如此世界他化自在天王宮演說此法十方所有一切世界悉亦如是爾時復以佛神力故十方各十億佛刹微塵數世界外有十億佛刹微塵數菩薩而來此會作如是

言善哉善哉金剛藏快說此法我等悉亦同名金剛藏所住世界各各差別悉名金剛德佛號金剛幢我等住在本世界中皆承如來威神之力而說此法衆會悉等文字句義與此所說無有增減悉以佛神力而來此會爲汝作證如我等今者入此世界如是十方一切世界悉亦如是而往作證爾時金剛藏菩薩觀察十方一切衆會普周法界欲讚歎發一切智智心欲示現菩薩境界欲淨治菩薩行力欲說攝取一切種智道欲除滅一切世間垢欲施與一切智欲示現不思議智莊嚴欲顯示一切菩薩諸功德欲令如是地義轉更開顯承佛神力而說頌言

其心寂滅恒調順　平等無礙如虛空
離諸垢濁住於道　此殊勝行汝應聽
百千億劫修諸善　供養無量無邊佛
聲聞獨覺亦復然　爲利衆生發大心
精勤持戒常柔忍　慚愧福智皆具足
志求佛智修廣慧　願得十力發大心
三世諸佛咸供養　一切國土悉嚴淨
了知諸法皆平等　爲利衆生發大心
住於初地生是心　永離衆惡常歡喜
願力廣修諸善法　以悲愍故入後位
戒聞具足念衆生　滌除垢穢心明潔
觀察世間三毒火　廣大解者趣三地
三有一切皆無常　如箭入身苦熾然
厭離有爲求佛法　廣大智人趣燄地
念慧具足得道智　供養百千無量佛
常觀最勝諸功德　斯人趣入難勝地
智慧方便善觀察　種種示現救衆生

復供十力無上尊　趣入無生現前地
世所難知而能知　不受於我離有無
法性本寂隨緣轉　得此微妙向七地
智慧方便心廣大　難行難伏難了知
雖證寂滅勤修習　能趣如空不動地
佛勸令從寂滅起　廣修種種諸智業
具十自在觀世間　以此而升善慧地
以微妙智觀衆生　心行業惑等稠林
爲欲化其令趣道　演說諸佛勝義藏
次第修行具衆善　乃至九地集福慧
常求諸佛最上法　得佛智水灌其頂
獲得無數諸三昧　亦善了知其作業
最後三昧名受職　住廣大境恒不動
菩薩得此三昧時　大寶蓮華忽然現
身量稱彼於中坐　佛子圍繞同觀察
放大光明百千億　滅除一切衆生苦
復於頂上放光明　普入十方諸佛會
悉住空中作光網　供養佛已從足入
即時諸佛悉了知　今此佛子登職位
十方菩薩來觀察　受職大士舒光照
諸佛眉間亦放光　普照而來從頂入
十方世界咸震動　一切地獄苦消滅
是時諸佛與其職　如轉輪王第一子
若蒙諸佛與灌頂　是則名登法雲地
智慧增長無有邊　開悟一切諸世間
欲界色界無色界　法界世界衆生界
有數無數及虛空　如是一切咸通達
一切化用大威力　諸佛加持微細智
祕密劫數毛道等　皆能如實而觀察
受生捨俗成正道　轉妙法輪入涅槃

乃至寂滅解脫法　及所未說皆能了
菩薩住此法雲地　具足念力持佛法
譬如大海受龍雨　此地受法亦復然
十方無量諸衆生　悉得聞持持佛法
於一佛所所聞法　過於彼數無有量
以昔智願威神力　一念普徧十方土
霔甘露雨滅煩惱　是故佛說名法雲
神通示現徧十方　超出人天世間境
復過是數無量億　世智思惟必迷悶
一舉足量智功德　乃至九地不能知
何況一切諸衆生　及以聲聞辟支佛
此地菩薩供養佛　十方國土悉周徧
亦供現前諸聖衆　具足莊嚴佛功德
住於此地復爲說　三世法界無礙智
衆生國土悉亦然　乃至一切佛功德
此地菩薩智光明　能示衆生正法路
自在天光除世闇　此光滅闇亦如是
住此多作三界王　善能演說三乘法
無量三昧一念得　所見諸佛亦如是
此地我今已略說　若欲廣說不可盡
如是諸地佛智中　如十山王嶷然住
初地藝業不可盡　譬如雪山集衆藥
二地戒聞如香山　三如鞞陀發妙華
燄慧道寶無有盡　譬如仙山仁善住
五地神通如由乾　六如馬耳具衆果
七地大慧如尼民　八地自在如輪圍
九如計都集無礙　十如須彌具衆德
初地願首二持戒　三地功德四專一
五地微妙六甚深　七廣大慧八莊嚴
九地思量微妙義　出過一切世間道

十地受持諸佛法　如是行海無盡竭
十行超世發心初　持戒第二禪第三
行淨第四成就五　緣生第六貫穿七
第八置在金剛幢　第九觀察衆稠林
第十灌頂隨王意　如是德寶漸清淨
十方國土碎爲塵　可於一念知其數
毫末度空可知量　億劫說此不可盡

大方廣佛華嚴經卷第三十九

音釋

繽紛 繽匹賓切紛敷文切 莖 戶耕切幹也 鬚 音須華鬚也 膝 息七切脛頭節也 臍 徂奚切與臍同 脇 虛業切脇下也 臆 於力切胷也 幔 莫半切帷幔也 嬈 而沼切擾也 奩 音廉匣也 篋 苦協切箱篋也 噓 朽居切吹噓也 摩醯首羅 梵語也比云大自在醯呼雞切 蔗 之夜切甘蔗也 葦 于鬼切蘆也 鈿廁 鈿堂練切以金玉飾器也廁初吏切間廁也 鞞 駢迷切 斫 之若切 鑽 借官切穿也 縷 力主切絲縷也 滌 音狄洗也 嶷 魚力切山立貌

大方廣佛華嚴經卷第四十

唐于闐國三藏沙門實叉難陀譯

十定品第二十七之一

爾時世尊在摩竭提國阿蘭若法菩提場中始成正覺於普光明殿入剎那際諸佛三昧以一切智自神通力現如來身清淨無礙無所依止無有攀緣住奢摩他最極寂靜具大威德無所染著能令見者悉得開悟隨宜出興不失於時恒住一相所謂無相與十佛剎微塵數菩薩摩訶薩俱靡不皆入灌頂之位具菩薩行等于法界無量無邊獲諸菩薩普見三昧大悲安隱一切衆生神通自在同於如來智慧深入演眞實義具一切智降伏衆魔雖入世間心恒寂靜住於菩薩無住解脫其名曰金剛慧菩薩無等慧菩薩義語慧菩薩最勝慧菩薩常捨慧菩薩那伽慧菩薩成就慧菩薩調順慧菩薩大力慧菩薩難思慧菩薩無礙慧菩薩增上慧菩薩普供慧菩薩如理慧菩薩善巧慧菩薩法自在慧菩薩法慧菩薩寂靜慧菩薩虛空慧菩薩一相慧菩薩善慧菩薩如幻慧菩薩廣大慧菩薩勢力慧菩薩世間慧菩薩佛地慧菩薩眞實慧菩薩尊勝慧菩薩智光慧菩薩無邊慧菩薩念莊嚴菩薩達空際菩薩性莊嚴菩薩甚深境菩薩善解處非處菩薩大光明菩薩常光明菩薩了佛種菩薩心王菩薩一行菩薩常現神通菩薩智慧芽菩薩功德處菩薩法燈菩薩照世菩薩持世菩薩最安隱菩薩最上菩薩無上菩薩無比菩薩超倫菩薩無礙行菩薩光明燄菩薩月光菩薩一塵菩薩堅固行

菩薩霔法雨菩薩最勝幢菩薩普莊嚴菩薩智眼菩薩法眼菩薩慧雲菩薩總持王菩薩無住願菩薩智藏菩薩心王菩薩內覺慧菩薩住佛智菩薩陀羅尼勇健力菩薩持地力菩薩妙月菩薩須彌頂菩薩寶頂菩薩普光照菩薩威德王菩薩智慧輪菩薩大威德菩薩大龍相菩薩質直行菩薩不退轉菩薩持法幢菩薩無忘失菩薩攝諸趣菩薩不思議決定慧菩薩遊戲無邊智菩薩無盡妙法藏菩薩智日菩薩法日菩薩智藏菩薩智澤菩薩普見菩薩不空見菩薩金剛踊菩薩金剛智菩薩金剛燄菩薩金剛慧菩薩普眼菩薩佛日菩薩持佛金剛祕密義菩薩普眼境界智莊嚴菩薩如是等菩薩摩訶薩十佛刹微塵數往昔皆與毗盧遮那如來同修菩薩諸善根行爾時普眼菩薩摩訶薩承佛神力從座而起偏袒右肩右膝著地合掌白佛言世尊我於如來應正等覺欲有所問願垂哀許佛言普眼恣汝所問當爲汝說令汝心喜普眼菩薩言世尊普賢菩薩及住普賢所有行願諸菩薩衆成就幾何三昧解脫而於菩薩諸大三昧或入或出或時安住以於菩薩不可思議廣大三昧善入出故能於一切三昧自在神通變化無有休息佛言善哉普眼汝爲利益去來現在諸菩薩衆而問斯義普眼普賢菩薩今現在此已能成就不可思議自在神通出過一切諸菩薩上難可值遇從於無量菩薩行生菩薩大願悉已清淨所行之行皆無退轉無量波羅蜜門無礙陀羅尼門無盡辯才門皆悉已得清淨無礙大悲利益

一切衆生以本願力盡未來際而無厭倦汝應請彼彼當爲汝説其三昧自在解脱爾時會中諸菩薩衆聞普賢名即時獲得不可思議無量三昧其心無礙寂然不動智慧廣大難可測量境界甚深無能與等現前悉見無數諸佛得如來力同如來性去來現在靡不明照所有福德不可窮盡一切神通皆已具足其諸菩薩於普賢所心生尊重渴仰欲見悉於衆會周徧觀察而竟不覩亦不見其所坐之座此由如來威力所持亦是普賢神通自在使其然耳爾時普眼菩薩白佛言世尊普賢菩薩今何所在佛言普眼普賢菩薩今現在此道場衆會親近我住初無動移是時普眼及諸菩薩復更觀察道場衆會周徧求覓白佛言世尊我等今者猶未得見普賢菩薩其身及座佛言如是善男子汝等何故而不得見善男子普賢菩薩住處甚深不可説故普賢菩薩獲無邊智慧門入師子奮迅定得無上自在用入清淨無礙際生如來十種力以法界藏爲身一切如來共所護念於一念頃悉能證入三世諸佛無差别智是故汝等不能見耳爾時普眼菩薩聞如來説普賢菩薩清淨功德得十千阿僧祇三昧以三昧力復徧觀察渴仰欲見普賢菩薩亦不能覩其餘一切諸菩薩衆俱亦不見時普眼菩薩從三昧起白佛言世尊我已入十千阿僧祇三昧求見普賢而竟不得不見其身及身業語及語業意及意業座及住處悉皆不見佛言如是如是善男子當知皆以普賢菩薩住不思議解脱之力普眼於汝意云何頗有人

能説幻術文字中種種幻相所住處不荅言不也佛言普眼幻中幻相尚不可説何況普賢菩薩祕密身境界祕密語境界祕密意境界而於其中能入能見何以故普賢菩薩境界甚深不可思議無有量已過量舉要言之普賢菩薩以金剛慧普入法界於一切世界無所行無所住知一切衆生身皆即非身無去無來得無斷盡無差别自在神通無依無作無有動轉至於法界究竟邊際善男子若有得見普賢菩薩若得承事若得聞名若有思惟若有憶念若生信解若勤觀察若始趣向若正求覓若興誓願相續不絶皆獲利益無空過者爾時普眼及一切菩薩衆於普賢菩薩心生渴仰願得瞻覲作如是言南無一切諸佛南無普賢菩薩如是三稱頭頂禮敬

爾時佛告普眼菩薩及諸衆會言諸佛子汝等宜更禮敬普賢慇勤求請又應專至觀察十方想普賢身現在其前如是思惟周徧法界深心信解厭離一切誓與普賢同一行願入於不二真實之法其身普現一切世間悉知衆生諸根差别徧一切處集普賢道若能發起如是大願則當得見普賢菩薩是時普眼聞佛此語與諸菩薩俱時頂禮求請得見普賢大士爾時普賢菩薩即以解脱神通之力如其所應爲現色身令彼一切諸菩薩衆皆見普賢親近如來於此一切菩薩衆中坐蓮華座亦見於餘一切世界一切佛所從彼次第相續而來亦見在彼一切佛所演説一切諸菩薩行開示一切智智之道闡明一切菩薩神通分别一切菩薩威德示現一切三

世諸佛是時普眼菩薩及一切菩薩衆見此神變其心踊躍生大歡喜莫不頂禮普賢菩薩心生尊重如見十方一切諸佛是時以佛大威神力及諸菩薩信解之力普賢菩薩本願力故自然而雨十千種雲所謂種種華雲種種鬘雲種種香雲種種末香雲種種蓋雲種種衣雲種種嚴具雲種種珍寶雲種種燒香雲種種繒綵雲不可說世界六種震動奏天音樂其聲遠聞不可說世界放大光明其光普照不可說世界令三惡趣悉得除滅嚴淨不可說世界令不可說菩薩入普賢行不可說菩薩成普賢行不可說菩薩於普賢行願悉得圓滿成阿耨多羅三藐三菩提爾時普眼菩薩白佛言世尊普賢菩薩是住大威德者住無等者住無過者住不退者住平等者住不壞者住一切差別法者住一切無差別法者住一切衆生善巧心所住者住一切法自在解脫三昧者佛言如是如是普眼如汝所說普賢菩薩有阿僧祇清淨功德所謂無等莊嚴功德無量寶功德不思議海功德無量相功德無邊雲功德無邊際不可稱讚功德無盡法功德不可說功德一切佛功德稱揚讚歎不可盡功德爾時如來告普賢菩薩言普賢汝應爲普眼及此會中諸菩薩衆說十大三昧令得善入成滿普賢所有行願諸菩薩摩訶薩說此十大三昧故令過去菩薩已得出離現在菩薩今得出離未來菩薩當得出離何者爲十一者普光大三昧二者妙光大三昧三者次第徧往諸佛國土大三昧四者清淨深心行大三昧五者知過去莊

嚴藏大三昧六者智光明藏大三昧七者了知一切世界佛莊嚴大三昧八者衆生差別身大三昧九者法界自在大三昧十者無礙輪大三昧此十大三昧諸大菩薩乃能善入去來現在一切諸佛已說當說現說若諸菩薩愛樂尊重修習不懈則得成就如是之人則名爲佛則名如來亦則名爲得十力人亦名導師亦名大導師亦名一切智亦名一切見亦名住無礙亦名達諸境亦名一切法自在此菩薩普入一切世界而於世界無所著普入一切衆生界而於衆生無所取普入一切身而於身無所礙普入一切法界而知法界無有邊親近三世一切佛明見一切諸佛法巧說一切文字了達一切假名成就一切菩薩清淨道安住一切菩薩差別行於一念中普得一切三世智普知一切三世法普說一切諸佛教普轉一切不退輪於去來現在一一世普證一切菩提道於此一一菩提中普了一切佛所說此是諸菩薩法相門是諸菩薩智覺門是一切種智無勝幢門是普賢菩薩諸行願門是猛利神通誓願門是一切總持辯才門是三世諸法差別門是一切諸佛示現門是以薩婆若安立一切衆生門是以佛神力嚴淨一切世界門若菩薩入此三昧得法界力無有窮盡得虛空行無有障礙得法王位無量自在譬如世間灌頂受職得無邊智一切通達得廣大力十種圓滿成無諍心入寂滅際大悲無畏猶如師子爲智慧丈夫然正法明燈一切功德歎不可盡聲聞獨覺莫能思議得法界智住無動際而能隨

俗種種開演住於無相善入法相得自性清淨藏生如來清淨家善開種種差別法門而以智慧了無所有善知於時常行法施開悟一切名爲智者普攝衆生悉令清淨以方便智示成佛道而常修行菩薩之行無有斷盡入一切智方便境界示現種種廣大神通是故普賢汝今應當分別廣說一切菩薩十大三昧令此衆會咸皆願聞爾時普賢菩薩承如來旨觀普眼等諸菩薩衆而告之言佛子云何爲菩薩摩訶薩普光明三昧佛子此菩薩摩訶薩有十種無盡法何者爲十所謂諸佛出現智無盡衆生變化智無盡世界如影智無盡深入法界智無盡善攝菩薩智無盡菩薩不退智無盡善觀一切法義智無盡善持心力智無盡住廣大菩提心智無盡住一切佛法一切智願力智無盡佛子是名菩薩摩訶薩十種無盡法佛子此菩薩摩訶薩發十種無邊心何等爲十所謂發度脫一切衆生無邊心發承事一切諸佛無邊心發供養一切諸佛無邊心發普見一切諸佛無邊心發受持一切佛法不忘失無邊心發示現一切佛無量神變無邊心發爲得佛力故不捨一切菩提行無邊心發普入一切智微細境界說一切佛法無邊心發普入佛不思議廣大境界無邊心發於佛辯才起深志樂領受諸佛法無邊心發示現種種自在身入一切如來道場衆會無邊心是爲十佛子此菩薩摩訶薩有十種入三昧差別智何者爲十所謂東方入定西方起西方入定東方起南方入定北方起北方入定南方起東北方入定

西南方起西南方入定東北方起西北方入定東南方起東南方入定西北方起下方入定上方起上方入定下方起是爲十佛子此菩薩摩訶薩有十種入大三昧善巧智何者爲十佛子菩薩摩訶薩以三千大千世界爲一蓮華現身徧此蓮華之上結跏趺坐身中復現三千大千世界其中有百億四天下一一四天下現百億身一一身入百億百億三千大千世界於彼世界一一四天下現百億百億菩薩修行一一菩薩修行生百億百億決定解一一決定解令百億百億根性圓滿一一根性成百億百億菩薩法不退業然所現身非一非多入定出定無所錯亂佛子如羅睺阿脩羅王本身長七百由旬化形長十六萬八千由旬於大海中出其半身與須彌山而正齊等佛子彼阿脩羅王雖化其身長十六萬八千由旬然亦不壞本身之相諸蘊界處悉皆如本心不錯亂不於變化身而作他想於其本身生非己想本受生身恒受諸樂化身常現種種自在神通威力佛子阿脩羅王有貪恚癡具足憍慢尚能如是變現其身何況菩薩摩訶薩能深了達心法如幻一切世間皆悉如夢一切諸佛出興於世皆如影像一切世界猶如變化言語音聲悉皆如響見如實法以如實法而爲其身知一切法本性清淨了知身心無有實體其身普住無量境界以佛智慧廣大光明淨修一切菩提之行佛子菩薩摩訶薩住此三昧超過世間遠離世間無能惑亂無能映奪佛子譬如比丘觀察内身住不淨觀審見其身皆是不淨

菩薩摩訶薩亦復如是住此三昧觀察法身見諸世間普入其身於中明見一切世間及世間法於諸世間及世間法皆無所著佛子是名菩薩摩訶薩第一普光明大三昧善巧智佛子云何爲菩薩摩訶薩妙光明三昧佛子此菩薩摩訶薩能入三千大千世界微塵數三千大千世界於一一世界現三千大千世界微塵數身一一身放三千大千世界微塵數光一一光現三千大千世界微塵數色一一色照三千大千世界微塵數世界一一世界中調伏三千大千世界微塵數衆生是諸世界種種不同菩薩悉知所謂世界雜染世界清淨世界所因世界建立世界同住世界光色世界來往如是一切菩薩悉知菩薩悉入是諸世界亦悉來入菩薩之身然諸世界無有雜亂種種諸法亦不壞滅佛子譬如日出繞須彌山照七寶山其七寶山及寶山間皆有光影分明顯現其寶山上所有日影莫不顯現山間影中其七山間所有日影亦悉顯現山上影中如是展轉更相影現或說日影出七寶山或說日影出七山間或說日影入七寶山或說日影入七山間但此日影更相照現無有邊際體性非有亦復非無不住於山不離於山不住於水亦不離水佛子菩薩摩訶薩亦復如是住此妙光廣大三昧不壞世間安立之相不滅世間諸法自性不住世界内不住世界外於諸世界無所分別亦不壞於世界之相觀一切法一相無相亦不壞於諸法自性住真如性恒不捨離佛子譬如幻師善知幻術住四衢道作諸幻事於

一日中一須臾頃或現一日或現一夜或復現作七日七夜半月一月一年百年隨其所欲皆能示現城邑聚落泉流河海日月雲雨宫殿屋宅如是一切靡不具足不以示現經年歲故壞其根本一日一時不以本時極短促故壞其所現日月年歲幻相明現本曰不滅菩薩摩訶薩亦復如是入此妙光廣大三昧現阿僧祇世界入一世界其阿僧祇世界一一皆有地水火風大海諸山城邑聚落園林屋宅天宫龍宫夜叉宫乾闥婆宫阿脩羅宫迦樓羅宫緊那羅宫摩睺羅伽宫種種莊嚴皆悉具足欲界色界無色界小千世界大千世界業行果報死此生彼一切世間所有時節須臾晝夜半月一月一歲百歲成劫壞劫雜染國土清淨國土廣大國土狹小國土於中諸佛出興于世佛刹清淨菩薩衆會周帀圍繞神通自在教化衆生其諸國土所在方處無量人衆悉皆充滿殊形異趣種種衆生無量無邊不可思議去來現在清淨業力出生無量上妙珍寶如是等事咸悉示現入一世界菩薩於此普皆明見普入普觀普思普了以無盡智皆如實知不以彼世界多故壞此一世界不以此世界一故壞彼多世界何以故菩薩知一切法皆無我故是名入無命法無作法者菩薩於一切世間勤修行無諍法故是名住無我法者菩薩如實見一切身皆從緣起故是名住無衆生法者菩薩知一切生滅法皆從因生故是名住無補伽羅法者菩薩知諸法本性平等故是名住無意生無摩納婆法者菩薩知一切法本性寂靜

故是名住寂靜法者菩薩知一切法一相故是名住無分别法者菩薩知法界無有種種差别法故是名住不思議法者菩薩勤修一切方便善調伏衆生故是名住大悲法者佛子菩薩如是能以阿僧祇世界入一世界知無數衆生種種差别見無數菩薩各各發趣觀無數諸佛處處出興彼諸如來所演説法其諸菩薩悉能領受亦見自身於中修行然不捨此處而見在彼亦不捨彼處而見在此彼身此身無有差别入法界故常勤觀察無有休息不捨智慧無退轉故如有幻師隨於一處作諸幻術不以幻地故壞於本地不以幻日故壞於本日菩薩摩訶薩亦復如是於無國土現有國土於有國土現無國土於有衆生現無衆生於無衆生現有衆生無色現色色現無色初不亂後後不亂初菩薩了知一切世法悉亦如是同於幻化知法幻故知智幻知智幻故知業幻知智幻業幻已起於幻智觀一切業如世幻者不於處外而現其幻亦不於幻外而有其處菩薩摩訶薩亦復如是不於虚空外入世間亦不於世間外入虚空何以故虚空世間無差别故住於世間亦住虚空菩薩摩訶薩於虚空中能見能修一切世間種種差别妙莊嚴業於一念頃悉能了知無數世界若成若壞亦知諸劫相續次第能於一念現無數劫亦不令其一念廣大菩薩摩訶薩得不思議解脱幻智到於彼岸住於幻際入世幻數思惟諸法悉皆如幻不違幻世盡於幻智了知三世與幻無别決定通達心無邊際如諸如來住如幻智其心

平等菩薩摩訶薩亦復如是知諸世間皆悉如幻於一切處皆無所著無有我所如彼幻師作諸幻事雖不與彼幻事同住而於幻事亦無迷惑菩薩摩訶薩亦復如是知一切法到於彼岸心不計我能入於法亦不於法而有錯亂是爲菩薩摩訶薩第二妙光明大三昧善巧智

大方廣佛華嚴經卷第四十

音釋

阿蘭若 梵語也此云閑靜處若爾者切 奢摩他 梵語也此云止奢詩車切 勇健 健渠建切健有力也 奮迅 奮方問切迅思晋切

大方廣佛華嚴經卷第四十一

唐于闐國三藏沙門實叉難陀譯

十定品第二十七之二

佛子云何爲菩薩摩訶薩次第徧往諸佛國土神通三昧佛子此菩薩摩訶薩過於東方無數世界復過爾所世界微塵數世界於彼諸世界中入此三昧或刹那入或須臾入或相續入或日初分時入或日中分時入或日後分時入或夜初分時入或夜中分時入或夜後分時入或一日入或五日入或半月入或一月入或一年入或百年入或千年入或百千年入或億年入或百千億年入或百千那由他億年入或一劫入或百劫入或百千劫入或百千那由他億劫入或無數劫入或無量劫入或無邊劫入或無等劫入或不可數劫入或不可稱劫入或不可思劫入或不可量劫入或不可說劫入或不可說不可說劫入若久若近若法若時種種不同菩薩於彼不生分別心無染著不作二不作不二不作普不作別雖離此分別而以神通方便從三昧起於一切法不忘不失至於究竟譬如日天子周行照曜晝夜不住日出名晝日沒名夜晝亦不生夜亦不滅菩薩摩訶薩於無數世界入神通三昧入三昧已明見爾所無數世界亦復如是佛子是爲菩薩摩訶薩第三次第徧往諸佛國土神通大三昧善巧智

佛子云何爲菩薩摩訶薩清淨深心行三昧佛子此菩薩摩訶薩知諸佛身數等衆生見無量佛過阿僧祇世界微塵數於彼一一諸如來所以一切種種妙香而作供養以一切

種種妙華而作供養以一切種種蓋大如阿僧祇佛刹而作供養以超過一切世界一切上妙莊嚴具而作供養散一切種種寶而作供養以一切種種莊嚴具莊嚴經行處而作供養以一切無數上妙摩尼寶藏而作供養以佛神力所流出過諸天上味飲食而作供養一切佛刹種種上妙諸供養具能以神力普皆攝取而作供養於彼一一諸如來所恭敬尊重頭頂禮敬舉身布地請問佛法讚佛平等稱揚諸佛廣大功德入於諸佛所入大悲得佛平等無礙之力於一念頃一切佛所勤求妙法然於諸佛出興於世入般涅槃如是之相皆無所得如散動心了別所緣心起不知何所緣起心滅不知何所緣滅此菩薩摩訶薩亦復如是終不分別如來出世及涅槃相佛子如日中陽燄不從雲生不從池生不處於陸不住於水非有非無非善非惡非清非濁不堪飲漱不可穢汙非有體非無體非有味非無味以因緣故而現水相爲識所了遠望似水而興水想近之則無水想自滅此菩薩摩訶薩亦復如是不得如來出興於世及涅槃相諸佛有相及以無相皆是想心之所分別佛子此三昧名爲清淨深心行菩薩摩訶薩於此三昧入已而起起已不失譬如有人從睡得寤憶所夢事覺時雖無夢中境界而能憶念心不忘失菩薩摩訶薩亦復如是入於三昧見佛聞法從定而起憶持不忘而以此法開曉一切道場衆會莊嚴一切諸佛國土無量義趣悉得明達一切法門皆亦清淨然大智炬長諸佛種無畏具足辯才

不竭開示演說甚深法藏是爲菩薩摩訶薩第四清淨深心行大三昧善巧智佛子云何爲菩薩摩訶薩知過去莊嚴藏三昧佛子此菩薩摩訶薩能知過去諸佛出現所謂劫次第中諸剎次第剎次第中諸劫次第劫次第中諸佛出現次第佛出現次第中說法次第說法次第中諸心樂次第心樂次第中諸根次第根次第中調伏次第調伏次第中諸佛壽命次第壽命次第中知億那由他年歲數量次第佛子此菩薩摩訶薩得如是無邊次第智故則知過去諸佛則知過去諸剎則知過去法門則知過去諸劫則知過去諸法則知過去諸心則知過去諸解則知過去諸衆生則知過去諸煩惱則知過去諸儀式則知過去諸清淨佛子此三昧名過去清淨藏於

一念中能入百劫能入千劫能入百千劫能入百千億那由他劫能入無數劫能入無量劫能入無邊劫能入無等劫能入不可數劫能入不可稱劫能入不可思劫能入不可量劫能入不可說劫能入不可說不可說劫佛子彼菩薩摩訶薩入此三昧不滅現在不緣過去佛子彼菩薩摩訶薩從此三昧起於如來所受十種不可思議灌頂法亦得亦清淨亦成就亦入亦證亦滿亦持平等了知三輪清淨何等爲十一者辯不違義二者說法無盡三者訓詞無失四者樂說不斷五者心無恐畏六者語必誠實七者衆生所依八者救脫三界九者善根最勝十者調御妙法佛子此是十種灌頂法若菩薩入此三昧從三昧起無間則得如歌羅邏入胎藏時於一念間

識則託生菩薩摩訶薩亦復如是從此定起於如來所一念則得此十種法佛子是名菩薩摩訶薩第五知過去莊嚴藏大三昧善巧智佛子云何爲菩薩摩訶薩智光明藏三昧佛子彼菩薩摩訶薩住此三昧能知未來一切世界一切劫中所有諸佛若已說若未說若已授記若未授記種種名號各各不同所謂無數名無量名無邊名無等名不可數名不可稱名不可思名不可量名不可說名當出現於世當利益衆生當作法王當興佛事當說福利當讚善義當說白分義當淨治諸惡當安住功德當開示第一義諦當入灌頂位當成一切智彼諸如來修圓滿行發圓滿願入圓滿智有圓滿衆備圓滿莊嚴集圓滿功德悟圓滿法得圓滿果具圓滿相成圓滿覺彼諸如來名姓種族方便善巧神通變化成熟衆生入般涅槃如是一切皆悉了知此菩薩於一念中能入一劫百劫千劫百千劫百千億那由他劫入閻浮提微塵數劫入四天下微塵數劫入小千世界微塵數劫入中千世界微塵數劫入大千世界微塵數劫入百佛刹微塵數劫入百千佛刹微塵數劫入百千億那由他佛刹微塵數劫入無數佛刹微塵數劫入無量佛刹微塵數劫入無邊佛刹微塵數劫入無等佛刹微塵數劫入不可數佛刹微塵數劫入不可稱佛刹微塵數劫入不可思佛刹微塵數劫入不可量佛刹微塵數劫入不可說佛刹微塵數劫入不可說不可說佛刹微塵數劫如是未來一切世界所有劫數能以智慧皆悉了知以了知故其

心復入十種持門何者爲十所謂入佛持故得不可說佛刹微塵數諸佛護念入法持故得十種陀羅尼光明無盡辯才入行持故出生圓滿殊勝諸願入力持故無能映蔽無能摧伏入智持故所行佛法無有障礙入大悲持故轉於不退清淨法輪入差別善巧句持故轉一切文字輪淨一切法門地入師子受生法持故開法關鑰出欲淤泥入智力持故修菩薩行常不休息入善友力持故令無邊衆生普得清淨入無住力持故入不可說不可說廣大劫入法力持故以無礙方便智知一切法自性清淨佛子菩薩摩訶薩住此三昧已善巧住不可說不可說劫善巧住不可說不可說刹善巧知不可說不可說種種衆生善巧知不可說不可說衆生異相善巧知不可說不可說同異業報善巧知不可說不可說精進諸根習氣相續差別諸行善巧知不可說不可說無量染淨種種思惟善巧知不可說不可說法種種義無量文字演說言辭善巧知不可說不可說種種佛出現種族時節現相說法施爲佛事入般涅槃善巧知不可說不可說無邊智慧門善巧知不可說不可說一切神通無量變現佛子譬如日出世間所有村營城邑宮殿屋宅山澤鳥獸樹林華果如是一切種種諸物有目之人悉得明見佛子日光平等無有分別而能令目見種種相此大三昧亦復如是體性平等無有分別能令菩薩知不可說不可說百千億那由他差別之相佛子此菩薩摩訶薩如是了知時令諸衆生得十種不空何等爲十一者

見不空令諸衆生生善根故二者聞不空令諸衆生得成熟故三者同住不空令諸衆生心調伏故四者發起不空令諸衆生如言而作通達一切諸法義故五者行不空令無邊世界皆清淨故六者親近不空於不可說不可說佛刹諸如來所斷不可說不可說衆生疑故七者願不空隨所念衆生令作勝供養成就諸願故八者善巧法不空皆令得住無礙解脫清淨智故九者雨法雨不空於不可說不可說諸根衆生中方便開示一切智行令住佛道故十者出現不空現無邊相令一切衆生皆蒙照故佛子菩薩摩訶薩住此三昧得十種不空時諸天王衆皆來頂禮諸龍王衆興大香雲諸夜叉王頂禮其足阿脩羅王恭敬供養迦樓羅王前後圍繞諸梵天王悉來勸請緊那羅王摩睺羅伽王咸共稱讚乾闥婆王常來親近諸人王衆承事供養佛子是爲菩薩摩訶薩第六智光明藏大三昧善巧智佛子云何爲菩薩摩訶薩了知一切世界佛莊嚴三昧佛子此三昧何故名了知一切世界佛莊嚴佛子菩薩摩訶薩住此三昧能次第入東方世界能次第入南方世界西方北方四維上下所有世界悉亦如是能次第入皆見諸佛出興於世亦見彼佛一切神力亦見諸佛所有遊戲亦見諸佛廣大威德亦見諸佛最勝自在亦見諸佛大師子吼亦見諸佛所修諸行亦見諸佛種種莊嚴亦見諸佛神足變化亦見諸佛衆會雲集衆會清淨衆會廣大衆會一相衆會多相衆會處所衆會居止衆會成熟衆會調伏衆會威德

如是一切悉皆明見亦見衆會其量大小等閻浮提亦見衆會等四天下亦見衆會等小千界亦見衆會等中千界亦見衆會量等三千大千世界亦見衆會充滿百千億那由他佛刹亦見衆會充滿阿僧祇佛刹亦見衆會充滿百佛刹微塵數佛刹亦見衆會充滿千佛刹微塵數佛刹亦見衆會充滿百千億那由他佛刹微塵數佛刹亦見衆會充滿無數佛刹微塵數佛刹亦見衆會充滿無量佛刹微塵數佛刹亦見衆會充滿無邊佛刹微塵數佛刹亦見衆會充滿無等佛刹微塵數佛刹亦見衆會充滿不可數佛刹微塵數佛刹亦見衆會充滿不可稱佛刹微塵數佛刹亦見衆會充滿不可思佛刹微塵數佛刹亦見衆會充滿不可量佛刹微塵數佛刹亦見衆

會充滿不可說佛刹微塵數佛刹亦見衆會充滿不可說不可說佛刹微塵數佛刹亦見諸佛於彼衆會道場中示現種種相種種時種種國土種種變化種種神通種種莊嚴種種自在種種形量種種事業菩薩摩訶薩亦見自身往彼衆會亦自見身在彼說法亦自見身受持佛語亦自見身善知緣起亦自見身住在虛空亦自見身住於法身亦自見身不生染著亦自見身不住分別亦自見身無有疲倦亦自見身普入諸智亦自見身普知諸義亦自見身普入諸地亦自見身普入諸趣亦自見身普知方便亦自見身普住佛前亦自見身普入諸力亦自見身普入眞如亦自見身普入無諍亦自見身普入諸法如是見時不分別國土不分別衆生不分別佛不

分別法不執著身不執著身業不執著心不執著意譬如諸法不分別自性不分別音聲而自性不捨名字不滅菩薩摩訶薩亦復如是不捨於行隨世所作而於此二無所執著佛子菩薩摩訶薩見佛無量光色無量形相圓滿成就平等清淨一一現前分明證了或見佛身種種光明或見佛身圓光一尋或見佛身如盛日色或見佛身微妙光色或見佛身作清淨色或見佛身作黃金色或見佛身作金剛色或見佛身作紺青色或見佛身作無邊色或見佛身作大青摩尼寶色或見佛身其量七肘或見佛身其量八肘或見佛身其量九肘或見佛身其量十肘或見佛身二十肘量或見佛身三十肘量如是乃至一百肘量一千肘量或見佛身一俱盧舍量或見佛身半由旬量或見佛身一由旬量或見佛身十由旬量或見佛身百田旬量或見佛身千由旬量或見佛身百千由旬量或見佛身閻浮提量或見佛身四天下量或見佛身小千界量或見佛身中千界量或見佛身大千界量或見佛身百大千世界量或見佛身千大千世界量或見佛身百千大千世界量或見佛身百千億那由他大千世界量或見佛身無數大千世界量或見佛身無量大千世界量或見佛身無邊大千世界量或見佛身無等大千世界量或見佛身不可數大千世界量或見佛身不可稱大千世界量或見佛身不可思大千世界量或見佛身不可量大千世界量或見佛身不可說大千世界量或見佛身不可說不可說大千世界量佛子菩

薩如是見諸如來無量色相無量形狀無量示現無量光明無量光明網其光分量等于法界於法界中無所不照普令發起無上智慧又見佛身無有染著無有障礙上妙清淨佛子菩薩如是見於佛身而如來身不增不減譬如虛空於蟲所食芥子孔中亦不減小於無數世界中亦不增廣其諸佛身亦復如是見大之時亦無所增見小之時亦無所減佛子譬如月輪閻浮提人見其形小而亦不減月中住者見其形大而亦不增菩薩摩訶薩亦復如是住此三昧隨其心樂見諸佛身種種化相言辭演法受持不忘而如來身不增不減佛子譬如衆生命終之後將受生時不離於心所見清淨菩薩摩訶薩亦復如是不離於此甚深三昧所見清淨佛子菩薩摩

訶薩住此三昧成就十種速疾法何者為十所謂速增諸行圓滿大願速以法光照耀世間速以方便轉於法輪度脫衆生速隨衆生業示現諸佛清淨國土速以平等智趣入十力速與一切如來同住速以大慈力摧破魔軍速斷衆生疑令生歡喜速隨勝解示現神變速以種種妙法言辭淨諸世間佛子此菩薩摩訶薩復得十種法印印一切法何等為十一者同去來今一切諸佛平等善根二者同諸如來得無邊際智慧法身三者同諸如來住不二法四者同諸如來觀察三世無量境界皆悉平等五者同諸如來得了達法界無礙境界六者同諸如來成就十力所行無礙七者同諸如來永絕二行住無諍法八者同諸如來教化衆生恒不止息九者同諸如

來於智善巧義善巧中能善觀察十者同諸如來與一切佛平等無二佛子若菩薩摩訶薩成就此了知一切世界佛莊嚴大三昧善巧方便門是無師者不由他教自入一切佛法故是丈夫者能開悟一切衆生故是清淨者知心性本淨故是第一者能度脫一切世間故是安慰者能開曉一切衆生故是安住者未住佛種性者令得住故是眞實知者入一切智門故是無異想者所言無二故是住法藏者誓願了知一切佛法故是能雨法雨者隨衆生心樂悉令充足故佛子譬如帝釋於頂髻中置摩尼寶以寶力故威光轉盛其釋天王初獲此寶則得十法出過一切三十三天何等爲十一者色相二者形體三者示現四者眷屬五者資具六者音聲七者神通八者自在九者慧解十者智用如是十種悉過一切三十三天菩薩摩訶薩亦復如是初始獲得此三昧時則得十種廣大智藏何等爲十一者照耀一切佛剎智二者知一切衆生受生智三者普作三世變化智四者普入一切佛身智五者通達一切佛法智六者普攝一切淨法智七者普令一切衆生入法身智八者現見一切法普眼清淨智九者一切自在到於彼岸智十者安住一切廣大法普盡無餘智佛子菩薩摩訶薩住此三昧復得十種最清淨威德身何等爲十一者爲照耀不可說不可說世界故放不可說不可說光明輪二者爲令世界咸清淨故放不可說不可說無量色相光明輪三者爲調伏衆生故放不可說不可說光明輪四者爲親近一切

諸佛故化作不可說不可說身五者爲承事供養一切諸佛故雨不可說不可說種種殊妙香華雲六者爲承事供養一切佛及調伏一切衆生故於一一毛孔中化作不可說不可說種種音樂七者爲成熟衆生故現不可說不可說種種無量自在神變八者爲於十方種種名號一切佛所請問法故一步超過不可說不可說世界九者爲令一切衆生見聞之者皆不空故現不可說不可說種種無量清淨色相身無能見頂十者爲與衆生開示無量秘密法故發不可說不可說音聲語言佛子菩薩摩訶薩得此十種最清淨威德身已能令衆生得十種圓滿何等爲十一者能令衆生得見於佛二者能令衆生深信於佛三者能令衆生聽聞於法四者能令衆生

知有佛世界五者能令衆生見佛神變六者能令衆生念所集業七者能令衆生定心圓滿八者能令衆生入佛清淨九者能令衆生發菩提心十者能令衆生圓滿佛智佛子菩薩摩訶薩令衆生得十種圓滿已復爲衆生作十種佛事何等爲十所謂以音聲作佛事爲成熟衆生故以色形作佛事爲調伏衆生故以憶念作佛事爲清淨衆生故以震動世界作佛事爲令衆生離惡趣故以方便覺悟作佛事爲令衆生不失念故以夢中現相作佛事爲令衆生恒正念故以放大光明作佛事爲普攝取諸衆生故以修菩薩行作佛事爲令衆生住勝願故以成正等覺作佛事爲令衆生知幻法故以轉妙法輪作佛事爲衆說法不失時故以現住壽命作佛事爲調伏

一切衆生故以示般涅槃作佛事知諸衆生起疲猒故佛子是爲菩薩摩訶薩第七了知一切世界佛莊嚴大三昧善巧智

大方廣佛華嚴經卷第四十一

音釋

陽餤（餤以瞻切）漱（蘇奏切盪口也）寤（五故切寐覺也）歌羅邏（梵語也此云凝滑邏朗可切）關鑰（鑰以灼切關下牡也）淤泥（淤依據切淤泥滓濁泥也）肘（陟柳切二尺爲一肘）

大方廣佛華嚴經卷第四十二

唐于闐國三藏沙門實叉難陀譯

十定品第二十七之三

佛子云何爲菩薩摩訶薩一切衆生差別身三昧佛子菩薩摩訶薩住此三昧得十種無所著何者爲十所謂於一切刹無所著於一切方無所著於一切劫無所著於一切衆無所著於一切法無所著於一切菩薩無所著於一切菩薩願無所著於一切三昧無所著於一切佛無所著於一切地無所著是爲十佛子菩薩摩訶薩於此三昧云何入云何起佛子菩薩摩訶薩於此三昧内身入外身起外身入内身起同身入異身起異身入同身起人身入夜叉身起夜叉身入龍身起龍身入阿脩羅身起阿脩羅身入天身起天身入梵王身起梵王身入欲界身起天中入地獄起地獄入人間起人間入餘趣起千身入一身起一身入千身起那由他身入一身起一身入那由他身起閻浮提衆生衆中入西瞿陀尼衆生衆中起西瞿陀尼衆生衆中入北拘盧衆生衆中起北拘盧衆生衆中入東毗提訶衆生衆中起東毗提訶衆生衆中入三天下衆生衆中起三天下衆生衆中入四天下衆生衆中起四天下衆生衆中入一切海差別衆生衆中起一切海差別衆生衆中入一切海神衆中起一切海神衆中入一切海水大中起一切海水大中入一切海地大中起一切海地大中入一切海火大中起一切海火大中入一切海風大中起一切海風大中入一切四大種中起一切四大種中入無

生法中起無生法中入妙高山中起妙高山中入七寶山中起七寶山中入一切地種種稼穡樹林黑山中起一切地種種稼穡樹林黑山中入一切妙香華寶莊嚴中起一切妙香華寶莊嚴中入一切四天下下方上方一切衆生受生中起一切四天下下方上方一切衆生受生中入小千世界衆生衆中起小千世界衆生衆中入中千世界衆生衆中起中千世界衆生衆中入大千世界衆生衆中起大千世界衆生衆中入百千億那由他三千大千世界衆生衆中起百千億那由他三千大千世界衆生衆中入無數世界衆生衆中起無數世界衆生衆中入無量世界衆生衆中起無量世界衆生衆中入無邊佛刹衆生衆中起無邊佛刹衆生衆中入無等佛刹衆生衆中起無等佛刹衆生衆中入不可數世界衆生衆中起不可數世界衆生衆中入不可稱世界衆生衆中起不可稱世界衆生衆中入不可思世界衆生衆中起不可思世界衆生衆中入不可量世界衆生衆中起不可量世界衆生衆中入不可說世界衆生衆中起不可說世界衆生衆中入不可說不可說世界衆生衆中起不可說不可說世界衆生衆中入雜染衆生衆中起雜染衆生衆中入清淨衆生衆中起清淨衆生衆中入雜染衆生衆中起眼處入耳處起耳處入眼處起鼻處入舌處起舌處入鼻處起身處入意處起意處入身處起自處入他處起他處入自處起一微塵中入無數世界微塵中起無數世界微塵中入一微塵中起聲聞入獨覺起

獨覺入聲聞起自身入佛身起佛身入自身起一念入億劫起億劫入一念起同念入別時起別時入同念起前際入後際起後際入前際起前際入中際起中際入前際起三世入刹那起刹那入三世起眞如入言說起言說入眞如起佛子譬如有人爲鬼所持其身戰動不能自安鬼不現身令他身然菩薩摩訶薩住此三昧亦復如是自身入定他身起他身入定自身起佛子譬如死屍以呪力故而能起行隨所作事皆得成就屍之與呪雖各差別而能和合成就彼事菩薩摩訶薩住此三昧亦復如是同境入定異境起異境入定同境起佛子譬如比丘得心自在或以一身作多身或以多身作一身非一身沒多身生非多身沒一身生菩薩摩訶薩住此三昧亦復如是一身入定多身起多身入定一身起佛子譬如大地其味一種所生苗稼種種味別地雖無差別然味有殊異菩薩摩訶薩住此三昧亦復如是無所分別然有一種入定多種起多種入定一種起佛子菩薩摩訶薩住此三昧得十種稱讚法之所稱讚何者爲十所謂入眞如故名爲如來覺一切法故名之爲佛爲一切世間所稱讚故名爲法師知一切法故名一切智爲一切世間所歸依故名所依處了達一切法方便故名爲導師引一切衆生入薩婆若道故名大導師爲一切世間燈故名爲光明心志圓滿義利成就所作皆辦住無礙智分別了知一切諸法故名爲十力自在通達一切法輪故名一切見者是爲十佛子菩薩摩訶薩住此三昧復得

十種光明照耀何者爲十所謂得一切諸佛光明與彼平等故得一切世界光明普能嚴淨故得一切衆生光明悉往調伏故得無量無畏光明法界爲場演説故得無差別光明知一切法無種種性故得方便光明於一切法離欲際而證入故得眞實光明於一切法離欲際心平等故得徧一切世間神變光明蒙佛所加恒不息故得善思惟光明到一切佛自在岸故得一切法眞如光明於一毛孔中善說一切故是爲十佛子菩薩摩訶薩住此三昧復得十種無所作何者爲十所謂身業無所作語業無所作意業無所作神通無所作了法無性無所作知業不壞無所作無差別智無所作無生起智無所作知法無滅無所作隨順於文不壞於義無所作是爲十

佛子菩薩摩訶薩住此三昧無量境界種種差別所謂一入多起多入一起同入異起異入同起細入麤起麤入細起大入小起小入大起順入逆起逆入順起無身入有身起有身入無身起無相入有相起有相入無相起起中入入中起如是皆是此之三昧自在境界佛子譬如幻師持呪得成能現種種差別形相呪與幻別而能作幻呪唯是聲而能幻作眼識所知種種諸色耳識所知種種諸聲鼻識所知種種諸香舌識所知種種諸味身識所知種種諸觸意識所知種種境界菩薩摩訶薩住此三昧亦復如是同中入定異中起異中入定同中起佛子譬如三十三天共阿脩羅鬬戰之時諸天得勝脩羅退衂阿脩羅王其身長大七百由旬四兵圍繞無數千

萬以幻術力將諸軍衆同時走入藕絲孔中菩薩摩訶薩亦復如是巳善成就諸幻智地幻智即是菩薩菩薩即是幻智是故能於無差別法中入定差別法中起差別法中入定無差別法中起佛子譬如農夫田中下種種子在下果生於上菩薩摩訶薩住此三昧亦復如是一中入定多中起多中入定一中起佛子譬如男女赤白和合或有衆生於中受生爾時名爲歌羅邏位從此次第住母胎中滿足十月善業力故一切支分皆得成就諸根不缺心意明了其歌羅邏與彼六根體狀各別以業力故而能令彼次第成就受同異類種種果報菩薩摩訶薩亦復如是從一切智歌羅邏位信解願力漸次增長其心廣大任運自在無中入定有中起有中入定無中起佛子譬如龍宮依地而立不依虛空龍依宮住亦不在空而能興雲徧滿空中有人仰視所見宮殿當知皆是乾闥婆城非是龍宮佛子龍雖處下而雲布上菩薩摩訶薩住此三昧亦復如是於無相入有相起於有相入無相起佛子譬如妙光大梵天王所住之宮名一切世間最勝清淨藏此大宮中普見三千大千世界諸四天下天宮龍宮夜叉宮乾闥婆宮阿脩羅宮迦樓羅宮緊那羅宮摩睺羅伽宮人間住處及三惡道須彌山等種種諸山大海江河陂澤泉源城邑聚落樹林衆寶如是一切種種莊嚴盡大輪圍所有邊際乃至空中微細遊塵莫不皆於梵宮顯現如於明鏡見其面像菩薩摩訶薩住此一切衆生差別身大三昧知種種剎見種種佛度種

種衆證種種法成種種行滿種種解入種種三昧起種種神通得種種智慧住種種剎那際佛子此菩薩摩訶薩到十種神通彼岸何者爲十所謂到諸佛盡虛空徧法界神通彼岸到菩薩究竟無差別自在神通彼岸到能發起菩薩廣大行願入如來門佛事神通彼岸到能震動一切世界一切境界悉令清淨神通彼岸到能自在知一切衆生不思議業果皆如幻化神通彼岸到能自在知諸三昧麤細入出差別相神通彼岸到能勇猛入如來境界而於其中發生大願神通彼岸到能化作佛化轉法輪調伏衆生令生佛種令入佛乘速得成就神通彼岸到能了知不可說一切祕密文句而轉法輪令百千億那由他不可說不可說法門皆得清淨神通彼岸到不假晝夜年月劫數一念悉能三世示現神通彼岸是爲十佛子是名菩薩摩訶薩第八一切衆生差別身大三昧善巧智佛子云何爲菩薩摩訶薩法界自在三昧佛子此菩薩摩訶薩於自眼處乃至意處入三昧名法界自在菩薩於自身一一毛孔中入此三昧自然能知諸世間知諸世間法知諸世界知億那由他世界知阿僧祇世界知不可說佛剎微塵數世界見一切世界中有佛出興菩薩衆會悉皆充滿光明清淨淳善無雜廣大莊嚴種種衆寶以爲嚴飾菩薩於彼或一劫百劫千劫億劫百千億那由他劫無數劫無量劫無邊劫無等劫不可數劫不可稱劫不可思劫不可量劫不可說劫不可說不可說劫不可說不可說佛剎微塵數劫修菩薩行常

不休息又於如是無量劫中住此三昧亦入亦起亦成就世界亦調伏衆生亦徧了法界亦普知三世亦演說諸法亦現大神通種種方便無著無礙以於法界得自在故善分別眼善分別耳善分別鼻善分別舌善分別身善分別意如是種種差別不同悉善分別盡其邊際菩薩如是善知見已能生起十千億陀羅尼法光明成就十千億清淨行獲得十千億諸根圓滿十千億神通能入十千億三昧成就十千億神力長養十千億諸力圓滿十千億深心運動十千億力持示現十千億神變具足十千億菩薩無礙圓滿十千億菩薩助道積集十千億菩薩藏照明十千億菩薩方便演說十千億諸義成就十千億諸願出生十千億迴向淨治十千億菩薩正位明了十千億法門開示十千億演說修治十千億菩薩清淨佛子菩薩摩訶薩復有無數功德無量功德無邊功德無等功德不可數功德不可稱功德不可思功德不可量功德不可說功德無盡功德佛子此菩薩於如是功德皆已辦具皆已積集皆已莊嚴皆已清淨皆已瑩徹皆已攝受皆能出生皆可稱歎皆得堅固皆已成就佛子菩薩摩訶薩住此三昧爲東方十千阿僧祇佛刹微塵數名號諸佛之所攝受一一名號復有十千阿僧祇佛刹微塵數佛各各差別如東方南西北方四維上下亦復如是彼諸佛悉現其前爲現諸佛清淨刹爲說諸佛無量身爲說諸佛難思眼爲說諸佛無量耳爲說諸佛清淨鼻爲說諸佛清淨舌爲說諸佛無住心爲說如來無

上神通令修如來無上菩提令得如來清淨音聲開示如來不退法輪顯示如來無邊衆會令入如來無邊秘密讚歎如來一切善根令入如來平等之法宣説如來三世種性示現如來無量色相闡揚如來護念之法演暢如來微妙法音辯明一切諸佛世界宣揚一切諸佛三昧示現諸佛衆會次第護持諸佛不思議法説一切法猶如幻化明諸法性無有動轉開示一切無上法輪讚美如來無量功德令入一切諸三昧雲令知其心如幻如化無邊無盡佛子菩薩摩訶薩住此法界自在三昧時彼十方各十千阿僧祇佛刹微塵數名號如來一一名中各有十千阿僧祇佛刹微塵數佛同時護念令此菩薩得無邊身令此菩薩得無礙心令此菩薩於一切法得無忘念令此菩薩於一切法得決定慧令此菩薩轉更聰敏於一切法皆能領受令此菩薩於一切法悉能明了令此菩薩諸根猛利於神通法悉得善巧令此菩薩境界無礙周行法界恒不休息令此菩薩得無礙智畢竟清淨令此菩薩以神通力一切世界示現成佛佛子菩薩摩訶薩住此三昧得十種海何者爲十所謂得諸佛海咸覩見故得衆生海悉調伏故得諸法海能以智慧悉了知故得諸刹海以無性無作神通皆往詣故得功德海一切修行悉圓滿故得神通海能廣示現令開悟故得諸根海種種不同悉善知故得諸心海知一切衆生種種差別無量心故得諸行海能以願力悉圓滿故得諸願海悉使成就永清淨故佛子菩薩摩訶薩得如是十

種海已復得十種殊勝何等爲十一者於一切衆生中最爲第一二者於一切諸天中最爲殊特三者於一切梵王中最極自在四者於諸世間無所染著五者一切世間無能映蔽六者一切諸魔不能惑亂七者普入諸趣無所罣礙八者處處受生知不堅固九者一切佛法皆得自在十者一切神通悉能示現佛子菩薩摩訶薩得如是十種殊勝已復得十種力於衆生界修習諸行何等爲十一謂勇健力調伏世間故二謂精進力恒不退轉故三謂無著力離諸垢染故四謂寂靜力於一切法無諍論故五謂逆順力於一切法心自在故六謂法性力於諸義中得自在故七謂無礙力智慧廣大故八謂無畏力能說諸法故九謂辯才力能持諸法故十謂開示力智慧無邊故佛子此十種力是廣大力最勝力無能摧伏力無量力善集力不動力堅固力智慧力成就力勝定力清淨力極清淨力法身力法光明力法燈力法門力無能壞力極勇猛力大丈夫力善丈夫修習力成正覺力過去積集善根力安住無量善根力住如來力力心思惟力增長菩薩歡喜力出生菩薩淨信力增長菩薩勇猛力菩提心所生力菩薩清淨深心力菩薩殊勝深心力菩薩善根熏習力究竟諸法力無障礙身力入方便善巧法門力清淨妙法力安住大勢一切世間不能傾動力一切衆生無能映蔽力佛子此菩薩摩訶薩於如是無量功德法能生能成就能圓滿能照明能具足能徧具足能廣大能堅固能增長能淨治能徧淨治此菩薩

功德邊際智慧邊際修行邊際法門邊際自在邊際苦行邊際成就邊際清淨邊際出離邊際法自在邊際無能說者此菩薩所獲得所成就所趣入所現前所有境界所有觀察所有證入所有清淨所有了知所有建立一切法門於不可說劫無能說盡佛子菩薩摩訶薩住此三昧能了知無數無量無邊無等不可數不可稱不可思不可量不可說不可說不可說一切三昧彼一一三昧所有境界無量廣大於境界中若入若起若住所有相狀所有示現所有行處所有等流所有自性所有除滅所有出離如是一切靡不明見佛子譬如無熱惱大龍王宮流出四河無濁無雜無有垢穢光色清淨猶如虛空其池四面各有一口一一口中流出一河於象口中出恒伽河師子口中出私陁河於牛口中出信度河於馬口中出縛芻河其四大河流出之時恒伽河口流出銀沙私陀河口流出金剛沙信度河口流出金沙縛芻河口流出瑠璃沙恒伽河口作白銀色私陀河口作金剛色信度河口作黃金色縛芻河口作瑠璃色一一河口廣一由旬其四大河旣流出已各共圍繞大池七帀隨其方面四向分流澒涌奔馳入於大海其河旋繞一一之間有天寶所成優鉢羅華波頭摩華拘物頭華芬陀利華奇香發越妙色清淨種種華葉種種臺蘂悉是衆寶自然映徹咸放光明互相照現其無熱池周圍廣大五十由旬衆寶妙沙徧布其底種種摩尼以爲嚴飾無量妙寶莊嚴其岸栴檀妙香普散其中優鉢羅華波頭摩華拘

物頭華芬陀利華及餘寶華皆悉徧滿微風吹動香氣遠徹華林寶樹周帀圍繞日光出時普皆照明池河內外一切衆物接影連輝成光明網如是衆物若遠若近若高若下若廣若狹若麤若細乃至極小一沙一塵悉是妙寶光明鑒徹靡不於中日輪影現亦復展轉更相現影如是衆影不增不減非合非散皆如本質而得明見佛子如無熱大池於四口中流出四河入於大海菩薩摩訶薩亦復如是從四辯才流出諸行究竟入於一切智海如恒伽大河從銀色象口流出銀沙菩薩摩訶薩亦復如是以義辯才說一切如來所說一切義門出生一切清淨白法究竟入於無礙智海如私陀大河從金剛色師子口流出金剛沙菩薩摩訶薩亦復如是以法辯才爲一切衆生說佛金剛句引出金剛智究竟入於無礙智海如信度大河從金色牛口流出金沙菩薩摩訶薩亦復如是以訓詞辯說隨順世間緣起方便開悟衆生令皆歡喜調伏成熟究竟入於緣起方便海如縛芻大河於瑠璃色馬口流出瑠璃沙菩薩摩訶薩亦復如是以無盡辯雨百千億那由他不可說法令其聞者皆得潤洽究竟入於諸佛法海如四大河隨順圍繞無熱池已四方入海菩薩摩訶薩亦復如是成就隨順身業隨順語業隨順意業成就智爲前導身業智爲前導語業智爲前導意業四方流注究竟入爲一切智海佛子何者名爲菩薩四方佛子所謂見一切佛而得開悟聞一切法受持不忘圓滿一切波羅蜜行大悲說法滿足衆生如四

大河圍繞大池於其中間優鉢羅華波頭摩華拘物頭華芬陀利華皆悉徧滿菩薩摩訶薩亦復如是於菩提心中間不捨衆生説法調伏悉令圓滿無量三昧見佛國土莊嚴清淨如無熱大池寳樹圍繞菩薩摩訶薩亦復如是現佛國土莊嚴圍繞令諸衆生趣向菩提如無熱大池其中縱廣五十由旬清淨無濁菩薩摩訶薩亦復如是菩提之心其量無邊善根充滿清淨無濁如無熱大池以無量寳莊嚴其岸散栴檀香徧滿其中菩薩摩訶薩亦復如是以百千億十種智寳嚴菩提心大願之岸普散一切衆善妙香如無熱大池底布金沙種種摩尼間錯莊嚴菩薩摩訶薩亦復如是微妙智慧周徧觀察不可思議菩薩解脱種種法寳間錯莊嚴得一切法無礙光明住於一切諸佛所住入於一切甚深方便如阿那婆達多龍王永離龍中所有熱惱菩薩摩訶薩亦復如是永離一切世間憂惱雖現受生而無染著如四大河潤澤一切閻浮提地既潤澤已入於大海菩薩摩訶薩亦復如是以四智河潤澤天人沙門婆羅門令其普入阿耨多羅三藐三菩提智慧大海以四種力而爲莊嚴何者爲四一者願智河救護調伏一切衆生常不休息二者波羅蜜智河修菩提行饒益衆生去來今世相續無盡究竟入於諸佛智海三者菩薩三昧智河無數三昧以爲莊嚴見一切佛入諸佛海四者大悲智河大慈自在普救衆生方便攝取無有休息修行祕密功德之門究竟入於十力大海如四大河從無熱池既流出已究竟無

盡入於大海菩薩摩訶薩亦復如是以大願力修菩薩行自在知見無有窮盡究竟入於一切智海如四大河入於大海無能為礙令不入者菩薩摩訶薩亦復如是常勤修習普賢行願成就一切智慧光明住於一切佛菩提法入如來智無有障礙如四大河奔流入海經於累劫亦無疲猒菩薩摩訶薩亦復如是以普賢行願盡未來劫修菩薩行入如來海不生疲猒佛子如日光出時無熱池中金沙銀沙金剛沙瑠璃沙及餘一切種種寶物皆有日影於中顯現其金沙等一切寶物亦各展轉而現其影互相鑒徹無所妨礙菩薩摩訶薩亦復如是住此三昧於自身一一毛孔中悉見不可說不可說佛剎微塵數諸佛如來亦見彼佛所有國土道場衆會一一佛所聽法受持信解供養各經不可說不可說億那由他劫而不想念時節長短其諸衆會亦無迫隘何以故以微妙心入無邊法界故入無等差別業果故入不思議三昧境界故入不思議思惟境界故入一切佛自在境界故得一切佛所護念故得一切佛大神變故得諸如來難得難知十種力故入普賢菩薩行圓滿境界故得一切佛無勞倦神通力故佛子菩薩摩訶薩雖能於定一念入出而亦不廢長時在定亦無所著雖於境界無所依住而亦不捨一切所緣雖善入剎那際而為利益一切衆生現佛神通無有猒足雖等入法界而不得其邊雖無所住無有處所而恒趣入一切智道以變化力普入無量衆生衆中具足莊嚴一切世界雖離世間顛倒分別

超過一切分別之地亦不捨於種種諸相雖能具足方便善巧而究竟清淨雖不分別菩薩諸地而皆已善入佛子譬如虛空雖能容受一切諸物而離有無菩薩摩訶薩亦復如是雖普入一切世間而離世間想雖勤度一切衆生而離衆生想雖深知一切法而離諸法想雖樂見一切佛而離諸佛想雖善入種種三昧而知一切法自性皆如無所染著雖以無邊辯才演無盡法句而心恒住離文字法雖樂觀察無言說法而恒示現清淨音聲雖住一切離言法際而恒示現種種色相雖教化衆生而知一切法畢竟性空雖勤修大悲度脫衆生而知衆生界無盡無散雖了達法界常住不變而以三輪調伏衆生恒不休息雖常安住如來所住而智慧清淨心無怖畏分別演說種種諸法轉於法輪常不休息佛子是爲菩薩摩訶薩第九法界自在大三昧善巧智

大方廣佛華嚴經卷第四十二

音釋

稼穡 稼古訝切穡所力切種之曰稼歛之曰穡　屍 升脂切死人尸骸也　衂 女六切敗北也　陂 彼爲切池也　瑩徹 瑩烏絅切瑩潔也徹敕列切明徹也　勇健 健渠建切勇而有力也　縛芻 梵語也此云青河芻窻俞切　澒涌 澒胡孔切濛澒大水貌涌余隴切水泛溢也　蘂 如累切蕚蘂也華外曰蕚華內曰蘂　狹 胡夾切隘也

大方廣佛華嚴經卷第四十三

唐于闐國三藏沙門實叉難陀譯

十定品第二十七之四

佛子云何爲菩薩摩訶薩無礙輪三昧佛子菩薩摩訶薩入此三昧時住無礙身業無礙語業無礙意業住無礙佛國土得無礙成就衆生智獲無礙調伏衆生智放無礙光明現無礙光明網示無礙廣大變化轉無礙清淨法輪得菩薩無礙自在普入諸佛力普住諸佛智作佛所作淨佛所淨現佛神通令佛歡喜行如來行住如來道常得親近無量諸佛作諸佛事紹諸佛種佛子菩薩摩訶薩住此三昧已觀一切智總觀一切智别觀一切智隨順一切智顯示一切智攀緣一切智見一切智總見一切智别見一切智於普賢菩薩廣大願廣大心廣大行廣大所趣廣大所入廣大光明廣大出現廣大護念廣大變化廣大道不斷不退無休無替無倦無捨無散無亂常增進恒相續何以故此菩薩摩訶薩於諸法中成就大願發行大乘入於佛法大方便海以勝願力於諸菩薩所行之行智慧明照皆得善巧具足菩薩神通變化善能護念一切衆生如去來今一切諸佛之所護念於諸衆生恒起大悲成就如來不變異法佛子譬如有人以摩尼寶置色衣中其摩尼寶雖同衣色不捨自性菩薩摩訶薩亦復如是成就智慧以爲心寶觀一切智普皆明現然不捨於菩薩諸行何以故菩薩摩訶薩發大誓願利益一切衆生度脫一切衆生承事一切諸佛嚴淨一切世界安慰衆生深入法海爲

淨衆生界現大自在給施衆生普照世間入於無邊幻化法門不退不轉無疲無猒佛子譬如虛空持衆世界若成若住無猒無倦無羸無朽無散無壞無變無異無有差别不捨自性何以故虛空自性法應爾故菩薩摩訶薩亦復如是立無量大願度一切衆生心無猒倦佛子譬如涅槃去來現在無量衆生於中滅度終無猒倦何以故一切諸法本性清淨是謂涅槃云何於中而有猒倦菩薩摩訶薩亦復如是爲欲度脫一切衆生皆令出離而現於世云何而起疲猒之心佛子如薩婆若能令過去未來現在一切菩薩於諸佛家已現當生乃至令成無上菩提終無疲猒何以故一切智與法界無二故於一切法無所著故菩薩摩訶薩亦復如是其心平等住一切智云何而有疲猒之心佛子此菩薩摩訶薩有一蓮華其華廣大盡十方際以不可說葉不可說寶不可說香而爲莊嚴其不可說寶復各示現種種衆寶清淨妙好極善安住其華常放衆色光明普照十方一切世界無所障礙眞金爲網彌覆其上寶鐸徐摇出微妙音其音演暢一切智法此大蓮華具足如來清淨莊嚴一切善根之所生起吉祥爲表神力所現有十千阿僧祇清淨功德菩薩妙道之所成就一切智心之所流出十方佛影於中顯現世間瞻仰猶如佛塔衆生見者無不禮敬從能了幻正法所生一切世間不可爲喻菩薩摩訶薩於此華上結跏趺坐其身大小與華相稱一切諸佛神力所加令菩薩身一一毛孔各出百萬億那由他不可說佛

剎微塵數光明一一光明現百萬億那由他不可說佛剎微塵數摩尼寶其寶皆名普光明藏種種色相以爲莊嚴無量功德之所成就衆寶及華以爲羅網彌覆其上散百千億那由他殊勝妙香無量色相種種莊嚴復現不思議寶莊嚴蓋以覆其上一一摩尼寶悉現百萬億那由他不可說佛剎微塵數樓閣一一樓閣現百萬億那由他不可說佛剎微塵數蓮華藏師子之座一一師子座現百萬億那由他不可說佛剎微塵數光明一一光明現百萬億那由他不可說佛剎微塵數色相一一色相現百萬億那由他不可說佛剎微塵數光明輪一一光明輪現百萬億那由他不可說佛剎微塵數毗盧遮那摩尼寶華一一華現百萬億那由他不可說佛剎微塵數臺一一臺現百萬億那由他不可說佛剎微塵數佛一一佛現百萬億那由他不可說佛剎微塵數神變一一神變淨百萬億那由他不可說佛剎微塵數衆生衆一一衆生衆中現百萬億那由他不可說佛剎微塵數諸佛自在一一自在雨百萬億那由他不可說佛剎微塵數佛法一一佛法有百萬億那由他不可說佛剎微塵數修多羅一一修多羅說百萬億那由他不可說佛剎微塵數法門一一法門有百萬億那由他不可說佛剎微塵數金剛智所入法輪差別言辭各別演說一一法輪成熟百萬億那由他不可說佛剎微塵數衆生界一一衆生界有百萬億那由他不可說佛剎微塵數衆生於佛法中而得調伏佛子菩薩摩訶薩住此三昧示現如是

神通境界無量變化悉知如幻而不染著安住無邊不可說法自性清淨法界實相如來種性無礙際中無去無來非先非後甚深無底現量所得以智自入不由他悟心不迷亂亦無分別爲去來今一切諸佛之所稱讚從諸佛力之所流出入於一切諸佛境界體性如實淨眼現證慧眼普見成就佛眼爲世明燈行於智眼所知境界廣能開示微妙法門成菩提心趣勝丈夫於諸境界無有障礙入智種性出生諸智離世生法而現受生神通變化方便調伏如是一切無非善巧功德解欲悉皆清淨最極微妙具足圓滿智慧廣大猶如虛空善能觀察衆聖境界信行願力堅固不動功德無盡世所稱歎於一切佛所觀之藏大菩提處一切智海集衆妙寶爲大智者猶如蓮華自性清淨衆生見者皆生歡喜咸得利益智光普照見無量佛淨一切法所行寂靜於諸佛法究竟無礙恒以方便住佛菩提功德行中而得出生具菩薩智爲菩薩首一切諸佛共所護念得佛威神成佛法身念力難思於境一緣而無所緣其行廣大無相無礙等于法界無量無邊所證菩提猶如虛空無有邊際無所縛著於諸世間普作饒益一切智海善根所流悉能通達無量境界已善成就清淨施法住菩薩心淨菩薩種能隨順生諸佛菩提於諸佛法皆得善巧具微妙行成堅固力一切諸佛自在威神衆生難聞菩薩悉知入不二門住無相法雖復永捨一切諸相而能廣說種種諸法隨諸衆生心樂欲解悉使調伏咸令歡喜法界爲身無有

分別智慧境界不可窮盡志常勇猛心恒平等見一切佛功德邊際了一切劫差別次第開示一切法安住一切刹嚴淨一切諸佛國土顯現一切正法光明演去來今一切佛法示諸菩薩所住之處爲世明燈生諸善根永離世間常生佛所得佛智慧明了第一一切諸佛皆共攝受已入未來諸佛之數從諸善友而得出生所有志求皆無不果具大威德住增上意隨所聽聞咸能善說亦爲開示聞法善根住實際輪於一切法心無障礙不捨諸行離諸分別於一切法心無動念得智慧明滅諸癡闇悉能明照一切佛法不壞諸有而生其中了知一切諸有境界從本已來無有動作身語意業皆悉無邊雖隨世俗演說種種無量文字而恒不壞離文字法深入佛

海知一切法但有假名於諸境界無繫無著了一切法空無所有所修諸行從法界生猶如虛空無相無形深入法界隨順演說於一境門生一切智觀十力地以智修學智爲橋梁至薩婆若以智慧眼見法無礙善入諸地知種種義一一法門悉得明了所有大願靡不成就佛子菩薩摩訶薩以此開示一切如來無差別性此是無礙方便之門此能出生菩薩衆會此法唯是三昧境界此能勇進入薩婆若此能開顯諸三昧門此能無礙普入諸刹此能調伏一切衆生此能住於無衆生際此能開示一切佛法此於境界皆無所得雖一切時演說開示而恒遠離妄想分別雖知諸法皆無所作而能示現一切作業雖知諸佛無有二相而能顯示一切諸佛雖知無

色而演說諸色雖知無受而演說諸受雖知無想而演說諸想雖知無行而演說諸行雖知無識而演說諸識恒以法輪開示一切雖知法無生而常轉法輪雖知法無差別而說諸差別門雖知諸法無有生滅而說一切生滅之相雖知諸法無麤無細而說諸法麤細之相雖知諸法無上中下而能宣說最上之法雖知諸法不可言說而能演說清淨言辭雖知諸法無內無外而說一切內外諸法雖知諸法不可了知而說種種智慧觀察雖知諸法無有眞實而說出離眞實之道雖知諸法畢竟無盡而能演說盡諸有漏雖知諸法無違無諍然亦不無自他差別雖知諸法畢竟無師而常尊敬一切師長雖知諸法不由他悟而常尊敬諸善知識雖知法無轉而轉法輪雖知法無起而示諸因緣雖知諸法無有前際而廣說過去雖知諸法無有後際而廣說未來雖知諸法無有中際而廣說現在雖知諸法無有作者而說諸作業雖知諸法無有因緣而說諸集因雖知諸法無有等比而說平等不平等道雖知諸法無有言說而決定說三世之法雖知諸法無有所依而說依善法而得出離雖知法無身而廣說法身雖知三世諸佛無邊而能演說唯有一佛雖知法無色而現種種色雖知法無見而廣說諸見雖知法無相而說種種相雖知諸法無有境界而廣宣說智慧境界雖知諸法無有差別而說行果種種差別雖知諸法無有出離而說清淨諸出離行雖知諸法本來常住而說一切諸流轉法雖知諸法無有照明而

恒廣說照明之法佛子菩薩摩訶薩入如是大威德三昧智輪則能證得一切佛法則能趣入一切佛法則能成就則能圓滿則能積集則能清淨則能安住則能了達與一切法自性相應而此菩薩摩訶薩不作是念有若干諸菩薩若干菩薩法若干菩薩究竟若干幻究竟若干化究竟若干神通成就若干智成就若干思惟若干證入若干趣向若干境界何以故菩薩三昧如是體性如是無邊如是殊勝故此三昧種種境界種種威力種種深入所謂入不可說智門入離分別諸莊嚴入無邊殊勝波羅蜜入無數禪定入百千億那由他不可說廣大智入見無邊佛勝妙藏入於境界不休息入清淨信解助道法入諸根猛利大神通入於境界心無礙入見一切佛平等眼入積集普賢勝志行入住那羅延妙智身入說如來智慧海入起無量種自在神變入生一切佛無盡智門入住一切佛現前境界入淨普賢菩薩自在智入開示無比普門智入普知法界一切微細境界入普現法界一切微細境界入一切殊勝智光明入一切自在邊際入一切辯才法門際入徧法界智慧身入成就一切處徧行道入善住一切差別三昧入知一切諸佛心佛子此菩薩摩訶薩住普賢行念念入百億不可說三昧然不見普賢菩薩三昧及佛境界莊嚴前際何以故知一切法究竟無盡故知一切佛剎無邊故知一切衆生界不思議故知前際無始故知未來無窮故知現在盡虛空徧法界無邊故知一切諸佛境界不可思議故知一

切菩薩行無數故知一切諸佛辯才所說境界不可說無邊故知一切幻心所緣法無量故佛子如如意珠隨有所求一切皆得求者無盡意皆滿足而珠勢力終不匱止菩薩摩訶薩亦復如是入此三昧知心如幻出生一切諸法境界周徧無盡不匱不息何以故菩薩摩訶薩成就普賢無礙行智觀察無量廣大幻境猶如影像無增減故佛子譬如凡夫各別生心已生現生及以當生無有邊際無斷無盡其心流轉相續不絕不可思議菩薩摩訶薩亦復如是入此普幻門三昧無有邊際不可測量何以故了達普賢菩薩普幻門無量法故佛子譬如難陀跋難陀摩那斯龍王及餘大龍降雨之時滴如車軸無有邊際雖如是雨雨終不盡此是諸龍無作境界菩薩摩訶薩亦復如是住此三昧入普賢菩薩諸三昧門智門法門見諸佛門往諸方門心自在門加持門神變門神通門幻化門諸法如幻門不可說不可說諸菩薩充滿門親近不可說不可說佛刹微塵數如來正覺門入不可說不可說廣大幻網門知不可說不可說差別廣大佛刹門知不可說不可說有體性無體性世界門知不可說不可說衆生想門知不可說不可說時劫差別門知不可說不可說世界成壞門知不可說不可說覆住仰住諸佛刹門於一念中皆如實知如是入時無有邊際無有窮盡不疲不猒不斷不息無退無失於諸法中不住非處恒正思惟不沉不舉求一切智常無退捨爲一切佛刹照世明燈轉不可說不可說法輪以妙辯才諮

問如來無窮盡時示成佛道無有邊際調伏衆生恒無廢捨常勤修習普賢行願未曾休息示現無量不可說不可說色相身無有斷絕何以故譬如然火隨所有緣於爾所時火起不息菩薩摩訶薩亦復如是觀察衆生界法界世界猶如虛空無有邊際乃至能於一念之頃往不可說不可說佛剎微塵數佛所一一佛所入不可說不可說一切智種種差別法令不可說不可說衆生界出家爲道勤修善根究竟清淨令不可說不可說菩薩於普賢行願未決定者而得決定安住普賢智慧之門以無量方便入不可說不可說三世成住壞廣大差別劫於不可說不可說成住壞世間差別境界起於爾所大悲大願調伏無量一切衆生悉使無餘何以故此菩薩摩訶薩爲欲度脫一切衆生修普賢行生普賢智滿足普賢所有行願是故諸菩薩應於如是種類如是境界如是威德如是廣大如是無量如是不思議如是普照明如是一切諸佛現前住如是一切如來所護念如是成就往昔善根如是其心無礙不動三昧之中勤加修習離諸熱惱無有疲猒心不退轉立深志樂勇猛無怯順三昧境界入難思智地不依文字不著世間不取諸法不起分別不染著世事不分別境界於諸法智但應安住不應稱量所謂親近一切智悟解佛菩提成就法光明施與一切衆生善根於魔界中拔出衆生令其得入佛法境界令不捨大願勤觀出道增廣淨境成就諸度於一切佛深生信解常應觀察一切法性無時暫捨應知自身

與諸法性普皆平等應當明解世間所作示其如法智慧方便應常精進無有休息應觀自身善根鮮少應勤增長他諸善根應自修行一切智道應勤增長菩薩境界應樂親近諸善知識應與同行而共止住應不分別佛應不捨離念應常安住平等法界應知一切心識如幻應知世間諸行如夢應知諸佛願力出現猶如影像應知一切諸廣大業猶如變化應知言語悉皆如響應觀諸法一切如幻應知一切生滅之法皆如音聲應知所往一切佛剎皆無體性應爲請問如來佛法不生疲倦應爲開悟一切世間勤加教誨而不捨離應爲調伏一切衆生知時說法而不休息佛子菩薩摩訶薩如是修行普賢之行如是圓滿菩薩境界如是通達出離之道如是受持三世佛法如是觀察一切智門如是思惟不變異法如是明潔增上志樂如是信解一切如來如是了知佛廣大力如是決定無所礙心如是攝受一切衆生佛子菩薩摩訶薩入普賢菩薩所住如是大智慧三昧時十方各有不可說不可說國土一一國土各有不可說不可說佛剎微塵數如來名號一一名號各有不可說不可說佛剎微塵數諸佛而現其前與如來念力令不忘失如來境界與一切法究竟慧令入一切智與知一切法種種義決定慧令受持一切佛法趣入無礙與無上佛菩提令入一切智開悟法界與菩薩究竟慧令得一切法光明無諸黑闇與菩薩不退智令知時非時善巧方便調伏衆生與無障礙菩薩辯才令悟解無邊法演說無

盡與神通變化力令現不可說不可說差別身無邊色相種種不同開悟衆生與圓滿言音令現不可說不可說差別音聲種種言辭開悟衆生與不唐捐力令一切衆生若得見形若得聞法皆悉成就無空過者佛子菩薩摩訶薩如是滿足普賢行故得如來力淨出離道滿一切智以無礙辯才神通變化究竟調伏一切衆生具佛威德淨普賢行住普賢道盡未來際爲欲調伏一切衆生轉一切佛微妙法輪何以故佛子此菩薩摩訶薩成就如是殊勝大願諸菩薩行則爲一切世間法師則爲一切世間法日則爲一切世間智月則爲一切世間須彌山王嶷然高出堅固不動則爲一切世間無涯智海則爲一切世間正法明燈普照無邊相續不斷爲一切衆生

開示無邊清淨功德皆令安住功德善根順一切智大願平等修習普賢廣大之行常能勸發無量衆生住不可說不可說廣大行三昧現大自在佛子此菩薩摩訶薩獲如是智證如是法於如是法審住明見得如是神力住如是境界現如是神變起如是神通常安住大悲常利益衆生開示衆生安隱正道建立福智大光明幢證不思議解脫住一切智解脫到諸佛解脫彼岸學不思議解脫方便門已得成就入法界差別門無有錯亂於普賢不可說不可說三昧遊戲自在住師子奮迅智心意無礙其心恒住十大法藏何者爲十所謂住憶念一切諸佛住憶念一切佛法住調伏一切衆生大悲住示現不思議清淨國土智住深入諸佛境界決定解住去來現

在一切佛平等相菩提住無礙無著際住一切法無相性住去來現在一切佛平等善根住去來現在一切如來法界無差別身語意業先導智住觀察三世一切諸佛受生出家詣道場成正覺轉法輪般涅槃悉入剎那際佛子此十大法藏廣大無量不可數不可稱不可思不可說無窮盡難忍受一切世智無能稱述佛子此菩薩摩訶薩已到普賢諸行彼岸證清淨法志力廣大開示衆生無量善根增長菩薩一切勢力於念念頃滿足菩薩一切功德成就菩薩一切諸行得一切佛陀羅尼法受持一切諸佛所說雖常安住眞如實際而隨一切世俗言說示現調伏一切衆生何以故菩薩摩訶薩住此三昧法如是故佛子菩薩摩訶薩以此三昧得一切佛廣大智得巧說一切廣大法自在辯才得一切世中最爲殊勝清淨無畏法得入一切三昧智得一切菩薩善巧方便得一切法光明門到安慰一切世間法彼岸知一切衆生時非時照十方世界一切處令一切衆生得勝智作一切世間無上師安住一切諸功德開示一切衆生清淨三昧令入最上智何以故菩薩摩訶薩如是修行則利益衆生則增長大悲則親近善知識則見一切佛則了一切法則詣一切剎則入一切方則入一切世則悟一切法平等性則知一切佛平等性則住一切智平等性於此法中作如是業不作餘業住未足心住不散亂心住專一心住勤修心住決定心住不變異心如是思惟如是作業如是究竟佛子菩薩摩訶薩無異語異作有如

語如作何以故譬如金剛以不可壞而得其名終無有時離於不壞菩薩摩訶薩亦復如是以諸行法而得其名終無有時離諸行法譬如眞金以有妙色而得其名終無有時離於妙色菩薩摩訶薩亦復如是以諸善業而得其名終無有時離諸善業譬如日天子以光明輪而得其名終無有時離光明輪菩薩摩訶薩亦復如是以智慧光而得其名終無有時離智慧光譬如須彌山王以四寶峯處於大海迥然高出而得其名終無有時捨離四峯菩薩摩訶薩亦復如是以諸善根處在於世迥然高出而得其名終無有時捨離善根譬如大地以持一切而得其名終無有時捨離能持菩薩摩訶薩亦復如是以度一切而得其名終無有時捨離大悲譬如大海以

含衆水而得其名終無有時捨離於水菩薩摩訶薩亦復如是以諸大願而得其名終不暫捨度衆生願譬如軍將以能慣習戰鬬之法而得其名終無有時捨離此能菩薩摩訶薩亦復如是以能慣習如是三昧而得其名乃至成就一切智智終無有時捨離此行如轉輪王馭四天下常勤守護一切衆生令無橫死恒受快樂菩薩摩訶薩亦復如是入如是等諸大三昧常勤化度一切衆生乃至令其究竟清淨譬如種子植之於地乃至能令莖葉增長菩薩摩訶薩亦復如是修普賢行乃至能令一切衆生善法增長譬如大雲於夏暑月降霔大雨乃至增長一切種子菩薩摩訶薩亦復如是入如是等諸大三昧修菩薩行雨大法雨乃至能令一切衆生究竟清

淨究竟涅槃究竟安隱究竟彼岸究竟歡喜究竟斷疑爲諸衆生究竟福田令其施業皆得清淨令其皆住不退轉道令其同得一切智智令其皆得出離三界令其皆得究竟之智令其皆得諸佛如來究竟之法置諸衆生一切智處何以故菩薩摩訶薩成就此法智慧明了入法界門能淨菩薩不可思議無量諸行所謂能淨諸智求一切智故能淨衆生使調伏故能淨剎土常迴向故能淨諸法普了知故能淨無畏無怯弱故能淨無礙辯巧演說故能淨陀羅尼於一切法得自在故能淨親近行常見一切佛興世故佛子菩薩摩訶薩住此三昧得如是等百千億那由他不可說不可說清淨功德於如是等三昧境界得自在故一切諸佛所加被故自善根力之所流故入智慧地大威力故諸善知識引導力故摧伏一切諸魔力故同分善根淳淨力故廣大誓願欲樂力故所種善根成就力故超諸世間無盡之福無對力故佛子菩薩摩訶薩住此三昧得十種法同去來今一切諸佛何者爲十所謂得諸相好種種莊嚴同於諸佛能放清淨大光明網同於諸佛神通變化調伏衆生同於諸佛無邊色身清淨圓音同於諸佛隨衆生業現淨佛國同於諸佛一切衆生所有語言皆能攝持不忘不失同於諸佛無盡辯才隨衆生心而轉法輪令生智慧同於諸佛大師子吼無所怯畏以無量法開悟羣生同於諸佛於一念頃以大神通普入三世同於諸佛普能顯示一切衆生諸佛莊嚴諸佛威力諸佛境界同於諸佛爾時普

眼菩薩白普賢菩薩言佛子此菩薩摩訶薩得如是法同諸如來何故不名佛何故不名十力何故不名一切智何故不名一切法中得菩提者何故不得名爲普眼何故不名一切境中無礙見者何故不名覺一切法何故不名與三世佛無二住者何故不名住實際者何故修行普賢行願猶未休息何故不能究竟法界捨菩薩道爾時普賢菩薩告普眼菩薩言善哉佛子如汝所言若此菩薩摩訶薩同一切佛以何義故不名爲佛乃至不能捨菩薩道佛子此菩薩摩訶薩已能修習去來今世一切菩薩種種行願入智境界則名爲佛於如來所修菩薩行無有休息說名菩薩如來諸力皆悉已入則名十力雖成十力行普賢行而無休息說名菩薩知一切法而能演說名一切智雖能演說一切諸法於一一法善巧思惟未嘗止息說名菩薩知一切法無有二相是則說名悟一切法於二不二一切諸法差別之道善巧觀察展轉增勝無有休息說名菩薩已能明見普眼境界說名普眼雖能證得普眼境界念念增長未曾休息說名菩薩於一切法悉能明照離諸闇障名無礙見常勤憶念無礙見者說名菩薩已得諸佛智慧之眼是則說名覺一切法觀諸如來正覺智眼而不放逸說名菩薩住佛所住與佛無二說名與佛無二住者爲佛攝受修諸智慧說名菩薩常觀一切世間實際是則說名住實際者雖常觀察諸法實際而不證入亦不捨離說名菩薩不來不去無同無異此等分別悉皆永息是則說名休息願者

廣大修習圓滿不退則名未息普賢願者了知法界無有邊際一切諸法一相無相是則說名究竟法界捨菩薩道雖知法界無有邊際而知一切種種異相起大悲心度諸衆生盡未來際無有疲猒是則說名普賢菩薩佛子譬如伊羅鉢那象王住金脅山七寶窟中其窟周圍悉以七寶而爲欄楯寶多羅樹次第行列眞金羅網彌覆其上象身潔白猶如珂雪上立金幢金爲瓔珞寶網覆鼻寶鈴垂下七支成就六牙具足端正充滿見者欣樂調良善順心無所逆若天帝釋將欲遊行爾時象王即知其意便於寶窟而没其形至忉利天釋主之前以神通力種種變現令其身有三十三頭於一一頭化作七牙於一一牙化作七池一一池中有七蓮華一一華中有七采女一時俱奏百千天樂是時帝釋乘茲寶象從難勝殿往詣華園芬陀利華徧滿其中是時帝釋至華園已從象而下入於一切寶莊嚴殿無量采女以爲侍從歌詠妓樂受諸快樂爾時象王復以神通隱其象形現作天身與三十三天及諸采女於芬陀利華園之内歡娛戲樂所現身相光明衣服往來進止語笑觀瞻皆如彼天等無有異無能分別此象此天象之與天更互相似佛子彼伊羅鉢那象王於金脅山七寶窟中無所變化至於三十三天之上爲欲供養釋提桓因化作種種諸可樂物受天快樂與天無異佛子菩薩摩訶薩亦復如是修習普賢菩薩行願及諸三昧以爲衆寶莊嚴之具七菩提分爲菩薩身所放光明以之爲網建大法幢鳴大法

鐘大悲爲窟堅固大願以爲其牙智慧無畏猶如師子法繒繫頂開示祕密到諸菩薩行願彼岸爲欲安處菩提之座成一切智得最正覺增長普賢廣大行願不退不息不斷不捨大悲精進盡未來際度脫一切苦惱衆生不捨普賢道現成最正覺現不可說不可說成正覺門現不可說不可說轉法輪門現不可說不可說住深心門於不可說不可說廣大國土現涅槃變化門於不可說不可說差別世界而現受生修普賢行現不可說不可說如來於不可說不可說廣大國土菩提樹下成最正覺不可說不可說菩薩衆親近圍繞或於一念頃修普賢行而成正覺或須臾頃或於一時或於一日或於半月或於一月或於一年或無數年或於一劫如是乃至不可說不可說劫修普賢行而成正覺復於一切諸佛刹中而爲上首親近於佛頂禮供養請問觀察如幻境界淨修菩薩無量諸行無量諸智種種神變種種威德種種智慧種種境界種種神通種種自在種種解脫種種法明種種教化調伏之法佛子菩薩摩訶薩本身不滅以行願力於一切處如是變現何以故欲以普賢自在神力調伏一切諸衆生故令不可說不可說衆生得清淨故令其永斷生死輪故嚴淨廣大諸世界故常見一切諸如來故深入一切佛法流故憶念三世諸佛種故憶念十方一切佛法及法身故普修一切菩薩諸行使圓滿故入普賢流自在能證一切智故佛子汝應觀此菩薩摩訶薩不捨普賢行不斷菩薩道見一切佛證一切智自

在受用一切智法如伊羅鉢那象王不捨象身往三十三天為天所乘受天快樂作天遊戲承事天主與天采女而作歡娛同於諸天無有差別佛子菩薩摩訶薩亦復如是不捨普賢大乘諸行不退諸願得佛自在具一切智證佛解脫無障無礙成就清淨於諸國土無所染著於佛法中無所分別雖知諸法普皆平等無有二相而恒明見一切佛土雖已等同三世諸佛而修菩薩行相續不斷佛子菩薩摩訶薩安住如是普賢行願廣大之法當知是人心得清淨佛子此是菩薩摩訶薩第十無礙輪大三昧殊勝心廣大智佛子此是菩薩摩訶薩所住普賢行十大三昧輪

大方廣佛華嚴經卷第四十三

音釋

羸 力追切弱也　鐸 徒各切鈴屬　匱 求位切竭也　嶷然 嶷魚力切山皃　慣習 慣古患切亦習也　馭 牛倨切統也　莖 戶庚切枝幹也　霔 之戍切淋注也　金脅 脅虛業切脅山名也　金窟 苦骨切穴也　珂 苦何切石次玉也色潔白如雪者曰珂　繒 慈陵切帛也

大方廣佛華嚴經卷第四十四

唐于闐國三藏沙門實叉難陀譯

十通品第二十八

爾時普賢菩薩摩訶薩告諸菩薩言佛子菩薩摩訶薩有十種通何者爲十佛子菩薩摩訶薩以他心智通知一三千大千世界衆生心差别所謂善心不善心廣心狹心大心小心順生死心背生死心聲聞心獨覺心菩薩心聲聞行心獨覺行心菩薩行心天心龍心夜叉心乾闥婆心阿脩羅心迦樓羅心緊那羅心摩睺羅伽心人心非人心地獄心畜生心閻魔王處心餓鬼心諸難處衆生心如是等無量差别種種衆生心悉分别知如一世界如是百世界千世界百千世界百千億那由他世界乃至不可說不可說佛刹微塵數世界中所有衆生心悉分别知是名菩薩摩訶薩第一善知他心智神通佛子菩薩摩訶薩以無礙清淨天眼智通見無量不可說不可說佛刹微塵數世界中衆生死此生彼善趣惡趣福相罪相或好或醜或垢或淨如是品類無量衆生所謂天衆龍衆夜叉衆乾闥婆衆阿脩羅衆迦樓羅衆緊那羅衆摩睺羅伽衆人衆非人衆微細身衆生衆廣大身衆生衆小衆大衆如是種種衆生衆中以無礙眼悉皆明見隨所積集業隨所受苦樂隨心隨分别隨見隨言說隨因隨業隨所緣隨所起悉皆見之無有錯謬是名菩薩摩訶薩第二無礙天眼智神通佛子菩薩摩訶薩以宿住隨念智通能知自身及不可說不可說佛刹微塵數世界中一切衆生過去不可說不

可説佛刹微塵數劫宿住之事所謂某處生如是名如是姓如是種族如是飲食如是苦樂從無始來於諸有中以因以緣展轉滋長次第相續輪迴不絕種種品類種種國土種種趣生種種形相種種業行種種結使種種心念種種因緣受生差別如是等事皆悉了知又憶過去爾所佛刹微塵數劫爾所佛刹微塵數世界中有爾所佛刹微塵數諸佛一一佛如是名號如是出興如是衆會如是父母如是侍者如是聲聞如是最勝二大弟子於如是城邑如是出家復於如是菩提樹下成最正覺於如是處坐如是座演説如是若干經典如是利益爾所衆生於爾所時住於壽命施作如是若干佛事依無餘依般涅槃界而般涅槃般涅槃後法住久近如是一切悉能憶念又憶念不可説不可説佛刹微塵數諸佛名號一一名號有不可説不可説佛刹微塵數佛從初發心起願修行供養諸佛調伏衆生衆會説法壽命多少神通變化乃至入於無餘涅槃般涅槃後法住久近造立塔廟種種莊嚴令諸衆生種植善根皆悉能知是名菩薩摩訶薩第三知過去際劫宿住智神通佛子菩薩摩訶薩以知盡未來際劫智通知不可説不可説佛刹微塵數世界中所有劫一一劫中所有衆生命終受生諸有相續業行果報若善若不善若出離若不出離若決定若不決定若邪定若正定若善根與使俱若善根不與使俱若具足善根若不具足善根若攝取善根若不攝取善根若積集善根若不積集善根若積集罪法若不積

集罪法如是一切皆能了知又知不可說不可說佛刹微塵數世界盡未來際有不可說不可說佛刹微塵數劫一一劫有不可說不可說佛刹微塵數諸佛名號一一名號有不可說不可說佛刹微塵數諸佛如來一一如來從初發心起願立行供養諸佛教化衆生衆會說法壽命多少神通變化乃至入於無餘涅槃般涅槃後法住久近造立塔廟種種莊嚴令諸衆生種植善根如是等事悉能了知是名菩薩摩訶薩第四知盡未來際劫智神通佛子菩薩摩訶薩成就無礙清淨天耳圓滿廣大聰徹離障了達無礙具足成就於諸一切所有音聲欲聞不聞隨意自在佛子東方有不可說不可說佛刹微塵數佛是諸佛所說所示所開所演所安立所教化所調伏所憶念所分別甚深廣大種種差別無量方便無量善巧清淨之法於彼一切皆能受持又於其中若義若文若一人若衆會如其音辭如其智慧如所了達如所示現如所調伏如其境界如其所依如其出道於彼一切悉能記持不忘不失不斷不退無迷無惑爲他演說令得悟解終不忘失一文一句如東方南西北方四維上下亦復如是是名菩薩摩訶薩第五無礙清淨天耳智神通佛子菩薩摩訶薩住無體性神通無作神通平等神通廣大神通無量神通無依神通隨念神通起神通不起神通不退神通不斷神通不壞神通增長神通隨詣神通此菩薩聞極遠一切世界中諸佛名所謂無數世界無量世界乃至不可說不可說佛刹微塵數世界中諸

佛名聞其名已即自見身在彼佛所彼諸世界或仰或覆各各形狀各各方所各各差別無邊無礙種種國土種種時劫無量功德各別莊嚴彼彼如來於中出現示現神變稱揚名號無量無數各各不同此菩薩一得聞彼諸如來名不動本處而見其身在彼佛所禮拜尊重承事供養問菩薩法入佛智慧悉能了達諸佛國土道場衆會及所說法至於究竟無所取著如是經不可說不可說佛刹微塵數劫普至十方而無所往然詣刹覲佛聽法請道無有斷絕無有廢捨無有休息無有疲厭修菩薩行成就大願悉令具足曾無退轉爲令如來廣大種性不斷絕故是名菩薩摩訶薩第六住無體性無動作往一切佛刹智神通佛子菩薩摩訶薩以善分別一切衆生言音智通知不可說不可說佛刹微塵數世界中衆生種種言辭所謂聖言辭非聖言辭天言辭龍言辭夜叉言辭乾闥婆阿脩羅迦樓羅緊那羅摩睺羅伽人及非人乃至不可說不可說衆生所有言辭各各表示種種差別如是一切皆能了知此菩薩隨所入世界能知其中一切衆生所有性欲如其性欲爲出言辭悉令解了無有疑惑如日光出現普照衆色令有目者悉得明見菩薩摩訶薩亦復如是以善分別一切言辭智深入一切言辭雲所有言辭令諸世間聰慧之者悉得解了是名菩薩摩訶薩第七善分別一切言辭智神通佛子菩薩摩訶薩以出生無量阿僧祇色身莊嚴智通知一切法遠離色相無差別相無種種相無無量相無分別相無青

黄赤白相菩薩如是入於法界能現其身作種種色所謂無邊色無量色清淨色莊嚴色普徧色無比色普照色增上色無違逆色具諸相色離衆惡色大威力色可尊重色無窮盡色衆雜妙色極端嚴色不可量色善守護色能成熟色隨化者色無障礙色甚明徹色無垢濁色極澄淨色大勇健色不思議方便色不可壞色離瑕翳色無障闇色善安住色妙莊嚴色諸相端嚴色種種隨好色大尊貴色妙境界色善磨瑩色清淨深心色熾然明盛色最勝廣大色無明斷色無所依色無等比色充滿不可說佛刹色增長色堅固攝受色最勝功德色隨諸心樂色清淨解了色積集衆妙色善巧決定色無有障礙色虚空明淨色清淨可樂色離諸塵垢色不可稱量色妙見色普見色隨時示現色寂靜色離貪色真實福田色能作安隱色離諸怖畏色離愚癡行色智慧勇猛色身相無礙色遊行普徧色心無所依色大慈所起色大悲所現色平等出離色具足福德色隨心憶念色無邊妙寶色寶藏光明色衆生信樂色一切智現前色歡喜眼色衆寶莊嚴第一色無有處所色自在示現色種種神通色生如來家色過諸譬喻色周徧法界色衆皆往詣色種種色成就色出離色隨所化者威儀色見無猒足色種種明淨色能放無數光網色不可說光明種種差別色不可思香光明超過三界色不可量日輪光明照耀色示現無比月身色無量可愛樂華雲色出生種種蓮華鬘雲莊嚴色超過一切世間香燄普熏色出生一切如

來藏色不可說音聲開示演暢一切法色具足一切普賢行色佛子菩薩摩訶薩深入如是無色法界能現此等種種色身令所化者見令所化者念爲所化者轉法輪隨所化者時隨所化者相令所化者親近令所化者開悟爲所化者起種種神通爲所化者現種種自在爲所化者施種種能事是名菩薩摩訶薩爲度一切衆生故勤修成就第八無數色身智神通佛子菩薩摩訶薩以一切法智通知一切法無有名字無有種性無來無去非異非不異非種種非不種種非二非不二無我無比不生不滅不動不壞無實無虛一相無相非無非有非法非非法不隨於俗非不隨俗非業非非業非報非非報非有爲非無爲非第一義非不第一義非道非非道非出離非不出離非量非無量非世間非出世間非從因生非不從因生非決定非不決定非成就非不成就非出非不出非分別非不分別非如理非不如理此菩薩不取世俗諦不住第一義不分別諸法不建立文字隨順寂滅性不捨一切願見義知法興布法雲降霔法雨雖知實相不可言說而以方便無盡辯才隨法隨義次第開演以於諸法言辭辯說皆得善巧大慈大悲悉已清淨能於一切離文字法中出生文字與法與義隨順無違爲說諸法悉從緣起雖有言說而無所著演一切法辯才無盡分別安立開發示導令諸法性具足明顯斷衆疑網悉得清淨雖攝衆生不捨眞實於不二法而無退轉常能演說無礙法門以衆妙音隨衆生心普雨法雨而不

失時是名菩薩摩訶薩第九一切法智神通
佛子菩薩摩訶薩以一切法滅盡三昧智通
於念念中入一切法滅盡三昧亦不退菩薩
道不捨菩薩事不捨大慈大悲心修習波羅
蜜未嘗休息觀察一切佛國土無有猒倦不
捨度衆生願不斷轉法輪事不廢教化衆生
業不捨供養諸佛行不捨一切法自在門不
捨常見一切佛不捨常聞一切法知一切法
平等無礙自在成就一切佛法所有勝願皆
得圓滿了知一切國土差别入佛種性到於
彼岸能於彼彼諸世界中學一切法了法無
相知一切法皆從緣起無有體性然隨世俗
方便演說雖於諸法心無所住然順衆生諸
根欲樂方便爲說種種諸法此菩薩住三昧
時隨其心樂或住一劫或住百劫或住千劫
或住億劫或住百億劫或住千億劫或住百
千億劫或住那由他億劫或住百那由他億
劫或住千那由他億劫或住百千那由他億
劫或住無數劫或住無量劫乃至或住不可
說不可說劫菩薩入此一切法滅盡三昧雖
復經於爾所劫住而身不離散不羸瘦不變
異非見非不見不滅不壞不疲不懈不可盡
竭雖於有於無悉無所作而能成辦諸菩薩
事所謂恒不捨離一切衆生教化調伏未曾
失時令其增長一切佛法於菩薩行悉得圓
滿爲欲利益一切衆生神通變化無有休息
譬如光影普現一切而於三昧寂然不動是
爲菩薩摩訶薩入一切法滅盡三昧智神通
佛子菩薩摩訶薩住於如是十種神通一切
天人不能思議一切衆生不能思議一切聲

聞一切獨覺及餘一切諸菩薩衆如是皆悉不能思議此菩薩身業不可思議語業不可思議意業不可思議三昧自在不可思議智慧境界不可思議唯除諸佛及有得此神通菩薩餘無能說此人功德稱揚讚歎佛子是爲菩薩摩訶薩十種神通若菩薩摩訶薩住此神通悉得一切三世無礙智神通

十忍品第二十九

爾時普賢菩薩告諸菩薩言佛子菩薩摩訶薩有十種忍若得此忍則得到於一切菩薩無礙忍地一切佛法無礙無盡何者爲十所謂音聲忍順忍無生法忍如幻忍如燄忍如夢忍如響忍如影忍如化忍如空忍此十種忍三世諸佛已說今說當說佛子云何爲菩薩摩訶薩音聲忍謂聞諸佛所說之法不驚不怖不畏深信悟解愛樂趣向專心憶念修習安住是名菩薩摩訶薩第一音聲忍佛子云何爲菩薩摩訶薩順忍謂於諸法思惟觀察平等無違隨順了知令心清淨正住修習趣入成就是名菩薩摩訶薩第二順忍佛子云何爲菩薩摩訶薩無生法忍佛子此菩薩摩訶薩不見有少法生亦不見有少法滅何以故若無生則無滅若無滅則無盡若無盡則離垢若離垢則無差別若無差別則無處所若無處所則寂靜若寂靜則離欲若離欲則無作若無作則無願若無願則無住若無住則無去無來是名菩薩摩訶薩第三無生法忍佛子云何爲菩薩摩訶薩如幻忍佛子此菩薩摩訶薩知一切法皆悉如幻從因緣起於一法中解多法於多法中解一法此菩

薩知諸法如幻已了達國土了達衆生了達法界了達世間平等了達佛出現平等了達三世平等成就種種神通變化譬如幻非象非馬非車非步非男非女非童男非童女非樹非葉非華非果非地非水非火非風非晝非夜非日非月非半月非一月非一年非百年非一劫非多劫非定非亂非純非雜非一非異非廣非狹非多非少非量非無量非麤非細非是一切種種衆物種種非幻幻非種種然由幻故示現種種差別之事菩薩摩訶薩亦復如是觀一切世間如幻所謂業世間煩惱世間國土世間法世間時世間趣世間成世間壞世間運動世間造作世間菩薩摩訶薩觀一切世間如幻時不見衆生生不見衆生滅不見國土生不見國土滅不見諸法生不見諸法滅不見過去可分別不見未來有起作不見現在一念住不觀察菩提不分別菩提不見佛出現不見佛涅槃不見住大願不見入正位不出平等性是菩薩雖成就佛國土知國土無差別雖成就衆生界知衆生無差別雖普觀法界而安住法性寂然不動雖達三世平等而不違分別三世法雖成就蘊處而永斷所依雖度脫衆生而了知法界平等無種種差別雖知一切法遠離文字不可言說而常說法辯才無盡雖不取著化衆生事而不捨大悲爲度一切轉於法轉雖爲開示過去因緣而知因緣性無有動轉是名菩薩摩訶薩第四如幻忍佛子云何爲菩薩摩訶薩如燄忍佛子此菩薩摩訶薩知一切世間同於陽燄譬如陽燄無有方所非內

非外非有非無非斷非常非一色非種種色亦非無色但隨世間言說顯示菩薩如是如實觀察了知諸法現證一切令得圓滿是名菩薩摩訶薩第五如燄忍佛子云何爲菩薩摩訶薩如夢忍佛子此菩薩摩訶薩知一切世間如夢譬如夢非世間非離世間非欲界非色界非無色界非生非沒非染非淨而有示現菩薩摩訶薩亦復如是知一切世間悉同於夢無有變異故如夢自性故如夢執著故如夢性離故如夢本性故如夢所現故如夢無差別故如夢想分別故如夢覺時故是名菩薩摩訶薩第六如夢忍佛子云何爲菩薩摩訶薩如響忍佛子此菩薩摩訶薩聞佛說法觀諸法性修學成就到於彼岸知一切音聲悉同於響無來無去如是示現佛子此菩薩摩訶薩觀如來聲不從內出不從外出亦不從於內外而出雖了此聲非內非外非內外出而能示現善巧名句成就演說譬如谷響從緣所起而與法性無有相違令諸衆生隨類各解而得修學如帝釋夫人阿脩羅女名曰舍支於一音中出千種音亦不心念令如是出菩薩摩訶薩亦復如是入無分別界成就善巧隨類之音於無邊世界中恒轉法輪此菩薩善能觀察一切衆生以廣長舌相而爲演說其聲無礙徧十方土令隨所宜聞法各異雖知聲無起而普現音聲雖知無所說而廣說諸法妙音平等隨類各解悉以智慧而能了達是名菩薩摩訶薩第七如響忍佛子云何爲菩薩摩訶薩如影忍佛子此菩薩摩訶薩非於世間生非於世間沒非在

世間内非在世間外非行於世間非不行世間非同於世間非異於世間非往於世間非不往世間非住於世間非不住世間非是世間非出世間非修菩薩行非捨於大願非實非不實雖常行一切佛法而能辦一切世間事不隨世間流亦不住法流譬如日月男子女人舍宅山林河泉等物於油於水於身於寶於明鏡等清淨物中而現其影影與油等非一非異非離非合於川流中亦不漂度於池井内亦不沉没雖現其中無所染著然諸衆生知於此處有是影現亦知彼處無如是影遠物近物雖皆影現影不隨物而有近遠菩薩摩訶薩亦復如是能知自身及以他身一切皆是智之境界不作二解謂自他別而於自國土於他國土各各差別一時普現如種子中無有根芽莖節枝葉而能生起如是等事菩薩摩訶薩亦復如是於無二法中分別二相善巧方便通達無礙是名菩薩摩訶薩第八如影忍菩薩摩訶薩成就此忍雖不往詣十方國土而能普現一切佛刹亦不離此亦不到彼如影普現所行無礙令諸衆生見差別身同於世間堅實之相然此差別即非差別別與不別無所障礙此菩薩從於如來種性而生身語及意清淨無礙故能獲得無邊色相清淨之身佛子云何爲菩薩摩訶薩如化忍佛子此菩薩摩訶薩知一切世間皆悉如化所謂一切衆生意業化覺想所起故一切世間諸行化分別所起故一切苦樂顛倒化妄取所起故一切世間不實法化言説所現故一切煩惱分别化想念所起故復

有清淨調伏化無分別所現故於三世不轉化無生平等故菩薩願力化廣大修行故如來大悲化方便示現故轉法輪方便化智慧無畏辯才所說故菩薩如是了知世間出世間化現證知廣大知無邊知如事知自在知眞實知非虛妄見所能傾動隨世所行亦不失壞譬如化不從心起不從心法起不從業起不受果報非世間生非世間滅不可隨逐不可攬觸非久住非須臾住非行世間非離世間不專繫一方不普屬諸方非有量非無量不猒不息非不猒息非凡非聖非染非淨非生非死非智非愚非見非不見非依世間非入法界非黠慧非遲鈍非取非不取非生死非涅槃非有非無有菩薩如是善巧方便行於世間修菩薩道了知世法分身化往不著世間不取自身於世於身無所分別不住世間不離世間不住於法不離於法以本願故不棄捨一衆生界不調伏少衆生界不分別法非不分別知諸法性無來無去雖無所有而滿足佛法了法如化非有非無佛子菩薩摩訶薩如是安住如化忍時悉能滿足一切諸佛菩提之道利益衆生是名菩薩摩訶薩第九如化忍菩薩摩訶薩成就此忍凡有所作悉同於化譬如化士於一切佛刹無所依住於一切世間無所取著於一切佛法不生分別而趣佛菩提無有懈倦修菩薩行離諸顚倒雖無有身而現一切身雖無所住而住衆國土雖無有色而普現衆色雖不著實際而明照法性平等圓滿佛子此菩薩摩訶薩於一切法無所依止名解脫者一切過失

悉皆捨離名調伏者不動不轉普入一切如來衆會名神通者於無生法已得善巧名無退者具一切力須彌鐵圍不能爲障名無礙者佛子云何爲菩薩摩訶薩如空忍佛子此菩薩摩訶薩了一切法界猶如虛空以無相故一切世界猶如虛空以無起故一切法猶如虛空以無二故一切衆生行猶如虛空無所行故一切佛猶如虛空無分別故一切佛力猶如虛空無差別故一切禪定猶如虛空三際平等故所說一切法猶如虛空不可言說故一切佛身猶如虛空無著無礙故菩薩如是以如虛空方便了一切法皆無所有佛子菩薩摩訶薩以如虛空忍智了一切法時得如虛空身身業得如虛空語語業得如虛空意意業譬如虛空一切法依不生不歿菩薩摩訶薩亦復如是一切法身不生不歿譬如虛空不可破壞菩薩摩訶薩亦復如是智慧諸力不可破壞譬如虛空一切世間之所依止而無所依菩薩摩訶薩亦復如是一切諸法之所依止而無所依譬如虛空無生無滅能持一切世間生滅菩薩摩訶薩亦復如是無向無得能示向得普使世間修行清淨譬如虛空無方無隅而能顯現無邊方隅菩薩摩訶薩亦復如是無業無報而能顯示種種業報譬如虛空非行非住而能示現種種威儀菩薩摩訶薩亦復如是非行非住而能分別一切諸行譬如虛空非色非非色而能示現種種諸色菩薩摩訶薩亦復如是非世間色非出世間色而能示現一切諸色譬如虛空非久非近而能久住現一切物菩薩摩

訶薩亦復如是非久非近而能久住顯示菩薩所行諸行譬如虛空非淨非穢不離淨穢菩薩摩訶薩亦復如是非障非無障不離障無障譬如虛空一切世間皆現其前非現一切世間之前菩薩摩訶薩亦復如是一切諸法皆現其前非現一切諸法之前譬如虛空普入一切而無邊際菩薩摩訶薩亦復如是普入諸法而菩薩心無有邊際何以故菩薩所作如虛空故謂所有修習所有嚴淨所有成就皆悉平等一體一味一種分量如虛空清淨徧一切處如是證知一切諸法於一切法無有分別嚴淨一切諸佛國土圓滿一切無所依身了一切方無有迷惑具一切力不可摧壞滿足一切無邊功德已到一切甚深法處通達一切波羅蜜道普坐一切金剛之

座普發一切隨類之音爲一切世間轉於法輪未曾失時是名菩薩摩訶薩第十如空忍菩薩摩訶薩成就此忍得無來身以無去故得無生身以無滅故得不動身以無壞故得不實身離虛妄故得一相身以無相故得無量身佛力無量故得平等身同如相故得無差別身等觀三世故得至一切處身淨眼等照無障礙故得離欲際身知一切法無合散故得虛空無邊際身福德藏無盡如虛空故得無斷無盡法性平等辯才身知一切法相唯是一相無性爲性如虛空故得無量無礙音聲身無所障礙如虛空故得具足一切善巧清淨菩薩行身於一切處皆無障礙如虛空故得一切佛法海次第相續身不可斷絕如虛空故得一切佛刹中現無量佛刹身離

諸貪著如虛空無邊故得示現一切自在法無休息身如虛空大海無邊際故得一切不可壞堅固勢力身如虛空任持一切世間故得諸根明利如金剛堅固不可壞身如虛空一切劫火不能燒故得持一切世間力身智慧力如虛空故佛子是名菩薩摩訶薩十種忍爾時普賢菩薩摩訶薩欲重宣其義而說頌言

譬如世有人　聞有寶藏處　以其可得故
心生大歡喜　如是大智慧　菩薩眞佛子
聽聞諸佛法　甚深寂滅相　聞此深法時
其心得安隱　不驚亦不怖　亦不生恐畏
大士求菩提　聞斯廣大音　心淨能堪忍
於此無疑惑　自念以聞此　甚深微妙法
當成一切智　人天大導師　菩薩聞此音
其心大歡喜　發生堅固意　願求諸佛法
以樂菩提故　其心漸調伏　令信益增長
於法無違謗　是故聞此音　其心得堪忍
安住而不動　修行菩薩行　爲求菩提故
專行向彼道　精進無退轉　不捨衆善軛
以求菩提道　其心無恐畏　聞法增勇猛
供佛令歡喜　如有大福人　獲得眞金藏
隨身所應服　造作莊嚴具　菩薩亦如是
聞此甚深義　思惟增智海　以修隨順法
法有亦順知　法無亦順知　隨彼法如是
如是知諸法　成就清淨心　明徹大歡喜
知法從緣起　勇猛勤修習　平等觀諸法
了知其自性　不違佛法藏　普覺一切法
志樂常堅固　嚴淨佛菩提　不動如須彌
一心求正覺　以發精進意　復修三昧道

無量劫勤行　未曾有退失　菩薩所入法
是佛所行處　於此能了知　其心無猒息
如無等所說　平等觀諸法　非不平等忍
能成平等智　隨順佛所說　成就此忍門
如法而了知　亦不分別法　三十三天中
所有諸天子　共同一器食　所食各不同
所食種種食　不從十方來　如其所修業
自然咸在器　菩薩亦如是　觀察一切法
悉從因緣起　無生故無滅　無滅故無盡
無盡故無染　於世變異法　了知無變異
無異則無處　無處則寂滅　其心無染著
願度諸羣生　專念於佛法　未嘗有散動
而以悲願心　方便行於世　勤求於十力
處世而不住　無去亦無來　方便善說法
此忍最爲上　了法無有盡　入於眞法界

實亦無所入　菩薩住此忍　普見諸如來
同時與授記　斯名受佛職　了達三世法
寂滅清淨相　而能化衆生　置於善道中
世間種種法　一切皆如幻　若能如是知
其心無所動　諸業從心生　故說心如幻
若離此分別　普滅諸有趣　譬如工幻師
普現諸色像　徒令衆貪樂　畢竟無所得
世間亦如是　一切皆如幻　無性亦無生
示現有種種　度脫諸衆生　令知法如幻
衆生不異幻　了幻無衆生　衆生及國土
三世所有法　如是悉無餘　一切皆如幻
幻作男女形　及象馬牛羊　屋宅池泉類
園林華果等　幻物無知覺　亦無有住處
畢竟寂滅相　但隨分別現　菩薩能如是
普見諸世間　有無一切法　了達悉如幻

眾生及國土　種種業所造　入於如幻際
於彼無依著　如是得善巧　寂滅無戲論
住於無礙地　普現大威力　勇猛諸佛子
隨順入妙法　善觀一切想　纏網於世間
眾想如陽燄　令眾生倒解　菩薩善知想
捨離一切倒　眾生各別異　形類非一種
了達皆是想　一切無眞實　十方諸眾生
皆爲想所覆　若捨顛倒見　則滅世間想
世間如陽燄　以想有差別　知世住於想
遠離三顛倒　譬如熱時燄　世見謂爲水
水實無所有　智者不應求　眾生亦復然
世趣皆無有　如燄住於想　無礙心境界
若離於諸想　亦離諸戲論　愚癡著想者
悉令得解脫　遠離憍慢心　除滅世間想
住盡無盡處　是菩薩方便　菩薩了世法

一切皆如夢　非處非無處　體性恒寂滅
諸法無分別　如夢不異心　三世諸世間
一切悉如是　夢體無生滅　亦無有方所
三界悉如是　見者心解脫　夢不在世間
不在非世間　此二不分別　得入於忍地
譬如夢中見　種種諸異相　世間亦如是
與夢無差別　住於夢定者　了世皆如夢
非同非是異　非一非種種　眾生諸剎業
雜染及清淨　如是悉了知　與夢皆平等
菩薩所行行　及以諸大願　明了皆如夢
與世亦無別　了世皆空寂　不壞於世法
譬如夢所見　長短等諸色　是名如夢忍
因此了世法　疾成無礙智　廣度諸羣生
修行如是行　出生廣大解　巧知諸法性
於法心無著　一切諸世間　種種諸音聲

非內亦非外　了之悉如響　如聞種種響
心不生分別　菩薩聞音聲　其心亦如是
瞻仰諸如來　及聽說法音　演契經無量
雖聞無所著　如響無來處　所聞聲亦然
而能分別法　與法無乖謬　善了諸音聲
於聲不分別　知聲悉空寂　普出清淨音
了法不在言　善入無言際　而能示言說
如響徧世間　了知言語道　具足音聲分
知聲性空寂　以世言音說　如世所有音
示同分別法　其音悉周徧　開悟諸羣生
菩薩獲此忍　淨音化世間　善巧說三世
於世無所著　爲欲利世間　專意求菩提
而常入法性　於彼無分別　普觀諸世間
寂滅無體性　而恒爲饒益　修行意不動
不住於世間　不離於世間　於世無所依

依處不可得　了知世間性　於性無染著
雖不依世間　化世令超度　世間所有法
悉知其自性　了法無有二　無二亦無著
心不離世間　亦不住世間　非於世間外
修行一切智　譬如水中影　非內亦非外
菩薩求菩提　了世非世間　不於世住出
以世不可說　亦不在內外　如影現世間
入此甚深義　離垢悉明徹　不捨本誓心
普照智慧燈　世間無邊際　智入悉齊等
普化諸羣生　令其捨衆生　觀察甚深法
利益羣生衆　從此入於智　修行一切道
菩薩觀諸法　諦了悉如化　而行如化行
畢竟永不捨　隨順化自性　修習菩提道
一切法如化　菩薩行亦然　一切諸世間
及以無量業　平等悉如化　畢竟住寂滅

三世所有佛　一切亦如化　本願修諸行
變化成如來　佛以大慈悲　度脫化衆生
度脫亦如化　化力爲說法　知世皆如化
不分別世間　化事種種殊　皆由業差別
修習菩提行　莊嚴於化藏　無量善莊嚴
如業作世間　化法離分別　亦不分別法
此二俱寂滅　菩薩行如是　化海了於智
化性印世間　化非生滅法　智慧亦如是
第十忍明觀　衆生及諸法　體性皆寂滅
如空無處所　獲此如空智　永離諸取著
如空無種種　於世無所礙　成就空忍力
如空無有盡　境界如虛空　不作空分別
虛空無體性　亦復非斷滅　亦無種種別
智力亦如是　虛空無初際　亦復無中後
其量不可得　菩薩智亦然　如是觀法性
一切如虛空　無生亦無滅　菩薩之所得
自住如空法　復爲衆生說　降伏一切魔
皆斯忍方便　世間相差別　皆空無有相
入於無相處　諸相悉平等　唯以一方便
普入衆世間　謂知三世法　悉等虛空性
智慧與音聲　及以菩薩身　其性如虛空
一切皆寂滅　如是十種忍　佛子所修行
其心善安住　廣爲衆生說　於此善修學
成就廣大力　法力及智力　爲菩提方便
通達此忍門　成就無礙智　超過一切衆
轉於無上輪　所修廣大行　其量不可得
調御師智海　乃能分別知　捨我而修行
入於深法性　心常住淨法　以是施羣生
衆生及剎塵　尚可知其數　菩薩諸功德
無能度其限　菩薩能成就　如是十種忍

智慧及所行　衆生莫能測

大方廣佛華嚴經卷第四十四

音釋

乾闥婆（梵語也此云香陰帝釋樂神也闥他達切）錯謬（錯倉各切差錯也謬靡幼切誤謬也）瑕翳（瑕胡加切瑕玷也翳於計切翳障也）漂（匹堯切浮也）黠慧（黠胡八切黠慧亦慧也）鈍（徒困切愚鈍也）軛（於革切）

大方廣佛華嚴經卷第四十五

唐于闐國三藏沙門實叉難陀譯

阿僧祇品第三十

爾時心王菩薩白佛言世尊諸佛如來演說阿僧祇無量無邊無等不可數不可稱不可思不可量不可說不可說不可說世尊云何阿僧祇乃至不可說不可說耶佛告心王菩薩言善哉善哉善男子汝今爲欲令諸世間入佛所知數量之義而問如來應正等覺善男子諦聽諦聽善思念之當爲汝說時心王菩薩唯然受教佛言善男子一百洛叉爲一俱胝俱胝俱胝爲一阿庾多阿庾多阿庾多爲一那由他那由他那由他爲一頻婆羅頻婆羅頻婆羅爲一矜羯羅矜羯羅矜羯羅爲一阿伽羅阿伽羅阿伽羅爲一最勝最勝最勝爲一摩婆（上聲）羅摩婆羅摩婆羅爲一阿婆（上聲）羅阿婆羅阿婆羅爲一多婆（上聲）羅多婆羅多婆羅爲一界分界分界分爲一普摩普摩普摩爲一禰摩禰摩禰摩爲一阿婆（上聲）鈐阿婆鈐阿婆鈐爲一彌伽（上聲）婆彌伽婆彌伽婆爲一毗攞伽毗攞伽毗攞伽爲一毗伽（上聲）婆毗伽婆毗伽婆爲一僧羯邏摩僧羯邏摩僧羯邏摩爲一毗薩羅毗薩羅毗薩羅爲一毗贍婆毗贍婆毗贍婆爲一毗盛伽毗盛伽毗盛伽爲一毗素陀毗素陀毗素陀爲一毗婆訶毗婆訶毗婆訶爲一毗薄底毗薄底毗薄底爲一毗佉擔毗佉擔毗佉擔爲一稱量稱量稱量爲一一持一持一持爲一異路異路異路爲一顚倒顚倒顚倒爲一三末耶三末耶三末耶爲一毗覩羅毗覩羅毗覩羅爲一

奚婆上聲羅奚婆羅奚婆羅爲一伺察伺察伺察爲一周廣周廣周廣爲一高出高出高出爲一最妙最妙最妙爲一泥羅婆泥羅婆泥羅婆爲一訶理婆訶理婆訶理婆爲一一動一動一動爲一訶理蒲訶理蒲訶理蒲爲一訶理三訶理三訶理三爲一奚魯伽奚魯伽奚魯伽爲一達攞步陀達攞步陀達攞步陀爲一訶魯那訶魯那訶魯那爲一摩魯陀摩魯陀摩魯陀爲一懺慕陀懺慕陀懺慕陀爲一堅攞陀堅攞陀堅攞陀爲一摩魯摩摩魯摩摩魯摩爲一調伏調伏調伏爲一離憍慢離憍慢離憍慢爲一不動不動不動爲一極量極量極量爲一阿麼怛羅阿麼怛羅阿麼怛羅爲一勃麼怛羅勃麼怛羅勃麼怛羅爲一伽麼怛羅伽麼怛羅伽麼怛羅爲一那麼怛羅那麼怛羅那麼怛羅爲一奚麼怛羅奚麼怛羅奚麼怛羅爲一鞞麼怛羅鞞麼怛羅鞞麼怛羅爲一鉢羅麼怛羅鉢羅麼怛羅鉢羅麼怛羅爲一尸婆麼怛羅尸婆麼怛羅尸婆麼怛羅爲一翳羅翳羅翳羅爲一薜羅薜羅薜羅爲一諦羅諦羅諦羅爲一偈羅偈羅偈羅爲一窣步羅窣步羅窣步羅爲一泥羅泥羅泥羅爲一計羅計羅計羅爲一細羅細羅細羅爲一睥羅睥羅睥羅爲一謎羅謎羅謎羅爲一娑攞荼娑攞荼娑攞荼爲一謎魯陀謎魯陀謎魯陀爲一契魯陀契魯陀契魯陀爲一摩覩羅摩覩羅摩覩羅爲一娑母羅娑母羅娑母羅爲一阿野娑阿野娑阿野娑爲一迦麼羅迦麼羅迦麼羅爲一摩伽婆摩伽婆摩伽婆爲一阿怛羅阿怛羅阿怛羅爲

一醯魯耶醯魯耶醯魯耶為一薛魯婆薛魯婆薛魯婆為一羯羅波羯羅波羯羅波為一訶婆婆訶婆婆訶婆婆為一毗婆上聲羅毗婆羅毗婆羅為一那婆上聲羅那婆羅那婆羅為一摩攞羅摩攞羅摩攞羅為一娑婆上聲羅娑婆羅娑婆羅為一迷攞普迷攞普迷攞普為一者麼羅者麼羅者麼羅為一馱麼羅馱麼羅馱麼羅為一鉢攞麼陀鉢攞麼陀鉢攞麼陀為一毗伽摩毗伽摩毗伽摩為一烏波跋多烏波跋多烏波跋多為一演說演說演說為一無盡無盡無盡為一出生出生出生為一無我無我無我為一阿畔多阿畔多阿畔多為一青蓮華青蓮華青蓮華為一鉢頭摩鉢頭摩鉢頭摩為一僧祇僧祇僧祇為一趣趣趣為一至至至為一阿僧祇阿僧祇阿僧祇為一阿僧祇轉阿僧祇轉阿僧祇轉為一無量無量無量為一無量轉無量轉無量轉為一無邊無邊無邊為一無邊轉無邊轉無邊轉為一無等無等無等為一無等轉無等轉無等轉為一不可數不可數不可數為一不可數轉不可數轉不可數轉為一不可稱不可稱不可稱為一不可稱轉不可稱轉不可稱轉為一不可思不可思不可思為一不可思轉不可思轉不可思轉為一不可量不可量不可量為一不可量轉不可量轉不可量轉為一不可說不可說不可說為一不可說轉不可說轉不可說轉為一不可說不可說此又不可說不可說為一不可說不可說轉爾時世尊為心王菩薩而說頌言

不可言說不可說　充滿一切不可說

不可言說諸劫中　說不可說不可盡
不可言說諸佛刹　皆悉碎末爲微塵
一塵中刹不可說　如一一切皆如是
此不可說諸佛刹　一念碎塵不可說
念念所碎悉亦然　盡不可說劫恒爾
此塵有刹不可說　此刹爲塵說更難
以不可說筭數法　不可說劫如是數
以此諸塵數諸劫　一塵十萬不可說
爾劫稱讚一普賢　無能盡其功德量
於一微細毛端處　有不可說諸普賢
一切毛端悉亦爾　如是乃至徧法界
一毛端處所有刹　其數無量不可說
盡虛空量諸毛端　一一處刹悉如是
彼毛端處諸國土　無量種類差別住
有不可說異類刹　有不可說同類刹

不可言說毛端處　皆有淨刹不可說
種種莊嚴不可說　種種奇妙不可說
於彼一一毛端處　演不可說諸佛名
一一名有諸如來　皆不可說不可說
一一諸佛於身上　現不可說諸毛孔
於彼一一毛孔中　現衆色相不可說
不可言說諸毛孔　咸放光明不可說
於彼一一光明中　悉現蓮華不可說
於彼一一蓮華内　悉有衆葉不可說
不可說華衆葉中　各現色相不可說
彼不可說諸色内　復現衆葉不可說
葉中光明不可說　光中色相不可說
此不可說色相中　一一現光不可說
光中現月不可說　月復現月不可說
於不可說諸月中　一一現光不可說

於彼一一光明內　復現於日不可說
於不可說諸日中　一一現色不可說
於彼一一諸色內　又現光明不可說
於彼一一光明內　現不可說師子座
一一嚴具不可說　一一光明不可說
光中妙色不可說　色中淨光不可說
於彼一一淨光內　復現種種妙光明
此光復現種種光　不可言說不可說
如是種種光明內　各現妙寶如須彌
一一光中所現寶　不可言說不可說
彼如須彌一妙寶　現衆刹土不可說
盡須彌寶無有餘　示現刹土皆如是
以一刹土末爲塵　一塵色相不可說
衆刹爲塵塵有相　不可言說不可說
如是種種諸塵相　皆出光明不可說

光中現佛不可說　佛所說法不可說
法中妙偈不可說　聞偈得解不可說
不可說解念念中　顯了眞諦不可說
示現未來一切佛　常演說法無窮盡
一一佛法不可說　種種清淨不可說
出妙音聲不可說　轉正法輪不可說
於彼一一法輪中　演修多羅不可說
於彼一一修多羅　分別法門不可說
於彼一一法門中　又說諸法不可說
於彼一一諸法中　調伏衆生不可說
或復於一毛端處　不可說劫常安住
如一毛端餘悉然　所住劫數皆如是
其心無礙不可說　變化諸佛不可說
一一變化諸如來　復現於化不可說
彼佛法身不可說　彼佛分身不可說

莊嚴無量不可說　往詣十方不可說
周行國土不可說　觀察衆生不可說
清淨衆生不可說　調伏衆生不可說
彼諸莊嚴不可說　彼諸神力不可說
彼諸自在不可說　彼諸神變不可說
所有神通不可說　所有境界不可說
所有加持不可說　所住世間不可說
清淨實相不可說　說修多羅不可說
於彼一一修多羅　演說法門不可說
於彼一一法門中　又說諸法不可說
於彼一一諸法中　所有決定不可說
於彼一一決定中　調伏衆生不可說
不可言說同類法　不可言說同類心
不可言說異類法　不可言說異類心
不可言說異類根　不可言說異類語
念念於諸所行處　調伏衆生不可說
所有神變不可說　所有示現不可說
於中時劫不可說　於中差別不可說
菩薩悉能分別說　諸明筭者莫能辨
一毛端處大小刹　雜染清淨麤細刹
如是一切不可說　一一明了可分別
以一國土碎爲塵　其塵無量不可說
如是塵數無邊刹　俱來共集一毛端
此諸國土不可說　共集毛端無迫隘
不使毛端有增大　而彼國土俱來集
於中所有諸國土　形相如本無雜亂
如一國土不亂餘　一切國土皆如是
虛空境界無邊際　悉布毛端使充滿
如是毛端諸國土　菩薩一念皆能說
於一微細毛孔中　不可說刹次第入

毛孔能受彼諸剎　諸剎不能徧毛孔
入時劫數不可說　受時劫數不可說
於此行列安住時　一切諸劫無能說
如是攝受安住已　所有境界不可說
入時方便不可說　入已所作不可說
意根明了不可說　遊歷諸方不可說
勇猛精進不可說　自在神變不可說
所有思惟不可說　所有大願不可說
所有境界不可說　一切通達不可說
身業清淨不可說　語業清淨不可說
意業清淨不可說　信解清淨不可說
妙智清淨不可說　妙慧清淨不可說
了諸實相不可說　斷諸疑惑不可說
出離生死不可說　超升正位不可說
甚深三昧不可說　了達一切不可說

一切衆生不可說　一切佛剎不可說
知衆生身不可說　知其心樂不可說
知其業果不可說　知其意解不可說
知其品類不可說　知其種性不可說
知其受身不可說　知其生處不可說
知其正生不可說　知其生已不可說
知其解了不可說　知其趣向不可說
知其言語不可說　知其作業不可說
菩薩如是大慈悲　利益一切諸世間
普現其身不可說　入諸佛剎不可說
見諸菩薩不可說　發生智慧不可說
請問正法不可說　敷揚佛教不可說
現種種身不可說　詣諸國土不可說
示現神通不可說　普徧十方不可說
處處分身不可說　親近諸佛不可說

作諸供具不可說　種種無量不可說
清淨衆寶不可說　上妙蓮華不可說
最勝香鬘不可說　供養如來不可說
清淨信心不可說　最勝悟解不可說
增上志樂不可說　恭敬諸佛不可說
修行於施不可說　其心過去不可說
有求皆施不可說　一切悉施不可說
持戒清淨不可說　心意清淨不可說
讚歎諸佛不可說　愛樂正法不可說
成就諸忍不可說　無生法忍不可說
具足寂靜不可說　住寂靜地不可說
起大精進不可說　其心過去不可說
不退轉心不可說　不傾動心不可說
一切定藏不可說　觀察諸法不可說
寂然在定不可說　了達諸禪不可說
智慧通達不可說　三昧自在不可說
了達諸法不可說　明見諸佛不可說
修無量行不可說　發廣大願不可說
甚深境界不可說　清淨法門不可說
菩薩法力不可說　菩薩法住不可說
彼諸正念不可說　彼諸法界不可說
修方便智不可說　學甚深智不可說
無量智慧不可說　究竟智慧不可說
彼諸法智不可說　彼淨法輪不可說
彼大法雲不可說　彼大法雨不可說
彼諸神力不可說　彼諸方便不可說
入空寂智不可說　念念相續不可說
無量行門不可說　念念恒住不可說
諸佛刹海不可說　悉能往詣不可說
諸刹差別不可說　種種清淨不可說

差別莊嚴不可說　無邊色相不可說
種種間錯不可說　種種妙好不可說
清淨佛土不可說　雜染世界不可說
了知衆生不可說　知其種性不可說
知其業報不可說　知其心行不可說
知其根性不可說　知其解欲不可說
雜染清淨不可說　觀察調伏不可說
變化自在不可說　現種種身不可說
修行精進不可說　度脫衆生不可說
示現神變不可說　放大光明不可說
種種色相不可說　令衆生淨不可說
一一毛孔不可說　放光明網不可說
光網現色不可說　普照佛刹不可說
勇猛無畏不可說　方便善巧不可說
調伏衆生不可說　令出生死不可說
清淨身業不可說　清淨語業不可說
無邊意業不可說　殊勝妙行不可說
成就智寶不可說　深入法界不可說
菩薩總持不可說　善能修學不可說
智者音聲不可說　音聲清淨不可說
正念真實不可說　開悟衆生不可說
具足威儀不可說　清淨修行不可說
成就無畏不可說　調伏世間不可說
諸佛子衆不可說　清淨勝行不可說
稱歎諸佛不可說　讚揚無盡不可說
世間導師不可說　演說讚歎不可說
彼諸菩薩不可說　清淨功德不可說
彼諸邊際不可說　能住其中不可說
住中智慧不可說　盡諸劫住無能說
欣樂諸佛不可說　智慧平等不可說

善入諸法不可說　於法無礙不可說
三世如空不可說　三世智慧不可說
了達三世不可說　住於智慧不可說
殊勝妙行不可說　無量大願不可說
清淨大願不可說　成就菩提不可說
諸佛菩提不可說　發生智慧不可說
分別義理不可說　知一切法不可說
嚴淨佛剎不可說　修行諸力不可說
長時修習不可說　一念悟解不可說
諸佛自在不可說　賡演正法不可說
種種神力不可說　示現世間不可說
清淨法輪不可說　勇猛能轉不可說
種種開演不可說　哀愍世間不可說
不可言說一切劫　讚不可說諸功德
不可說劫猶可盡　不可說德不可盡

不可言說諸如來　不可言說諸舌根
歎佛不可言說德　不可說劫無能盡
十方所有諸眾生　一切同時成正覺
於中一佛普能現　不可言說一切身
此不可說中一身　示現於頭不可說
此不可說中一頭　示現於舌不可說
此不可說中一舌　示現於聲不可說
此不可說中一聲　經於劫住不可說
如一如是一切佛　如一如是一切身
如一如是一切頭　如一如是一切舌
如一如是一切聲　不可說劫恒讚佛
不可說劫猶可盡　歎佛功德無能盡
一微塵中能悉有　不可言說蓮華界
一一蓮華世界中　賢首如來不可說
乃至法界悉周徧　其中所有諸微塵

世界若成若住壞　其數無量不可說
一微塵處無邊際　無量諸剎普入來
十方差別不可說　剎海分布不可說
一一剎中有如來　壽命劫數不可說
諸佛所行不可說　甚深妙法不可說
神通大力不可說　無障礙智不可說
入於毛孔不可說　毛孔因緣不可說
成就十力不可說　覺悟菩提不可說
入淨法界不可說　獲深智藏不可說
種種數量不可說　如其一切悉了知
種種形量不可說　於此靡不皆通達
種種三昧不可說　悉能經劫於中住
於不可說諸佛所　所行清淨不可說
得不可說無礙心　往詣十方不可說
神力示現不可說　所行無際不可說
往詣衆剎不可說　了達諸佛不可說
精進勇猛不可說　智慧通達不可說
於法非行非不行　入諸境界不可說
不可稱說諸大劫　恒遊十方不可說
方便智慧不可說　真實智慧不可說
神通智慧不可說　念念示現不可說
於不可說諸佛法　一一了知不可說
能於一時證菩提　或種種時而證入
毛端佛剎不可說　塵中佛剎不可說
如是佛剎皆往詣　見諸如來不可說
通達一實不可說　善入佛種不可說
諸佛國土不可說　悉能往詣成菩提
國土衆生及諸佛　體性差別不可說
如是三世無有邊　菩薩一切皆明見

壽量品第三十一

爾時心王菩薩摩訶薩於衆會中告諸菩薩言佛子此娑婆世界釋迦牟尼佛刹一劫於極樂世界阿彌陁佛刹爲一日一夜極樂世界一劫於袈裟幢世界金剛堅佛刹爲一日一夜袈裟幢世界一劫於不退轉音聲輪世界善勝光明蓮華開敷佛刹爲一日一夜不退轉音聲輪世界一劫於離垢世界法幢佛刹爲一日一夜離垢世界一劫於善燈世界師子佛刹爲一日一夜善燈世界一劫於妙光明世界光明藏佛刹爲一日一夜妙光明世界一劫於難超過世界法光明蓮華開敷佛刹爲一日一夜難超過世界一劫於莊嚴慧世界一切神通光明佛刹爲一日一夜莊嚴慧世界一劫於鏡光明世界月智佛刹爲一日一夜佛子如是次第乃至過百萬阿僧祇世界最後世界一劫於勝蓮華世界賢勝佛刹爲一日一夜普賢菩薩及諸同行大菩薩等充滿其中

諸菩薩住處品第三十二

爾時心王菩薩摩訶薩於衆會中告諸菩薩言佛子東方有處名仙人山從昔已來諸菩薩衆於中止住現有菩薩名金剛勝與其眷屬諸菩薩衆三百人俱常在其中而演說法南方有處名勝峯山從昔已來諸菩薩衆於中止住現有菩薩名曰法慧與其眷屬諸菩薩衆五百人俱常在其中而演說法西方有處名金剛餤山從昔已來諸菩薩衆於中止住現有菩薩名精進無畏行與其眷屬諸菩薩衆三百人俱常在其中而演說法北方有處名香積山從昔已來諸菩薩衆於中止住

現有菩薩名曰香象與其眷屬諸菩薩衆三千人俱常在其中而演說法東北方有處名清涼山從昔已來諸菩薩衆於中止住現有菩薩名文殊師利與其眷屬諸菩薩衆一萬人俱常在其中而演說法海中有處名金剛山從昔已來諸菩薩衆於中止住現有菩薩名曰法起與其眷屬諸菩薩衆千二百人俱常在其中而演說法東南方有處名支提山從昔已來諸菩薩衆於中止住現有菩薩名曰天冠與其眷屬諸菩薩衆一千人俱常在其中而演說法西南方有處名光明山從昔已來諸菩薩衆於中止住現有菩薩名曰賢勝與其眷屬諸菩薩衆三千人俱常在其中而演說法西北方有處名香風山從昔已來諸菩薩衆於中止住現有菩薩名曰香光與

其眷屬諸菩薩衆五千人俱常在其中而演說法大海之中復有住處名莊嚴窟從昔已來諸菩薩衆於中止住毗舍離南有一住處名善住根從昔已來諸菩薩衆於中止住摩度羅城有一住處名滿足窟從昔已來諸菩薩衆於中止住俱珍那城有一住處名曰法座從昔已來諸菩薩衆於中止住清淨彼岸城有一住處名目真隣陀窟從昔已來諸菩薩衆於中止住摩蘭陀國有一住處名無礙龍王建立從昔已來諸菩薩衆於中止住甘菩遮國有一住處名出生慈從昔已來諸菩薩衆於中止住震旦國有一住處名那羅延窟從昔已來諸菩薩衆於中止住疏勒國有一住處名牛頭山從昔已來諸菩薩衆於中止住迦葉彌羅國有一住處名曰次第從昔

已來諸菩薩衆於中止住增長歡喜城有一住處名尊者窟從昔已來諸菩薩衆於中止住菴浮梨摩國有一住處名見億藏光明從昔已來諸菩薩衆於中止住乾陀羅國有一住處名苫婆羅窟從昔已來諸菩薩衆於中止住

大方廣佛華嚴經卷第四十五

音釋

俱胝梵語也此云百億胝張尼切 阿庾多梵語也此云萬億庾弋渚切 矜羯羅矜居陵切羯居謁切 阿婆鈐鈐其廉切 毗攞伽攞來可切 僧羯邏邏朗可切 毗佉擔佉丘迦切擔都藍切 毉攞陀毉音翳 鞞麽怛羅鞞騂迷切 窣步羅窣蘇没切 睥羅睥匹詣切 娑攞荼荼同都切 醯魯耶醯馨夷切 烏波跋多跋蒲末切已上並數量皆梵語也 迫隘迫博陌切迫迮也隘烏懈切狹隘也 苫婆羅梵語土窟之名也苫詩廉切

大方廣佛華嚴經卷第四十六

唐于闐國三藏沙門實叉難陀譯

佛不思議法品第三十三之一

爾時大會中有諸菩薩作是念諸佛國土云何不思議諸佛本願云何不思議諸佛種性云何不思議諸佛出現云何不思議諸佛身云何不思議諸佛音聲云何不思議諸佛智慧云何不思議諸佛自在云何不思議諸佛無礙云何不思議諸佛解脫云何不思議爾時世尊知諸菩薩心之所念則以神力加持智慧攝受光明照耀威勢充滿令青蓮華藏菩薩住佛無畏入佛法界獲佛威德神通自在得佛無礙廣大觀察知一切佛種性次第住不可說佛法方便爾時青蓮華藏菩薩則能通達無礙法界則能安住離障深行則能成滿普賢大願則能知見一切佛法以大悲心觀察衆生欲令清淨精進修習無有厭怠受行一切諸菩薩法於一念中出生佛智解了一切無盡智門總持辯才皆悉具足承佛神力告蓮華藏菩薩言佛子諸佛世尊有無量住所謂常住大悲住種種身作諸佛事住平等意轉淨法輪住四辯才說無量法住不思議一切佛法住清淨音徧無量土住不可說甚深法界住現一切最勝神通住能開示無有障礙究竟之法佛子諸佛世尊有十種法普徧無量無邊法界何等爲十所謂一切諸佛有無邊際身色相清淨普入諸趣而無染著一切諸佛有無邊際無障礙眼於一切法悉能明見一切諸佛有無邊際無障礙耳悉能解了一切音聲一切諸佛有無邊際鼻

能到諸佛自在彼岸一切諸佛有廣長舌出妙音聲周徧法界一切諸佛有無邊際身應衆生心咸令得見一切諸佛有無邊際意住於無礙平等法身一切諸佛有無邊際無礙解脫示現無盡大神通力一切諸佛有無邊際清淨世界隨衆生樂現衆佛土具足無量種種莊嚴而於其中不生染著一切諸佛有無邊際菩薩行願得圓滿智遊戲自在悉能通達一切佛法佛子是爲如來應正等覺普徧法界無邊際十種佛法佛子諸佛世尊有十種念念出生智何等爲十所謂一切諸佛於一念中悉能示現無量世界從天來下一切諸佛於一念中悉能示現無量世界菩薩受生一切諸佛於一念中悉能示現無量世界出家學道一切諸佛於一念中悉能示現無量世界菩提樹下成等正覺一切諸佛於一念中悉能示現無量世界轉妙法輪一切諸佛於一念中悉能示現無量世界教化衆生供養諸佛一切諸佛於一念中悉能示現無量世界不可言說種種佛身一切諸佛於一念中悉能示現無量世界種種莊嚴無數莊嚴如來自在一切智藏一切諸佛於一念中悉能示現無量世界無量無數清淨衆生一切諸佛於一念中悉能示現無量世界三世諸佛種種根性種種精進種種行解於三世中成等正覺是爲十佛子諸佛世尊有十種不失時何等爲十所謂一切諸佛成等正覺不失時一切諸佛成熟有緣不失時一切諸佛授菩薩記不失時一切諸佛隨衆生心示現神力不失時一切諸佛隨衆生解示現

佛身不失時一切諸佛住於大捨不失時一切諸佛入諸聚落不失時一切諸佛攝諸淨信不失時一切諸佛調惡衆生不失時一切諸佛現不思議諸佛神通不失時是爲十佛子諸佛世尊有十種無比不思議境界何等爲十所謂一切諸佛一加趺坐徧滿十方無量世界一切諸佛説一義句悉能開示一切佛法一切諸佛放一光明悉能徧照一切世界一切諸佛於一身中悉能示現一切諸身一切諸佛於一處中悉能示現一切世界一切諸佛於一智中悉能決了一切諸法無所罣礙一切諸佛於一念中悉能徧往十方世界一切諸佛於一念中悉現如來無量威德一切諸佛於一念中普緣三世佛及衆生心無雜亂一切諸佛於一念中與去來今一切諸佛體同無二是爲十佛子諸佛世尊能出生十種智何者爲十所謂一切諸佛知一切法無所趣向而能出生迴向願智一切諸佛知一切法皆無有身而能出生清淨身智一切諸佛知一切法本來無二而能出生能覺悟智一切諸佛知一切法無我無衆生而能出生調衆生智一切諸佛知一切法本來無相而能出生了諸相智一切諸佛知一切世界無有成壞而能出生了成壞智一切諸佛知一切法無有造作而能出生知業果智一切諸佛知一切法無有言説而能出生了言説智一切諸佛知一切法無有染淨而能出生知染淨智一切諸佛知一切法無有生滅而能出生了生滅智是爲十佛子諸佛世尊有十種普入法何等爲十所謂一切諸佛有

淨妙身普入三世一切諸佛皆悉具足三種自在普化衆生一切諸佛皆悉具足諸陀羅尼普能受持一切佛法一切諸佛皆悉具足四種辯才普轉一切清淨法輪一切諸佛皆悉具足平等大悲恒不捨離一切衆生一切諸佛皆悉具足甚深禪定恒普觀察一切衆生一切諸佛皆悉具足利他善根調伏衆生無有休息一切諸佛皆悉具足無所礙心普能安住一切法界一切諸佛皆悉具足無礙神力一念普現三世諸佛一切諸佛皆悉具足無礙智慧一念普立三世劫數是爲十佛子諸佛世尊有十種難信受廣大法何等爲十所謂一切諸佛悉能摧滅一切諸魔一切諸佛悉能降伏一切外道一切諸佛悉能調伏一切衆生咸令歡悅一切諸佛悉能往詣一切世界化導羣品一切諸佛悉能智證甚深法界一切諸佛悉皆能以無二之身現種種身充滿世界一切諸佛悉皆能以清淨音聲起四辯才說法無斷凡有信受功不唐捐一切諸佛皆悉能於一毛孔中出現諸佛與一切世界微塵數等無有斷絶一切諸佛皆悉能於一微塵中示現衆刹與一切世界微塵數等具足種種上妙莊嚴恒於其中轉妙法輪教化衆生而微塵不大世界不小常以證智安住法界一切諸佛皆悉了達清淨法界以智光明破世癡闇令於佛法悉得開曉隨逐如來住十力中是爲十佛子諸佛世尊有十種大功德離過清淨何等爲十所謂一切諸佛具大威德離過清淨一切諸佛悉於三世如來家生種族調善離過清淨一切諸

佛盡未來際心無所住離過清淨一切諸佛於三世法皆無所著離過清淨一切諸佛知種種性皆是一性無所從來離過清淨一切諸佛前際後際福德無盡等於法界離過清淨一切諸佛無邊身相徧十方刹隨時調伏一切衆生離過清淨一切諸佛獲四無畏離諸恐怖於衆會中大師子吼明了分別一切諸法離過清淨一切諸佛於不可說不可說劫入般涅槃衆生聞名獲無量福如佛現在功德無異離過清淨一切諸佛遠在不可說不可說世界中若有衆生一心正念則皆得見離過清淨是爲十佛子諸佛世尊有十種究竟清淨何等爲十所謂一切諸佛往昔大願究竟清淨一切諸佛所持梵行究竟清淨一切諸佛離世衆惑究竟清淨一切諸佛莊嚴國土究竟清淨一切諸佛所有眷屬究竟清淨一切諸佛所有種族究竟清淨一切諸佛色身相好究竟清淨一切諸佛法身無染究竟清淨一切諸佛一切智智無有障礙究竟清淨一切諸佛解脫自在所作已辦到於彼岸究竟清淨是爲十佛子諸佛世尊於一切世界一切時有十種佛事何等爲十一者若有衆生專心憶念則現其前二者若有衆生心不調順則爲說法三者若有衆生能生淨信必令獲得無量善根四者若有衆生能入法位悉皆現證無不了知五者教化衆生無有疲厭六者遊諸佛刹往來無礙七者大悲不捨一切衆生八者現變化身恒不斷絕九者神通自在未嘗休息十者安住法界能徧觀察是爲十佛子諸佛世尊有十種無盡

智海法何等爲十所謂一切諸佛無邊法身無盡智海法一切諸佛無量佛事無盡智海法一切諸佛佛眼境界無盡智海法一切諸佛無量無數難思善根無盡智海法一切諸佛普雨一切甘露妙法無盡智海法一切諸佛讃佛功德無盡智海法一切諸佛往昔所修種種願行無盡智海法一切諸佛盡未來際恒作佛事無盡智海法一切諸佛了知一切衆生心行無盡智海法一切諸佛福智莊嚴無能過者無盡智海法是爲十佛子諸佛世尊有十種常法何等爲十所謂一切諸佛常行一切諸波羅蜜一切諸佛於一切法常離迷惑一切諸佛常具大悲一切諸佛常有十力一切諸佛常轉法輪一切諸佛常爲衆生示成正覺一切諸佛常樂調伏一切衆生一切諸佛心常正念不二之法一切諸佛化衆生已常示入於無餘涅槃諸佛境界無邊際故是爲十佛子諸佛世尊有十種演説無量諸佛法門何等爲十所謂一切諸佛演説無量衆生界門一切諸佛演説無量衆生行門一切諸佛演説無量衆生業果門一切諸佛演説無量化衆生門一切諸佛演説無量淨衆生門一切諸佛演説無量菩薩行門一切諸佛演説無量菩薩願門一切諸佛演説無量一切世界成壞劫門一切諸佛演説無量菩薩深心淨佛刹門一切諸佛演説無量一切世界三世諸佛於彼彼劫次第出現門一切諸佛演説一切諸佛智門是爲十佛子諸佛世尊有十種爲衆生作佛事何等爲十所謂一切諸佛示現色身爲衆生作佛事一

切諸佛出妙音聲爲衆生作佛事一切諸佛有所受爲衆生作佛事一切諸佛無所受爲衆生作佛事一切諸佛以地水火風爲衆生作佛事一切諸佛神力自在示現一切所緣境界爲衆生作佛事一切諸佛種種名號爲衆生作佛事一切諸佛以佛刹境界爲衆生作佛事一切諸佛嚴淨佛刹爲衆生作佛事一切諸佛寂寞無言爲衆生作佛事是爲十佛子諸佛世尊有十種最勝法何等爲十所謂一切諸佛大願堅固不可沮壞所言必作言無有二一切諸佛爲欲圓滿一切功德盡未來劫修菩薩行不生懈倦一切諸佛爲欲調伏一切衆生故往不可說不可說世界如是而爲一切衆生而無斷絶一切諸佛於信於毀二種衆生大悲普觀平等無異一切諸佛從初發心乃至成佛終不退失菩提之心一切諸佛積集無量諸善功德皆以迴向一切智性於諸世間終無染著一切諸佛於諸佛所修學三業唯行佛行非二乘行皆爲迴向一切智性成於無上正等菩提一切諸佛放大光明其光平等照一切處及照一切諸佛之法令諸菩薩心得清淨滿一切智一切諸佛捨離世樂不貪不染而普願世間離苦得樂無諸戲論一切諸佛愍諸衆生受種種苦守護佛種行佛境界出離生死逮十力地是爲十佛子諸佛世尊有十種無障礙住何等爲十所謂一切諸佛皆能往一切世界無障礙住一切諸佛皆能住一切世界無障礙住一切諸佛皆能於一切世界行住坐卧無障礙住一切諸佛皆能於一切世界演說正

法無障礙住一切諸佛皆能於一切世界住兜率天宮無障礙住一切諸佛皆能入法界一切三世無障礙住一切諸佛皆能坐法界一切道場無障礙住一切諸佛皆能念念觀一切衆生心行以三種自在教化調伏無障礙住一切諸佛皆能以一身住無量不思議佛所及一切處利益衆生無障礙住一切諸佛皆能開示無量諸佛所說正法無障礙住是爲十佛子諸佛世尊有十種最勝無上莊嚴何等爲十所謂一切諸佛皆悉具足諸相隨好是爲諸佛第一最勝無上身莊嚴一切諸佛皆悉具足六十種音一一音有五百分一一分無量百千清淨之音以爲嚴好能於法界一切衆中無諸恐怖大師子吼演說如來甚深法義衆生聞者靡不歡喜隨其根欲悉得調伏是爲諸佛第二最勝無上語莊嚴一切諸佛皆具十力諸大三昧十八不共莊嚴意業所行境界通達無礙一切佛法咸得無餘法界莊嚴而爲莊嚴法界衆生心之所行去來現在各各差別於一念中悉能明見是爲諸佛第三最勝無上意莊嚴一切諸佛皆悉能放無數光明一一光明有不可說光明網以爲眷屬普照一切諸佛國土滅除一切世間黑闇示現無量諸佛出興其身平等悉皆清淨所作佛事咸不唐捐能令衆生至不退轉是爲諸佛第四最勝無上光明莊嚴一切諸佛現微笑時皆於口中放百千億那由他阿僧祇光明一一光明各有無量不思議種種色徧照十方一切世界於大衆中發誠實語授無量無數不思議衆生阿耨多羅

三藐三菩提記是爲諸佛第五離世癡惑最勝無上現微笑莊嚴一切諸佛皆有法身清淨無礙於一切法究竟通達住於法界無有邊際雖在世間不與世雜了世實性行出世法言語道斷超蘊界處是爲諸佛第六最勝無上法身莊嚴一切諸佛皆有無量常妙光明不可說不可說種種色相以爲嚴好爲光明藏出生無量圓滿光明普照十方無有障礙是爲諸佛第七最勝無上常妙光明莊嚴一切諸佛皆有無邊妙色可愛妙色清淨妙色隨心所現妙色映蔽一切三界妙色到於彼岸無上妙色是爲諸佛第八最勝無上妙色莊嚴一切諸佛皆於三世佛種中生積衆善寶究竟清淨無諸過失離世譏謗一切法中最爲殊勝清淨妙行之所莊嚴具足成就一切智智種族清淨無能譏毀是爲諸佛第九最勝無上種族莊嚴一切諸佛以大慈力莊嚴其身究竟清淨無諸渴愛身行永息心善解脫見者無厭大悲救護一切世間第一福田無上受者哀愍利益一切衆生悉令增長無量福德智慧之聚是爲諸佛第十最勝無上大慈大悲功德莊嚴是爲十佛子諸佛世尊有十種自在法何等爲十所謂一切諸佛於一切法悉得自在明達種種句身味身演說諸法辯才無礙是爲諸佛第一自在法一切諸佛教化衆生未曾失時隨其願樂爲說正法咸令調伏無有斷絶是爲諸佛第二自在法一切諸佛能令盡虛空界無量無數種種莊嚴一切世界六種震動令彼世界或舉或下或大或小或合或散未曾惱害於一

衆生其中衆生不覺不知無疑無怪是爲諸佛第三自在法一切諸佛以神通力悉能嚴淨一切世界於一念頃普現一切世界莊嚴此諸莊嚴經無數劫說不能盡悉皆離染清淨無比一切佛刹嚴淨之事皆令平等入一刹中是爲諸佛第四自在法一切諸佛見一衆生應受化者爲其住壽經不可說不可說劫乃至盡未來際結跏趺坐身心無倦專心憶念未曾廢忘方便調伏而不失時如爲一衆生爲一切衆生悉亦如是是爲諸佛第五自在法一切諸佛悉能徧往一切世界一切如來所行之處而不暫捨一切法界十方各別一一方有無量世界海一一世界海有無量世界種佛以神力一念咸到轉於無礙清淨法輪是爲諸佛第六自在法一切諸佛爲欲調伏一切衆生念念中成阿耨多羅三藐三菩提而於一切佛法非已現覺亦非當覺亦不住於有學之地而悉知見通達無礙無量智慧無量自在教化調伏一切衆生是爲諸佛第七自在法一切諸佛能以眼處作耳處佛事能以耳處作鼻處佛事能以鼻處作舌處佛事能以舌處作身處佛事能以身處作意處佛事能以意處於一切世界中住世出世間種種境界一一境界中能作無量廣大佛事是爲諸佛第八自在法一切諸佛其身毛孔一一能容一切衆生一一衆生其身悉與不可說諸佛刹等而無迫隘一一衆生步步能過無數世界如是展轉盡無數劫悉見諸佛出現於世教化衆生轉淨法輪開示過去未來現在不可說法盡虛空界一切衆

生諸趣受身威儀往來及其所受種種樂具皆悉具足而於其中無所障礙是爲諸佛第九自在法一切諸佛於一念頃現一切世界微塵數佛一一佛皆於一切法界衆妙蓮華廣大莊嚴世界蓮華藏師子座上成等正覺示現諸佛自在神力如於衆妙蓮華廣大莊嚴世界如是於一切法界中不可說不可說種種莊嚴種種境界種種形相種種示現種種劫數清淨世界如於一念如是於無量無邊阿僧祇劫一切念中一念一切現一念無量住而未曾用少方便力是爲諸佛第十自在法佛子諸佛世尊有十種無量不思議圓滿佛法何等爲十所謂一切諸佛一一淨相皆具百福一切諸佛皆悉成就一切佛法一切諸佛皆悉成就一切善根一切諸佛皆悉成就一切功德一切諸佛皆能教化一切衆生一切諸佛皆悉能爲衆生作主一切諸佛皆悉成就清淨佛刹一切諸佛皆悉成就一切智智一切諸佛皆悉成就色身相好見者獲益功不唐捐一切諸佛皆具諸佛平等正法一切諸佛作佛事已莫不示現入於涅槃是爲十佛子諸佛世尊有十種善巧方便何等爲十一切諸佛了知諸法皆離戲論而能開示諸佛善根是爲第一善巧方便一切諸佛知一切法悉無所見各不相知無縛無解無受無集無成就自在究竟到於彼岸然於諸法眞實而知不異不別而得自在無我無受不壞實際已得至於大自在地常能觀察一切法界是爲第二善巧方便一切諸佛永離諸相心無所住而能悉知不亂不錯雖知

一切相皆無自性而如其體性悉能善入而亦示現無量色身及以一切清淨佛土種種莊嚴無盡之相集智慧燈滅衆生惑是爲第三善巧方便一切諸佛住於法界不住過去未來現在如如性中無去來今三世相故而能演說去來今世無量諸佛出現世間令其聞者普見一切諸佛境界是爲第四善巧方便一切諸佛身語意業無所造作無來無去亦無有住離諸數法到於一切諸法彼岸而爲衆法藏具無量智了達種種世出世法智慧無礙示現無量自在神力調伏一切法界衆生是爲第五善巧方便一切諸佛知一切法不可見非一非異非量非無量非來非去皆無自性亦不違於世間諸法一切智者無自性中見一切法於法自在廣說諸法而常安住眞如實性是爲第六善巧方便一切諸佛於一時中知一切時具淨善根入於正位而無所著於其日月年劫成壞如是等時不住不捨而能示現若晝若夜初中後時一日七日半月一月一年百年一劫多劫不可思劫不可說劫乃至盡於未來際劫恒爲衆生轉妙法輪不斷不退無有休息是爲第七善巧方便一切諸佛恒住法界成就諸佛無量無畏及不可數辯不可量辯無盡辯無斷辯無邊辯不共辯無窮辯眞實辯方便開示一切句辯一切法辯隨其根性及以欲解以種種法門說不可說不可說百千億那由他修多羅初中後善皆悉究竟是爲第八善巧方便一切諸佛住淨法界知一切法本無名字無過去名無現在名無未來名無衆生名無

非衆生名無國土名無非國土名無法名無非法名無功德名無非功德名無菩薩名無佛名無數名無非數名無生名無滅名無有名無無名無一名無種種名何以故諸法體性不可說故一切諸法無方無處不可集說不可散說不可一說不可多說音聲莫逮言語悉斷雖隨世俗種種言說無所攀緣無所造作遠離一切虛妄想著如是究竟到於彼岸是爲第九善巧方便一切諸佛知一切法本性寂靜無生故非色無戲論故非受無名數故非想無造作故非行無執取故非識無入處故非處無所得故非界然亦不壞一切諸法本性無起如虛空故一切諸法皆悉空寂無業果無修習無成就無出生非數非不數非有非無非生非滅非垢非淨非入非出非住非不住非調伏非不調伏非衆生非無衆生非壽命非無壽命非因緣非無因緣而能了知正定邪定及不定聚一切衆生爲說妙法令到彼岸成就十力四無所畏能師子吼具一切智住佛境界是爲第十善巧方便佛子是爲諸佛成就十種善巧方便

大方廣佛華嚴經卷第四十六

音釋

罣礙　罣古賣切礙五溉切罣礙罥也　唐捐　捐與專切唐捐徒棄也　沮壞　沮慈呂切遏也壞古瞶切毀也　懈倦　懈古隘切懈怠也倦渠卷切疲倦也　譏謗　譏居依切誹也謗補曠切毀也

大方廣佛華嚴經卷第四十七

唐于闐國三藏沙門實叉難陀譯

佛不思議法品第三十三之二

佛子諸佛世尊有十種廣大佛事無量無邊不可思議一切世間諸天及人皆不能知去來現在所有一切聲聞獨覺亦不能知唯除如來威神之力何等爲十所謂一切諸佛於盡虛空徧法界一切世界兜率陀天皆現受生修菩薩行作大佛事無量色相無量威德無量光明無量音聲無量言辭無量三昧無量智慧所行境界攝取一切人天魔梵沙門婆羅門阿脩羅等大慈無礙大悲究竟平等饒益一切衆生或令生天或令生人或淨其根或調其心或時爲說差別三乘或時爲說圓滿一乘普皆濟度令出生死是爲第一廣大佛事佛子一切諸佛從兜率天降神母胎以究竟三昧觀受生法如幻如化如影如空如熱時焰隨樂而受無量無礙入無諍法起無著智離欲清淨成就廣大妙莊嚴藏受最後身住大寶莊嚴樓閣而作佛事或以神力而作佛事或以正念而作佛事或現神通而作佛事或現智日而作佛事或現諸佛廣大境界而作佛事或現諸佛無量光明而作佛事或入無數廣大三昧而作佛事或現從彼諸三昧起而作佛事佛子如來爾時在母胎中爲欲利益一切世間種種示現而作佛事所謂或現初生或現童子或現在宮或現出家或復示現成等正覺或復示現轉妙法輪或示現於入般涅槃如是皆以種種方便於一切方一切網一切旋一切種一切世界中

而作佛事是爲第二廣大佛事佛子一切諸佛一切善業皆已清淨一切生智皆已明潔而以生法誘導羣迷令其開悟具行衆善爲衆生故示誕王宮一切諸佛於諸色欲宮殿妓樂皆已捨離無所貪染常觀諸有空無體性一切樂具悉不眞實持佛淨戒究竟圓滿觀諸内宮妻妾侍從生大悲愍觀諸衆生虚妄不實起大慈心觀諸世間無一可樂而生大喜於一切法心得自在而起大捨具佛功德現生法界身相圓滿眷屬清淨而於一切皆無所著以隨類音爲衆演說令於世法深生猒離如其所行示所得果復以方便隨應教化未成熟者令其成熟已成熟者令得解脱爲作佛事令不退轉復以廣大慈悲之心恒爲衆生說種種法又爲示現三種自在令其開悟心得清淨雖處内宮衆所咸覩而於一切諸世界中施作佛事以大智慧以大精進示現種種諸佛神通無礙無盡恒住三種巧方便業所謂身業究竟清淨語業常隨智慧而行意業甚深無有障礙以是方便利益衆生是爲第三廣大佛事佛子一切諸佛示處種種莊嚴宫殿觀察猒離捨而出家欲使衆生了知世法皆是妄想無常敗壞深起猒離不生染著永斷世間貪愛煩惱修清淨行利益衆生當出家時捨俗威儀住無諍法滿足本願無量功德以大智光滅世癡闇爲諸世間無上福田常爲衆生讚佛功德令於佛所植諸善本以智慧眼見眞實義復爲衆生讚說出家清淨無過永得出離長爲世間智慧高幢是爲第四廣大佛事佛子一切諸佛

具一切智於無量法悉已知見菩提樹下成最正覺降伏衆魔威德特尊其身充滿一切世界神力所作無邊無盡於一切智所行之義皆得自在修諸功德悉已圓滿其菩提座具足莊嚴周徧十方一切世界佛處其上轉妙法輪說諸菩薩所有行願開示無量諸佛境界令諸菩薩皆得悟入修行種種清淨妙行復能示導一切衆生令種善根生於如來平等地中住諸菩薩無邊妙行成就一切功德勝法一切世界一切衆生一切佛刹一切諸法一切菩薩一切教化一切三世一切調伏一切神變一切衆生心之樂欲悉善了知而作佛事是爲第五廣大佛事佛子一切諸佛轉不退法輪令諸菩薩不退轉故轉無量法輪令一切世間咸了知故轉開悟一切法輪能大無畏師子吼故轉一切法智藏法輪開法藏門除闇障故轉無礙法輪等虛空故轉無著法輪觀一切法非有無故轉照世法輪令一切衆生淨法眼故轉開示一切智法輪悉徧一切三世法故轉一切佛同一法輪一切佛法不相違故一切諸佛以如是等無量無數百千億那由他法輪隨諸衆生心行差別而作佛事不可思議是爲第六廣大佛事佛子一切諸佛入於一切王都城邑爲諸衆生而作佛事所謂人王都邑天王都邑龍王夜叉王乾闥婆王阿脩羅王迦樓羅王緊那羅王摩睺羅伽王羅刹王毗舍闍王如是等王一切都邑入城門時大地震動光明普照盲者得眼聾者得耳狂者得心裸者得衣諸憂苦者悉得安樂一切樂器不鼓自鳴諸

莊嚴具若著不著咸出妙音衆生聞者無不欣樂一切諸佛色身清淨相好具足見者無猒能爲衆生作於佛事所謂若顧視若觀察若動轉若屈申若行若住若坐若卧若默若語若現神通若爲説法若有教勑如是一切皆爲衆生而作佛事一切諸佛普於一切無數世界種種衆生心樂海中勸令念佛常勤觀察種諸善根修菩薩行歎佛色相微妙第一一切衆生難可值遇若有得見而興信心則生一切無量善法集佛功德普皆清淨如是稱讚佛功德已分身普往十方世界令諸衆生悉得瞻奉思惟觀察承事供養種諸善根得佛歡喜增長佛種悉當成佛以如是行而作佛事或爲衆生示現色身或出妙音或但微笑令其信樂頭頂禮敬曲躬合掌稱揚讚歎問訊起居而作佛事一切諸佛以如是等無量無數不可言説不可思議種種佛事於一切世界中隨諸衆生心之所樂以本願力大慈悲力一切智力方便教化悉令調伏是爲第七廣大佛事佛子一切諸佛或住阿蘭若處而作佛事或住寂靜處而作佛事或住空閑處而作佛事或住佛住處而作佛事或住三昧而作佛事或獨處園林而作佛事或隱身不現而作佛事或住甚深智而作佛事或住諸佛無比境界而作佛事或住不可見種種身行隨諸衆生心樂欲解方便教化無有休息而作佛事或以天身求一切智而作佛事或以龍身夜叉身乾闥婆身阿脩羅身迦樓羅身緊那羅身摩睺羅伽人非人等身求一切智而作佛事或以聲聞身獨覺身

菩薩身求一切智而作佛事或時說法或時寂默而作佛事或說一佛或說多佛而作佛事或說諸菩薩一切行一切願爲一行願而作佛事或說諸菩薩一行一願爲無量行願而作佛事或說佛境界即世間境界而作佛事或說世間境界即佛境界而作佛事或說佛境界即非境界而作佛事或住一日或住一夜或住半月或住一月或住一年乃至住不可說劫爲諸衆生而作佛事是爲第八廣大佛事佛子一切諸佛是生清淨善根之藏令諸衆生於佛法中生淨信解諸根調伏永離世間令諸菩薩於菩提道具智慧明不由他悟或現涅槃而作佛事或現世間皆悉無常而作佛事或說佛身而作佛事或說所作皆悉已辦而作佛事或說功德圓滿無缺而作佛事或說永斷諸有根本而作佛事或令衆生猒離世間隨順佛心而作佛事或說壽命終歸於盡而作佛事或說世間無一可樂而作佛事或爲宣說盡未來際供養諸佛而作佛事或說諸佛轉淨法輪令其得聞生大歡喜而作佛事或爲宣說諸佛境界令其發心而修諸行而作佛事或爲宣說念佛三昧令其發心常樂見佛而作佛事或爲宣說諸根清淨勤求佛道心無懈退而作佛事或詣一切諸佛國土觀諸境界種種因緣而作佛事或攝一切諸衆生身皆爲佛身令諸懈怠放逸衆生悉住如來清淨禁戒而作佛事是爲第九廣大佛事佛子一切諸佛入涅槃時無量衆生悲號涕泣生大憂惱遞相瞻顧而作是言如來世尊有大慈悲哀愍饒益一切

世間與諸衆生爲救爲歸如來出現難可值遇無上福田於今永滅即以如是令諸衆生悲號戀慕而作佛事復爲化度一切天人龍神夜叉乾闥婆阿脩羅迦樓羅緊那羅摩睺羅伽人非人等故隨其樂欲自碎其身以爲舍利無量無數不可思議令諸衆生起淨信心恭敬尊重歡喜供養修諸功德具足圓滿復起於塔種種嚴飾於諸天宮龍宮夜叉宮乾闥婆阿脩羅迦樓羅緊那羅摩睺羅伽人非人等諸宮殿中以爲供養牙齒爪髮咸以起塔令其見者皆悉念佛念法念僧信樂不迴誠敬尊重在在處處布施供養修諸功德以是福故或生天上或處人間種族尊榮財産備足所有眷屬悉皆清淨不入惡趣常生善道恒得見佛具衆白法於三有中速得出離各隨所願獲自乘果於如來所知恩報恩永與世間作所歸依佛子諸佛世尊雖般涅槃仍與衆生作不思議清淨福田無盡功德最上福田令諸衆生善根具足福德圓滿是爲第十廣大佛事佛子此諸佛事無量廣大不可思議一切世間諸天及人及去來今聲聞獨覺皆不能知唯除如來威神所加佛子諸佛世尊有十種無二行自在法何等爲十所謂一切諸佛悉能善說授記言辭決定無二一切諸佛悉能隨順衆生心念令其意滿決定無二一切諸佛悉能現覺一切諸法演說其義決定無二一切諸佛悉能具足去來今世諸佛智慧決定無二一切諸佛悉知三世一切刹那即一刹那決定無二一切諸佛悉知三世一切佛刹入一佛刹決定無二一

切諸佛悉知三世一切佛語即一佛語決定無二一切諸佛悉知三世一切諸佛與其所化一切衆生體性平等決定無二一切諸佛悉知世法及諸佛法性無差別決定無二一切諸佛悉知三世一切諸佛所有善根同一善根決定無二是爲十佛子諸佛世尊有十種住住一切法何等爲十所謂一切諸佛住覺悟一切法界一切諸佛住大悲語一切諸佛住本大願一切諸佛住不捨調伏衆生一切諸佛住無自性法一切諸佛住平等利益一切諸佛住無忘失法一切諸佛住無障礙心一切諸佛住恒正定心一切諸佛住等入一切法不違實際相是爲十佛子諸佛世尊有十種知一切法盡無有餘何等爲十所謂知過去一切法盡無有餘知未來一切法盡無有餘知現在一切法盡無有餘知一切言語法盡無有餘知一切世間道盡無有餘知一切衆生心盡無有餘知一切菩薩善根上中下種種分位盡無有餘知一切佛圓滿智及諸善根不增不減盡無有餘知一切法皆從緣起盡無有餘知一切世界種盡無有餘知一切法界中如因陀羅網諸差別事盡無有餘是爲十佛子諸佛世尊有十種力何等爲十所謂廣大力最上力無量力大威德力難獲力不退力堅固力不可壞力一切世間不思議力一切衆生無能動力是爲十佛子諸佛世尊有十種大那羅延幢勇健法何者爲十所謂一切諸佛身不可壞命不可斷世間毒藥所不能中一切世界水火風災皆於佛身不能爲害一切諸魔天龍夜叉乾闥婆

阿脩羅迦樓羅緊那羅摩睺羅伽人非人毗舍闍羅刹等盡其勢力雨大金剛如須彌山及鐵圍山徧於三千大千世界一時俱下不能令佛心有驚怖乃至一毛亦不摇動行住坐卧初無變易佛所住處四方遠近不令其下則不能雨假使不制而從雨之終不爲損若有衆生爲佛所持及佛所使尚不可害况如來身是爲諸佛第一大那羅延幢勇健法佛子一切諸佛以一切法界諸世界中須彌山王及鐵圍山大鐵圍山大海山林宫殿屋宅置一毛孔盡未來刧而諸衆生不覺不知唯除如來神力所被佛子爾時諸佛於一毛孔持於爾所一切世界盡未來刧或行或住或坐或卧不生一念勞倦之心佛子譬如虚空普持一切徧法界中所有世界而無勞倦一切諸佛於一毛孔持諸世界亦復如是是爲諸佛第二大那羅延幢勇健法佛子一切諸佛能於一念起不可説不可説世界微塵數步一一步過不可説不可説佛刹微塵數國土如是而行經一切世界微塵數刧佛子假使有一大金剛山與上所經一切佛刹其量正等如是量等大金剛山有不可説不可説佛刹微塵數諸佛能以如是諸山置一毛孔佛身毛孔與法界中一切衆生毛孔數等一一毛孔悉置爾許大金剛山持爾許山遊行十方入盡虚空一切世界從於前際盡未來際一切諸刧無有休息佛身無損亦不勞倦心常在定無有散亂是爲諸佛第三大那羅延幢勇健法佛子一切諸佛一座食已結跏趺坐經前後際不可説刧入佛所受不思

議樂其身安住寂然不動亦不廢捨化衆生事佛子假使有人於徧虛空一一世界悉以毛端次第度量諸佛能於一毛端處結跏趺坐盡未來劫如一毛端處一切毛端處悉亦如是佛子假使十方一切世界所有衆生一一衆生其身大小悉與不可說佛刹微塵數世界量等輕重亦爾諸佛能以爾所衆生置一指端盡於後際所有諸劫一切指端皆亦如是盡持爾許一切衆生入徧虛空一一世界盡於法界悉使無餘而佛身心曾無勞倦是爲諸佛第四大那羅延幢勇健法佛子一切諸佛能於一身化現不可說不可說佛刹微塵數頭一一頭化現不可說不可說佛刹微塵數舌一一舌化出不可說不可說佛刹微塵數差別音聲法界衆生靡不皆聞一一

音聲演不可說不可說佛刹微塵數修多羅藏一一修多羅藏演不可說不可說佛刹微塵數法一一法有不可說不可說佛刹微塵數文字句義如是演說盡不可說不可說佛刹微塵數劫盡是劫已復更演說盡不可說不可說佛刹微塵數劫如是次第乃至盡於一切世界微塵數盡一切衆生心念數未來際劫猶可窮盡如來化身所轉法輪無有窮盡所謂智慧演說法輪斷諸疑惑法輪照一切法法輪開無礙藏法輪令無量衆生歡喜調伏法輪開示一切諸菩薩行法輪高升圓滿大智慧日法輪普然照世智慧明燈法輪辯才無畏種種莊嚴法輪如一佛身以神通力轉如是等差別法輪一切世法無能爲喻如是盡虛空界一一毛端分量之處有不可

説不可説佛刹微塵數世界一一世界中念念現不可説不可説佛刹微塵數化身一一化身皆亦如是所説音聲文字句義一一充滿一切法界其中衆生皆得解了而佛言音無變無斷無有窮盡是爲諸佛第五大那羅延幢勇健法佛子一切諸佛皆以德相莊嚴胷臆猶若金剛不可損壞菩提樹下結跏趺坐魔王軍衆其數無邊種種異形甚可怖畏衆生見者靡不驚懾悉發狂亂或時致死如是魔衆徧滿虚空如來見之心無恐怖容色不變一毛不竪不動不亂無所分別離諸喜怒寂然清淨住佛所住具慈悲力諸根調伏心無所畏非諸魔衆所能傾動而能摧伏一切魔軍皆使迴心稽首歸依然後復以三輪教化令其悉發阿耨多羅三藐三菩提意永不退轉是爲諸佛第六大那羅延幢勇健法佛子一切諸佛有無礙音其音普徧十方世界衆生聞者自然調伏彼諸如來所出音聲須彌盧等一切諸山不能爲障天宫龍宫夜叉宫乾闥婆阿脩羅迦樓羅緊那羅摩睺羅伽人非人等一切諸宫所不能障一切世界高大音聲亦不能障隨所應化一切衆生靡不皆聞文字句義悉得解了是爲諸佛第七大那羅延幢勇健法佛子一切諸佛心無障礙於百千億那由他不可説不可説劫恒善清淨去來現在一切諸佛同一體性無濁無翳無我無我所非内非外了境空寂不生妄想無所依無所作不住諸相永斷分別本性清淨捨離一切攀緣憶念於一切法常無違諍住於實際離欲清淨入眞法界演説無盡

離量非量所有妄想絕爲無爲一切言說於不可說無邊境界悉已通達無礙無盡智慧方便成就十力一切功德莊嚴清淨演說種種無量諸法皆與實相不相違背於諸法界三世諸法悉等無異究竟自在入一切法最勝之藏一切法門正念不惑安住十方一切佛刹而無動轉得不斷智知一切法究竟無餘盡諸有漏心善解脫慧善解脫住於實際通達無礙心常正定於三世法及以一切衆生心行一念了達皆無障礙是爲諸佛第八大那羅延幢勇健法佛子一切諸佛同一法身境界無量身功德無邊身世間無盡身三界不染身隨念示現身非實非虛平等清淨身無來無去無爲不壞身一相無相法自性身無處無方徧一切身神變自在無邊色相身種種示現普入一切身妙法方便身智藏普照身示法平等身普徧法界身無動無分別非有非無常清淨身非方便非不方便非滅非不滅隨所應化一切衆生種種信解而示現身從一切功德寶所生身具一切諸佛法眞如身本性寂靜無障礙身成就一切無礙法身徧住一切清淨法界身分形普徧一切世間身無攀緣無退轉永解脫具一切智普了達身是爲諸佛第九大那羅延幢勇健法佛子一切諸佛等悟一切諸如來法等修一切諸菩薩行若願若知清淨平等猶如大海悉得滿足行力尊勝未曾退怯住諸三昧無量境界示一切道勸善誡惡智力第一演法無畏隨有所問悉能善荅智慧說法平等清淨身語意行悉皆無雜住佛所住諸佛種

性以佛智慧而作佛事住一切智演無量法無有根本無有邊際神通智慧不可思議一切世間無能解了智慧深入見一切法微妙廣大無量無邊三世法門咸善通達一切世界悉能開曉以出世智於諸世間作不可說種種佛事成不退智入諸佛數雖已證得不可言說離文字法而能開示種種言辭以普賢智集諸善行成就一念相應妙慧於一切法悉能覺了如先所念一切衆生皆依自乘而施其法一切諸法一切世界一切衆生一切三世於法界內如是境界其量無邊以無礙智悉能知見佛子一切諸佛於一念頃隨所應化出興於世住清淨土成等正覺現神通力開悟三世一切衆生心意及識不失於時佛子衆生無邊世界無邊法界無邊三世無邊諸佛最勝亦無有邊悉現於中成等正覺以佛智慧方便開悟無有休息佛子一切諸佛以神通力現最妙身住無邊處大悲方便心無障礙於一切時常爲衆生演說妙法是爲諸佛第十大那羅延幢勇健法佛子此一切諸佛大那羅延幢勇健法無量無邊不可思議去來現在一切衆生及以二乘不能解了唯除如來神力所加佛子諸佛世尊有十種決定法何等爲十所謂一切諸佛定從兜率壽盡下生一切諸佛定示受生處胎十月一切諸佛定厭世俗樂求出家一切諸佛決定坐於菩提樹下成等正覺悟諸佛法一切諸佛定於一念悟一切法一切世界示現神力一切諸佛定能應時轉妙法輪一切諸佛定能隨彼所種善根應時說法而爲授記

一切諸佛定能應時爲作佛事一切諸佛定能爲諸成就菩薩而授記莂一切諸佛定能一念普荅一切衆生所問是爲十佛子諸佛世尊有十種速疾法何等爲十所謂一切諸佛若有見者速得遠離一切惡趣一切諸佛若有見者速得圓滿殊勝功德一切諸佛若有見者速能成就廣大善根一切諸佛若有見者速得往生淨妙天上一切諸佛若有見者速能除斷一切疑惑一切諸佛若已發菩提心而得見者速得成就廣大信解永不退轉能隨所應教化衆生若未發心即能速發阿耨多羅三藐三菩提心一切諸佛若未入正位而得見者速入正位一切諸佛若有見者速能清淨世出世間一切諸根一切諸佛若有見者速得除滅一切障礙一切諸佛若有見者速能獲得無畏辯才是爲十佛子諸佛世尊有十種應常憶念清淨法何等爲十所謂一切諸佛過去因緣一切菩薩應常憶念一切諸佛清淨勝行一切菩薩應常憶念一切諸佛滿足諸度一切菩薩應常憶念一切諸佛成就大願一切菩薩應常憶念一切諸佛積集善根一切菩薩應常憶念一切諸佛已具梵行一切菩薩應常憶念一切諸佛現成正覺一切菩薩應常憶念一切諸佛色身無量一切菩薩應常憶念一切諸佛神通無量一切菩薩應常憶念一切諸佛十力無畏一切菩薩應常憶念是爲十佛子諸佛世尊有十種一切智住何等爲十所謂一切諸佛於一念中悉知三世一切衆生心心所行一切諸佛於一念中悉知三世一切衆生所

集諸業及業果報一切諸佛於一念中悉知
一切衆生所宜以三種輪教化調伏一切諸
佛於一念中盡知法界一切衆生所有心相
於一切處普現佛興令其得見方便攝受一
切諸佛於一念中普隨法界一切衆生心樂
欲解示現說法令其調伏一切諸佛於一念
中悉知法界一切衆生心之所樂爲現神力
一切諸佛於一念中徧一切處隨所應化一
切衆生示現出興爲說佛身不可取著一切
諸佛於一念中普至法界一切處一切衆生
彼彼諸道一切諸佛於一念中隨諸衆生有
憶念者在在處處無不往應一切諸佛於一
念中悉知一切衆生解欲爲其示現無量色
相是爲十佛子諸佛世尊有十種無量不可
思議佛三昧何等爲十所謂一切諸佛恒在

正定於一念中徧一切處普爲衆生廣說妙
法一切諸佛恒在正定於一念中徧一切處
普爲衆生說無我際一切諸佛恒住正定於
一念中徧一切處普入三世一切諸佛恒在
正定於一念中徧一切處普入十方廣大佛
刹一切諸佛恒在正定於一念中徧一切處
普現無量種種佛身一切諸佛恒在正定於
一念中徧一切處隨諸衆生種種心解現身
語意一切諸佛恒在正定於一念中徧一切
處說一切法離欲眞際一切諸佛恒住正定
於一念中徧一切處演說一切緣起自性一
切諸佛恒住正定於一念中徧一切處示現
無量世出世間廣大莊嚴令諸衆生常得見
佛一切諸佛恒住正定於一念中徧一切處
令諸衆生悉得通達一切佛法無量解脫究

竟到於無上彼岸是爲十佛子諸佛世尊有十種無礙解脫何等爲十所謂一切諸佛能於一塵現不可說不可說諸佛出興於世一切諸佛能於一塵現不可說不可說諸佛轉淨法輪一切諸佛能於一塵現不可說不可說衆生受化調伏一切諸佛能於一塵現不可說不可說諸佛國土一切諸佛能於一塵現不可說不可說菩薩授記一切諸佛能於一塵現去來今一切諸佛一切諸佛能於一塵現去來今諸世界種一切諸佛能於一塵現去來今一切神通一切諸佛能於一塵現去來今一切衆生一切諸佛能於一塵現去來今一切佛事是爲十

大方廣佛華嚴經卷第四十七

音釋

盲莫耕切目無童子也　聾盧紅切耳瞶也　裸郎果切赤體也　胷臆臆於力切胷肉也　懾之涉切怖也　記莂莂必列切記莂謂授將來成佛之記劫國名號之莂也

大方廣佛華嚴經卷第四十八

唐于闐國三藏沙門實叉難陀譯

如來十身相海品第三十四

爾時普賢菩薩摩訶薩告諸菩薩言佛子今當爲汝演說如來所有相海佛子如來頂上有三十二寶莊嚴大人相其中有大人相名光照一切方普放無量大光明網一切妙寶以爲莊嚴寶髮周徧柔輭密緻一一咸放摩尼寶光充滿一切無邊世界悉現佛身色相圓滿是爲一次有大人相名佛眼光明雲以摩尼王種種莊嚴出金色光如眉間毫相所放光明其光普照一切世界是爲二次有大人相名充滿法界雲上妙寶輪以爲莊嚴放於如來福智燈明普照十方一切法界諸世界海於中普現一切諸佛及諸菩薩是爲三次有大人相名示現普照雲眞金摩尼種種莊嚴其諸妙寶咸放光明照不思議諸佛國土一切諸佛於中出現是爲四次有大人相名放寶光明雲摩尼寶王清淨莊嚴毗瑠璃寶以爲華蘂光照十方一切法界於中普現種種神變讃歎如來往昔所行智慧功德是爲五次有大人相名示現如來徧法界大自在雲菩薩神變寶燄摩尼以爲其冠具如來力覺悟一切寶燄光輪以爲其鬘其光普照十方世界於中示現一切如來坐於道場一切智雲充滿虛空無量法界是爲六次有大人相名如來普燈雲以能震動法界國土大自在寶海而爲莊嚴放淨光明充滿法界於中普現十方諸菩薩功德海過現未來佛智慧幢海是爲七次有大人相名普照諸佛廣

大雲因陀羅寶如意王寶摩尼王寶以爲莊嚴常放菩薩燄燈光明普照十方一切世界於中顯現一切諸佛衆色相海大音聲海清淨力海是爲八次有大人相名圓滿光明雲上妙瑠璃摩尼王種種寶華以爲莊嚴一切衆寶舒大燄網充滿十方一切世界一切衆生悉見如來現坐其前讚歎諸佛及諸菩薩法身功德令入如來清淨境界是爲九次有大人相名普照一切菩薩行藏光明雲衆寶妙華以爲莊嚴寶光普照無量世界寶燄普覆一切國土十方法界通達無礙震動佛音宣暢法海是爲十次有大人相名普光照耀雲毗瑠璃因陀羅金剛摩尼寶以爲莊嚴瑠璃寶光色相明徹普照一切諸世界海出妙音聲充滿法界如是皆從諸佛智慧大功德海之所化現是爲十一次有大人相名正覺雲以雜寶華而爲莊嚴其諸寶華悉放光明皆有如來坐於道場充滿一切無邊世界令諸世界普得清淨永斷一切妄想分别是爲十二次有大人相名光明照耀雲以寶燄藏海心王摩尼而爲莊嚴放大光明光中顯現無量菩薩及諸菩薩所行之行一切如來智身法身諸色相海充滿法界是爲十三次有大人相名莊嚴普照雲以金剛華毗瑠璃寶而爲莊嚴放大光明光中有大寶蓮華座具足莊嚴彌覆法界自然演說四菩薩行其音普徧諸法界海是爲十四次有大人相名現佛三昧海行雲於一念中示現如來無量莊嚴普徧莊嚴一切法界不思議世界海是爲十五次有大人相名變化海普照雲妙寶蓮

華如須彌山以爲莊嚴衆寶光明從佛願生現諸變化無有窮盡是爲十六次有大人相名一切如來解脱雲清淨妙寶以爲莊嚴放大光明莊嚴一切佛師子座示現一切諸佛色像及無量佛法諸佛刹海是爲十七次有大人相名自在方便普照雲毗瑠璃華眞金蓮華摩尼王燈妙法燄雲以爲莊嚴放一切諸佛寶燄密雲清淨光明充滿法界於中普現一切妙好莊嚴之具是爲十八次有大人相名覺佛種性雲無量寶光以爲莊嚴具足千輪内外清淨從於往昔善根所生其光徧照十方世界發明智日宣布法海是爲十九次有大人相名現一切如來相自在雲衆寶瓔珞瑠璃寶華以爲莊嚴舒大寶燄充滿法界於中普現等一切佛刹微塵數去來現在無量諸佛如師子王勇猛無畏色相智慧皆悉具足是爲二十次有大人相名徧照一切法界雲如來寶相清淨莊嚴放大光明普照法界顯現一切無量無邊諸佛菩薩智慧妙藏是爲二十一次有大人相名毗盧遮那如來相雲上妙寶華及毗瑠璃清淨妙月以爲莊嚴悉放無量百千萬億摩尼寶光充滿一切虛空法界於中示現無量佛刹皆有如來結跏趺坐是爲二十二次有大人相名普照一切佛光明雲衆寶妙燈以爲莊嚴放淨光明徧照十方一切世界悉現諸佛轉於法輪是爲二十三次有大人相名普現一切莊嚴雲種種寶燄以爲莊嚴放淨光明充滿法界念念常現不可説不可説一切諸佛與諸菩薩坐於道場是爲二十四次有大人相名出

一切法界音聲雲摩尼寶海上妙栴檀以爲莊嚴舒大燄網充滿法界其中普演微妙音聲示諸衆生一切業海是爲二十五次有大人相名普照諸佛變化輪雲如來淨眼以爲莊嚴光照十方一切世界於中普現去來今佛所有一切莊嚴之具復出妙音演不思議廣大法海是爲二十六次有大人相名光照佛海雲其光普照一切世界盡于法界無所障礙悉有如來結跏趺坐是爲二十七次有大人相名寶燈雲放於如來廣大光明普照十方一切法界於中普現一切諸佛及諸菩薩不可思議諸衆生海是爲二十八次有大人相名法界無差別雲放於如來大智光明普照十方諸佛國土一切菩薩道場衆會無量法海於中普現種種神通復出妙音隨諸衆生心之所樂演說普賢菩薩行願令其迴向是爲二十九次有大人相名安住一切世界海普照雲放寶光明充滿一切虛空法界於中普現淨妙道場及佛菩薩莊嚴身相令其見者得無所見是爲三十次有大人相名一切寶清淨光燄雲放於無量諸佛菩薩摩尼妙寶清淨光明普照十方一切法界於中普現諸菩薩海莫不具足如來神力常遊十方盡虛空界一切剎網是爲三十一次有大人相名普照一切法界莊嚴雲最處於中漸次隆起閻浮檀金因陀羅網以爲莊嚴放淨光雲充滿法界念念常現一切世界諸佛菩薩道場衆會是爲三十二佛子如來頂上有如是三十二種大人相以爲嚴好佛子如來眉間有大人相名徧法界光明雲摩尼寶華

以爲莊嚴放大光明具衆寶色猶如日月洞徹清淨其光普照十方國土於中顯現一切佛身復出妙音宣暢法海是爲三十三如來眼有大人相名自在普見雲以衆妙寶而爲莊嚴摩尼寶光清淨映徹普見一切皆無障礙是爲三十四如來鼻有大人相名一切神通智慧雲清淨妙寶以爲莊嚴衆寶色光彌覆其上於中出現無量化佛坐寶蓮華往諸世界爲一切菩薩一切衆生演不思議諸佛法海是爲三十五如來舌有大人相名示現音聲影像雲衆色妙寶以爲莊嚴宿世善根之所成就其舌廣長徧覆一切諸世界海如來若或熙怡微笑必放一切摩尼寶光其光普照十方法界能令一切心得清涼去來現在所有諸佛皆於光中炳然顯現悉演廣大微妙之音徧一切剎住無量劫是爲三十六如來舌復有大人相名法界雲其掌安平衆寶爲嚴放妙寶光色相圓滿猶如眉間所放光明其光普照一切佛剎唯塵所成無有自性光中復現無量諸佛咸發妙音說一切法是爲三十七如來舌端有大人相名照法界光明雲如意寶王以爲莊嚴自然恒出金色寶燄於中影現一切佛海復震妙音充滿一切無邊世界一一音中具一切音悉演妙法聽者心悅經無量劫玩味不忘是爲三十八如來舌端復有大人相名照耀法界雲摩尼寶王以爲嚴飾演衆色相微妙光明充滿十方無量國土盡于法界靡不清淨於中悉有無量諸佛及諸菩薩各吐妙音種種開示一切菩薩現前聽受是爲三十九如來口上齶

有大人相名示現不思議法界雲因陁羅寶毗瑠璃寶以爲莊嚴放香燈燄清淨光雲充滿十方一切法界示現種種神通方便普於一切諸世界海開演甚深不思議法是爲四十如來口右輔下牙有大人相名佛牙雲衆寶摩尼卍字相輪以爲莊嚴放大光明普照法界於中普現一切佛身周流十方開悟羣生是爲四十一如來口右輔上牙有大人相名寶燄彌盧藏雲摩尼寶藏以爲莊嚴放金剛香燄清淨光明一一光明充滿法界示現一切諸佛神力復現一切十方世界淨妙道場是爲四十二如來口左輔下牙有大人相名寶燈普照雲一切妙寶舒華發香以爲莊嚴放燈燄雲清淨光明充滿一切諸世界海於中顯現一切諸佛坐蓮華藏師子之座諸菩薩衆所共圍繞是爲四十三如來口左輔上牙有大人相名照現如來雲清淨光明閻浮檀金寶網寶華以爲莊嚴放大燄輪充滿法界於中普現一切諸佛以神通力於虛空中流布法乳法燈法寶教化一切諸菩薩衆是爲四十四如來齒有大人相名普現光明雲一一齒間相海莊嚴若微笑時悉放光明具衆寶色摩尼寶燄右旋宛轉流布法界靡不充滿演佛言音說普賢行是爲四十五如來脣有大人相名影現一切寶光雲放閻浮檀真金色蓮華色一切寶色廣大光明照于法界悉令清淨是爲四十六如來頸有大人相名普照一切世界雲摩尼寶王以爲莊嚴紺蒲成就柔輭細滑放毗盧遮那清淨光明充滿十方一切世界於中普現一切諸佛是

爲四十七如來右肩有大人相名佛廣大一切寶雲放一切寶色眞金色蓮華色光明成寶燄網普照法界於中普現一切菩薩是爲四十八如來右肩復有大人相名最勝寶普照雲其色清淨如閻浮金放摩尼光充滿法界於中普現一切菩薩是爲四十九如來左肩有大人相名最勝光照法界雲猶如頂上及以眉間種種莊嚴放閻浮檀金及蓮華色衆寶光明成大燄網充滿法界於中示現一切神力是爲五十如來左肩復有大人相名光明徧照雲其相右旋閻浮檀金色摩尼寶王以爲莊嚴放衆寶華香燄光明充徧法界於中普現一切諸佛及以一切嚴淨國土是爲五十一如來左肩復有大人相名普照耀雲其相右旋微密莊嚴放佛燈燄雲清淨光明充徧法界於中顯現一切菩薩種種莊嚴悉皆妙好是爲五十二如來胷臆有大人相形如卍字名吉祥海雲摩尼寶華以爲莊嚴放一切寶色種種光燄輪充滿法界普令清淨復出妙音宣暢法海是爲五十三吉祥相右邊有大人相名示現光照雲因陀羅網以爲莊嚴放大光輪充滿法界於中普現無量諸佛是爲五十四吉祥相右邊復有大人相名普現如來雲以諸菩薩摩尼寶冠而爲莊嚴放大光明普照十方一切世界悉令清淨於中示現去來今佛坐於道場普現神力廣宣法海是爲五十五吉祥相右邊復有大人相名開敷華雲摩尼寶華以爲莊嚴放寶香燄燈清淨光明狀如蓮華充滿世界是爲五十六吉祥相右邊復有大人相名可悅樂金

色雲以一切寶心王藏摩尼王而爲莊嚴放淨光明照于法界於中普現猶如佛眼廣大光明摩尼寶藏是爲五十七吉祥相右邊復有大人相名佛海雲毗瑠璃寶香燈華鬘以爲莊嚴放滿虛空摩尼寶王香燈大燄清淨光明充徧十方一切國土於中普現道場衆會是爲五十八吉祥相左邊有大人相名示現光明雲無數菩薩坐寶蓮華以爲莊嚴放摩尼王種種間錯寶燄光明普淨一切諸法界海於中示現無量諸佛及佛妙音演說諸法是爲五十九吉祥相左邊復有大人相名示現徧法界光明雲摩尼寶海以爲莊嚴放大光明徧一切剎於中普現諸菩薩衆是爲六十吉祥相左邊復有大人相名普勝雲日光明摩尼王寶輪鬘而爲莊嚴放大光燄充滿法界諸世界海於中示現一切世界一切如來一切衆生是爲六十一吉祥相左邊復有大人相名轉法輪妙音雲一切法燈清淨香蘂以爲莊嚴放大光明充滿法界於中普現一切諸佛所有相海及以心海是爲六十二吉祥相左邊復有大人相名莊嚴雲以去來今一切佛海而爲莊嚴放淨光明嚴淨一切諸佛國土於中普現十方一切諸佛菩薩及佛菩薩所行之行是爲六十三如來右手有大人相名海照雲衆寶莊嚴恒放月燄清淨光明充滿虛空一切世界發大音聲歎美一切諸菩薩行是爲六十四如來右手復有大人相名影現照耀雲以毗瑠璃帝青摩尼寶華而爲莊嚴放大光明普照十方菩薩所住蓮華藏摩尼藏等一切世界於中悉現無

量諸佛以淨法身坐菩提樹震動一切十方國土是爲六十五如來右手復有大人相名燈燄鬘普嚴淨雲毗盧遮那寶以爲莊嚴放大光明成變化網於中普現諸菩薩衆咸戴寶冠演諸行海是爲六十六如來右手復有大人相名普現一切摩尼雲蓮華燄燈而爲莊嚴放海藏光充徧法界於中普現無量諸佛坐蓮華座是爲六十七如來右手復有大人相名光明雲摩尼燄海以爲莊嚴放衆寶燄香燄華燄清淨光明充滿一切諸世界網於中普現諸佛道場是爲六十八如來左手有大人相名毗瑠璃清淨燈雲寶地妙色以爲莊嚴放於如來金色光明念念常現一切上妙莊嚴之具是爲六十九如來左手復有大人相名一切剎智慧燈音聲雲以因陀羅網金剛華而爲莊嚴放閻浮檀金清淨光明普照十方一切世界是爲七十如來左手復有大人相名安住寶蓮華光明雲衆寶妙華以爲莊嚴放大光明如須彌燈普照十方一切世界是爲七十一如來左手復有大人相名徧照法界雲以妙寶鬘寶輪寶缾因陀羅網及衆妙相以爲莊嚴放大光明普照十方一切國土於中示現一切法界一切世界海一切如來坐蓮華座是爲七十二如來右手指有大人相名現諸劫剎海旋雲水月燄藏摩尼王一切寶華以爲莊嚴放大光明充滿法界其中恒出微妙音聲滿十方剎是爲七十三如來左手指有大人相名安住一切寶雲以帝青金剛寶而爲莊嚴放摩尼王衆寶光明充滿法界其中普現一切諸佛及諸菩

薩是爲七十四如來右手掌有大人相名照耀雲以摩尼王千輻寶輪而爲莊嚴放寶光明其光右旋充滿法界於中普現一切諸佛一一佛身光燄熾然說法度人淨諸世界是爲七十五如來左手掌有大人相名燄輪普增長化現法界道場雲以日光摩尼王千輻輪而爲莊嚴放大光明充滿一切諸世界海於中示現一切菩薩演說普賢所有行海普入一切諸佛國土各各開悟無量衆生是爲七十六如來陰藏有大人相名普流出佛音聲雲一切妙寶以爲莊嚴放摩尼燈華燄光明其光熾盛具衆寶色普照一切虛空法界其中普現一切諸佛遊行往來處處周徧是爲七十七如來右髀有大人相名寶燈鬘普照雲諸摩尼寶以爲莊嚴放不思議寶燄光明彌布十方一切法界與虛空法界同爲一相而能出生一切諸相一一相中悉現諸佛自在神變是爲七十八如來左髀有大人相名示現一切法界海光明彌覆虛空雲猶如蓮華清淨妙寶以爲嚴飾放光明網徧照十方一切法界於中普現種種相雲是爲七十九如來右脞有大人相名普現雲以衆色摩尼而爲莊嚴其脞與腨上下相稱放摩尼燄妙法光明於一念中能普示現一切寶王遊步相海是爲八十如來左脞有大人相名現一切佛無量相海雲一切寶海隨順安住以爲莊嚴廣大遊行放淨光明普照衆生悉使希求無上佛法是爲八十一如來右邊伊尼延鹿王腨有大人相名一切虛空法界雲光明妙寶以爲莊嚴其相圓直善能遊步放閻

浄金色清淨光明徧照一切諸佛世界發大音聲普皆震動復現一切諸佛國土住於虛空寶燄莊嚴無量菩薩從中化現是爲八十二如來左邊伊尼延鹿王腨有大人相名莊嚴海雲色如眞金能徧遊行一切佛刹放一切寶清淨光明充滿法界施作佛事是爲八十三如來寶腨上毛有大人相名普現法界影像雲其毛右旋一一毛端放寶光明充滿十方一切法界示現一切諸佛神力其諸毛孔悉放光明一切佛刹於中顯現是爲八十四如來足下有大人相名一切菩薩海安住雲色如金剛閻浮檀金清淨蓮華放寶光明普照十方諸世界海寶香燄雲處處周徧舉足將步香氣周流具衆寶色充滿法界是爲八十五如來右足上有大人相名普照一切光明雲一切衆寶以爲莊嚴放大光明充滿法界示現一切諸佛菩薩是爲八十六如來左足上有大人相名普現一切諸佛雲寶藏摩尼以爲莊嚴放寶光明於念念中現一切佛神通變化及其法海所坐道場盡未來際劫無有間斷是爲八十七如來右足指間有大人相名光照一切法界海雲須彌燈摩尼王千輻燄輪種種莊嚴放大光明充滿十方一切法界諸世界海於中普現一切諸佛所有種種寶莊嚴相是爲八十八如來左足指間有大人相名現一切佛海雲摩尼寶華香燄燈鬘一切寶輪以爲莊嚴恒放寶海清淨光明充滿虛空普及十方一切世界於中示現一切諸佛及諸菩薩圓滿音聲卍字等相利益無量一切衆生是爲八十九如來右足

跟有大人相名自在照耀雲帝青寶末以爲莊嚴常放如來妙寶光明其光妙好充滿法界皆同一相無有差別於中示現一切諸佛坐於道場演說妙法是爲九十如來左足跟有大人相名示現妙音演說諸法海雲以變化海摩尼寶香燄海須彌華摩尼寶及毗瑠璃而爲莊嚴放大光明充滿法界於中普現諸佛神力是爲九十一如來右足趺有大人相名示現一切莊嚴光明雲衆寶所成極妙莊嚴放閻浮檀金色清淨光明普照十方一切法界其光明相猶如大雲普覆一切諸佛道場是爲九十二如來左足趺有大人相名現衆色相雲以一切月燄藏毗盧遮那寶因陀羅尼羅寶而爲莊嚴念念遊行諸法界海放摩尼燈香燄光明其光徧滿一切法界是爲九十三如來右足四周有大人相名普藏雲因陀羅尼羅金剛寶以爲莊嚴放寶光明充滿虛空於中示現一切諸佛坐於道場摩尼寶王師子之座是爲九十四如來左足四周有大人相名光明徧照法界雲摩尼寶華以爲莊嚴放大光明充滿法界平等一相於中示現一切諸佛及諸菩薩自在神力以大妙音演說法界無盡法門是爲九十五如來右足指端有大人相名示現莊嚴雲甚可愛樂閻浮檀清淨眞金以爲莊嚴放大光明充滿十方一切法界於中示現一切諸佛及諸菩薩無盡法海種種功德神通變化是爲九十六如來左足指端有大人相名現一切佛神變雲不思議佛光明月燄普香摩尼寶燄輪以爲莊嚴放衆寶色清淨光明充滿一切

諸世界海於中示現一切諸佛及諸菩薩演說一切諸佛法海是爲九十七佛子毗盧遮那如來有如是等十華藏世界海微塵數大人相一一身分衆寶妙相以爲莊嚴

如來隨好光明功德品第三十五

爾時世尊告寶手菩薩言佛子如來應正等覺有隨好名圓滿王此隨好中出大光明名爲熾盛七百萬阿僧祇光明而爲眷屬佛子我爲菩薩時於兜率天宮放大光明名光幢王照十佛剎微塵數世界彼世界中地獄衆生遇斯光者衆苦休息得十種清淨眼耳鼻舌身意亦復如是咸生歡喜踊躍稱慶從彼命終生兜率天天中有鼓名甚可愛樂彼天生已此鼓發音而告之言諸天子汝以心不放逸於如來所種諸善根往昔親近衆善知識毗盧遮那大威神力於彼命終來生此天佛子菩薩足下千輻輪名光明普照王此有隨好名圓滿王常放四十種光明中有一光名清淨功德能照億那由他佛剎微塵數世界隨諸衆生種種業行種種欲樂皆令成熟阿鼻地獄極苦衆生遇斯光者皆悉命終生兜率天既生天已聞天鼓音而告之言善哉善哉諸天子毗盧遮那菩薩入離垢三昧汝當敬禮爾時諸天子聞天鼓音如是勸誨咸生是念奇哉希有何因發此微妙之音是時天鼓告諸天子言我所發聲諸善根力之所成就諸天子如我說我而不著我不著我所一切諸佛亦復如是自說是佛不著於我不著我所諸天子如我音聲不從東方來不從南西北方四維上下來業報成佛亦復如是

非十方來諸天子譬如汝等昔在地獄地獄及身非十方來但由於汝顛倒惡業愚癡纏縛生地獄身此無根本無有來處諸天子毗盧遮那菩薩威德力故放大光明而此光明非十方來諸天子我天鼓音亦復如是非十方來但以三昧善根力故般若波羅蜜威德力故出生如是清淨音聲示現如是種種自在諸天子譬如須彌山王有三十三天上妙宮殿種種樂具而此樂具非十方來我天鼓音亦復如是非十方來諸天子譬如億那由他佛刹微塵數世界盡末爲塵我爲如是塵數衆生隨其所樂而演說法令大歡喜然我於彼不生疲厭不生退怯不生憍慢不生放逸諸天子毗盧遮那菩薩住離垢三昧亦復如是於右手掌一隨好中放一光明出現無量自在神力一切聲聞辟支佛尚不能知况諸衆生諸天子汝當往詣彼菩薩所親近供養勿復貪著五欲樂具著五欲樂障諸善根諸天子譬如劫火燒須彌山悉令除盡無餘可得貪欲纏心亦復如是終不能生念佛之意諸天子汝等應當知恩報恩諸天子其有衆生不知報恩多遭横死生於地獄諸天子汝等昔在地獄之中蒙光照身捨彼生此汝等今者宜疾迴向增長善根諸天子如我天鼓非男非女而能出生無量無邊不思議事汝天子天女亦復如是非男非女而能受用種種上妙宫殿園林如我天鼓不生不滅色受想行識亦復如是不生不滅汝等若能於此悟解應知則入無依印三昧時諸天子聞是音已得未曾有即皆化作一萬華雲一萬

香雲一萬音樂雲一萬幢雲一萬蓋雲一萬歌讃雲作是化已即共往詣毗盧遮那菩薩所住宫殿合掌恭敬於一面立欲申瞻覲而不得見時有天子作如是言毗盧遮那菩薩已從此没生於人間淨飯王家乘栴檀樓閣處摩耶夫人胎時諸天子以天眼觀見菩薩身處在人間淨飯王家梵天欲天承事供養諸天子衆咸作是念我等若不往菩薩所問訊起居乃至一念於此天宫而生愛著則爲不可時一一天子與十那由他眷屬欲下閻浮提時天鼓中出聲告言諸天子菩薩摩訶薩非此命終而生彼間但以神通隨諸衆生心之所宜令其得見諸天子如我今者非眼所見而能出聲菩薩摩訶薩入離垢三昧亦復如是非眼所見而能處處示現受生離分別除憍慢無染著諸天子汝等應發阿耨多羅三藐三菩提心淨治其意住善威儀悔除一切業障煩惱障報障見障以盡法界衆生數等身以盡法界衆生數等頭以盡法界衆生數等舌以盡法界衆生數等善身業善語業善意業悔除所有諸障過惡時諸天子聞是語已得未曾有心大歡喜而問之言菩薩摩訶薩云何悔除一切過惡爾時天鼓以菩薩三昧善根力故發聲告言諸天子菩薩知諸業不從東方來不從南西北方四維上下來而共積集止住於心但從顛倒生無有住處菩薩如是決定明見無有疑惑諸天子如我天鼓説業説報説行説戒説喜説安説諸三昧諸佛菩薩亦復如是説我説我所説衆生説貪恚癡種種諸業而實無我無有我所

諸所作業六趣果報十方推求悉不可得諸天子譬如我聲不生不滅造惡諸天不聞餘聲唯聞以地獄覺悟之聲一切諸業亦復如是非生非滅隨有修集則受其報諸天子如我天鼓所出音聲於無量劫不可窮盡無有閒斷若來若去皆不可得諸天子若有去來則有斷常一切諸佛終不演說有斷常法除爲方便成熟衆生諸天子譬如我聲於無量世界隨衆生心皆使得聞一切諸佛亦復如是隨衆生心悉令得見諸天子如有頗梨鏡名爲能照清淨鑒徹與十世界其量正等無量無邊諸國土中一切山川一切衆生乃至地獄畜生餓鬼所有影像皆於中現諸天子於汝意云何彼諸影像可得說言來入鏡中從鏡去不答言不也諸天子一切諸業亦復如是雖能出生諸業果報無來去處諸天子譬如幻師幻惑人眼當知諸業亦復如是若如是知是真實懺悔一切罪惡悉得清淨說此法時百千億那由他佛刹微塵數世界中兜率陀諸天子得無生法忍無量不思議阿僧祇六欲諸天子發阿耨多羅三藐三菩提心六欲天中一切天女皆捨女身發於無上菩提之意爾時諸天子聞說普賢廣大迴向得十地故獲諸力莊嚴三昧故以衆生數等清淨三業悔除一切諸重障故即見百千億那由他佛刹微塵數七寶蓮華一一華上皆有菩薩結跏趺坐放大光明彼諸菩薩一一隨好放衆生數等光明彼光明中有衆生數等諸佛結跏趺坐隨衆生心而爲說法而猶未現離垢三昧少分之力爾時彼諸天子以

上衆華復於身上一一毛孔化作衆生數等衆妙華雲供養毗盧遮那如來持以散佛一切皆於佛身上住其諸香雲普雨無量佛刹微塵數世界若有衆生身蒙香者其身安樂譬如比丘入第四禪一切業障皆得消滅若有聞者彼諸衆生於色聲香味觸其内具有五百煩惱其外亦有五百煩惱貪行多者二萬一千瞋行多者二萬一千癡行多者二萬一千等分行者二萬一千了知如是悉是虛妄如是知已成就香幢雲自在光明清淨善根若有衆生見其蓋者種一清淨金網轉輪王一恒河沙善根佛子菩薩住此轉輪王位於百千億那由他佛刹微塵數世界中教化衆生佛子譬如明鏡世界月智如來常有無量諸世界中比丘比丘尼優婆塞優婆夷等

化現其身而來聽法廣爲演說本生之事未曾一念而有間斷若有衆生聞其佛名必得往生彼佛國土菩薩安住清淨金網轉輪王位亦復如是若有暫得遇其光明必獲菩薩第十地位以先修行善根力故佛子如得初禪雖未命終見梵天處所有宫殿而得受於梵世安樂得諸禪者悉亦如是菩薩摩訶薩住清淨金網轉輪王位放摩尼髻清淨光明若有衆生遇斯光者皆得菩薩第十地位成就無量智慧光明得十種清淨眼乃至十種清淨意具足無量甚深三昧成就如是清淨肉眼佛子假使有人以億那由他佛刹碎爲微塵一塵一刹復以爾許微塵數佛刹碎爲微塵如是微塵悉置左手持以東行過爾許微塵數世界乃下一塵如是東行盡此微塵

南西北方四維上下亦復如是如是十方所有世界若著微塵及不著者悉以集成一佛國土寶手於汝意云何如是佛土廣大無量可思議不答曰不也如是佛土廣大無量希有奇特不可思議若有衆生聞此譬喻能生信解當知更爲希有奇特佛言寶手如是如是如汝所說若有善男子善女人聞此譬喻而生信者我授彼記決定當成阿耨多羅三藐三菩提當獲如來無上智慧寶手設復有人以千億佛刹微塵數如上所說廣大佛土末爲微塵以此微塵依前譬喻一一下盡乃至集成一佛國土復末爲塵如是次第展轉乃至經八十反如是一切廣大佛土所有微塵菩薩業報清淨肉眼於一念中悉能明見亦見百億廣大佛刹微塵數佛如頗梨鏡清淨光明照十佛刹微塵數世界寶手如是皆是清淨金網轉輪王甚深三昧福德善根之所成就

大方廣佛華嚴經卷第四十八

音釋

柔輭 輭而兗切亦柔也　密緻 緻直利切亦密也　鬘 莫班切　熈怡 熈許羈切怡弋支切熈怡和樂貌　齶 五各切齒根肉也　脣 食倫切　頸 居郢切頭莖也　紺 古暗切深青舍赤色也　輻 方六切車輻也　臀 徒渾切髀也　䏶 部禮切股也　腨 市兗切腓腸也　跟 古痕切足踵也　頗梨 梵語也此云水玉千年氷所成也頗普禾切

大方廣佛華嚴經卷第四十九

唐于闐國三藏沙門實叉難陀譯

普賢行品第三十六

爾時普賢菩薩摩訶薩復告諸菩薩大衆言：佛子如向所演此但隨衆生根器所宜畧說如來少分境界何以故諸佛世尊爲諸衆生無智作惡計我我所執著於身顛倒疑惑邪見分別與諸結縛恒共相應隨生死流遠如來道故出興于世佛子我不見一法爲大過失如諸菩薩於他菩薩起瞋心者何以故佛子若諸菩薩於餘菩薩起瞋恚心即成就百萬障門故何等爲百萬障所謂不見菩提障不聞正法障生不淨世界障生諸惡趣障生諸難處障多諸疾病障多被謗毁障生頑鈍諸趣障壞失正念障闕少智慧障眼障耳障鼻障舌障身障意障惡知識障惡伴黨障樂習小乘障樂近凡庸障不信樂大威德人障樂與離正見人同住障生外道家障住魔境界障離佛正教障不見善友障善根留難障增不善法障得下劣處障生邊地障生惡人家障生惡神中障生惡龍惡夜叉惡乾闥婆惡阿脩羅惡迦樓羅惡緊那羅惡摩睺羅伽惡羅刹中障不樂佛法障習童蒙法障樂著小乘障不樂大乘障性多驚怖障心常憂惱障愛著生死障不專佛法障不喜見聞佛自在神通障不得菩薩諸根障不行菩薩淨行障退怯菩薩深心障不生菩薩大願障不發一切智心障於菩薩行懈怠障不能淨治諸業障不能攝取大福障智力不能明利障斷於廣大智慧障不護持菩薩諸行障樂誹謗

一切智語障遠離諸佛菩提障樂住衆魔境界障不專修佛境界障不決定發菩薩弘誓障不樂與菩薩同住障不求菩薩善根障性多見疑障心常愚闇障不能行菩薩平等施故起不捨障不能持如來戒故起破戒障不能入堪忍門故起愚癡惱害瞋恚障不能行菩薩大精進故起懈怠垢障不能得諸三昧故起散亂障不修治般若波羅蜜故起惡慧障於處非處中無善巧障於度衆生中無方便障於菩薩智慧中不能觀察障於菩薩出離法中不能了知障不成就菩薩十種廣大眼故眼如生盲障耳不聞無礙法故口如啞羊障不具相好故鼻根破壞障不能辨了衆生語言故成就舌根障輕賤衆生故成就身根障心多狂亂故成就意根障不持三種律儀故成就身業障恒起四種過失故成就語業障多生貪瞋邪見故成就意業障賊心求法障斷絶菩薩境界障於菩薩勇猛法中心生退怯障於菩薩出離道中心生懶惰障於菩薩智慧光明門中心生止息障於菩薩念力中心生劣弱障於如來教法中不能住持障於菩薩離生道不能親近障於菩薩無失壞道不能修習障隨順二乘正位障遠離三世諸佛菩薩種性障佛子若菩薩於諸菩薩起一瞋心則成就如是等百萬障門何以故佛子我不見有一法爲大過惡如諸菩薩於餘菩薩起瞋心者是故諸菩薩摩訶薩欲疾滿足諸菩薩行應勤修十種法何等爲十所謂心不棄捨一切衆生於諸菩薩生如來想永不誹謗一切佛法知諸國土無有窮盡於

菩薩行深生信樂不捨平等虛空法界菩提之心觀察菩提入如來力精勤修習無礙辯才教化衆生無有疲厭住一切世界心無所著是爲十佛子菩薩摩訶薩安住此十法已則能具足十種清淨何等爲十所謂通達甚深法清淨親近善知識清淨護持諸佛法清淨了達虛空界清淨深入法界清淨觀察無邊心清淨與一切菩薩同善根清淨不著諸劫清淨觀察三世清淨修行一切諸佛法清淨是爲十佛子菩薩摩訶薩住此十法已則具足十種廣大智何等爲十所謂知一切衆生心行智知一切衆生業報智知一切佛法智知一切佛法深密理趣智知一切陀羅尼門智知一切文字辯才智知一切衆生語言音聲辭辯善巧智於一切世界中普現其身智於一切衆會中普現影像智於一切受生處中具一切智智是爲十佛子菩薩摩訶薩住此十智已則得入十種普入何等爲十所謂一切世界入一毛道一毛道入一切世界一切衆生身入一身一身入一切衆生身不可說劫入一念一念入不可說劫一切佛法入一法一法入一切佛法不可說處入一處一處入不可說處不可說根入一根一根入不可說根一切根入非根非根入一切根一切想入一想一想入一切想一切言音入一言音一言音入一切言音一切三世入一世一世入一切三世是爲十佛子菩薩摩訶薩如是觀察已則住十種勝妙心何等爲十所謂住一切世界語言非語言勝妙心住一切衆生想念無所依止勝妙心住究竟虛空界

勝妙心住無邊法界勝妙心住一切深密佛法勝妙心住甚深無差別法勝妙心住除滅一切疑惑勝妙心住一切世平等無差別勝妙心住三世諸佛平等勝妙心住一切諸佛力無量勝妙心是爲十佛子菩薩摩訶薩住此十種勝妙心已則得十種佛法善巧智何等爲十所謂了達甚深佛法善巧智出生廣大佛法善巧智宣說種種佛法善巧智證入平等佛法善巧智明了差別佛法善巧智悟解無差別佛法善巧智深入莊嚴佛法善巧智一方便入佛法善巧智無量方便入佛法善巧智知無邊佛法無差別善巧智以自心自力於一切佛法不退轉善巧智是爲十佛子菩薩摩訶薩聞此法已咸應發心恭敬受持何以故菩薩摩訶薩持此法者少作功力疾得阿耨多羅三藐三菩提皆得具足一切佛法悉與三世諸佛法等爾時佛神力故法如是故十方各有十不可說百千億那由他佛剎微塵數世界六種震動雨出過諸天一切華雲香雲末香雲衣蓋幢旛摩尼寶等及以一切莊嚴具雲雨衆妓樂雲雨諸菩薩雲雨不可說如來色相雲雨不可說讚歎如來善哉雲雨如來音聲充滿一切法界雲雨不可說莊嚴世界雲雨不可說增長菩提雲雨不可說光明照耀雲雨不可說神力說法雲如此世界四天下菩提樹下菩提場菩薩宮殿中見於如來成等正覺演說此法十方一切諸世界中悉亦如是爾時佛神力故法如是故十方各過十不可說佛剎微塵數世界外有十佛剎微塵數菩薩摩訶薩來詣此土

充滿十方作如是言善哉善哉佛子乃能說此諸佛如來最大誓願授記深法佛子我等一切同名普賢各從普勝世界普幢自在如來所來詣此土悉以佛神力故於一切處演說此法如此衆會如是所說一切平等無有增減我等皆承佛威神力來此道場爲汝作證如此道場我等十佛剎微塵數菩薩而來作證十方一切諸世界中悉亦如是爾時普賢菩薩摩訶薩以佛神力自善根力觀察十方洎于法界欲開示菩薩行欲宣說如來菩提界欲說大願界欲說一切世界劫數欲明諸佛隨時出現欲說如來隨根熟衆生出現令其供養欲明如來出世功不唐捐欲明所種善根必獲果報欲明大威德菩薩爲一切衆生現形說法令其開悟而說頌言

汝等應歡喜　捨離於諸蓋　一心恭敬聽
菩薩諸願行　往昔諸菩薩　最勝人師子
如彼所修行　我當次第說　亦說諸劫數
世界并諸業　及以無等尊　於彼而出興
如是過去佛　大願出于世　云何爲衆生
滅除諸苦惱　一切論師子　所行相續滿
得佛平等法　一切智境界　見於過去世
一切人師子　放大光明網　普照十方界
思惟發是願　我當作世燈　具足佛功德
十力一切智　一切諸衆生　貪恚癡熾然
我當悉救脫　令滅惡道苦　發如是誓願
堅固不退轉　具修菩薩行　獲十無礙力
如是誓願已　修行無退怯　所作皆不虛
說名論師子　於一賢劫中　千佛出于世
彼所有普眼　我當次第說　如一賢劫中

無量劫亦然　彼未來佛行　我當分別說
如一佛剎種　無量剎亦然　未來十力尊
諸行我今說　諸佛次與世　隨願隨名號
隨彼所得記　隨其所壽命　隨所修正法
專求無礙道　隨所化衆生　正法住於世
隨所淨佛剎　衆生及法輪　演說時非時
次第淨羣生　隨諸衆生業　所行及信解
上中下不同　化彼令修習　入於如是智
修其最勝行　常作普賢業　廣度諸衆生
身業無障礙　語業悉清淨　意行亦如是
三世靡不然　菩薩如是行　究竟普賢道
出生淨智日　普照於法界　未來世諸劫
國土不可說　一念悉了知　於彼無分別
行者能趣入　如是最勝地　此諸菩薩法
我當說少分　智慧無邊際　通達佛境界
一切皆善入　所行不退轉　具足普賢慧
成滿普賢願　入於無等智　我當說彼行
於一微塵中　悉見諸世界　衆生若聞者
迷亂心發狂　如於一微塵　一切塵亦然
世界悉入中　如是不思議　一一塵中有
十方三世法　趣剎皆無量　悉能分別知
一一塵中有　無量種佛剎　種種皆無量
於一靡不知　法界中所有　種種諸異相
趣類各差別　悉能分別知　深入微細智
分別諸世界　一切劫成壞　悉能明了說
知諸劫脩短　三世即一念　衆行同不同
悉能分別知　深入諸世界　廣大非廣大
一身無量剎　一剎無量身　十方中所有
異類諸世界　廣大無量相　一切悉能知
一切三世中　無量諸國土　具足甚深智

悉了彼成敗　十方諸世界　有成或有壞
如是不可說　賢德悉深了　或有諸國土
種種地嚴飾　諸趣亦復然　斯由業清淨
或有諸世界　無量種雜染　斯由衆生感
一切如其行　無量無邊刹　了知即一刹
如是入諸刹　其數不可知　一切諸世界
悉入一刹中　世界不爲一　亦復無雜亂
世界有仰覆　或高或復下　皆是衆生想
悉能分別知　廣博諸世界　無量無有邊
知種種是一　知一是種種　普賢諸佛子
能以普賢智　了知諸刹數　其數無邊際
知諸世界化　刹化衆生化　法化諸佛化
一切皆究竟　一切諸世界　微細廣大刹
種種異莊嚴　皆由業所起　無量諸佛子
善學入法界　神通力自在　普徧於十方
衆生數等劫　說彼世界名　亦不能令盡
唯除佛開示　世界及如來　種種諸名號
經於無量劫　說之不可盡　何況最勝智
三世諸佛法　從於法界生　充滿如來地
清淨無礙念　無邊無礙慧　分別說法界
得至於彼岸　過去諸世界　廣大及微細
修習所莊嚴　一念悉能知　其中人師子
修佛種種行　成於等正覺　示現諸自在
如是未來世　次第無量劫　所有人中尊
菩薩悉能知　所有諸行願　所有諸境界
如是勤修行　於中成正覺　亦知彼衆會
壽命化衆生　以此諸法門　爲衆轉法輪
菩薩如是知　住普賢行地　智慧悉明了
出生一切佛　現在世所攝　一切諸佛土
深入此諸刹　通達於法界　彼諸世界中

現在一切佛　於法得自在　言論無所礙
亦知彼衆會　淨土應化力　盡無量億劫
常思惟是事　調御世間尊　所有威神力
無盡智慧藏　一切悉能知　出生無礙眼
無礙耳鼻身　無礙廣長舌　能令衆歡喜
最勝無礙心　廣大普清淨　智慧徧充滿
悉知三世法　善學一切化　剎化衆生化
世化調伏化　究竟化彼岸　世間種種別
皆由於想住　入佛方便智　於此悉明了
衆會不可說　一一爲現身　悉使見如來
度脫無邊衆　諸佛甚深智　如日出世間
一切國土中　普現無休息　了達諸世間
假名無有實　衆生及世界　如夢如光影
於諸世間法　不生分別見　善離分別者
亦不見分別　無量無數劫　解之即一念
知念亦無念　如是見世間　無量諸國土
一念悉超越　經於無量劫　不動於本處
不可說諸劫　即是須臾頃　莫見脩與短
究竟剎那法　心住於世間　世間住於心
於此不妄起　二非二分別　衆生世界劫
諸佛及佛法　一切如幻化　法界悉平等
普於十方剎　示現無量身　知身從緣起
究竟無所著　依於無二智　出現人師子
不著無二法　知無二非二　了知諸世間
如燄如光影　如響亦如夢　如幻如變化
如是隨順入　諸佛所行處　成就普賢智
普照深法界　衆生剎染著　一切皆捨離
而興大悲心　普淨諸世間　菩薩常正念
論師子妙法　清淨如虛空　而興大方便
見世常迷倒　發心咸救度　所行皆清淨

普徧諸法界　諸佛及菩薩　佛法世間法
若見其眞實　一切無差別　如來法身藏
普入世間中　雖在於世間　於世無所著
譬如清淨水　影像無來去　法身徧世間
當知亦如是　如是離染著　身世皆清淨
湛然如虛空　一切無有生　知身無有盡
無生亦無滅　非常非無常　示現諸世間
除滅諸邪見　開示於正見　法性無來去
不著我我所　譬如工幻師　示現種種事
其來無所從　去亦無所至　幻性非有量
亦復非無量　於彼大衆中　示現量無量
以此寂定心　修習諸善根　出生一切佛
非量非無量　有量及無量　皆悉是妄想
了達一切趣　不著量無量　諸佛甚深法
廣大深寂滅　甚深無量智　知甚深諸趣
菩薩離迷倒　心淨常相續　巧以神通力
度無量衆生　未安者令安　安者示道場
如是徧法界　其心無所著　不住於實際
不入於涅槃　如是徧世間　開悟諸羣生
法數衆生數　了知而不著　普雨於法雨
充洽諸世間　普於諸世界　念念成正覺
而修菩薩行　未曾有退轉　世間種種身
一切悉了知　如是知身法　則得諸佛身
普知諸衆生　諸劫及諸刹　十方無涯際
智海無不入　衆生身無量　一一爲現身
佛身無有邊　智者悉觀見　一念之所知
出現諸如來　經於無量劫　稱揚不可盡
諸佛能現身　處處般涅槃　一念中無量
舍利各差別　如是未來世　有求於佛果
無量菩提心　決定智悉知　如是三世中

所有諸如來　一切悉能知　名位普賢行
如是分別知　無量諸行地　入於智慧處
其輪不退轉　微妙廣大智　深入如來境
入已不退轉　說名普賢慧　一切最勝尊
普入佛境界　修行不退轉　得無上菩提
無量無邊心　各各差別業　皆由想積集
平等悉了知　染汙非染汙　學心無學心
不可說諸心　念念中悉知　了知非一二
非染亦非淨　亦復無雜亂　皆從自想起
如是悉明見　一切諸衆生　心想各不同
起種種世間　以如是方便　修諸最勝行
從佛法化生　得名爲普賢　衆生皆妄起
善惡諸趣想　由是或生天　或復墮地獄
菩薩觀世間　妄想業所起　妄想無邊故
世間亦無量　一切諸國土　想網之所現
幻網方便故　一念悉能入　眼耳鼻舌身
意根亦如是　世間想別異　平等皆能入
一一眼境界　無量眼皆入　種種性差別
無量不可說　所見無差別　亦復無雜亂
各隨於自業　受用其果報　普賢力無量
悉知彼一切　一切眼境界　大智悉能入
如是諸世間　悉能分別知　而修一切行
亦復無退轉　佛說衆生說　及以國土說
三世如是說　種種悉了知　過去中未來
未來中現在　三世互相見　一一皆明了
如是無量種　開悟諸世間　一切智方便
邊際不可得

大方廣佛華嚴經卷第四十九

大方廣佛華嚴經卷第五十

唐于闐國三藏沙門實叉難陀譯

如來出現品第三十七之一

爾時世尊從眉間白毫相中放大光明名如來出現無量百千億那由他阿僧祇光明以爲眷屬其光普照十方盡虛空法界一切世界右繞十帀顯現如來無量自在覺悟無數諸菩薩衆震動一切十方世界除滅一切諸惡道苦映蔽一切諸魔宮殿顯示一切諸佛如來坐菩提座成等正覺及以一切道場衆會作是事已而來右繞菩薩衆會入如來性起妙德菩薩頂時此道場一切大衆身心踊躍生大歡喜作如是念甚奇希有今者如來放大光明必當演說甚深大法爾時如來性起妙德菩薩於蓮華座上偏袒右肩右跽合掌一心向佛而說頌言

正覺功德大智出　普達境界到彼岸
等於三世諸如來　是故我今恭敬禮
已升無相境界岸　而現妙相莊嚴身
放於離垢千光明　破魔軍衆咸令盡
十方所有諸世界　悉能震動無有餘
未曾恐怖一衆生　善逝威神力如是
虛空法界性平等　已能如是而安住
一切含生無數量　咸令滅惡除衆垢
苦行勤勞無數劫　成就最上菩提道
於諸境界智無礙　與一切佛同其性
導師放此大光明　震動十方諸世界
已現無量神通力　而復還來入我身
決定法中能善學　無量菩薩皆來集
令我發起問法心　是故我今請法王

今此衆會皆清淨　善能度脫諸世間
智慧無邊無染著　如是賢勝咸來集
利益世間尊導師　智慧精進皆無量
今以光明照大衆　令我問於無上法
誰於大仙深境界　而能眞實具開演
誰是如來法長子　世間尊導願顯示

爾時如來即於口中放大光明名無礙無畏百千億阿僧祇光明以爲眷屬普照十方盡虛空等法界一切世界右繞十帀顯現如來種種自在開悟無量諸菩薩衆震動一切十方世界除滅一切諸惡道苦映蔽一切諸魔宮殿顯示一切諸佛如來坐菩提座成等正覺及以一切道場衆會作是事已而來右繞菩薩衆會入普賢菩薩摩訶薩口其光入已普賢菩薩身及師子座過於本時及諸菩薩身座百倍唯除如來師子之座爾時如來性起妙德菩薩問普賢菩薩摩訶薩言佛子佛所示現廣大神變令諸菩薩皆生歡喜不可思議世莫能知是何瑞相普賢菩薩摩訶薩言佛子我於往昔見諸如來應正等覺示現如是廣大神變即說如來出現法門如我惟忖今現此相當說其法說是語時一切大地悉皆震動出生無量問法光明時性起妙德菩薩問普賢菩薩言佛子菩薩摩訶薩應云何知諸佛如來應正等覺出現之法願爲我說佛子此諸無量百千億那由他菩薩衆會皆久修淨業念慧成就到於究竟大莊嚴岸具一切佛威儀之行正念諸佛未曾忘失大悲觀察一切衆生決定了知諸大菩薩神通境界已得諸佛神力所加能受一切如來妙

法具如是等無量功德皆以來集佛子汝已曾於無量百千億那由他佛所承事供養成就菩薩最上妙行於三昧門皆得自在入一切佛祕密之處知諸佛法斷衆疑惑爲諸如來神力所加知衆生根隨其所樂爲說眞實解脫之法隨順佛智演說佛法到於彼岸有如是等無量功德善哉佛子願說如來應正等覺出現之法身相言音心意境界所行之行成道轉法輪乃至示現入般涅槃見聞親近所生善根如是等事願皆爲說時如來性起妙德菩薩欲重明此義向普賢菩薩而說頌曰

善哉無礙大智慧　善覺無邊平等境
願說無量佛所行　佛子聞已皆欣慶
菩薩云何隨順入　諸佛如來出興世
云何身語心境界　及所行處願皆說
云何諸佛成正覺　云何如來轉法輪
云何善逝般涅槃　大衆聞已心歡喜
若有見佛大法王　親近增長諸善根
願說彼諸功德藏　衆生見已何所獲
若有得聞如來名　若現在世若涅槃
於彼福藏生深信　有何等利願宣說
此諸菩薩皆合掌　瞻仰如來仁及我
大功德海之境界　淨衆生者願爲說
願以因緣及譬喻　演說妙法相應義
衆生聞已發大心　疑盡智淨如虛空
如徧一切國土中　諸佛所現莊嚴身
願以妙音及因喻　示佛菩提亦如彼
十方千萬諸佛土　億那由他無量劫
如今所集菩薩衆　於彼一切悉難見

此諸菩薩咸恭敬　於微妙義生渴仰
願以淨心具開演　如來出現廣大法

爾時普賢菩薩摩訶薩告如來性起妙德等諸菩薩大衆言佛子此處不可思議所謂如來應正等覺以無量法而得出現何以故非以一緣非以一事如來出現而得成就以十無量百千阿僧祇事而得成就何等爲十所謂過去無量攝受一切衆生菩提心所成故過去無量清淨殊勝志樂所成故過去無量救護一切衆生大慈大悲所成故過去無量相續行願所成故過去無量修諸福智心無猒足所成故過去無量供養諸佛教化衆生所成故過去無量智慧方便清淨道所成故過去無量清淨功德藏所成故過去無量莊嚴道智所成故過去無量通達法義所成故佛子如是無量阿僧祇法門圓滿成於如來佛子譬如三千大千世界非以一緣非以一事而得成就以無量緣無量事方乃得成所謂興布大雲降霔大雨四種風輪相續爲依其四者何一名能持能持大水故二名能消能消大水故三名建立建立一切諸處所故四名莊嚴莊嚴分布咸善巧故如是皆由衆生共業及諸菩薩善根所起令於其中一切衆生各隨所宜而得受用佛子如是等無量因緣乃成三千大千世界法性如是無有生者無有作者無有知者無有成者然彼世界而得成就如來出現亦復如是非以一緣非以一事而得成就以無量因緣無量事相乃得成就所謂曾於過去佛所聽聞受持大法雲雨因此能起如來四種大智風輪何等爲

四一者念持不忘陀羅尼大智風輪能持一切如來大法雲雨故二者出生止觀大智風輪能消竭一切煩惱故三者善巧迴向大智風輪能成就一切善根故四者出生離垢差別莊嚴大智風輪令過去所化一切衆生善根清淨成就如來無漏善根力故如來如是成等正覺法性如是無生無作而得成就佛子是爲如來應正等覺出現第一相菩薩摩訶薩應如是知復次佛子譬如三千大千世界將欲成時大雲降雨名曰洪霔一切方處所不能受所不能持唯除大千界將欲成時佛子如來應正等覺亦復如是興大法雲雨大法雨名成就如來出現一切二乘心志狹劣所不能受所不能持唯除諸大菩薩心相續力佛子是爲如來應正等覺出現第二相

菩薩摩訶薩應如是知復次佛子譬如衆生以業力故大雲降雨來無所從去無所至如來應正等覺亦復如是以諸菩薩善根力故興大法雲雨大法雨亦無所從來無所至去佛子是爲如來應正等覺出現第三相菩薩摩訶薩應如是知復次佛子譬如大雲降霔大雨大千世界一切衆生無能知數若欲筭計徒令發狂唯大千世界主摩醯首羅以過去所修善根力故乃至一滴無不明了佛子如來應正等覺亦復如是興大法雲雨大法雨一切衆生聲聞獨覺所不能知若欲思量心必狂亂唯除一切世間主菩薩摩訶薩以過去所修覺慧力故乃至一文一句入衆生心無不明了佛子是爲如來應正等覺出現第四相菩薩摩訶薩應如是知復次佛子譬

如大雲降雨之時有大雲雨名爲能滅能滅火災有大雲雨名爲能起能起大水有大雲雨名爲能止能止大水有大雲雨名爲能成能成一切摩尼諸寶有大雲雨名爲分別分別三千大千世界佛子如來出現亦復如是興大法雲雨大法雨有大法雨名爲能滅能滅一切衆生煩惱有大法雨名爲能起能起一切衆生善根有大法雨名爲能止能止一切衆生見惑有大法雨名爲能成能成一切智慧法寶有大法雨名爲分別分別一切衆生心樂佛子是爲如來應正等覺出現第五相菩薩摩訶薩應如是知復次佛子譬如大雲雨一味水隨其所雨無量差別如來出現亦復如是雨於大悲一味法水隨宜說法無量差別佛子是爲如來應正等覺出現第六相菩薩摩訶薩應如是知復次佛子譬如三千大千世界初始成時先成色界諸天宮殿次成欲界諸天宮殿次成於人及餘衆生諸所住處佛子如來出現亦復如是先起菩薩諸行智慧次起緣覺諸行智慧次起聲聞善根諸行智慧次起其餘衆生有爲善根諸行智慧佛子譬如大雲雨一味水隨諸衆生善根異故所起宮殿種種不同如來大悲一味法雨隨衆生器而有差別佛子是爲如來應正等覺出現第七相菩薩摩訶薩應如是知復次佛子譬如世界初欲成時有大水生徧滿三千大千世界生大蓮華名如來出現功德寶莊嚴徧覆水上光照十方一切世界時摩醯首羅淨居天等見是華巳即決定知於此劫中有爾所佛出興于世佛子爾時其中

有風輪起名善淨光明能成色界諸天宮殿有風輪起名淨光莊嚴能成欲界諸天宮殿有風輪起名堅密無能壞能成大小諸輪圍山及金剛山有風輪起名勝高能成須彌山王有風輪起名不動能成十大山王何等爲十所謂佉陀羅山仙人山伏魔山大伏魔山持雙山尼民陀羅山目眞隣陀山摩訶目眞隣陀山香山雪山有風輪起名爲安住能成大地有風輪起名爲莊嚴能成地天宮殿龍宮殿乾闥婆宮殿有風輪起名無盡藏能成三千大千世界一切大海有風輪起名普光明藏能成三千大千世界諸摩尼寶有風輪起名堅固根能成一切諸如意樹佛子大雲所雨一味之水無有分別以衆生善根不同故風輪不同風輪差別故世界差別佛子如來出現亦復如是具足一切善根功德放於無上大智光明名不斷如來種不思議智普照十方一切世界與諸菩薩一切如來灌頂之記當成正覺出與於世佛子如來出現復有無上大智光明名清淨離垢能成如來無漏無盡智復有無上大智光明名普照能成如來普入法界不思議智復有無上大智光明名持佛種性能成如來不傾動力復有無上大智光明名逈出無能壞能成如來無畏無壞智復有無上大智光明名一切神通能成如來諸不共法一切智智復有無上大智光明名出生變化能成如來令見聞親近所生善根不失壞智復有無上大智光明名普隨順能成如來無盡福德智慧之身爲一切衆生而作饒益復有無上大智光明名不可

究竟能成如來甚深妙智隨所開悟令三寶種永不斷絕復有無上大智光明名種種莊嚴能成如來相好嚴身令一切衆生皆生歡喜復有無上大智光明名不可壞能成如來法界虛空界等殊勝壽命無有窮盡佛子如來大悲一味之水無有分別以諸衆生欲樂不同根性各別而起種種大智風輪令諸菩薩成就如來出現之法佛子一切如來同一體性大智輪中出生種種智慧光明佛子汝等應知如來於一解脫味出生無量不可思議種種功德衆生念言此是如來神力所造佛子此非如來神力所造佛子乃至一菩薩不於佛所曾種善根能得如來少分智慧無有是處但以諸佛威德力故令諸衆生具佛功德而佛如來無有分別無成無壞無有作者亦無作法佛子是爲如來應正等覺出現第八相菩薩摩訶薩應如是知復次佛子如依虛空起四風輪能持水輪何等爲四一名安住二名常住三名究竟四名堅固此四風輪能持水輪水輪能持大地令不散壞是故說地輪依水輪水輪依風輪風輪依虛空虛空無所依雖無所依能令三千大千世界而得安住佛子如來出現亦復如是依無礙慧光明起佛四種大智風輪能持一切衆生善根何等爲四所謂普攝衆生皆令歡喜大智風輪建立正法令諸衆生皆生愛樂大智風輪守護一切衆生善根大智風輪具一切方便通達無漏界大智風輪是爲四佛子諸佛世尊大慈救護一切衆生大悲度脫一切衆生大慈大悲普徧饒益然大慈大悲依大方

便善巧大方便善巧依如來出現如來出現依無礙慧光明無礙慧光明無有所依佛子是爲如來應正等覺出現第九相菩薩摩訶薩應如是知復次佛子譬如三千大千世界既成就已饒益無量種種衆生所謂水族衆生得水饒益陸地衆生得地饒益宮殿衆生得宮殿饒益虛空衆生得虛空饒益如來出現亦復如是種種饒益無量衆生所謂見佛生歡喜者得歡喜益住淨戒者得淨戒益住諸禪定及無量者得聖出世大神通益住法門光明者得因果不壞益住無所有光明者得一切法不壞益是故說言如來出現饒益一切無量衆生佛子是爲如來應正等覺出現第十相菩薩摩訶薩應如是知佛子菩薩摩訶薩知如來出現則知無量知成就無量行故則知廣大知周徧十方故則知無來去知離生住滅故則知無行無所行知離心意識故則知無身知如虛空故則知平等知一切衆生皆無我故則知無盡知徧一切刹無有盡故則知無退知盡後際無斷絕故則知無壞知如來智無有對故則知無二知平等觀察爲無爲故則知一切衆生皆得饒益本願迴向自在滿足故爾時普賢菩薩摩訶薩欲重明此義而說頌言

十力大雄最無上　譬如虛空無等等
境界廣大不可量　功德第一超世間
十力功德無邊量　心意思量所不及
人中師子一法門　衆生億劫莫能知
十方國土碎爲塵　或有筭計知其數
如來一毛功德量　千萬億劫無能說

如人持尺量虛空　復有隨行計其數
虛空邊際不可得　如來境界亦如是
或有能於刹那頃　悉知三世衆生心
設經衆生數等劫　不能知佛一念性
譬如法界徧一切　不可見取爲一切
十力境界亦復然　徧於一切非一切
眞如離妄恒寂靜　無生無滅普周徧
諸佛境界亦復然　體性平等不增減
譬如實際而非際　普在三世亦非普
導師境界亦如是　徧於三世皆無礙
法性無作無變易　猶如虛空本清淨
諸佛性淨亦如是　本性非性離有無
法性不在於言論　無說離說恒寂滅
十力境界性亦然　一切文辭莫能辯
了知諸法性寂滅　如鳥飛空無有跡
以本願力現色身　令見如來大神變
若有欲知佛境界　當淨其意如虛空
遠離妄想及諸取　令心所向皆無礙
是故佛子應善聽　我以少譬明佛境
十力功德不可量　爲悟衆生今略說
導師所現於身業　語業心業諸境界
轉妙法輪般涅槃　一切善根我今說
譬如世界初安立　非一因緣而可成
無量方便諸因緣　成此三千大千界
如來出現亦如是　無量功德乃得成
刹塵心念尚可知　十力生因莫能測
譬如劫初雲澍雨　而起四種大風輪
衆生善根菩薩力　成此三千各安住
十力法雲亦如是　起智風輪清淨意
昔所迴向諸衆生　普導令成無上果

如有大雨名洪澍　無有處所能容受
唯除世界將成時　清淨虛空大風力
如來出現亦如是　普雨法雨充法界
一切劣意無能持　唯除清淨廣大心
譬如空中澍大雨　無所從來無所去
作者受者悉亦無　自然如是普充洽
十力法雨亦如是　無去無來無造作
本行爲因菩薩力　一切大心咸聽受
譬如空雲澍大雨　一切無能數其滴
唯除三千自在王　具功德力悉明了
善逝法雨亦如是　一切衆生莫能測
唯除於世自在人　明見如觀掌中寶
譬如空雲澍大雨　能滅能起亦能斷
一切珍寶悉能成　三千所有皆分別
十力法雨亦如是　滅惑起善斷諸見
一切智寶皆使成　衆生心樂悉分別
譬如空中雨一味　隨其所雨各不同
豈彼雨性有分別　然隨物異法如是
如來法雨非一異　平等寂靜離分別
然隨所化種種殊　自然如是無邊相
譬如世界初成時　先成色界天宮殿
次及欲天次人處　乾闥婆宮最後成
如來出現亦如是　先起無邊菩薩行
次化樂寂諸緣覺　次聲聞衆後衆生
諸天初見蓮華瑞　知佛當出生歡喜
水緣風力起世間　宮殿山川悉成立
如來宿善大光明　巧別菩薩與其記
所有智輪體皆淨　各能開示諸佛法
譬如樹林依地有　地依於水得不壞
水輪依風風依空　而其虛空無所依

一切佛法依慈悲　慈悲復依方便立
方便依智智依慧　無礙慧身無所依
譬如世界旣成立　一切衆生獲其利
地水所住及空居　二足四足皆蒙益
法王出現亦如是　一切衆生獲其利
若有見聞及親近　悉使滅除諸惑惱
如來出現法無邊　世間迷惑莫能知
爲欲開悟諸含識　無譬喻中說其譬

佛子諸菩薩摩訶薩應云何見如來應正等覺身佛子諸菩薩摩訶薩應於無量處見如來身何以故諸菩薩摩訶薩不應於一法一事一身一國土一衆生見於如來應徧一切處見於如來佛子譬如虛空徧至一切色非色處非至非不至何以故虛空無身故如來身亦如是徧一切處徧一切衆生徧一切法徧一切國土非至非不至何以故如來身無身故爲衆生故示現其身佛子是爲如來身第一相諸菩薩摩訶薩應如是見復次佛子譬如虛空寬廣非色而能顯現一切諸色而彼虛空無有分別亦無戲論如來身亦復如是以智光明普照明故令一切衆生世出世間諸善根業皆得成就而如來身無有分別亦無戲論何以故從本已來一切執著一切戲論皆永斷故佛子是爲如來身第二相諸菩薩摩訶薩應如是見復次佛子譬如日出於閻浮提無量衆生皆得饒益所謂破闇作明變濕令燥生長草木成熟穀稼廓徹虛空開敷蓮華行者見道居者辨業何以故日輪普放無量光故佛子如來智日亦復如是以無量事普益衆生所謂滅惡生善破愚爲智

大慈救護大悲度脫令其增長根力覺分令生深信捨離濁心令得見聞不壞因果令得天眼見歿生處令心無礙不壞善根令智修明開敷覺華令其發心成就本行何以故如來廣大智慧日身放無量光普照耀故佛子是爲如來身第三相諸菩薩摩訶薩應如是見復次佛子譬如日出於閻浮提先照一切須彌山等諸大山王次照黑山次照高原然後普照一切大地日不作念我先照此後照於彼但以山地有高下故照有先後如來應正等覺亦復如是成就無邊法界智輪常放無礙智慧光明先照菩薩摩訶薩等諸大山王次照緣覺次照聲聞次照決定善根衆生隨其心器示廣大智然後普照一切衆生乃至邪定亦皆普及爲作未來利益因緣令成

熟故而彼如來大智日光不作是念我當先照菩薩大行乃至後照邪定衆生但放光明平等普照無礙無障無所分別佛子譬如日月隨時出現大山幽谷普照無私如來智慧亦復如是普照一切無有分別隨諸衆生根欲不同智慧光明種種有異佛子是爲如來身第四相諸菩薩摩訶薩應如是見復次佛子譬如日出生盲衆生無眼根故未曾得見雖未曾見然爲日光之所饒益何以故因此得知晝夜時節受用種種衣服飲食令身調適離衆患故如來智日亦復如是無信無解毁戒毁見邪命自活生盲之類無信眼故不見諸佛智慧日輪雖不見佛智慧日輪亦爲智日之所饒益何以故以佛威力令彼衆生所有身苦及諸煩惱未來苦因皆消滅故佛

子如來有光明名積集一切功德有光明名普照一切有光明名清淨自在照有光明名出大妙音有光明名普解一切語言法令他歡喜有光明名示現永斷一切疑自在境界有光明名無住智自在普照有光明名永斷一切戲論自在智有光明名隨所應出妙音聲有光明名出清淨自在音莊嚴國土成熟衆生佛子如來一一毛孔放如是等千種光明五百光明普照下方五百光明普照上方種種刹中種種佛所諸菩薩衆其菩薩等見此光明一時皆得如來境界十頭十眼十耳十鼻十舌十身十手十足十地十智皆悉清淨彼諸菩薩先所成就諸處諸地見彼光明轉更清淨一切善根皆悉成熟趣一切智住二乘者滅一切垢其餘一分生盲衆生身既快樂心亦清淨柔輭調伏堪修念智地獄餓鬼畜生諸趣所有衆生皆得快樂解脫衆苦命終皆生天上人間佛子彼諸衆生不覺不知以何因緣以何神力而來生此彼生盲者作如是念我是梵天我是梵化是時如來住普自在三昧出六十種妙音而告之言汝等非是梵天亦非梵化亦非帝釋護世所作皆是如來威神之力彼諸衆生聞是語已以佛神力皆知宿命生大歡喜心歡喜故自然而出優曇華雲香雲音樂雲衣雲蓋雲幢雲旛雲末香雲寶雲師子幢半月樓閣雲歌詠讃歎雲種種莊嚴雲皆以尊重心供養如來何以故此諸衆生得淨眼故如來與彼授阿耨多羅三藐三菩提記佛子如來智日如是利益生盲衆生令得善根具足成熟佛子是爲

如來身第五相諸菩薩摩訶薩應如是見復次佛子譬如月輪有四奇特未曾有法何等爲四一者映蔽一切星宿光明二者隨逐於時示現虧盈三者於閻浮提澄淨水中影無不現四者一切見者皆對目前而此月輪無有分別無有戲論佛子如來身月亦復如是有四奇特未曾有法何等爲四所謂映蔽一切聲聞獨覺學無學衆隨其所宜示現壽命脩短不同而如來身無有增減一切世界淨心衆生菩提器中影無不現一切衆生有瞻對者皆謂如來唯現我前隨其心樂而爲說法隨其地位令得解脫隨所應化令見佛身而如來身無有分別無有戲論所作利益皆得究竟佛子是爲如來身第六相諸菩薩摩訶薩應如是見復次佛子譬如三千大千世

界大梵天王以少方便於大千世界普現其身一切衆生皆見梵王現在已前而此梵王亦不分身無種種身佛子諸佛如來亦復如是無有分別無有戲論亦不分身無種種身而隨一切衆生心樂示現其身亦不作念現若干身佛子是爲如來身第七相諸菩薩摩訶薩應如是見復次佛子譬如醫王善知衆藥及諸呪論閻浮提中諸所有藥用無不盡復以宿世諸善根力大明呪力爲方便故衆生見者病無不愈彼大醫王知命將終作是念言我命終後一切衆生無所依怙我今宜應爲現方便是時醫王合藥塗身明呪力持令其終後身不分散不萎不枯威儀視聽與本無別凡所療治悉得除差佛子如來應正等覺無上醫王亦復如是於無量百千億那

由他劫鍊治法藥已得成就修學一切方便善巧大明呪力皆到彼岸善能除滅一切衆生諸煩惱病及住壽命經無量劫其身清淨無有思慮無有動用一切佛事未嘗休息衆生見者諸煩惱病悉得消滅佛子是爲如來身第八相諸菩薩摩訶薩應如是見復次佛子譬如大海有大摩尼寶名集一切光明毗盧遮那藏若有衆生觸其光者悉同其色若有見者眼得清淨隨彼光明所照之處雨摩尼寶名爲安樂令諸衆生離苦調適佛子諸如來身亦復如是爲大寶聚一切功德大智慧藏若有衆生觸佛身寶智慧光者同佛身色若有見者法眼清淨隨彼光明所照之處令諸衆生離貧窮苦乃至具足佛菩提樂佛子如來法身無所分別亦無戲論而能普爲一切衆生作大佛事佛子是爲如來身第九相諸菩薩摩訶薩應如是見復次佛子譬如大海有大如意摩尼寶王名一切世間莊嚴藏具足成就百萬功德隨所住處令諸衆生災患消除所願滿足然此如意摩尼寶王非少福衆生所能得見如來身如意寶王亦復如是名爲能令一切衆生皆悉歡喜若有見身聞名讚德悉令永離生死苦患假使一切世界一切衆生一時專心欲見如來悉令得見所願皆滿佛子佛身非是少福衆生所能得見唯除如來自在神力所應調伏若有衆生因見佛身便種善根乃至成熟爲成熟故乃令得見如來身耳佛子是爲如來身第十相諸菩薩摩訶薩應如是見以其心無量徧十方故所行無礙如虛空故普入法界故住

眞實際故無生無滅故等住三世故永離一切分別故住盡後際誓願故嚴淨一切世界故莊嚴一一佛身故爾時普賢菩薩摩訶薩欲重明此義而說頌言

譬如虛空徧十方　若色非色有非有
三世衆生身國土　如是普在無邊際
諸佛眞身亦如是　一切法界無不徧
不可得見不可取　爲化衆生而現形
譬如虛空不可取　普使衆生造衆業
不念我今何所作　云何我作爲誰作
諸佛身業亦如是　普使羣生修善法
如來未曾有分別　我今於彼種種作
譬如日出閻浮提　光明破闇悉無餘
山樹池蓮地衆物　種種品類皆蒙益
諸佛日出亦如是　生長人天衆善行
永除癡闇得智明　恒受尊榮一切樂
譬如日光出現時　先照山王次餘山
後照高原及大地　而日未始有分別
善逝光明亦如是　先照菩薩次緣覺
後照聲聞及衆生　而佛本來無動念
譬如生盲不見日　日光亦爲作饒益
令知時節受飲食　永離衆患身安隱
無信衆生不見佛　而佛亦爲興義利
聞名及以觸光明　因此乃至得菩提
譬如淨月在虛空　能蔽衆星示盈缺
一切水中皆現影　諸有觀瞻悉對前
如來淨月亦復然　能蔽餘乘示脩短
普現天人淨心水　一切皆謂對其前
譬如梵王住自宮　普現三千諸梵處
一切人天咸得見　實不分身向於彼

諸佛現身亦如是　一切十方無不徧
其身無數不可稱　亦不分身不分別
如有醫王善方術　若有見者病皆愈
命雖已盡藥塗身　令其作務悉如初
最勝醫王亦如是　具足方便一切智
以昔妙行現佛身　衆生見者煩惱滅
譬如海中有寶王　普出無量諸光明
衆生觸者同其色　若有見者眼清淨
最勝寶王亦如是　觸其光者悉同色
若有得見五眼開　破諸塵闇住佛地
譬如如意摩尼寶　隨有所求皆滿足
少福衆生不能見　非是寶王有分別
善逝寶王亦如是　悉滿所求諸欲樂
無信衆生不見佛　非是善逝心棄捨

大方廣佛華嚴經卷第五十

音釋

踊躍 踊余隴切躍以灼切　踞 渠委切兩膝着地也　澍 朱戍切降注也　燥 蘇到切乾燥也　廓 苦郭切開也　依怙 怙侯古切依怙倚恃也　萎 於爲切蔫也

大方廣佛華嚴經卷第五十一

唐于闐國三藏沙門實叉難陀譯

如來出現品第三十七之二

佛子菩薩摩訶薩應云何知如來應正等覺音聲佛子菩薩摩訶薩應知如來音聲徧至普徧無量諸音聲故應知如來音聲隨其心樂皆令歡喜說法明了故應知如來音聲隨其信解皆令歡喜心得清涼故應知如來音聲化不失時所應聞者無不聞故應知如來音聲無生滅如呼響故應知如來音聲無主修習一切業所起故應知如來音聲甚深難可度量故應知如來音聲無邪曲法界所生故應知如來音聲無斷絶普入法界故應知如來音聲無變易至於究竟故佛子菩薩摩訶薩應知如來音聲非量非無量非主非無主非示非無示何以故佛子譬如世界將欲壞時無主無作法爾而出四種音聲其四者何一曰汝等當知初禪安樂離諸欲惡超過欲界衆生聞已自然而得成就初禪捨欲界身生於梵天二曰汝等當知二禪安樂無覺無觀超於梵天衆生聞已自然而得成就二禪捨梵天身生光音天三曰汝等當知三禪安樂無有過失超光音天衆生聞已自然而得成就三禪捨光音身生徧淨天四曰汝等當知四禪寂靜超徧淨天衆生聞已自然而得成就四禪捨徧淨身生廣果天是爲四佛子此諸音聲無主無作但從衆生諸善業力之所出生佛子如來音聲亦復如是無主無作無有分別非入非出但從如來功德法力出於四種廣大音聲其四者何一曰汝等當

知一切諸行皆悉是苦所謂地獄苦畜生苦餓鬼苦無福德苦著我我所苦作諸惡行苦欲生人天當種善根生人天中離諸難處衆生聞已捨離顚倒修諸善行離諸難處生人天中二曰汝等當知一切諸行衆苦熾然如熱鐵丸諸行無常是磨滅法涅槃寂靜無爲安樂遠離熾然消諸熱惱衆生聞已勤修善法於聲聞乘得隨順音聲忍三曰汝等當知聲聞乘者隨他語解智慧狹劣更有上乘名獨覺乘悟不由師汝等應學樂勝道者聞此音已捨聲聞道修獨覺乘四曰汝等當知過二乘位更有勝道名爲大乘菩薩所行順六波羅蜜不斷菩薩行不捨菩提心處無量生死而不疲猒過於二乘名爲大乘第一乘勝乘最勝乘上乘無上乘利益一切衆生乘若有衆生信解廣大諸根猛利宿種善根爲諸如來神力所加有勝樂欲希求佛果聞此音已發菩提心佛子如來音聲不從身出不從心出而能利益無量衆生佛子是爲如來音聲第一相諸菩薩摩訶薩應如是知復次佛子譬如呼響因於山谷及音聲起無有形狀不可覩見亦無分別而能隨逐一切語言如來音聲亦復如是無有形狀不可覩見非有方所非無方所但隨衆生欲解緣出其性究竟無言無示不可宣說佛子是爲如來音聲第二相諸菩薩摩訶薩應如是知復次佛子譬如諸天有大法鼓名爲覺悟若諸天子行放逸時於虚空中出聲告言汝等當知一切欲樂皆悉無常虚妄顚倒須臾變壞但誑愚夫令其戀著汝莫放逸若放逸者墮諸惡趣

後悔無及放逸諸天聞此音已生大憂怖捨自宫中所有欲樂詣天王所求法行道佛子彼天鼓音無主無作無起無滅而能利益無量衆生當知如來亦復如是爲欲覺悟放逸衆生出於無量妙法音聲所謂無著聲不放逸聲無常聲苦聲無我聲不淨聲寂滅聲涅槃聲無有量自然智聲不可壞菩薩行聲至一切處如來無功用智地聲以此音聲徧法界中而開悟之無數衆生聞是音已皆生歡喜勤修善法各於自乘而求出離所謂或修聲聞乘或修獨覺乘或習菩薩無上大乘而如來音不住方所無有言說佛子是爲如來音聲第三相諸菩薩摩訶薩應如是知復次佛子譬如自在天王有天婇女名曰善口於其口中出一音聲其聲則與百千種樂而共相應一一樂中復有百千差別音聲佛子彼善口女從口一聲出於如是無量音聲當知如來亦復如是於一音中出無量聲隨諸衆生心樂差別皆悉徧至悉令得解佛子是爲如來音聲第四相諸菩薩摩訶薩應如是知復次佛子譬如大梵天王住於梵宫出梵音聲一切梵衆靡不皆聞而彼音聲不出衆外諸梵天衆咸生是念大梵天王獨與我語如來妙音亦復如是道場衆會靡不皆聞而其音聲不出衆外何以故根未熟者不應聞故其聞音者皆作是念如來世尊獨爲我說佛子如來音聲無出無住而能成就一切事業是爲如來音聲第五相諸菩薩摩訶薩應如是知復次佛子譬如衆水皆同一味隨器異故水有差別水無念慮亦無分別如來言音

亦復如是唯是一味謂解脫味隨諸衆生心器異故無量差别而無念慮亦無分别佛子是爲如來音聲第六相諸菩薩摩訶薩應如是知復次佛子譬如阿那婆達多龍王興大密雲徧閻浮提普霔甘雨百穀苗稼皆得生長江河泉池一切盈滿此大雨水不從龍王身心中出而能種種饒益衆生佛子如來應正等覺亦復如是興大悲雲徧十方界普雨無上甘露法雨令一切衆生皆生歡喜增長善法滿足諸乘佛子如來音聲不從外來不從内出而能饒益一切衆生是爲如來音聲第七相諸菩薩摩訶薩應如是知復次佛子譬如摩那斯龍王將欲降雨未便即降先起大雲彌覆虚空凝停七日待諸衆生作務究竟何以故彼大龍王有慈悲心不欲惱亂諸衆生故過七日已降微細雨普潤大地佛子如來應正等覺亦復如是將降法雨未便即降先興法雲成熟衆生爲欲令其心無驚怖待其熟已然後普降甘露法雨演說甚深微妙善法漸次令其滿足如來一切智智無上法味佛子是爲如來音聲第八相諸菩薩摩訶薩應如是知復次佛子譬如海中有大龍王名大莊嚴於大海中降雨之時或降十種莊嚴雨或百或千或百千種莊嚴雨佛子水無分别但以龍王不思議力令其莊嚴乃至百千無量差别如來應正等覺亦復如是爲諸衆生說法之時或以十種差别音說或百或千或以百千或以八萬四千音聲說八萬四千行乃至或以無量百千億那由他音聲各别說法令其聞者皆生歡喜如來音聲無

所分别但以諸佛於甚深法界圓滿清淨能隨衆生根之所宜出種種言音皆令歡喜佛子是為如來音聲第九相諸菩薩摩訶薩應如是知復次佛子譬如娑竭羅龍王欲現龍王大自在力饒益衆生咸令歡喜從四天下乃至他化自在天處興大雲網周帀彌覆其雲色相無量差别或閻浮檀金光明色或毗瑠璃光明色或白銀光明色或玻瓈光明色或牟薩羅光明色或碼碯光明色或勝藏光明色或赤眞珠光明色或無量香光明色或無垢衣光明色或清淨水光明色或種種莊嚴具光明色如是雲網周帀彌布既彌布已出種種色電光所謂閻浮檀金色雲出瑠璃色電光瑠璃色雲出金色電光銀色雲出玻瓈色電光玻瓈色雲出銀色電光牟薩羅色雲出碼碯色電光碼碯色雲出牟薩羅色電光勝藏寶色雲出赤眞珠色電光赤眞珠色雲出勝藏寶色電光無量香色雲出無垢衣色電光無垢衣色雲出無量香色電光清淨水色雲出種種莊嚴具色電光種種莊嚴具色雲出清淨水色電光乃至種種色雲出一色電光一色雲出種種色電光復於彼雲中出種種雷聲隨衆生心皆令歡喜所謂或如天女歌詠音或如諸天妓樂音或如龍女歌詠音或如乾闥婆女歌詠音或如緊那羅女歌詠音或如大地震動聲或如海水波潮聲或如獸王哮吼聲或如好鳥鳴囀聲及餘無量種種音聲既震雷已復起涼風令諸衆生心生悦樂然後乃降種種諸雨利益安樂無量衆生從他化天至於地上於一切處所雨

不同所謂於大海中雨清泠水名無斷絶於他化自在天雨簫笛等種種樂音名爲美妙於化樂天雨大摩尼寶名放大光明於兜率天雨大莊嚴具名爲垂髻於夜摩天雨大妙華名種種莊嚴具於三十三天雨衆妙香名爲悅意於四天王天雨天寶衣名爲覆盖於龍王宮雨赤真珠名涌出光明於阿脩羅宮雨諸兵仗名降伏怨敵於北鬱單越雨種種華名曰開敷餘三天下悉亦如是然各隨其處所雨不同雖彼龍王其心平等無有彼此但以衆生善根異故雨有差別佛子如來應正等覺無上法王亦復如是欲以正法教化衆生先布身雲彌覆法界隨其樂欲爲現不同所謂或爲衆生現生身雲或爲衆生現化身雲或爲衆生現力持身雲或爲衆生現色身雲或爲衆生現相好身雲或爲衆生現福德身雲或爲衆生現智慧身雲或爲衆生現諸力不可壞身雲或爲衆生現無畏身雲或爲衆生現法界身雲佛子如來以如是等無量身雲普覆十方一切世界隨諸衆生所樂各別示現種種光明電光所謂或爲衆生現光明電光名無所不至或爲衆生現光明電光名無邊光明或爲衆生現光明電光名入佛祕密法或爲衆生現光明電光名影現光明或爲衆生現光明電光名光明照曜或爲衆生現光明電光名入無盡陀羅尼門或爲衆生現光明電光名正念不亂或爲衆生現光明電光名究竟不壞或爲衆生現光明電光名順入諸趣或爲衆生現光明電光名滿一切願皆令歡喜佛子如來應正等覺現如

是等無量光明電光已復隨衆生心之所樂出生無量三昧雷聲所謂善覺智三昧雷聲熾然離垢海三昧雷聲一切法自在三昧雷聲金剛輪三昧雷聲須彌山幢三昧雷聲海印三昧雷聲日燈三昧雷聲無盡藏三昧雷聲不壞解脫力三昧雷聲佛子如來身雲中出如是等無量差別三昧雷聲已將降法雨先現瑞相開悟衆生所謂從無障礙大慈悲心現於如來大智風輪名能令一切衆生生不思議歡喜適悅此相現已一切菩薩及諸衆生身之與心皆得清涼然後從如來大法身雲大慈悲雲大不思議雲雨不思議廣大法雨令一切衆生身心清淨所謂爲坐菩提場菩薩雨大法雨名法界無差別爲最後身菩薩雨大法雨名菩薩遊戲如來祕密教爲一生所繫菩薩雨大法雨名清淨普光明爲灌頂菩薩雨大法雨名如來莊嚴具所莊嚴爲得忍菩薩雨大法雨名功德寶智慧華開敷不斷菩薩大悲行爲住向行菩薩雨大法雨名入現前變化甚深門而行菩薩行無休息無疲猒爲初發心菩薩雨大法雨名出生如來大慈悲行救護衆生爲求獨覺乘衆生雨大法雨名深知緣起法遠離二邊得不壞解脫果爲求聲聞乘衆生雨大法雨名以大智慧劒斷一切煩惱寃爲積集善根決定不決定衆生雨大法雨名能令成就種種法門生大歡喜佛子諸佛如來隨衆生心雨如是等廣大法雨充滿一切無邊世界佛子如來應正等覺其心平等於法無悋但以衆生根欲不同所雨法雨示有差別是爲如來音聲

第十相諸菩薩摩訶薩應如是知復次佛子應知如來音聲有十種無量何等爲十所謂如虛空界無量至一切處故如法界無量無所不徧故如衆生界無量令一切心喜故如諸業無量說其果報故如煩惱無量悉令除滅故如衆生言音無量隨解令聞故如衆生欲解無量普觀救度故如三世無量無有邊際故如智慧無量分別一切故如佛境界無量入佛法界故佛子如來應正等覺音聲成就如是等阿僧祇無量諸菩薩摩訶薩應如是知爾時普賢菩薩摩訶薩欲重明此義而說頌言

三千世界將壞時　衆生福力聲告言
四禪寂靜無諸苦　令其聞已悉離欲
十力世尊亦如是　出妙音聲徧法界
爲說諸行苦無常　令其永度生死海
譬如深山大谷中　隨有音聲皆響應
雖能隨逐他言語　而響畢竟無分別
十力言音亦復然　隨其根熟爲示現
令其調伏生歡喜　不念我今能演說
如天有鼓名能覺　常於空中震法音
誡彼放逸諸天子　令其聞已得離著
十力法鼓亦如是　出於種種妙音聲
覺悟一切諸羣生　令其悉證菩提果
自在天王有寶女　口中善奏諸音樂
一聲能出百千音　一一音中復百千
善逝音聲亦如是　一聲而出一切音
隨其性欲有差別　各令聞已斷煩惱
譬如梵王吐一音　能令梵衆皆歡喜
音唯及梵不出外　一一皆言已獨聞

十力梵王亦復然　演一言音充法界
唯霑衆會不遠出　以無信故未能受
譬如衆水同一性　八功德味無差別
因地在器各不同　是故令其種種異
一切智音亦如是　法性一味無分別
隨諸衆生行不同　故使聽聞種種異
譬如無熱大龍王　降雨普洽閻浮地
能令草樹皆生長　而不從身及心出
諸佛妙音亦如是　普雨法界悉充洽
能令生善滅諸惡　不從內外而得有
譬如摩那斯龍王　興雲七日未先雨
待諸衆生作務竟　然後始降成利益
十力演義亦如是　先化衆生使成熟
然後爲說甚深法　令其聞者不驚怖
大莊嚴龍於海中　霔於十種莊嚴雨
或百或千百千種　水雖一味莊嚴別
究竟辯才亦如是　說十二十諸法門
或百或千至無量　不生心念有殊別
最勝龍王娑竭羅　興雲普覆四天下
於一切處雨各別　而彼龍心無二念
諸佛法王亦如是　大悲身雲徧十方
爲諸修行雨各異　而於一切無分別

佛子諸菩薩摩訶薩應云何知如來應正等覺心佛子如來心意識俱不可得但應以智無量故知如來心譬如虛空爲一切物所依而虛空無所依如來智慧亦復如是爲一切世間出世間智所依而如來智無所依佛子是爲如來心第一相諸菩薩摩訶薩應如是知復次佛子譬如法界常出一切聲聞獨覺菩薩解脫而法界無增減如來智慧亦復如

是恒出一切世間出世間種種智慧而如來智無增減佛子是爲如來心第二相諸菩薩摩訶薩應如是知復次佛子譬如大海其水潛流四天下地及八十億諸小洲中有穿鑿者無不得水而彼大海不作分別我出於水佛智海水亦復如是流入一切衆生心中若諸衆生觀察境界修習法門則得智慧清淨明了而如來智平等無二無有分別但隨衆生心行異故所得智慧各各不同佛子是爲如來心第三相諸菩薩摩訶薩應如是知復次佛子譬如大海有四寶珠具無量德能生海内一切珍寶若大海中無此寶珠乃至一寶亦不可得何等爲四一名積集寶二名無盡藏三名遠離熾然四名具足莊嚴佛子此四寶珠一切凡夫諸龍神等悉不得見何以故娑竭龍王以此寶珠端嚴方正置於宮中深密處故佛子如來應正等覺大智慧海亦復如是於中有四大智寶珠具足無量福智功德由此能生一切衆生聲聞獨覺學無學位及諸菩薩智慧之寶何等爲四所謂無染著巧方便大智慧寶善分別有爲無爲法大智慧寶分別說無量法而不壞法性大智慧寶知時非時未曾誤失大智慧寶若諸如來大智海中無此四寶有一衆生得入大乘終無是處此四智寶薄福衆生所不能見何以故置於如來深密藏故此四智寶平均正直端潔妙好普能利益諸菩薩衆令其悉得智慧光明佛子是爲如來心第四相諸菩薩摩訶薩應如是知復次佛子譬如大海有四熾然光明大寶布在其底性極猛熱常能飲縮

百川所注無量大水是故大海無有增減何等爲四一名日藏二名離潤三名火燄光四名盡無餘佛子若大海中無此四寶從四天下乃至有頂其中所有悉被漂没佛子此日藏大寶光明照觸海水悉變爲乳離潤大寶光明照觸其乳悉變爲酪火燄光大寶光明照觸其酪悉變爲酥盡無餘大寶光明照觸其酥變成醍醐如火熾然悉盡無餘佛子如來應正等覺大智慧海亦復如是有四種大智慧寶具足無量威德光明此智寶光觸諸菩薩乃至令得如來大智何等爲四所謂滅一切散善波浪大智慧寶除一切法愛大智慧寶慧光普照大智慧寶與如來平等無邊無功用大智慧寶佛子諸菩薩修習一切助道法時起無量散善波浪一切世間天人阿

脩羅所不能壞如來以滅一切散善波浪大智慧寶光明觸彼菩薩令捨一切散善波浪持心一境住於三昧又以除一切法愛大智慧寶光明觸彼菩薩令捨離三昧味著起廣大神通又以慧光普照大智慧寶光明觸彼菩薩令捨所起廣大神通住大明功用行又以與如來平等無邊無功用大智慧寶光明觸彼菩薩令捨所起大明功用行乃至得如來平等地息一切功用令無有餘佛子若無如來此四智寶大光照觸乃至有一菩薩得如來地無有是處佛子是爲如來心第五相諸菩薩摩訶薩應如是知復次佛子如從水際上至非想非非想天其中所有大千國土欲色無色衆生之處莫不皆依虛空而起虛空而住何以故虛空普徧故雖彼虛空普容

三界而無分別佛子如來智慧亦復如是若聲聞智若獨覺智若菩薩智若有爲行智若無爲行智一切皆依如來智起如來智住何以故如來智慧徧一切故雖復普容無量智慧而無分別佛子是爲如來心第六相諸菩薩摩訶薩應如是知復次佛子如雪山頂有藥王樹名無盡根彼藥樹根從十六萬八千由旬下盡金剛地水輪際生彼藥王樹若生根時令閻浮提一切樹根生若生莖時令閻浮提一切樹莖生枝葉華果悉皆如是此藥王樹根能生莖莖能生根根無有盡名無盡根佛子彼藥王樹於一切處皆令生長唯於二處不能爲作生長利益所謂地獄深坑及水輪中然亦於彼初無猒捨佛子如來智慧大藥王樹亦復如是以過去所發成就一切

智慧善法普覆一切諸衆生界除滅一切諸惡道苦廣大悲願而爲其根於一切如來眞實智慧種性中生堅固不動善巧方便以爲其莖徧法界智諸波羅蜜以爲其枝禪定解脫諸大三昧以爲其葉總持辯才菩提分法以爲其華究竟無變諸佛解脫以爲其果佛子如來智慧大藥王樹何故得名爲無盡根以究竟無休息故不斷菩薩行故菩薩行即如來性如來性即菩薩行是故得名爲無盡根佛子如來智慧大藥王樹其根生時令一切菩薩生不捨衆生大慈悲根其莖生時令一切菩薩增長堅固精進深心莖其枝生時令一切菩薩增長一切諸波羅蜜枝其葉生時令一切菩薩生長淨戒頭陀功德少欲知足葉其華生時令一切菩薩具諸善根相好

莊嚴華其果生時令一切菩薩得無生忍乃至一切佛灌頂忍果佛子如來智慧大藥王樹唯於二處不能爲作生長利益所謂二乘墮於無爲廣大深坑及壞善根非器衆生溺大邪見貪愛之水然亦於彼曾無猒捨佛子如來智慧無有增減以根善安住生無休息故佛子是爲如來心第七相諸菩薩摩訶薩應如是知復次佛子譬如三千大千世界劫火起時焚燒一切草木叢林乃至鐵圍大鐵圍山皆悉熾然無有遺餘佛子假使有人手執乾草投彼火中於意云何得不燒不答言不也佛子彼所投草容可不燒如來智慧分別三世一切衆生一切國土一切劫數一切諸法無不知者若言不知無有是處何以故智慧平等悉明達故佛子是爲如來心第八相諸菩薩摩訶薩應如是知復次佛子譬如風災壞世界時有大風起名曰散壞能壞三千大千世界鐵圍山等皆成碎末復有大風名爲能障周帀三千大千世界障散壞風不令得至餘方世界佛子若令無此能障大風十方世界無不壞盡如來應正等覺亦復如是有大智風名爲能滅能滅一切諸大菩薩煩惱習氣有大智風名爲巧持巧持其根未熟菩薩不令能滅大智風輪斷其一切煩惱習氣佛子若無如來巧持智風無量菩薩皆墮聲聞辟支佛地由此智故令諸菩薩超二乘地安住如來究竟之位佛子是爲如來心第九相諸菩薩摩訶薩應如是知復次佛子如來智慧無處不至何以故無一衆生而不具有如來智慧但以妄想顛倒執著而不證

得若離妄想一切智自然智無礙智則得現前佛子譬如有大經卷量等三千大千世界書寫三千大千世界中事一切皆盡所謂書寫大鐵圍山中事量等大鐵圍山書寫大地中事量等大地書寫中千世界中事量等中千世界書寫小千世界中事量等小千世界如是若四天下若大海若須彌山若地天宫殿若欲界空居天宫殿若色界宫殿若無色界宫殿一一書寫其量悉等此大經卷雖復量等大千世界而全住在一微塵中如一微塵一切微塵皆亦如是時有一人智慧明達具足成就清淨天眼見此經卷在微塵内於諸衆生無少利益即作是念我當以精進力破彼微塵出此經卷令得饒益一切衆生作是念已即起方便破彼微塵出此經卷令諸衆生普得饒益如於一塵一切微塵應知悉然佛子如來智慧亦復如是無量無礙普能利益一切衆生具足在於衆生身中但諸凡愚妄想執著不知不覺不得利益爾時如來以無障礙清淨智眼普觀法界一切衆生而作是言奇哉奇哉此諸衆生云何具有如來智慧愚癡迷惑不知不見我當教以聖道令其永離妄想執著自於身中得見如來廣大智慧與佛無異即教彼衆生修習聖道令離妄想離妄想已證得如來無量智慧利益安樂一切衆生佛子是爲如來心第十相諸菩薩摩訶薩應如是知佛子菩薩摩訶薩應以如是等無量無礙不可思議廣大相知如來應正等覺心爾時普賢菩薩摩訶薩欲重明此義而說頌言

欲知諸佛心　當觀佛智慧　佛智無依處
如空無所依　衆生種種樂　及諸方便智
皆依佛智慧　佛智無依止　聲聞與獨覺
及諸佛解脱　皆依於法界　法界無增減
佛智亦如是　出生一切智　無增亦無減
無生亦無盡　如水潛流地　求之無不得
無念亦無盡　功力徧十方　佛智亦如是
普在衆生心　若有勤修行　疾得智光明
如龍有四珠　出生一切寶　置之深密處
凡人莫能見　佛四智亦然　出生一切智
餘人莫能見　唯除大菩薩　如海有四寶
能飲一切水　令海不流溢　亦復無增減
如來智亦爾　息浪除法愛　廣大無有邊
能生佛菩薩　下方至有頂　欲色無色界
一切依虛空　虛空不分別　聲聞與獨覺
菩薩衆智慧　皆依於佛智　佛智無分別
雪山有藥王　名爲無盡根　能生一切樹
根莖葉華實　佛智亦如是　如來種中生
既得菩提已　復生菩薩行　如人把乾草
置之於劫燒　金剛猶洞然　此無不燒理
三世劫與剎　及其中衆生　彼草容不燒
此佛無不知　有風名散壞　能壞於大千
若無別風止　壞及無量界　大智風亦爾
滅諸菩薩惑　別有善巧風　令住如來地
如有大經卷　量等三千界　在於一塵内
一切塵悉然　有一聰慧人　淨眼悉明見
破塵出經卷　普饒益衆生　佛智亦如是
徧在衆生心　妄想之所纏　不覺亦不知
諸佛大慈悲　令其除妄想　如是乃出現
饒益諸菩薩

大方廣佛華嚴經卷第五十一

音釋

度量度徒落切量龍張切　無觀觀古玩切　丸胡官切圜也　狹劣狹侯夾切隘也劣力輟切鄙也　須臾臾羊朱切須臾不久貌　霔之戍切霖霔也　清泠泠郎丁切　髻音計　疲厭疲音皮勞也厭於豔切足也　悋良刃切慳也　鑿疾各切　縮所六切　漂沒漂音飄浮也沒莫勃切溺也　酪盧各切　酥音蘇　醍醐醍杜奚切醐侯孤切

大方廣佛華嚴經卷第五十二

唐于闐國三藏沙門實叉難陀譯

如來出現品第三十七之三

佛子菩薩摩訶薩應云何知如來應正等覺境界佛子菩薩摩訶薩以無障無礙智慧知一切世間境界是如來境界知一切三世境界一切剎境界一切法境界一切衆生境界眞如無差別境界法界無障礙境界實際無邊際境界虛空無分量境界無境界境界是如來境界佛子如一切世間境界無量如來境界亦無量如一切三世境界無量如來境界亦無量乃至如無境界境界無量如來境界亦無量如無境界境界一切處無有如來境界亦如是一切處無有佛子菩薩摩訶薩應知心境界是如來境界如心境界無量無邊無縛無脫如來境界亦無量無邊無縛無脫何以故以如是如是思惟分別如是如是無量顯現故佛子如大龍王隨心降雨其雨不從內出不從外出如來境界亦復如是隨於如是思惟分別則有如是無量顯現於十方中悉無來處佛子如大海水皆從龍王心力所起諸佛如來一切智海亦復如是皆從如來往昔大願之所生起佛子一切智海無量無邊不可思議不可言說然我今者略說譬喻汝應諦聽佛子此閻浮提有二千五百河流入大海西拘耶尼有五千河流入大海東弗婆提有七千五百河流入大海北鬱單越有一萬河流入大海佛子此四天下如是二萬五千河相續不絕流入大海於意云何此水多不答言甚多佛子復有十光明龍王

雨大海中水倍過前百光明龍王雨大海中水復倍前大莊嚴龍王摩那斯龍王雷震龍王難陀跋難陀龍王無量光明龍王連澍不斷龍王大勝龍王大奮迅龍王如是等八十億諸大龍王各雨大海皆悉展轉倍過於前娑竭羅龍王太子名閻浮幢雨大海中水復倍前佛子十光明龍王宮殿中水流入大海復倍過前百光明龍王宮殿中水流入大海復倍過前大莊嚴龍王摩那斯龍王雷震龍王難陀跋難陀龍王無量光明龍王連澍不斷龍王大勝龍王大奮迅龍王如是等八十億諸大龍王宮殿各别其中有水流入大海皆悉展轉倍過於前娑竭羅龍王太子閻浮幢宮殿中水流入大海復倍過前佛子娑竭羅龍王連雨大海水復倍前其娑竭羅龍王宮殿中水涌出入海復倍於前其所出水紺瑠璃色涌出有時是故大海潮不失時佛子如是大海其水無量衆寶無量衆生無量所依大地亦復無量佛子於汝意云何彼大海爲無量不答言實爲無量不可爲喻佛子此大海無量於如來智海無量百分不及一千分不及一乃至優波尼沙陀分不及其一但隨衆生心爲作譬喻而佛境界非譬所及佛子菩薩摩訶薩應知如來智海無量從初發心修一切菩薩行不斷故應知寶聚無量一切菩提分法三寶種不斷故應知所住衆生無量一切學無學聲聞獨覺所受用故應知住地無量從初歡喜地乃至究竟無障礙地諸菩薩所居故佛子菩薩摩訶薩爲入無量智慧利益一切衆生故於如來應正等覺境

界應如是知爾時普賢菩薩摩訶薩欲重明此義而說頌言

如心境界無有量　諸佛境界亦復然
如心境界從意生　佛境如是應觀察
如龍不離於本處　以心威力澍大雨
雨水雖無來去處　隨龍心故悉充洽
十力牟尼亦如是　無所從來無所去
若有淨心則現身　量等法界入毛孔
如海珍奇無有量　衆生大地亦復然
水性一味等無別　於中生者各蒙利
如來智海亦如是　一切所有皆無量
有學無學住地人　悉在其中得饒益

佛子菩薩摩訶薩應云何知如來應正等覺行佛子菩薩摩訶薩應知無礙行是如來行應知眞如行是如來行佛子如眞如前際不生後際不動現在不起如來行亦如是不生不動不起佛子如法界非量非無量無形故如來行亦如是非量非無量無形故佛子譬如鳥飛虛空經於百年已經過處未經過處皆不可量何以故虛空界無邊際故如來行亦如是假使有人經百千億那由他劫分別演說已說未說皆不可量何以故如來行無邊際故佛子如來應正等覺住無礙行無有住處而能普爲一切衆生示現所行令其見已出過一切諸障礙道佛子譬如金翅鳥王飛行虛空迴翔不去以清淨眼觀察海內諸龍宮殿奮勇猛力以左右翅鼓揚海水悉令兩闢知龍男女命將盡者而摶取之如來應正等覺金翅鳥王亦復如是住無礙行以淨佛眼觀察法界諸宮殿中一切衆生若曾種

善根已成熟者如來奮勇猛十力以止觀兩翅鼓揚生死大愛水海使其兩闢而撮取之置佛法中令斷一切妄想戲論安住如來無分別無礙行佛子譬如日月獨無等侶周行虛空利益衆生不作是念我從何來而至何所諸佛如來亦復如是性本寂滅無有分別示現遊行一切法界爲欲饒益諸衆生故作諸佛事無有休息不生如是戲論分別我從彼來而向彼去佛子菩薩摩訶薩應以如是等無量方便無量性相知見如來應正等覺所行之行爾時普賢菩薩欲重明此義而說頌言

譬如眞如不生滅　無有方所無能見
大饒益者行如是　出過三世不可量
法界非界非非界　非是有量非無量
大功德者行亦然　非量無量無身故
如鳥飛行億千歲　前後虛空等無別
衆劫演說如來行　已說未說不可量
金翅在空觀大海　闢水搏取龍男女
十力能拔善根人　令出有海除衆惑
譬如日月遊虛空　照臨一切不分別
世尊周行於法界　教化衆生無動念

佛子諸菩薩摩訶薩應云何知如來應正等覺成正覺佛子菩薩摩訶薩應知如來成正覺於一切義無所觀察於法平等無所疑惑無二無相無行無止無量無際遠離二邊住於中道出過一切文字言說知一切衆生心念所行根性欲樂煩惱染習舉要言之於一念中悉知三世一切諸法佛子譬如大海普能印現四天下中一切衆生色身形像是故

共說以爲大海諸佛菩提亦復如是普現一切衆生心念根性樂欲而無所現是故說名諸佛菩提佛子諸佛菩提一切文字所不能宣一切音聲所不能及一切言語所不能說但隨所應方便開示佛子如來應正等覺成正覺時得一切衆生量等身得一切法量等身得一切刹量等身得一切三世量等身得一切佛量等身得一切語言量等身得眞如量等身得法界量等身得虛空界量等身得無礙界量等身得一切願量等身得一切行量等身得寂滅涅槃界量等身佛子如所得身言語及心亦復如是得如是等無量無數清淨三輪佛子如來成正覺時於其身中普見一切衆生成正覺乃至普見一切衆生入涅槃皆同一性所謂無性無何等性所謂無相性無盡性無生性無滅性無我性無非我性無衆生性無非衆生性無菩提性無法界性無虛空性亦復無有成正覺性知一切法皆無性故得一切智大悲相續救度衆生佛子譬如虛空一切世界若成若壞常無增減何以故虛空無生故諸佛菩提亦復如是若成正覺不成正覺亦無增減何以故菩提無相無非相無一無種種故佛子假使有人能化作恒河沙等心一一心復化作恒河沙等佛皆無色無形無相如是盡恒河沙等劫無有休息佛子於汝意云何彼人化心化作如來凡有幾何如來性起妙德菩薩言如我解於仁所說義化與不化等無有別云何問言凡有幾何普賢菩薩言善哉善哉佛子如汝所說設一切衆生於一念中悉成正覺與不

成正覺等無有異何以故菩提無相故若無有相則無增無減佛子菩薩摩訶薩應如是知成等正覺同於菩提一相無相如來成正覺時以一相方便入善覺智三昧入已於一成正覺廣大身現一切衆生數等身住於身中如一成正覺廣大身一切成正覺廣大身悉亦如是佛子如來有如是等無量成正覺門是故應知如來所現身無有量以無量故說如來身爲無量界等衆生界佛子菩薩摩訶薩應知如來身一毛孔中有一切衆生數等諸佛身何以故如來成正覺身究竟無生滅故如一毛孔徧法界一切毛孔悉亦如是當知無有少許處空無佛身何以故如來成正覺無處不至故隨其所能隨其勢力於道場菩提樹下師子座上以種種身成等正覺佛子菩薩摩訶薩應知自心念念常有佛成正覺何以故諸佛如來不離此心成正覺故如自心一切衆生心亦復如是悉有如來成等正覺廣大周徧無處不有不離不斷無有休息入不思議方便法門佛子菩薩摩訶薩應如是知如來成正覺爾時普賢菩薩摩訶薩欲重明此義而說頌言

正覺了知一切法　無二離二悉平等
自性清淨如虛空　我與非我不分別
如海印現衆生身　以此說其爲大海
菩提普印諸心行　是故說名爲正覺
譬如世界有成敗　而於虛空不增減
一切諸佛出世間　菩提一相恒無相
如人化心化作佛　化與不化性無異
一切衆生成菩提　成與不成無增減

佛有三昧名善覺　菩提樹下入此定
放衆生等無量光　開悟羣品如蓮敷
如三世劫刹衆生　所有心念及根欲
如是數等身皆現　是故正覺名無量

佛子菩薩摩訶薩應云何知如來應正等覺轉法輪佛子菩薩摩訶薩應如是知如來以心自在力無起無轉而轉法輪知一切法恒無起故以三種轉斷所應斷而轉法輪知一切法離邊見故離欲際非際而轉法輪入一切法虛空際故無有言說而轉法輪知一切法不可說故究竟寂滅而轉法輪知一切法涅槃性故以一切文字一切言語而轉法輪如來音聲無處不至故知聲如響而轉法輪了於諸法眞實性故於一音中出一切音而轉法輪畢竟無主故無遺無盡而轉法輪內外無著故佛子譬如一切文字語言盡未來劫說不可盡佛轉法輪亦復如是一切文字安立顯示無有休息無有窮盡佛子如來法輪悉入一切語言文字而無所住譬如書字普入一切事一切語一切筭數一切世間出世間處而無所住如來音聲亦復如是普入一切處一切衆生一切法一切業一切報中而無所住一切衆生種種語言皆悉不離如來法輪何以故言音實相即法輪故佛子菩薩摩訶薩於如來轉法輪應如是知復次佛子菩薩摩訶薩欲知如來所轉法輪應知如來法輪所出生處何等爲如來法輪所出生處佛子如來隨一切衆生心行欲樂無量差別出若干音聲而轉法輪佛子如來應正等覺有三昧名究竟無礙無畏入此三昧已於

成正覺一一身一一口各出一切衆生數等言音一一音中衆音具足各各差別而轉法輪令一切衆生皆生歡喜能如是知轉法輪者當知此人則爲隨順一切佛法不如是知則非隨順佛子諸菩薩摩訶薩應如是知佛轉法輪普入無量衆生界故爾時普賢菩薩摩訶薩欲重明此義而說頌言

如來法輪無所轉　三世無起亦無得
譬如文字無盡時　十力法輪亦如是
如字普入而無至　正覺法輪亦復然
入諸言音無所入　能令衆生悉歡喜
佛有三昧名究竟　入此定已乃說法
一切衆生無有邊　普出其音令悟解
一一音中復更演　無量言音各差別
於世自在無分別　隨其欲樂普使聞
文字不從内外出　亦不失壞無積聚
而爲衆生轉法輪　如是自在甚奇特

佛子菩薩摩訶薩應云何知如來應正等覺般涅槃佛子菩薩摩訶薩欲知如來大涅槃者當須了知根本自性如眞如涅槃如來涅槃亦如是如實際涅槃如來涅槃亦如是如法界涅槃如來涅槃亦如是如虛空涅槃如來涅槃亦如是如法性涅槃如來涅槃亦如是如離欲際涅槃如來涅槃亦如是如無相際涅槃如來涅槃亦如是如我性際涅槃如來涅槃亦如是如一切法性際涅槃如來涅槃亦如是如眞如際涅槃如來涅槃亦如是何以故涅槃無生無出故若法無生無出則無有滅佛子如來不爲菩薩說諸如來究竟涅槃亦不爲彼示現其事何以故爲欲令見

一切如來常住其前於一念中見過去未來一切諸佛色相圓滿皆如現在亦不起二不二想何以故菩薩摩訶薩永離一切諸想著故佛子諸佛如來爲令衆生生欣樂故出現於世欲令衆生生戀慕故示現涅槃而實如來無有出世亦無涅槃何以故如來常住清淨法界隨衆生心示現涅槃佛子譬如日出普照世間於一切淨水器中影無不現普徧衆處而無來往或一器破便不現影佛子於汝意云何彼影不現爲日咎不答言不也但由器壞非日有咎佛子如來智日亦復如是普現法界無前無後一切衆生淨心器中佛無不現心器常淨常見佛身若心濁器破則不得見佛子若有衆生應以涅槃而得度者如來則爲示現涅槃而實如來無生無歿無有滅度佛子譬如火大於一切世間能爲火事或時一處其火息滅於意云何豈一切世間火皆滅耶答言不也佛子如來應正等覺亦復如是於一切世界施作佛事或於一世界能事已畢示入涅槃豈一切世界諸佛如來悉皆滅度佛子菩薩摩訶薩應如是知如來應正等覺大般涅槃復次佛子譬如幻師善明幻術以幻術力於三千大千世界一切國土城邑聚落示現幻身以幻力持經劫而住然於餘處幻事已訖隱身不現佛子於汝意云何彼大幻師豈於一處隱身不現便一切處皆隱滅耶答言不也佛子如來應正等覺亦復如是善知無量智慧方便種種幻術於一切法界普現其身持令常住盡未來際或於一處隨衆生心所作事訖示現涅槃豈

以一處示入涅槃便謂一切悉皆滅度佛子菩薩摩訶薩應如是知如來應正等覺大般涅槃復次佛子如來應正等覺示涅槃時入不動三昧入此三昧已於一一身各放無量百千億那由他大光明一一光明各出阿僧祇蓮華一一蓮華各有不可說妙寶華藥一一華藥有師子座一一座上皆有如來結跏趺坐其佛身數正與一切衆生數等皆具上妙功德莊嚴從本願力之所生起若有衆生善根熟者見佛身已則皆受化然彼佛身盡未來際究竟安住隨宜化度一切衆生未曾失時佛子如來身者無有方處非實非虛但以諸佛本誓願力衆生堪度則便出現菩薩摩訶薩應如是知如來應正等覺大般涅槃佛子如來住於無量無礙究竟法界虛空界眞如法性無生無滅及以實際爲諸衆生隨時示現本願持故無有休息不捨一切衆生一切刹一切法爾時普賢菩薩摩訶薩欲重明此義而說頌言

如日舒光照法界　器壞水漏影隨滅
最勝智日亦如是　衆生無信見涅槃
如火世間作火事　於一城邑或時息
人中最勝徧法界　化事訖處示終盡
幻師現身一切刹　能事畢處則便謝
如來化訖亦復然　於餘國土常見佛
佛有三昧名不動　化衆生訖入此定
一念身放無量光　光出蓮華華有佛
佛身無數等法界　有福衆生所能見
如是無數一一身　壽命莊嚴皆具足
如無生性佛出興　如無滅性佛涅槃

言辭譬諭悉皆斷　一切義成無與等
佛子菩薩摩訶薩應云何知於如來應正等覺見聞親近所種善根佛子菩薩摩訶薩應知於如來所見聞親近所種善根皆悉不虛出生無盡覺慧故離於一切障難故決定至於究竟故無有虛誑故一切願滿故不盡有爲行故隨順無爲智故生諸佛智故盡未來際故成一切種勝行故到無功用智地故佛子譬如丈夫食少金剛終竟不消要穿其身出在於外何以故金剛不與肉身雜穢而同止故於如來所種少善根亦復如是要穿一切有爲諸行煩惱身過到於無爲究竟智處何以故此少善根不與有爲諸行煩惱而共住故佛子假使乾草積同須彌投火於中如芥子許必皆燒盡何以故火能燒故於如來所種少善根亦復如是必能燒盡一切煩惱究竟得於無餘涅槃何以故此少善根性究竟故佛子譬如雪山有藥王樹名曰善見若有見者眼得清淨若有聞者耳得清淨若有齅者鼻得清淨若有嘗者舌得清淨若有觸者身得清淨若有衆生取彼地土亦能爲作除病利益佛子如來應正等覺無上藥王亦復如是能作一切饒益衆生若有得見如來色身眼得清淨若有得聞如來名號耳得清淨若有得齅如來戒香鼻得清淨若有得嘗如來法味舌得清淨具廣長舌解語言法若有得觸如來光者身得清淨究竟獲得無上法身若於如來生憶念者則得念佛三昧清淨若有衆生供養如來所經土地及塔廟者亦具善根滅除一切諸煩惱患得賢聖樂佛

子我今告汝設有衆生見聞於佛業障纏覆不生信樂亦種善根無空過者乃至究竟入於涅槃佛子菩薩摩訶薩應如是知於如來所見聞親近所種善根悉離一切諸不善法具足善法佛子如來以一切譬喻說種種事無有譬喻能說此法何以故心智路絶不思議故諸佛菩薩但隨衆生心令其歡喜為說譬喻非是究竟佛子此法門名為如來祕密之處名一切世間所不能知名入如來印名開大智門名示現如來種性名成就一切菩薩名一切世間所不能壞名一向隨順如來境界名能淨一切諸衆生界名演說如來根本實性不思議究竟法佛子此法門如來不為餘衆生說唯為趣向大乘菩薩說唯為乘不思議乘菩薩說此法門不入一切餘衆生

手唯除諸菩薩摩訶薩佛子譬如轉輪聖王所有七寶因此寶故顯示輪王此寶不入餘衆生手唯除第一夫人所生太子具足成就聖王相者若轉輪王無此太子具衆德者王命終後此諸寶等於七日中悉皆散滅佛子此經珍寶亦復如是不入一切餘衆生手唯除如來法王眞子生如來家種如來相諸善根者佛子若無此等佛之眞子如是法門不久散滅何以故一切二乘不聞此經何況受持讀誦書寫分別解說唯諸菩薩乃能如是是故菩薩摩訶薩聞此法門應大歡喜以尊重心恭敬頂受何以故菩薩摩訶薩信樂此經疾得阿耨多羅三藐三菩提故佛子設有菩薩於無量百千億那由他劫行六波羅蜜修習種種菩提分法若未聞此如來不思議

大威德法門或時聞已不信不解不順不入不得名爲眞實菩薩以不能生如來家故若得聞此如來無量不可思議無障無礙智慧法門聞已信解隨順悟入當知此人生如來家隨順一切如來境界具足一切諸菩薩法安住一切種智境界遠離一切諸世間法出生一切如來所行通達一切菩薩法性於佛自在心無疑惑住無師法深入如來無礙境界佛子菩薩摩訶薩聞此法已則能以平等智知無量法則能以正直心離諸分別則能以勝欲樂現見諸佛則能以作意力入平等虛空界則能以自在念行無邊法界則能以智慧力具一切功德則能以自然智離一切世間垢則能以菩提心入一切十方網則能以大觀察知三世諸佛同一體性則能以善根迴向智普入如是法不入而入不於一法而有攀緣恒以一法觀一切法佛子菩薩摩訶薩成就如是功德少作功力得無師自然智爾時普賢菩薩欲重明此義而說頌言

見聞供養諸如來　所得功德不可量
於有爲中終不盡　要滅煩惱離衆苦
譬人呑服少金剛　終竟不消要當出
供養十力諸功德　滅惑必至金剛智
如乾草積等須彌　投芥子火悉燒盡
供養諸佛少功德　必斷煩惱至涅槃
雪山有藥名善見　見聞嗅觸消衆疾
若有見聞於十力　得勝功德到佛智

爾時佛神力故法如是故十方各有十不可說百千億那由他世界六種震動所謂東踊西沒西踊東沒南踊北沒北踊南沒邊踊中

没中踊邊没十八相動所謂動徧動等徧動起徧起等徧起踊徧踊等徧踊震徧震等徧震吼徧吼等徧吼擊徧擊等徧擊雨出過諸天一切華雲一切蓋雲幢雲旛雲香雲鬘雲塗香雲莊嚴具雲大光明摩尼寶雲諸菩薩讃歎雲不可説菩薩各差别身雲雨成正覺雲嚴淨不思議世界雲雨如來言語音聲雲充滿無邊法界如此四天下如來神力如是示現令諸菩薩皆大歡喜周徧十方一切世界悉亦如是是時十方各過八十不可説百千億那由他佛刹微塵數世界外各有八十不可説百千億那由他佛刹微塵數如來同名普賢皆現其前而作是言善哉佛子乃能承佛威力隨順法性演説如來出現不思議法佛子我等十方八十不可説百千億那由他佛刹微塵數同名諸佛皆説此法如我所説十方世界一切諸佛亦如是説佛子今此會中十萬佛刹微塵數菩薩摩訶薩得一切菩薩神通三昧我等皆與授記一生當得阿耨多羅三藐三菩提佛刹微塵數衆生發阿耨多羅三藐三菩提心我等亦與授記於當來世經不可説佛刹微塵數劫皆得成佛同號佛殊勝境界我等爲令未來諸菩薩聞此法故皆共護持如此四天下所度衆生十方百千億那由他無數無量乃至不可説不可説法界虚空等一切世界中所度衆生皆亦如是爾時十方諸佛威神力故毗盧遮那本願力故法如是故善根力故如來起智不越念故如來應縁不失時故隨時覺悟諸菩薩故往昔所作無失壞故令得普賢廣大行故

顯現一切智自在故十方各過十不可說百千億那由他佛剎微塵數世界外各有十不可說百千億那由他佛剎微塵數菩薩來詣於此充滿十方一切法界示現菩薩廣大莊嚴放大光明網震動一切十方世界壞散一切諸魔宮殿消滅一切諸惡道苦顯現一切如來威德歌詠讚歎如來無量差別功德法普雨一切種種雨示現無量差別身領受無量諸佛法以佛神力各作是言善哉佛子乃能說此如來不可壞法佛子我等一切皆名普賢各從普光明世界普幢自在如來所而來於此彼一切處亦說是法如是文句如是義理如是宣說如是決定皆同於此不增不減我等皆以佛神力故得如來法故來詣此處為汝作證如我來此十方等虛空徧法界一切世界諸四天下亦復如是爾時普賢菩薩承佛神力觀察一切菩薩大衆欲重明如來出現廣大威德如來正法不可沮壞無量善根皆悉不空諸佛出世必具一切最勝之法善能觀察諸衆生心隨應說法未曾失時生諸菩薩無量法光一切諸佛自在莊嚴一切如來一身無異從本大行之所生起而說頌言

一切如來諸所作　世間譬喻無能及
為令衆生得悟解　非喻為喻而顯示
如是微密甚深法　百千萬劫難可聞
精進智慧調伏者　乃得聞此祕奧義
若聞此法生欣慶　彼曾供養無量佛
為佛加持所攝受　人天讚歎常供養
此為超世第一財　此能救度諸羣品

此能出生清淨道　汝等當持莫放逸

大方廣佛華嚴經卷第五十二

音釋

奮迅（奮方問切迅思晉切）金翅（翅矢利切金翅鳥名）搏（補各切擊也）撮（子活切爪取也）華蘂（蘂如壘切華蘂花鬚也）趺（音夫跏趺屈足坐也）齅（許救切以鼻擸氣也）積（子智切聚也）踊（余隴切跳也）鬘（莫班切）

大方廣佛華嚴經卷第五十三

唐于闐國三藏沙門實叉難陀譯

離世間品第三十八之一

爾時世尊在摩竭提國阿蘭若法菩提場中普光明殿坐蓮華藏師子之座妙悟皆滿二行永絶達無相法住於佛住得佛平等到無障處不可轉法所行無礙立不思議普見三世身恒充徧一切國土智恒明達一切諸法了一切行盡一切疑無能測身一切菩薩等所求智到佛無二究竟彼岸具足如來平等解脱證無中邊佛平等地盡於法界等虛空界與不可説百千億那由他佛刹微塵數菩薩摩訶薩俱皆一生當得阿耨多羅三藐三菩提各從他方種種國土而共來集悉具菩薩方便智慧所謂善能觀察一切衆生以方便力令其調伏住菩薩法善能觀察一切世界以方便力普皆往詣善能觀察涅槃境界思惟籌量永離一切戲論分別而修妙行無有間斷善能攝受一切衆生善入無量諸方便法知諸衆生空無所有而不壞業果善知衆生心使諸根境界方便種種差别悉能受持三世佛法自得解了復爲他説於世出世無量諸法皆善安住知其眞實於有爲無爲一切諸法悉善觀察知無有二於一念中悉能獲得三世諸佛所有智慧於念念中悉能示現成等正覺令一切衆生發心成道於一衆生心之所緣悉知一切衆生境界雖入如來一切智地而不捨菩薩行諸所作業智慧方便而無所作爲一一衆生住無量劫而於阿僧祇劫難可值遇轉正法輪調伏衆生皆

不唐捐三世諸佛清淨行願悉已具足成就如是無量功德一切如來於無邊劫說不可盡其名曰普賢菩薩普眼菩薩普化菩薩普慧菩薩普見菩薩普光菩薩普觀菩薩普照菩薩普幢菩薩普覺菩薩如是等十不可說百千億那由他佛刹微塵數皆悉成就普賢行願深心大願皆已圓滿一切諸佛出興世處悉能往詣請轉法輪善能受持諸佛法眼不斷一切諸佛種性善知一切諸佛興世授記次第名號國土成等正覺轉於法輪無佛世界現身成佛能令一切雜染衆生皆悉清淨能滅一切菩薩業障入於無礙清淨法界爾時普賢菩薩摩訶薩入廣大三昧名佛華莊嚴入此三昧時十方所有一切世界六種十八相動出大音聲靡不皆聞然後從其三昧而起爾時普慧菩薩知衆已集問普賢菩薩言佛子願爲演說何等爲菩薩摩訶薩依何等爲奇特想何等爲行何等爲善知識何等爲勤精進何等爲心得安隱何等爲成就衆生何等爲戒何等爲自知受記何等爲入菩薩何等爲入如來何等爲入衆生心行何等爲入世界何等爲入劫何等爲說三世何等爲知三世何等爲發無疲猒心何等爲差別智何等爲陀羅尼何等爲演說佛何等爲發普賢心何等爲普賢行法以何等故而起大悲何等爲發菩提心因緣何等爲於善知識起尊重心何等爲清淨何等爲諸波羅蜜何等爲智隨覺何等爲證知何等爲力何等爲平等何等爲佛法實義句何等爲說法何等爲持何等爲辯才何等爲自在何等爲無

著性何等爲平等心何等爲出生智慧何等
爲變化何等爲力持何等爲得大欣慰何等
爲深入佛法何等爲依止何等爲發無畏心
何等爲發無疑惑心何等爲不思議何等爲
巧密語何等爲巧分別智何等爲入三昧何
等爲徧入何等爲解脫門何等爲神通何等
爲明何等爲解脫何等爲園林何等爲宫殿
何等爲所樂何等爲莊嚴何等爲發不動心
何等爲不捨深大心何等爲觀察何等爲説
法何等爲清淨何等爲印何等爲智光照何
等爲無等住何等爲無下劣心何等爲如山
增上心何等爲入無上菩提如海智何等爲
如寶住何等爲發如金剛大乘誓願心何等
爲大發起何等爲究竟大事何等爲不壞信
何等爲授記何等爲善根迴向何等爲得智
慧何等爲發無邊廣大心何等爲伏藏何等
爲律儀何等爲自在何等爲無礙用何等爲
衆生無礙用何等爲刹無礙用何等爲法無
礙用何等爲身無礙用何等爲願無礙用何
等爲境界無礙用何等爲智無礙用何等爲
神通無礙用何等爲神力無礙用何等爲力
無礙用何等爲遊戲何等爲境界何等爲力
何等爲無畏何等爲不共法何等爲業何等
爲身何等爲身業何等爲身何等爲語何等
爲淨修語業何等爲得守護何等爲成辦大
事何等爲心何等爲發心何等爲周徧心何
等爲諸根何等爲深心何等爲增上深心何
等爲勤修何等爲決定解何等爲決定解入
世界何等爲決定解入衆生界何等爲習氣
何等爲取何等爲修何等爲成就佛法何等

爲退失佛法道何等爲離生道何等爲決定法何等爲出生佛法道何等爲大丈夫名號何等爲道何等爲無量道何等爲助道何等爲修道何等爲莊嚴道何等爲足何等爲手何等爲腹何等爲藏何等爲心何等爲被甲何等爲器仗何等爲首何等爲眼何等爲耳何等爲鼻何等爲舌何等爲身何等爲意何等爲行何等爲住何等爲坐何等爲卧何等爲所住處何等爲所行處何等爲觀察何等爲普觀察何等爲奮迅何等爲師子吼何等爲清淨施何等爲清淨戒何等爲清淨忍何等爲清淨精進何等爲清淨定何等爲清淨慧何等爲清淨慈何等爲清淨悲何等爲清淨喜何等爲清淨捨何等爲義何等爲法何等爲福德助道具何等爲智慧助道具何等爲明足何等爲求法何等爲明了法何等爲修行法何等爲魔何等爲魔業何等爲捨離魔業何等爲見佛何等爲佛業何等爲慢業何等爲智業何等爲魔所攝持何等爲佛所攝持何等爲法所攝持何等爲住兜率天所作業何故於兜率天宫殁何故現處胎何等爲現微細趣何故現初生何故現微笑何故示行七步何故現童子地何故現處内宫何故現出家何故示苦行云何往詣道場云何坐道場何等爲坐道場時奇特相何故示降魔何等爲成如來力云何轉法輪何故因轉法輪得白淨法何故如來應正等覺示般涅槃善哉佛子如是等法願爲演説爾時普賢菩薩告普慧等諸菩薩言佛子菩薩摩訶薩有十種依何等爲十所謂以菩提心爲依恒

不忘失故以善知識爲依和合如一故以善根爲依修習增長故以波羅蜜爲依具足修行故以一切法爲依究竟出離故以大願爲依增長菩提故以諸行爲依普皆成就故以一切菩薩爲依同一智慧故以供養諸佛爲依信心清淨故以一切如來爲依如慈父教誨不斷故是爲十若諸菩薩安住此法則得爲如來無上大智所依處佛子菩薩摩訶薩有十種奇特想何等爲十所謂於一切善根生自善根想於一切善根生菩提種子想於一切衆生生菩提器想於一切願生自願想於一切法生出離想於一切行生自行想於一切法生佛法想於一切語言法生語言道想於一切佛生慈父想於一切如來生無二想是爲十若諸菩薩安住此法則得無上善巧想佛子菩薩摩訶薩有十種行何等爲十所謂一切衆生行普令成熟故一切求法行咸悉修學故一切善根行悉使增長故一切三昧行一心不亂故一切智慧行無不了知故一切修習行無不能修故一切佛刹行皆悉莊嚴故一切善友行恭敬供養故一切如來行尊重承事故一切神通行變化自在故是爲十若諸菩薩安住此法則得如來無上大智慧行佛子菩薩摩訶薩有十種善知識何等爲十所謂令住菩提心善知識令生善根善知識令行諸波羅蜜善知識令解說一切法善知識令成熟一切衆生善知識令得決定辯才善知識令不著一切世間善知識令於一切劫修行無猒倦善知識令安住普賢行善知識令入一切佛智所入善知識是

爲十佛子菩薩摩訶薩有十種勤精進何等爲十所謂教化一切衆生勤精進深入一切法勤精進嚴淨一切世界勤精進修行一切菩薩所學勤精進滅除一切衆生惡勤精進止息一切三惡道苦勤精進摧破一切衆魔勤精進願爲一切衆生作清淨眼勤精進供養一切諸佛勤精進令一切如來皆悉歡喜勤精進是爲十若諸菩薩安住此法則得具足如來無上精進波羅蜜佛子菩薩摩訶薩有十種心得安隱何等爲十所謂自住菩提心亦當令他住菩提心心得安隱自究竟離忿諍亦當令他離忿諍心得安隱自離凡愚法亦令他離凡愚法心得安隱自勤修善根亦令他勤修善根心得安隱自住波羅蜜道亦令他住波羅蜜道心得安隱自生在佛家亦當令他生於佛家心得安隱自深入無自性眞實法亦令他入無自性眞實法心得安隱自不誹謗一切佛法亦令他不誹謗一切佛法心得安隱自滿一切智菩提願亦令他滿一切智菩提願心得安隱自深入一切如來無盡智藏亦令他入一切如來無盡智藏心得安隱是爲十若諸菩薩安住此法則得如來無上大智安隱佛子菩薩摩訶薩有十種成就衆生何等爲十所謂以布施成就衆生以色身成就衆生以說法成就衆生以同行成就衆生以無染著成就衆生以開示菩薩行成就衆生以熾然示現一切世界成就衆生以示現佛法大威德成就衆生以種種神通變現成就衆生以種種微密善巧方便成就衆生是爲十菩薩以此成就衆生界佛

子菩薩摩訶薩有十種戒何等爲十所謂不捨菩提心戒遠離二乘地戒觀察利益一切衆生戒令一切衆生住佛法戒修一切菩薩所學戒於一切法無所得戒以一切善根迴向菩提戒不著一切如來身戒思惟一切法離取著戒諸根律儀戒是爲十若諸菩薩安住此法則得如來無上廣大戒波羅蜜佛子菩薩摩訶薩有十種受記法菩薩以此自知受記何等爲十所謂以殊勝意發菩提心自知受記永不猒捨諸菩薩行自知受記住一切劫行菩薩行自知受記修一切佛法自知受記於一切佛教一向深信自知受記修一切善根皆令成就自知受記置一切衆生於佛菩提自知受記於一切善知識和合無二自知受記於一切善知識起如來想自知受記恒勤守護菩提本願自知受記是爲十佛子菩薩摩訶薩有十種入入諸菩薩何等爲十所謂入本願入行入聚入諸波羅蜜入成就入差別願入種種解入莊嚴佛土入神力自在入示現受生是爲十菩薩以此普入三世一切菩薩佛子菩薩摩訶薩有十種入入諸如來何等爲十所謂入無邊成正覺入無邊轉法輪入無邊方便法入無邊差別音聲入無邊調伏衆生入無邊神力自在入無邊種種差別身入無邊三昧入無邊力無所畏入無邊示現涅槃是爲十菩薩以此普入三世一切如來佛子菩薩摩訶薩有十種入衆生行何等爲十所謂入一切衆生過去行入一切衆生未來行入一切衆生現在行入一切衆生善行入一切衆生不善行入一切衆

生心行入一切衆生根行入一切衆生解行入一切衆生煩惱習氣行入一切衆生教化調伏時非時行是爲十菩薩以此普入一切諸衆生行佛子菩薩摩訶薩有十種入世界何等爲十所謂入染世界入淨世界入小世界入大世界入微塵中世界入微細世界入覆世界入仰世界入有佛世界入無佛世界是爲十菩薩以此普入十方一切世界佛子菩薩摩訶薩有十種入劫何等爲十所謂入過去劫入未來劫入現在劫入可數劫入不可數劫入可數劫即不可數劫入不可數劫即可數劫入一切劫即非劫入非劫即一切劫入一切劫即一念是爲十菩薩以此普入一切劫佛子菩薩摩訶薩有十種說三世何等爲十所謂過去世說過去世過去世說未來世過去世說現在世未來世說過去世未來世說現在世未來世說無盡現在世說過去世現在世說未來世現在世說平等現在世說三世即一念是爲十菩薩以此普說三世佛子菩薩摩訶薩有十種知三世何等爲十所謂知諸安立知諸語言知諸談議知諸軌則知諸稱讚知諸制令知其假名知其無盡知其寂滅知一切空是爲十菩薩以此普知一切三世諸法佛子菩薩摩訶薩發十種無疲猒心何等爲十所謂供養一切諸佛無疲猒心親近一切善知識無疲猒心求一切法無疲猒心聽聞正法無疲猒心宣說正法無疲猒心教化調伏一切衆生無疲猒心置一切衆生於佛菩提無疲猒心於一一世界經不可說不可說劫行菩薩行無疲猒心遊

行一切世界無疲猒心觀察思惟一切佛法無疲猒心是爲十若諸菩薩安住此法則得如來無疲猒無上大智佛子菩薩摩訶薩有十種差别智何等爲十所謂知衆生差别智知諸根差别智知業報差别智知受生差别智知世界差别智知法界差别智知諸佛差别智知諸法差别智知三世差别智知一切語言道差别智是爲十若諸菩薩安住此法則得如來無上廣大差别智佛子菩薩摩訶薩有十種陀羅尼何等爲十所謂聞持陀羅尼持一切法不忘失故修行陀羅尼如實巧觀一切法故思惟陀羅尼了知一切諸法性故法光明陀羅尼照不思議諸佛法故三昧陀羅尼普於現在一切佛所聽聞正法心不亂故圓音陀羅尼解了不思議音聲語言故三世陀羅尼演說三世不可思議諸佛法故種種辯才陀羅尼演說無邊諸佛法故出生無礙耳陀羅尼不可說佛所說之法悉能聞故一切佛法陀羅尼安住如來力無畏故是爲十若諸菩薩欲得此法當勤修學佛子菩薩摩訶薩說十種佛何等爲十所謂成正覺佛願佛業報佛住持佛涅槃佛法界佛心佛三昧佛本性佛隨樂佛是爲十佛子菩薩摩訶薩發十種普賢心何等爲十所謂發大慈心救護一切衆生故發大悲心代一切衆生受苦故發一切施心悉捨所有故發念一切智爲首心樂求一切佛法故發功德莊嚴心學一切菩薩行故發如金剛心一切處受生不忘失故發如海心一切白淨法悉流入故發如大山王心一切惡言皆忍受故發安隱

竟心巧觀一切法無所有故是爲十若諸菩薩安住此心疾得成就普賢善巧智佛子菩薩摩訶薩有十種普賢行法何等爲十所謂願住未來一切劫普賢行法願供養恭敬未來一切佛普賢行法願安置一切衆生於普賢菩薩行普賢行法願積集一切善根普賢行法願入一切波羅蜜普賢行法願滿足一切菩薩行普賢行法願莊嚴一切世界普賢行法願生一切佛刹普賢行法願善觀察一切法普賢行法願於一切佛國土成無上菩提普賢行法是爲十若諸菩薩勤修此法疾得滿足普賢行願佛子菩薩摩訶薩以十種觀衆生而起大悲何等爲十所謂觀察衆生無依無怙而起大悲觀察衆生性不調順而起大悲觀察衆生貧無善根而起大悲觀察衆生長夜睡眠而起大悲觀察衆生行不善法而起大悲觀察衆生欲縛所縛而起大悲觀察衆生沒生死海而起大悲觀察衆生長嬰疾苦而起大悲觀察衆生無善法欲而起大悲觀察衆生失諸佛法而起大悲是爲十菩薩恒以此心觀察衆生佛子菩薩摩訶薩有十種發菩提心因緣何等爲十所謂爲教化調伏一切衆生故發菩提心爲除滅一切衆生苦聚故發菩提心爲與一切衆生具足安樂故發菩提心爲斷一切衆生愚癡故發菩提心爲與一切衆生佛智故發菩提心爲恭敬供養一切諸佛故發菩提心爲隨如來教令佛歡喜故發菩提心爲見一切佛色身相好故發菩提心爲入一切佛廣大智慧故

發菩提心爲顯現諸佛力無所畏故發菩提心是爲十佛子若菩薩發無上菩提心爲悟入一切智智故親近供養善知識時應起十種心何等爲十所謂起給侍心歡喜心無違心隨順心無異求心一向心同善根心同願心如來心同圓滿行心是爲十佛子若菩薩摩訶薩起如是心則得十種清淨何等爲十所謂深心清淨到於究竟無失壞故色身清淨隨其所宜爲示現故音聲清淨了達一切諸語言故辯才清淨善說無邊諸佛法故智慧清淨捨離一切愚癡闇故受生清淨具足菩薩自在力故眷屬清淨成就過去同行衆生諸善根故果報清淨除滅一切諸業障故大願清淨與諸菩薩性無二故諸行清淨以普賢乘而出離故是爲十佛子菩薩摩訶薩有十種波羅蜜何等爲十所謂施波羅蜜悉捨一切諸所有故戒波羅蜜淨佛戒故忍波羅蜜住佛忍故精進波羅蜜一切所作不退轉故禪波羅蜜念一境故般若波羅蜜如實觀察一切法故智波羅蜜入佛力故願波羅蜜滿足普賢諸大願故神通波羅蜜示現一切自在用故法波羅蜜普入一切諸佛法故是爲十若諸菩薩安住此法則得具足如來無上大智波羅蜜佛子菩薩摩訶薩有十種智隨覺何等爲十所謂一切世界無量差別智隨覺一切衆生界不可思議智隨覺一切諸法一入種種種種入一智隨覺一切法界廣大智隨覺一切虛空界究竟智隨覺一切世界入過去世智隨覺一切世界入未來世智隨覺一切世界入現在世智隨覺一切如

來無量行願皆於一智而得圓滿智隨覺三世諸佛皆同一行而得出離智隨覺是爲十若諸菩薩安住此法則得一切法自在光明所願皆滿於一念頃悉能解了一切佛法成等正覺佛子菩薩摩訶薩有十種證知何等爲十所謂知一切法一相知一切法無量相知一切法在一念知一切衆生心行無礙知一切衆生諸根平等知一切衆生煩惱習氣行知一切衆生心使行知一切衆生善不善行知一切菩薩願行自在住持變化知一切如來具足十力成等正覺是爲十若諸菩薩安住此法則得一切法善巧方便佛子菩薩摩訶薩有十種力何等爲十所謂入一切法自性力入一切法如化力入一切法如幻力入一切法皆是佛法力於一切法無染著力於一切法甚明解力於一切善知識恒不捨離尊重心力令一切善根順至無上智王力於一切佛法深信不謗力令一切智心不退善巧力是爲十若諸菩薩安住此法則具如來無上諸力佛子菩薩摩訶薩有十種平等何等爲十所謂於一切衆生平等一切法平等一切剎平等一切深心平等一切善根平等一切菩薩平等一切願平等一切波羅蜜平等一切行平等一切佛平等是爲十若諸菩薩安住此法則得一切諸佛無上平等法佛子菩薩摩訶薩有十種佛法實義句何等爲十所謂一切法但有名一切法猶如幻一切法猶如影一切法但緣起一切法業清淨一切法但文字所作一切法實際一切法無相一切法第一義一切法法界是爲十若諸

菩薩安住此法則善入一切智智無上眞實義佛子菩薩摩訶薩說十種法何等爲十所謂說甚深法說廣大法說種種法說一切智法說隨順波羅蜜法說出生如來力法說三世相應法說令菩薩不退法說讚歎佛功德法說一切菩薩學一切佛平等一切如來境界相應法是爲十若諸菩薩安住此法則得如來無上巧說法佛子菩薩摩訶薩有十種持何等爲十所謂持所集一切福德善根持一切如來所說法持一切譬喻持一切法理趣門持一切出生陀羅尼門持一切除疑惑法持成就一切菩薩法持一切如來所說平等三昧門持一切法照明門持一切諸佛神通遊戲力是爲十若諸菩薩安住此法則得如來無上大智住持力佛子菩薩摩訶薩有十種辯才何等爲十所謂於一切法無分別辯才於一切法無所作辯才於一切法無所著辯才於一切法了達空辯才於一切法無疑暗辯才於一切法佛加被辯才於一切法自覺悟辯才於一切法文句差別善巧辯才於一切法眞實說辯才隨一切衆生心令歡喜辯才是爲十若諸菩薩安住此法則得如來無上巧妙辯才佛子菩薩摩訶薩有十種自在何等爲十所謂教化調伏一切衆生自在普照一切法自在修一切善根行自在廣大智自在無所依戒自在一切善根迴向菩提自在精進不退轉自在智慧摧破一切衆魔自在隨所樂欲令發菩提心自在隨所應化現成正覺自在是爲十若諸菩薩安住此法則得如來無上大智自在佛子菩薩摩訶

薩有十種無著何等爲十所謂於一切世界無著於一切衆生無著於一切法無著於一切所作無著於一切善根無著於一切受生處無著於一切願無著於一切行無著於一切菩薩無著於一切佛無著是爲十若諸菩薩安住此法則能速轉一切衆想得無上清淨智慧佛子菩薩摩訶薩有十種平等心何等爲十所謂積集一切功德平等心發一切差别願平等心於一切衆生身平等心於一切衆生業報平等心於一切法平等心於一切淨穢國土平等心於一切衆生解平等心於一切行無所分别平等心於一切佛力無畏平等心於一切如來智慧平等心是爲十若諸菩薩安住其中則得如來無上大平等心佛子菩薩摩訶薩有十種出生智慧何等爲十所謂知一切衆生解出生智慧知一切佛刹種種差别出生智慧知十方網分齊出生智慧知覆仰等一切世界出生智慧知一切法一性種種性廣大住出生智慧知一切種種身出生智慧知一切世間顛倒妄想悉無所著出生智慧知一切法究竟皆以一道出離出生智慧知如來神力能入一切法界出生智慧知三世一切衆生佛種不斷出生智慧是爲十若諸菩薩安住此法則於諸法無不了達佛子菩薩摩訶薩有十種變化何等爲十所謂一切衆生變化一切身變化一切刹變化一切供養變化一切音聲變化一切行願變化一切教化調伏衆生變化一切成正覺變化一切說法變化一切加持變化是爲十若諸菩薩安住此法則得具足一切

無上變化法佛子菩薩摩訶薩有十種力持何等爲十所謂佛力持法力持衆生力持業力持行力持願力持境界力持時力持善力持智力持是爲十若諸菩薩安住此法則於一切法得無上自在力持

大方廣佛華嚴經卷第五十三

音釋

阿蘭若梵語也此云閑靜處若爾者切　唐捐捐以專切唐捐徒棄也

誹謗誹敷尾切非議也謗補曠切訕也　軌則軌居洧切法也　恬古侠切恃也

嬰於盈切縈也　分齊分扶問切齊在詣切分齊限量也

大方廣佛華嚴經卷第五十四

唐于闐國三藏沙門實叉難陀譯

離世間品第三十八之二

佛子菩薩摩訶薩有十種大欣慰何等爲十所謂諸菩薩發如是心盡未來世所有諸佛出興于世我當皆得隨逐承事令生歡喜如是思惟心大欣慰復作是念彼諸如來出興於世我當悉以無上供具恭敬供養如是思惟心大欣慰復作是念我於諸佛所興供養時彼諸如來必示誨我法我悉以深心恭敬聽受如說修行於菩薩地必得已生現生當生如是思惟心大欣慰復作是念我當於不可說不可說劫行菩薩行常與一切諸佛菩薩而得共俱如是思惟心大欣慰復作是念我於往昔未發無上大菩提心有諸怖畏所謂不活畏惡名畏死畏墮惡道畏大衆威德畏自一發心悉皆遠離不驚不恐不畏不懼不怯不怖一切衆魔及諸外道所不能壞如是思惟心大欣慰復作是念我當令一切衆生成無上菩提成菩提已我當於彼佛所修菩薩行盡其形壽以大信心興所應供佛諸供養具而爲供養及涅槃後各起無量塔供養舍利及受持守護所有遺法如是思惟心大欣慰又作是念十方所有一切世界我當悉以無上莊嚴而莊嚴之皆令具足種種奇妙平等清淨復以種種大神通力住持震動光明照耀普使周徧如是思惟心大欣慰復作是念我當斷一切衆生疑惑淨一切衆生欲樂啓一切衆生心意滅一切衆生煩惱閉一切衆生惡道門開一切衆生善趣門破一

切衆生黑闇與一切衆生光明令一切衆生離衆魔業使一切衆生至安隱處如是思惟心大欣慰菩薩摩訶薩復作是念諸佛如來如優曇華難可值遇於無量劫莫能一見我當於未來世欲見如來則便得見諸佛如來常不捨我恒住我所令我得見爲我說法無有斷絶既聞法已心意清淨遠離諂曲質直無僞於念念中常見諸佛如是思惟心大欣慰復作是念我於未來當得成佛以佛神力於一切世界爲一切衆生各别示現成等正覺清淨無畏大師子吼以本大願周徧法界擊大法鼓雨大法雨作大法施於無量劫常演正法大悲所持身語意業無有疲猒如是思惟心大欣慰佛子是爲菩薩摩訶薩十種大欣慰若諸菩薩安住此法則得無上成正

覺智慧大欣慰佛子菩薩摩訶薩有十種深入佛法何等爲十所謂入過去世一切世界入未來世一切世界入現在世世界數世界行世界說世界清淨入一切世界種種性入一切衆生種種業報入一切菩薩種種行知過去一切佛次第知未來一切佛次第知現在十方虛空法界等一切諸佛國土衆會說法調伏知世間法聲聞法獨覺法菩薩法如來法雖知諸法皆無分别而說種種法悉入法界無所入故如其法說無所取著是爲十若諸菩薩安住此法則得入於阿耨多羅三藐三菩提大智慧甚深性佛子菩薩摩訶薩有十種依止菩薩依此行菩薩行何等爲十所謂依止供養一切諸佛行菩薩行依止調伏一切衆生行菩薩行依止親近一切善友

行菩薩行依止積集一切善根行菩薩行依止嚴淨一切佛土行菩薩行依止不捨一切衆生行菩薩行依止深入一切波羅蜜行菩薩行依止滿足一切菩薩願行菩薩行依止無量菩提心行菩薩行依止一切佛菩提行菩薩行是為十菩薩依此行菩薩行佛子菩薩摩訶薩有十種發無畏心何等為十所謂滅一切障礙業發無畏心於佛滅後護持正法發無畏心降伏一切魔發無畏心不惜身命發無畏心摧破一切外道邪論發無畏心令一切衆生歡喜發無畏心令一切衆會皆悉歡喜發無畏心調伏一切天龍夜叉乾闥婆阿脩羅迦樓羅緊那羅摩睺羅伽發無畏心離二乘地入甚深法發無畏心於不可說不可說劫行菩薩行心無疲猒發無畏心是為十若諸菩薩安住此法則得如來無上大智無所畏心佛子菩薩摩訶薩發十種無疑心於一切佛法心無疑惑何等為十所謂菩薩摩訶薩發如是心我當以布施攝一切衆生以戒忍精進禪定智慧慈悲喜捨攝一切衆生發此心時決定無疑若生疑心無有是處是為第一發無疑心菩薩摩訶薩又作是念未來諸佛出興于世我當一切承事供養發此心時決定無疑若生疑心無有是處是為第二發無疑心菩薩摩訶薩又作是念我當以種種奇妙光明網周徧莊嚴一切世界發此心時決定無疑若生疑心無有是處是為第三發無疑心菩薩摩訶薩又作是念我當盡未來劫修菩薩行無數無量無邊無等不可數不可稱不可思不可量不可說不可

說不可說過諸筭數究竟法界虛空界一切衆生我當悉以無上教化調伏法而成熟之發此心時決定無疑若生疑心無有是處是爲第四發無疑心菩薩摩訶薩又作是念我當修菩薩行滿大誓願具一切智安住其中發此心時決定無疑若生疑心無有是處是爲第五發無疑心菩薩摩訶薩又作是念我當普爲一切世間行菩薩行爲一切法清淨光明照明一切所有佛法發此心時決定無疑若生疑心無有是處是爲第六發無疑心菩薩摩訶薩又作是念我當知一切法皆是佛法隨衆生心爲其演說悉令開悟發此心時決定無疑若生疑心無有是處是爲第七發無疑心菩薩摩訶薩又作是念我當於一切法得無障礙門知一切障礙不可得故其心如是無有疑惑住眞實性乃至成於阿耨多羅三藐三菩提發此心時決定無疑若生疑心無有是處是爲第八發無疑心菩薩摩訶薩又作是念我當知一切法莫不皆是出世間法遠離一切妄想顛倒以一莊嚴而自莊嚴而無所莊嚴於此自了不由他悟發此心時決定無疑若生疑心無有是處是爲第九發無疑心菩薩摩訶薩又作是念我當於一切法成最正覺離一切妄想顛倒故得一念相應智故若一若異不可得故離一切數故究竟無爲故離一切言說故住不可說境界際故發此心時決定無疑若生疑心無有是處是爲第十發無疑心若諸菩薩安住此法則於一切佛法心無所疑佛子菩薩摩訶薩有十種不可思議何等爲十所謂一切善

根不可思議一切誓願不可思議知一切法如幻不可思議發菩提心修菩薩行善根不失無所分別不可思議雖深入一切法亦不取滅度以一切願未成滿故不可思議修菩薩道而示現降神入胎誕生出家苦行往詣道場降伏衆魔成最正覺轉正法輪入般涅槃神變自在無有休息不捨悲願救護衆生不可思議雖能示現如來十力神變自在而亦不捨等法界心教化衆生不可思議知一切法無相是相相是無相無分別是分別分別是無分別非有是有有是非有無作是作作是無作非説是説説是非説不可思議知心與菩提等知菩提與心等心及菩提與衆生等亦不生心顛倒想顛倒見顛倒不可思議於念念中入滅盡定盡一切漏而不證實際亦不盡有漏善根雖知一切法無漏而知漏盡亦知漏滅雖知佛法即世間法世間法即佛法而不於佛法中分別世間法不於世間法中分別佛法一切諸法悉入法界無所入故知一切法皆無二無變易故是爲第十不可思議佛子是爲菩薩摩訶薩十種不可思議若諸菩薩安住其中則得一切諸佛無上不可思議法佛子菩薩摩訶薩有十種巧密語何等爲十所謂於一切佛經中巧密語於一切受生處巧密語於一切菩薩神通變現成等正覺巧密語於一切衆生業報巧密語於一切衆生所起染淨巧密語於一切法究竟無障礙門巧密語於一切虛空界一一方處悉有世界或成或壞間無空處巧密語於一切法界一切十方乃至微細處悉有如

來示現初生乃至成佛入般涅槃充滿法界悉分別見巧密語見一切衆生平等涅槃無變易故而不捨大願以一切智願未得圓滿令滿足故巧密語雖知一切法不由他悟而不捨離諸善知識於如來所轉加尊敬與善知識和合無二於諸善根修習種植迴向安住同一所作同一體性同一出離同一成就巧密語是爲十若諸菩薩安住其中則得如來無上善巧微密語佛子菩薩摩訶薩有十種巧分別智何等爲十所謂入一切刹巧分別智入一切衆生處巧分別智入一切衆生心行巧分別智入一切衆生根巧分別智入一切衆生業報巧分別智入一切聲聞行巧分別智入一切獨覺行巧分別智入一切菩薩行巧分別智入一切世間法巧分別智入一切佛法巧分別智是爲十若諸菩薩安住其中則得一切諸佛無上善巧分別諸法智佛子菩薩摩訶薩有十種入三昧何等爲十所謂於一切世界入三昧於一切衆生身入三昧於一切法入三昧見一切佛入三昧住一切劫入三昧從三昧起現不思議身入三昧於一切佛身入三昧覺悟一切衆生平等入三昧一念中入一切菩薩三昧智入三昧一念中以無礙智成就一切諸菩薩行願無有休息入三昧是爲十若諸菩薩安住其中則得一切諸佛無上善巧三昧法佛子菩薩摩訶薩有十種徧入何等爲十所謂衆生徧入國土徧入世間種種相徧入火災徧入水災徧入佛徧入莊嚴徧入如來無邊功德身徧入一切種種說法徧入一切如來種種供

養徧入是爲十若諸菩薩安住其中則得如來無上大智徧入法佛子菩薩摩訶薩有十種解脫門何等爲十所謂一身周徧一切世界解脫門於一切世界示現無量種種色相解脫門以一切世界入一佛刹解脫門普加持一切衆生界解脫門以一切佛莊嚴身充滿一切世界解脫門於自身中見一切世界解脫門一念中往一切世界解脫門於一世界示現一切如來出世解脫門一身充滿一切法界解脫門一念中示現一切佛遊戲神通解脫門是爲十若諸菩薩安住其中則得如來無上解脫門佛子菩薩摩訶薩有十種神通何等爲十所謂憶念宿命方便智通天耳無礙方便智通知他衆生不思議心行方便智通天眼觀察無有障礙方便智通隨衆生心現不思議大神通力方便智通一身普現無量世界方便智通一念徧入不可說不可說世界方便智通出生無量莊嚴具莊嚴不思議世界方便智通示現不可說變化身方便智通隨不思議衆生心於不可說世界現成阿耨多羅三藐三菩提方便智通是爲十若諸菩薩安住其中則得如來無上大善巧神通爲一切衆生種種示現令其修學佛子菩薩摩訶薩有十種明何等爲十所謂知一切衆生業報善巧智明知一切衆生境界寂滅清淨無諸戲論善巧智明知一切衆生種種所緣唯是一相悉不可得一切諸法皆如金剛善巧智明能以無量微妙音聲普聞十方一切世界善巧智明普壞一切心所染著善巧智明能以方便示現受生或不受生

善巧智明捨離一切想受境界善巧智明知一切法非相非無相一性無性無所分別而能了知種種諸法於無量劫分別演說住於法界成阿耨多羅三藐三菩提善巧智明菩薩摩訶薩知一切衆生生本無有生了達受生不可得故而知因知緣知事知境界知行知生知滅知言説知迷惑知離迷惑知顛倒知離顛倒知雜染知清淨知生死知涅槃知可得知不可得知執著知無執著知住知動知去知還知起知不起知失壞知出離知成熟知諸根知調伏隨其所應種種教化未曾忘失菩薩所行何以故菩薩但爲利益衆生故發阿耨多羅三藐三菩提心無餘所爲是故菩薩常化衆生身無疲倦不違一切世間所作是名緣起善巧智明菩薩摩訶薩於佛無著不起著心於法無著不起著心於刹無著不起著心於衆生無著不起著心不見有衆生而行教化調伏説法然亦不捨菩薩諸行大悲大願見佛聞法隨順修行依於如來種諸善根恭敬供養無有休息能以神力震動十方無量世界其心廣大等法界故知種種説法知衆生數知衆生差別知苦生知苦滅知一切行皆如影像行菩薩行永斷一切受生根本但爲救護一切衆生行菩薩行而無所行隨順一切諸佛種性發如大山王心知一切虛妄顛倒入一切種智門智慧廣大不可傾動當成正覺於生死海平等濟度一切衆生善巧智明是爲十若諸菩薩安住其中則得如來無上大善巧智明佛子菩薩摩訶薩有十種解脱何等爲十所謂煩惱解脱

邪見解脫諸取解脫蘊處界解脫超二乘解脫無生法忍解脫於一切世間一切剎一切衆生一切法離著解脫無邊住解脫發起一切菩薩行入如來無分別地解脫於一念中悉能了知一切三世解脫是爲十若諸菩薩安住此法則能施作無上佛事教化成熟一切衆生佛子菩薩摩訶薩有十種園林何等爲十所謂生死是菩薩園林無猒捨故教化衆生是菩薩園林不疲倦故住一切劫是菩薩園林攝諸大行故清淨世界是菩薩園林自所止住故一切魔宮殿是菩薩園林降伏彼衆故思惟所聞法是菩薩園林如理觀察故六波羅蜜四攝事三十七菩提分法是菩薩園林紹繼慈父境界故十力四無所畏十八不共乃至一切佛法是菩薩園林不念餘法故示現一切菩薩威力自在神通是菩薩園林以大神力轉正法輪調伏衆生無休息故一念於一切處爲一切衆生示成正覺是菩薩園林法身周徧盡虛空一切世界故是爲十若諸菩薩安住此法則得如來無上離憂惱大安樂行佛子菩薩摩訶薩有十種宮殿何等爲十所謂菩提心是菩薩宮殿恒不忘失故十善業道福德智慧是菩薩宮殿教化欲界衆生故四梵住禪定是菩薩宮殿教化色界衆生故生淨居天是菩薩宮殿一切煩惱不染故生無色界是菩薩宮殿令諸衆生離難處故生雜染世界是菩薩宮殿令一切衆生斷煩惱故現處內宮妻子眷屬是菩薩宮殿成就往昔同行衆生故現居輪王護世釋梵是菩薩宮殿爲調伏自在心衆生故

住一切菩薩行遊戲神通皆得自在是菩薩宮殿善遊戲諸禪解脱三昧智慧故一切佛所受無上自在一切智王灌頂記是菩薩宫殿住十力莊嚴作一切法王自在事故是爲十若諸菩薩安住其中則得法灌頂於一切世間神力自在佛子菩薩摩訶薩有十種所樂何等爲十所謂樂正念心不散亂故樂智慧分别諸法故樂往詣一切佛所聽法無猒故樂諸佛充滿十方無邊際故樂菩薩自在爲諸衆生以無量門而現身故樂諸三昧門於一三昧門入一切三昧門故樂陀羅尼持法不忘轉受衆生故樂無礙辯才於一文一句經不可說劫分别演説無窮盡故樂成正覺爲一切衆生以無量門示現於身成正覺故樂轉法輪摧滅一切異道法故是爲十若諸菩薩安住此法則得一切諸佛如來無上法樂佛子菩薩摩訶薩有十種莊嚴何等爲十所謂力莊嚴不可壞故無畏莊嚴無能伏故義莊嚴說不可說義無窮盡故法莊嚴八萬四千法聚觀察演說無忘失故願莊嚴一切菩薩所發弘誓無退轉故行莊嚴修普賢行而出離故刹莊嚴以一切刹作一刹故普音莊嚴周徧一切諸佛世界雨法雨故力持莊嚴於一切劫行無數行不斷絶故變化莊嚴於一衆生身示現一切衆生數等身令一切衆生悉得知見求一切智無退轉故是爲十若諸菩薩安住此法則得如來一切無上法莊嚴佛子菩薩摩訶薩發十種不動心何等爲十所謂於一切所有悉皆能捨不動心思惟觀察一切佛法不動心憶念供養一切

諸佛不動心於一切衆生誓無惱害不動心普攝衆生不揀怨親不動心求一切佛法無有休息不動心一切衆生數等不可說不可說劫行菩薩行不生疲猒亦無退轉不動心成就有根信無濁信清淨信極清淨信離垢信明徹信恭敬供養一切佛信不退轉信不可盡信無能壞信大歡喜踊躍信不動心成就出生一切智方便道不動心聞一切菩薩行法信受不謗不動心是爲十若諸菩薩安住此法則得無上一切智不動心佛子菩薩摩訶薩有十種不捨深大心何等爲十所謂不捨成滿一切佛菩提深大心不捨教化調伏一切衆生深大心不捨不斷一切諸佛種性深大心不捨親近一切善知識深大心不捨供養一切諸佛深大心不捨專求一切大乘功德法深大心不捨於一切佛所修行梵行護持淨戒深大心不捨親近一切菩薩深大心不捨求一切佛法方便護持深大心不捨滿一切菩薩行願集一切諸佛法深大心是爲十若諸菩薩安住其中則能不捨一切佛法佛子菩薩摩訶薩有十種智慧觀察何等爲十所謂善巧分別說一切法智慧觀察了知三世一切善根智慧觀察了知一切諸菩薩行自在變化智慧觀察了知一切諸法義門智慧觀察了知一切諸佛威力智慧觀察了知一切陀羅尼門智慧觀察於一切世界普說正法智慧觀察入一切法界智慧觀察知一切十方不可思議智慧觀察知一切佛法智慧光明無有障礙智慧觀察是爲十若諸菩薩安住其中則得如來無上大智慧

觀察佛子菩薩摩訶薩有十種說法何等爲十所謂說一切法皆從緣起說一切法皆悉如幻說一切法無有乖諍說一切法無有邊際說一切法無所依止說一切法猶如金剛說一切法皆悉如如說一切法皆悉寂靜說一切法皆悉出離說一切法皆住一義本性成就是爲十若諸菩薩安住其中則能善巧說一切法佛子菩薩摩訶薩有十種清淨何等爲十所謂深心清淨斷疑清淨離見清淨境界清淨求一切智清淨辯才清淨無畏清淨住一切菩薩智清淨受一切菩薩律儀清淨具足成就無上菩提三十二種百福相白淨法一切善根清淨是爲十若諸菩薩安住其中則得一切如來無上清淨法佛子菩薩摩訶薩有十種印何等爲十所謂菩薩摩訶

薩知苦苦壞苦行苦專求佛法不生懈怠行菩薩行無有疲懈不驚不畏不恐不怖不捨大願求一切智堅固不退究竟阿耨多羅三藐三菩提是爲第一印菩薩摩訶薩見有衆生愚癡狂亂或以麤弊惡語而相毀辱或以刀杖瓦石而加損害終不以此境界捨菩薩心但忍辱柔和專修佛法住最勝道入離生位是爲第二印菩薩摩訶薩聞說與一切智相應甚深佛法能以自智深信忍可解了趣入是爲第三印菩薩摩訶薩又作是念我發深心求一切智我當成佛得阿耨多羅三藐三菩提一切衆生流轉五趣受無量苦亦當令其發菩提心深信歡喜勤修精進堅固不退是爲第四印菩薩摩訶薩知如來智無有邊際不以齊限測如來智菩薩曾於無量佛

所聞如來智無有邊際故能不以齊限測度一切世間文字所說皆有齊限悉不能知如來智慧是爲第五印菩薩摩訶薩於阿耨多羅三藐三菩提得最勝欲甚深欲廣欲大欲種種欲無能勝欲無上欲堅固欲衆魔外道并其眷屬無能壞欲求一切智不退轉欲菩薩住如是等欲於無上菩提畢竟不退是爲第六印菩薩摩訶薩行菩薩行不顧身命無能沮壞發心趣向一切智故一切智性常現前故得一切佛智光明故終不捨離佛菩提終不捨離善知識是爲第七印菩薩摩訶薩若見善男子善女人趣大乘者令其增長求佛法心令其安住一切善根令其攝取一切智心令其不退無上菩提是爲第八印菩薩摩訶薩令一切衆生得平等心勸令勤修一切智道以大悲心而爲說法令於阿耨多羅三藐三菩提永不退轉是爲第九印菩薩摩訶薩與三世諸佛同一善根不斷一切諸佛種性究竟得至一切智智是爲第十印佛子是爲菩薩摩訶薩十種印菩薩以此速成阿耨多羅三藐三菩提具足如來一切法無上智印佛子菩薩摩訶薩有十種智光照何等爲十所謂知定當成阿耨多羅三藐三菩提智光照見一切佛智光照見一切衆生死此生彼智光照解一切修多羅法門智光照依善知識發菩提心集諸善根智光照示現一切諸佛智光照教化一切衆生悉令安住如來地智光照演說不可思議廣大法門智光照善巧了知一切諸佛神通威力智光照滿足一切諸波羅蜜智光照是爲十若諸菩薩

安住此法則得一切諸佛無上智光照佛子菩薩摩訶薩有十種無等住一切衆生聲聞獨覺悉無與等何等爲十所謂菩薩摩訶薩雖觀實際而不取證以一切願未成滿故是爲第一無等住菩薩摩訶薩種等法界一切善根而不於中有少執著是爲第二無等住菩薩摩訶薩修菩薩行知其如化以一切法悉寂滅故而於佛法不生疑惑是爲第三無等住菩薩摩訶薩雖離世間所有妄想然能作意於不可說劫行菩薩行滿足大願終不中起疲猒之心是爲第四無等住菩薩摩訶薩於一切法無所取著以一切法性寂滅故而不證涅槃何以故一切智道未成滿故是爲第五無等住菩薩摩訶薩知一切劫皆即非劫而真實說一切劫數是爲第六無等住菩薩摩訶薩知一切法悉無所作而不捨作道求諸佛法是爲第七無等住菩薩摩訶薩知三界唯心三世唯心而了知其心無量無邊是爲第八無等住菩薩摩訶薩爲一衆生於不可說劫行菩薩行欲令安住一切智地如爲一衆生爲一切衆生悉亦如是而不生疲猒是爲第九無等住菩薩摩訶薩雖修行圓滿而不證菩提何以故菩薩作如是念我之所作本爲衆生是故我應久處生死方便利益皆令安住無上佛道是爲第十無等住佛子是爲菩薩摩訶薩十種無等住若諸菩薩安住其中則得無上大智一切佛法無等住

大方廣佛華嚴經卷第五十四

音釋

欣慰 欣許斤切喜也慰於胃切安慰也 **懼** 其遇切怖懼也 **怯** 去劫切畏懦也 **黑闇** 闇烏紺切不明也 **諂曲** 諂丑琰切諂曲佞言不直也 **誕** 徒桉切 **揀** 古限切擇也 **乖諍** 乖公懷切戾也諍側莖切訟也 **懈怠** 懈古隘切懶也怠徒耐切惰也 **沮壞** 沮慈呂切遏也壞古聵切毀也

大方廣佛華嚴經卷第五十五

唐于闐國三藏沙門實叉難陀譯

離世間品第三十八之三

佛子菩薩摩訶薩發十種無下劣心何等爲十佛子菩薩摩訶薩作如是念我當降伏一切天魔及其眷屬是爲第一無下劣心又作是念我當悉破一切外道及其邪法是爲第二無下劣心又作是念我當於一切衆生善言開喻皆令歡喜是爲第三無下劣心又作是念我當成滿徧法界一切波羅蜜行是爲第四無下劣心又作是念我當積集一切福德藏是爲第五無下劣心又作是念無上菩提廣大難成我當修行悉令圓滿是爲第六無下劣心又作是念我當以無上教化無上調伏教化調伏一切衆生是爲第七無下劣心又作是念一切世界種種不同我當以無量身成等正覺是爲第八無下劣心又作是念我修菩薩行時若有衆生來從我乞手足耳鼻血肉骨髓妻子象馬乃至王位如是一切悉皆能捨不生一念憂悔之心但爲利益一切衆生不求果報以大悲爲首大慈究竟是爲第九無下劣心又作是念三世所有一切諸佛一切佛法一切衆生一切國土一切世間一切三世一切虛空界一切法界一切語言施設界一切寂滅涅槃界如是一切種種諸法我當以一念相應慧悉知悉覺悉見悉證悉修悉斷然於其中無分別離分別無種種差別無功德無境界非有非無非一非二以不二智知一切二以無相智知一切相以無分別智知一切分別以無異智知一切

異以無差別智知一切差別以無世間智知一切世間以無世智知一切世以無衆生智知一切衆生以無執著智知一切執著以無住處智知一切住處以無雜染智知一切雜染以無盡智知一切盡以究竟法界智於一切世界示現身以離言音智示不可説言音以一自性智入於無自性以一境界智現種種境界知一切法不可説而現大自在言説證一切智地爲教化調伏一切衆生故於一切世間示現大神通變化是爲第十無下劣心佛子是爲菩薩摩訶薩發十種無下劣心若諸菩薩安住此心則得一切最上無下劣佛法佛子菩薩摩訶薩於阿耨多羅三藐三菩提有十種如山增上心何等爲十佛子菩薩摩訶薩常作意勤修一切智法是爲第一如山增上心恒觀一切法本性空無所得是爲第二如山增上心願於無量劫行菩薩行修一切白淨法以住一切白淨法故知見如來無量智慧是爲第三如山增上心爲求一切佛法故等心敬奉諸善知識無異希求無盜法心唯生尊重未曾有意一切所有悉皆能捨是爲第四如山增上心若有衆生罵辱毁謗打棒屠割苦其形體乃至斷命如是等事悉皆能受終不因此生動亂心生瞋害心亦不退捨大悲弘誓更令增長無有休息何以故菩薩於一切法如實出離捨成就故證得一切諸如來法忍辱柔和已自在故是爲第五如山增上心菩薩摩訶薩成就增上大功德所謂天增上功德人增上功德色增上功德力增上功德眷屬增上功德欲增上功

德王位增上功德自在增上功德福德增上功德智慧增上功德雖復成就如是功德終不於此而生染著所謂不著味不著欲不著財富不著眷屬但深樂法隨法去隨法住隨法趣向隨法究竟以法爲依以法爲救以法爲歸以法爲舍守護法愛樂法希求法思惟法佛子菩薩摩訶薩雖復具受種種法樂而常遠離衆魔境界何以故菩薩摩訶薩於過去世發如是心我當令一切衆生皆悉永離衆魔境界住佛境故是爲第六如山增上心菩薩摩訶薩爲求阿耨多羅三藐三菩提已於無量阿僧祇劫行菩薩道精勤匪懈猶謂我今始發阿耨多羅三藐三菩提心行菩薩行亦不驚亦不怖亦不畏雖能一念即成阿耨多羅三藐三菩提然爲衆生故於無量劫行菩薩行無有休息是爲第七如山增上心菩薩摩訶薩知一切衆生性不和善難調難度不能知恩不能報恩是故爲其發大誓願欲令皆得心意自在所行無礙捨離惡念不於他所生諸煩惱是爲第八如山增上心菩薩摩訶薩復作是念非他令我發菩提心亦不待人助我修行我自發心集諸佛法誓期自勉盡未來劫行菩薩道成阿耨多羅三藐三菩提是故我今修菩薩行當淨自心亦淨他心當知自境界亦知他境界我當悉與三世諸佛境界平等是爲第九如山增上心菩薩摩訶薩作如是觀無有一法修菩薩行無有一法滿菩薩行無有一法教化調伏一切衆生無有一法供養恭敬一切諸佛無有一法於阿耨多羅三藐三菩提已成今成當成

無有一法已說今說當說說者及法俱不可得而亦不捨阿耨多羅三藐三菩提願何以故菩薩求一切法皆無所得如是出生阿耨多羅三藐三菩提是故於法雖無所得而勤修習增上善業清淨對治智慧圓滿念念增長一切具足其心於此不驚不怖不作是念若一切法皆悉寂滅我有何義求於無上菩提之道是爲第十如山增上心佛子是爲菩薩摩訶薩於阿耨多羅三藐三菩提十種如山增上心若諸菩薩安住其中則得如來無上大智山王增上心佛子菩薩摩訶薩有十種入阿耨多羅三藐三菩提如海智何等爲十所謂入一切無量衆生界是爲第一如海智入一切世界而不起分別是爲第二如海智知一切虛空界無量無礙普入十方一切差別世界網是爲第三如海智菩薩摩訶薩善入法界所謂無礙入不斷入不常入無量入不生入不滅入一切入悉了知故是爲第四如海智菩薩摩訶薩於過去未來現在諸佛菩薩法師聲聞獨覺及一切凡夫所集善根已集現集當集三世諸佛於阿耨多羅三藐三菩提已成今成當成所有善根三世諸佛說法調伏一切衆生已說今說當說所有善根於彼一切皆悉了知深信隨喜願樂修習無有猒足是爲第五如海智菩薩摩訶薩於念念中入過去世不可說劫於一劫中或百億佛出世或千億佛出世或百千億佛出世或無數或無量或無邊或無等或不可數或不可稱或不可思或不可量或不可說或不可說不可說超過筭數諸佛世尊出興于

世及彼諸佛道場衆會聲聞菩薩説法調伏一切衆生壽命延促法住久近如是一切悉皆明見如一劫一切諸劫皆亦如是其無佛劫所有衆生有於阿耨多羅三藐三菩提種諸善根亦悉了知若有衆生善根熟已於未來世當得見佛亦悉了知如是觀察過去世不可説不可説劫心無猒足是爲第六如海智菩薩摩訶薩入未來世觀察分別一切諸劫無量無邊知何劫有佛何劫無佛何劫有幾如來出世一一如來名號何等住何世界世界名何度幾衆生壽命幾時如是觀察盡未來際皆悉了知不可窮盡而無猒足是爲第七如海智菩薩摩訶薩入現在世觀察思惟於念念中普見十方無邊品類不可説世界皆有諸佛於無上菩提已成今成當成往詣道場菩提樹下坐吉祥草降伏魔軍成阿耨多羅三藐三菩提從此起已入於城邑升天宫殿説微妙法轉大法輪示現神通調伏衆生乃至付囑阿耨多羅三藐三菩提法捨於壽命入般涅槃入涅槃已結集法藏令久住世莊嚴佛塔種種供養亦見彼世界所有衆生值佛聞法受持諷誦憶念思惟增長慧解如是觀察普徧十方而於佛法無有錯謬何以故菩薩摩訶薩了知諸佛皆悉如夢而能往詣一切佛所恭敬供養菩薩爾時不著自身不著諸佛不著世界不著衆會不著説法不著劫數然見佛聞法觀察世界入諸劫數無有猒足是爲第八如海智菩薩摩訶薩於不可説不可説劫一一劫中供養恭敬不可説不可説無量諸佛示現自身殁此生彼

以出過三界一切供具而爲供養幷及供養菩薩聲聞一切大衆一一如來般涅槃後皆以無上供具供養舍利及廣行惠施滿足衆生佛子菩薩摩訶薩以不可思議心不求報心究竟心饒益心於不可說不可說劫爲阿耨多羅三藐三菩提故供養諸佛饒益衆生護持正法開示演說是爲第九如海智菩薩摩訶薩於一切佛所一切菩薩所一切法師所一向專求菩薩所說法菩薩所學法菩薩所教法菩薩修行法菩薩清淨法菩薩成熟法菩薩調伏法菩薩平等法菩薩出離法菩薩總持法得此法已受持讀誦分別解說無有猒足令無量衆生於佛法中發一切智相應心入眞實相於阿耨多羅三藐三菩提得不退轉菩薩如是於不可說不可說劫無有猒足是爲第十如海智佛子是爲菩薩摩訶薩十種入阿耨多羅三藐三菩提如海智若諸菩薩安住此法則得一切諸佛無上大智慧海佛子菩薩摩訶薩於阿耨多羅三藐三菩提有十種如寶住何等爲十佛子菩薩摩訶薩悉能往詣無數世界諸如來所瞻覲頂禮承事供養是爲第一如寶住於不思議諸如來所聽聞正法受持憶念不令忘失分別思惟覺慧增長如是所作充滿十方是爲第一如寶住於此刹殁餘處現生而於佛法無所迷惑是爲第三如寶住知從一法出一切法而能各各分別演說以一切法種種義究竟皆是一義故是爲第四如寶住知猒離煩惱知止息煩惱知防護煩惱知除斷煩惱修菩薩行不證實際究竟到於實際彼岸方便

善巧善學所學令往昔願行皆得成滿身不疲惓是爲第五如寶住知一切衆生心所分別皆無處所而亦說有種種方處雖無分別無所造作爲欲調伏一切衆生而有修行而有所作是爲第六如寶住知一切法皆同一性所謂無性無種種性無無量性無可筭數性無可稱量性無色無相若一若多皆不可得而決定了知此是諸佛法此是菩薩法此是獨覺法此是聲聞法此是凡夫法此是善法此是不善法此是世間法此是出世間法此是過失法此是無過失法此是有漏法此是無漏法乃至此是有爲法此是無爲法是爲第七如寶住菩薩摩訶薩求佛不可得求菩薩不可得求法不可得求衆生不可得而亦不捨調伏衆生令於諸法成正覺願何以

故菩薩摩訶薩善巧觀察知一切衆生分別知一切衆生境界方便化導令得涅槃爲欲滿足化衆生願熾然修行菩薩行故是爲第八如寶住菩薩摩訶薩知善巧說法示現涅槃爲度衆生所有方便一切皆是心想建立非是顚倒亦非虚誑何以故菩薩了知一切諸法三世平等如如不動實際無住不見有一衆生已受化今受化當受化亦自了知無所修行無有少法若生若滅而可得者而依於一切法令所願不空是爲第九如寶住菩薩摩訶薩於不思議無量諸佛一一佛所聞不可說不可說授記法名號各異劫數不同從於一劫乃至不可說不可說劫常如是聞聞已修行不驚不怖不迷不惑知如來智不思議故如來授記言無二故自身行願殊勝

力故隨應受化令成阿耨多羅三藐三菩提滿等法界一切願故是爲第十如實住佛子是爲菩薩摩訶薩於阿耨多羅三藐三菩提十種如實住若諸菩薩安住此法則得諸佛無上大智慧寶佛子菩薩摩訶薩發十種如金剛大乘誓願心何等爲十佛子菩薩摩訶薩作如是念一切諸法無有邊際不可窮盡我當以盡三世智普皆覺了無有遺餘是爲第一如金剛大乘誓願心菩薩摩訶薩又作是念於一毛端處有無量無邊衆生何況一切法界我當皆以無上涅槃而滅度之是爲第二如金剛大乘誓願心菩薩摩訶薩又作是念十方世界無量無邊無有齊限不可窮盡我當以諸佛國土最上莊嚴莊嚴如是一切世界所有莊嚴皆悉眞實是爲第三如金剛大乘誓願心菩薩摩訶薩又作是念一切衆生無量無邊無有齊限不可窮盡我當以一切善根迴向於彼無上智光照耀於彼是爲第四如金剛大乘誓願心菩薩摩訶薩又作是念一切諸佛無量無邊無有齊限不可窮盡我當以所種善根迴向供養悉令周徧無所闕少然後我當成阿耨多羅三藐三菩提是爲第五如金剛大乘誓願心佛子菩薩摩訶薩見一切佛聞所說法生大歡喜不著自身不著佛身解如來身非實非虛非有非無非性非無性非色非無色非相非無相非生非滅實無所有亦不壞有何以故不可以一切性相而取著故是爲第六如金剛大乘誓願心佛子菩薩摩訶薩或被衆生訶罵毀呰撾打楚撻或截手足或割耳鼻或挑其目

或級其頭如是一切皆能忍受終不因此生恚害心於不可說不可說無央數劫修菩薩行攝受衆生恒無廢捨何以故菩薩摩訶薩已善觀察一切諸法無有二相心不動亂能捨自身忍其苦故是爲第七如金剛大乘誓願心佛子菩薩摩訶薩又作是念未來世劫無量無邊無有齊限不可窮盡我當盡彼劫於一世界行菩薩道教化衆生如一世界盡法界虛空界一切世界悉亦如是而心不驚不怖不畏何以故爲菩薩道法應如是爲一切衆生而修行故是爲第八如金剛大乘誓願心佛子菩薩摩訶薩又作是念阿耨多羅三藐三菩提以心爲本心若清淨則能圓滿一切善根於佛菩提必得自在欲成阿耨多羅三藐三菩提隨意即成若欲除斷一切取

緣住一向道我亦能得而我不斷爲欲究竟佛菩提故亦不即證無上菩提何以故爲滿本願盡一切世界行菩薩行化衆生故是爲第九如金剛大乘誓願心佛子菩薩摩訶薩知佛不可得菩提不可得菩薩不可得一切法不可得衆生不可得心不可得行不可得過去不可得未來不可得現在不可得一切世間不可得有爲無爲不可得菩薩如是寂靜住甚深住寂滅住無諍住無言住無二住無等住自性住如理住解脫住涅槃住實際住而亦不捨一切大願不捨薩婆若心不捨菩薩行不捨教化衆生不捨諸波羅蜜不捨調伏衆生不捨承事諸佛不捨演說諸法不捨莊嚴世界何以故菩薩摩訶薩發大願故雖復了達一切法相大慈悲心轉更增長無

量功德皆具修行於諸衆生心不捨離何以故一切諸法皆無所有凡夫愚迷不知不覺我當令彼悉得開悟於諸法性分明照了何以故一切諸佛安住寂滅而以大悲心於諸世間說法教化曾無休息我今云何而捨大悲又我先發廣大誓願心發決定利益一切衆生心發積集一切善根心發安住善巧迴向心發出生甚深智慧心發含受一切衆生心發於一切衆生平等心作眞實語不虛誑語願與一切衆生無上大法願不斷一切諸佛種性今一切衆生未得解脫未成正覺未具佛法大願未滿云何而欲捨離大悲是爲第十如金剛大乘誓願心佛子是爲菩薩摩訶薩發十種如金剛大乘誓願心若諸菩薩安住此法則得如來金剛性無上大神通智

佛子菩薩摩訶薩有十種大發起何等爲十佛子菩薩摩訶薩作如是念我當供養恭敬一切諸佛是爲第一大發起又作是念我當長養一切菩薩所有善根是爲第二大發起又作是念我當於一切如來般涅槃後莊嚴佛塔以一切華一切鬘一切香一切塗香一切末香一切衣一切蓋一切幢一切旛而供養之受持守護彼佛正法是爲第三大發起又作是念我當教化調伏一切衆生令得阿耨多羅三藐三菩提是爲第四大發起又作是念我當以諸佛國土無上莊嚴而以莊嚴一切世界是爲第五大發起又作是念我當發大悲心爲一衆生於一切世界一一各盡未來際劫行菩薩行如爲一衆生爲一切衆生悉亦如是皆令得佛無上菩提乃至不生

一念疲懈是爲第六大發起又作是念彼諸如來無量無邊我當於一如來所經不思議劫恭敬供養如於一如來於一切如來悉亦如是是爲第七大發起菩薩摩訶薩又作是念彼諸如來滅度之後我當爲一一如來所有舍利各起寶塔其量高廣與不可說諸世界等造佛形像亦復如是於不可思議劫以一切寶幢旛蓋香華衣服而爲供養不生一念猒倦之心爲成就佛法故爲供養諸佛故爲教化衆生故爲護持正法開示演說故是爲第八大發起菩薩摩訶薩又作是念我當以此善根成無上菩提得入一切諸如來地與一切如來體性平等是爲第九大發起菩薩摩訶薩復作是念我當成正覺已於一切世界不可說劫演說正法示現不可思議自在神通身語及意不生疲倦不離正法以佛力所持故爲一切衆生勤行大願故大慈爲首故大悲究竟故達無相法故住眞實語故證一切法皆寂滅故知一切衆生悉不可得而亦不違諸業所作故與三世佛同一體故周徧法界虛空界故通達諸法無相故成就不生不滅故具足一切佛法故以大願力調伏衆生作大佛事無有休息是爲第十大發起佛子是爲菩薩摩訶薩十種大發起若諸菩薩安住此法則不斷菩薩行具足如來無上大智佛子菩薩摩訶薩有十種究竟大事何等爲十所謂恭敬供養一切如來究竟大事隨所念衆生悉能救護究竟大事專求一切佛法究竟大事積集一切善根究竟大事思惟一切佛法究竟大事滿足一切誓願究

竟大事成就一切菩薩行究竟大事奉事一切善知識究竟大事往詣一切世界諸如來所究竟大事聞持一切諸佛正法究竟大事是爲十若諸菩薩安住此法則得阿耨多羅三藐三菩提大智慧究竟事佛子菩薩摩訶薩有十種不壞信何等爲十所謂於一切佛不壞信於一切佛法不壞信於一切聖僧不壞信於一切菩薩不壞信於一切善知識不壞信於一切衆生不壞信於一切菩薩大願不壞信於一切菩薩行不壞信於恭敬供養一切諸佛不壞信於菩薩巧密方便教化調伏一切衆生不壞信是爲十若諸菩薩安住此法則得諸佛無上大智慧不壞信佛子菩薩摩訶薩有十種得授記何等爲十所謂內有甚深解得授記能隨順起菩薩諸善根得授記修廣大行得授記現前得授記不現前得授記因自心證菩提得授記成就忍得授記教化調伏衆生得授記究竟一切劫數得授記一切菩薩行自在得授記是爲十若諸菩薩安住此法則於一切諸佛所而得授記佛子菩薩摩訶薩有十種善根迴向菩薩由此能以一切善根悉皆迴向何等爲十所謂以我善根同善知識願如是成就莫別成就以我善根同善知識心如是成就莫別成就以我善根同善知識行如是成就莫別成就以我善根同善知識善根如是成就莫別成就以我善根同善知識平等如是成就莫別成就以我善根同善知識念如是成就莫別成就以我善根同善知識清淨如是成就莫別成就以我善根同善知識所住如是成就

莫别成就以我善根同善知識成滿如是成就莫别成就以我善根同善知識不壞如是成就莫别成就是爲十若諸菩薩安住此法則得無上善根迴向佛子菩薩摩訶薩有十種得智慧何等爲十所謂於施自在得智慧深解一切佛法得智慧入如來無邊智得智慧於一切問答中能斷疑得智慧入於智者義得智慧深解一切如來於一切佛法中言音善巧得智慧深解於諸佛所種少善根必能滿足一切白淨法獲如來無量智得智慧成就菩薩不思議住得智慧於一念中悉能往詣不可説佛刹得智慧覺一切佛菩提入一切法界聞持一切佛所説法深入一切如來種種莊嚴言音得智慧是爲十若諸菩薩安住此法則得一切諸佛無上現證智佛子

菩薩摩訶薩有十種發無量無邊廣大心何等爲十所謂於一切諸佛所發無量無邊廣大心觀一切衆生界發無量無邊廣大心觀一切刹一切世一切法界發無量無邊廣大心觀察一切法皆如虚空發無量無邊廣大心觀察一切菩薩廣大行發無量無邊廣大心正念三世一切諸佛發無量無邊廣大心觀不思議諸業果報發無量無邊廣大心嚴淨一切佛刹發無量無邊廣大心徧入一切諸佛大會發無量無邊廣大心觀察一切如來妙音發無量無邊廣大心是爲十若諸菩薩安住此心則得一切佛法無量無邊廣大智慧海佛子菩薩摩訶薩有十種伏藏何等爲十所謂知一切法是起功德行藏知一切法是正思惟藏知一切法是陀羅尼照明藏

知一切法是辯才開演藏知一切法是不可說善覺眞實藏知一切佛自在神通是觀察示現藏知一切法是善巧出生平等藏知一切法是常見一切諸佛藏知一切不思議劫是善了皆如幻住藏知一切諸佛菩薩是發生歡喜淨信藏是爲十若諸菩薩安住此法則得一切諸佛無上智慧法藏悉能調伏一切衆生佛子菩薩摩訶薩有十種律儀何等爲十所謂於一切佛法不生誹謗律儀於一切佛所信樂心不可壞律儀於一切菩薩所起尊重恭敬律儀於一切善知識所終不捨愛樂心律儀於一切聲聞獨覺不生憶念心律儀遠離一切退菩薩道律儀不起一切損害衆生心律儀修一切善根皆令究竟律儀於一切魔悉能降伏律儀於一切波羅蜜皆令滿足律儀是爲十若諸菩薩安住此法則得無上大智律儀佛子菩薩摩訶薩有十種自在何等爲十所謂命自在於不可說劫住壽命故心自在智慧能入阿僧祇諸三昧故資具自在能以無量莊嚴莊嚴一切世界故業自在隨時受報故受生自在於一切世界示現受生故解自在於一切世界見佛充滿故願自在隨欲隨時於諸刹中成正覺故神力自在示現一切大神變故法自在示現無邊諸法門故智自在於念念中示現如來十力無畏成正覺故是爲十若諸菩薩安住此法則得圓滿一切諸佛諸波羅蜜智慧神力菩提自在

大方廣佛華嚴經卷第五十五

音釋

骨髓　髓息委切骨中脂也　屠割　屠音徒割古達切　錯謬　錯七各切謬靡幼切誤也謬差也　呰　將几切口毀也　撾　陟瓜切捶也　撻　他達切打也　截　昨結切斷也　挑　吐彫切抉也　薩婆若　梵語也此云一切智若爾者切

大方廣佛華嚴經卷第五十六

唐于闐國三藏沙門實叉難陀譯

離世間品第三十八之四

佛子菩薩摩訶薩有十種無礙用何等爲十所謂衆生無礙用國土無礙用法無礙用身無礙用願無礙用境界無礙用智無礙用神通無礙用神力無礙用力無礙用佛子云何爲菩薩摩訶薩衆生等無礙用佛子菩薩摩訶薩有十種衆生無礙用何者爲十所謂知一切衆生無衆生無礙用知一切衆生但想所持無礙用爲一切衆生說法未曾失時無礙用普化現一切衆生界無礙用置一切衆生於一毛孔中而不迫隘無礙用爲一切衆生示現他方一切世界令其悉見無礙用爲一切衆生示現釋梵護世諸天身無礙用爲一切衆生示現聲聞辟支佛寂靜威儀無礙用爲一切衆生示現菩薩行無礙用爲一切衆生示現諸佛色身相好一切智力成等正覺無礙用是爲十佛子菩薩摩訶薩有十種國土無礙用何等爲十所謂一切剎作一剎無礙用一切剎入一毛孔無礙用知一切剎無有盡無礙用一身結跏趺坐充滿一切剎無礙用一身中現一切剎無礙用震動一切剎不令衆生恐怖無礙用以一切剎莊嚴具莊嚴一剎無礙用以一剎莊嚴具莊嚴一切剎無礙用以一如來一衆會偏一切佛剎示現衆生無礙用一切小剎中剎大剎廣剎深剎仰剎覆剎側剎正剎偏諸方網無量差別以此普示一切衆生無礙用是爲十佛子菩薩摩訶薩有十種法無礙用何等爲十所謂

知一切法入一法一法入一切法而亦不違衆生心解無礙用從般若波羅蜜出生一切法爲他解說悉令開悟無礙用知一切法離文字而令衆生皆得悟入無礙用知一切法入一相而能演說無量法相無礙用知一切法離言說能爲他說無邊法門無礙用於一切法善轉普門字輪無礙用以一切法入一法門而不相違於不可說劫說不窮盡無礙用以一切法悉入佛法令諸衆生皆得悟解無礙用知一切法無有邊際無礙用知一切法無障礙際猶如幻網無量差別於無量劫爲衆生說不可窮盡無礙用是爲十佛子菩薩摩訶薩有十種身無礙用何等爲十所謂以一切衆生身入己身無礙用以己身入一切衆生身無礙用一切佛身入一佛身無礙用一佛身入一切佛身無礙用一切刹入己身無礙用以一身充徧一切三世法示現衆生無礙用於一身示現無邊身入三昧無礙用於一身示現衆生數等身成正覺無礙用於一切衆生身現一衆生身於一衆生身現一切衆生身無礙用於一切衆生身示現法身於法身示現一切衆生身無礙用是爲十佛子菩薩摩訶薩有十種願無礙用何等爲十所謂以一切菩薩願作自願無礙用以一切佛成菩提願力示現自成正覺無礙用隨所化衆生自成阿耨多羅三藐三菩提無礙用於一切無邊際劫大願不斷無礙用遠離識身不著智身以自在願現一切身無礙用捨棄自身成滿他願無礙用普教化一切衆生而不捨大願無礙用於一切劫行菩薩行

而大願不斷無礙用於一毛孔現成正覺以願力故充徧一切諸佛國土於不可說不可說世界爲一一衆生如是示現無礙用說一句法徧一切法界興大正法雲耀解脫電光震實法雷音雨甘露味雨以大願力充洽一切諸衆生界無礙用是爲十佛子菩薩摩訶薩有十種境界無礙用何等爲十所謂在法界境界而不捨衆生境界無礙用在佛境界而不捨魔境界無礙用在涅槃境界而不捨生死境界無礙用入一切智境界而不斷菩薩種性境界無礙用住寂靜境界而不捨散亂境界無礙用住無去無來無戲論無相狀無體性無言說如虛空境界而不捨一切衆生戲論境界無礙用住諸力解脫境界而不捨一切諸方所境界無礙用入無衆生際境界而不捨教化一切衆生無礙用住禪定解脫神通明智寂靜境界而於一切世界示現受生無礙用住如來一切行莊嚴成正覺境界而現一切聲聞辟支佛寂靜威儀無礙用是爲十佛子菩薩摩訶薩有十種智無礙用何等爲十所謂無盡辯才無礙用一切總持無有忘失無礙用能決定知決定說一切衆生諸根無礙用於一念中以無礙智知一切衆生心之所行無礙用知一切衆生欲樂隨眠習氣煩惱病隨應授藥無礙用一念能入如來十力無礙用以無礙智知三世一切劫及其中衆生無礙用於念念中現成正覺示現衆生無有斷絶無礙用於一衆生想知一切衆生業無礙用於一衆生音解一切衆生語無礙用是爲十佛子菩薩摩訶薩有十種

神通無礙用何等爲十所謂於一身示現一切世界身無礙用於一佛衆會聽受一切佛衆會中所說法無礙用於一衆生心念中成就不可說無上菩提開悟一切衆生心無礙用以一音現一切世界差別言音令諸衆生各得解了無礙用一念中現盡前際一切劫所有業果種種差別令諸衆生悉得知見無礙用一微塵出現廣大佛刹無量莊嚴無礙用令一切世界具足莊嚴無礙用普入一切三世無礙用放大法光明現一切諸佛菩提衆生行願無礙用善守護一切天龍夜叉乾闥婆阿脩羅迦樓羅緊那羅摩睺羅伽釋梵護世聲聞獨覺菩薩所有如來十力菩薩善根無礙用是爲十若諸菩薩得此無礙用則能普入一切佛法佛子菩薩摩訶薩有十種

神力無礙用何等爲十所謂以不可說世界置一塵中無礙用於一塵中現等法界一切佛刹無礙用以一切大海水置一毛孔周旋往返十方世界而於衆生無所觸嬈無礙用以不可說世界内自身中示現一切神通所作無礙用以一毛繫不可數金剛圍山持以遊行一切世界不令衆生生恐怖心無礙用以不可說劫作一劫一劫作不可說劫於中示現成壞差別不令衆生心有恐怖無礙用於一切世界現水火風災種種變壞而不惱衆生無礙用一切世界三災壞時悉能護持一切衆生資生之具不令損缺無礙用以一手持不思議世界擲不可說世界之外不令衆生有驚怖想無礙用說一切刹同於虛空令諸衆生悉得悟解無礙用是爲十佛子菩

薩摩訶薩有十種力無礙用何等爲十所謂衆生力無礙用教化調伏不捨離故剎力無礙用示現不可說莊嚴而莊嚴故法力無礙用令一切身入無身故劫力無礙用修行不斷故佛力無礙用覺悟睡眠故行力無礙用攝取一切菩薩行故如來力無礙用度脫一切衆生故無師力無礙用自覺一切諸法故一切智力無礙用以一切智成正覺故大悲力無礙用不捨一切衆生故是爲十佛子如是名爲菩薩摩訶薩十種無礙用若有得此十無礙用者於阿耨多羅三藐三菩提欲成不成隨意無違雖成正覺而亦不斷行菩薩行何以故菩薩摩訶薩發大誓願入無邊無礙用門善巧示現故佛子菩薩摩訶薩有十種遊戲何等爲十所謂以衆生身作剎身而亦不壞衆生身是菩薩遊戲以剎身作衆生身而亦不壞於剎身是菩薩遊戲於佛身示現聲聞獨覺身而不損減如來身是菩薩遊戲於聲聞獨覺身示現如來身而不增長聲聞獨覺身是菩薩遊戲於菩薩行身示現成正覺身而亦不斷菩薩行身是菩薩遊戲於成正覺身示現修菩薩行身而亦不滅成菩提身是菩薩遊戲於涅槃界示現生死身而不著生死是菩薩遊戲於生死界示現涅槃亦不究竟入於涅槃是菩薩遊戲入於三昧而示現行住坐卧一切業亦不捨三昧正受是菩薩遊戲在一佛所聞法受持其身不動而以三昧力於不可說諸佛會中各各現身亦不分身亦不起定而聞法受持相續不斷如是念念於一一三昧身各出生不可說不

可說三昧身如是次第一切諸劫猶可窮盡而菩薩三昧身不可窮盡是菩薩遊戲是爲十若諸菩薩安住此法則得如來無上大智遊戲佛子菩薩摩訶薩有十種境界何等爲十所謂示現無邊法界門令衆生得入是菩薩境界示現一切世界無量妙莊嚴令衆生得入是菩薩境界化往一切衆生界悉方便開悟是菩薩境界於如來身出菩薩身於菩薩身出如來身是菩薩境界於虛空界現世界於世界現虛空界是菩薩境界於生死界現涅槃界於涅槃界現生死界是菩薩境界於一衆生語言中出生一切佛法語言是菩薩境界以無邊身現作一身一身作一切差別身是菩薩境界以一身充滿一切法界是菩薩境界於一念中令一切衆生發菩提心各現無量身成等正覺是菩薩境界是爲十若諸菩薩安住此法則得如來無上大智慧境界佛子菩薩摩訶薩有十種力何等爲十所謂深心力不雜一切世情故增上深心力不捨一切佛法故方便力諸有所作究竟故智力了知一切心行故願力一切所求令滿故行力盡未來際不斷故乘力能出生一切乘而不捨大乘故神變力於一一毛孔中各各示現一切清淨世界一切如來出興世故菩提力令一切衆生發心成佛無斷絶故轉法輪力說一句法悉稱一切衆生諸根性欲故是爲十若諸菩薩安住此法則得諸佛無上一切智十力佛子菩薩摩訶薩有十種無畏何等爲十佛子菩薩摩訶薩悉能聞持一切言說作如是念設有衆生無量無邊從十

方來以百千大法而問於我我於彼問不見微少難可答相以不見故心得無畏究竟到彼大無畏岸隨其所問悉能訓對斷其疑惑無有怯弱是爲菩薩第一無畏佛子菩薩摩訶薩得如來灌頂無礙辯才到於一切文字言音開示祕密究竟彼岸作如是念設有衆生無量無邊從十方來以無量法而問於我我於彼問不見微少難可答相以不見故心得無畏究竟到彼大無畏岸隨其所問悉能訓對斷其疑惑無有恐懼是爲菩薩第二無畏佛子菩薩摩訶薩知一切法空離我離我所無作無作者無知者無命者無養育者無補伽羅離蘊界處永出諸見心如虛空作如是念不見衆生有微少相能損惱我身語意業何以故菩薩遠離我我所故不見諸法有少性相以不見故心得無畏究竟到彼大無畏岸堅固勇猛不可沮壞是爲菩薩第三無畏佛子菩薩摩訶薩佛力所護佛力所持住佛威儀所行眞實無有變易作如是念我不見有少分威儀令諸衆生生訶責相以不見故心得無畏於大衆中安隱說法是爲菩薩第四無畏佛子菩薩摩訶薩身語意業皆悉清淨鮮白柔和遠離衆惡作如是念我不自見身語意業而有少分可訶責相以不見故心得無畏能令衆生住於佛法是爲菩薩第五無畏佛子菩薩摩訶薩金剛力士天龍夜叉乾闥婆阿脩羅帝釋梵王四天王等常隨侍衛一切如來護念不捨菩薩摩訶薩作如是念我不見有衆魔外道有見衆生能來障我行菩薩道少分之相以不見故心得無畏

究竟到彼大無畏岸發歡喜心行菩薩行是爲菩薩第六無畏佛子菩薩摩訶薩已得成就第一念根心無忘失佛所悅可作如是念如來所說成菩提道文字句法我不於中見有少分忘失之相以不見故心得無畏受持一切如來正法行菩薩行是爲菩薩第七無畏佛子菩薩摩訶薩智慧方便悉已通達菩薩諸力皆得究竟常勤教化一切衆生恒以願心繫佛菩提而爲悲愍衆生故成就衆生故於煩惱濁世示現受生種族尊貴眷屬圓滿所欲從心歡娛快樂而作是念我雖與此眷屬聚會不見少相而可貪著廢我修行禪定解脫及諸三昧總持辯才菩薩道法何以故菩薩摩訶薩於一切法已得自在到於彼岸修菩薩行誓不斷絕不見世間有一境界而能惑亂菩薩道者以不見故心得無畏究竟到彼大無畏岸以大願力於一切世界示現受生是爲菩薩第八無畏佛子菩薩摩訶薩恒不忘失薩婆若心乘於大乘行菩薩行以一切智大心勢力示現一切聲聞獨覺寂靜威儀作如是念我不自見當於二乘而取出離少分之相以不見故心得無畏到彼無上大無畏岸普能示現一切乘道究竟滿足平等大乘是爲菩薩第九無畏佛子菩薩摩訶薩成就一切諸白淨法具足善根圓滿神通究竟住於諸佛菩提滿足一切諸菩薩行於諸佛所受一切智灌頂之記而常化衆生行菩薩道作如是念我不自見有一衆生應可成熟而不能現諸佛自在而成熟相以不見故心得無畏究竟到彼大無畏岸不斷菩

薩行不捨菩薩願隨所應化一切衆生現佛境界而化度之是爲菩薩第十無畏佛子是爲菩薩摩訶薩十種無畏若諸菩薩安住此法則得諸佛無上大無畏而亦不捨菩薩無畏佛子菩薩摩訶薩有十種不共法何等爲十佛子菩薩摩訶薩不由他教自然修行六波羅蜜常樂大施不生慳悋恒持淨戒無所毀犯具足忍辱心不動揺有大精進未曾退轉善入諸禪永無散亂巧修智慧悉除惡見是爲第一不由他教隨順波羅蜜道修六度不共法佛子菩薩摩訶薩普能攝受一切衆生所謂以財及法而行惠施正念現前和顔愛語其心歡喜示如實義令得悟解諸佛菩提無有憎嫌平等利益是爲第二不由他教順四攝道勤攝衆生不共法佛子菩薩摩訶

薩善巧迴向所謂不求果報迴向順佛菩提迴向不著一切世間禪定三昧迴向爲利益一切衆生迴向爲不斷如來智慧迴向是爲第三不由他教爲諸衆生發起善根求佛智慧不共法佛子菩薩摩訶薩到善巧方便究竟彼岸心恒顧復一切衆生不猒世俗凡愚境界不樂二乘出離之道不著巳樂唯勤化度善能入出禪定解脫於諸三昧悉得自在往來生死如遊園觀未曾暫起疲猒之心或住魔宮或爲釋天梵王世主一切生處靡不於中而現其身或於外道衆中出家而恒遠離一切邪見一切世間文詞呪術字印筭數乃至遊戲歌舞之法悉皆示現無不精巧或時示作端正婦人智慧才能世中第一於諸世間出世間法能問能説問答斷疑皆得究

竟一切世間出世間事亦悉通達到於彼岸一切衆生恒來瞻仰雖現聲聞辟支佛威儀而不失大乘心雖念念中示成正覺而不斷菩薩行是爲第四不由他教方便善巧究竟彼岸不共法佛子菩薩摩訶薩善知權實雙行道智慧自在到於究竟所謂住於涅槃而示現生死知無衆生而勤行教化究竟寂滅而現起煩惱住一堅密智慧法身而普現無量諸衆生身常入深禪定而示受欲樂常遠離三界而不捨衆生常樂法樂而現有婇女歌詠嬉戲雖以衆相好莊嚴其身而示受醜陋貧賤之形常積集衆善無諸過惡而現生地獄畜生餓鬼雖已到於佛智彼岸而亦不捨菩薩智身菩薩摩訶薩成就如是無量智慧聲聞獨覺尚不能知何況一切童蒙衆生是爲第五不由他教權實雙行不共法佛子菩薩摩訶薩身口意業隨智慧行皆悉清淨所謂具足大慈永離殺心乃至具足正解無有邪見是爲第六不由他教身口意業隨智慧行不共法佛子菩薩摩訶薩具足大悲不捨衆生代一切衆生而受諸苦所謂地獄苦畜生苦餓鬼苦爲利益故不生勞倦唯專度脫一切衆生未曾耽染五欲境界常爲精勤滅除衆苦是爲第七不由他教常起大悲不共法佛子菩薩摩訶薩常爲衆生之所樂見梵王帝釋四天王等一切衆生見無厭足何以故菩薩摩訶薩久遠世來行業清淨無有過失是故衆生見者無厭是爲第八不由他教一切衆生皆悉樂見不共法佛子菩薩摩訶薩於薩婆若大誓莊嚴志樂堅固雖處凡

夫聲聞獨覺險難之處終不退失一切智心明淨妙寶佛子如有寶珠名淨莊嚴置泥潦中光色不改能令濁水悉皆澄淨菩薩摩訶薩亦復如是雖在凡愚雜濁等處終不失壞求一切智清淨寶心而能令彼諸惡衆生遠離妄見煩惱穢濁得求一切智清淨心寶是爲第九不由他教在衆難處不失一切智心寶不共法佛子菩薩摩訶薩成就自覺境界智無師自悟究竟自在到於彼岸離垢法繒以冠其首而於善友不捨親近於諸如來常樂尊重是爲第十不由他教得最上法不離善知識不捨尊重佛不共法佛子是爲菩薩摩訶薩十種不共法若諸菩薩安住其中則得如來無上廣大不共法佛子菩薩摩訶薩有十種業何等爲十所謂一切世界業悉能嚴淨故一切諸佛業悉能供養故一切菩薩業同種善根故一切衆生業悉能教化故一切未來業盡未來際攝取故一切神力業不離一世界徧至一切世界故一切光明業放無邊色光明一一光中有蓮華座各有菩薩結跏趺坐而顯現故一切三寶種不斷業諸佛滅後守護住持諸佛法故一切變化業於一切世界說法教化諸衆生故一切加持業於一念中隨諸衆生心之所欲皆爲示現令一切願悉成滿故是爲十若諸菩薩安住此法則得如來無上廣大業佛子菩薩摩訶薩有十種身何等爲十所謂不來身於一切世間不受生故不去身於一切世間求不得故不實身一切世間如實得故不虛身以如實理示世間故不盡身盡未來際無斷絶故堅

固身一切衆魔不能壞故不動身衆魔外道不能動故具相身示現清淨百福相故無相身法相究竟悉無相故普至身與三世佛同一身故是爲十若諸菩薩安住此法則得如來無上無盡之身佛子菩薩摩訶薩有十種身業何等爲十所謂一身充滿一切世界身業於一切衆生前悉能示現身業於一切趣悉能受生身業遊行一切世界身業往詣一切諸佛衆會身業能以一手普覆一切世界身業能以一手磨一切世界金剛圍山碎如微塵身業於自身中現一切佛刹成壞示於衆生身業以一身容受一切衆生界身業於自身中普現一切清淨佛刹一切衆生於中成道身業是爲十若諸菩薩安住此法則得如來無上佛業悉能覺悟一切衆生佛子菩薩摩訶薩復有十種身何等爲十所謂諸波羅蜜身悉正修行故四攝身不捨一切衆生故大悲身代一切衆生受無量苦無疲猒故大慈身救護一切衆生故福德身饒益一切衆生故智慧身與一切佛身同一性故法身永離諸趣受生故方便身於一切處現前故神力身示現一切神變故菩提身隨樂隨時成正覺故是爲十若諸菩薩安住此法則得如來無上大智慧身佛子菩薩摩訶薩有十種語何等爲十所謂柔軟語使一切衆生皆安隱故甘露語令一切衆生悉清涼故不誑語所有言說皆如實故眞實語乃至夢中無妄語故廣大語一切釋梵四天王等皆尊敬故甚深語顯示法性故堅固語說法無盡故正直語發言易了故種種語隨時示現故開

悟一切衆生語隨其欲樂令解了故是爲十若諸菩薩安住此法則得如來無上微妙語佛子菩薩摩訶薩有十種淨修語業何等爲十所謂樂聽聞如來音聲淨修語業樂聞說菩薩功德淨修語業不說一切衆生不樂聞語淨修語業眞實遠離語四過失淨修語業歡喜踊躍讚歎如來淨修語業如來塔所高聲讚佛如實功德淨修語業以深淨心施衆生法淨修語業音樂歌頌讚歎如來淨修語業於諸佛所聽聞正法不惜身命淨修語業捨身承事一切菩薩及諸法師而受妙法淨修語業是爲十若菩薩摩訶薩以此十事淨修語業則得十種守護何等爲十所謂天王爲首一切天衆而爲守護龍王爲首一切龍衆而爲守護夜叉王爲首乾闥婆王爲首阿脩羅王爲首迦樓羅王爲首緊那羅王爲首摩睺羅伽王爲首梵王爲首一一皆與自已徒衆而爲守護如來法王爲首一切法師皆悉守護是爲十佛子菩薩摩訶薩得此守護已則能成辦十種大事何等爲十所謂一切衆生皆令歡喜一切世界悉能往詣一切諸根皆能了知一切勝解悉令清淨一切煩惱皆令除斷一切習氣皆令捨離一切欲樂皆令明潔一切深心悉使增長一切法界悉令周徧一切涅槃普令明見是爲十佛子菩薩摩訶薩有十種心何等爲十所謂如大地心能持能長一切衆生諸善根故如大海心一切諸佛無量無邊大智法水悉流入故如須彌山王心置一切衆生於出世間最上善根處故如摩尼寶王心樂欲清淨無雜染故如

金剛心決定深入一切法故如金剛圍山心諸魔外道不能動故如蓮華心一切世法不能染故如優曇鉢華心一切劫中難值遇故如淨日心破暗障故如虛空心不可量故是爲十若諸菩薩安住其中則得如來無上大清淨心佛子菩薩摩訶薩有十種發心何等爲十所謂發我當度脫一切衆生心發我當令一切衆生除斷煩惱心發我當令一切衆生消滅習氣心發我當斷除一切疑惑心發我當除滅一切衆生苦惱心發我當除滅一切惡道諸難心發我當敬順一切如來心發我當善學一切菩薩所學心發我當於一切世間一一毛端處現一切佛成正覺心發我當於一切世界擊無上法鼓令諸衆生隨其根欲悉得悟解心是爲十若諸菩薩安住其中則得如來無上大發起能事心佛子菩薩摩訶薩有十種周徧心何等爲十所謂周徧一切虛空心發意廣大故周徧一切法界心深入無邊故周徧一切三世心一念悉知故周徧一切佛出現心於入胎誕生出家成道轉法輪般涅槃悉明了故周徧一切衆生心悉知根欲習氣故周徧一切智慧心隨順了知法界故周徧一切無邊心知諸幻網差别故周徧一切無生心不得諸法自性故周徧一切無礙心不住自心他心故周徧一切自在心一念普現成佛故是爲十若諸菩薩安住其中則得無量無上佛法周徧莊嚴佛子菩薩摩訶薩有十種根何等爲十所謂歡喜根見一切佛信不壞故希望根所聞佛法皆悟解故不退根一切作事皆究竟故安住根

不斷一切菩薩行故微細根入般若波羅蜜微妙理故不休息根究竟一切衆生事故如金剛根證知一切諸法性故金剛光燄根普照一切佛境界故無差别根一切如來同一身故無礙際根深入如來十種力故是爲十若諸菩薩安住其中則得如來無上大智圓滿根佛子菩薩摩訶薩有十種深心何等爲十所謂不染一切世間法深心不雜一切二乘道深心了達一切佛菩提深心隨順一切智智道深心不爲一切衆魔外道所動深心淨修一切如來圓滿智深心受持一切所聞法深心不著一切受生處深心具足一切微細智深心修一切諸佛法深心是爲十若諸菩薩安住其中則得一切智無上清淨深心佛子菩薩摩訶薩有十種增上深心何等爲十所謂不退轉增上深心積集一切善根故離疑惑增上深心解一切如來密語故正持增上深心大願大行所流故最勝增上深心深入一切佛法故爲主增上深心一切佛法自在故廣大增上深心普入種種法門故上首增上深心一切所作成辦故自在增上深心一切三昧神通變化莊嚴故安住增上深心攝受本願故無休息增上深心成熟一切衆生故是爲十若諸菩薩安住此法則得一切諸佛無上清淨增上深心佛子菩薩摩訶薩有十種勤修何等爲十所謂布施勤修悉捨一切不求報故持戒勤修頭陀苦行少欲知足無所欺故忍辱勤修離自他想忍一切惡畢竟不生恚害心故精進勤修身語意業未曾散亂一切所作皆不退轉至究竟故禪

定勤修解脫三昧出現神通離一切欲煩惱鬭諍諸眷屬故智慧勤修修習積聚一切功德無猒倦故大慈勤修知諸衆生無自性故大悲勤修知諸法空普代一切衆生受苦無疲猒故覺悟如來十力勤修了達無礙示衆生故不退法輪勤修轉至一切衆生心故是爲十若諸菩薩安住此法則得如來無上大智慧勤修佛子菩薩摩訶薩有十種決定解何等爲十所謂最上決定解種植尊重善根故莊嚴決定解出生種種莊嚴故廣大決定解其心未曾狹劣故寂滅決定解能入甚深法性故普徧決定解發心無所不及故堪任決定解能受佛力加持故堅固決定解摧破一切魔業故明斷決定解了知一切業報故現前決定解隨意能現神通故紹隆決定解

一切佛所得記故自在決定解隨意隨時成佛故是爲十若諸菩薩安住此法則得如來無上決定解佛子菩薩摩訶薩有十種決定解知諸世界何等爲十所謂知一切世界入一世界知一世界入一切世界知一切世界一如來身一蓮華座皆悉周徧知一切世界皆如虛空知一切世界具佛莊嚴知一切世界菩薩充滿知一切世界入一毛孔知一切世界入一衆生身知一切世界一佛菩提樹一佛道場皆悉周徧知一切世界一音普徧令諸衆生各別了知心生歡喜是爲十若諸菩薩安住此法則得如來無上佛刹廣大決定解佛子菩薩摩訶薩有十種決定解知衆生界何等爲十所謂知一切衆生界本性無實知一切衆生界悉入一衆生身知一切衆

生界悉入菩薩身知一切衆生界悉入如來藏知一衆生身普入一切衆生界知一切衆生界悉堪爲諸佛法器知一切衆生界隨其所欲爲現釋梵護世身知一切衆生界隨其所欲爲現聲聞獨覺寂靜威儀知一切衆生界爲現菩薩功德莊嚴身知一切衆生界爲現如來相好寂靜威儀開悟衆生是爲十若諸菩薩安住此法則得如來無上大威力決定解

大方廣佛華嚴經卷第五十六

音釋

迫隘 迫博陌切狹也隘烏懈切陋也 嬈 而沼切亂也 詶 市流切以言答也 訶責 訶虎何切怒言也 憎嫌 嫌戶兼切 醜陋 醜昌九切惡也陋音漏鄙也 泥潦 潦魯晧切路上流水也 繒 疾陵切帛也

大方廣佛華嚴經卷第五十七

唐于闐國三藏沙門實叉難陀譯

離世間品第三十八之五

佛子菩薩摩訶薩有十種習氣何等爲十所謂菩提心習氣善根習氣教化衆生習氣見佛習氣於清淨世界受生習氣行習氣願習氣波羅蜜習氣思惟平等法習氣種種境界差別習氣是爲十若諸菩薩安住此法則永離一切煩惱習氣得如來大智習氣非習氣智佛子菩薩摩訶薩有十種取以此不斷諸菩薩行何等爲十所謂取一切衆生界究竟教化故取一切世界究竟嚴淨故取如來修菩薩行爲供養故取善根積集諸佛相好功德故取大悲滅一切衆生苦故取大慈與一切衆生一切智樂故取波羅蜜積集菩薩諸莊嚴故取善巧方便於一切處皆示現故取菩提得無礙智故略說菩薩取一切法於一切處悉以明智而現了故是爲十若諸菩薩安住此取則能不斷諸菩薩行得一切如來無上無所取法佛子菩薩摩訶薩有十種修何等爲十所謂修諸波羅蜜修學修慧修義修法修出離修示現修勤行匪懈修成等正覺修轉正法輪是爲十若諸菩薩安住其中則得無上修修一切法佛子菩薩摩訶薩有十種成就佛法何等爲十所謂不離善知識成就佛法深信佛語成就佛法不謗正法成就佛法以無量無盡善根迴向成就佛法信解如來境界無邊際成就佛法知一切世界境界成就佛法不捨法界境界成就佛法遠離諸魔境界成就佛法正念一切諸佛境界

成就佛法樂求如來十力境界成就佛法是為十若諸菩薩安住此法則得成就如來無上大智慧佛子菩薩摩訶薩有十種退失佛法應當遠離何等為十所謂輕慢善知識退失佛法畏生死苦退失佛法猒修菩薩行退失佛法不樂住世間退失佛法耽著三昧退失佛法執取善根退失佛法誹謗正法退失佛法斷菩薩行退失佛法樂二乘道退失佛法嫌恨諸菩薩退失佛法是為十若諸菩薩遠離此法則入菩薩離生道佛子菩薩摩訶薩有十種離生道何等為十所謂出生般若波羅蜜而恒觀察一切衆生是為一遠離諸見而度脫一切見縛衆生是為二不念一切相而不捨一切著相衆生是為三超過三界而常在一切世界是為四永離煩惱而與一切衆生共居是為五得離欲法而常以大悲哀愍一切著欲衆生是為六常樂寂靜而恒示現一切眷屬是為七離世間生而死此生彼起菩薩行是為八不染一切世間法而不斷一切世間所作是為九諸佛菩提已現其前而不捨菩薩一切願行是為十佛子是為菩薩摩訶薩十種離生道出離世間不與世共而亦不雜二乘之行若諸菩薩安住此法則得菩薩決定法佛子菩薩摩訶薩有十種決定法何等為十所謂決定於如來種族中生決定於諸佛境界中住決定了知菩薩所作事決定安住諸波羅蜜決定得預如來衆會決定能顯如來種性決定安住如來力決定深入佛菩提決定與一切如來同一身決定與一切如來所住無有二是為十佛子菩

薩摩訶薩有十種出生佛法道何等爲十所謂隨順善友是出生佛法道同種善根故深心信解是出生佛法道知佛自在故發大誓願是出生佛法道其心寬廣故忍自善根是出生佛法道知業不失故一切劫修行無猒足是出生佛法道盡未來際故阿僧祇世界皆示現是出生佛法道成熟衆生故不斷菩薩行是出生佛法道增長大悲故無量心是出生佛法道一念徧一切虚空界故殊勝行是出生佛法道本所修行無失壞故如來種是出生佛法道令一切衆生樂發菩提心以一切善法資持故是爲十若諸菩薩安住此法則得大丈夫名號佛子菩薩摩訶薩有十種大丈夫名號何等爲十所謂名爲菩提薩埵菩提智所生故名爲摩訶薩埵安住大乘故名爲第一薩埵證第一法故名爲勝薩埵覺悟勝法故名爲最勝薩埵智慧最勝故名爲上薩埵起上精進故名爲無上薩埵開示無上法故名爲力薩埵廣知十力故名爲無等薩埵世間無比故名爲不思議薩埵一念成佛故是爲十若諸菩薩得此名號則成就菩薩道佛子菩薩摩訶薩有十種道何等爲十所謂一道是菩薩道不捨獨一菩提心故二道是菩薩道出生智慧及方便故三道是菩薩道行空無相無願不著三界故四行是菩薩道懺除罪障隨喜福德恭敬尊重勸請如來善巧迴向無休息故五根是菩薩道安住淨信堅固不動起大精進所作究竟一向正念無異攀緣巧知三昧入出方便善能分別智慧境界故六通是菩薩道所謂天根悉

見一切世界所有衆色知諸衆生死此生彼故天耳悉聞諸佛說法受持憶念廣爲衆生隨根演暢故他心智能知他心自在無礙故宿命念憶知過去一切劫數增長善根故神足通隨所應化一切衆生種種爲現令樂法故漏盡智現證實際起菩薩行不斷絶故七念是菩薩道所謂念佛於一毛孔見無量佛開悟一切衆生心故念法不離一如來衆會於一切如來衆會中親承妙法隨諸衆生根性欲樂而爲演說令悟入故念僧恒相續見無有休息於一切世間見菩薩故念捨了知一切菩薩捨行增長廣大布施心故念戒不捨菩提心以一切善根迴向衆生故念天常憶念兜率陀天宮一生補處菩薩故念衆生智慧方便教化調伏普及一切無間斷故隨順菩提八聖道是菩薩道所謂行正見道遠離一切諸邪見故起正思惟捨妄分別心常隨順一切智故常行正語離語四過順聖言故恒修正業教化衆生令調伏故安住正命頭陀知足威儀審正隨順菩提行四聖種一切過失皆永離故起正精進勤修一切菩薩苦行入佛十力無罣礙故心常正念悉能憶持一切言音除滅世間散動心故心常正定善入菩薩不思議解脫門於一三昧中出生一切諸三昧故入九次第定是菩薩道所謂離欲恚害而以一切語業說法無礙滅除覺觀而以一切智覺觀教化衆生捨離喜愛而見一切佛心大歡喜離世間樂而隨順出世菩薩道樂從此不動入無色定而亦不捨欲色受生雖住滅一切想受定而亦不息菩薩

行故學佛十力是菩薩道所謂善知是處非處智善知一切衆生去來現在業報因果智善知一切衆生上中下根不同隨宜說法智善知一切衆生種種無量性智善知一切衆生輭中上解差别令入法方便智徧一切世間一切刹一切三世一切劫普現如來形相威儀而亦不捨菩薩所行智善知一切諸禪解脱及諸三昧若垢若淨時與非時方便出生諸菩薩解脱門智知一切衆生於諸趣中死此生彼差别智於一念中悉知三世一切劫數智善知一切衆生樂欲諸使惑習滅盡智而不捨離諸菩薩行是爲十若諸菩薩安住此法則得一切如來無上巧方便道佛子菩薩摩訶薩有無量道無量助道無量修道無量莊嚴道佛子菩薩摩訶薩有十種無量道何等爲十所謂虚空無量故菩薩道亦無量法界無邊故菩薩道亦無量衆生界無盡故菩薩道亦無量世界無際故菩薩道亦無量劫數不可盡故菩薩道亦無量一切衆生語言法無量故菩薩道亦無量如來身無量故菩薩道亦無量佛音聲無量故菩薩道亦無量如來力無量故菩薩道亦無量一切智智無量故菩薩道亦無量是爲十佛子菩薩摩訶薩有十種無量助道所謂如虚空界無量菩薩集助道亦無量如法界無邊菩薩集助道亦無邊如衆生界無盡菩薩集助道亦無盡如世界無際菩薩集助道亦無際如劫數說不可盡菩薩集助道亦一切世間說不能盡如衆生語言法無量菩薩集助道出生智慧知語言法亦無量如如來身無量菩薩

集助道徧一切衆生一切刹一切世一切劫亦無量如佛音聲無量菩薩出一言音周徧法界一切衆生無不聞知故所集助道亦無量如佛力無量菩薩承如來力積集助道亦無量如一切智智無量菩薩積集助道亦如是無有量是爲十若諸菩薩安住此法則得如來無量智慧佛子菩薩摩訶薩有十種無量修道何等爲十所謂不來不去修身語意業無動作故不增不減修如本性故非有非無修無自性故如幻如夢如影如響如鏡中像如熱時燄如水中月修離一切執著故空無相無願無作修明見三界而集福德不休息故不可說無言說離言說修遠離施設安立法故不壞法界修智慧現知一切法故不壞眞如實際修普入眞如實際虛空際故廣大智慧修諸有所作力無盡故住如來十力四無所畏一切智智平等修現見一切法無疑惑故是爲十若諸菩薩安住此法則得如來一切智無上善巧修佛子菩薩摩訶薩有十種莊嚴道何等爲十佛子菩薩摩訶薩不離欲界入色界無色界禪定解脫及諸三昧亦不因此而受彼生是爲第一莊嚴道智慧現前入聲聞道不以此道而取出離是爲第二莊嚴道智慧現前入辟支佛道而起大悲無有休息是爲第三莊嚴道雖有人天眷屬圍繞百千婇女歌舞侍從未曾暫捨禪定解脫及諸三昧是爲第四莊嚴道與一切衆生受諸欲樂共相娛樂乃至未曾於一念間捨離菩薩平等三昧是爲第五莊嚴道已到一切世間彼岸於諸世法悉無所著而亦不捨

度衆生行是爲第六莊嚴道安住正道正智正見而能示入一切邪道不取爲實不執爲淨令彼衆生遠離邪法是爲第七莊嚴道常善護持如來淨戒身語意業無諸過失爲欲教化犯戒衆生示行一切凡愚之行雖已具足清淨福德住菩薩趣而示生於一切地獄畜生餓鬼及諸險難貧窮等處令彼衆生皆得解脫而實菩薩不生彼趣是爲第八莊嚴道不由他教得無礙辯智慧光明普能照了一切佛法爲一切如來神力所持與一切諸佛同一法身成就一切堅固大人明淨密法安住一切平等諸乘諸佛境界皆現其前具足一切世智光明照見一切諸衆生界能爲衆生作知法師而示求正法未曾休息雖實與衆生作無上師而示行尊敬闍黎和尚何以故菩薩摩訶薩善巧方便住菩薩道隨其所應皆爲示現是爲第九莊嚴道善根具足諸行究竟一切如來所共灌頂到一切法自在彼岸無礙法繒以冠其首其身徧至一切世界普現如來無礙之身於法自在最上究竟轉於無礙清淨法輪一切菩薩自在之法皆已成就而爲衆生故於一切國土示現受生與三世諸佛同一境界而不廢菩薩行不捨菩薩法不懈菩薩業不離菩薩道不弛菩薩儀不斷菩薩取不息菩薩巧方便不絶菩薩所作事不猒菩薩生成用不止菩薩住持力何以故菩薩欲疾證阿耨多羅三藐三菩提觀一切智門修菩薩行無休息故是爲第十莊嚴道若諸菩薩安住此法則得如來無上大莊嚴道亦不捨菩薩道佛子菩薩摩訶

薩有十種足何等爲十所謂持戒足殊勝大願悉成滿故精進足集一切菩提分法不退轉故神通足隨衆生欲令歡喜故神力足不離一佛刹往一切佛刹故深心足願求一切殊勝法故堅誓足一切所作咸究竟故隨順足不違一切尊者教故樂法足聞持一切佛所說法不疲懈故法雨足爲衆演說無怯弱故修行足一切諸惡悉遠離故是爲十若諸菩薩安住此法則得如來無上最勝足若一舉步悉能徧至一切世界佛子菩薩摩訶薩有十種手何等爲十所謂深信手於佛所說一向忍可究竟受持故布施手有來求者隨其所欲皆令充滿故先意問訊手舒展右掌相迎引故供養諸佛手集衆福德無疲猒故多聞善巧手悉斷一切衆生疑故令超三界手授與衆生拔出欲泥故置於彼岸手四暴流中救溺衆生故不悋正法手所有妙法悉以開示故善用衆論手以智慧藥滅身心病故恒持智寶手開法光明破煩惱闇故是爲十若諸菩薩安住此法則得如來無上手普覆十方一切世界佛子菩薩摩訶薩有十種腹何等爲十所謂離諂曲腹心清淨故離幻僞腹性質直故不虛假腹無險詖故無欺奪腹於一切物無所貪故斷煩惱腹具智慧故清淨心腹離諸惡故觀察飲食腹念如實法故觀察無作腹覺悟緣起故覺悟一切出離道腹善成熟深心故遠離一切邊見垢腹令一切衆生得入佛腹故是爲十若諸菩薩安住此法則得如來無上廣大腹悉能容受一切衆生佛子菩薩摩訶薩有十種藏何等爲

十所謂不斷佛種是菩薩藏開示佛法無量威德故增長法種是菩薩藏出生智慧廣大光明故住持僧種是菩薩藏令其得入不退法輪故覺悟正定衆生是菩薩藏善隨其時不踰一念故究竟成熟不定衆生是菩薩藏令因相續無有間斷故爲邪定衆生發起大悲是菩薩藏令未來因悉得成就故滿佛十力不可壞因是菩薩藏具降伏魔軍無對善根故最勝無畏大師子吼是菩薩藏令一切衆生皆歡喜故得佛十八不共法是菩薩藏智慧普入一切處故普了知一切衆生一切刹一切法一切佛是菩薩藏於一念中悉明見故是爲十若諸菩薩安住此法則得如來無上善根不可壞大智慧藏佛子菩薩摩訶薩有十種心何等爲十所謂精勤心一切所

作悉究竟故不懈心積集相好福德行故大勇健心摧破一切諸魔軍故如理行心除滅一切諸煩惱故不退轉心乃至菩提終不息故性清淨心知心不動無所著故知衆生心隨其解欲令出離故令入佛法大梵住心知諸衆生種種解欲不以別乘而救護故空無相無願無作心見三界相不取著故卍字相金剛堅固勝藏莊嚴心一切衆生數等魔來乃至不能動一毛故是爲十若諸菩薩安住此法則得如來無上大智光明藏心佛子菩薩摩訶薩有十種被甲何等爲十所謂被大慈甲救護一切衆生故被大悲甲堪忍一切諸苦故被大願甲一切所作究竟故被迴向甲建立一切佛莊嚴故被福德甲饒益一切諸衆生故被波羅蜜甲度脫一切諸含識故

被智慧甲滅一切衆生煩惱闇故被善巧方便甲生普門善根故被一切智心堅固不散亂甲不樂餘乘故被一心決定甲於一切法離疑惑故是爲十若諸菩薩安住此法則被如來無上甲胄悉能摧伏一切魔軍佛子菩薩摩訶薩有十種器仗何等爲十所謂布施是菩薩器仗摧破一切慳悋故持戒是菩薩器仗棄捨一切毀犯故平等是菩薩器仗斷除一切分別故智慧是菩薩器仗消滅一切煩惱故正命是菩薩器仗遠離一切邪命故善巧方便是菩薩器仗於一切處示現故略說貪瞋癡等一切煩惱是菩薩器仗以煩惱門度衆生故生死是菩薩器仗不斷菩薩行教化衆生故說如實法是菩薩器仗能破一切執著故一切智是菩薩器仗不捨菩薩行門故是爲十若諸菩薩安住此法則能除滅一切衆生長夜所集煩惱結使佛子菩薩摩訶薩有十種首何等爲十所謂涅槃首無能見頂故尊敬首一切人天所敬禮故廣大勝解首三千界中最爲勝故第一善根首三界衆生咸供養故荷戴衆生首成就頂上肉髻相故不輕賤他首於一切處常尊勝故般若波羅蜜首長養一切功德法故方便智相應首普現一切同類身故教化一切衆生首以一切衆生爲弟子故守護諸佛法眼首能令三寶種不斷絕故是爲十若諸菩薩安住此法則得如來無上大智慧首佛子菩薩摩訶薩有十種眼所謂肉眼見一切色故天眼見一切衆生心故慧眼見一切衆生諸根境界故法眼見一切法如實相故佛眼見如來十

力故智眼知見諸法故光明眼見佛光明故出生死眼見涅槃故無礙眼所見無障故一切智眼見普門法界故是爲十若諸菩薩安住此法則得如來無上大智慧眼佛子菩薩摩訶薩有十種耳何等爲十所謂聞讃歎聲斷除貪愛聞毀呰聲斷除瞋恚聞說二乘不著不求聞菩薩道歡喜踊躍聞地獄等諸苦難處起大悲心發弘誓願聞說人天勝妙之事知彼皆是無常之法聞有讃歎諸佛功德勤加精進令速圓滿聞說六度四攝等法發心修行願到彼岸聞十方世界一切音聲悉知如響入不可說甚深妙義菩薩摩訶薩從初發心乃至道場常聞正法未曾暫息而恒不捨化衆生事是爲十若諸菩薩成就此法則得如來無上大智慧耳佛子菩薩摩訶薩有十種鼻何等爲十所謂聞諸臭物不以爲臭聞諸香氣不以爲香香臭俱聞其心平等非香非臭安住於捨若聞衆生衣服卧具及其支體所有香臭則能知彼貪恚愚癡等分之行若聞諸伏藏草木等香皆如對目前分明辨了若聞下至阿鼻地獄上至有頂衆生之香皆知彼過去所行之行若聞諸聲聞布施持戒多聞慧香住一切智心不令散動若聞一切菩薩行香以平等慧入如來地聞一切佛智境界香亦不廢捨諸菩薩行是爲十若諸菩薩成就此法則得如來無量無邊清淨鼻佛子菩薩摩訶薩有十種舌何等爲十所謂開示演說無盡衆生行舌開示演說無盡法門舌讃歎諸佛無盡功德舌演暢詞辯無盡舌開闡大乘助道舌徧覆十方虛空舌

普照一切佛刹舌普使衆生悟解舌悉令諸佛歡喜舌降伏一切諸魔外道除滅一切生死煩惱令至涅槃舌是爲十若諸菩薩成就此法則得如來徧覆一切諸佛國土無上舌佛子菩薩摩訶薩有十種身何等爲十所謂人身爲教化一切諸人故非人身爲教化地獄畜生餓鬼故天身爲教化欲界色界無色界衆生故學身示現學地故無學身示現阿羅漢地故獨覺身教化令入辟支佛地故菩薩身令成就大乘故如來身智水灌頂故意生身善巧出生故無漏法身以無功用示現一切衆生身故是爲十若諸菩薩成就此法則得如來無上之身佛子菩薩摩訶薩有十種意何等爲十所謂上首意發起一切善根故安住意深信堅固不動故深入意隨順佛法而解故內了意知諸衆生心樂故無亂意一切煩惱不雜故明淨意客塵不能染著故善觀衆生意無有一念失時故善擇所作意未智一處生過故密護諸根意調伏不令馳散故善入三昧意深入佛三昧無我我所故是爲十若諸菩薩安住此法則得一切佛無上意佛子菩薩摩訶薩有十種行何等爲十所謂聞法行愛樂於法故說法行利益衆生故離貪恚癡怖畏行調伏自心故欲界行教化欲界衆生故色無色界三昧行令速轉還故趣向法義行速得智慧故一切生處行自在教化衆生故一切佛刹行禮拜供養諸佛故涅槃行不斷生死相續故成滿一切佛法行不捨菩薩法行故是爲十若諸菩薩安住此法則得如來無來無去行佛子菩薩摩訶

薩有十種住何等爲十所謂菩提心住曾不忘失故波羅蜜住不猒助道故説法住增長智慧故阿蘭若住證大禪定故隨順一切智頭陀知足四聖種住少欲少事故深信住荷負正法故親近如來住學佛威儀故出生神通住圓滿大智故得忍住滿足授記故道場住具足力無畏一切佛法故是爲十若諸菩薩安住此法則得一切智無上住佛子菩薩摩訶薩有十種坐何等爲十所謂轉輪王坐興十善道故四天王坐於一切世間自在安立佛法故帝釋坐與一切衆生爲勝住故梵天坐於自他心得自在故師子坐能説法故正法坐以總持辯才力而開示故堅固坐誓願究竟故大慈坐令惡衆生悉歡喜故大悲坐忍一切苦不疲猒故金剛坐降伏衆魔及外道故是爲十若諸菩薩安住此法則得如來無上正覺坐佛子菩薩摩訶薩有十種卧何等爲十所謂寂靜卧身心憺怕故禪定卧如理修行故三昧卧身心柔輭故梵天卧不惱自他故善業卧於後不悔故正信卧不可傾動故正道卧善友開覺故妙願卧善巧迴向故一切事畢卧所作成辦故捨諸功用卧一切慣習故是爲十若諸菩薩安住此法則得如來無上大法卧悉能開悟一切衆生佛子菩薩摩訶薩有十種所住處何等爲十所謂以大慈爲所住處於一切衆生心平等故以大悲爲所住處不輕未學故以大喜爲所住處離一切憂惱故以大捨爲所住處於有爲無爲平等故以一切波羅蜜爲所住處菩提心爲首故以一切空爲所住處善巧觀察

故以無相爲所住處不出正位故以無願爲所住處觀察受生故以念慧爲所住處忍法成滿故以一切法平等爲所住處得授記莂故是爲十若諸菩薩安住此法則得如來無上無礙所住處佛子菩薩摩訶薩有十種所行處何等爲十所謂以正念爲所行處滿足念處故以諸趣爲所行處正覺法趣故以智慧爲所行處得佛歡喜故以波羅蜜爲所行處滿足一切智智故以四攝爲所行處教化衆生故以生死爲所行處積集善根故以與一切衆生雜談戲爲所行處隨應教化令永離故以神通爲所行處知一切衆生諸根境界故以善巧方便爲所行處般若波羅蜜相應故以道場爲所行處成一切智而不斷菩薩行故是爲十若諸菩薩安住此法則得如來無上大智慧所行處佛子菩薩摩訶薩有十種觀察何等爲十所謂知諸業觀察微細悉見故知諸趣觀察不取衆生故知諸根觀察了達無根故知諸法觀察不壞法界故見佛法觀察勤修佛眼故得智慧觀察如理說法故無生忍觀察決了佛法故不退地觀察滅一切煩惱超出三界二乘地故灌頂地觀察於一切佛法自在不動故善覺智三昧觀察於一切十方施作佛事故是爲十若諸菩薩安住此法則得如來無上大觀察智佛子菩薩摩訶薩有十種普觀察何等爲十所謂普觀一切諸來求者以無違心滿其意故普觀一切犯戒衆生安置如來淨戒中故普觀一切害心衆生安置如來忍力中故普觀一切懈怠衆生勸令精勤不捨荷負大乘擔故

普觀一切亂心衆生令住如來一切智地無散動故普觀一切惡慧衆生令除疑惑破有見故普觀一切平等善友順其教命住佛法故普觀一切所聞之法疾得證見最上義故普觀一切無邊衆生常不捨離大悲力故普觀一切諸佛之法速得成就一切智故是爲十若諸菩薩安住此法則得如來無上大智慧普觀察佛子菩薩摩訶薩有十種奮迅何等爲十所謂牛王奮迅映蔽一切天龍夜叉乾闥婆等諸大衆故象王奮迅心善調柔荷負一切諸衆生故龍王奮迅興大法密雲耀解脫電光震如實義雷降諸根力覺分禪定解脫三昧甘露雨故大金翅鳥王奮迅竭貪愛水破愚癡鷇摶撮煩惱諸惡毒龍令出生死大苦海故大師子王奮迅安住無畏平等大智以爲器仗摧伏衆魔及外道故勇健奮迅能於生死大戰陣中摧滅一切煩惱寃故大智奮迅知蘊界處及諸緣起自在開示一切法故陀羅尼奮迅以念慧力持法不忘隨衆生根爲宣説故辯才奮迅無礙迅疾分別一切咸令受益心歡喜故如來奮迅一切智智助道之法皆悉成滿以一念相應慧所應得者一切皆得所應悟者一切皆悟坐師子座降魔寃敵成阿耨多羅三藐三菩提故是爲十若諸菩薩安住此法則得諸佛於一切法無上自在奮迅佛子菩薩摩訶薩有十種師子吼何等爲十所謂唱言我當必定成正等覺是菩提心大師子吼我當令一切衆生未度者度未脫者脫未安者安未涅槃者令得涅槃是大悲大師子吼我當令佛法僧種

無有斷絶是報如來恩大師子吼我當嚴淨一切佛刹是究竟堅誓大師子吼我當除滅一切惡道及諸難處是自持淨戒大師子吼我當滿足一切諸佛身語及意相好莊嚴是求福無猒大師子吼我當成滿一切諸佛所有智慧是求智無猒大師子吼我當除滅一切衆魔及諸魔業是修正行斷諸煩惱大師子吼我當了知一切諸法無我無衆生無壽命無補伽羅空無相無願淨如虛空是無生法忍大師子吼最後生菩薩震動一切諸佛國土悉令嚴淨是時一切釋梵四王咸來讚請唯願菩薩以無生法而現受生菩薩則以無礙慧眼普觀世間一切衆生無如我者即於王宮示現誕生自行七步大師子吼我於世間最勝第一我當永盡生死邊際是如說而作大師子吼是爲十若諸菩薩安住此法則得如來無上大師子吼

大方廣佛華嚴經卷第五十七

音釋

薩埵　梵語也此云成衆生謂用佛道成就衆生也埵音朶　罣礙　罣古賣切礙牛蓋切　弛　施氏切廢也　險詖　詖彼義切險詖謂陰險不平之言也　踰　越也　卍　按卍字本非是字唐武后制此文著於天樞音之爲萬謂吉祥萬德之所集也　胄　直又切兜鍪也　憺怕　憺徒感切怕白各切憺怕恬靜無爲貌　柔輭　輭乳兖切亦柔也　慣習　慣古患切亦習也　記莂　莂彼列切記莂謂授將來成佛之記劫國名號之莂也　殼　苦角切　健　渠建切

大方廣佛華嚴經卷第五十八

唐于闐國三藏沙門實叉難陀譯

離世間品第三十八之六

佛子菩薩摩訶薩有十種清淨施何等爲十所謂平等施不揀衆生故隨意施滿其所願故不亂施令得利益故隨宜施知上中下故不住施不求果報故開捨施心不戀著故一切施究竟清淨故迴向菩提施遠離有爲無爲故教化衆生施乃至道場不捨故三輪清淨施於施者受者及以施物正念觀察如虛空故是爲十若諸菩薩安住此法則得如來無上清淨廣大施佛子菩薩摩訶薩有十種清淨戒何等爲十所謂身清淨戒護身三惡故語清淨戒離語四過故心清淨戒永離貪瞋邪見故不破一切學處清淨戒於一切人天中作尊主故守護菩提心清淨戒不樂小乘故守護如來所制清淨戒乃至微細罪生大怖畏故隱密護持清淨戒善拔犯戒衆生故不作一切惡清淨戒誓修一切善法故遠離一切有見清淨戒於戒無著故守護一切衆生清淨戒發起大悲故是爲十若諸菩薩安住此法則得如來無上無過失清淨戒佛子菩薩摩訶薩有十種清淨忍何等爲十所謂安受呰辱清淨忍護諸衆生故安受刀杖清淨忍善護自他故不生恚害清淨忍其心不動故不責卑賤清淨忍爲上能寬故有歸咸救清淨忍捨自身命故遠離我慢清淨忍不輕未學故殘毀不瞋清淨忍觀察如幻故有犯無報清淨忍不見自他故不隨煩惱清淨忍離諸境界故隨順菩薩眞實智知一切

法無生清淨忍不由他教入一切智境界故是爲十若諸菩薩安住其中則得一切諸佛不由他悟無上法忍佛子菩薩摩訶薩有十種清淨精進何等爲十所謂身清淨精進承事供養諸佛菩薩及諸師長尊重福田不退轉故語清淨精進隨所聞法廣爲他說讚佛功德無疲倦故意清淨精進善能入出慈悲喜捨禪定解脫及諸三昧無休息故正直心清淨精進無誑無諂無曲無僞一切勤修無退轉故增勝心清淨精進志常趣求上上智慧願具一切白淨法故不唐捐清淨精進攝取布施戒忍多聞及不放逸乃至菩提無中息故摧伏一切魔清淨精進悉能除滅貪欲瞋恚愚癡邪見一切煩惱諸纏蓋故成滿智慧光清淨精進有所施爲悉善觀察咸使究竟不令後悔得一切佛不共法故無來無去清淨精進得如實智入法界門身語及心皆悉平等了相非相無所著故成就法光清淨精進超過諸地得佛灌頂以無漏身而示歿生出家成道說法滅度具足如是普賢事故是爲十若諸菩薩安住此法則得如來無上大清淨精進佛子菩薩摩訶薩有十種清淨禪何等爲十所謂常樂出家清淨禪捨一切所有故得真善友清淨禪示教正道故住阿蘭若忍風雨等清淨禪離我我所故離憒閙衆生清淨禪常樂寂靜故心業調柔清淨禪守護諸根故心智寂滅清淨禪一切音聲諸禪定刺不能亂故覺道方便清淨禪觀察一切皆現證故離於味著清淨禪不捨欲界故發起通明清淨禪知一切衆生根性故自在

遊戲清淨禪入佛三昧知無我故是爲十若諸菩薩安住其中則得如來無上大清淨禪佛子菩薩摩訶薩有十種清淨慧何等爲十所謂知一切因清淨慧不壞果報故知一切緣清淨慧不違和合故知不斷不常清淨慧了達緣起皆如實故拔一切見清淨慧於衆生相無取捨故觀一切衆生心行清淨慧了知如幻故廣大辯才清淨慧分别諸法問荅無礙故一切諸魔外道聲聞獨覺所不能知清淨慧深入一切如來智故見一切佛微妙法身見一切衆生本性清淨見一切法皆悉寂滅見一切刹同於虛空清淨慧知一切相皆無礙故一切總持辯才方便波羅蜜清淨慧令得一切最勝智故一念相應金剛智了一切法平等清淨慧得一切法最尊智故是

爲十若諸菩薩安住其中則得如來無障礙大智慧佛子菩薩摩訶薩有十種清淨慈何等爲十所謂等心清淨慈普攝衆生無所揀擇故饒益清淨慈隨有所作皆令歡喜故攝物同已清淨慈究竟皆令出生死故不捨世間清淨慈心常緣念集善根故能至解脱清淨慈普使衆生除滅一切諸煩惱故出生菩提清淨慈普使衆生發求一切智心故世間無礙清淨慈放大光明平等普照故充滿虛空清淨慈救護衆生無處不至故法緣清淨慈證於如如眞實法故無緣清淨慈入於菩薩離生性故是爲十若諸菩薩安住此法則得如來無上廣大清淨慈佛子菩薩摩訶薩有十種清淨悲何等爲十所謂無儔伴清淨悲獨發其心故無疲猒清淨悲代一切衆生

受苦不以爲勞故難處受生清淨悲爲度衆生故善趣受生清淨悲示現無常故爲邪定衆生清淨悲歷劫不捨弘誓故不著已樂清淨悲普與衆生快樂故不求恩報清淨悲修潔其心故能除顛倒清淨悲說如實法故菩薩摩訶薩知一切法本性清淨無染著無熱惱以客塵煩惱故而受衆苦如是知已於諸衆生而起大悲名本性清淨爲說無垢清淨光明法故菩薩摩訶薩知一切法如空中鳥跡衆生癡翳不能照了觀察於彼起大悲心名眞實智爲其開示涅槃法故是爲十若諸菩薩安住此法則得如來無上廣大清淨悲

佛子菩薩摩訶薩有十種清淨喜何等爲十所謂發菩提心清淨喜悉捨所有清淨喜不嫌棄破戒衆生而教化成就清淨喜能忍受造惡衆生誓願救度清淨喜捨身求法不生悔心清淨喜自捨欲樂常樂法樂清淨喜令一切衆生捨資生樂常樂法樂清淨喜見一切佛恭敬供養無有猒足法界平等清淨喜令一切衆生愛樂禪定解脫三昧遊戲入出清淨喜心樂具行順菩薩道一切苦行證得牟尼寂靜不動無上定慧清淨喜是爲十若諸菩薩安住此法則得如來無上廣大清淨喜佛子菩薩摩訶薩有十種清淨捨何等爲十所謂一切衆生恭敬供養不生愛著清淨捨一切衆生輕慢毀辱不生瞋恚清淨捨常行世間不爲世間八法所染清淨捨於法器衆生待時而化於無法器亦不生嫌清淨捨不求二乘學無學法清淨捨心常遠離一切欲樂順煩惱法清淨捨不歎二乘猒離生死

清淨捨遠離一切世間語非涅槃語非離欲語不順理語惱亂他語聲聞獨覺語略說乃至一切障菩薩道語皆悉遠離清淨捨或有衆生根已成熟發生念慧而未能知最上之法待時方化清淨捨或有衆生菩薩往昔已曾教化至於佛地方可調伏彼亦待時清淨捨菩薩摩訶薩於彼二人無高無下無取無捨遠離一切種種分別恒住正定入如實法心得堪忍清淨捨是爲十若諸菩薩安住其中則得如來無上廣大清淨捨佛子菩薩摩訶薩有十種義何等爲十所謂多聞義堅固修行故法義善巧思擇故空義第一義空故寂靜義離諸衆生諠憒故不可說義不著一切語言故如實義了達三世平等故法界義一切諸法一味故眞如義一切如來順入故實際義了知究竟如實故大般涅槃義滅一切苦而修菩薩諸行故是爲十若諸菩薩安住此法則得一切智無上義佛子菩薩摩訶薩有十種法何等爲十所謂眞實法如說修行故離取法能取所取悉離故無諍法無有一切惑諍故寂滅法滅除一切熱惱故離欲法一切貪欲皆斷故無分別法攀緣分別永息故無生法猶如虛空不動故無爲法離生住滅諸相故本性法自性無染清淨故捨一切烏波提涅槃法能生一切菩薩行修習不斷故是爲十若諸菩薩安住其中則得如來無上廣大法佛子菩薩摩訶薩有十種福德助道具何等爲十所謂勸衆生起菩提心是菩薩福德助道具不斷三寶種故隨順十種迴向是菩薩福德助道具斷一切不善法集

一切善法故智慧誘誨是菩薩福德助道具超過三界福德故心無疲倦是菩薩福德助道具究竟度脫一切衆生故悉捨內外一切所有是菩薩福德助道具於一切物無所著故爲滿足相好精進不退是菩薩福德助道具開門大施無所限故上中下三品善根悉以迴向無上菩提心無所輕是菩薩福德助道具善巧方便相應故於邪定下劣不善衆生皆生大悲不懷輕賤是菩薩福德助道具常起大人弘誓心故恭敬供養一切如來於一切菩薩起如來想令一切衆生皆生歡喜是菩薩福德助道具守本志願極堅牢故菩薩摩訶薩於阿僧祇劫積集善根自欲取證無上菩提如在掌中然悉捨與一切衆生心無憂惱亦無悔恨其心廣大等虛空界此是菩薩福德助道具起大智慧證大法故是爲十若諸菩薩安住其中則具足如來無上廣大福德聚佛子菩薩摩訶薩有十種智慧助道具何等爲十所謂親近多聞眞善知識恭敬供養尊重禮拜種種隨順不違其教是爲一一切正直無虛矯故永離憍慢常行謙敬身語意業無有麤獷柔和善順不僞不曲是爲二其身堪作佛法器故念慧隨覺未曾散亂慚愧柔和心安不動常憶六念常行六敬常隨順住六堅固法是爲三與十種智爲方便故樂法樂義以法爲樂常樂聽聞無有猒足捨離世論及世言說專心聽受出世間語遠離小乘入大乘慧是爲四一心憶念無散動故六波羅蜜心專荷負四種梵住行已成熟隨順明法悉善修行聰敏智人皆勤請問

遠離惡趣歸向善道心常愛樂正念觀察調伏已情守護他意是為五堅固修行真實行故常樂出離不著三有恒覺自心曾無惡念三覺已絕三業皆善決定了知心之自性是為六能令自他心清淨故觀察五蘊皆如幻事界如毒蛇處如空聚一切諸法如幻如燄如水中月如夢如影如響如像如空中畫如旋火輪如虹蜺色如日月光無相無形非常非斷不來不去亦無所住如是觀察知一切法無生無滅是為七知一切法性空寂故菩薩摩訶薩聞一切法無我無衆生無壽者無補伽羅無心無境無貪瞋癡無身無物無主無待無著無行如是一切皆無所有悉歸寂滅聞已深信不疑不謗是為八以能成就圓滿解故菩薩摩訶薩善調諸根如理修行恒住止觀心意寂靜一切動念皆悉不生無我無人無作無行無計我想無計我業無有瘡疣無有瘢痕亦無於此所得之忍身語意業無來無去無有精進亦無勇猛觀一切衆生一切諸法心皆平等而無所住非此岸非彼岸此彼性離無所從來無所至去常以智慧如是思惟是為九到分別相彼岸處故菩薩摩訶薩見緣起法故見法清淨見法清淨故見國土清淨見國土清淨故見虛空清淨見虛空清淨故見法界清淨見法界清淨故見智慧清淨是為十修行積集一切智故佛子是為菩薩摩訶薩十種智慧助道具若諸菩薩安住此法則得如來一切法無障礙清淨微妙智慧聚佛子菩薩摩訶薩有十種明足何等為十所謂善分別諸法明足不取著諸

法明足離顛倒見明足智慧光照諸根明足巧發起正精進明足能深入眞諦智明足滅煩惱業成就盡智無生智明足天眼智普觀察明足宿住念知前際清淨明足漏盡神通智斷衆生諸漏明足是爲十若諸菩薩安住此法則得如來於一切佛法無上大光明佛子菩薩摩訶薩有十種求法何等爲十所謂直心求法無有諂誑故精進求法遠離懈慢故一向求法不惜身命故爲除一切衆生煩惱求法不爲名利恭敬故爲饒益自他一切衆生求法不但自利故爲入智慧求法不樂文字故爲出生死求法不貪世樂故爲度衆生求法發菩提心故爲斷一切衆生疑求法令無猶豫故爲滿足佛法求法不樂餘乘故是爲十若諸菩薩安住此法則得不由他教

一切佛法大智慧佛子菩薩摩訶薩有十種明了法何等爲十所謂隨順世俗生長善根是童蒙凡夫明了法得無礙不壞信覺法自性是隨信行人明了法勤修習法隨順法住是隨法行人明了法遠離八邪向八正道是第八人明了法除滅衆結斷生死漏見眞實諦是須陀洹人明了法觀味是患知無往來是斯陀含人明了法不樂三界求盡有漏於受生法乃至一念不生愛著是阿那含人明了法獲六神通得八解脫九定四辯悉皆成就是阿羅漢人明了法性樂觀察一味緣起心常寂靜知足少事解因自得悟不由他成就種種神通智慧是辟支佛人明了法智慧廣大諸根明利常樂度脫一切衆生勤修福智助道之法如來所有十力無畏一切功德

具足圓滿是菩薩入明了法是爲十若諸菩薩安住此法則得如來無上大智明了法佛子菩薩摩訶薩有十種修行法何等爲十所謂恭敬尊重諸善知識修行法常爲諸天之所覺悟修行法於諸佛所常懷慚愧修行法哀愍衆生不捨生死修行法事必究竟心無變動修行法專念隨逐發大乘心諸菩薩衆精勤修學修行法遠離邪見勤求正道修行法摧破衆魔及煩惱業修行法知諸衆生根性勝劣而爲說法令住佛地修行法安住無邊廣大法界除滅煩惱令身清淨修行法是爲十若諸菩薩安住其中則得如來無上修行法佛子菩薩摩訶薩有十種魔何等爲十所謂蘊魔生諸取故煩惱魔恒雜染故業魔能障礙故心魔起高慢故死魔捨生處故天

魔自憍縱故善根魔恒執取故三昧魔久耽味故善知識魔起著心故菩提法智魔不願捨離故是爲十菩薩摩訶薩應作方便速求遠離佛子菩薩摩訶薩有十種魔業何等爲十所謂忘失菩提心修諸善根是爲魔業惡心布施瞋心持戒捨惡性人遠懈怠者輕慢亂意譏嫌惡慧是爲魔業於甚深法心生慳悋有堪化者而不爲說若得財利恭敬供養雖非法器而强爲說是爲魔業不樂聽聞諸波羅蜜假使聞說而不修行雖亦修行多生懈怠以懈怠故志意狹劣不求無上大菩提法是爲魔業遠善知識近惡知識樂求二乘不樂受生志尚涅槃離欲寂靜是爲魔業於菩薩所起瞋恚心惡眼視之求其罪釁說其過惡斷彼所有財利供養是爲魔業誹謗正

法不樂聽聞假使得聞便生毀呰見人說法不生尊重言自說是餘說悉非是爲魔業樂學世論巧述文詞開闡二乘隱覆深法或以妙義授非其人遠離菩提住於邪道是爲魔業已得解脫已安隱者常樂親近而供養之未得解脫未安隱者不肯親近亦不教化是爲魔業增長我慢無有恭敬於諸衆生多行惱害不求正法眞實智慧其心弊惡難可開悟是爲魔業是爲十菩薩摩訶薩應速遠離勤求佛業佛子菩薩摩訶薩有十種捨離魔業何等爲十所謂近善知識恭敬供養捨離魔業不自尊舉不自讃歎捨離魔業於佛深法信解不謗捨離魔業未曾忘失一切智心捨離魔業勤修妙行恒不放逸捨離魔業常求一切菩薩藏法捨離魔業恒演說法心無疲倦捨離魔業歸依十方一切諸佛起救護想捨離魔業信受憶念一切諸佛神力加持捨離魔業與一切菩薩同種善根平等無二捨離魔業是爲十若諸菩薩安住此法則能出離一切魔道佛子菩薩摩訶薩有十種見佛何等爲十所謂於安住世間成正覺佛無著見願佛出生見業報佛深信見住持佛隨順見涅槃佛深入見法界佛普至見心佛安住見三昧佛無量無依見本性佛明了見隨樂佛普受見是爲十若諸菩薩安住此法則常得見無上如來佛子菩薩摩訶薩有十種佛業何等爲十所謂隨時開導是佛業令正修行故夢中令見是佛業覺昔善根故爲他演說所未聞經是佛業令生智斷疑故爲悔纏所纏者說出離法是佛業令離疑心故若

有衆生起慳悋心乃至惡慧心二乘心損害心疑惑心散動心憍慢心爲現如來衆相莊嚴身是佛業生長過去善根故於正法難遇時廣爲說法令其聞已得陀羅尼智神通智普能利益無量衆生是佛業勝解清淨故若有魔事起能以方便現虛空界等聲說不損惱他法以爲對治令其開悟衆魔聞已威光歇滅是佛業志樂殊勝威德大故其心無間常自守護不令證入二乘正位若有衆生根性未熟終不爲說解脫境界是佛業本願所作故生死結漏一切皆離修菩薩行相續不斷以大悲心攝取衆生令其起行究竟解脫是佛業不斷修行菩薩行故菩薩摩訶薩了達自身及以衆生本來寂滅不驚不怖而勤修福智無有猒足雖知一切法無有造作而亦不捨諸法自相雖於諸境界永離貪欲而常樂瞻奉諸佛色身雖知不由他悟入於法而種種方便求一切智雖知諸國土皆如虛空而常樂莊嚴一切佛刹雖恒觀察無人無我而教化衆生無有疲猒雖於法界本來不動而以神通智力現衆變化雖已成就一切智智而修菩薩行無有休息雖知諸法不可言說而轉淨法輪令衆心喜雖能示現諸佛神力而不猒捨菩薩之身雖現入於大般涅槃而一切處示現受生能作如是權實雙行法是佛業是爲十若諸菩薩安住其中則得不由他教無上無師廣大業佛子菩薩摩訶薩有十種慢業何等爲十所謂於師僧父母沙門婆羅門住於正道向正道者尊重福田所而不恭敬是慢業或有法師獲最勝法乘

於大乘知出要道得陀羅尼演說契經廣大之法無有休息而於其所起高慢心及於所說法不生恭敬是慢業於衆會中聞說妙法不肯歎美令人信受是慢業好起過慢自高陵物不見己失不知自短是慢業好起過過慢見有德人應讚不讚見他讚歎不生歡喜是慢業見有法師為人說法知是法是律是真實是佛語為嫌其人亦嫌其法自起誹謗亦令他謗是慢業自求高座自稱法師應受供給不應執事見有耆舊久修行人不起逢迎不肯承事是慢業見有德人顰蹙不喜言辭麤獷伺其過失是慢業見有聰慧知法之人不肯親近恭敬供養不肯諮問何等為善何等不善何等應作何等不應作作何等業於長夜中而得種種利益安樂愚癡頑很我慢所吞終不能見出要之道是慢業復有衆生慢心所覆諸佛出世不能親近恭敬供養新善不起舊善消滅不應說而說不應諍而諍未來必墮險難深坑於百千劫尚不值佛何況聞法但以曾發菩提心故終自醒悟是慢業是為十若諸菩薩離此慢業則得十種智業何等為十所謂信解業報不壞因果是智業不捨菩提心常念諸佛是智業近善知識恭敬供養其心尊重終無猒怠是智業樂法樂義無有猒足遠離邪念勤修正念是智業於一切衆生離於我慢於諸菩薩起如來想愛重正法如惜己身尊奉如來如護己命於修行者生諸佛想是智業身語意業無諸不善讚美賢聖隨順菩提是智業不壞緣起離諸邪見破暗得明照一切法是智業十種

迴向隨順修行於諸波羅蜜起慈母想於善巧方便起慈父想以深淨心入菩提舍是智業施戒多聞止觀福慧如是一切助道之法常勤積集無有猒倦是智業若有一業爲佛所讚能破衆魔煩惱鬬諍能離一切障蓋纏縛能教化調伏一切衆生能隨順智慧攝取正法能嚴淨佛刹能發起通明皆勤修習無有懈退是智業是爲十若諸菩薩安住其中則得如來一切善巧方便無上大智業佛子菩薩摩訶薩有十種魔所攝持何等爲十所謂懈怠心魔所攝持志樂狹劣魔所攝持於少行生足魔所攝持受一非餘魔所攝持不發大願魔所攝持樂處寂滅斷除煩惱魔所攝持永斷生死魔所攝持捨菩薩行魔所攝持不化衆生魔所攝持疑謗正法魔所攝持是爲十若諸菩薩能棄捨此魔所攝持則得十種佛所攝持何等爲十所謂初始能發菩提之心佛所攝持於生生中持菩提心不令忘失佛所攝持覺諸魔事悉能遠離佛所攝持聞諸波羅蜜如說修行佛所攝持知生死苦而不猒惡佛所攝持觀甚深法得無量果佛所攝持爲諸衆生說二乘法而不證取彼乘解脫佛所攝持樂觀無爲法而不住其中於有爲無爲不生二想佛所攝持至無生處而現受生佛所攝持雖證得一切智而起菩薩行不斷菩薩種佛所攝持是爲十若諸菩薩安住其中則得諸佛無上攝持力佛子菩薩摩訶薩有十種法所攝持何等爲十所謂知一切行無常法所攝持知一切行苦法所攝持知一切行無我法所攝持知一切法寂

滅涅槃法所攝持知諸法從緣起無緣則不起法所攝持知不正思惟故起於無明無明起故乃至老死起不正思惟滅故無明滅無明滅故乃至老死滅法所攝持知三解脫門出生聲聞乘證無諍法出生獨覺乘法所攝持知六波羅蜜四攝法出生大乘法所攝持知一切剎一切法一切衆生一切世是佛智境界法所攝持知斷一切念捨一切取離前後際隨順涅槃法所攝持是爲十若諸菩薩安住其中則得一切諸佛無上法所攝持佛子菩薩摩訶薩住兜率天有十種所作業何等爲十所謂爲欲界諸天子說猒離法言一切自在皆是無常一切快樂悉當衰謝勸彼諸天發菩提心是爲第一所作業爲色界諸天說入出諸禪解脫三昧若於其中而生愛著因愛復起身見邪見無明等者則爲其說如實智慧若於一切色非色法起顛倒想以爲清淨爲說不淨皆是無常勸其令發菩提之心是爲第二所作業菩薩摩訶薩住兜率天入三昧名光明莊嚴身放光明徧照三千大千世界隨衆生心以種種音而爲說法衆生聞已信心清淨命終生於兜率天中勸其令發菩提之心是爲第三所作業菩薩摩訶薩在兜率天以無障礙眼普見十方兜率天中一切菩薩彼諸菩薩皆亦見此互相見已論說妙法謂降神母胎初生出家往詣道場具大莊嚴而復示現往昔已來所行之行以彼行故成此大智所有功德不離本處而能示現如是等事是爲第四所作業菩薩摩訶薩住兜率天十方一切兜率天宫諸菩薩衆

皆悉來集恭敬圍繞爾時菩薩摩訶薩欲令彼諸菩薩皆滿其願生歡喜故隨彼菩薩所應住地所行所斷所修所證演說法門彼諸菩薩聞說法已皆大歡喜得未曾有各還本土所住宮殿是爲第五所作業菩薩摩訶薩住兜率天時欲界主天魔波旬爲欲壞亂菩薩業故眷屬圍繞詣菩薩所爾時菩薩爲摧伏魔軍故住金剛道所攝般若波羅蜜方便善巧智慧門以柔輭麤獷二種語而爲說法令魔波旬不得其便魔見菩薩自在威力皆發阿耨多羅三藐三菩提心是爲第六所作業菩薩摩訶薩住兜率天知欲界諸天子不樂聞法爾時菩薩出大音聲徧告之言今日菩薩當於宮中現希有事若欲見者宜速往詣時諸天子聞是語已無量百千億那由他皆來集會爾時菩薩見諸天衆皆來集已爲現宮中諸希有事彼諸天子曾未見聞既得見已皆大歡喜其心醉沒又於樂中出聲告言諸仁者一切諸行皆悉無常一切諸行皆悉是苦一切諸法皆悉無我涅槃寂滅又復告言汝等皆應修菩薩行皆當圓滿一切智智彼諸天子聞此法音憂歎咨嗟而生猒離靡不皆發菩提之心是爲第七所作業菩薩摩訶薩住兜率宮不捨本處悉能往詣十方無量一切佛所見諸如來親近禮拜恭敬聽法爾時諸佛欲令菩薩獲得最上灌頂法故爲說菩薩地名一切神通以一念相應慧具足一切最勝功德入一切智智位是爲第八所作業菩薩摩訶薩住兜率宮爲欲供養諸如來故以大神力興起種種諸供養具名殊

勝可樂徧法界虛空界一切世界供養諸佛彼世界中無量衆生見此供養皆發阿耨多羅三藐三菩提心是爲第九所作業菩薩摩訶薩住兜率天出無量無邊如幻如影法門周徧十方一切世界示現種種色種種相種種形體種種威儀種種事業種種方便種種譬喻種種言說隨衆生心皆令歡喜是爲第十所作業佛子是爲菩薩摩訶薩住兜率天十種所作業若諸菩薩成就此法則能於後下生人間佛子菩薩摩訶薩於兜率天將下生時現十種事何等爲十佛子菩薩摩訶薩於兜率天下生之時從於足下放大光明名安樂莊嚴普照三千大千世界一切惡趣諸難衆生觸斯光者莫不皆得離苦安樂得安樂已悉知將有奇特大人出興于世是爲第一所示現事佛子菩薩摩訶薩於兜率天下生之時從於眉間白毫相中放大光明名曰覺悟普照三千大千世界照彼宿世一切同行諸菩薩身彼諸菩薩蒙光照已咸知菩薩將欲下生各各出興無量供具詣菩薩所而爲供養是爲第二所示現事佛子菩薩摩訶薩於兜率天將下生時於右掌中放大光明名清淨境界悉能嚴淨一切三千大千世界其中若有已得無漏諸辟支佛覺斯光者即捨壽命若不覺者光明力故徙置他方餘世界中一切諸魔及諸外道有見衆生皆亦徙置他方世界唯除諸佛神力所持應化衆生是爲第三所示現事佛子菩薩摩訶薩於兜率天將下生時從其兩膝放大光明名清淨莊嚴普照一切諸天宮殿下從護世上至淨

居靡不周徧彼諸天等咸知菩薩於兜率天將欲下生俱懷戀慕悲歎憂惱各持種種華鬘衣服塗香末香旛蓋妓樂詣菩薩所恭敬供養隨逐下生乃至涅槃是爲第四所示現事佛子菩薩摩訶薩在兜率天將下生時於卍字金剛莊嚴心藏中放大光明名無能勝幢普照十方一切世界金剛力士時有百億金剛力士皆悉來集隨逐侍衛始於下生乃至涅槃是爲第五所示現事佛子菩薩摩訶薩於兜率天將下生時從其身上一切毛孔放大光明名分別衆生普照一切大千世界徧觸一切諸菩薩身復觸一切諸天世人諸菩薩等咸作是念我應住此供養如來教化衆生是爲第六所示現事佛子菩薩摩訶薩於兜率天將下生時從大摩尼寶藏殿中放大光明名善住觀察照此菩薩當生之處所託王宫其光照已諸餘菩薩皆共隨逐下閻浮提若於其家若其聚落若其城邑而現受生爲欲教化諸衆生故是爲第七所示現事佛子菩薩摩訶薩於兜率天臨下生時從天宫殿及大樓閣諸莊嚴中放大光明名一切宫殿清淨莊嚴照所生母腹光明照已令菩薩母安隱快樂具足成就一切功德其母腹中自然而有廣大樓閣大摩尼寶而爲莊嚴爲欲安處菩薩身故是爲第八所示現事佛子菩薩摩訶薩於兜率天臨下生時從兩足下放大光明名爲善住若諸天子及諸梵天其命將終蒙光照觸皆得住壽供養菩薩從初下生乃至涅槃是爲第九所示現事佛子菩薩摩訶薩於兜率天臨下生時從隨好中

放大光明名日月莊嚴示現菩薩種種諸業時諸人天或見菩薩住兜率天或見入胎或見初生或見出家或見成道或見降魔或見轉法輪或見入涅槃是爲第十所示現事佛子菩薩摩訶薩於身於座於宫殿於樓閣中放如是等百萬阿僧祇光明悉現種種諸善薩業現是業已具足一切功德法故從兜率天下生人間

大方廣佛華嚴經卷第五十八

音釋

憒閙（憒古對切心亂也閙女教切不靜也）矯（居夭切詐也）獷（居猛切麤惡也）虹蜺（虹工音洪蜺音倪虹蜺螮蝀也）疣（音尤瘤也）瘢（音盤瘡痕也）釁（許覲切釁隙也）顰蹙（顰毗賓切蹙子六切顰蹙愁貌）伺（相吏切察也）很（胡墾切很戾也）

大方廣佛華嚴經卷第五十九

唐于闐國三藏沙門實义難陀譯

離世間品第三十八之七

佛子菩薩摩訶薩示現處胎有十種事何等爲十佛子菩薩摩訶薩爲欲成就小心劣解諸衆生故不欲令彼起如是念今此菩薩自然化生智慧善根不從修得是故菩薩示現處胎是爲第一事菩薩摩訶薩爲成熟父母及諸眷屬宿世同行衆生善根示現處胎何以故彼皆應以見於處胎成熟所有諸善根故是爲第二事菩薩摩訶薩入母胎時正念正知無有迷惑住母胎已心恒正念亦無錯亂是爲第三事菩薩摩訶薩在母胎中常演說法十方世界諸大菩薩釋梵四王皆來集會悉令獲得無量神力無邊智慧菩薩處胎成就如是辯才勝用是爲第四事菩薩摩訶薩在母胎中集大衆會以本願力教化一切諸菩薩衆是爲第五事菩薩摩訶薩於人中成佛應具人間最勝受生以此示現處於母胎是爲第六事菩薩摩訶薩在母胎中三千大千世界衆生悉見菩薩如明鏡中見其面像爾時大心天龍夜叉乾闥婆阿脩羅迦樓羅緊那羅摩睺羅伽人非人等皆詣菩薩恭敬供養是爲第七事菩薩摩訶薩在母胎中他方世界一切最後生菩薩在母胎者皆來共會說大集法門名廣大智慧藏是爲第八事菩薩摩訶薩在母胎時入離垢藏三昧以三昧力於母胎中現大宫殿種種嚴飾悉皆妙好兜率天宫不可爲比而令母身安隱無患是爲第九事菩薩摩訶薩住母胎時以大

威力與供養具名開大福德離垢藏普徧十方一切世界供養一切諸佛如來彼諸如來咸爲演說無邊菩薩住處法界藏是爲第十事佛子是爲菩薩摩訶薩示現處胎十種事若諸菩薩了達此法則能示現甚微細趣佛子菩薩摩訶薩有十種甚微細趣何等爲十所謂在母胎中示現初發菩提心乃至灌頂地在母胎中示現住兜率天在母胎中示現初生在母胎中示現童子地在母胎中示現處王宮在母胎中示現出家在母胎中示現苦行往詣道場成等正覺在母胎中示現轉法輪在母胎中示現般涅槃在母胎中示現大微細謂一切菩薩行一切如來自在神力無量差別門佛子是爲菩薩摩訶薩在母胎中十種微細趣若諸菩薩安住此法則得如來無上大智慧微細趣佛子菩薩摩訶薩有十種生何等爲十所謂遠離愚癡正念正知生放大光明網普照三千大千世界生住最後有更不受後身生不生不起生知三界如幻生於十方世界普現身生證一切智智身生放一切佛光明普覺悟一切衆生身生入大智觀察三昧身生佛子菩薩生時震動一切佛刹解脫一切衆生除滅一切惡道映蔽一切諸魔無量菩薩皆來集會佛子是爲菩薩摩訶薩十種生爲調伏衆生故如是示現佛子菩薩摩訶薩以十事故示現微笑心自誓何等爲十所謂菩薩摩訶薩念言一切世間沒在欲泥除我一人無能勉濟如是知已熙怡微笑心自誓復念言一切世間煩惱所盲唯我今者具足智慧如是知已熙怡微笑

心自誓又念言我今因此假名身故當得如來充滿三世無上法身如是知已熙怡微笑心自誓菩薩爾時以無障礙眼徧觀十方所有梵天乃至一切大自在天作是念言此等衆生皆自謂爲有大智力如是知已熙怡微笑心自誓菩薩爾時觀諸衆生久種善根今皆退沒如是知已熙怡微笑心自誓菩薩觀見世間種子所種雖少獲果甚多如是知已熙怡微笑心自誓菩薩觀見一切衆生蒙佛所教必得利益如是知已熙怡微笑心自誓菩薩觀見過去世中同行菩薩染著餘事不得佛法廣大功德如是知已熙怡微笑心自誓菩薩觀見過去世中共同集會諸天人等至今猶在凡夫之地不能捨離亦不疲猒如是知已熙怡微笑心自誓菩薩爾時爲一切如來光明所觸倍加欣慰熙怡微笑心自誓是爲十佛子菩薩爲調伏衆生故如是示現佛子菩薩摩訶薩以十事故示行七步何等爲十所謂現菩薩力故示行七步現施七財故示行七步滿地神願故示行七步現超三界相故示行七步現菩薩最勝行超過象王牛王師子王行故示行七步現金剛地相故示行七步現欲與衆生勇猛力故示行七步現修行七覺寶故示行七步現所得法不由他教故示行七步現於世間最勝無比故示行七步是爲十佛子菩薩爲調伏衆生故如是示現佛子菩薩摩訶薩以十事故現處童子地何等爲十所謂爲現通達一切世間文字筭計圖書印璽種種業故處童子地爲現通達一切世間象馬車乘弧矢劒戟種種業

故處童子地爲現通達一切世間文筆談論博弈嬉戲種種事故處童子地爲現遠離身語意業諸過失故處童子地爲現入定住涅槃門周徧十方無量世界故處童子地爲現其力超過一切天龍夜叉乾闥婆阿脩羅迦樓羅緊那羅摩睺羅伽釋梵護世人非人等故處童子地爲現菩薩色相威光超過一切釋梵護世故處童子地爲令耽著欲樂衆生歡喜樂法故處童子地爲尊重正法勤供養佛周徧十方一切世界故處童子地爲現得佛加被蒙法光明故處童子地是爲十佛子菩薩摩訶薩現童子地已以十事故現處王宮何等爲十所謂爲令宿世同行衆生善根成熟故現處王宮爲顯示菩薩善根力故現處王宮爲諸人天耽著樂具示現菩薩大威

德樂具故現處王宮順五濁世衆生心故現處王宮爲現菩薩大威德力能於深宮入三昧故現處王宮爲令宿世同願衆生滿其意故現處王宮欲令父母親戚眷屬滿所願故現處王宮欲以妓樂出妙法音供養一切諸如來故現處王宮欲於宮內住微妙三昧始從成佛乃至涅槃皆示現故現處王宮爲隨順守護諸佛法故現處王宮是爲十最後身菩薩如是示現處王宮已然後出家佛子菩薩摩訶薩以十事故示現出家何等爲十所謂爲猒居家故示現出家爲著家衆生令捨離故示現出家爲隨順信樂聖人道故示現出家爲宣揚讚歎出家功德故示現出家爲顯永離二邊見故示現出家爲令衆生離欲樂我樂故示現出家爲先現出三界相故示

現出家爲現自在不屬他故示現出家爲顯當得如來十力無畏法故示現出家最後菩薩法應爾故示現出家是爲十菩薩以此調伏衆生佛子菩薩摩訶薩爲十種事故示行苦行何等爲十所謂爲成就劣解衆生故示行苦行爲拔邪見衆生故示行苦行爲不信業報衆生令見業報故示行苦行爲隨順雜染世界法應爾故示行苦行示能忍劬勞勤修道故示行苦行爲令衆生樂求法故示行苦行爲著欲樂我樂衆生故示行苦行爲顯菩薩起行殊勝乃至最後生猶不捨勤精進故示行苦行爲令衆生樂寂靜法增長善根故示行苦行爲諸天世人諸根未熟待時成熟故示行苦行是爲十菩薩以此方便調伏一切衆生佛子菩薩摩訶薩往詣道場有十種事何等爲十所謂詣道場時照耀一切世界詣道場時震動一切世界詣道場時於一切世界普現其身詣道場時覺悟一切菩薩及一切宿世同行衆生詣道場時示現道場一切莊嚴詣道場時隨諸衆生心之所欲而爲現身種種威儀及菩提樹一切莊嚴詣道場時現見十方一切如來詣道場時舉足下足常入三昧念念成佛無有超隔詣道場時一切天龍夜叉乾闥婆阿脩羅迦樓羅緊那羅摩睺羅伽釋梵護世一切諸王各不相知而興種種上妙供養詣道場時以無礙智普觀一切諸佛如來於一切世界修菩薩行而成正覺是爲十菩薩以此教化衆生佛子菩薩摩訶薩坐道場有十種事何等爲十所謂坐道場時種種震動一切世界坐道場時平

等照耀一切世界坐道場時除滅一切諸惡趣苦坐道場時令一切世界金剛所成坐道場時普觀一切諸佛如來師子之座坐道場時心如虛空無所分別坐道場時隨其所應現身威儀坐道場時隨順安住金剛三昧坐道場時受一切如來神力所持清淨妙處坐道場時自善根力悉能加被一切衆生是為十佛子菩薩摩訶薩坐道場時有十種奇特未曾有事何等為十佛子菩薩摩訶薩坐道場時十方世界一切如來皆現其前咸舉右手而稱讃言善哉善哉無上導師是為第一未曾有事菩薩摩訶薩坐道場時一切如來皆悉護念與其威力是為第二未曾有事菩薩摩訶薩坐道場時宿世同行諸菩薩衆悉來圍繞以種種莊嚴具恭敬供養是為第三未曾有事菩薩摩訶薩坐道場時一切世界草木叢林諸無情物皆曲身低影歸向道場是為第四未曾有事菩薩摩訶薩坐道場時入三昧名觀察法界此三昧力能令菩薩一切諸行悉得圓滿是為第五未曾有事菩薩摩訶薩坐道場時得陀羅尼名最上離垢妙光海藏能受一切諸佛如來大雲法雨是為第六未曾有事菩薩摩訶薩坐道場時以威德力興上妙供具徧一切世界供養諸佛是為第七未曾有事菩薩摩訶薩坐道場時住最勝智悉現了知一切衆生諸根意行是為第八未曾有事菩薩摩訶薩坐道場時入三昧名善覺此三昧力能令其身充滿三世盡虛空界一切世界是為第九未曾有事菩薩摩訶薩坐道場時得離垢光明無礙大智令

其身業普入三世是爲第十未曾有事佛子是爲菩薩摩訶薩坐道場時十種奇特未曾有事佛子菩薩摩訶薩坐道場時觀十種義故示現降魔何等爲十所謂爲濁世衆生樂於鬬戰欲顯菩薩威德力故示現降魔爲諸天世人有懷疑者斷彼疑故示現降魔爲教化調伏諸魔軍故示現降魔爲欲令諸天世人樂軍陣者咸來聚觀心調伏故示現降魔爲顯示菩薩所有威力世無能敵故示現降魔爲欲發起一切衆生勇猛力故示現降魔爲哀愍末世諸衆生故示現降魔爲欲顯示乃至道場猶有魔軍而來觸惱此後乃得超魔境界故示現降魔爲顯煩惱業用羸劣大慈善根勢力强盛故示現降魔爲欲隨順濁惡世界所行法故示現降魔是爲十佛子菩薩摩訶薩有十種成如來力何等爲十所謂超過一切衆魔煩惱業故成如來力具足一切菩薩行遊戲一切菩薩三昧門故成如來力具足一切菩薩廣大禪定故成如來力圓滿一切白淨助道法故成如來力得一切法智慧光明善思惟分别故成如來力其身周徧一切世界故成如來力所出言音悉與一切衆生心等故成如來力能以神力加持一切故成如來力與三世諸佛身語意業等無有異於一念中了三世法故成如來力得善覺智三昧具如來十力所謂是處非處智力乃至漏盡智力故成如來力是爲十若諸菩薩具此十力則名如來應正等覺佛子如來應正等覺轉大法輪有十種事何等爲十一者具足清淨四無畏智二者出生四辯隨順

音聲三者善能開闡四眞諦相四者隨順諸佛無礙解脫五者能令衆生心皆淨信六者所有言說皆不唐捐能拔衆生諸苦毒箭七者大悲願力之所加持八者隨出音聲普徧十方一切世界九者於阿僧祇劫說法不斷十者隨所說法皆能生起根力覺道禪定解脫三昧等法佛子諸佛如來轉於法輪有如是等無量種事佛子如來應正等覺轉法輪時以十事故於衆生心中種白淨法無空過者何等爲十所謂過去願力故大悲所持故不捨衆生故智慧自在隨其所樂爲說法故必應其時未曾失故隨其所宜無妄說故知三世智善了知故其身最勝無與等故言辭自在無能測故智慧自在隨所發言悉開悟故是爲十佛子如來應正等覺作佛事已觀十種義故示般涅槃何等爲十所謂示一切行實無常故示一切有爲非安隱故示大涅槃是安隱處無怖畏故以諸人天樂著色身爲現色身是無常法令其願住淨法身故示無常力不可轉故示一切有爲不隨心住不自在故示一切三有皆如幻化不堅牢故示涅槃性究竟堅牢不可壞故示一切法無生無起而有聚集散壞相故佛子諸佛世尊作佛事已所願滿已轉法輪已應化度者皆化度已有諸菩薩應受尊號成記莂已法應如是入於不變大般涅槃佛子是爲如來應正等覺觀十義故示般涅槃佛子此法門名菩薩廣大清淨行無量諸佛所共宣說能令智者了無量義皆生歡喜令一切菩薩大願大行皆得相續佛子若有衆生得聞此法聞已

信解解已修行必得疾成阿耨多羅三藐三菩提何以故以如說修行故佛子若諸菩薩不如說行當知是人於佛菩提則爲永離是故菩薩應如說行佛子此一切菩薩功德行處決定義華普入一切法普生一切智超諸世間離二乘道不與一切諸衆生共悉能照了一切法門增長衆生出世善根離世間法門品應尊重應聽受應誦持應思惟應願樂應修行若能如是當知是人疾得阿耨多羅三藐三菩提說此品時佛神力故及此法門法如是故十方無量無邊阿僧祇世界皆大震動大光普照爾時十方諸佛皆現普賢菩薩前讚言善哉善哉佛子乃能說此諸菩薩摩訶薩功德行處決定義華普入一切佛法出世間法門品佛子汝已善學此法善說此法汝以威力護持此法我等諸佛悉皆隨喜如我等諸佛隨喜於汝一切諸佛悉亦如是佛子我等諸佛悉共同心護持此經令現在未來諸菩薩衆未曾聞者皆當得聞爾時普賢菩薩摩訶薩承佛神力觀察十方一切大衆洎于法界而說頌言

於無量劫修苦行　從無量佛正法生
令無量衆住菩提　彼無等行聽我說
供無量佛而捨著　廣度羣生不作想
求佛功德心無依　彼勝妙行我今說
離三界魔煩惱業　具聖功德最勝行
滅諸癡惑心寂然　我今說彼所行道
永離世間諸誑幻　種種變化示衆生
心生住滅現衆事　說彼所能令衆喜
見諸衆生生老死　煩惱憂橫所纏迫

欲令解脫教發心　彼功德行應聽受
施戒忍進禪智慧　方便慈悲喜捨等
百千萬劫常修行　彼人功德仁應聽
千萬億劫求菩提　所有身命皆無悋
願益羣生不爲己　彼慈愍行我今說
無量億劫演其德　如海一滴未爲少
功德無比不可喻　以佛威神今略說
其心不高下　求道無猒倦　普使諸衆生
住善增淨法　智慧普饒益　如樹如河泉
亦如於大地　一切所依處　菩薩如蓮華
慈根安隱莖　智慧爲衆藥　戒品爲香潔
佛放法光明　令彼得開敷　不著有爲水
見者皆欣樂　菩薩妙法樹　生於直心地
信種慈悲根　智慧以爲身　方便爲枝幹
五度爲繁密　定葉神通華　一切智爲果
最上力爲蔦　垂陰覆三界　菩薩師子王
白淨法爲身　四諦爲其足　正念以爲頸
慈眼智慧首　頂繫解脫繒　勝義空谷中
吼法怖衆魔　菩薩爲商主　普見諸羣生
在生死曠野　煩惱險惡處　魔賊之所攝
癡盲失正道　示其正直路　令入無畏城
菩薩見衆生　三毒煩惱病　種種諸苦惱
長夜所煎迫　爲發大悲心　廣說對治門
八萬四千種　滅除衆苦患　菩薩爲法王
正道化衆生　令遠惡修善　專求佛功德
一切諸佛所　灌頂受尊記　廣施衆聖財
菩提分珍寶　菩薩轉法輪　如佛之所轉
戒轂三昧輞　智莊慧爲劒　旣破煩惱賊
亦殄衆魔怨　一切諸外道　見之無不散
菩薩智慧海　深廣無涯際　正法味盈洽

覺分寶充滿　大心無邊岸　一切智爲潮
衆生莫能測　說之不可盡　菩薩須彌山
超出於世間　神通三昧峯　大心安不動
若有親近者　同其智慧色　迥絕衆境界
一切無不覩　菩薩如金剛　志求一切智
信心及苦行　堅固不可動　其心無所畏
饒益諸羣生　衆魔與煩惱　一切悉摧滅
菩薩大慈悲　譬如重密雲　三明發電光
神足震雷音　普以四辯才　雨八功德水
潤洽於一切　令除煩惱熱　菩薩正法城
般若以爲牆　慙愧爲深塹　智慧爲却敵
廣開解脫門　正念恒防守　四諦坦王道
六通集兵仗　復建大法幢　周迴徧其下
三有諸魔衆　一切無能入　菩薩迦樓羅
如意爲堅足　方便勇猛翅　慈悲明淨眼
住一切智樹　觀三有大海　搏撮天人龍
安置涅槃岸　菩薩正法日　出現於世間
戒品圓滿輪　神足速疾行　照以智慧光
長諸根力藥　滅除煩惱闇　消竭愛欲海
菩薩智光月　法界以爲輪　遊於畢竟空
世間無不見　三界識心內　隨時有增減
二乘星宿中　一切無儔匹　菩薩大法王
功德莊嚴身　相好皆具足　人天悉瞻仰
方便清淨目　智慧金剛杵　於法得自在
以道化羣生　菩薩大梵王　自在超三有
業惑悉皆斷　慈捨靡不具　處處示現身
開悟以法音　於彼三界中　拔諸邪見根
菩薩自在天　超過生死地　境界常清淨
智慧無退轉　絕彼下乘道　受諸灌頂法
功德智慧具　名稱靡不聞　菩薩智慧心

清淨如虛空　無性無依處　一切不可得
有大自在力　能成世間事　自具清淨行
令衆生亦然　菩薩方便地　饒益諸衆生
菩薩慈悲水　浣滌諸煩惱　菩薩智慧火
燒諸惑習薪　菩薩無住風　遊行三有空
菩薩如珍寶　能濟貧窮厄　菩薩如金剛
能摧顛倒見　菩薩如瓔珞　莊嚴三有身
菩薩如摩尼　增長一切行　菩薩德如華
常發菩提分　菩薩願如鬘　恒繫衆生首
菩薩淨戒香　堅持無缺犯　菩薩智塗香
普熏於三界　菩薩力如帳　能遮煩惱塵
菩薩智如幢　能摧我慢敵　妙行爲繒綵
莊嚴於智慧　慙愧作衣服　普覆諸羣生
菩薩無礙乘　巾之出三界　菩薩大力象
其心善調伏　菩薩神足馬　騰步超諸有
菩薩說法龍　普雨衆生心　菩薩優曇華
世間難值遇　菩薩大勇將　衆魔悉降伏
菩薩轉法輪　如佛之所轉　菩薩燈破闇
衆生見正道　菩薩功德河　恒順正道流
菩薩精進橋　廣度諸羣品　大智與弘誓
共作堅牢船　引接諸衆生　安置菩提岸
菩薩遊戲園　眞實樂衆生　菩薩解脫華
莊嚴智宮殿　菩薩如妙藥　滅除煩惱病
菩薩如雪山　出生智慧藥　菩薩等於佛
覺悟諸羣生　佛心豈有他　正覺覺世間
如佛之所來　菩薩如是來　亦如一切智
以智入普門　菩薩善開導　一切諸羣生
菩薩自然覺　一切智境界　菩薩無量力
世間莫能壞　菩薩無畏智　知衆生及法
一切諸世間　色相各差別　音聲及名字

悉能分別知　雖離於名色　而現種種相
一切諸衆生　莫能測其道　如是等功德
菩薩悉成就　了性皆無性　有無無所著
如是一切智　無盡無所依　我今當演說
令衆生歡喜　雖知諸法相　如幻悉空寂
而以悲願心　及佛威神力　現神通變化
種種無量事　如是諸功德　汝等應聽受
一身能示現　無量差別身　無心無境界
普應一切衆　一音中具演　一切諸言音
衆生語言法　隨類皆能作　永離煩惱身
而現自在身　知法不可說　而作種種說
其心常寂滅　清淨如虛空　而普莊嚴剎
示現一切衆　於身無所著　而能示現身
一切世間中　隨應而受生　雖生一切處
亦不住受生　知身如虛空　種種隨心現

菩薩身無邊　普現一切處　常恭敬供養
最勝兩足尊　香華衆妓樂　幢旛及寶蓋
恒以深淨心　供養於諸佛　不離一佛會
普在諸佛所　於彼大衆中　問難聽受法
聞法入三昧　一一無量門　起定亦復然
示現無窮盡　智慧巧方便　了世皆如幻
而能現世間　無邊諸幻法　示現種種色
亦現心及語　入諸想網中　而恒無所著
或現初發心　利益於世間　或現久修行
廣大無邊際　施戒忍精進　禪定及智慧
四梵四攝等　一切最勝法　或現行成滿
得忍無分別　或現一生繫　諸佛與灌頂
或現聲聞相　或復現緣覺　處處般涅槃
不捨菩提行　或現爲帝釋　或現爲梵王
或天女圍繞　或時獨宴默　或現爲比丘

寂靜調其心 或現自在王 統理世間法
或現巧術女 或現修苦行 或現受五欲
或現入諸禪 或現初始生 或少或老死
若有思議者 心疑發狂亂 或現在天宮
或現始降神 或入或住胎 成佛轉法輪
或生或涅槃 或現入學堂 或在婇女中
或離俗修禪 或坐菩提樹 自然成正覺
或現轉法輪 或現始求道 或現爲佛身
宴坐無量刹 或修不退道 積集菩提具
深入無數劫 皆悉到彼岸 無量劫一念
一念無量劫 一切劫非劫 爲世示現劫
無來無積集 成就諸劫事 於一微塵中
普見一切佛 十方一切處 無處而不有
國土衆生法 次第悉皆見 經無量劫數
究竟不可盡 菩薩知衆生 廣大無有邊

彼一衆生身 無量因緣起 如知一無量
一切悉亦然 隨其所通達 教諸未學者
悉知衆生根 上中下不同 亦知根轉移
應化不應化 一根一切根 展轉因緣力
微細各差別 次第無錯亂 又知其欲解
一切煩惱習 亦知去來今 所有諸心行
了達一切行 無來亦無去 既知其行已
爲說無上法 雜染清淨行 種種悉了知
一念得菩提 成就一切智 住佛不思議
究竟智慧心 一念悉能知 一切衆生行
菩薩神通智 功力已自在 能於一念中
往詣無邊刹 如是速疾往 盡於無數劫
無處而不周 莫動毫端分 譬如工幻師
示現種種色 於彼幻中求 無色無非色
菩薩亦如是 以方便智幻 種種皆示現

充滿於世間　譬如淨日月　皎鏡在虛空
影現於衆水　不爲水所雜　菩薩淨法輪
當知亦如是　現世間心水　不爲世所雜
如人睡夢中　造作種種事　雖經億千歲
一夜未終盡　菩薩住法性　示現一切事
無量劫可極　一念智無盡　譬如山谷中
及以宮殿間　種種皆響應　而實無分別
菩薩住法性　能以自在智　廣出隨類音
亦復無分別　如有見陽燄　想之以爲水
馳逐不得飲　展轉更增渴　衆生煩惱心
應知亦如是　菩薩起慈愍　救之令出離
觀色如聚沫　受如水上泡　想如熱時燄
諸行如芭蕉　心識猶如幻　示現種種事
如是知諸蘊　智者無所著　諸處悉空寂
如機關動轉　諸界性永離　妄現於世間

菩薩住眞實　寂滅第一義　種種廣宣暢
而心無所依　無來亦無去　亦復無有住
煩惱業苦因　三種恒流轉　緣起非有無
非實亦非虛　如是入中道　說之無所著
能於一念中　普現三世心　欲色無色界
一切種種事　隨順三律儀　演說三解脫
建立三乘道　成就一切智　了達處非處
諸業及諸根　界解與禪定　一切至處道
宿命念天眼　滅除一切惑　知佛十種力
而未能成就　了達諸法空　而常求妙法
不與煩惱合　而亦不盡漏　廣知出離道
而以度衆生　於此得無畏　不捨修諸行
無謬無違道　亦不失正念　精進欲三昧
觀慧無損減　三聚皆清淨　三世悉明達
大慈愍衆生　一切無障礙　由入此法門

得成如是行　我說其少分　功德莊嚴義
窮於無數劫　說彼行無盡　我今說少分
如大地一塵　依於佛智住　起於奇特想
修行最勝行　具足大慈悲　精勤自安隱
教化諸含識　安住淨戒中　具諸授記行
能入佛功德　衆生行及剎　劫世悉亦知
無有疲猒想　差別智總持　通達眞實義
思惟說無比　寂靜等正覺　發於普賢心
及修其行願　慈悲因緣力　趣道意清淨
修行波羅蜜　究竟隨覺智　證知力自在
成無上菩提　成就平等智　演說最勝法
能持具妙辯　逮得法王處　遠離於諸著
演說心平等　出生於智慧　變化得菩提
住持一切劫　智者大欣慰　深入及依止
無畏無疑惑　了達不思議　巧密善分別

善入諸三昧　普見智境界　究竟諸解脫
遊戲諸通明　纏縛悉永離　園林恣遊處
白法爲宮殿　諸行可欣樂　現無量莊嚴
於世心無動　深心善觀察　妙辯能開演
清淨菩提印　智光照一切　所住無等比
其心不下劣　立志如大山　種德若深海
如寶安住法　被甲誓願心　發起於大事
究竟無能壞　得授菩提記　安住廣大心
祕藏無窮盡　覺悟一切法　世智皆自在
妙用無障礙　衆生一切剎　及以種種法
身願與境界　智慧神通等　示現於世間
無量百千億　遊戲及境界　自在無能制
力無畏不共　一切業莊嚴　諸身及身業
語及淨修語　以得守護故　成辦十種事
菩薩心發心　及以心周徧　諸根無散動

獲得最勝根　深心增勝心　遠離於諂誑
種種決定解　普入於世間　捨彼煩惱習
取茲最勝道　巧修使圓滿　逮成一切智
離退入正位　決定證寂滅　出生佛法道
成就功德號　道及無量道　乃至莊嚴道
次第善安住　悉皆無所著　手足及腹藏
金剛以為心　被以慈哀甲　具足衆器仗
智首明達眼　菩提行為耳　清淨戒為鼻
滅闇無障礙　辯才以為舌　無處不至身
最勝智為心　行住修諸業　道場師子座
梵卧空為住　所行及觀察　普照如來境
徧觀衆生行　奮迅及哮吼　離貪行淨施
捨慢持淨戒　不瞋常忍辱　不懈恒精進
禪定得自在　智慧無所行　慈濟悲無倦
喜法捨煩惱　於諸境界中　知義亦知法
福德悉成滿　智慧如利劒　普照樂多聞
明了趣向法　知魔及魔道　誓願咸捨離
見佛與佛業　發心皆攝取　離慢修智慧
不為魔力持　為佛所攝持　亦為法所持
現住兜率天　又現彼命終　示現住母胎
亦現微細趣　現生及微笑　亦現行七步
示修衆技術　亦示處深宫　出家修苦行
往詣於道場　端坐放光明　覺悟諸羣生
降魔成正覺　轉無上法輪　所現悉已終
入於大涅槃　彼諸菩薩行　無量劫修習
廣大無有邊　我今說少分　雖令無量衆
安住佛功德　衆生及法中　畢竟無所取
具足如是行　遊戲諸神通　毛端置衆刹
經於億千劫　掌持無量刹　徧往身無倦
還來置本處　衆生不知覺　菩薩以一切

種種莊嚴剎　置於一毛孔　眞實悉令見
復以一毛孔　普納一切海　大海無增減
衆生不嬈害　無量鐵圍山　手執碎爲塵
一塵下一剎　盡此諸塵數　以此諸塵剎
復更末爲塵　如是塵可知　菩薩智難量
於一毛孔中　放無量光明　日月星宿光
摩尼珠火光　及以諸天光　一切皆映蔽
滅諸惡道苦　爲說無上法　一切諸世間
種種差別音　菩薩以一音　一切皆能演
決定分別說　一切諸佛法　普使諸羣生
聞之大歡喜　過去一切劫　安置未來今
未來現在劫　迴置過去世　示現無量剎
燒然及成住　一切諸世間　悉在一毛孔
去來及現在　一切十方佛　靡不於身中
分明而顯現　深知變化法　善應衆生心
示現種種身　而皆無所著　或現於六趣
一切衆生身　釋梵護世身　諸天人衆身
聲聞緣覺身　諸佛如來身　或現菩薩身
修行一切智　善入輭中上　衆生諸想網
示現成菩提　及以諸佛剎　了知諸想網
於想得自在　示修菩薩行　一切方便事
示現如是等　廣大諸神變　如是諸境界
舉世莫能知　雖現無所現　究竟轉增上
隨順衆生心　令得眞實道　身語及與心
平等如虛空　淨戒爲塗香　衆行爲衣服
法繒嚴淨髻　一切智摩尼　功德靡不周
灌頂昇王位　波羅蜜爲輪　諸通以爲象
神足以爲馬　智慧爲明珠　妙行爲婇女
四攝主藏神　方便爲主兵　菩薩轉輪王
三昧爲城郭　空寂爲宮殿　慈甲智慧劒

念弓明利箭　高張神力蓋　迴建智慧幢
忍力不動搖　直破魔王軍　總持爲平地
衆行爲河水　淨智爲涌泉　妙慧作樹林
空爲澄淨池　覺分菡萏華　神力自莊嚴
三昧常娛樂　思惟爲婇女　甘露爲美食
解脫味爲漿　遊戲於三乘　此諸菩薩行
微妙轉增上　無量劫修行　其心不猒足
供養一切佛　嚴淨一切剎　普令一切衆
安住一切智　一切剎微塵　悉可知其數
一切虛空界　一沙可度量　一切衆生心
念念可數知　佛子諸功德　說之不可盡
欲具此功德　及諸上妙法　欲使諸衆生
離苦常安樂　欲令身語意　悉與諸佛等
應發金剛心　學此功德行

大方廣佛華嚴經卷第五十九

音釋

熈怡（熈許其切怡與之切熈怡和悅也）璽（想氏切王者印也又信也）弧（音胡弓也）矢（式是切箭也）戟（九劇切枝兵也）博弈（博補各切弈羊益切）羸（力爲切瘦也）洎（其冀切及也）蔦（都了切樹上寄生草也亦云女蘿）轂（古祿切車轂也）輞（文紡切車輞也）殄（徒典切絕也）洽（侯夾切浹洽也）塹（七豔切坑也）浣滌（浣胡管切濯也滌徒歷切洗也）沫（音末水沫也）泡（披交切水上浮漚也）無謬（謬靡幼切差也）

大方廣佛華嚴經卷第六十

唐于闐國三藏沙門實叉難陀譯

入法界品第三十九之一

爾時世尊在室羅筏國逝多林給孤獨園大莊嚴重閣與菩薩摩訶薩五百人俱普賢菩薩文殊師利菩薩而爲上首其名曰光燄幢菩薩須彌幢菩薩寶幢菩薩無礙幢菩薩華幢菩薩離垢幢菩薩日幢菩薩妙幢菩薩離塵幢菩薩普光幢菩薩地威力菩薩寶威力菩薩大威力菩薩金剛智威力菩薩離塵垢威力菩薩正法日威力菩薩功德山威力菩薩智光影威力菩薩普吉祥威力菩薩地藏菩薩虛空藏菩薩蓮華藏菩薩寶藏菩薩日藏菩薩淨德藏菩薩法印藏菩薩光明藏菩薩臍藏菩薩蓮華德藏菩薩善眼菩薩淨眼菩薩離垢眼菩薩無礙眼菩薩普見眼菩薩善觀眼菩薩青蓮華眼菩薩金剛眼菩薩寶眼菩薩虛空眼菩薩喜眼菩薩普眼菩薩天冠菩薩普照法界智慧冠菩薩道場冠菩薩普照十方冠菩薩一切佛藏冠菩薩超出一切世間冠菩薩普照冠菩薩不可壞冠菩薩持一切如來師子座冠菩薩普照法界虛空冠菩薩梵王髻菩薩龍王髻菩薩一切化佛光明髻菩薩道場髻菩薩一切願海音寶王髻菩薩一切佛光明摩尼髻菩薩示現一切虛空平等相摩尼王莊嚴髻菩薩示現一切如來神變摩尼王幢網垂覆髻菩薩出一切佛轉法輪音髻菩薩說三世一切名字音髻菩薩大光菩薩離垢光菩薩寶光菩薩離塵光菩薩燄光菩薩法光菩薩寂靜光菩薩日

光菩薩自在光菩薩天光菩薩福德幢菩薩智慧幢菩薩法幢菩薩神通幢菩薩光幢菩薩華幢菩薩摩尼幢菩薩菩提幢菩薩梵幢菩薩普光幢菩薩梵音菩薩海音菩薩大地音菩薩世主音菩薩山相擊音菩薩徧一切法界音菩薩震一切法海雷音菩薩降魔音菩薩大悲方便雲雷音菩薩息一切世間苦安慰音菩薩法上菩薩勝上菩薩智上菩薩福德須彌上菩薩功德珊瑚上菩薩名稱上菩薩普光上菩薩大慈上菩薩智海上菩薩佛種上菩薩光勝菩薩德勝菩薩上勝菩薩普明勝菩薩法勝菩薩月勝菩薩虛空勝菩薩寶勝菩薩幢勝菩薩智勝菩薩娑羅自在王菩薩法自在王菩薩象自在王菩薩梵自在王菩薩山自在王菩薩衆自在王菩薩速疾自在王菩薩寂靜自在王菩薩不動自在王菩薩勢力自在王菩薩最勝自在王菩薩寂靜音菩薩無礙音菩薩地震音菩薩海震音菩薩雲音菩薩法光音菩薩虛空音菩薩說一切衆生善根音菩薩示一切大願音菩薩道場音菩薩須彌光覺菩薩虛空覺菩薩離染覺菩薩無礙覺菩薩善覺菩薩普照三世覺菩薩廣大覺菩薩普明覺菩薩法界光明覺菩薩如是等菩薩摩訶薩五百人俱此諸菩薩皆悉成就普賢行願境界無礙普徧一切諸佛剎故現身無量親近一切諸如來故淨眼無障見一切佛神變事故至處無限一切如來成正覺所恒普詣故光明無際以智慧光普照一切實法海故說法無盡清淨辯才無邊際劫無窮盡故等虛空界智慧所

行悉清淨故無所依止隨衆生心現色身故除滅癡翳了衆生界無衆生故等虛空智以大光網照法界故及與五百聲聞衆俱悉覺眞諦皆證實際深入法性永出有海依佛功德離結使縛住無礙處其心寂靜猶如虛空於諸佛所永斷疑惑於佛智海深信趣入及與無量諸世主俱悉曾供養無量諸佛常能利益一切衆生爲不請友恒勤守護誓願不捨入於世間殊勝智門從佛教生護佛正法起於大願不斷佛種生如來家求一切智時諸菩薩大德聲聞世間諸王并其眷屬咸作是念如來境界如來智行如來加持如來力如來無畏如來三昧如來所住如來自在如來身如來智一切世間諸天及人無能通達無能趣入無能信解無能了知無能忍受無能觀察無能揀擇無能開示無能宣明無有能令衆生解了唯除諸佛加被之力佛神通力佛威德力佛本願力及其宿世善根之力諸善知識攝受之力深淨信力大明解力趣向菩提清淨心力求一切智廣大願力唯願世尊隨順我等及諸衆生種種欲種種解種種智種種語種種自在種種住地種種根清淨種種意方便種種心境界種種依止如來功德種種聽受諸所說法顯示如來往昔趣求一切智心往昔所起菩薩大願往昔所淨諸波羅蜜往昔所入菩薩諸地往昔圓滿諸菩薩行往昔成就方便往昔修行諸道往昔所得出離法往昔所作神通事往昔所有本事因緣及成等正覺轉妙法輪淨佛國土調伏衆生開一切智法城示一切衆生道入一

切衆生所住受一切衆生所施爲一切衆生說布施功德爲一切衆生現諸佛影像如是等法願皆爲說爾時世尊知諸菩薩心之所念大悲爲身大悲爲門大悲爲首以大悲法而爲方便充徧虛空入師子嚬申三昧入此三昧已一切世間普皆嚴淨于時此大莊嚴樓閣忽然廣博無有邊際金剛爲地寶王覆上無量寶華及諸摩尼普散其中處處盈滿瑠璃爲柱衆寶合成大光摩尼之所莊嚴閻浮檀金如意寶王周置其上以爲嚴飾危樓迴帶閣道傍出棟宇相承牕闥交映階墀軒檻種種備足一切皆以妙寶莊嚴其寶悉作人天形像堅固妙好世中第一摩尼寶網彌覆其上於諸門側悉建幢旛咸放光明普周法界道場之外階隥欄楯其數無量不可稱說靡不咸以摩尼所成爾時復以佛神力故其逝多林忽然廣博與不可說佛刹微塵數諸佛國土其量正等一切妙寶間錯莊嚴不可說寶徧布其地阿僧祇寶以爲垣墻寶多羅樹莊嚴道側其間復有無量香河香水盈滿湍激洄澓一切寶華隨流右轉自然演出佛法音聲不思議寶芬陀利華菡萏芬敷彌布水上衆寶華樹列植其岸種種臺榭不可思議皆於岸上次第行列摩尼寶網之所彌覆阿僧祇寶放大光明阿僧祇寶莊嚴其地燒衆妙香香氣氛氳復建無量種種寶幢所謂寶香幢寶衣幢寶旛幢寶繒幢寶華幢寶瓔珞幢寶鬘幢寶鈴幢摩尼寶蓋幢大摩尼寶幢光明徧照摩尼寶幢出一切如來名號音聲摩尼王幢師子摩尼王幢說一切如來

本事海摩尼王幢現一切法界影像摩尼王幢周徧十方行列莊嚴時逝多林上虛空之中有不思議天宮殿雲無數香樹雲不可說須彌山雲不可說妓樂雲出美妙音歌讚如來不可說寶蓮華雲不可說寶座雲敷以天衣菩薩坐上歎佛功德不可說諸天王形像摩尼寶雲不可說白眞珠雲不可說赤珠樓閣莊嚴具雲不可說雨金剛堅固珠雲皆住虛空周帀徧滿以爲嚴飾何以故如來善根不思議故如來白法不思議故如來威力不思議故如來能以一身自在變化徧一切世界不思議故如來能以神力令一切佛及佛國莊嚴皆入其身不思議故如來能於一微塵內普現一切法界影像不思議故如來能於一毛孔中示現過去一切諸佛不思議故如來隨放一一光明悉能徧照一切世界不思議故如來能於一毛孔中出一切佛刹微塵數變化雲充滿一切諸佛國土不思議故如來能於一毛孔中普現一切十方世界成住壞劫不思議故如於此逝多林給孤獨園見佛國土清淨莊嚴十方一切盡法界虛空界一切世界亦如是見所謂見如來身住逝多林菩薩衆會皆悉徧滿見普雨一切莊嚴雲見普雨一切寶光明照曜雲見普雨一切摩尼寶雲見普雨一切莊嚴蓋彌覆佛刹雲見普雨一切天身雲見普雨一切華樹雲見普雨一切衣樹雲見普雨一切寶鬘瓔珞相續不絕周徧一切大地雲見普雨一切莊嚴具雲見普雨一切如衆生形種種香雲見普雨一切微妙寶華網相續不斷雲見普雨一

切諸天女持寶幢旛於虛空中周旋來去雲見普雨一切衆寶蓮華於華葉間自然而出種種樂音雲見普雨一切師子座寶網瓔珞而爲莊嚴雲爾時東方過不可說佛刹微塵數世界海外有世界名金燈雲幢佛號毗盧遮那勝德王彼佛衆中有菩薩名毗盧遮那願光明與不可說佛刹微塵數菩薩俱來向佛所悉以神力興種種雲所謂天華雲天香雲天末香雲天鬘雲天寶雲天莊嚴具雲天寶蓋雲天微妙衣雲天寶幢旛雲天一切妙寶諸莊嚴雲充滿虛空至佛所已頂禮佛足即於東方化作寶莊嚴樓閣及普照十方寶蓮華藏師子之座如意寶網羅覆其身與其眷屬結跏趺坐南方過不可說佛刹微塵數世界海外有世界名金剛藏佛號普光明無

勝藏王彼佛衆中有菩薩名不可壞精進王與不可說佛刹微塵數菩薩俱來向佛所持一切寶香網持一切寶瓔珞持一切寶華帶持一切寶鬘帶持一切金剛瓔珞持一切摩尼寶網持一切寶衣帶持一切寶瓔珞帶持一切最勝光明摩尼帶持一切師子摩尼寶瓔珞悉以神力充徧一切諸世界海到佛所已頂禮佛足即於南方化作徧照世間摩尼寶莊嚴樓閣及普照十方寶蓮華藏師子之座以一切寶華網羅覆其身與其眷屬結跏趺坐西方過不可說佛刹微塵數世界海外有世界名摩尼寶燈須彌山幢佛號法界智燈彼佛衆中有菩薩名普勝無上威德王與世界海微塵數菩薩俱來向佛所悉以神力興不可說佛刹微塵數種種塗香燒香須彌

山雲不可說佛剎微塵數種種色香水須彌山雲不可說佛剎微塵數一切大地微塵等光明摩尼寶王須彌山雲不可說佛剎微塵數種種光燄輪莊嚴幢須彌山雲不可說佛剎微塵數種種色金剛藏摩尼王莊嚴須彌山雲不可說佛剎微塵數普照一切世界閻浮檀摩尼寶幢須彌山雲不可說佛剎微塵數現一切法界摩尼寶須彌山雲不可說佛剎微塵數現一切諸佛相好摩尼寶王須彌山雲不可說佛剎微塵數現一切如來本事因緣說諸菩薩所行之行摩尼寶王須彌山雲不可說佛剎微塵數現一切佛坐菩提場摩尼寶王須彌山雲充滿法界至佛所已頂禮佛足即於西方化作一切香王樓閣真珠寶網彌覆其上及化作帝釋影幢寶蓮華藏師子之座以妙色摩尼網羅覆其身心王寶冠以嚴其首與其眷屬結跏趺坐北方過不可說佛剎微塵數世界海外有世界名寶衣光明幢佛號照虛空法界大光明彼佛衆中有菩薩名無礙勝藏王與世界海微塵數菩薩俱來向佛所悉以神力興一切寶衣雲所謂黃色寶光明衣雲種種香所熏衣雲日幢摩尼王衣雲金色熾然摩尼衣雲一切寶光燄衣雲一切星辰像上妙摩尼衣雲白玉光摩尼衣雲光明徧照殊勝赫奕摩尼衣雲光明徧照威勢熾盛摩尼衣雲莊嚴海摩尼衣雲充徧虛空至佛所已頂禮佛足即於北方化作摩尼寶海莊嚴樓閣及毗瑠璃寶蓮華藏師子之座以師子威德摩尼王網羅覆其身清淨寶王爲髻明珠與其眷屬結跏趺坐

東北方過不可說佛刹微塵數世界海外有世界名一切歡喜清淨光明網佛號無礙眼彼佛衆中有菩薩名化現法界願月王與世界海微塵數菩薩俱來向佛所悉以神力興寶樓閣雲香樓閣雲燒香樓閣雲華樓閣雲栴檀樓閣雲金剛樓閣雲摩尼樓閣雲金樓閣雲衣樓閣雲蓮華樓閣雲彌覆十方一切世界至佛所已頂禮佛足即於東北方化作一切法界門大摩尼樓閣及無等香王蓮華藏師子之座摩尼華網羅覆其身著妙寶藏摩尼王冠與其眷屬結跏趺坐東南方過不可說佛刹微塵數世界海外有世界名香雲莊嚴幢佛號龍自在王彼佛衆中有菩薩名法慧光燄王與世界海微塵數菩薩俱來向佛所悉以神力興金色圓滿光明雲無量寶色圓滿光明雲如來毫相圓滿光明雲種種寶色圓滿光明雲蓮華藏圓滿光明雲衆寶樹枝圓滿光明雲如來頂髻圓滿光明雲閻浮檀金色圓滿光明雲日色圓滿光明雲星月色圓滿光明雲悉徧虛空到佛所已頂禮佛足即於東南方化作毗盧遮那最上寶光明樓閣金剛摩尼蓮華藏師子之座衆寶光燄摩尼王網羅覆其身與其眷屬結跏趺坐西南方過不可說佛刹微塵數世界海外有世界名日光摩尼藏佛號普照諸法智月王彼佛衆中有菩薩名摧破一切魔軍智幢王與世界海微塵數菩薩俱來向佛所於一切毛孔中出等虛空界華燄雲香燄雲寶燄雲金剛燄雲燒香燄雲電光燄雲毗盧遮那摩尼寶燄雲一切金光燄雲勝藏摩尼王光燄

雲等三世如來海光燄雲一一皆從毛孔中出徧虛空界到佛所已頂禮佛足即於西南方化作普現十方法界光明網大摩尼寶樓閣及香燈燄寶蓮華藏師子之座以離垢藏摩尼網羅覆其身著出一切衆生發趣音摩尼王嚴飾冠與其眷屬結跏趺坐西北方過不可說佛刹微塵數世界海外有世界名毗盧遮那願摩尼王藏佛號普光明最勝須彌王彼佛衆中有菩薩名願智光明幢與世界海微塵數菩薩俱來向佛所於念念中一切相好一切毛孔一切身分皆出三世一切如來形像雲一切菩薩形像雲一切如來衆會形像雲一切如來變化身形像雲一切如來本生身形像雲一切聲聞辟支佛形像雲一切如來菩提場形像雲一切如來神變形像

雲一切世間主形像雲一切清淨國土形像雲充滿虛空至佛所已頂禮佛足即於西北方化作普照十方摩尼寶莊嚴樓閣及普照世間寶蓮華藏師子之座以無能勝光明眞珠網羅覆其身著普光明摩尼寶冠與其眷屬結跏趺坐下方過不可說佛刹微塵數世界海外有世界名一切如來圓滿光普照佛號虛空無礙相智幢王彼佛衆中有菩薩名破一切障勇猛智王與世界海微塵數菩薩俱來向佛所於一切毛孔中出說一切衆生語言海音聲雲出說一切三世菩薩修行方便海音聲雲出說一切菩薩所起願方便海音聲雲出說一切菩薩成滿清淨波羅蜜方便海音聲雲出說一切菩薩圓滿行徧一切刹音聲雲出說一切菩薩成就自在用音聲

雲出說一切如來往詣道場破魔軍衆成等正覺自在用音聲雲出說一切如來轉法輪契經門名號海音聲雲出說一切隨應教化調伏衆生法方便海音聲雲出說一切隨時隨善根隨願力普令衆生證得智慧方便海音聲雲到佛所已頂禮佛足即於下方化作現一切如來宮殿形像衆寶莊嚴樓閣及一切寶蓮華藏師子之座著普現道場影摩尼寶冠與其眷屬結跏趺坐上方過不可說佛刹微塵數世界海外有世界名說佛種性無有盡佛號普智輪光明音彼佛衆中有菩薩名法界差別願與世界海微塵數菩薩俱發彼道場來向此娑婆世界釋迦牟尼佛所於一切相好一切毛孔一切身分一切支節一切莊嚴具一切衣服中現毗盧遮那等過去

一切諸佛未來一切諸佛已得授記未授記者現在十方一切國土一切諸佛并其衆會亦現過去行檀那波羅蜜及其一切受布施者諸本事海亦現過去行尸羅波羅蜜諸本事海亦現過去行羼提波羅蜜割截支體心無動亂諸本事海亦現過去行精進波羅蜜勇猛不退諸本事海亦現過去求一切如來禪波羅蜜海而得成就諸本事海亦現過去求一切佛所轉法輪所成就法發勇猛心一切皆捨諸本事海亦現過去樂見一切佛樂行一切菩薩道樂化一切衆生界諸本事海亦現過去所發一切菩薩大願清淨莊嚴諸本事海亦現過去菩薩所成力波羅蜜勇猛清淨諸本事海亦現過去一切菩薩所修圓滿智波羅蜜諸本事海如是一切本事海悉

皆徧滿廣大法界至佛所已頂禮佛足即於上方化作一切金剛藏莊嚴樓閣及帝青金剛王蓮華藏師子之座以一切寶光明摩尼王網羅覆其身以演說三世如來名摩尼寶王為髻明珠與其眷屬結跏趺坐如是十方一切菩薩并其眷屬皆從普賢菩薩行願中生以淨智眼見三世佛普聞一切諸佛如來所轉法輪修多羅海已得至於一切菩薩自在彼岸於念念中現大神變親近一切諸佛如來一身充滿一切世界一切如來衆會道場於一塵中普現一切世間境界教化成就一切衆生未曾失時一毛孔中出一切如來說法音聲知一切衆生悉皆如幻知一切佛悉皆如影知一切諸趣受生悉皆如夢知一切業報如鏡中像知一切諸有生起如熱時燄知一切世界皆如變化成就如來十力無畏勇猛自在能師子吼深入無盡辯才大海得一切衆生言辭海諸法智於虛空法界所行無礙知一切法無有障礙一切菩薩神通境界悉已清淨勇猛精進摧伏魔軍恒以智慧了達三世知一切法猶如虛空無有違諍亦無取著雖勤精進而知一切智終無所來雖觀境界而知一切有悉不可得以方便智入一切法界以平等智入一切國土以自在力令一切世界展轉相入於一切世界處處受生見一切世界種種形相於微細境現廣大剎於廣大境現微細剎於一佛所一念之頃得一切佛威神所加普見十方無所迷惑於剎那頃悉能徃詣如是等一切菩薩滿逝多林皆是如來威神之力于時上首諸大聲

聞舍利弗大目揵連摩訶迦葉離婆多須菩提阿𤘽樓馱難陀劫賓那迦旃延富樓那等諸大聲聞在逝多林皆悉不見如來神力如來嚴好如來境界如來遊戲如來神變如來尊勝如來妙行如來威德如來住持如來淨剎亦復不見不可思議菩薩境界菩薩大會菩薩普入菩薩普至菩薩普詣菩薩神變菩薩遊戲菩薩眷屬菩薩方所菩薩莊嚴師子座菩薩宮殿菩薩住處菩薩所入三昧自在菩薩觀察菩薩頻申菩薩勇猛菩薩供養菩薩受記菩薩成熟菩薩勇健菩薩法身清淨菩薩智身圓滿菩薩願身示現菩薩色身成就菩薩諸相具足清淨菩薩常光衆色莊嚴菩薩放大光網菩薩起變化雲菩薩身徧十方菩薩諸行圓滿如是等事一切聲聞諸大

弟子皆悉不見何以故以善根不同故本不修習見佛自在善根故本不讚說十方世界一切佛剎清淨功德故本不稱歎諸佛世尊種種神變故本不於生死流轉之中發阿耨多羅三藐三菩提心故本不令他住菩提心故本不能令如來種性不斷絶故本不攝受諸衆生故本不勸他修習菩薩波羅蜜故本在生死流轉之時不勸衆生求於最勝大智眼故本不修習生一切智諸善根故本不成就如來出世諸善根故本不得嚴淨佛剎神通智故本不得諸菩薩眼所知境故本不求超出世間不共菩提諸善根故本不發一切菩薩諸大願故本不從如來加被之所生故本不知諸法如幻菩薩如夢故本不得諸大菩薩廣大歡喜故如是皆是普賢菩薩智眼

境界不與一切二乘所共以是因緣諸大聲聞不能見不能知不能聞不能入不能得不能念不能觀察不能籌量不能思惟不能分別是故雖在逝多林中不見如來諸大神變復次諸大聲聞無如是善根故無如是智眼故無如是三昧故無如是解脫故無如是神通故無如是威德故無如是勢力故無如是自在故無如是住處故無如是境界故是故於此不能知不能見不能入不能證不能住不能解不能觀察不能忍受不能趣向不能遊履又亦不能廣爲他人開闡解說稱揚示現引導勸進令其趣向令其修習令其安住令其證入何以故諸大弟子依聲聞乘而出離故成就聲聞道滿足聲聞行安住聲聞果於無有諦得決定智常住實際究竟寂靜遠離大悲捨於衆生住於自事於彼智慧不能積集不能修行不能安住不能願求不能成就不能清淨不能趣入不能通達不能知見不能證得是故雖在逝多林中對於如來不見如是廣大神變佛子如恒河岸有百千億無量餓鬼裸形飢渴擧體焦然烏鷲犲狼競來搏撮爲渴所逼欲求水飲雖住河邊而不見河設有見者見其枯竭何以故深厚業障之所覆故彼大聲聞亦復如是雖復住在逝多林中不見如來廣大神力捨一切智無明瞖瞙覆其眼故不曾種植薩婆若地諸善根故譬如有人於大會中昏睡安寢忽然夢見須彌山頂帝釋所住善見大城宮殿園林種種嚴好天子天女百千萬億普散天華徧滿其地種種衣樹出妙衣服種種華樹開敷妙

華諸音樂樹奏天音樂天諸婇女歌詠美音無量諸天於中戲樂其人自見著天衣服普於其處住止周旋其大會中一切諸人雖同一處不知不見何以故夢中所見非彼大衆所能見故一切菩薩世間諸王亦復如是以久積集善根力故發一切智廣大願故學習一切佛功德故修行菩薩莊嚴道故圓滿一切智智法故滿足普賢諸行願故趣入一切菩薩智地故遊戲一切菩薩所住諸三昧故已能觀察一切菩薩智慧境界無障礙故是故悉見如來世尊不可思議自在神變一切聲聞諸大弟子皆不能見皆不能知以無菩薩清淨眼故譬如雪山具衆藥草良醫詣彼悉能分別其諸捕獵放牧之人恒住彼山不見其藥此亦如是以諸菩薩入智境界具自

在力能見如來廣大神變諸大弟子唯求自利不欲利他唯求自安不欲安他雖在林中不知不見譬如地中有諸寶藏種種珍異悉皆充滿有一丈夫聰慧明達善能分別一切伏藏其人復有大福德力能隨所欲自在而取奉養父母賑䘏親屬老病窮乏靡不均贍其無智慧無福德人雖亦至於寶藏之處不知不見不得其益此亦如是諸大菩薩有淨智眼能入如來不可思議甚深境界能見佛神力能入諸法門能遊三昧海能供養諸佛能以正法開悟衆生能以四攝攝受衆生諸大聲聞不能得見如來神力亦不能見諸菩薩衆譬如盲人至大寶洲若行若住若坐若卧不能得見一切衆寶以不見故不能採取不得受用此亦如是諸大弟子雖在林中親

近世尊不見如來自在神力亦不得見菩薩大會何以故無有菩薩無礙淨眼不能次第悟入法界見於如來自在力故譬如有人得清淨眼名離垢光明一切闇色不能爲障爾時彼人於夜闇中處在無量百千萬億人衆之內或行或住或坐或卧彼諸人衆形相威儀此明眼人莫不具見其明眼者威儀進退彼諸人衆悉不能覩佛亦如是成就智眼清淨無礙悉能明見一切世間其所示現神通變化大菩薩衆所共圍繞諸大弟子悉不能見譬如比丘在大衆中入徧處定所謂地徧處定水徧處定火徧處定風徧處定青徧處定黄徧處定赤徧處定白徧處定天徧處定種種衆生身徧處定一切語言音聲徧處定一切所緣徧處定入此定者見其所緣其餘大衆悉不能見唯除有住此三昧者如來所現不可思議諸佛境界亦復如是菩薩具見聲聞莫覩譬如有人以翳形藥自塗其眼在於衆會去來坐立無能見者而能悉覩衆會中事應知如來亦復如是超過於世普見世間非諸聲聞所能得見唯除趣向一切智境諸大菩薩如人生已則有二天恒相隨逐一曰同生二曰同名天常見人人不見天應知如來亦復如是在諸菩薩大集會中現大神通諸大聲聞悉不能見譬如比丘得心自在入滅盡定六根作業皆悉不行一切語言不知不覺定力持故不般涅槃一切聲聞亦復如是雖復住在逝多林中具足六根而不知不見不解不入如來自在菩薩衆會諸所作事何以故如來境界甚深廣大難見難知難

測難量超諸世間不可思議無能壞者非是一切二乘境界是故如來自在神力菩薩衆會及逝多林普徧一切清淨世界如是等事諸大聲聞悉不知見非其器故爾時毗盧遮那願光明菩薩承佛神力觀察十方而說頌言

汝等應觀察　佛道不思議　於此逝多林
示現神通力　善逝威神力　所現無央數
一切諸世間　迷惑不能了　法王深妙法
無量難思議　所現諸神通　舉世莫能測
以了法無相　是故名爲佛　而具相莊嚴
稱揚不可盡　今於此林內　示現大神力
甚深無有邊　言辭莫能辯　汝觀大威德
無量菩薩衆　十方諸國土　而來見世尊
所願皆具足　所行無障礙　一切諸世間
無能測量者　一切諸緣覺　及彼大聲聞
皆悉不能知　菩薩行境界　菩薩大智慧
諸地悉究竟　高建勇猛幢　難摧難可動
諸大名稱士　無量三昧力　所現諸神變
法界悉充滿

爾時不可壞精進王菩薩承佛神力觀察十方而說頌言

汝觀諸佛子　智慧功德藏　究竟菩提行
安隱諸世間　其心本明達　善入諸三昧
智慧無邊際　境界不可量　今此逝多林
種種皆嚴飾　菩薩衆雲集　親近如來住
汝觀無所著　無量大衆海　十方來詣此
坐寶蓮華座　無來亦無住　無依無戲論
離垢心無礙　究竟於法界　建立智慧幢
堅固不動搖　知無變化法　而現變化事

十方無量刹　一切諸佛所　同時悉往詣
而亦不分身　汝觀釋師子　自在神通力
能令菩薩衆　一切俱來集　一切諸佛法
法界悉平等　言說故不同　此衆咸通達
諸佛常安住　法界平等際　演說差別法
言辭無有盡

爾時普勝無上威德王菩薩承佛神力觀察十方而說頌言

汝觀無上士　廣大智圓滿　善達時非時
爲衆演說法　摧伏衆外道　一切諸異論
普隨衆生心　爲現神通力　正覺非有量
亦復非無量　若量若無量　牟尼悉超越
如日在虛空　照臨一切處　佛智亦如是
了達三世法　譬如十五夜　月輪無減缺
如來亦復然　白法悉圓滿　譬如空中日
運行無暫已　如來亦如是　神變恒相續
譬如十方刹　於空無所礙　世燈現變化
於世亦復然　譬如世間地　羣生之所依
照世燈法輪　爲依亦如是　譬如猛疾風
所行無障礙　佛法亦如是　速徧於世間
譬如大水輪　世界所依住　智慧輪亦爾
三世佛所依

爾時無礙勝藏王菩薩承佛神力觀察十方而說頌言

譬如大寶山　饒益諸含識　佛山亦如是
普益於世間　譬如大海水　澄淨無垢濁
見佛亦如是　能除諸渴愛　譬如須彌山
出於大海中　世間燈亦爾　從於法海出
如海具衆寶　求者皆滿足　無師智亦然
見者悉開悟　如來甚深智　無量無有數

是故神通力　示現難思議　譬如工幻師
示現種種事　佛智亦如是　現諸自在力
譬如如意寶　能滿一切欲　最勝亦復然
滿諸清淨願　譬如明淨寶　普照一切物
佛智亦如是　普照羣生心　譬如八面寶
等鑒於諸方　無礙燈亦然　普照於法界
譬如水清珠　能清諸濁水　見佛亦如是
諸根悉清淨
爾時化現法界願月王菩薩承佛神力觀察
十方而說頌言
譬如帝青寶　能青一切色　見佛者亦然
悉發菩提行　一一微塵内　佛現神通力
令無量無邊　菩薩皆清淨　甚深微妙力
無邊不可知　菩薩之境界　世間莫能測
如來所現身　清淨相莊嚴　普入於法界
成就諸菩薩　難思佛國土　於中成正覺
一切諸菩薩　世主皆充滿　釋迦無上尊
於法悉自在　示現神通力　無邊不可量
菩薩種種行　無量無有盡　如來自在力
爲之悉示現　佛子善修學　甚深諸法界
成就無礙智　明了一切法　善逝威神力
爲衆轉法輪　神變普充滿　令世皆清淨
如來智圓滿　境界亦清淨　譬如大龍王
普濟諸羣生
爾時法慧光燄王菩薩承佛神力觀察十方
而說頌言
三世諸如來　聲聞大弟子　悉不能知佛
舉足下足事　去來現在世　一切諸緣覺
亦不知如來　舉足下足事　況復諸凡夫
結使所纏縛　無明覆心識　而能知導師

正覺無礙智　超過語言道　其量不可測
孰有能知見　譬如明月光　無能測邊際
佛神通亦爾　莫見其終盡　一一諸方便
念念所變化　盡於無量劫　思惟不能了
思惟一切智　不可思議法　一一方便門
邊際不可得　若有於此法　而興廣大願
彼於此境界　知見不爲難　勇猛勤修習
難思大法海　其心無障礙　入此方便門
心意已調伏　志願亦寬廣　當獲大菩提
最勝之境界

爾時破一切魔軍智幢王菩薩承佛神力觀察十方而說頌言

智身非是身　無礙難思議　設有思議者
一切無能及　從不思議業　起此清淨身
殊特妙莊嚴　不著於三界　光明照一切
法界悉清淨　開佛菩提門　出生衆智慧
譬如世間日　普放慧光明　遠離諸塵垢
滅除一切障　普淨三有處　永絕生死流
成就菩薩道　出生無上覺　示現無邊色
此色無依處　所現雖無量　一切不思議
菩提一念頃　能覺一切法　云何欲測量
如來智邊際　一念悉明達　一切三世法
故說佛智慧　無盡無能壞　智者應如是
專思佛菩提　此思難思議　思之不可得
菩提不可說　超過語言路　諸佛從此生
是法難思議

爾時願智光明幢王菩薩承佛神力觀察十方而說頌言

若能善觀察　菩提無盡海　則得離癡念
決定受持法　若得決定心　則能修妙行

禪寂自思慮　永斷諸疑惑　其心不疲倦
亦復無懈怠　展轉增進修　究竟諸佛法
信智已成就　念念令增長　所修功德行
無得無依法　無量億千劫　常樂常觀察
一切悉迴向　諸佛所求道　雖在於生死
而心無染著　安住諸佛法　常樂如來行
世間之所有　蘊界等諸法　一切皆捨離
專求佛功德　凡夫嬰妄惑　於世常流轉
菩薩心無礙　救之令解脫　菩薩行難稱
舉世莫能思　徧除一切苦　普與羣生樂
已獲菩提智　復愍諸羣生　光明照世間
度脫一切衆

爾時破一切障勇猛智王菩薩承佛神力觀察十方而說頌言

無量億千劫　佛名難可聞　況復得親近
永斷諸疑惑　如來世間燈　通達一切法
普生三世福　令衆悉清淨　如來妙色身
一切所欽歎　億劫常瞻仰　其心無猒足
若有諸佛子　觀佛妙色身　必捨諸有著
迴向菩提道　如來妙色身　恒演廣大音
辯才無障礙　開佛菩提門　曉悟諸衆生
無量不思議　令入智慧門　授以菩提記
如來出世間　爲世大福田　普導諸含識
令其集福行　若有供養佛　永除惡道畏
消滅一切苦　成就智慧身　若見兩足尊
能發廣大心　是人恒值佛　增長智慧力
若見人中勝　決意向菩提　是人能自知
必當成正覺

爾時法界差別願智神通王菩薩承佛神力觀察十方而說頌言

釋迦無上尊　具一切功德　見者心清淨
迴向大智慧　如來大慈悲　出現於世間
普為諸羣生　轉無上法輪　如來無數劫
勤苦為衆生　云何諸世間　能報大師恩
寧於無量劫　受諸惡道苦　終不捨如來
而求於出離　寧代諸衆生　備受一切苦
終不捨於佛　而求得安樂　寧在諸惡趣
恒得聞佛名　不願生善道　暫時不聞佛
寧生諸地獄　一一無數劫　終不遠離佛
而求出惡趣　何故願久住　一切諸惡道
以得見如來　增長智慧故　若得見於佛
除滅一切苦　能入諸如來　大智之境界
若得見於佛　捨離一切障　長養無盡福
成就菩提道　如來能永斷　一切衆生疑
隨其心所樂　普皆令滿足

大方廣佛華嚴經卷第六十

音釋

齌徂奚切與臍同　嚬音頻　隥都鄧切　湍激湍他端切激古歷切　洄澓洄音回澓音伏洄澓水旋流也　氛氳氛符分切氳於云切氛氳香氣也　羼提梵語也此云忍羼初眼切　㝹奴侯切　裸郎果切赤體也　鷲音就大鵰也　瞖瞙瞖於計切目疾也瞙音莫目不明也　賑之刃切

大方廣佛華嚴經卷第六十一

唐于闐國三藏沙門實叉難陀譯

入法界品第三十九之二

爾時普賢菩薩摩訶薩普觀一切菩薩衆會以等法界方便等虛空界方便等衆生界方便等三世等一切劫等一切衆生業等一切衆生欲等一切衆生解等一切衆生根等一切衆生成熟時等一切法光影方便爲諸菩薩以十種法句開發顯示照明演說此師子嚬申三昧何等爲十所謂演說能示現等法界一切佛剎微塵中諸佛出興次第諸剎成壞次第法句演說能示現等虛空界一切佛剎中盡未來劫讚歎如來功德音聲法句演說能示現等虛空界一切佛剎中如來出世無量無邊成正覺門法句演說能示現等虛空界一切佛剎中佛坐道場菩薩衆會法句演說於一切毛孔念念出現等三世一切佛變化身充滿法界法句演說能令一身充滿十方一切剎海平等顯現法句演說能令一切諸境界中普現三世諸佛神變法句演說能令一切佛剎微塵中普現三世一切佛剎微塵數佛種種神變經無量劫法句演說能令一切毛孔出生三世一切諸佛大願海音盡未來劫開發化導一切菩薩法句演說能令佛師子座量同法界菩薩衆會道場莊嚴等無差別盡未來劫轉於種種微妙法輪法句佛子此十爲首有不可說佛剎微塵數法句皆是如來智慧境界爾時普賢菩薩欲重宣此義承佛神力觀察如來觀察衆會觀察諸佛難思境界觀察諸佛無邊三昧觀察不

可思議諸世界海觀察不可思議如幻法智觀察不可思議三世諸佛悉皆平等觀察一切無量無邊諸言辭法而說頌言

一一毛孔中　微塵數剎海　悉有如來坐
皆具菩薩衆　一一毛孔中　無量諸剎海
佛處菩提座　如是徧法界　一一毛孔中
一切剎塵佛　菩薩衆圍繞　爲說普賢行
佛坐一國土　充滿十方界　無量菩薩雲
咸來集其所　億剎微塵數　菩薩功德海
俱從會中起　徧滿十方界　悉住普賢行
皆遊法界海　普現一切剎　等入諸佛會
安坐一切剎　聽聞一切法　一一國土中
億劫修諸行　菩薩所修行　普明法海行
入於大願海　住佛境界地　了達普賢行
出生諸佛法　具佛功德海　廣現神通事
身雲等塵數　充徧一切剎　普雨甘露法
令衆住佛道

爾時世尊欲令諸菩薩安住如來師子嚬申廣大三昧故從眉間白毫相放大光明其光名普照三世法界門以不可說佛剎微塵數光明而爲眷屬普照十方一切世界海諸佛國土時逝多林菩薩大衆悉見一切盡法界虛空界一切佛剎一一微塵中各有一切佛剎微塵數諸佛國土種種名種種色種種清淨種種住處種種形相如是一切諸國土中皆有大菩薩坐於道場師子座上成等正覺菩薩大衆前後圍繞諸世間主而爲供養或見於不可說佛剎量大衆會中出妙音聲充滿法界轉正法輪或見在天宮殿龍宮殿夜叉宮殿乾闥婆阿脩羅迦樓羅緊那羅摩睺

羅伽人非人等諸宫殿中或在人間村邑聚落王都大處現種種姓種種名種種身種種相種種光明住種種威儀入種種三昧現種種神變或時自以種種言音或令種種諸菩薩等在於種種大衆會中種種言辭説種種法如此會中菩薩大衆見於如是諸佛如來甚深三昧大神通力如是盡法界虚空界東西南北四維上下一切方海中依於衆生心想而住始從前際至今現在一切國土身一切衆生身一切虚空道其中一一毛端量處一一各有微塵數剎種種業起次第而住悉有道場菩薩衆會皆亦如是見佛神力不壞三世不壞世間於一切衆生心中現其影像隨一切衆生心樂出妙言音普入一切衆會中普現一切衆生前色相有别智慧無異隨其所應開示佛法教化調伏一切衆生未曾休息其有見此佛神力者皆是毗盧遮那如來於往昔時善根攝受或昔曾以四攝所攝或是見聞憶念親近之所成熟或是往昔教其令發阿耨多羅三藐三菩提心或是往昔於諸佛所同種善根或是過去以一切智善巧方便教化成熟是故皆得入於如來不可思議甚深三昧盡法界虚空界大神通力或入法身或入色身或入往昔所成就行或入圓滿諸波羅蜜或入莊嚴清淨行輪或入菩薩諸地或入成正覺力或入佛所住三昧無差别大神變或入如來力無畏智或入佛無礙辯才海彼諸菩薩以種種解種種道種種門種種入種種理趣種種隨順種種智慧種種助道種種方便種種三昧入如是等十不

可說佛剎微塵數佛神變海方便門云何種種三昧所謂普莊嚴法界三昧普照一切三世無礙境界三昧法界無差別智光明三昧入如來境界不動轉三昧普照無邊虛空三昧入如來力三昧佛無畏勇猛奮迅莊嚴三昧一切法界旋轉藏三昧如月普現一切法界以無礙音大開演三昧普清淨法光明三昧無礙繒法王幢三昧一一境界中悉見一切諸佛海三昧於一切世間悉現身三昧入如來無差別身境界三昧隨一切世間轉大悲藏三昧知一切法無有跡三昧知一切法究竟寂滅三昧雖無所得而能變化普現世間三昧普入一切剎三昧莊嚴一切佛剎成正覺三昧觀一切世間主色相差別三昧觀一切衆生境界無障礙三昧能出生一切如來母三昧能修行入一切佛海功德道三昧一一境界中出現神變盡未來際三昧入一切如來本事海三昧盡未來際護持一切如來種性三昧以決定解力令現在十方一切佛剎海皆清淨三昧一念中普照一切佛所住三昧入一切境界無礙際三昧令一切世界爲一佛剎三昧出一切佛變化身三昧以金剛王智知一切諸根海三昧知一切如來同一身三昧知一切法界所安立悉住心念際三昧於一切法界廣大國土中示現涅槃三昧令住最上處三昧於一切佛剎現種種衆生差別身三昧普入一切佛智慧三昧知一切法性相三昧一念普知三世法三昧念念中普現法界身三昧以師子勇猛智知一切如來出興次第三昧於一切法界境界慧

眼圓滿三昧勇猛趣向十力三昧放一切功德圓滿光明普照世間三昧不動藏三昧說一法普入一切法三昧於一法以一切言音差別訓釋三昧演說一切佛無二法三昧知三世無礙際三昧知一切劫無差別三昧入十力微細方便三昧於一切劫成就一切菩薩行不斷絕三昧十方普現身三昧於法界自在成正覺三昧生一切安隱受三昧出一切莊嚴具莊嚴虛空界三昧念念中出等衆生數變化身雲三昧如來淨空月光明三昧常見一切如來住虛空三昧開示一切佛莊嚴三昧照明一切法義燈三昧照十力境界三昧三世一切佛幢相三昧一切佛一密藏三昧念念中所作皆究竟三昧無盡福德藏三昧見無邊佛境界三昧堅住一切法三昧現一切如來變化悉令知見三昧念念中佛日常出現三昧一日中悉知三世所有法三昧普音演說一切法性寂滅三昧見一切佛自在力三昧法界開敷蓮華三昧觀諸法如虛空無住處三昧十方海普入一方三昧入一切法界無源底三昧一切法海三昧以寂靜身放一切光明三昧一念中現一切神通大願三昧一切時一切處成正覺三昧以一莊嚴入一切法界三昧普現一切諸佛身三昧知一切衆生廣大殊勝神通智三昧一念中其身徧法界三昧現一乘淨法界三昧入普門法界示現大莊嚴三昧住持一切佛法輪三昧以一切法門莊嚴一法門三昧以因陀羅網願行攝一切衆生界三昧分別一切世界門三昧乘蓮華自在遊步三昧知一切

衆生種種差別神通智三昧令其身恒現一切衆生前三昧知一切衆生差別音聲言辭海三昧知一切衆生差別智神通三昧大悲平等藏三昧一切佛入如來際三昧觀察一切如來解脱處師子嚬申三昧菩薩以如是等不可説佛刹微塵數三昧入毗盧遮那如來念念充滿一切法界三昧神變海其諸菩薩皆悉具足大智神通明利自在住於諸地以廣大智普觀一切從諸智慧種性而生一切智智常現在前得離癡翳清淨智眼爲諸衆生作調御師住佛平等於一切法無有分別了達境界知諸世間性皆寂滅無有依處普詣一切諸佛國土而無所著悉能觀察一切諸法而無所住徧入一切妙法宫殿而無所來教化調伏一切世間普爲衆生現安隱處智慧解脱爲其所行恒以智身住離貪際超諸有海示眞實際智光圓滿普見諸法住於三昧堅固不動於諸衆生恒起大悲知諸法門悉皆如幻一切衆生悉皆如夢一切如來悉皆如影一切言音悉皆如響一切諸法悉皆如化善能積集殊勝行願智慧圓滿清淨善巧心極寂靜善入一切總持境界具三昧力勇猛無怯獲明智眼住法界際到一切法無所得處修習無涯智慧大海到智波羅蜜究竟彼岸爲般若波羅蜜之所攝持以神通波羅蜜普入世間依三昧波羅蜜得心自在以不顛倒智知一切義以巧分別智開示法藏以現了智訓釋文辭以大願力説法無盡以無所畏大師子吼常樂觀察無依處法以淨法眼普觀一切以淨智月照世成壞以

智慧光照眞實諦福德智慧如金剛山一切譬喻所不能及善觀諸法慧根增長勇猛精進摧伏衆魔無量智慧威光熾盛其身超出一切世間得一切法無礙智慧善能悟解盡無盡際住於普際入眞實際無相觀智常現在前善巧成就諸菩薩行以無二智知諸境界普見一切世間諸趣徧往一切諸佛國土智燈圓滿於一切法無諸闇障放淨法光照十方界爲諸世間眞實福田若見若聞所願皆滿福德高大超諸世間勇猛無畏摧諸外道演微妙音徧一切刹普見諸佛心無厭足於佛法身已得自在隨所應化而爲現身一身充滿一切佛刹已得自在清淨神通乘大智舟所往無礙智慧圓滿周徧法界譬如日出普照世間隨衆生心現其色像知諸衆生根性欲樂入一切法無諍境界知諸法性無生無起能令小大自在相入決了佛地甚深之趣以無盡句說甚深義於一句中演說一切修多羅海獲大智慧陀羅尼身凡所受持永無忘失一念能憶無量劫事一念悉知三世一切諸衆生智恒以一切陀羅尼門演說無邊諸佛法海常轉不退清淨法輪令諸衆生皆生智慧得佛境界智慧光明入於善見甚深三昧入一切法無障礙際於一切法勝智自在一切境界清淨莊嚴普入十方一切法界隨其方所靡不咸至一一塵中現成正覺於無色性現一切色以一切方普入一方其諸菩薩具如是等無邊福智功德之藏常爲諸佛之所稱歎種種言辭說其功德不能令盡靡不咸在逝多林中深入如來功德大

海悉見於佛光明所照爾時諸菩薩得不思議正法光明心大歡喜各於其身及以樓閣諸莊嚴具并其所坐師子之座徧逝多林一切物中化現種種大莊嚴雲充滿一切十方法界所謂於念念中放大光明雲充滿十方悉能開悟一切衆生出一切摩尼寶鈴雲充滿十方出微妙音稱揚讚歎三世諸佛一切功德出一切音樂雲充滿十方音中演說一切衆生諸業果報出一切菩薩種種願行色相雲充滿十方說諸菩薩所有大願出一切如來自在變化雲充滿十方演出一切諸佛如來語言音聲出一切菩薩相好莊嚴身雲充滿十方說諸如來於一切國土出興次第出三世如來道場雲充滿十方現一切如來成等正覺功德莊嚴出一切龍王雲充滿十方雨一切諸香出一切世主身雲充滿十方演說普賢菩薩之行出一切寶莊嚴清淨佛刹雲充滿十方現一切如來轉正法輪是諸菩薩以得不思議法光明故法應如是出興此等不可說佛刹微塵數大神變莊嚴雲爾時文殊師利菩薩承佛神力欲重宣此逝多林中諸神變事觀察十方而說頌言

汝應觀此逝多林　以佛威神廣無際
一切莊嚴皆示現　十方法界悉充滿
十方一切諸國土　無邊品類大莊嚴
於其座等境界中　色像分明皆顯現
從諸佛子毛孔出　種種莊嚴寶燄雲
及發如來微妙音　徧滿十方一切刹
寶樹華中現妙身　其身色相等梵王
從禪定起而遊步　進止威儀恒寂靜

如來一一毛孔內　常現難思變化身
皆如普賢大菩薩　種種諸相爲嚴好
逝多林上虛空界　所有莊嚴發妙音
普說三世諸菩薩　成就一切功德海
逝多林中諸寶樹　亦出無量妙音聲
演說一切諸羣生　種種業海各差別
林中所有衆境界　悉現三世諸如來
一一皆起大神通　十方剎海微塵數
十方所有諸國土　一切剎海微塵數
悉入如來毛孔中　次第莊嚴皆現覩
所有莊嚴皆現佛　數等衆生徧世間
一一咸放大光明　種種隨宜化羣品
香𦦨衆華及寶藏　一切莊嚴殊妙雲
靡不廣大等虛空　徧滿十方諸國土
十方三世一切佛　所有莊嚴妙道場
於此園林境界中　一一色像皆明現
一切普賢諸佛子　百千劫海莊嚴剎
其數無量等衆生　莫不於此林中見

爾時彼諸菩薩以佛三昧光明照故即時得入如是三昧一一皆得不可說佛剎微塵數大悲門利益安樂一切衆生於其身上一一毛孔皆出不可說佛剎微塵數光明一一光明皆化現不可說佛剎微塵數菩薩其身形相如世諸主普現一切衆生之前周帀徧滿十方法界種種方便教化調伏或現不可說佛剎微塵數諸天宮殿無常門或現不可說佛剎微塵數一切衆生受生門或現不可說佛剎微塵數一切菩薩修行門或現不可說佛剎微塵數夢境門或現不可說佛剎微塵數菩薩大願門或現不可說佛剎微塵數震

動世界門或現不可說佛刹微塵數分別世界門或現不可說佛刹微塵數現生世界門或現不可說佛刹微塵數檀波羅蜜門或現不可說佛刹微塵數一切如來修諸功德種種苦行尸波羅蜜門或現不可說佛刹微塵數割截支體羼提波羅蜜門或現不可說佛刹微塵數勤修毗梨耶波羅蜜門或現不可說佛刹微塵數一切菩薩修諸三昧禪定解脫門或現不可說佛刹微塵數佛道圓滿智光明門或現不可說佛刹微塵數勤求佛法為一文一句故捨無數身命門或現不可說佛刹微塵數親近一切佛諮問一切法心無疲厭門或現不可說佛刹微塵數隨諸衆生時節欲樂往詣其所方便成熟令住一切智海光明門或現不可說佛刹微塵數降伏衆魔制諸外道顯現菩薩福智力門或現不可說佛刹微塵數知一切工巧明智門或現不可說佛刹微塵數知一切衆生差別明智門或現不可說佛刹微塵數知一切法差別明智門或現不可說佛刹微塵數知一切衆生心樂差別明智門或現不可說佛刹微塵數知一切衆生根行煩惱習氣明智門或現不可說佛刹微塵數知一切衆生種種業明智門或現不可說佛刹微塵數開悟一切衆生門以如是等不可說佛刹微塵數方便門往詣一切衆生住處而成熟之所謂或往天宮或往龍宮或往夜叉乾闥婆阿脩羅迦樓羅緊那羅摩睺羅伽宮或往梵王宮或往人王宮或往閻羅王宮或往畜生餓鬼地獄之所住處以平等大悲平等大願平等智慧平等

方便攝諸衆生或有見已而調伏者或有聞巳而調伏者或有憶念而調伏者或聞音聲而調伏者或聞名號而調伏者或見圓光而調伏者或見光網而調伏者隨諸衆生心之所樂皆詣其所令其獲益佛子此逝多林一切菩薩爲欲成熟諸衆生故或時現處種種嚴飾諸宫殿中或時示現住自樓閣寶師子座道場衆會所共圍繞周徧十方皆令得見然亦不離此逝多林如來之所佛子此諸菩薩或時示現無量化身雲或現其身獨一無侶所謂或現沙門身或現婆羅門身或現苦行身或現充盛身或現醫王身或現商主身或現淨命身或現妓樂身或現奉事諸天身或現工巧技術身往詣一切村營城邑王都聚落諸衆生所隨其所應以種種形相種種威儀種種音聲種種言論種種住處於一切世間猶如帝網行菩薩行或説一切世間工巧事業或説一切智慧照世明燈或説一切衆生業力所莊嚴或説十方國土建立諸乘位或説智燈所照一切法境界教化成就一切衆生而亦不離此逝多林如來之所爾時文殊師利童子從善住樓閣出與無量同行菩薩及常隨侍衛諸金剛神普爲衆生供養諸佛諸身衆神久發堅誓願常隨從諸足行神樂聞妙法主地神常修大悲主水神智光照耀主火神摩尼爲冠主風神明練十方一切儀式主方神專勤除滅無明黑闇主夜神一心匪懈闡明佛日主晝神莊嚴法界一切虚空主空神普度衆生超諸有海主海神常勤積集趣一切智助道善根高大如山主山

神常勤守護一切衆生菩提心城主城神常勤守護一切智智無上法城諸大龍王常勤守護一切衆生諸夜叉王常令衆生增長歡喜乾闥婆王常勤除滅諸餓鬼趣鳩槃茶王恒願拔濟一切衆生出諸有海迦樓羅王願得成就諸如來身高出世間阿脩羅王見佛歡喜曲躬恭敬摩睺羅伽王常厭生死恒樂見佛諸大天王尊重於佛讚歎供養諸大梵王文殊師利與如是等功德莊嚴諸菩薩衆出自住處來詣佛所右繞世尊經無量帀以諸供具種種供養供養畢已辭退南行往於人間爾時尊者舍利弗承佛神力見文殊師利菩薩與諸菩薩衆會莊嚴出逝多林往於南方遊行人間作如是念我今當與文殊師利俱往南方時尊者舍利弗與六千比丘前後圍繞出自住處來詣佛所頂禮佛足具白世尊世尊聽許右繞三帀辭退而去往文殊師利所此六千比丘是舍利弗自所同住出家未久所謂海覺比丘善生比丘福光比丘大童子比丘電生比丘淨行比丘天德比丘君慧比丘梵勝比丘寂慧比丘如是等其數六千悉曾供養無量諸佛深植善根解力廣大信眼明徹其心寬博觀佛境界了法本性饒益衆生常樂勤求諸佛功德皆是文殊師利說法教化之所成就爾時尊者舍利弗在行道中觀諸比丘告海覺言海覺汝可觀察文殊師利菩薩清淨之身相好莊嚴一切天人莫能思議汝可觀察文殊師利圓光映徹令無量衆生發歡喜心汝可觀察文殊師利光網莊嚴除滅衆生無量苦惱汝可觀察文

殊師利衆會具足皆是菩薩往昔善根之所攝受汝可觀察文殊師利所行之路左右八步平坦莊嚴汝可觀察文殊師利所住之處周迴十方常有道場隨逐而轉汝可觀察文殊師利所行之路具足無量福德莊嚴左右兩邊有大伏藏種種珍寶自然而出汝可觀察文殊師利曾供養佛善根所流一切樹間出莊嚴藏汝可觀察文殊師利諸世間主雨供具雲頂禮恭敬以爲供養汝可觀察文殊師利十方一切諸佛如來將說法時悉放眉間白毫相光來照其身從頂上入爾時尊者舍利弗爲諸比丘稱揚讚歎開示演說文殊師利童子有如是等無量功德具足莊嚴彼諸比丘聞是說已心意清淨信解堅固喜不自持舉身踊躍形體柔輭諸根悦豫憂苦悉

除垢障咸盡常見諸佛深求正法具菩薩根得菩薩力大悲大願皆自出生入於諸度甚深境界十方佛海常現在前於一切智深生信樂即白尊者舍利弗言唯願大師將引我等往詣於彼勝人之所時舍利弗即與俱行至其所已白言仁者此諸比丘願得奉覲爾時文殊師利童子無量自在菩薩圍繞并其大衆如象王迴觀諸比丘時諸比丘頂禮其足合掌恭敬作如是言我今奉見恭敬禮拜及餘所有一切善根唯願仁者文殊師利和尚舍利弗世尊釋迦牟尼皆悉證知如仁所有如是色身如是音聲如是相好如是自在願我一切悉當具得爾時文殊師利菩薩告諸比丘言比丘若善男子善女人成就十種趣大乘法則能速入如來之地況菩薩地何

者為十所謂積集一切善根心無疲厭見一切佛承事供養心無疲厭求一切佛法心無疲厭行一切波羅蜜心無疲厭成就一切菩薩三昧心無疲厭次第入一切三世心無疲厭普嚴淨十方佛刹心無疲厭教化調伏一切衆生心無疲厭於一切刹一切劫中成就菩薩行心無疲厭為成就一衆生故修行一切佛刹微塵數波羅蜜成就如來十力如是次第為成熟一切衆生界成就如來一切力心無疲厭比丘若善男子善女人成就深信發此十種無疲厭心則能長養一切善根捨離一切諸生死趣超過一切世間種性不墮聲聞辟支佛地生一切如來家具一切菩薩願學習一切如來功德修行一切菩薩諸行得如來力摧伏衆魔及諸外道亦能除滅一切煩惱入菩薩地近如來地時諸比丘聞此法已則得三昧名無礙眼見一切佛境界得此三昧故悉見十方無量無邊一切世界諸佛如來及其所有道場衆會亦悉見彼十方世界一切諸趣所有衆生亦悉見彼一切世界種種差別亦悉見彼一切世界所有微塵亦悉見彼諸世界中一切衆生所住宮殿以種種寶而為莊嚴及亦聞彼諸佛如來種種言音演說諸法文辭訓釋悉皆解了亦能觀察彼世界中一切衆生諸根心欲亦能憶念彼世界中一切衆生前後十生亦能憶念彼世界中過去未來各十劫事亦能憶念彼諸如來十本生事十成正覺十轉法輪十種神通十種說法十種教誡十種辯才又即成就十千菩提心十千三昧十千波羅蜜悉皆清

淨得大智慧圓滿光明得菩薩十神通柔輭微妙住菩薩心堅固不動爾時文殊師利菩薩勸諸比丘住普賢行住普賢行已入大願海入大願海已成就大願海以成就大願海故心清淨心清淨故身清淨身清淨故身輕利身清淨輕利故得大神通無有退轉得此神通故不離文殊師利足下普於十方一切佛所悉現其身具足成就一切佛法

大方廣佛華嚴經卷第六十一

音釋

嚬 毗賓切 奮迅 奮方問切迅息晉切 繒 疾陵切 翳 於計切障也 怯 去劫切畏懦也 摧 昨回切挫也 鈴 力膺切似鐘而小曰鈴 羼提 梵語也此云忍辱羼初限切 練 方彥切精熟也

大方廣佛華嚴經卷第六十二

唐于闐國三藏沙門實叉難陀譯

入法界品第三十九之三

爾時文殊師利菩薩勸諸比丘發阿耨多羅三藐三菩提心已漸次南行經歷人間至福城東住莊嚴幢娑羅林中往昔諸佛曾所止住教化衆生大塔廟處亦是世尊於往昔時修菩薩行能捨無量難捨之處是故此林名稱普聞無量佛刹此處常爲天龍夜叉乾闥婆阿脩羅迦樓羅緊那羅摩睺羅伽人與非人之所供養時文殊師利與其眷屬到此處已即於其處說普照法界修多羅百萬億那由他修多羅以爲眷屬說此經時於大海中有無量百千億諸龍而來其所聞此法已深厭龍趣正求佛道咸捨龍身生天人中一萬諸龍於阿耨多羅三藐三菩提得不退轉復有無量無數衆生於三乘中各得調伏時福城人聞文殊師利童子在莊嚴幢娑羅林中大塔廟處無量大衆從其城出來詣其所時有優婆塞名曰大智與五百優婆塞眷屬俱所謂須達多優婆塞婆須達多優婆塞福德光優婆塞有名稱優婆塞施名稱優婆塞月德優婆塞善慧優婆塞大慧優婆塞賢護優婆塞賢勝優婆塞如是等五百優婆塞俱來詣文殊師利童子所頂禮其足右繞三帀退坐一面復有五百優婆夷所謂大慧優婆夷善光優婆夷妙身優婆夷可樂身優婆夷賢優婆夷賢德優婆夷賢光優婆夷幢光優婆夷德光優婆夷善目優婆夷如是等五百優婆夷來詣文殊師利童子所頂禮其足右繞

三帀退坐一面復有五百童子所謂善財童子善行童子善戒童子善威儀童子善勇猛童子善思童子善慧童子善覺童子善眼童子善臂童子善光童子如是等五百童子來詣文殊師利童子所頂禮其足右繞三帀退坐一面復有五百童女所謂善賢童女大智居士女童女賢稱童女美顔童女堅慧童女賢德童女有德童女梵授童女德光童女善光童女如是等五百童女來詣文殊師利童子所頂禮其足右繞三帀退坐一面爾時文殊師利童子知福城人悉已來集隨其心樂現自在身威光赫奕蔽諸大衆以自在大慈令彼清涼以自在大悲起說法心以自在智慧知其心樂以廣大辯才將爲說法復於是時觀察善財以何因緣而有其名知此童子

初入胎時於其宅内自然而出七寶樓閣其樓閣下有七伏藏於其藏上地自開裂生七寶牙所謂金銀瑠璃玻瓈眞珠硨磲碼碯善財童子處胎十月然後誕生形體支分端正具足其七大藏縱廣高下各滿七肘從地涌出光明照耀復於宅中自然而有五百寶器種種諸物自然盈滿所謂金剛器中盛一切香於香器中盛種種衣美玉器中盛滿種種上味飲食摩尼器中盛滿種種殊異珍寶金器盛銀銀器盛金金銀器中盛滿瑠璃及摩尼寶玻瓈器中盛滿硨磲硨磲器中盛滿玻瓈碼碯器中盛滿眞珠眞珠器中盛滿碼碯火摩尼器中盛滿水摩尼水摩尼器中盛滿火摩尼如是等五百寶器自然出現又雨衆寶及諸財物一切庫藏悉令充滿以此事故

父母親屬及善相師共呼此兒名曰善財又知此童子已曾供養過去諸佛深種善根信解廣大常樂親近諸善知識身語意業皆無過失淨菩薩道求一切智成佛法器其心清淨猶如虛空迴向菩提無所障礙爾時文殊師利菩薩如是觀察善財童子已安慰開喻而爲演說一切佛法所謂說一切佛積集法說一切佛相續法說一切佛次第法說一切佛衆會清淨法說一切佛法輪化導法說一切佛色身相好法說一切佛法身成就法說一切佛言辭辯才法說一切佛光明照耀法說一切佛平等無二法爾時文殊師利童子爲善財童子及諸大衆說此法已慇懃勸喻增長勢力令其歡喜發阿耨多羅三藐三菩提心又令憶念過去善根作是事已即於其處復爲衆生隨宜說法然後而去爾時善財童子從文殊師利所聞佛如是種種功德一心勤求阿耨多羅三藐三菩提隨文殊師利而說頌曰

三有爲城郭　憍慢爲垣牆　諸趣爲門戶
愛水爲池塹　愚癡闇所覆　貪恚火熾然
魔王作君主　童蒙依止住　貪愛爲徽纆
諂誑爲轡勒　疑惑蔽其眼　趣入諸邪道
慳嫉憍盈故　入於三惡處　或墮諸趣中
生老病死苦　妙智清淨日　大悲圓滿輪
能竭煩惱海　願賜少觀察　妙智清淨月
大慈無垢輪　一切悉施安　願垂照察我
一切法界王　法寶爲先導　遊空無所礙
願垂教勑我　福智大商主　勇猛求菩提
普利諸羣生　願垂守護我　身被忍辱甲

手提智慧劒　自在降魔軍　願垂拔濟我
住法須彌頂　定女常恭侍　滅惑阿脩羅
帝釋願觀我　三有凡愚宅　惑業地趣因
仁者悉調伏　如燈示我道　捨離諸惡趣
清淨諸善道　超諸世間者　示我解脫門
世間顛倒執　常樂我淨想　智眼悉能離
開我解脫門　善知邪正道　分別心無怯
一切決了人　示我菩提路　住佛正見地
長佛功德樹　雨佛妙法華　示我菩提道
去來現在佛　處處悉周徧　如日出世間
爲我說其道　善知一切業　深達諸乘行
智慧決定人　示我摩訶衍　願輪大悲轂
信軸堅忍轄　功德寶莊校　令我載此乘
總持廣大箱　慈愍莊嚴蓋　辯才鈴震響
使我載此乘　梵行爲茵褥　三昧爲采女
法鼓震妙音　願與我此乘　四攝無盡藏
功德莊嚴寶　慚愧爲羈鞅　願與我此乘
常轉布施輪　恒塗淨戒香　忍辱牢莊嚴
令我載此乘　禪定三昧箱　智慧方便軛
調伏不退轉　令我載此乘　大願清淨輪
總持堅固力　智慧所成就　令我載此乘
普行爲周校　悲心作徐轉　所向皆無怯
令我載此乘　堅固如金剛　善巧如幻化
一切無障礙　令我載此乘　廣大極清淨
普與衆生樂　虛空法界等　令我載此乘
淨諸業惑輪　斷諸流轉苦　摧魔及外道
令我載此乘　智慧滿十方　莊嚴徧法界
普洽衆生願　令我載此乘　清淨如虛空
愛見悉除滅　利益一切衆　令我載此乘
願力速疾行　定心安隱住　普運諸含識

令我載此乘　如地不傾動　如水普饒益
如是運衆生　令我載此乘　四攝圓滿輪
總持清淨光　如是智慧日　願示我令見
已入法王位　已著智王冠　已繫妙法繒
願能慈顧我

爾時文殊師利菩薩如象王迴觀善財童子作如是言善哉善哉善男子汝已發阿耨多羅三藐三菩提心復欲親近諸善知識問菩薩行修菩薩道善男子親近供養諸善知識是具一切智最初因緣是故於此勿生疲厭善財白言唯願聖者廣爲我說菩薩應云何學菩薩行應云何修菩薩行應云何趣菩薩行應云何行菩薩行應云何淨菩薩行應云何入菩薩行應云何成就菩薩行應云何隨順菩薩行應云何憶念菩薩行應云何增廣菩薩行應云何令普賢行速得圓滿爾時文殊師利菩薩爲善財童子而說頌言

善哉功德藏　能來至我所　發起大悲心
勤求無上覺　已發廣大願　除滅衆生苦
普爲諸世間　修行菩薩行　若有諸菩薩
不厭生死苦　則具普賢道　一切無能壞
福光福威力　福處福淨海　汝爲諸衆生
願修普賢行　汝見無邊際　十方一切佛
皆悉聽聞法　受持不忘失　汝於十方界
普見無量佛　成就諸願海　具足菩薩行
若入方便海　安住佛菩提　能隨導師學
當成一切智　汝徧一切剎　微塵等諸劫
修行普賢行　成就菩提道　汝於無量剎
無邊諸劫海　修行普賢行　成滿諸大願
此無量衆生　聞汝願歡喜　皆發菩提意

願學普賢乘

爾時文殊師利菩薩説此頌已告善財童子言善哉善哉善男子汝已發阿耨多羅三藐三菩提心求菩薩行善男子若有衆生能發阿耨多羅三藐三菩提心是事爲難能發心已求菩薩行倍更爲難善男子若欲成就一切智智應決定求眞善知識善男子求善知識勿生疲懈見善知識勿生猒足於善知識所有教誨皆應隨順於善知識善巧方便勿見過失善男子於此南方有一國土名爲勝樂其國有山名曰妙峯於彼山中有一比丘名曰德雲汝可往問菩薩云何學菩薩行菩薩云何修菩薩行乃至菩薩云何於普賢行疾得圓滿德雲比丘當爲汝説爾時善財童子聞是語已歡喜踊躍頭頂禮足繞無數帀慇懃瞻仰悲泣流淚辤退南行向勝樂國登妙峯山於其山上東西南北四維上下觀察求覓渴仰欲見德雲比丘經于七日見彼比丘在别山上徐步經行見已往詣頂禮其足右繞三帀於前而住作如是言聖者我已先發阿耨多羅三藐三菩提心而未知菩薩云何學菩薩行云何修菩薩行乃至應云何於普賢行疾得圓滿我聞聖者善能誘誨唯願垂慈爲我宣説云何菩薩而得成就阿耨多羅三藐三菩提時德雲比丘告善財言善哉善哉善男子汝已能發阿耨多羅三藐三菩提心復能請問諸菩薩行如是之事難中之難所謂求菩薩行求菩薩境界求菩薩出離道求菩薩清淨道求菩薩清淨廣大心求菩薩成就神通求菩薩示現解脱門求菩薩示

現世間所作業求菩薩隨順衆生心求菩薩生死涅槃門求菩薩觀察有為無為心無所著善男子我得自在決定解力信眼清淨智光照耀普觀境界離一切障善巧觀察普眼明徹具清淨行往詣十方一切國土恭敬供養一切諸佛常念一切諸佛如來總持一切諸佛正法常見一切十方諸佛所謂見於東方一佛二佛十佛百佛千佛百千佛億佛百億佛千億佛百千億佛那由他億佛百那由他億佛千那由他億佛百千那由他億佛乃至見無數無量無邊無等不可數不可稱不可思不可量不可說不可說不可說佛乃至見閻浮提微塵數佛四天下微塵數佛千世界微塵數佛二千世界微塵數佛三千世界微塵數佛佛刹微塵數佛乃至不可說不可說佛刹微塵數佛如東方南西北方四維上下亦復如是一一方中所有諸佛種種色相種種形貌種種神通種種遊戲種種衆會莊嚴道場種種光明無邊照耀種種國土種種壽命隨諸衆生種種心樂示現種種成正覺門於大衆中而師子吼善男子我唯得此憶念一切諸佛境界智慧光明普見法門豈能了知諸大菩薩無邊智慧清淨行門所謂智光普照念佛門常見一切諸佛國土種種宮殿悉嚴淨故令一切衆生念佛門隨諸衆生心之所樂皆令見佛得清淨故令安住力念佛門令入如來十力中故令安住法念佛門見無量佛聽聞法故照耀諸方念佛門悉見一切諸世界中等無差别諸佛海故入不可見處念佛門悉見一切微細境中諸佛自在

神通事故住於諸刧念佛門一切刧中常見如來諸所施爲無暫捨故住一切時念佛門於一切時常見如來親近同住不捨離故住一切刹念佛門一切國土咸見佛身超過一切無與等故住一切世念佛門隨於自心之所欲樂普見三世諸如來故住一切境念佛門普於一切諸境界中見諸如來次第現故住寂滅念佛門於一念中見一切刹一切諸佛示涅槃故住遠離念佛門於一念中見一切佛從其所住而出去故住廣大念佛門心常觀察一一佛身充徧一切諸法界故住微細念佛門於一毛端有不可說如來出現悉至其所而承事故住莊嚴念佛門於一念中見一切刹皆有諸佛成等正覺現神變故住能事念佛門見一切佛出現世間放智慧光轉法輪故住自在心念佛門知隨自心所有欲樂一切諸佛現其像故住自業念佛門知隨衆生所積集業現其影像令覺悟故住神變念佛門見佛所坐廣大蓮華周徧法界而開敷故住虚空念佛門觀察如來所有身雲莊嚴法界虚空界故而我云何能知能說彼功德行善男子南方有國名曰海門彼有比丘名爲海雲汝往彼問菩薩云何學菩薩行修菩薩道海雲比丘能分別說發起廣大善根因緣善男子海雲比丘當令汝入廣大助道位當令汝生廣大善根力當爲汝說發菩提心因當令汝生廣大乘光明當令汝修廣大波羅蜜當令汝入廣大諸行海當令汝滿廣大誓願輪當令汝淨廣大莊嚴門當令汝生廣大慈悲力時善財童子禮德雲比丘足

右繞觀察辭退而去爾時善財童子一心思惟善知識教正念觀察智慧光明門正念觀察菩薩解脫門正念觀察菩薩三昧門正念觀察菩薩大海門正念觀察諸佛現前門正念觀察諸佛方所門正念觀察諸佛軌則門正念觀察諸佛等虚空界門正念觀察諸佛出現次第門正念觀察諸佛所入方便門漸次南行至海門國向海雲比丘所頂禮其足右繞畢於前合掌作如是言聖者我已先發阿耨多羅三藐三菩提心欲入一切無上智海而未知菩薩云何能捨世俗家生如來家云何能度生死海入佛智海云何能離凡夫地入如來地云何能斷生死流入菩薩行流云何能破生死輪成菩薩願輪云何能滅魔境界顯佛境界云何能竭愛欲海長大悲海

云何能閉衆難惡趣門開諸大涅槃門云何能出三界城入一切智城云何能棄捨一切玩好之物悉以饒益一切衆生時海雲比丘告善財言善男子汝已發阿耨多羅三藐三菩提心耶善財言唯我已先發阿耨多羅三藐三菩提心海雲言善男子若諸衆生不種善根則不能發阿耨多羅三藐三菩提心要得普門善根光明具眞實道三昧智光出生種種廣大福海長白淨法無有懈息事善知識不生疲厭不顧身命無所藏積等心如地無有高下性常慈愍一切衆生於諸有趣專念不捨恒樂觀察如來境界如是乃能發菩提心發菩提心者所謂發大悲心普救一切衆生故發大慈心等祐一切世間故發安樂心令一切衆生滅諸苦故發饒益心令一切

衆生離惡法故發哀愍心有怖畏者咸守護故發無礙心捨離一切諸障礙故發廣大心一切法界咸徧滿故發無邊心等虛空界無不往故發寬博心悉見一切諸如來故發清淨心於三世法智無違故發智慧心普入一切智慧海故善男子我住此海門國十有二年常以大海爲其境界所謂思惟大海廣大無量思惟大海甚深難測思惟大海漸次深廣思惟大海無量衆寶奇妙莊嚴思惟大海積無量水思惟大海水色不同不可思議思惟大海無量衆生之所住處思惟大海容受種種大身衆生思惟大海能受大雲所雨之雨思惟大海無增無減善男子我思惟時復作是念世間之中頗有廣博過此海不頗有無量過此海不頗有甚深過此海不頗有殊特過此海不善男子我作是念時此海之下有大蓮華忽然出現以無能勝因陀羅尼羅寶爲莖吠瑠璃寶爲藏閻浮檀金爲葉沈水爲臺碼碯爲鬚芬敷布濩彌覆大海百萬阿脩羅王執持其莖百萬摩尼寶莊嚴網彌覆其上百萬龍王雨以香水百萬迦樓羅王銜諸瓔珞及寶繒帶周帀垂下百萬羅刹王慈心觀察百萬夜叉王恭敬禮拜百萬乾闥婆王種種音樂讚歎供養百萬天王雨諸天華天鬘天香天燒香天塗香天末香天妙衣服天幢旛蓋百萬梵王頭頂禮敬百萬淨居天合掌作禮百萬轉輪王各以七寶莊嚴供養百萬海神俱時出現恭敬頂禮百萬味光摩尼寶光明普照百萬淨福摩尼寶以爲莊嚴百萬普光摩尼寶爲清淨藏百萬殊勝摩尼

寶其光赫奕百萬妙藏摩尼寶光照無邊百萬閻浮幢摩尼寶次第行列百萬金剛師子摩尼寶不可破壞清淨莊嚴百萬日藏摩尼寶廣大清淨百萬可樂摩尼寶具種種色百萬如意摩尼寶莊嚴無盡光明照耀此大蓮華如來出世善根所起一切菩薩皆生信樂十方世界無不現前從如幻法生如夢法生清淨業生無諍法門之所莊嚴入無爲印住無礙門充滿十方一切國土隨順諸佛甚深境界於無數百千劫歎其功德不可得盡我時見彼蓮華之上有一如來結加趺坐其身從此上至有頂寶蓮華座不可思議道場衆會不可思議諸相成就不可思議隨好圓滿不可思議神通變化不可思議色相清淨不可思議無見頂相不可思議廣長舌相不可思議善巧言說不可思議圓滿音聲不可思議無邊際力不可思議清淨無畏不可思議廣大辯才不可思議又念彼佛往修諸行不可思議自在成道不可思議妙音演法不可思議普門示現種種莊嚴不可思議隨其左右見各差別不可思議一切利益皆令圓滿不可思議時此如來即申右手而摩我頂爲我演說普眼法門開示一切如來境界顯發一切菩薩諸行闡明一切諸佛妙法一切法輪悉入其中能淨一切諸佛國土能摧一切異道邪論能滅一切諸魔軍衆能令衆生皆生歡喜能照一切衆生心行能了一切衆生諸根隨衆生心悉令開悟我從於彼如來之所聞此法門受持讀誦憶念觀察假使有人以大海量墨須彌聚筆書寫於此普眼法門

一品中一門一門中一法一法中一義一義中一句不得少分何況能盡善男子我於彼佛所千二百歲受持如是普眼法門於日日中以聞持陀羅尼光明領受無數品以寂靜門陀羅尼光明趣入無數品以無邊旋陀羅尼光明普入無數品以隨地觀察陀羅尼光明分別無數品以威力陀羅尼光明普攝無數品以蓮華莊嚴陀羅尼光明引發無數品以清淨言音陀羅尼光明開演無數品以虛空藏陀羅尼光明顯示無數品以光聚陀羅尼光明增廣無數品以海藏陀羅尼光明辯析無數品若有衆生從十方來若天若天王若龍若龍王若夜叉若夜叉王若乾闥婆若乾闥婆王若阿脩羅若阿脩羅王若迦樓羅若迦樓羅王若緊那羅若緊那羅王若摩睺羅伽若摩睺羅伽王若人若人王若梵若梵王如是一切來至我所我悉爲其開示解釋稱揚讚歎咸令愛樂趣入安住此諸佛菩薩行光明普眼法門善男子我唯知此普眼法門如諸菩薩摩訶薩深入一切菩薩行海隨其願力而修行故入大願海於無量劫住世間故入一切衆生海隨其心樂廣利益故入一切衆生心海出生十力無礙智光故入一切衆生根海應隨教化悉令調伏故入一切剎海成滿本願嚴淨佛剎故入一切佛海願常供養諸如來故入一切法海能以智慧咸悟入故入一切功德海一一修行令具足故入一切衆生言辭海於一切剎轉正法輪故而我云何能知能說彼功德行善男子從此南行六十由旬楞伽道邊有一聚落名爲海

岸彼有比丘名曰善住汝詣彼問菩薩云何淨菩薩行時善財童子禮海雲足右繞瞻仰辭退而去爾時善財童子專念善知識教專念普眼法門專念佛神力專持法句雲專入法海門專思法差別深入法漩澓普入法虛空淨持法翳障觀察法寶處漸次南行至楞伽道邊海岸聚落觀察十方求覓善住見此比丘於虛空中來往經行無數諸天恭敬圍繞散諸天華作天妓樂旛幢繒綺悉各無數徧滿虛空以爲供養諸大龍王於虛空中興不思議沈水香雲震雷激電以爲供養緊那羅王奏衆樂音如法讚美以爲供養摩睺羅伽王以不思議極微細衣於虛空中周迴布設心生歡喜以爲供養阿脩羅王興不思議摩尼寶雲無量光明種種莊嚴徧滿虛空以爲供養迦樓羅王作童子形無量采女之所圍繞究竟成就無殺害心於虛空中合掌供養不思議數諸羅刹王無量羅刹之所圍繞其形長大甚可怖畏見善住比丘慈心自在曲躬合掌瞻仰供養不思議數諸夜叉王各各悉有自衆圍繞四面周帀恭敬守護不思議數諸梵天王於虛空中曲躬合掌以人間法稱揚讚歎不思議數諸淨居天於虛空中與宮殿俱恭敬合掌發弘誓願時善財童子見是事已心生歡喜合掌敬禮作如是言聖者我已先發阿耨多羅三藐三菩提心而未知菩薩云何修行佛法云何積集佛法云何備具佛法云何熏習佛法云何增長佛法云何總攝佛法云何究竟佛法云何淨治佛法云何深淨佛法云何通達佛法我聞聖者善

能誘誨唯願慈哀爲我宣説菩薩云何不捨見佛常於其所精勤修習菩薩云何不捨菩薩與諸菩薩同一善根菩薩云何不捨佛法悉以智慧而得明證菩薩云何不捨大願能普利益一切衆生菩薩云何不捨衆行住一切劫心無疲厭菩薩云何不捨佛刹普能嚴淨一切世界菩薩云何不捨佛力悉能知見如來自在菩薩云何不捨有爲亦復不住普於一切諸有趣中猶如變化示受生死修菩薩行菩薩云何不捨聞法悉能領受諸佛正教菩薩云何不捨智光普入三世智所行處時善住比丘告善財言善哉善哉善男子汝已能發阿耨多羅三藐三菩提心今復發心求問佛法一切智法自然者法善男子我已成就菩薩無礙解脱門若來若去若行若止

隨順思惟修習觀察即時獲得智慧光明名究竟無礙得此智慧光明故知一切衆生心行無所障礙知一切衆生殁生無所障礙知一切衆生宿命無所障礙知一切衆生未來劫事無所障礙知一切衆生現在世事無所障礙知一切衆生言語音聲種種差別無所障礙決一切衆生所有疑問無所障礙知一切衆生諸根無所障礙隨一切衆生應受化時悉能往赴無所障礙知一切刹那羅婆牟呼栗多日夜時分無所障礙知三世海流轉次第無所障礙能以其身徧往十方一切佛刹無所障礙何以故得無住無作神通力故善男子我以得此神通力故於虚空中或行或住或坐或卧或隱或顯或現一身或現多身穿度牆壁猶如虚空於虚空中結加趺坐

往來自在猶如飛鳥入地如水履水如地徧身上下普出煙燄如大火聚或時震動一切大地或時以手摩觸日月或現其身高至梵宮或現燒香雲或現寶燄雲或現變化雲或現光網雲皆悉廣大彌覆十方或一念中過於東方一世界二世界百世界千世界百千世界乃至無量世界乃至不可說不可說世界或過閻浮提微塵數世界或過不可說不可說佛刹微塵數世界於彼一切諸佛國土佛世尊前聽聞說法一一佛所現無量佛刹微塵數差別身一一身雨無量佛刹微塵數供養雲所謂一切華雲一切香雲一切鬘雲一切末香雲一切塗香雲一切蓋雲一切衣雲一切幢雲一切旛雲一切帳雲以一切身雲而為供養一一如來所有宣說我皆受持一一國土所有莊嚴我皆憶念如東方南西北方四維上下亦復如是如是一切諸世界中所有衆生若見我形皆決定得阿耨多羅三藐三菩提彼諸世界一切衆生我皆明見隨其大小勝劣苦樂示同其形教化成就若有衆生親近我者悉令安住如是法門善男子我唯知此普速疾供養諸佛成就衆生無礙解脫門如諸菩薩持大悲戒波羅蜜戒大乘戒菩薩道相應戒無障礙戒不退墮戒不捨菩提心戒常以佛法為所緣戒於一切智常作意戒如虛空戒一切世間無所依戒無失戒無損戒無缺戒無雜戒無濁戒無悔戒清淨戒離塵戒離垢戒如是功德而我云何能知能說善男子從此南方有國名達里鼻茶城名自在其中有人名曰彌伽汝詣彼問

菩薩云何學菩薩行修菩薩道時善財童子頂禮其足右繞瞻仰辭退而行

大方廣佛華嚴經卷第六十二

音釋

赫奕 赫呼格切奕羊益切赫赫奕奕盛大也 憍慢 憍舉喬切恣也慢莫晏切慠也 塹 七豔切坑也 徽纆 徽許歸切繩也纆莫北切索也 轡勒 轡彼義切馬轡也勒盧則切馬嘶也 轂 古祿切車輻所轃者曰轂 軸轄 軸直六切車軸也轄胡戛切車軸頭也 羈鞅 羈居宜切鞅倚兩切羈鞅馬絡絆也 軛 於華切車軛也 布濩 濩胡故切布濩分散也 鬘 莫還切 漩澓 漩旬緣切澓房六切漩澓水洄流也

大方廣佛華嚴經卷第六十三

唐于闐國三藏沙門實叉難陀譯

入法界品第三十九之四

爾時善財童子一心正念法光明法門深信趣入專念於佛不斷三寶歎離欲性念善知識普照三世憶諸大願普救衆生不著有爲究竟思惟諸法自性悉能嚴淨一切世界於一切佛衆會道場心無所著漸次南行至自在城求覓彌伽乃見其人於市肆中坐於說法師子之座十千人衆所共圍繞說輪字莊嚴法門時善財童子頂禮其足繞無量帀於前合掌而作是言聖者我已先發阿耨多羅三藐三菩提心而我未知菩薩云何學菩薩行云何修菩薩道云何流轉於諸有趣常不忘失菩提之心云何得平等意堅固不動云何獲清淨心無能沮壞云何生大悲力恒不勞疲云何入陀羅尼普得清淨云何發生智慧廣大光明於一切法離諸闇障云何具無礙解辯才之力決了一切甚深義藏云何得正念力憶持一切差別法輪云何得淨趣力於一切趣普演諸法云何得智慧力於一切法悉能決定分別其義爾時彌伽告善財言善男子汝已發阿耨多羅三藐三菩提心耶善財言唯我已先發阿耨多羅三藐三菩提心彌伽遽即下師子座於善財所五體投地散金銀華無價寶珠及以上妙碎末栴檀無量種衣以覆其上復散無量種種香華種種供具以爲供養然後起立而稱歎言善哉善哉善男子乃能發阿耨多羅三藐三菩提心善男子若有能發阿耨多羅三藐三菩提心

則爲不斷一切佛種則爲嚴淨一切佛刹則爲成熟一切衆生則爲了達一切法性則爲悟解一切業種則爲圓滿一切諸行則爲不斷一切大願則如實解離貪種性則能明見三世差別則令信解永得堅固則爲一切如來所持則爲一切諸佛憶念則與一切菩薩平等則爲一切賢聖讚喜則爲一切梵王禮覲則爲一切天主供養則爲一切夜叉守護則爲一切羅刹侍衛則爲一切龍王迎接則爲一切緊那羅王歌詠讚歎則爲一切諸世間主稱揚慶悅則令一切諸衆生界悉得安隱所謂令捨惡趣故令出難處故斷一切貧窮根本故生一切天人快樂故遇善知識親近故聞廣大法受持故生菩提心故淨菩提心故照菩薩道故入菩薩智故住菩薩地故

善男子應知菩薩所作甚難難出難值見菩薩者倍更難有菩薩爲一切衆生恃怙生長成就故爲一切衆生拯濟拔諸苦難故爲一切衆生依處守護世間故爲一切衆生救護令免怖畏故菩薩如風輪持諸世間不令墮落惡趣故如大地增長衆生善根故如大海福德充滿無盡故如淨日智慧光明普照故如須彌善根高出故如明月智光出現故如猛將摧伏魔軍故如君主佛法城中得自在故如猛火燒盡衆生我愛心故如大雲降霔無量妙法雨故如時雨增長一切信根芽故如船師示導法海津濟處故如橋梁令其得度生死海故彌伽如是讚歎善財令諸菩薩皆歡喜已從其面門出種種光普照三千大千世界其中衆生遇斯光已諸龍神等乃至

梵天悉皆來至彌伽之所彌伽大士即以方便爲開示演說分别解釋輪字品莊嚴法門彼諸衆生聞此法已皆於阿耨多羅三藐三菩提得不退轉彌伽於是還升本座告善財言善男子我已獲得妙音陀羅尼能分别知三千大千世界中諸天語言諸龍夜叉乾闥婆阿脩羅迦樓羅緊那羅摩睺羅伽人與非人及諸梵天所有語言如此三千大千世界十方無數乃至不可說不可說世界悉亦如是善男子我唯知此菩薩妙音陀羅尼光明法門如諸菩薩摩訶薩能普入一切衆生種種想海種種施設海種種名號海種種語言海能普入說一切深密法句海說一切究竟法句海說一切所緣中有一切三世所緣法句海說上法句海說上上法句海說差别法句海說一切差别法句海能普入一切世間呪術海一切音聲莊嚴輪一切差别字輪際如是功德我今云何能知能說善男子從此南行有一聚落名曰住林彼有長者名曰解脫汝詣彼問菩薩云何修菩薩行菩薩云何成菩薩行菩薩云何集菩薩行菩薩云何思菩薩行爾時善財童子以善知識故於一切智法深生尊重深植淨信深自增益禮彌伽足涕泗悲泣遶無量帀戀慕瞻仰辭退而行爾時善財童子思惟諸菩薩無礙解陀羅尼光明莊嚴門深入諸菩薩語言海門憶念諸菩薩知一切衆生微細方便門觀察諸菩薩清淨心門成就諸菩薩善根光明門淨治諸菩薩教化衆生門明利諸菩薩攝衆生智門堅固諸菩薩廣大志樂門任持諸菩薩殊勝

志樂門淨治諸菩薩種種信解門思惟諸菩薩無量善心門誓願堅固心無疲厭以諸甲胄而自莊嚴精進深心不可退轉具不壞信其心堅固猶如金剛及那羅延無能壞者守持一切善知識教於諸境界得不壞智普門清淨所行無礙智光圓滿普照一切具足諸地總持光明了知法界種種差別無依無住平等無二自性清淨而普莊嚴於諸所行皆得究竟智慧清淨離諸執著知十方差別法智無障礙往十方差別處身不疲懈於十方差別業皆得明了於十方差別佛無不現見於十方差別時悉得深入清淨妙法充滿其心普智三昧明照其心心恒普入平等境界如來智慧之所照觸一切智流相續不斷若身若心不離佛法一切諸佛神力所加一切如來光明所照成就大願願身周徧一切剎網一切法界普入其身漸次遊行十有二年至住林城周徧推求解脫長者既得見已五體投地起立合掌白言聖者我今得與善知識會是我獲得廣大善利何以故善知識者難可得見難可得聞難可出現難得奉事難得親近難得承接難可逢值難得共居難令喜悅難得隨逐我今會遇為得善利聖者我已先發阿耨多羅三藐三菩提心為欲事一切佛故為欲值一切佛故為欲見一切佛故為欲觀一切佛故為欲知一切佛故為欲證一切佛平等故為欲發一切佛大願故為欲滿一切佛大願故為欲具一切佛智光故為欲成一切佛衆行故為欲得一切佛神通故為欲具一切佛諸力故為欲獲一切佛無畏

故爲欲聞一切佛法故爲欲受一切佛法故爲欲持一切佛法故爲欲解一切佛法故爲欲護一切佛法故爲欲與一切諸菩薩衆同一體故爲欲與一切菩薩善根等無異故爲欲圓滿一切菩薩波羅蜜故爲欲成就一切菩薩所修行故爲欲出生一切菩薩清淨願故爲欲得一切諸佛菩薩威神藏故爲欲得一切菩薩法藏無盡智慧大光明故爲欲得一切菩薩三昧廣大藏故爲欲成就一切菩薩無量無數神通藏故爲欲以大悲藏教化調伏一切衆生皆令究竟到邊際故爲欲顯現神變藏故爲於一切自在藏中悉以自心得自在故爲欲入於清淨藏中以一切相而莊嚴故聖者我今以如是心如是意如是樂如是欲如是希求如是思惟如是尊重如是方便如是究竟如是謙下至聖者所我聞聖者善能誘誨諸菩薩衆能以方便闡明所得示其道路與其津梁授其法門令除迷倒障拔猶豫箭截疑惑網照心稠林浣心垢濁令心潔白使心清淨正心諂曲絕心生死止心不善解心執著於執著處令心解脫於染愛處使心動轉令其速入一切智境使其疾到無上法城令住大悲令住大慈令入菩薩行令修三昧門令入證位令觀法性令增長力令修習行普於一切其心平等唯願聖者爲我宣說菩薩云何學菩薩行修菩薩道隨所修習疾得清淨疾得明了時解脫長者以過去善根力佛威神力文殊師利童子憶念力故即入菩薩三昧門名普攝一切佛剎無邊旋陀羅尼入此三昧已得清淨身於其身中

顯現十方各十佛刹微塵數佛及佛國土衆會道場種種光明諸莊嚴事亦現彼佛往昔所行神通變化一切大願助道之法諸出離行清淨莊嚴亦見諸佛成等正覺轉妙法輪教化衆生如是一切於其身中悉皆顯現無所障礙種種形相種種次第如本而住不相雜亂所謂種種國土種種衆會種種道場種種嚴飾其中諸佛現種種神力立種種乘道示種種願門或於一世界處兜率宮而作佛事或於一世界歿兜率宮而作佛事如是或有住胎或復誕生或處宮中或復出家或詣道場或破魔軍或諸天龍恭敬圍繞或諸世主勸請說法或轉法輪或般涅槃或分舍利或起塔廟彼諸如來於種種衆會種種世間種種趣生種種家族種種欲樂種種業行種種語言種種根性種種煩惱隨眠習氣諸衆生中或處微細道場或處廣大道場或處一由旬量道場或處十由旬量道場或處不可說不可說佛刹微塵數由旬量道場以種種神通種種言辭種種音聲種種法門種種總持門種種辯才門以種種聖諦海種種無畏大師子吼說諸衆生種種善根種種憶念授種種菩薩記說種種諸佛法彼諸如來所有言說善財童子悉能聽受亦見諸佛及諸菩薩不可思議三昧神變爾時解脫長者從三昧起告善財童子言善男子我已入出如來無礙莊嚴解脫門善男子我入出此解脫門時即見東方閻浮檀金光明世界龍自在王如來應正等覺道場衆會之所圍繞毗盧遮那藏菩薩而爲上首又見南方速疾力世界

普香如來應正等覺道場衆會之所圍繞心王菩薩而爲上首又見西方香光世界須彌燈王如來應正等覺道場衆會之所圍繞無礙心菩薩而爲上首又見北方袈裟幢世界不可壞金剛如來應正等覺道場衆會之所圍繞金剛步勇猛菩薩而爲上首又見東北方一切上妙寶世界無所得境界眼如來應正等覺道場衆會之所圍繞無所得善變化菩薩而爲上首又見東南方香燄光音世界香燈如來應正等覺道場衆會之所圍繞金剛燄慧菩薩而爲上首又見西南方智慧日普光明世界法界輪幢如來應正等覺道場衆會之所圍繞現一切變化幢菩薩而爲上首又見西北方普清淨世界一切佛寶高勝幢如來應正等覺道場衆會之所圍繞法幢王菩薩而爲上首又見上方佛次第出現無盡世界無邊智慧光圓滿幢如來應正等覺道場衆會之所圍繞法界門幢王菩薩而爲上首又見下方佛光明世界無礙智幢如來應正等覺道場衆會之所圍繞一切世間刹幢王菩薩而爲上首善男子我見如是等十方各十佛刹微塵數如來彼諸如來不來至此我不往彼我若欲見安樂世界阿彌陀如來隨意即見我若欲見栴檀世界金剛光明如來妙香世界寶光明如來蓮華世界寶蓮華光明如來妙金世界寂靜光如來妙喜世界不動如來善住世界師子如來鏡光明世界月覺如來寶師子莊嚴世界毗盧遮那如來如是一切悉皆即見然彼如來不來至此我身亦不往詣於彼知一切佛及與我心悉

皆如夢知一切佛猶如影像自心如水知一切佛所有色相及以自心悉皆如幻知一切佛及以己心悉皆如響我如是知如是憶念所見諸佛皆由自心善男子當知菩薩修諸佛法淨諸佛剎積集妙行調伏衆生發大誓願入一切智自在遊戲不可思議解脫之門得佛菩提現大神通徧往一切十方法界以微細智普入諸劫如是一切悉由自心是故善男子應以善法扶助自心應以法水潤澤自心應於境界淨治自心應以精進堅固自心應以忍辱坦蕩自心應以智證潔白自心應以智慧明利自心應以佛自在開發自心應以佛平等廣大自心應以佛十力照察自心善男子我唯於此如來無礙莊嚴解脫門而得入出如諸菩薩摩訶薩得無礙智住無礙行得常見一切佛三昧得不住涅槃際三昧了達三昧普門境界於三世法悉皆平等能善分身徧一切剎住於諸佛平等境界十方境界皆悉現前智慧觀察無不明了於其身中悉現一切世界成壞而於己身及諸世界不生二想如是妙行而我云何能知能說善男子從此南行至閻浮提畔有一國土名摩利伽羅彼有比丘名曰海幢汝詣彼問菩薩云何學菩薩行修菩薩道時善財童子頂禮解脫長者足右繞觀察稱揚讚歎思惟戀仰悲泣流淚一心憶念依善知識事善知識敬善知識由善知識見一切智於善知識不生違逆於善知識心無諂誑於善知識心常隨順於善知識起慈母想捨離一切無益法故於善知識起慈父想出生一切諸善法故

辭退而去爾時善財童子一心正念彼長者教觀察彼長者教憶念彼不思議菩薩解脫門思惟彼不思議菩薩智光明深入彼不思議法界門趣向彼不思議菩薩普入門明見彼不思議如來神變解了彼不思議普入佛剎分別彼不思議佛力莊嚴思惟彼不思議菩薩三昧解脫境界分位了達彼不思議差別世界究竟無礙修行彼不思議菩薩堅固深心發起彼不思議菩薩大願淨業漸次南行至閻浮提畔摩利聚落周徧求覓海幢比丘乃見其在經行地側結跏趺坐入于三昧離出入息無別思覺身安不動從其足下出無數百千億長者居士婆羅門眾皆以種種諸莊嚴具莊嚴其身悉著寶冠頂繫明珠普往十方一切世界雨一切寶一切瓔珞一切衣服一切飲食如法上味一切華一切鬘一切香一切塗香一切欲樂資生之具於一切處救攝一切貧窮眾生安慰一切苦惱眾生皆令歡喜心意清淨成就無上菩提之道從其兩膝出無數百千億剎帝利婆羅門眾皆悉聰慧種種色相種種形貌種種衣服上妙莊嚴普徧十方一切世界愛語同事攝諸眾生所謂貧者令足病者令愈危者令安怖者令止有憂苦者咸使快樂復以方便而勸導之皆令捨惡安住善法從其腰間出等眾生數無量仙人或服草衣或樹皮衣皆執澡瓶威儀寂靜周旋往返十方世界於虛空中以佛妙音稱讚如來演說諸法或說清淨梵行之道令其修習調伏諸根或說諸法皆無自性使其觀察發生智慧或說世間言論軌則

或復開示一切智智出要方便令隨次第各修其業從其兩脇出不思議龍不思議龍女示現不思議諸龍神變所謂雨不思議香雲不思議華雲不思議鬘雲不思議寶蓋雲不思議寶旛雲不思議妙寶莊嚴具雲不思議大摩尼寶雲不思議寶瓔珞雲不思議寶座雲不思議寶宮殿雲不思議寶蓮華雲不思議寶冠雲不思議天身雲不思議采女雲悉徧虛空而爲莊嚴充滿一切十方世界諸佛道場而爲供養令諸衆生皆生歡喜從胷前卍字中出無數百千億阿脩羅王皆悉示現不可思議自在幻力令百世界皆大震動一切海水自然涌沸一切山王互相衝擊諸天宮殿無不動揺諸魔光明無不隱蔽諸魔兵衆無不摧伏普令衆生捨憍慢心除怒害心破煩惱山息衆惡法長無鬭諍永共和善復以幻力開悟衆生令滅罪惡令怖生死令出諸趣令離染著令住無上菩提之心令修一切諸菩薩行令住一切諸波羅蜜令入一切諸菩薩地令觀一切微妙法門令知一切諸佛方便如是所作周徧法界從其背上爲應以二乘而得度者出無數百千億聲聞獨覺爲著我者說無有我爲執常者說一切行皆悉無常爲貪行者說不淨觀爲瞋行者說慈心觀爲癡行者說緣起觀爲等分行者說與智慧相應境界法爲樂著境界者說無所有法爲樂著寂靜處者說發大誓願普饒益一切衆生法如是所作周徧法界從其兩肩出無數百千億諸夜叉羅剎王種種形貌種種色相或長或短皆可怖畏無量眷屬而自圍

繞守護一切行善衆生幷諸賢聖菩薩衆會若向正住及正住者或時現作執金剛神守護諸佛及佛住處或徧守護一切世間有怖畏者令得安隱有疾病者令得除差有苦惱者令得免離有過惡者令其厭悔有災横者令其息滅如是利益一切衆生皆悉令其捨生死輪轉正法輪從其腹出無數百千億緊那羅王各有無數緊那羅女前後圍繞又出無數百千億乾闥婆王各有無數乾闥婆女前後圍繞各奏無數百千天樂歌詠讚歎諸法實性歌詠讚歎一切諸佛歌詠讚歎發菩提心歌詠讚歎修菩薩行歌詠讚歎一切諸佛成正覺門歌詠讚歎一切諸佛轉法輪門歌詠讚歎一切諸佛現神變門開示演說一切諸佛般涅槃門開示演說守護一切諸佛教門開示演說令一切衆生皆歡喜門開示演說嚴淨一切諸佛刹門開示演說顯示一切微妙法門開示演說捨離一切諸障礙門開示演說發生一切諸善根門如是周徧十方法界從其面門出無數百千億轉輪聖王七寶具足四兵圍繞放大捨光雨無量寶諸貧乏者悉使充足令其永斷不與取行端正采女無數百千悉以捨施心無所著令其永斷邪婬之行令生慈心不斷生命令其究竟常眞實語不作虛誑無益談說令攝他語不行離間令柔輭語無有麤惡令常演說甚深決定明了之義不作無義綺飾言辭爲說少欲令除貪愛心無瑕垢爲說大悲令除忿怒意得清淨爲說實義令其觀察一切諸法深入因緣善明諦理拔邪見刺破疑惑山一切

障礙悉皆除滅如是所作充滿法界從其兩目出無數百千億日輪普照一切諸大地獄及諸惡趣皆令離苦又照一切世界中間令除黑闇又照一切十方衆生皆令捨離愚癡翳障於垢濁國土放清淨光白銀國土放黃金色光黃金國土放白銀色光瑠璃國土放玻瓈色光玻瓈國土放瑠璃色光硨磲國土放碼碯色光碼碯國土放硨磲色光帝青國土放日藏摩尼王色光日藏摩尼王國土放帝青色光赤眞珠國土放月光網藏摩尼王色光月光網藏摩尼王國土放赤眞珠色光一寶所成國土放種種寶色光種種寶所成國土放一寶色光照諸衆生心之稠林辦諸衆生無量事業嚴飾一切世間境界令諸衆生心得清涼生大歡喜如是所作充滿法界

從其眉間白毫相中出無數百千億帝釋皆於境界而得自在摩尼寶珠繫其頂上光照一切諸天宮殿震動一切須彌山王覺悟一切諸天大衆歎福德力說智慧力生其樂力持其志力淨其念力堅其所發菩提心力讚樂見佛令除世欲讚樂聞法令厭世境讚樂觀智令絕世染止脩羅戰斷煩惱諍滅怖死心發降魔願興立正法須彌山王成辦衆生一切事業如是所作周徧法界從其額上出無數百千億梵天色相端嚴世間無比威儀寂靜言音美妙勸佛說法歎佛功德令諸菩薩悉皆歡喜能辦衆生無量事業普徧一切十方世界從其頭上出無量佛刹微塵數諸菩薩衆悉以相好莊嚴其身放無邊光說種種行所謂讚歎布施令捨慳貪得衆妙寶莊

嚴世界稱揚讚歎持戒功德令諸衆生永斷諸惡住於菩薩大慈悲戒說一切有悉皆如夢說諸欲樂無有滋味令諸衆生離煩惱縛說忍辱力令於諸法心得自在讚金色身令諸衆生離瞋恚垢起對治行絕畜生道歎精進行令其遠離世間放逸皆悉勤修無量妙法又爲讚歎禪波羅蜜令其一切心得自在又爲演說般若波羅蜜開示正見令諸衆生樂自在智拔諸見毒又爲演說隨順世間種種所作令諸衆生雖離生死而於諸趣自在受生又爲示現神通變化說壽命自在令諸衆生發大誓願又爲演說成就總持力出生大願力淨治三昧力自在受生力又爲演說種種諸智所謂普知衆生諸根智普知一切心行智普知如來十力智普知諸佛自在智

如是所作周徧法界從其頂上出無數百千億如來身其身無等諸相隨好清淨莊嚴威光赫奕如眞金山無量光明普照十方出妙音聲充滿法界示現無量大神通力爲一切世間普雨法雨所謂爲坐菩提道場諸菩薩雨普知平等法雨爲灌頂位諸菩薩雨入普門法雨爲法王子位諸菩薩雨普莊嚴法雨爲童子位諸菩薩雨堅固山法雨爲不退位諸菩薩雨海藏法雨爲成就正心位諸菩薩雨普境界法雨爲方便具足位諸菩薩雨自性門法雨爲生貴位諸菩薩雨隨順世間法雨爲修行位諸菩薩雨普悲愍法雨爲新學諸菩薩雨積集藏法雨爲初發心諸菩薩雨攝衆生法雨爲信解諸菩薩雨無盡境界普現前法雨爲色界諸衆生雨普門法雨爲諸

梵天雨普藏法雨爲諸自在天雨生力法雨爲諸魔衆雨心幢法雨爲諸化樂天雨淨念法雨爲諸兜率天雨生意法雨爲諸夜摩天雨歡喜法雨爲諸忉利天雨疾莊嚴虚空界法雨爲諸夜叉王雨歡喜法雨爲諸乾闥婆王雨金剛輪法雨爲諸阿脩羅王雨大境界法雨爲諸迦樓羅王雨無邊光明法雨爲諸緊那羅王雨一切世間殊勝智法雨爲諸人王雨無樂著法雨爲諸龍王雨歡喜幢法雨爲諸摩睺羅伽王雨大休息法雨爲諸地獄衆生雨正念莊嚴法雨爲諸畜生雨智慧藏法雨爲閻羅王界衆生雨無畏法雨爲諸厄難處衆生雨普安慰法雨悉令得入賢聖衆會如是所作充滿法界海幢比丘又於其身一切毛孔一一皆出阿僧祇佛刹微塵數光明網一一光明網具阿僧祇色相阿僧祇莊嚴阿僧祇境界阿僧祇事業充滿十方一切法界爾時善財童子一心觀察海幢比丘深生渴仰憶念彼三昧解脱思惟彼不思議菩薩三昧思惟彼不思議利益衆生方便海思惟彼不思議無作用普莊嚴門思惟彼莊嚴法界清淨智思惟彼受佛加持智思惟彼出生菩薩自在力思惟彼堅固菩薩大願力思惟彼增廣菩薩諸行力如是住立思惟觀察經一日一夜乃至經於七日七夜半月一月乃至六月復經六日過此已後海幢比丘從三昧出善財童子讚言聖者希有奇特如此三昧最爲甚深如此三昧最爲廣大如此三昧境界無量如此三昧神力難思如此三昧光明無等如此三昧莊嚴無數如此三昧威

力難制如此三昧境界平等如此三昧普照十方如此三昧利益無限以能除滅一切衆生無量苦故所謂能令一切衆生離貧苦故出地獄故免畜生故閉諸難門故開人天道故合人天衆生喜樂故令其愛樂禪境界故能令增長有爲樂故能爲顯示出有樂故能爲引發菩提心故能使增長福智行故能令增長大悲心故能令生起大願力故能令明了菩薩道故能使莊嚴究竟智故能令趣入大乘境故能令照了普賢行故能令證得諸菩薩地智光明故能令成就一切菩薩諸願行故能令安住一切智智境界中故聖者此三昧者名爲何等海幢比丘言善男子此三昧名普眼捨得又名般若波羅蜜境界清淨光明又名普莊嚴清淨門善男子我以修習般若波羅蜜故得此普莊嚴清淨三昧等百萬阿僧祇三昧善財童子言聖者此三昧境界究竟唯如是耶海幢言善男子入此三昧時了知一切世界無所障礙往詣一切世界無所障礙超過一切世界無所障礙莊嚴一切世界無所障礙修治一切世界無所障礙嚴淨一切世界無所障礙見一切佛無所障礙觀一切佛廣大威德無所障礙知一切佛自在神力無所障礙證一切佛諸廣大力無所障礙入一切佛諸功德海無所障礙受一切佛無量妙法無所障礙入一切佛法中修習妙行無所障礙證一切佛轉法輪平等智無所障礙入一切諸佛衆會道場海無所障礙觀十方佛法無所障礙大悲攝受十方衆生無所障礙常起大慈充滿十方無所障礙

見十方佛心無厭足無所障礙入一切衆生海無所障礙知一切衆生根海無所障礙知一切衆生諸根差别智無所障礙善男子我唯知此一般若波羅蜜三昧光明如諸菩薩入智慧海淨法界境達一切趣徧無量剎總持自在三昧清淨神通廣大辯才無盡善説諸地爲衆生依而我何能知其妙行辯其功德了其所行明其境界究其願力入其要門達其所證説其道分住其三昧見其心境得其所有平等智慧善男子從此南行有一住處名曰海潮彼有園林名普莊嚴於其園中有優婆夷名曰休捨汝往彼問菩薩云何學菩薩行修菩薩道時善財童子於海幢比丘所得堅固身獲妙法財入深境界智慧明徹三昧照耀住清淨解見甚深法其心安住諸清淨門智慧光明充滿十方心生歡喜踊躍無量五體投地頂禮其足繞無量帀恭敬瞻仰思惟觀察咨嗟戀慕持其名號想其容止念其音聲思其三昧及彼大願所行境界受其智慧清淨光明辭退而行

大方廣佛華嚴經卷第六十三

音釋

沮（慈呂切遏也）恃怙（恃承矢切賴也怙侯古切依也）霔（之戍切霔注也）

涕泗（涕他計切泗息利切涕泗鼻液也）冑（直佑切兜鍪也）闡（齒善切顯也）

稠（直由切密也）浣（胡管切洗也）誕（徒案切）澡（子皓切洗滌也）

大方廣佛華嚴經卷第六十四

唐于闐國三藏沙門實叉難陀譯

入法界品第三十九之五

爾時善財童子蒙善知識力依善知識教念善知識語於善知識深心愛樂作是念言因善知識令我見佛因善知識令我聞法善知識者是我師傅示導於我諸佛法故善知識者是我眼目令我見佛如虛空故善知識者是我津濟令我得入諸佛如來蓮華池故漸漸南行至海潮處見普莊嚴園衆寶垣牆周帀圍繞一切寶樹行列莊嚴一切寶華樹雨衆妙華布散其地一切寶香樹香氣氛氳普熏十方一切寶鬘樹雨大寶鬘處處垂下一切摩尼寶王樹雨大摩尼寶徧布充滿一切寶衣樹雨種種色衣隨其所應周帀敷布一切音樂樹風動成音其音美妙過於天樂一切莊嚴具樹各雨珍玩奇妙之物處處分布以爲嚴飾其地清淨無有高下於中具有百萬殿堂大摩尼寶之所合成百萬樓閣閻浮檀金以覆其上百萬宮殿毗盧遮那摩尼寶間錯莊嚴一萬浴池衆寶合成七寶欄楯周帀圍繞七寶階道四面分布八功德水湛然盈滿其水香氣如天栴檀金沙布底水清寶珠周徧間錯鳧鴈孔雀俱枳羅鳥遊戲其中出和雅音寶多羅樹周帀行列覆以寶網垂諸金鈴微風徐摇恒出美音施大寶帳寶樹圍繞建立無數摩尼寶幢光明普照百千由旬其中復有百萬陂池黑栴檀泥凝積其底一切妙寶以爲蓮華敷布水上大摩尼華光色照耀園中復有廣大宮殿名莊嚴幢海藏

妙寶以爲其地毗瑠璃寶以爲其柱閻浮檀金以覆其上光藏摩尼以爲莊嚴無數寶王光燄熾然重樓挾閣種種莊飾阿盧那香王覺悟香王皆出妙香普熏一切其宮殿中復有無量寶蓮華座周迴布列所謂照耀十方摩尼寶蓮華座毗盧遮那摩尼寶蓮華座照耀世間摩尼寶蓮華座妙藏摩尼寶蓮華座師子藏摩尼寶蓮華座離垢藏摩尼寶蓮華座普門摩尼寶蓮華座光嚴摩尼寶蓮華座安住大海藏清淨摩尼王寶蓮華座金剛師子摩尼寶蓮華座園中復有百萬種帳所謂衣帳鬘帳香帳華帳枝帳摩尼帳眞金帳莊嚴具帳音樂帳象王神變帳馬王神變帳帝釋所著摩尼寶帳如是等其數百萬有百萬大寶網彌覆其上所謂寶鈴網寶蓋網寶身網海藏眞珠網紺瑠璃摩尼寶網師子摩尼網月光摩尼網種種形像衆香網寶冠網寶瓔珞網如是等其數百萬有百萬大光明之所照耀所謂燄光摩尼寶光明日藏摩尼寶光明月幢摩尼寶光明香燄摩尼寶光明勝藏摩尼寶光明蓮華藏摩尼寶光明燄幢摩尼寶光明大燈摩尼寶光明普照十方摩尼寶光明香光摩尼寶光明如是等其數百萬常雨百萬莊嚴具百萬黑栴檀香出妙音聲百萬出過諸天曼陀羅華而以散之百萬出過諸天瓔珞以爲莊嚴百萬出過諸天妙寶鬘帶處處垂下百萬出過諸天衆色妙衣百萬雜色摩尼寶妙光普照百萬天子欣樂瞻仰頭面作禮百萬采女於虛空中投身而下百萬菩薩恭敬親近常樂聞法時休捨優婆

夷坐眞金座戴海藏眞珠網冠挂出過諸天眞金寶釧垂紺青髮大摩尼網莊嚴其首師子口摩尼寶以爲耳璫如意摩尼寶王以爲瓔珞一切寶網垂覆其身百千億那由他衆生曲躬恭敬東方有無量衆生來詣其所所謂梵天梵衆天大梵天梵輔天自在天乃至一切人及非人南西北方四維上下皆亦如是其有見此優婆夷者一切病苦悉得除滅離煩惱垢拔諸見刺摧障礙山入於無礙清淨境界增明一切所有善根長養諸根入一切智慧門入一切總持門一切三昧門一切大願門一切妙行門一切功德門皆得現前其心廣大具足神通身無障礙至一切處爾時善財童子入普莊嚴園周徧觀察見休捨優婆夷坐於妙座往詣其所頂禮其足繞無數帀白言聖者我已先發阿耨多羅三藐三菩提心而未知菩薩云何學菩薩行云何修菩薩道我聞聖者善能誘誨願爲我說休捨告言善男子我唯得菩薩一解脫門若有見聞憶念於我與我同住供給我者悉不唐捐善男子若有衆生不種善根不爲善友之所攝受不爲諸佛之所護念是人終不得見於我善男子其有衆生得見我者皆於阿耨多羅三藐三菩提獲不退轉善男子東方諸佛常來至此處於寶座爲我說法南西北方四維上下一切諸佛悉來至此處於寶座爲我說法善男子我常不離見佛聞法與諸菩薩而共同住善男子我此大衆有八萬四千億那由他皆在此園與我同行悉於阿耨多羅三藐三菩提得不退轉其餘衆生住此園者

亦皆普入不退轉位善財白言聖者發阿耨多羅三藐三菩提心爲久近耶答言善男子我憶過去於然燈佛所修行梵行恭敬供養聞法受持次前於離垢佛所出家學道受持正法次前於妙幢佛所次前於勝須彌佛所次前於蓮華德藏佛所次前於毗盧遮那佛所次前於普眼佛所次前於梵壽佛所次前於金剛齋佛所次前於婆樓那天佛所善男子我憶過去於無量劫無量生中如是次第三十六恒河沙佛所皆悉承事恭敬供養聞法受持淨修梵行於此已往佛智所知非我能測善男子菩薩初發心無有量充滿一切法界故菩薩大悲門無有量普入一切世間故菩薩大願門無有量究竟十方法界故菩薩大慈門無有量普覆一切衆生故菩薩所修行無有量於一切刹一切劫中修習故菩薩三昧力無有量令菩薩道不退故菩薩總持力無有量能持一切世間故菩薩智光力無有量普能證入三世故菩薩神通力無有量普現一切刹網故菩薩辯才力無有量一音一切悉解故菩薩清淨身無有量悉徧一切佛刹故善財童子言聖者久如當得阿耨多羅三藐三菩提答言善男子菩薩不爲教化調伏一衆生故發菩提心不爲教化調伏百衆生故發菩提心乃至不爲教化調伏不可說不可說轉衆生故發菩提心不爲教化一世界衆生故發菩提心乃至不爲教化不可說不可說轉世界衆生故發菩提心不爲教化閻浮提微塵數世界衆生故發菩提心不爲教化三千大千世界微塵數世界衆生

故發菩提心乃至不爲教化不可說不可說轉三千大千世界微塵數世界衆生故發菩提心不爲供養一如來故發菩提心乃至不爲供養不可說不可說轉如來故發菩提心不爲供養一世界中次第興世諸如來故發菩提心乃至不爲供養不可說不可說轉世界中次第興世諸如來故發菩提心不爲供養一三千大千世界微塵數世界中次第興世諸如來故發菩提心乃至不爲供養不可說不可說轉佛刹微塵數世界中次第興世諸如來故發菩提心不爲嚴淨一世界故發菩提心乃至不爲嚴淨不可說不可說轉世界故發菩提心不爲嚴淨一三千大千世界微塵數世界故發菩提心乃至不爲嚴淨不可說不可說轉三千大千世界微塵數世界故發菩提心不爲住持一如來遺法故發菩提心乃至不爲住持不可說轉如來遺法故發菩提心不爲住持一世界如來遺法故發菩提心乃至不爲住持不可說不可說轉世界如來遺法故發菩提心不爲住持一閻浮提微塵數世界如來遺法故發菩提心乃至不爲住持不可說不可說轉佛刹微塵數世界如來遺法故發菩提心如是略說不爲滿一佛誓願故不爲往一佛國土故不爲入一佛衆會故不爲持一佛法眼故不爲轉一佛法輪故不爲知一世界中諸劫次第故不爲知一衆生心海故不爲知一衆生根海故不爲知一衆生業海故不爲知一衆生行海故不爲知一衆生煩惱海故不爲知一衆生煩惱習海故乃至不爲知不可說不可

說轉佛刹微塵數衆生煩惱習海故發菩提心欲教化調伏一切衆生悉無餘故發菩提心欲承事供養一切諸佛悉無餘故發菩提心欲嚴淨一切諸佛國土悉無餘故發菩提心欲護持一切諸佛正教悉無餘故發菩提心欲成滿一切如來誓願悉無餘故發菩提心欲往一切諸佛國土悉無餘故發菩提心欲入一切諸佛衆會悉無餘故發菩提心欲知一切世界中諸劫次第悉無餘故發菩提心欲知一切衆生心海悉無餘故發菩提心欲知一切衆生根海悉無餘故發菩提心欲知一切衆生業海悉無餘故發菩提心欲知一切衆生行海悉無餘故發菩提心欲滅一切衆生諸煩惱海悉無餘故發菩提心欲拔一切衆生煩惱習海悉無餘故發菩提心善男子取要言之菩薩以如是等百萬阿僧祇方便行故發菩提心善男子菩薩行普入一切法皆證得故普入一切刹悉嚴淨故是故善男子嚴淨一切世界盡我願乃盡拔一切衆生煩惱習氣盡我願乃滿善財童子言聖者此解脫名爲何等答言善男子此解脫名離憂安隱幢善男子我唯知此一解脫門如諸菩薩摩訶薩其心如海悉能容受一切佛法如須彌山志意堅固不可動摇如善見藥能除衆生煩惱重病如明淨日能破衆生無明闇障猶如大地能作一切衆生依處猶如好風能作一切衆生義利猶如明燈能爲衆生生智慧光猶如大雲能爲衆生雨寂滅法猶如淨月能爲衆生放福德光猶如帝釋悉能守護一切衆生而我云何能知能說彼功

德行善男子於此南方海潮之處有一國土名那羅素中有仙人名毗目瞿沙汝詣彼問菩薩云何學菩薩行修菩薩道時善財童子頂禮其足繞無數帀慇懃瞻仰悲泣流淚作是思惟得菩提難近善知識難遇善知識難得菩薩諸根難淨菩薩諸根難值同行善知識難如理觀察難依教修行難值遇出生善心方便難值遇增長一切智法光明難作是念已辭退而行爾時善財童子隨順思惟菩薩正教隨順思惟菩薩淨行生增長菩薩福力心生明見一切諸佛心生出生一切諸佛心生增長一切大願心生普見十方諸法心生明照諸法實性心生普散一切障礙心生觀察法界無闇心生清淨意寶莊嚴心生摧伏一切衆魔心漸漸遊行至那羅素國周徧

推求毗目瞿沙見一大林阿僧祇樹以爲莊嚴所謂種種葉樹扶踈布濩種種華樹開敷鮮榮種種果樹相續成熟種種寶樹雨摩尼果大栴檀樹處處行列諸沈水樹常出好香悅意香樹妙香莊嚴波咤羅樹四面圍繞尼拘律樹其身聳擢閻浮檀樹常雨甘果優鉢羅華波頭摩華以嚴池沼時善財童子見彼仙人在栴檀樹下敷草而坐領徒一萬或著鹿皮或著樹皮或復編草以爲衣服髻環垂鬢前後圍繞善財見已往詣其所五體投地作如是言我今得遇眞善知識善知識者則是趣向一切智門令我得入眞實道故善知識者則是趣向一切智乘令我得至如來地故善知識者則是趣向一切智船令我得至智寶洲故善知識者則是趣向一切智炬令

我得生十力光故善知識者則是趣向一切智道令我得入涅槃城故善知識者則是趣向一切智燈令我得見夷險道故善知識者則是趣向一切智橋令我得度險惡處故善知識者則是趣向一切智蓋令我得生大慈涼故善知識者則是趣向一切智眼令我得見法性門故善知識者則是趣向一切智潮令我滿足大悲水故作是語已從地而起繞無量帀合掌前住白言聖者我已先發阿耨多羅三藐三菩提心而未知菩薩云何學菩薩行云何修菩薩道我聞聖者善能誘誨願爲我說時毗目瞿沙顧其徒衆而作是言善男子此童子已發阿耨多羅三藐三菩提心善男子此童子普施一切衆生無畏此童子普與一切衆生利益此童子常觀一切諸佛智海此童子欲飲一切甘露法雨此童子欲測一切廣大法海此童子欲令衆生住智海中此童子欲普發起廣大悲雲此童子欲普雨於廣大法雨此童子欲以智月普照世間此童子欲滅世間煩惱毒熱此童子欲長含識一切善根時諸仙衆聞是語已各以種種上妙香華散善財上投身作禮圍繞恭敬作如是言今此童子必當救護一切衆生必當除滅諸地獄苦必當永斷諸畜生道必當轉去閻羅王界必當關閉諸難處門必當乾竭諸愛欲海必令衆生永滅苦蘊必當永破無明黑暗必當永斷貪愛繫縛必以福德大輪圍山圍繞世間必以智慧大寶須彌顯示世間必當出現清淨智日必當開示善根法藏必使世間明識險易時毗目瞿沙告羣仙言

善男子若有能發阿耨多羅三藐三菩提心必當成就一切智道此善男子已發阿耨多羅三藐三菩提心當淨一切佛功德地時毗目瞿沙告善財童子言善男子我得菩薩無勝幢解脫善財白言聖者無勝幢解脫境界云何時毗目仙人即申右手摩善財頂執善財手即時善財自見其身往十方十佛刹微塵數世界中到十佛刹微塵數諸佛所見彼佛刹及其衆會諸佛相好種種莊嚴亦聞彼佛隨諸衆生心之所樂而演說法一文一句皆悉通達各別受持無有雜亂亦知彼佛以種種解淨治諸願亦知彼佛以清淨願成就諸力亦見彼佛隨衆生心所現色相亦見彼佛大光明網種種諸色清淨圓滿亦知彼佛無礙智慧大光明力又自見身於諸佛所經一日夜或七日夜半月一月一年十年百年千年或經億年或阿庾多億年或那由他億年或經半劫或經一劫百劫千劫或百千億乃至不可說不可說佛刹微塵數劫爾時善財童子爲菩薩無勝幢解脫智光明照故得毗盧遮那藏三昧光明爲無盡智解脫三昧光明照故得普攝諸方陀羅尼光明爲金剛輪陀羅尼門光明照故得極清淨智慧心三昧光明爲普門莊嚴藏般若波羅蜜光明照故得佛虛空藏輪三昧光明爲一切佛法輪三昧光明照故得三世無盡智三昧光明時彼仙人放善財手善財童子即自見身還在本處時彼仙人告善財言善男子汝憶念耶善財言唯此是聖者善知識力仙人言善男子我唯知此菩薩無勝幢解脫如諸菩薩摩

訶薩成就一切殊勝三昧於一切時而得自在於一念頃出生諸佛無量智慧以佛智燈而爲莊嚴普照世間一念普入三世境界分形徧往十方國土智身普入一切法界隨衆生心普現其前觀其根行而爲利益放淨光明甚可愛樂而我云何能知能說彼功德行彼殊勝願彼莊嚴刹彼智境界彼三昧所行彼神通變化彼解脱遊戲彼身相差別彼音聲清淨彼智慧光明善男子於此南方有一聚落名伊沙那有婆羅門名曰勝熱汝詣彼問菩薩云何學菩薩行修菩薩道時善財童子歡喜踊躍頂禮其足繞無數帀慇懃瞻仰辭退南行爾時善財童子爲菩薩無勝幢解脱所照故住諸佛不思議神力證菩薩不思議解脱神通智得菩薩不思議三昧智光明得一切時熏修三昧智光明得了知一切境界皆依想所住三昧智光明得一切世間殊勝智光明於一切處悉現其身以究竟智說無二無分別平等法以明淨智普照境界凡所聞法皆能忍受清淨信解於法自性決定明了心恒不捨菩薩妙行求一切智永無退轉獲得十力智慧光明勤求妙法常無厭足以正修行入佛境界出生菩薩無量莊嚴無邊大願悉已清淨以無窮盡智知無邊世界網以無怯弱心度無量衆生海了無邊菩薩諸行境界見無邊世界種種差別見無邊世界種種莊嚴入無邊世界微細境界知無邊世界種種名號知無邊世界種種言說知無邊衆生種種解見無邊衆生種種行見無邊衆生成熟行見無邊衆生差別想念善知識

漸次遊行至伊沙那聚落見彼勝熱修諸苦行求一切智四面火聚猶如大山中有刀山高峻無極登彼山上投身入火時善財童子頂禮其足合掌而立作如是言聖者我已先發阿耨多羅三藐三菩提心而未知菩薩云何學菩薩行云何修菩薩道我聞聖者善能誘誨願爲我說婆羅門言善男子汝今若能上此刀山投身火聚諸菩薩行悉得清淨時善財童子作如是念得人身難離諸難難得無難難得淨法難得值佛難具諸根難聞佛法難遇善人難逢眞善知識難受如理正教難得正命難隨法行難此將非魔魔所使耶將非是魔險惡徒黨詐現菩薩善知識相而欲爲我作善根難作壽命難障我修行一切智道牽我令入諸惡道中欲障我法門障我佛法作是念時十千梵天在虛空中作如是言善男子莫作是念莫作是念今此聖者得金剛燄三昧光明發大精進度諸衆生心無退轉欲竭一切貪愛海欲截一切邪見網欲燒一切煩惱薪欲照一切惑稠林欲斷一切老死怖欲壞一切三世障欲放一切法光明善男子我諸梵天多著邪見皆悉自謂是自在者是能作者於世間中我是最勝見婆羅門五熱炙身於自宮殿心不樂著於諸禪定不得滋味皆共來詣婆羅門所時婆羅門以神通力示大苦行爲我說法能令我等滅一切見除一切慢住於大慈行於大悲起廣大心發菩提意常見諸佛恒聞妙法於一切處心無所礙復有十千諸魔在虛空中以天摩尼寶散婆羅門上告善財言善男子此婆羅

門五熱炙身時其火光明映奪於我所有宮殿諸莊嚴具皆如聚墨令我於中不生樂著我與眷屬來詣其所此婆羅門爲我說法令我及餘無量天子諸天女等皆於阿耨多羅三藐三菩提得不退轉復有十千自在天王於虛空中各散天華作如是言善男子此婆羅門五熱炙身時其火光明映奪我等所有宮殿諸莊嚴具皆如聚墨令我於中不生愛著即與眷屬來詣其所此婆羅門爲我說法令我於心而得自在於煩惱中而得自在於受生中而得自在於諸業障而得自在於諸三昧而得自在於莊嚴具而得自在於壽命中而得自在乃至能於一切佛法而得自在復有十千化樂天王於虛空中作天音樂恭敬供養作如是言善男子此婆羅門五熱炙身時其火光明照我宮殿諸莊嚴具及諸采女能令我等不受欲樂不求欲樂身心柔軟即與衆俱來詣其所時婆羅門爲我說法能令我等心得清淨心得明潔心得純善心得柔軟心生歡喜乃至令得清淨十力清淨之身生無量身乃至令得佛身佛語佛聲佛心具足成就一切智智復有十千兜率天王天子天女無量眷屬於虛空中雨衆妙香恭敬頂禮作如是言善男子此婆羅門五熱炙身時令我等諸天及其眷屬於自宮殿無有樂著共詣其所聞其說法能令我等不貪境界少欲知足心生歡喜心得充滿生諸善根發菩提心乃至圓滿一切佛法復有十千三十三天幷其眷屬天子天女前後圍繞於虛空中雨天曼陀羅華恭敬供養作如是言善男

子此婆羅門五熱炙身時令我等諸天於天音樂不生樂著共詣其所時婆羅門爲我等說一切諸法無常敗壞令我捨離一切欲樂令我斷除憍慢放逸令我愛樂無上菩提又善男子我當見此婆羅門時須彌山頂六種震動我等恐怖皆發菩提心堅固不動復有十千龍王所謂伊那跋羅龍王難陀優波難陀龍王等於虛空中雨黑栴檀無量龍女奏天音樂雨天妙華及天香水恭敬供養作如是言善男子此婆羅門五熱炙身時其火光明普照一切諸龍宮殿令諸龍衆離熱沙怖金翅鳥怖滅除瞋恚身得清涼心無垢濁聞法信解厭惡龍趣以至誠心悔除業障乃至發阿耨多羅三藐三菩提意住一切智復有十千夜叉王於虛空中以種種供具恭敬供養此婆羅門及以善財作如是言善男子此婆羅門五熱炙身時我及眷屬悉於衆生發慈愍心一切羅刹鳩槃茶等亦生慈心以慈心故於諸衆生無所惱害而來見我我及彼等於自宮殿不生樂著即與共俱來詣其所時婆羅門即爲我等如應說法一切皆得身心安樂又令無量夜叉羅刹鳩槃茶等發於無上菩提之心復有十千乾闥婆王於虛空中作如是言善男子此婆羅門五熱炙身時其火光明照我宮殿悉令我等受不思議無量快樂是故我等來詣其所此婆羅門爲我說法能令我等於阿耨多羅三藐三菩提得不退轉復有十千阿脩羅王從大海出住在虛空舒右膝輪合掌前禮作如是言善男子此婆羅門五熱炙身時我阿脩羅所有宮殿

大海大地悉皆震動令我等捨憍慢放逸是故我等來詣其所從其聞法捨離諂誑安住忍地堅固不動圓滿十力復有十千迦樓羅王勇力持王而爲上首化作外道童子之形於虛空中唱如是言善男子此婆羅門五熱炙身時其火光明照我宮殿一切震動皆悉恐怖是故我等來詣其所時婆羅門即爲我等如應說法令修習大慈稱讚大悲度生死海於欲泥中拔濟衆生歎菩提心起方便智隨其所宜調伏衆生復有十千緊那羅王於虛空中唱如是言善男子此婆羅門五熱炙身時我等所住宮殿諸多羅樹諸寶鈴網諸寶繒帶諸音樂樹諸妙寶樹及諸樂器自然而出佛聲法聲及不退轉菩薩僧聲願求無上菩提之聲云某方某國有某菩薩發菩提心其方某國有某菩薩修行苦行難捨能捨乃至清淨一切智行其方某國有某菩薩往詣道場乃至其方某國有某如來作佛事已而般涅槃善男子假使有人以閻浮提一切草木末爲微塵此微塵數可知邊際我宮殿中寶多羅樹乃至樂器所說菩薩名如來名所發大願所修行等無有能得知其邊際善男子我等以聞佛聲法聲菩薩僧聲生大歡喜來詣其所時婆羅門即爲我等如應說法令我及餘無量衆生於阿耨多羅三藐三菩提得不退轉復有無量欲界諸天於虛空中以妙供具恭敬供養唱如是言善男子此婆羅門五熱炙身時其火光明照阿鼻等一切地獄諸所受苦悉令休息我等見此火光明故心生淨信以信心故從彼命終生於天中

爲知恩故而來其所恭敬瞻仰無有厭足時婆羅門爲我說法令無量衆生發菩提心爾時善財童子聞如是法心大歡喜於婆羅門所發起真實善知識心頭頂禮敬唱如是言我於大聖善知識所生不善心唯願聖者容我悔過時婆羅門即爲善財而說頌言

若有諸菩薩　順善知識教　一切無疑懼
安住心不動　當知如是人　必獲廣大利
坐菩提樹下　成於無上覺

爾時善財童子即登刀山自投火聚未至中間即得菩薩善住三昧纔觸火燄又得菩薩寂靜樂神通三昧善財白言甚奇聖者如是刀山及大火聚我身觸時安隱快樂時婆羅門告善財言善男子我唯得此菩薩無盡輪解脫如諸菩薩摩訶薩大功德燄能燒一切衆生見惑令無有餘必不退轉無窮盡心無懈怠心無怯弱心發如金剛藏那羅延心疾修諸行無遲緩心願如風輪普持一切精進大誓皆無退轉而我云何能知能說彼功德行善男子於此南方有城名師子奮迅中有童女名曰慈行汝詣彼問菩薩云何學菩薩行修菩薩道時善財童子頂禮其足繞無數帀辭退而去

大方廣佛華嚴經卷第六十四

音釋

氛氳　氛撫文切氳於云切氛氳香氣也　鳧　逢夫切野鶩也　紺　古暗切深青含赤色也　璫　都郎切耳珠也　臍　祖奚切肚臍也　聳擢　聳息拱切高聳也擢直角切拔出也　翅　矢利切金翅鳥名　惡　烏路切憎也　諂誑　諂丑琰切諛也誑古況切詐也

大方廣佛華嚴經卷第六十五

唐于闐國三藏沙門實叉難陀譯

入法界品第三十九之六

爾時善財童子於善知識所起最極尊重心生廣大清淨解常念大乘專求佛智願見諸佛觀法境界無障礙智常現在前決定了知諸法實際常住際一切三世諸剎那際如虛空際無二際一切法無分別際一切義無障礙際一切劫無失壞際一切如來無際之際於一切佛心無分別破衆想網離諸執著不取諸佛衆會道場亦不取佛清淨國土知諸衆生皆無有我知一切聲悉皆如響知一切色悉皆如影漸次南行至師子奮迅城周徧推求慈行童女聞此童女是師子幢王女五百童女以爲侍從住毗盧遮那藏殿於龍勝栴檀足金線網天衣座上而說妙法善財聞已詣王宮門求見彼女見無量衆來入宮中善財問言諸人今者何所往詣咸報之言我等欲詣慈行童女聽受妙法善財童子即作是念此王宮門既無限礙我亦應入善財入已見毗盧遮那藏殿玻瓈爲地瑠璃爲柱金剛爲壁閻浮檀金以爲垣牆百千光明而爲窻牖阿僧祇摩尼寶而莊校之寶藏摩尼鏡周帀莊嚴以世間最上摩尼寶而爲莊飾無數寶網羅覆其上百千金鈴出妙音聲有如是等不可思議衆寶嚴飾其慈行童女皮膚金色眼紺紫色髮紺青色以梵音聲而演說法善財見已頂禮其足繞無數帀合掌前住作如是言聖者我已先發阿耨多羅三藐三菩提心而未知菩薩云何學菩薩行云何修

菩薩道我聞聖者善能誘誨願為我說時慈行童女告善財言善男子汝應觀我宮殿莊嚴善財頂禮周徧觀察見一一壁中一一柱中一一鏡中一一相中一一形中一一摩尼寶中一一莊嚴具中一一金鈴中一一寶樹中一一寶形像中一一寶瓔珞中悉見法界一切如來從初發心修菩薩行成滿大願具足功德成等正覺轉妙法輪乃至示現入於涅槃如是影像靡不皆現如淨水中普見虛空日月星宿所有衆像如此皆是慈行童女過去世中善根之力爾時善財童子憶念所見諸佛之相合掌瞻仰慈行童女爾時童女告善財言善男子此是般若波羅蜜普莊嚴門我於三十六恒河沙佛所求得此法彼諸如來各以異門令我入此般若波羅蜜普莊嚴門一佛所演餘不重說善財白言聖者此般若波羅蜜普莊嚴門境界云何童女答言善男子我入此般若波羅蜜普莊嚴門隨順趣向思惟觀察憶持分別時得普門陀羅尼百萬阿僧祇陀羅尼門皆悉現前所謂佛剎陀羅尼門佛陀羅尼門法陀羅尼門衆生陀羅尼門過去陀羅尼門未來陀羅尼門現在陀羅尼門常住際陀羅尼門福德陀羅尼門福德助道具陀羅尼門智慧陀羅尼門智慧助道具陀羅尼門諸願陀羅尼門分別諸願陀羅尼門集諸行陀羅尼門清淨行陀羅尼門圓滿行陀羅尼門業陀羅尼門業不失壞陀羅尼門業流注陀羅尼門業所作陀羅尼門捨離惡業陀羅尼門修習正業陀羅尼門業自在陀羅尼門善行陀羅尼門持善行陀

羅尼門三昧陀羅尼門隨順三昧陀羅尼門觀察三昧陀羅尼門三昧境界陀羅尼門從三昧起陀羅尼門神通陀羅尼門心海陀羅尼門種種心陀羅尼門直心陀羅尼門照心稠林陀羅尼門調心清淨陀羅尼門知衆生所從生陀羅尼門知衆生煩惱行陀羅尼門知煩惱習氣陀羅尼門知煩惱方便陀羅尼門知衆生解陀羅尼門知衆生行陀羅尼門知衆生行不同陀羅尼門知衆生性陀羅尼門知衆生欲陀羅尼門知衆生想陀羅尼門普見十方陀羅尼門說法陀羅尼門大悲陀羅尼門大慈陀羅尼門寂靜陀羅尼門言語道陀羅尼門方便非方便陀羅尼門隨順陀羅尼門差別陀羅尼門普入陀羅尼門無礙際陀羅尼門普徧陀羅尼門佛法陀羅尼門菩薩法陀羅尼門聲聞法陀羅尼門獨覺法陀羅尼門世間法陀羅尼門世界成陀羅尼門世界壞陀羅尼門世界住陀羅尼門淨世界陀羅尼門垢世界陀羅尼門於垢世界現淨陀羅尼門於淨世界現垢陀羅尼門純垢世界陀羅尼門純淨世界陀羅尼門平坦世界陀羅尼門不平坦世界陀羅尼門覆世界陀羅尼門因陀羅網世界陀羅尼門世界轉陀羅尼門知依想住陀羅尼門細入麤陀羅尼門麤入細陀羅尼門見諸佛陀羅尼門分別佛身陀羅尼門佛光明莊嚴網陀羅尼門佛圓滿音陀羅尼門佛法輪陀羅尼門成就佛法輪陀羅尼門差別佛法輪陀羅尼門無差別佛法輪陀羅尼門解釋佛法輪陀羅尼門轉佛法輪陀羅尼門能作佛事陀羅尼門

分別佛衆會陀羅尼門入佛衆會海陀羅尼門普照佛力陀羅尼門諸佛三昧陀羅尼門諸佛三昧自在用陀羅尼門諸佛所住陀羅尼門諸佛所持陀羅尼門諸佛變化陀羅尼門佛知衆生心行陀羅尼門諸佛神通變現陀羅尼門住兜率天宮乃至示現入于涅槃陀羅尼門利益無量衆生陀羅尼門入甚深法陀羅尼門入微妙法陀羅尼門菩提心陀羅尼門起菩提心陀羅尼門助菩提心陀羅尼門諸願陀羅尼門諸行陀羅尼門神通陀羅尼門出離陀羅尼門總持清淨陀羅尼門智輪清淨陀羅尼門智慧清淨陀羅尼門菩提無量陀羅尼門自心清淨陀羅尼門善男子我唯知此般若波羅蜜普莊嚴門如諸菩薩摩訶薩其心廣大等虛空界入於法界福德成滿住出世法遠世間行智眼無翳普觀法界慧心廣大猶如虛空一切境界悉皆明見獲無礙地大光明藏善能分別一切法義行於世行不染世法能益於世非世所壞普作一切世間依止普知一切衆生心行隨其所應而為說法於一切時恒得自在而我云何能知能說彼功德行善男子於此南方有一國土名為三眼彼有比丘名曰善見汝詣彼問菩薩云何學菩薩行修菩薩道時善財童子頂禮其足遶無數帀戀慕瞻仰辭退而行爾時善財童子思惟菩薩所住行甚深思惟菩薩所證法甚深思惟菩薩所入處甚深思惟衆生微細智甚深思惟世間依想住甚深思惟衆生所作行甚深思惟衆生心流注甚深思惟衆生如光影甚深思惟衆生名號

甚深思惟衆生言說甚深思惟莊嚴法界甚深思惟種植業行甚深思惟業莊飾世間甚深漸次遊行至三眼國於城邑聚落村鄰市肆川原山谷一切諸處周徧求覓善見比丘見在林中經行徃返壯年美貌端正可喜其髮紺青右旋不亂頂有肉髻皮膚金色頸文三道額廣平正眼目脩廣如青蓮華脣口丹潔如頻婆果胷摽卍字七處平滿其臂纖長其指網縵手足掌中有金剛輪其身殊妙如淨居天上下端直如尼拘陁樹諸相隨好悉皆圓滿如雪山王種種嚴飾目視不瞬圓光一尋智慧廣博猶如大海於諸境界心無所動若沈若舉若智非智動轉戲論一切皆息得佛所行平等境界大悲教化一切衆生心無暫捨為欲利樂一切衆生為欲開示如來

法眼為踐如來所行之道不遲不速審諦經行無量天龍夜叉乾闥婆阿脩羅迦樓羅緊那羅摩睺羅伽釋梵護世人與非人前後圍繞主方之神隨方迴轉引導其前足行諸神持寶蓮華以承其足無盡光神舒光破闇閻浮幢林神雨衆雜華不動藏地神現諸寶藏普光明虛空神莊嚴虛空成就德海神雨摩尼寶無垢藏須彌山神頭頂禮敬曲躬合掌無礙力風神雨妙香華春和主夜神莊嚴其身舉體投地常覺主晝神執普照諸方摩尼幢住在虛空放大光明時善財童子詣比丘所頂禮其足曲躬合掌白言聖者我已先發阿耨多羅三藐三菩提心求菩薩行我聞聖者善能開示諸菩薩道願為我說菩薩云何學菩薩行云何修菩薩道善見答言善男子

我年既少出家又近我此生中於三十八恒河沙佛所淨修梵行或有佛所一日一夜淨修梵行或有佛所七日七夜淨修梵行或有佛所半月一月一歲百歲萬歲億歲那由他歲乃至不可說不可說歲或一小劫或半大劫或一大劫或百大劫乃至不可說不可說大劫聽聞妙法受行其教莊嚴諸願入所證處淨修諸行滿足六種波羅蜜海亦見彼佛成道說法各各差別無有雜亂住持遺教乃至滅盡亦知彼佛本所興願以三昧願力嚴淨一切諸佛國土以入一切行三昧力淨修一切諸菩薩行以普賢乘出離力清淨一切佛波羅蜜又善男子我經行時一念中一切十方皆悉現前智慧清淨故一念中一切世界皆悉現前經過不可說不可說世界故一念中不可說不可說佛剎皆悉嚴淨成就大願力故一念中不可說不可說衆生差別行皆悉現前滿足十力智故一念中不可說不可說諸佛清淨身皆悉現前成就普賢行願力故一念中恭敬供養不可說不可說佛剎微塵數如來成就柔輭心供養如來願力故一念中領受不可說不可說如來法得證阿僧祇差別法住持法輪陀羅尼力故一念中不可說不可說菩薩行海皆悉現前得能淨一切行如因陀羅網願力故一念中不可說不可說諸三昧海皆悉現前得於一三昧門入一切三昧門皆令清淨願力故一念中不可說不可說諸根海皆悉現前得了知諸根際於一根中見一切根願力故一念中不可說不可說佛剎微塵數時皆悉現前得於一

切時轉法輪衆生界盡法輪無盡願力故一念中不可說不可說一切三世海皆悉現前得了知一切世界中一切三世分位智光明願力故善男子我唯知此菩薩隨順燈解脫門如諸菩薩摩訶薩如金剛燈於如來家真正受生具足成就不死命根常然智燈無有盡滅其身堅固不可沮壞現於如幻色相之身如緣起法無量差別隨衆生心各各示現形貌色相世無倫匹毒刃火災所不能害如金剛山無能壞者降伏一切諸魔外道其身妙好如真金山於天人中最爲殊特名稱廣大靡不聞知觀諸世間咸對目前演深法藏如海無盡放大光明普照十方若有見者必破一切障礙大山必拔一切不善根本必令種植廣大善根如是之人難可得見難可出

世而我云何能知能說彼功德行善男子於此南方有一國土名曰名聞於河渚中有一童子名自在主汝詣彼問菩薩云何學菩薩行修菩薩道時善財童子爲欲究竟菩薩勇猛清淨之行欲得菩薩大力光明欲修菩薩無勝無盡諸功德行欲滿菩薩堅固大願欲成菩薩廣大深心欲持菩薩無量勝行於菩薩法心無猒足願入一切菩薩功德欲常攝御一切衆生欲超生死稠林曠野於善知識常樂見聞承事供養無有猒倦頂禮其足遶無量帀慇懃瞻仰辭退而去爾時善財童子受善見比丘教已憶念誦持思惟修習明了決定於彼法門而得悟入天龍夜叉乾闥婆衆前後圍繞向名聞國周徧求覓自在主童子時有天龍乾闥婆等於虛空中告善財言

善男子今此童子在河渚上爾時善財即詣其所見此童子十千童子所共圍繞聚沙爲戲善財見已頂禮其足繞無量帀合掌恭敬却住一面白言聖者我已先發阿耨多羅三藐三菩提心而未知菩薩云何學菩薩行云何修菩薩道願爲解說自在主言善男子我昔曾於文殊師利童子所修學書數筭印等法即得悟入一切工巧神通智法門善男子我因此法門故得知世間書數筭印界處等法亦能療治風癇消瘦鬼魅所著如是所有一切諸病亦能造立城邑聚落園林臺觀宮殿屋宅種種諸處亦善調鍊種種仙藥亦善營理田農商賈一切諸業取捨進退咸得其所又善別知衆生身相作善作惡當生善趣當生惡趣此人應得聲聞乘道此人應得緣覺乘道此人應入一切智地如是等事皆悉能知亦令衆生學習此法增長決定究竟清淨善男子我亦能知菩薩筭法所謂一百洛叉爲一俱胝俱胝俱胝爲一阿庾多阿庾多阿庾多爲一那由他那由他那由他爲一頻婆羅頻婆羅頻婆羅爲一矜羯羅廣說乃至優鉢羅優鉢羅優鉢羅爲一波頭摩波頭摩波頭摩爲一僧祇僧祇僧祇爲一趣趣趣爲一喻喻喻爲一無數無數無數爲一無數轉無數轉無數轉爲一無量無量無量爲一無量轉無量轉無量轉爲一無邊無邊無邊爲一無邊轉無邊轉無邊轉爲一無等無等無等爲一無等轉無等轉無等轉爲一不可數不可數不可數爲一不可數轉不可數轉不可數轉爲一不可稱不可稱不可稱爲一不可稱轉

不可稱轉不可稱轉爲一不可思不可思不可思爲一不可思轉不可思轉不可思轉爲一不可量不可量不可量爲一不可量轉不可量轉不可量轉不可量轉爲一不可說不可說不可說不可說爲一不可說轉不可說轉不可說轉爲一不可說不可說不可說此又不可說不可說不可說爲一不可說不可說轉善男子我以此菩薩筭法筭無量由旬廣大沙聚悉知其内顆粒多少亦能筭知東方所有一切世界種種差別次第安住南西北方四維上下亦復如是亦能筭知十方所有一切世界廣狹大小及以名字其中所有一切劫名一切佛名一切法名一切衆生名一切業名一切菩薩名一切諦名皆悉了知善男子我唯知此一切工巧大神通智光明法門如諸菩薩摩訶薩能知一切諸衆生數能知一切諸法品類數能知一切諸法差别數能知一切三世數能知一切衆生名數能知一切諸法名數能知一切諸如來數能知一切諸佛名數能知一切諸菩薩數能知一切菩薩名數而我何能說其功德示其所行顯其境界讚其勝力辯其樂欲宣其助道彰其大願歎其妙行闡其諸度演其清淨發其殊勝智慧光明善男子於此南方有一大城名曰海住有優婆夷名爲具足汝詣彼問菩薩云何學菩薩行修菩薩道時善財童子聞是語已舉身毛竪歡喜踊躍獲得希有信樂寶心成就廣大利衆生心悉能明見一切諸佛出興次第悉能通達甚深智慧清淨法輪於一切趣皆隨現身了知三世平等境界出生無盡功德大海放大智慧自在

光明開三有城所有關鑰頂禮其足繞無量帀慇懃瞻仰辭退而去爾時善財童子觀察思惟善知識教猶如巨海受大雲雨無有厭足作是念言善知識教猶如春日生長一切善法根苗善知識教猶如滿月凡所照及皆使清涼善知識教如夏雪山能除一切諸獸熱渴善知識教如芳池日能開一切善心蓮華善知識教如大寶洲種種法寶充滿其心善知識教如閻浮樹積集一切福智華果善知識教如大龍王於虛空中遊戲自在善知識教如須彌山無量善法三十三天於中止住善知識教猶如帝釋衆會圍繞無能映蔽能伏異道脩羅軍衆如是思惟漸次遊行至海住城處處尋覓此優婆夷時彼衆人咸告之言善男子此優婆夷在此城中所住宅內善財聞已即詣其門合掌而立其宅廣博種種莊嚴衆寶垣牆周帀圍繞四面皆有寶莊嚴門善財入已見優婆夷處於寶座盛年好色端正可喜素服垂髮身無瓔珞其身色相威德光明除佛菩薩餘無能及於其宅內敷十億座超出人天一切所有皆是菩薩業力成就宅中無有衣服飲食及餘一切資生之物但於其前置一小器復有一萬童女圍繞威儀色相如天采女妙寶嚴具莊飾其身言音美妙聞者喜悅常在左右親近瞻仰思惟觀察曲躬低首應其教命彼諸童女身出妙香普熏一切若有衆生遇斯香者皆不退轉無怒害心無怨結心無慳嫉心無諂誑心無險曲心無憎愛心無瞋恚心無下劣心無高慢心生平等心起大慈心發利益心住律儀

心離貪求心聞其音者歡喜踊躍見其身者悉離貪染爾時善財既見具足優婆夷已頂禮其足恭敬圍繞合掌而立白言聖者我已先發阿耨多羅三藐三菩提心而未知菩薩云何學菩薩行云何修菩薩道我聞聖者善能誘誨願爲我說彼即告言善男子我得菩薩無盡福德藏解脫門能於如是一小器中隨諸衆生種種欲樂出生種種美味飲食悉令充滿假使百衆生千衆生百千衆生億衆生百億衆生千億衆生百千億那由他衆生乃至不可說不可說衆生假使閻浮提微塵數衆生一四天下微塵數衆生小千世界中千世界大千世界乃至不可說不可說佛刹微塵數衆生假使十方世界一切衆生隨其欲樂悉令充滿而其飲食無有窮盡亦不減少如是飲食如是種種上味種種牀座種種衣服種種卧具種種車乘種種華種種鬘種種香種種塗香種種燒香種種末香種種珍寶種種瓔珞種種幢種種旛種種蓋種種上妙資生之具隨意所樂悉令充足又善男子假使東方一世界中聲聞獨覺食我食已皆證聲聞辟支佛果住最後身如一世界中如是百世界千世界百千世界億世界百億世界千億世界百千億世界百千億那由他世界閻浮提微塵數世界一四天下微塵數世界小千國土微塵數世界中千國土微塵數世界三千大千國土微塵數世界乃至不可說不可說佛刹微塵數世界中所有一切聲聞獨覺食我食已皆證聲聞辟支佛果住最後身如於東方南西北方四維上下亦復如

是又善男子東方一世界乃至不可說不可說佛刹微塵數世界中所有一生所繫菩薩食我食已皆菩提樹下坐於道場降伏魔軍成阿耨多羅三藐三菩提如東方南西北方四維上下亦復如是善男子汝見我此十千童女眷屬以不答言已見優婆夷言善男子此十千童女而爲上首如是眷屬百萬阿僧祇皆悉與我同行同願同善根同出離道同清淨解同清淨念同清淨趣同無量覺同得諸根同廣大心同所行境同理同義同明了法同淨色相同無量力同最精進同正法音同隨類音同清淨第一音同讃無量清淨功德同清淨業同清淨報同大慈周普救護一切同大悲周普成熟衆生同清淨身業隨緣集起令見者欣悅同清淨口業隨世語言宣布法化同往詣一切諸佛衆會道場同往詣一切佛刹供養諸佛同能現見一切法門同住菩薩清淨行地善男子是十千童女能於此器取上飲食一刹那頃徧至十方供養一切後身菩薩聲聞獨覺乃至徧及諸餓鬼趣皆令充足善男子此十千女以我此器能於天中充足天食乃至人中充足人食善男子且待須臾汝當自見說是語時善財則見無量衆生從四門入皆優婆夷本願所請既來集已敷座令坐隨其所須給施飲食悉使充足告善財言善男子我唯知此無盡福德藏解脫門如諸菩薩摩訶薩一切功德猶如大海甚深無盡猶如虛空廣大無際如如意珠滿衆生願如大聚落所求皆得如須彌山普集衆寶猶如奥藏常貯法財猶如明燈破諸

黑闇猶如高蓋普蔭羣生而我云何能知能說彼功德行善男子南方有城名曰大興彼有居士名曰明智汝詣彼問菩薩云何學菩薩行修菩薩道時善財童子頂禮其足繞無量帀瞻仰無厭辭退而去爾時善財童子得無盡莊嚴福德藏解脫光明已思惟彼福德大海觀察彼福德虛空趣彼福德聚登彼福德山攝彼福德藏入彼福德淵遊彼福德池淨彼福德輪見彼福德藏入彼福德門行彼福德道修彼福德種漸次而行至大興城周徧推求明智長者於善知識心生渴仰以善知識熏習其心於善知識志欲堅固方便求見諸善知識心不退轉願得承事諸善知識心無懈倦知由依止善知識故能滿衆善知由依止善知識故能生衆福知由依止善知識故能長衆行知由依止善知識故不由他教自能承事一切善友如是思惟時長其善根淨其深心增其根性益其德本加其大願廣其大悲近一切智具普賢道照明一切諸佛正法增長如來十力光明爾時善財見彼居士在其城內市四衢道七寶臺上處無數寶莊嚴之座其座妙好清淨摩尼以爲其身金剛帝青以爲其足寶繩交絡五百妙寶而爲校飾敷天寶衣建天幢旛張大寶網施大寶帳閻浮檀金以爲其蓋毗瑠璃寶以爲其竿令人執持以覆其上鵝王羽翮清淨嚴潔以爲其扇熏衆妙香雨衆天華左右常奏五百樂音其音美妙過於天樂衆生聞者無不悅豫十千眷屬前後圍繞色相端嚴人所喜見天莊嚴具以爲嚴飾於天人中最勝無比

悉已成就菩薩志欲皆與居士同昔善根侍立瞻對承其教命爾時善財頂禮其足繞無量帀合掌而立白言聖者我爲利益一切衆生故爲令一切衆生出諸苦難故爲令一切衆生究竟安樂故爲令一切衆生出生死海故爲令一切衆生住法寶洲故爲令一切衆生枯竭愛河故爲令一切衆生起大慈悲故爲令一切衆生捨離欲愛故爲令一切衆生渴仰佛智故爲令一切衆生出生死曠野故爲令一切衆生樂諸佛功德故爲令一切衆生出三界城故爲令一切衆生入一切智城故發阿耨多羅三藐三菩提心而未知菩薩云何學菩薩行云何修菩薩道能爲一切衆生作依止處長者告言善哉善哉善男子汝乃能發阿耨多羅三藐三菩提心善男子發阿耨多羅三藐三菩提心是人難得若能發心是人則能求菩薩行値遇善知識恒無厭足親近善知識恒無勞倦供養善知識恒不疲懈給侍善知識不生憂慼求覓善知識終不退轉愛念善知識終不放捨承事善知識無暫休息瞻仰善知識無時憩止行善知識教未曾怠惰禀善知識心無有誤失善男子汝見我此衆會人不善財答言唯然已見居士言善男子我已令其發阿耨多羅三藐三菩提心生如來家增長白法安住無量諸波羅蜜學佛十力離世間種住如來種棄生死輪轉正法輪滅三惡趣住正法趣如諸菩薩悉能救護一切衆生善男子我得隨意出生福德藏解脱門凡有所須悉滿其願所謂衣服瓔珞象馬車乘華香幢蓋飲食湯藥房舍

屋宅牀座燈炬奴婢牛羊及諸侍使如是一切資生之物諸有所須悉令充滿乃至爲說眞實妙法善男子且待須臾汝當自見說是語時無量衆生從種種方所種種世界種種國土種種城邑形類各别愛欲不同皆以菩薩往昔願力其數無邊俱來集會各隨所欲而有求請爾時居士知衆普集須臾繫念仰視虛空如其所須悉從空下一切衆會普皆滿足然後復爲說種種法所謂爲得美食而充足者與說種種集福德行離貧窮行知諸法行成就法喜禪悅食行修習具足諸相好行增長成就難屈伏行善能了達無上食行成就無盡大威德力降魔寃行爲得好飲而充足者與其說法令於生死捨離愛著入佛法味爲得種種諸上味者與其說法皆令獲得諸佛如來上味之相爲得車乘而充足者與其宣說種種法門皆令得載摩訶衍乘爲得衣服而充足者與其說法令得清淨慚愧之衣乃至如來清淨妙色如是一切靡不周贍然後悉爲如應說法旣聞法已還歸本處爾時居士爲善財童子示現菩薩不可思議解脫境界已告言善男子我唯知此隨意出生福德藏解脫門如諸菩薩摩訶薩成就寶手徧覆一切十方國土以自在力普雨一切資生之具所謂雨種種色寶種種色瓔珞種種色寶冠種種色衣服種種色音樂種種色華種種色香種種色末香種種色燒香種種色寶蓋種種色幢旛徧滿一切衆生住處及諸如來衆會道場或以成熟一切衆生或以供養一切諸佛而我云何能知能說彼諸功

德自在神力善男子於此南方有一大城名師子宮彼有長者名法寶髻汝可往問菩薩云何學菩薩行修菩薩道時善財童子歡喜踊躍恭敬尊重如弟子禮作如是念由此居士護念於我令我得見一切智道不斷愛念善知識見不壞尊重善知識心常能隨順善知識教決定深信善知識語恒發深心事善知識頂禮其足繞無量帀慇懃瞻仰辭退而去

大方廣佛華嚴經卷第六十五

音釋

膚芳無切皮膚也 網縵網文兩切縵莫官切網縵謂佛指間皮相連如鵝鴈掌也 瞬舒閏切目動也 療力嶠切治疾也 癇胡閒切風病也 商賈商尸羊切行賣也賈公戶切坐販也 顆粒顆苦果切粒力入切 鑰以灼切關下牡也 翮下革切鳥之勁羽也 憩去例切息也

大方廣佛華嚴經卷第六十六

唐于闐國三藏沙門實叉難陀譯

入法界品第三十九之七

爾時善財童子於明智居士所聞此解脫已，遊彼福德海，治彼福德田，仰彼福德山，趣彼福德津，開彼福德藏，觀彼福德法，淨彼福德輪，味彼福德聚，生彼福德力，增彼福德勢。漸次而行，向師子城，周徧推求寶髻長者。見此長者在於市中，遽即往詣，頂禮其足，繞無數帀，合掌而立，白言：聖者，我已先發阿耨多羅三藐三菩提心，而未知菩薩云何學菩薩行？云何修菩薩道？善哉聖者，願爲我說諸菩薩道，我乘此道趣一切智。爾時長者執善財手，將詣所居，示其舍宅，作如是言：善男子，且觀我家。爾時善財見其舍宅清淨光明，眞金所成，白銀爲牆，玻瓈爲殿，紺瑠璃寶以爲樓閣，硨磲妙寶而作其柱，百千種寶周徧莊嚴，赤珠摩尼爲師子座，摩尼爲帳，眞珠爲網，彌覆其上，碼碯寶池香水盈滿，無量寶樹周徧行列。其宅廣博，十層八門。善財入已，次第觀察，見最下層施諸飲食，見第二層施諸寶衣，見第三層布施一切寶莊嚴具，見第四層施諸采女幷及一切上妙珍寶，見第五層乃至五地菩薩雲集，演說諸法，利益世間，成就一切陀羅尼門、諸三昧印、諸三昧行、智慧光明，見第六層有諸菩薩，皆已成就甚深智慧，於諸法性明了通達，成就廣大總持三昧無障礙門，所行無礙，不住二法，在不可說妙莊嚴道場中而共集會，分別顯示般若波羅蜜門，所謂寂靜藏般若波羅蜜門、善分別諸衆生智

般若波羅蜜門不可動轉般若波羅蜜門離欲光明般若波羅蜜門不可降伏藏般若波羅蜜門照衆生輪般若波羅蜜門海藏般若波羅蜜門普眼捨得般若波羅蜜門入無盡藏般若波羅蜜門一切方便海般若波羅蜜門入一切世間海般若波羅蜜門無礙辯才般若波羅蜜門隨順衆生般若波羅蜜門無礙光明般若波羅蜜門常觀宿緣而布法雲般若波羅蜜門說如是等百萬阿僧祇般若波羅蜜門見第七層有諸菩薩得如響忍以方便智分別觀察而得出離悉能聞持諸佛正法見第八層無量菩薩共集其中皆得神通無有退墮能以一音徧十方刹其身普現一切道場盡于法界靡不周徧普入佛境普見佛身普於一切佛衆會中而爲上首演說於法見第九層一生所繫諸菩薩衆於中集會見第十層一切如來充滿其中從初發心修菩薩行超出生死成滿大願及神通力淨佛國土道場衆會轉正法輪調伏衆生如是一切悉使明見爾時善財見是事已白言聖者何緣致此清淨衆會種何善根獲如是報長者告言善男子我念過去過佛刹微塵數劫有世界名圓滿莊嚴佛號無邊光明法界普莊嚴王如來應正等覺十號圓滿彼佛入城我奏樂音并燒一九香而以供養以此功德迴向三處謂永離一切貧窮困苦常見諸佛及善知識恒聞正法故獲斯報善男子我唯知此菩薩無量福德寶藏解脫門如諸菩薩摩訶薩得不思議功德寶藏入無分別如來身海受無分別無上法雲修無分別功德

道具起無分別普賢行網入無分別三昧境界等無分別菩薩善根住無分別如來所住證無分別三世平等住無分別普眼境界住一切劫無有疲厭而我云何能知能說彼功德行善男子於此南方有一國土名曰藤根其土有城名曰普門中有長者名爲普眼汝詣彼問菩薩云何學菩薩行修菩薩道時善財童子頂禮其足繞無數帀慇懃瞻仰辭退而去爾時善財童子於寶髻長者所聞此解脫已深入諸佛無量知見安住菩薩無量勝行了達菩薩無量方便希求菩薩無量法門清淨菩薩無量信解明利菩薩無量諸根成就菩薩無量欲樂通達菩薩無量行門增長菩薩無量願力建立菩薩無能勝幢起菩薩智照菩薩法漸次而行至藤根國推問求覓彼城所在雖歷艱難不憚勞苦但唯正念善知識教願常親近承事供養徧策諸根離衆放逸然後乃得見普門城百千聚落周帀圍繞雉堞崇峻衢路寬平見彼長者往詣其所於前頂禮合掌而立白言聖者我已先發阿耨多羅三藐三菩提心而未知菩薩云何學菩薩行云何修菩薩道長者告言善哉善哉善男子汝已能發阿耨多羅三藐三菩提心善男子我知一切衆生諸病風黃痰熱鬼魅蠱毒乃至水火之所傷害如是一切所生諸疾我悉能以方便救療善男子十方衆生諸有病者咸來我所我皆療治令其得差復以香湯沐浴其身香華瓔珞名衣上服種種莊嚴施諸飲食及以財寶悉令充足無所乏短然後各爲如應說法爲貪欲多者教不淨觀

瞋恚多者教慈悲觀愚癡多者教其分別種種法相等分行者爲其顯示殊勝法門爲欲令其發菩提心稱揚一切諸佛功德爲欲令其起大悲意顯示生死無量苦惱爲欲令其增長功德讚歎修習無量福智爲欲令其發大誓願稱讚調伏一切衆生爲欲令其修普賢行說諸菩薩於一切刹一切劫住修諸行網爲欲令其具佛相好稱揚讚歎檀波羅蜜爲欲令其得佛淨身悉能徧至一切處故稱揚讚歎尸波羅蜜爲欲令其得佛清淨不思議身稱揚讚歎忍波羅蜜爲欲令其獲於如來無能勝身稱揚讚歎精進波羅蜜爲欲令其得於清淨無與等身稱揚讚歎禪波羅蜜爲欲令其顯現如來清淨法身稱揚讚歎般若波羅蜜爲欲令其現佛世尊清淨色身稱揚讚歎方便波羅蜜爲欲令其爲諸衆生住一切劫稱揚讚歎願波羅蜜爲欲令其現清淨身悉過一切諸佛刹土稱揚讚歎力波羅蜜爲欲令其現清淨身隨衆生心悉使歡喜稱揚讚歎智波羅蜜爲欲令其獲於究竟淨妙之身稱揚讚歎永離一切諸不善法如是施已各令還去善男子我又善知和合一切諸香要法所謂無等香辛頭波羅香無勝香覺悟香阿盧那跋底香堅黑栴檀香烏洛迦栴檀香沈水香不動諸根香如是等香悉知調理和合之法又善男子我持此香以爲供養普見諸佛所願皆滿所謂救護一切衆生願嚴淨一切佛刹願供養一切如來願又善男子然此香時一一香中出無量香徧至十方一切法界一切諸佛衆會道場或爲香宫

或爲香殿如是香欄檻香垣牆香却敵香户牖香重閣香半月香蓋香幢香旛香帳香羅網香形像香莊嚴具香光明香雲雨處處充滿以爲莊嚴善男子我唯知此令一切衆生普見諸佛歡喜法門如諸菩薩摩訶薩如大藥王若見若聞若憶念若同住若隨行往若稱名號皆獲利益無空過者若有衆生暫得值遇必令消滅一切煩惱入於佛法離諸苦蘊永息一切生死怖畏到無所畏一切智處摧壞一切老死大山安住平等寂滅之樂而我云何能知能說彼功德行善男子於此南方有一大城名多羅幢彼中有王名無厭足汝詣彼問菩薩云何學菩薩行修菩薩道時善財童子禮普眼足繞無量帀慇懃瞻仰辭退而去爾時善財童子憶念思惟善知識教念善知識能攝受我能守護我令我於阿耨多羅三藐三菩提無有退轉如是思惟生歡喜心淨信心廣大心怡暢心踊躍心欣慶心勝妙心寂靜心莊嚴心無著心無礙心平等心自在心住法心徧往佛刹心見佛莊嚴心不捨十力心漸次遊行經歷國土村邑聚落至多羅幢城問無厭足王所在之處諸人答言此王今者在於正殿坐師子座宣布法化調御衆生可治者治可攝者攝罰其罪惡決其諍訟撫其孤弱皆令永斷殺盜邪婬亦令禁止妄言兩舌惡口綺語又使遠離貪瞋邪見時善財童子依衆人語尋即往詣遥見彼王坐那羅延金剛之座阿僧祇寶以爲其足無量寶像以爲莊嚴金繩爲網彌覆其上如意摩尼以爲寶冠莊嚴其首閻浮檀金以爲

半月莊嚴其額帝青摩尼以爲耳璫相對垂下無價摩尼以爲瓔珞莊嚴其頸天妙摩尼以爲印釧莊嚴其臂閻浮檀金以爲其蓋衆寶間錯以爲輪輻大瑠璃寶以爲其竿光味摩尼以爲其齋雜寶爲鈴恒出妙音放大光明周徧十方如是寶蓋而覆其上阿那羅王有大力勢能伏他衆無能與敵以離垢繒而繫其頂十千大臣前後圍繞共理王事其前復有十萬猛卒形貌醜惡衣服褊陋執持器仗攘臂瞋目衆生見者無不恐怖無量衆生犯王教勑或盜他物或害他命或侵他妻或生邪見或起瞋恨或懷貪嫉作如是等種種惡業身被五縛將詣王所隨其所犯而治罰之或斷手足或截耳鼻或挑其目或斬其首或剥其皮或解其體或以湯煑或以火焚或驅上高山推令墮落有如是等無量楚毒發聲號叫譬如衆合大地獄中善財見已作如是念我爲利益一切衆生求菩薩行修菩薩道今者此王滅諸善法作大罪業逼惱衆生乃至斷命曾不顧懼未來惡道云何於此而欲求法發大悲心救護衆生作是念時空中有天而告之言善男子汝當憶念普眼長者善知識教善財仰視而白之曰我常憶念初不敢忘天曰善男子汝莫厭離善知識語善知識者能引導汝至無險難安隱之處善男子菩薩善巧方便智不可思議攝受衆生智不可思議護念衆生智不可思議成熟衆生智不可思議守護衆生智不可思議度脫衆生智不可思議調伏衆生智不可思議時善財童子聞此語已即詣王所頂禮其足白言

聖者我已先發阿耨多羅三藐三菩提心而未知菩薩云何學菩薩行云何修菩薩道我聞聖者善能教誨願爲我說時阿那羅王理王事已執善財手將入宮中命之同坐告言善男子汝應觀我所住宮殿善財如語即徧觀察見其宮殿廣大無比皆以妙寶之所合成七寶爲牆周帀圍繞百千衆寶以爲樓閣種種莊嚴悉皆妙好不思議摩尼寶網羅覆其上十億侍女端正殊絕威儀進止皆悉可觀凡所施爲無非巧妙先起後卧輭意承旨時阿那羅王告善財言善男子於意云何我若實作如是惡業云何而得如是果報如是色身如是眷屬如是富贍如是自在善男子我得菩薩如幻解脫善男子我此國土所有衆生多行殺盜乃至邪見作餘方便不能令其捨離惡業善男子我爲調伏彼衆生故化作惡人造諸罪業受種種苦令其一切作惡衆生見是事已心生惶怖心生猒離心生怯弱斷其所作一切惡業發阿耨多羅三藐三菩提意善男子我以如是巧方便故令諸衆生捨十惡業住十善道究竟快樂究竟安隱究竟住於一切智地善男子我身語意未曾惱害於一衆生善男子如我心者寧於未來受無間苦終不發生一念之意與一蚊一蟻而作苦事況復人耶人是福田能生一切諸善法故善男子我唯得此如幻解脫如諸菩薩摩訶薩得無生忍知諸有趣悉皆如幻菩薩諸行悉皆如化一切世間悉皆如影一切諸法悉皆如夢入眞實相無礙法門修行帝網一切諸行以無礙智行於境界普入一切

平等三昧於陀羅尼已得自在而我云何能知能說彼功德行善男子於此南方有城名妙光王名大光汝詣彼問菩薩云何學菩薩行修菩薩道時善財童子頂禮王足繞無數帀辭退而去爾時善財童子一心正念彼王所得幻智法門思惟彼王如幻解脫觀察彼王如幻法性發如幻願淨如幻法普於一切如幻三世起於種種如幻變化如是思惟漸次遊行或至人間城邑聚落或經曠野巖谷險難無有疲懈未曾休息然後乃至妙光大城而問人言妙光大城在於何所人咸報言妙光城者今此城是是大光王之所住處時善財童子歡喜踊躍作如是念我善知識在此城中我今必當親得奉見聞諸菩薩所行之行聞諸菩薩出要之門聞諸菩薩所證之法聞諸菩薩不思議功德聞諸菩薩不思議自在聞諸菩薩不思議平等聞諸菩薩不思議勇猛聞諸菩薩不思議境界廣大清淨作是念已入妙光城見此大城以金銀瑠璃玻瓈真珠硨磲碼碯七寶所成七寶深塹七重圍繞八功德水盈滿其中底布金沙優鉢羅華波頭摩華拘物頭華芬陀利華徧布其上寶多羅樹七重行列七種金剛以爲其垣各各圍繞所謂師子光明金剛垣無能超勝金剛垣不可沮壞金剛垣不可毀缺金剛垣堅固無礙金剛垣勝妙網藏金剛垣離塵清淨金剛垣悉以無數摩尼妙寶間錯莊嚴種種衆寶而爲埤堄其城縱廣一十由旬周迴八方面開八門皆以七寶周徧嚴飾毗瑠璃寶以爲其地種種莊嚴甚可愛樂其城之內十

億衢道一一道間皆有無量萬億衆生於中止住有無數閻浮檀金樓閣毗瑠璃摩尼網羅覆其上無數銀樓閣赤真珠摩尼網羅覆其上無數毗瑠璃樓閣妙藏摩尼網羅覆其上無數玻瓈樓閣無垢藏摩尼王網羅覆其上無數光照世間摩尼寶樓閣日藏摩尼王網羅覆其上無數帝青摩尼寶樓閣妙光摩尼王網羅覆其上無數衆生海摩尼王樓閣燄光明摩尼王網羅覆其上無數金剛寶樓閣無能勝幢摩尼王網羅覆其上無數黑栴檀樓閣天曼陀羅華網羅覆其上無數無等香王樓閣種種華網羅覆其上其城復有無數摩尼網無數寶鈴網無數天香網無數天華網無數寶形像網無數寶衣帳無數寶蓋帳無數寶樓閣帳無數寶華鬘帳之所彌覆

處處建立寶蓋幢旛當此城中有一樓閣名正法藏阿僧祇寶以爲莊嚴光明赫奕最勝無比衆生見者心無厭足彼大光王常處其中爾時善財童子於此一切珍寶妙物乃至男女六塵境界皆無愛著但正思惟究竟之法一心願樂見善知識漸次遊行見大光王去於所住樓閣不遠四衢道中坐如意摩尼寶蓮華藏廣大莊嚴師子之座紺瑠璃寶以爲其足金繒爲帳衆寶爲網上妙天衣以爲茵褥其王於上結跏趺坐三十八種大人之相八十隨好而以嚴身如真金山光色熾盛如淨空日威光赫奕如盛滿月見者清涼如梵天王處於梵衆亦如大海功德法寶無有邊際亦如雪山相好樹林以爲嚴飾亦如大雲能震法雷啓悟羣品亦如虛空顯現種種

法門星象如須彌山四色普現衆生心海亦如寶洲種種智寶充滿其中於王座前有金銀瑠璃摩尼眞珠珊瑚琥珀珂貝璧玉諸珍寶聚衣服瓔珞及諸飲食無量無邊種種充滿復見無量百千萬億上妙寶車百千萬億諸天妓樂百千萬億天諸妙香百千萬億病緣湯藥資生之具如是一切悉皆珍好無量乳牛蹄角金色無量千億端正女人上妙栴檀以塗其體天衣瓔珞種種莊嚴六十四能靡不該練世情禮則悉皆善解隨衆生心而以給施城邑聚落四衢道側悉置一切資生之具一一道傍皆有二十億菩薩以此諸物給施衆生爲欲普攝衆生故爲令衆生歡喜故爲令衆生踊躍故爲令衆生心淨故爲令衆生清涼故爲滅衆生煩惱故爲令衆生知一切義理故爲令衆生入一切智道故爲令衆生捨寃敵心故爲令衆生離身語惡故爲令衆生拔諸邪見故爲令衆生淨諸業道故

時善財童子五體投地頂禮其足恭敬右繞經無量帀合掌而住白言聖者我已先發阿耨多羅三藐三菩提心而未知菩薩云何學菩薩行云何修菩薩道我聞聖者善能誘誨願爲我說時王告言善男子我淨修菩薩大慈幢行我滿足菩薩大慈幢行善男子我於無量百千萬億乃至不可說不可說佛所問難此法思惟觀察修習莊嚴善男子我以此法爲王以此法教勑以此法攝受以此法隨逐世間以此法引導衆生以此法令衆生修行以此法令衆生趣入以此法與衆生方便以此法令衆生熏習以此法令衆生起行以

此法令衆生安住思惟諸法自性以此法令衆生安住慈心以慈爲主具足慈力如是令住利益心安樂心哀愍心攝受心守護衆生不捨離心拔衆生苦無休息心我以此法令一切衆生畢竟快樂恒自悅豫身無諸苦心得清凉斷生死愛樂正法樂滌煩惱垢破惡業障絕生死流入眞法海斷諸有趣求一切智淨諸心海生不壞信善男子我已住此大慈幢行能以正法教化世間善男子我國土中一切衆生皆於我所無有恐怖善男子若有衆生貧窮困乏來至我所而有求索我開庫藏恣其所取而語之言莫造諸惡莫害衆生莫起諸見莫生執著汝等貧乏若有所須當來我所及四衢道一切諸物種種具足隨意而取勿生疑難善男子此妙光城所住衆生皆是菩薩發大乘意隨心所欲所見不同或見此城其量狹小或見此城其量廣大或見土砂以爲其地或見衆寶而以莊嚴或見聚土以爲垣牆或見寶牆周帀圍繞或見其地多諸瓦石高下不平或見無量大摩尼寶間錯莊嚴平坦如掌或見屋宅土木所成或見殿堂及諸樓閣階墀窻闥軒檻戶牖如是一切無非妙寶善男子若有衆生其心清淨曾種善根供養諸佛發心趣向一切智道以一切智爲究竟處及我昔時修菩薩行曾所攝受則見此城衆寶嚴淨餘皆見穢善男子此國土中一切衆生五濁世時樂作諸惡我心哀愍而欲救護入於菩薩大慈爲首隨順世間三昧之門入此三昧時彼諸衆生所有怖畏心惱害心冤敵心諍論心如是諸心悉

自消滅何以故入於菩薩大慈爲首順世三昧法如是故善男子且待須臾自當現見時大光王即入此定其城內外六種震動諸寶地寶牆寶堂寶殿臺觀樓閣階砌戶牖如是一切咸出妙音悉向於王曲躬敬禮妙光城內所有居人靡不同時歡喜踊躍俱向王所舉身投地村營城邑一切人衆咸來見王歡喜敬禮近王所住鳥獸之屬互相瞻視起慈悲心咸向王前恭敬禮拜一切山原及諸草樹莫不迴轉向王敬禮陂池泉井及以河海悉皆騰溢流注王前十千龍王起大香雲激電震雷注微細雨有十千天王所謂忉利天王夜摩天王兜率陀天王善變化天王他化自在天王如是等而爲上首於虛空中作衆妓樂無數天女歌詠讚歎雨無數華雲無數香雲無數寶鬘雲無數寶衣雲無數寶蓋雲無數寶幢雲無數寶旛雲於虛空中而爲莊嚴供養其王伊羅婆拏大象王以自在力於虛空中敷布無數大寶蓮華垂無數寶瓔珞無數寶繒帶無數寶鬘無數寶嚴具無數寶華無數寶香種種奇妙以爲嚴飾無數采女種種歌讚閻浮提內復有無量百千萬億諸羅刹王諸夜叉王鳩槃荼王毗舍闍王或住大海或居陸地飲血噉肉殘害衆生皆起慈心願行利益明識後世不造諸惡恭敬合掌頂禮於王如閻浮提餘三天下乃至三千大千世界乃至十方百千萬億那由他世界中所有一切毒惡衆生悉亦如是時大光王從三昧起告善財言善男子我唯知此菩薩大慈爲首隨順世間三昧門如諸菩薩摩訶薩

爲高蓋慈心普蔭諸衆生故爲修行下中上行悉等行故爲大地能以慈心任持一切諸衆生故爲滿月福德光明於世間中平等現故爲淨日以智光明照耀一切所知境故爲明燈能破一切衆生心中諸黑闇故爲水清珠能清一切衆生心中諂誑濁故爲如意寶悉能滿足一切衆生心所願故爲大風速令衆生修習三昧入一切智大城中故而我云何能知其行能說其德能稱量彼福德大山能瞻仰彼功德衆星能觀察彼大願風輪能趣入彼甚深法門能顯示彼莊嚴大海能闡明彼普賢行門能開示彼諸三昧窟能讚歎彼大慈悲雲善男子於此南方有一王都名曰安住有優婆夷名曰不動汝詣彼問菩薩云何學菩薩行修菩薩道時善財童子頂禮王足繞無數帀慇懃瞻仰辭退而去爾時善財童子出妙光城遊行道路正念思惟大光王教憶念菩薩大慈幢行門思惟菩薩隨順世間三昧光明門增長彼不思議願福德自在力堅固彼不思議成熟衆生智觀察彼不思議不共受用大威德憶念彼不思議差別相思惟彼不思議清淨眷屬思惟彼不思議所作業生歡喜心生淨信心生猛利心生欣悅心生踊躍心生慶幸心生無濁心生清淨心生堅固心生廣大心生無盡心如是思惟悲泣流淚念善知識實爲希有出生一切諸功德處出生一切諸菩薩行出生一切菩薩淨念出生一切陀羅尼輪出生一切三昧光明出生一切諸佛知見普雨一切諸佛法雨顯示一切菩薩願門出生難思智慧光明增

長一切菩薩根芽又作是念善知識者能普救護一切惡道能普演說諸平等法能普顯示諸夷險道能普開闡大乘奧義能普勸發普賢諸行能普引到一切智城能普令入法界大海能普令見三世法海能普授與衆聖道場能普增長一切白法善財童子如是悲哀思念之時彼常隨逐覺悟菩薩如來使天於虛空中而告之言善男子其有修行善知識教諸佛世尊悉皆歡喜其有隨順善知識語則得近於一切智地其有能於善知識語無疑惑者則常值遇一切善友其有發心願常不離善知識者則得具足一切義利善男子汝可往詣安住王都即當得見不動優婆夷大善知識時善財童子從彼三昧智光明起漸次遊行至安住城周徧推求不動優婆夷今在何所無量人衆咸告之言善男子不動優婆夷身是童女在其家內父母守護與自親屬無量人衆演說妙法善財童子聞是語已其心歡喜如見父母即詣不動優婆夷舍入其宅內見彼堂宇金色光明普皆照耀遇斯光者身意清涼善財童子光明觸身即時獲得五百三昧門所謂了一切希有相三昧門入寂靜三昧門遠離一切世間三昧門普眼捨得三昧門如來藏三昧門得如是等五百三昧門以此三昧門故身心柔輭如七日胎又聞妙香非諸天龍乾闥婆等人與非人之所能有善財童子前詣其所恭敬合掌一心觀察見其形色端正殊妙十方世界一切女人無有能及況其過者唯除如來及以一切灌頂菩薩口出妙香宮殿莊嚴幷其眷

屬悉無與等況復過者十方世界一切衆生無有於此優婆夷所起染著心若得暫見所有煩惱悉自消滅譬如百萬大梵天王決定不生欲界煩惱其有見此優婆夷者所有煩惱應知亦然十方衆生觀此女人皆無厭足唯除具足大智慧者爾時善財童子曲躬合掌正念觀察見此女人其身自在不可思議色相顏容世無與等光明洞徹物無能障普爲衆生而作利益其身毛孔恒出妙香眷屬無邊宮殿第一功德深廣莫知涯際心生歡喜以頌讚曰

守護清淨戒　修行廣大忍　精進不退轉
光明照世間

爾時善財童子說此頌已白言聖者我已先發阿耨多羅三藐三菩提心而未知菩薩云何學菩薩行云何修菩薩道我聞聖者善能誘誨願爲我說時不動優婆夷以菩薩柔輭語悅意語慰喻善財而告之言善哉善哉善男子汝已能發阿耨多羅三藐三菩提心善男子我得菩薩難摧伏智慧藏解脫門我得菩薩堅固受持行門我得菩薩一切法平等地總持門我得菩薩照明一切法辯才門我得菩薩求一切法無疲厭三昧門善財童子言聖者菩薩難摧伏智慧藏解脫門乃至求一切法無疲厭三昧門境界云何童女言善男子此處難知善財白言唯願聖者承佛神力爲我宣說我當因善知識能信能受能知能了趣入觀察修習隨順離諸分別究竟平等優婆夷言善男子過去世中有劫名離垢佛號脩臂時有國王名曰電授唯有一女即

我身是我於夜分廢音樂時父母兄弟悉已眠寢五百童女亦皆昬寐我於樓上仰觀星宿於虛空中見彼如來如寶山王無量無邊天龍八部諸菩薩衆所共圍繞佛身普放大光明網周徧十方無所障礙佛身毛孔皆出妙香我聞是香身體柔輭心生歡喜便從樓下至於地上合十指爪頂禮於佛又觀彼佛不見頂相觀身左右莫知邊際思惟彼佛諸相隨好無有猒足竊自念言此佛世尊作何等業獲於如是上妙之身相好圓滿光明具足眷屬成就宮殿嚴好福德智慧悉皆清淨總持三昧不可思議神通自在辯才無礙善男子爾時如來知我心念即告我言汝應發不可壞心滅諸煩惱應發無能勝心破諸取著應發無退怯心入深法門應發能堪耐心救惡衆生應發無迷惑心普於一切諸趣受生應發無猒足心求見諸佛無有休息應發無知足心悉受一切如來法雨應發正思惟心普生一切佛法光明應發大住持心普轉一切諸佛法輪應發廣流通心隨衆生欲施其法寶善男子我於彼佛所聞如是法求一切智求佛十力求佛辯才求佛光明求佛色身求佛相好求佛衆會求佛國土求佛威儀求佛壽命發是心已其心堅固猶如金剛一切煩惱及以二乘悉不能壞善男子我發是心已來經閻浮提微塵數劫尚不生於念欲之心況行其事爾所劫中於自親屬不起瞋心況他衆生爾所劫中於其自身不生我見況於衆具而計我所爾所劫中死時生時及住胎藏未曾迷惑起衆生想及無記心況於

餘時爾所劫中乃至夢中隨見一佛未曾忘失何況菩薩十眼所見爾所劫中受持一切如來正法未曾忘失一文一句乃至世俗所有言辭尚不忘失何況如來金口所說爾所劫中受持一切如來法海一文一句無不思惟無不觀察乃至一切世俗之法亦復如是爾所劫中受持如是一切法海未曾於一法中不得三昧乃至世間技術之法一一法中悉亦如是爾所劫中住持一切如來法輪隨所住持未曾廢捨一文一句乃至不曾生於世智唯除爲欲調衆生故爾所劫中見諸佛海未曾於一佛所不得成就清淨大願乃至於諸化佛之所悉亦如是爾所劫中見諸菩薩修行妙行無有一行我不成就爾所劫中所有衆生無一衆生我不勸發阿耨多羅三藐三菩提心未曾勸一衆生發於聲聞辟支佛意爾所劫中於一切佛法乃至一文一句不生疑惑不生二想不生分別想不生種種想不生執著想不生勝劣想不生愛憎想善男子我從是來常見諸佛常見菩薩常見眞實善知識常聞諸佛願常聞菩薩行常聞菩薩波羅蜜門常聞菩薩地智光明門常聞菩薩無盡藏門常聞入無邊世界網門常聞出生無邊衆生界因門常以清淨智慧光明除滅一切衆生煩惱常以智慧生長一切衆生善根常隨一切衆生所樂示現其身常以清淨上妙言音開悟法界一切衆生善男子我得菩薩求一切法無厭足莊嚴門我得一切法平等地總持門現不思議自在神變汝欲見不善財言唯我心願見爾時不動優婆夷

坐於龍藏師子之座入求一切法無厭足莊嚴三昧門不空輪莊嚴三昧門十力智輪現前三昧門佛種無盡藏三昧門入如是等一萬三昧門入此三昧門時十方各有不可説佛刹微塵數世界六種震動皆悉清淨瑠璃所成一一世界中有百億四天下百億如來或住兜率天乃至般涅槃一一如來放光明網周徧法界道場衆會清淨圍繞轉妙法輪開悟羣生時不動優婆夷從三昧起告善財言善男子汝見此不善財言唯我皆已見優婆夷言善男子我唯得此求一切法無厭足三昧光明爲一切衆生説微妙法皆令歡喜如諸菩薩摩訶薩如金翅鳥遊行虛空無所障礙能入一切衆生大海見有善根已成熟者便即執取置菩提岸又如商客入大寶洲採求如來十力智寶又如漁師持正法網入生死海於愛水中漉諸衆生如阿脩羅王能徧撓動三有大城諸煩惱海又如日輪出現虛空照愛水泥令其乾竭又如滿月出現虛空令可化者心華開敷又如大地普皆平等無量衆生於中止住增長一切善法根芽又如大風所向無礙能拔一切諸見大樹如轉輪王遊行世間以四攝事攝諸衆生而我云何能知能説彼功德行善男子於此南方有一大城名無量都薩羅其中有一出家外道名曰徧行汝往彼問菩薩云何學菩薩行修菩薩道時善財童子頂禮其足繞無量帀慇懃瞻仰辭退而去

大方廣佛華嚴經卷第六十六

音釋

痰（徒含切病液也）蠱（公户切毒也）輻（方六切車輻也）褊（俾緬切衣小也）攘臂（攘汝陽切攘臂捋臂也）蚊蟻（蚊無分切蟻魚紀切）埤堄（埤跓詣切堄五計切埤堄城上女墻也）托（呼高切攪也）

大方廣佛華嚴經卷第六十七

唐于闐國三藏沙門實叉難陀譯

入法界品第三十九之八

爾時善財童子於不動優婆夷所得聞法已專心憶念所有教誨皆悉信受思惟觀察漸漸遊行經歷國邑至都薩羅城於日沒時入彼城中廛店隣里四衢道側處處尋覓徧行外道城東有山名曰善德善財童子於中夜時見此山頂草樹巖巘光明照耀如日初出見此事已生大歡喜作是念言我必於此見善知識便從城出而登彼山見此外道於其山上平坦之處徐步經行色相圓滿威光照耀大梵天王所不能及十千梵衆之所圍繞往詣其所頭頂禮足繞無量帀於前合掌而作是言聖者我已先發阿耨多羅三藐三菩提心而我未知菩薩云何學菩薩行云何修菩薩道我聞聖者善能教誨願爲我說徧行答言善哉善哉善男子我已安住至一切處菩薩行已成就普觀世間三昧門已成就無依無作神通力已成就普門般若波羅蜜善男子我普於世間種種方所種種形貌種種行解種種歿生一切諸趣所謂天趣龍趣夜叉趣乾闥婆阿脩羅迦樓羅緊那羅摩睺羅伽地獄畜生閻羅王界人非人等一切諸趣或住諸見或信二乘或復信樂大乘之道如是一切諸衆生中我以種種方便種種智門而爲利益所謂或爲演說一切世間種種技藝令得具足一切巧術陀羅尼智或爲演說四攝方便令得具足一切智道或爲演說諸波羅蜜令其迴向一切智位或爲稱讚大菩

提心令其不失無上道意或爲稱讚諸菩薩行令其滿足淨佛國土度衆生願或爲演說造諸惡行受地獄等種種苦報令於惡業深生厭離或爲演說供養諸佛種諸善根決定獲得一切智果令其發起歡喜之心或爲讚說一切如來應正等覺所有功德令樂佛身求一切智或爲讚說諸佛威德令其願樂佛不壞身或爲讚說佛自在身令求如來無能映蔽大威德體又善男子此都薩羅城中一切方所一切族類若男若女諸人衆中我皆以方便示同其形隨其所應而爲說法諸衆生等悉不能知我是何人從何而至唯令聞者如實修行善男子如於此城利益衆生於閻浮提城邑聚落所有人衆住止之處悉亦如是而爲利益善男子閻浮提内九十六衆

各起異見而生執著我悉於中方便調伏令其捨離所有諸見如閻浮提餘四天下亦復如是如四天下三千大千世界亦復如是如三千大千世界如是十方無量世界諸衆生海我悉於中隨諸衆生心之所樂以種種方便種種法門現種種色身以種種言音而爲說法令得利益善男子我唯知此至一切處菩薩行如諸菩薩摩訶薩身與一切衆生數等得與衆生無差別身以變化身普入諸趣於一切處皆現受生普現一切衆生之前清淨光明徧照世間以無礙願住一切劫得如帝網諸無等行常勤利益一切衆生恒與共居而無所著普於三世悉皆平等以無我智周徧照耀以大悲藏一切觀察而我云何能知能說彼功德行善男子於此南方有一國

土名爲廣大有鬻香長者名優鉢羅華汝詣彼問菩薩云何學菩薩行修菩薩道時善財童子頂禮其足繞無量帀慇懃瞻仰辭退而去爾時善財童子因善知識教不顧身命不著財寶不樂人衆不耽五欲不戀眷屬不重王位唯願化度一切衆生唯願嚴淨諸佛國土唯願供養一切諸佛唯願證知諸法實性唯願修集一切菩薩大功德海唯願修行一切功德終無退轉唯願恒於一切刧中以大願力修菩薩行唯願普入一切諸佛衆會道場唯願入一三昧門普現一切三昧門自在神力唯願於佛一毛孔中見一切佛心無猒足唯願得一切法智慧光明能持一切諸佛法藏專求此等一切諸佛菩薩功德漸次遊行至廣大國詣長者所頂禮其足繞無量帀合掌而立白言聖者我已先發阿耨多羅三藐三菩提心欲求一切佛平等智慧欲滿一切佛無量大願欲淨一切佛最上色身欲見一切佛清淨法身欲知一切佛廣大智身欲淨治一切菩薩諸行欲照明一切菩薩三昧欲安住一切菩薩總持欲除滅一切所有障礙欲遊行一切十方世界而未知菩薩云何學菩薩行云何修菩薩道而能出生一切智智長者告言善哉善哉善男子汝乃能發阿耨多羅三藐三菩提心善男子我善別知一切諸香亦知調合一切香法所謂一切香一切燒香一切塗香一切末香亦知如是一切香王所出之處又善了知天香龍香夜叉香乾闥婆阿脩羅迦樓羅緊那羅摩睺羅伽人非人等所有諸香又善別知治諸病香斷諸

惡香生歡喜香增煩惱香滅煩惱香令於有爲生樂著香令於有爲生厭離香捨諸憍逸香發心念佛香證解法門香聖所受用香一切菩薩差别香一切菩薩地位香如是等香形相生起出現成就清淨安隱方便境界威德業用及以根本如是一切我皆了達善男子人間有香名曰象藏因龍鬬生若燒一丸即起大香雲彌覆王都於七日中雨細香雨若著身者身則金色若著衣服宫殿樓閣亦皆金色若因風吹入宫殿中衆生齅者七日七夜歡喜充滿身心快樂無有諸病不相侵害離諸憂苦不驚不怖不亂不恚慈心相向志意清淨我知是已而爲説法令其決定發阿耨多羅三藐三菩提心善男子摩羅耶山出栴檀香名曰牛頭若以塗身設入火坑火

不能燒善男子海中有香名無能勝若以塗鼓及諸螺貝其聲發時一切敵軍皆自退散善男子阿那婆達多池邊出沈水香名蓮華藏其香一丸如麻子大若以燒之香氣普熏閻浮提界衆生聞者離一切罪戒品清淨善男子雪山有香名阿盧那若有衆生齅此香者其心決定離諸染著我爲説法莫不皆得離垢三昧善男子羅剎界中有香名海藏其香但爲轉輪王用若燒一丸而以熏之王及四軍皆騰虚空善男子善法天中有香名淨莊嚴若燒一丸而以熏之普使諸天心念於佛善男子須夜摩天有香名淨藏若燒一丸而以熏之夜摩天衆莫不雲集彼天王所而共聽法善男子兜率天中有香名先陀婆於一生所繫菩薩座前燒其一丸興大香雲徧

覆法界普雨一切諸供養具供養一切諸佛菩薩善男子善變化天有香名曰奪意若燒一丸於七日中普雨一切諸莊嚴具善男子我唯知此調和香法如諸菩薩摩訶薩遠離一切諸惡習氣不染世欲永斷煩惱衆魔罥索超諸有趣以智慧香而自莊嚴於諸世間皆無染著具足成就無所著戒淨無著智行無著境於一切處悉無有著其心平等無著無依而我何能知其妙行說其功德顯其所有清淨戒門示其所作無過失業辯其離染身語意行善男子於此南方有一大城名曰樓閣中有船師名婆施羅汝詣彼問菩薩云何學菩薩行修菩薩道時善財童子頂禮其足繞無量帀慇懃瞻仰辭退而去爾時善財童子向樓閣城觀察道路所謂觀道高卑觀道夷險觀道淨穢觀道曲直漸次遊行作是思惟我當親近彼善知識善知識者是成就修行諸菩薩道因是成就修行波羅蜜道因是成就修行攝衆生道因是成就修行普入法界無障礙道因是成就修行令一切衆生除惡慧道因是成就修行令一切衆生離憍慢道因是成就修行令一切衆生滅煩惱道因是成就修行令一切衆生捨諸見道因是成就修行令一切衆生拔一切惡刺道因是成就修行令一切衆生至一切智城道因何以故於善知識處得一切善法故依善知識力得一切智道故善知識者難見難遇如是思惟漸次遊行既至彼城見其船師在城門外海岸上住百千商人及餘無量大衆圍繞說大海法方便開示佛功德海善財見已往

詣其所頂禮其足繞無量帀於前合掌而作是言聖者我已先發阿耨多羅三藐三菩提心而未知菩薩云何學菩薩行云何修菩薩道我聞聖者善能教誨願爲我說船師告言善哉善哉善男子汝已能發阿耨多羅三藐三菩提心今復能問生大智因斷除一切生死苦因往一切智大寶洲因成就不壞摩訶衍因遠離二乘怖畏生死住諸寂靜三昧旋因乘大願車徧一切處行菩薩行無有障礙清淨道因以菩薩行莊嚴一切無能壞智清淨道因普觀一切十方諸法皆無障礙清淨道因速能趣入一切智海清淨道因善男子我在此城海岸路中淨修菩薩大悲幢行善男子我觀閻浮提內貧窮衆生爲饒益故修諸苦行隨其所願悉令滿足先以世物充滿其意復施法財令其歡喜令修福行令生智道令增善根力令起菩提心令淨菩提願令堅大悲力令修能滅生死道令生不厭生死行令攝一切衆生海令修一切功德海令照一切諸法海令見一切諸佛海令入一切智智海善男子我住於此如是思惟如是作意如是利益一切衆生善男子我知海中一切寶洲一切寶處一切寶類一切寶種我知淨一切寶鑽一切寶出一切寶作一切寶我知一切寶器一切寶用一切寶境界一切寶光明我知一切龍宮處一切夜叉宮處一切部多宮處皆善迴避免其諸難亦善別知漩澓淺深波濤遠近水色好惡種種不同亦善別知日月星宿運行度數晝夜晨晡晷漏延促亦知其船鐵木堅脆機關澁滑水之大小風

之逆順如是一切安危之相無不明了可行則行可止則止善男子我以成就如是智慧常能利益一切衆生善男子我以好船運諸商衆行安隱道復爲說法令其歡喜引至寶洲與諸珍寶咸使充足然後將領還閻浮提善男子我將大船如是往來未始令其一有損壞若有衆生得見我身聞我法者令其永不怖生死海必得入於一切智海必能消竭諸愛欲海能以智光照三世海能盡一切衆生苦海能淨一切衆生心海速能嚴淨一切刹海普能往詣十方大海普知一切衆生根海普了一切衆生行海普順一切衆生心海善男子我唯得此大悲幢行若有見我及以聞我與我同住憶念我者皆悉不空如諸菩薩摩訶薩善能遊涉生死大海不染一切諸煩惱海能捨一切諸妄見海能觀一切諸法性海能以四攝攝衆生海已善安住一切智海能滅一切衆生著海能平等住一切時海能以神通度衆生海能以其時調衆生海而我云何能知能說彼功德行善男子於此南方有城名可樂中有長者名無上勝汝詣彼問菩薩云何學菩薩行修菩薩道時善財童子頂禮其足繞無量帀慇懃瞻仰悲泣流淚求善知識心無猒足辭退而去爾時善財童子起大慈周徧心大悲潤澤心相續不斷福德智慧二種莊嚴捨離一切煩惱塵垢證法平等心無高下拔不善刺滅一切障堅固精進以爲牆壍甚深三昧而作園苑以慧日光破無明闇以方便風開智慧華以無礙願充滿法界心常現入一切智城如是而求菩薩

之道漸次經歷到彼城内見無上勝在其城東大莊嚴幢無憂林中無量商人百千居士之所圍繞理斷人間種種事務因爲說法令其永拔一切我慢離我我所捨所積聚滅慳嫉妬心得清淨無諸穢濁獲淨信力常樂見佛受持佛法生菩薩力起菩薩行入菩薩三昧得菩薩智慧住菩薩正念增菩薩樂欲爾時善財童子觀彼長者爲衆說法已以身投地頂禮其足良久乃起白言聖者我是善財我是善財我專尋求菩薩之行菩薩云何學菩薩行菩薩云何修菩薩道隨修學時常能化度一切衆生常能現見一切諸佛常得聽聞一切佛法常能住持一切佛法常能趣入一切法門入一切刹學菩薩行住一切刼修菩薩道能知一切如來神力能受一切如來護念能得一切如來智慧時彼長者告善財言善哉善哉善男子汝已能發阿耨多羅三藐三菩提心善男子我成就至一切處菩薩行門無依無作神通之力善男子云何爲至一切處菩薩行門善男子我於此三千大千世界欲界一切諸衆生中所謂一切三十三天一切須夜摩天一切兜率陀天一切善變化天一切他化自在天一切魔天及餘一切天龍夜叉羅刹娑鳩槃荼乾闥婆阿脩羅迦樓羅緊那羅摩睺羅伽人與非人村營城邑一切住處諸衆生中而爲說法令捨非法令息諍論令除鬬戰令止忿競令破寃結令解繫縛令出牢獄令免怖畏令斷殺生乃至邪見一切惡業不可作事皆令禁止令其順行一切善法令其修學一切技藝於諸世間而

作利益爲其分別種種諸論令生歡喜令漸成熟隨順外道爲說勝智令斷諸見令入佛法乃至色界一切梵天我亦爲其說超勝法如於此三千大千世界乃至十方十不可說百千億那由他佛刹微塵數世界中我皆爲說佛法菩薩法聲聞法獨覺法說地獄說地獄衆生說向地獄道說畜生說畜生差別說畜生受苦說向畜生道說閻羅王世間說閻羅王世間苦說向閻羅王世間道說天世間說天世間樂說向天世間道說人世間說人世間苦樂說向人世間道爲欲開顯菩薩功德爲令捨離生死過患爲令知見一切智人諸妙功德爲欲令知諸有趣中迷惑受苦爲令知見無障礙法爲欲顯示一切世間生起所因爲欲顯示一切世間寂滅爲樂爲令衆生捨諸想著爲令證得佛無依法爲令永滅諸煩惱輪爲令能轉如來法輪我爲衆生說如是法善男子我唯知此至一切處修菩薩行清淨法門無依無作神通之力如諸菩薩摩訶薩具足一切自在神通悉能徧往一切佛刹得普眼地悉聞一切音聲言說普入諸法智慧自在無有乖諍勇健無比以廣長舌出平等音其身妙好同諸菩薩與諸如來究竟無二無有差別智身廣大普入三世境界無際同於虛空而我云何能知能說彼功德行善男子於此南方有一國土名曰輸那其國有城名迦陵迦林有比丘尼名師子嚬申汝詣彼問菩薩云何學菩薩行修菩薩道時善財童子頂禮其足繞無量帀慇懃瞻仰辭退而去爾時善財童子漸次遊行至彼國城

周徧推求此比丘尼有無量人咸告之言善男子此比丘尼在勝光王之所捨施日光園中說法利益無量衆生時善財童子即詣彼園周徧觀察見其園中有一大樹名爲滿月形如樓閣放大光明照一由旬見一葉樹名爲普覆其形如蓋放毗瑠璃紺青光明見一華樹名曰華藏其形高大如雪山王雨衆妙華無有窮盡如忉利天中波利質多羅樹復見有一甘露果樹形如金山常放光明種種衆果悉皆具足復見有一摩尼寶樹名毗盧遮那藏其形無比心王摩尼寶最在其上阿僧祇色相摩尼寶周徧莊嚴復有衣樹名爲清淨種種色衣垂布嚴飾復有音樂樹名爲歡喜其音美妙過諸天樂復有香樹名普莊嚴恒出妙香普熏十方無所障礙園中復有泉流陂池一切皆以七寶莊嚴黑栴檀泥凝積其中上妙金沙彌布其底八功德水具足盈滿優鉢羅華波頭摩華拘物頭華芬陀利華徧覆其上無量寶樹周徧行列諸寶樹下敷師子座種種妙寶以爲莊嚴布以天衣熏諸妙香垂諸寶繒施諸寶帳閻浮金網彌覆其上寶鐸徐摇出妙音聲或有樹下敷蓮華藏師子之座或有樹下敷香王摩尼藏師子之座或有樹下敷龍莊嚴摩尼王藏師子之座或有樹下敷寶師子聚摩尼王藏師子之座或有樹下敷毗盧遮那摩尼王藏師子之座或有樹下敷十方毗盧遮那摩尼王藏師子之座其一一座各有十萬寶師子座周帀圍繞一一皆具無量莊嚴此大園中衆寶徧滿猶如大海寶洲之上迦隣陀衣以布其地

柔軟妙好能生樂觸蹈則没足舉則還復無量諸鳥出和雅音寳栴檀林上妙莊嚴種種妙華常雨無盡猶如帝釋雜華之園無比香王普熏一切猶如帝釋善法之堂諸音樂樹寳多羅樹衆寳鈴網出妙音聲如自在天善口天女所出歌音諸如意樹種種妙衣垂布莊嚴猶如大海有無量色百千樓閣衆寳莊嚴如忉利天宫善見大城寳蓋遐張如須彌峯光明普照如梵王宫爾時善財童子見此大園無量功德種種莊嚴皆是菩薩業報成就出世善根之所生起供養諸佛功德所流一切世間無與等者如是皆從師子嚬申比丘尼了法如幻集廣大清淨福德善業之所成就三千大千世界天龍八部無量衆生皆入此園而不迫窄何以故此比丘尼不可思議威神力故爾時善財見師子嚬申比丘尼徧坐一切諸寳樹下大師子座身相端嚴威儀寂靜諸根調順如大象王心無垢濁如清淨池普濟所求如如意寳不染世法猶如蓮華心無所畏如師子王護持淨戒不可傾動如須彌山能令見者心得清凉如妙香王能除衆生諸煩惱熱如雪山中妙栴檀香衆生見者諸苦消滅如善見藥王見者不空如婆樓那天能長一切衆善根芽如良沃田在一一座衆會不同所說法門亦各差别或見處座淨居天衆所共圍繞大自在天子而爲上首此比丘尼爲說法門名無盡解脱或見處座諸梵天衆所共圍繞愛樂梵王而爲上首此比丘尼爲說法門名普門差别清淨言音輪成見處座他化自在天天子天女所共圍

繞自在天王而爲上首此比丘尼爲說法門名菩薩清淨心或見處座善變化天天子天女所共圍繞善化天王而爲上首此比丘尼爲說法門名一切法善莊嚴或見處座兜率陀天天子天女所共圍繞兜率天王而爲上首此比丘尼爲說法門名心藏旋或見處座須夜摩天天子天女所共圍繞夜摩天王而爲上首此比丘尼爲說法門名無邊莊嚴或見處座三十三天天子天女所共圍繞釋提桓因而爲上首此比丘尼爲說法門名猒離門或見處座百光明龍王難陀龍王優波難陀龍王摩那斯龍王伊羅跋難陀龍王阿那婆達多龍王等龍子龍女所共圍繞娑伽羅龍王而爲上首此比丘尼爲說法門名佛神通境界光明莊嚴或見處座諸夜叉衆所共

圍繞毗沙門天王而爲上首此比丘尼爲說法門名救護衆生藏或見處座乾闥婆衆所共圍繞持國乾闥婆王而爲上首此比丘尼爲說法門名無盡喜或見處座阿脩羅衆所共圍繞羅睺阿脩羅王而爲上首此比丘尼爲說法門名速疾莊嚴法界智門或見處座迦樓羅衆所共圍繞捷持迦樓羅王而爲上首此比丘尼爲說法門名怖動諸有海或見處座緊那羅衆所共圍繞大樹緊那羅王而爲上首此比丘尼爲說法門名佛行光明或見處座摩睺羅伽衆所共圍繞菴羅林摩睺羅伽王而爲上首此比丘尼爲說法門名生佛歡喜心或見處座無量百千男子女人所共圍繞此比丘尼爲說法門名殊勝行或見處座諸羅刹衆所共圍繞常奪精氣大樹羅

剎王而爲上首此比丘尼爲説法門名發生悲愍心或見處座信樂聲聞乘衆生所共圍繞此比丘尼爲説法門名勝智光明或見處座信樂緣覺乘衆生所共圍繞此比丘尼爲説法門名佛功德廣大光明或見處座信樂大乘衆生所共圍繞此比丘尼爲説法門名普門三昧智光明門或見處座初發心諸菩薩所共圍繞此比丘尼爲説法門名一切佛願聚或見處座第二地諸菩薩所共圍繞此比丘尼爲説法門名離垢輪或見處座第三地諸菩薩所共圍繞此比丘尼爲説法門名寂靜莊嚴或見處座第四地諸菩薩所共圍繞此比丘尼爲説法門名生一切智境界或見處座第五地諸菩薩所共圍繞此比丘尼爲説法門名妙華藏或見處座第六地諸菩薩所共圍繞此比丘尼爲説法門名毗盧遮那藏或見處座第七地諸菩薩所共圍繞此比丘尼爲説法門名普莊嚴地或見處座第八地諸菩薩所共圍繞此比丘尼爲説法門名徧法界境界身或見處座第九地諸菩薩所共圍繞此比丘尼爲説法門名無所得力莊嚴或見處座第十地諸菩薩所共圍繞此比丘尼爲説法門名無礙輪或見處座執金剛神所共圍繞此比丘尼爲説法門名金剛智那羅延莊嚴善財童子見如是等一切諸趣所有衆生已成熟者已調伏者堪爲法器皆入此園各於座下圍繞而坐師子嚬申比丘尼隨其欲解勝劣差别而爲説法令於阿耨多羅三藐三菩提得不退轉何以故此比丘尼入普眼捨得般若波羅蜜門説一切佛

法般若波羅蜜門法界差別般若波羅蜜門散壞一切障礙輪般若波羅蜜門生一切衆生善心般若波羅蜜門殊勝莊嚴般若波羅蜜門無礙眞實藏般若波羅蜜門法界圓滿般若波羅蜜門心藏般若波羅蜜門普出生藏般若波羅蜜門此十般若波羅蜜門爲首入如是等無數百萬般若波羅蜜門此日光園中所有菩薩及諸衆生皆是師子嚬申比丘尼初勸發心受持正法思惟修習於阿耨多羅三藐三菩提得不退轉時善財童子見師子嚬申比丘尼如是園林如是牀座如是經行如是衆會如是神力如是辯才復聞不可思議法門廣大法雲潤澤其心便生是念我當右繞無量百千帀時比丘尼放大光明普照其園衆會莊嚴善財童子即自見身及園林中所有衆樹皆悉右繞此比丘尼經於無量百千萬帀圍繞畢已善財童子合掌而住白言聖者我已先發阿耨多羅三藐三菩提心而未知菩薩云何學菩薩行云何修菩薩道我聞聖者善能誘誨願爲我說比丘尼言善男子我得解脫名成就一切智善財言聖者何故名爲成就一切智比丘尼言善男子此智光明於一念中普照三世一切諸法善財白言聖者此智光明境界云何比丘尼言善男子我入此智光明門得出生一切法三昧王以此三昧故得意生身往十方一切世界兜率天宮一生所繫菩薩所一一菩薩前現不可說佛刹微塵數身一一身作不可說佛刹微塵數供養所謂現天王身乃至人王身執持華雲執持鬘雲燒香塗香及以末

香衣服瓔珞幢旛繒蓋寶網寶帳寶藏寶燈如是一切諸莊嚴具我皆執持而以供養如於住兜率宫菩薩所如是於住胎出胎在家出家往詣道場成等正覺轉正法輪入於涅槃如是中間或住天宫或住龍宫乃至或復住於人宫於彼一一諸如來所我皆如是而爲供養若有衆生知我如是供養佛者皆於阿耨多羅三藐三菩提得不退轉若有衆生來至我所我即爲說般若波羅蜜善男子我見一切衆生不分别衆生相智眼明見故聽一切語言不分别語言相心無所著故見一切如來不分别如來相了達法身故住持一切法輪不分别法輪相悟法自性故一念徧知一切法不分别諸法相知法如幻故善男子我唯知此成就一切智解脫如諸菩薩摩訶薩心無分别普知諸法一身端坐充滿法界於自身中現一切刹一念悉詣一切佛所於自身内普現一切諸佛神力一毛徧舉不可言說諸佛世界於其自身一毛孔中現不可說世界成壞於一念中與不可說不可說衆生同住於一念中入不可說不可說一切諸劫而我云何能知能說彼功德行善男子於此南方有一國土名曰險難此國有城名寶莊嚴中有女人名婆須蜜多汝詣彼問菩薩云何學菩薩行修菩薩道時善財童子頂禮其足遶無數帀慇懃瞻仰辭退而去

大方廣佛華嚴經卷第六十七

音釋

廛直連切市居也巚魚蹇切山峰也鬻余六切賣也齅許救切以鼻擥氣也罥索罥古泫切網也鑽作官切穿也晡博孤切申時也晷居洧切日影也脆此芮切物易斷也澁所立切不滑也蹈徒到切踐也

大方廣佛華嚴經卷第六十八

唐于闐國三藏沙門實叉難陀譯

入法界品第三十九之九

爾時善財童子大智光明照啓其心思惟觀察見諸法性得了知一切言音陀羅尼門得受持一切法輪陀羅尼門得與一切衆生作所歸依大悲力得觀察一切法義理光明門得充滿法界清淨願得普照十方一切法智光明得徧莊嚴一切世界自在力得普發起一切菩薩業圓滿願漸次遊行至險難國寶莊嚴城處處尋覓婆須蜜多女城中有人不知此女功德智慧作如是念今此童子諸根寂靜智慧明了不迷不亂諦視一尋無有疲懈無所取著目視不瞬心無所動甚深寬廣猶如大海不應於此婆須蜜女有貪愛心有顛倒心生於淨想生於欲想不應爲此女色所攝此童子者不行魔行不入魔境不沒欲泥不被魔縛不應作處已能不作有何等意而求此女其中有人先知此女有智慧者告善財言善哉善哉善男子汝今乃能推求尋覓婆須蜜女汝已獲得廣大善利善男子汝應決定求佛果位決定欲爲一切衆生作所依怙決定欲拔一切衆生貪愛毒箭決定欲破一切衆生於女色中所有淨想善男子婆須蜜女於此城内市廛之北自宅中住時善財童子聞是語已歡喜踊躍往詣其門見其住宅廣博嚴麗寶牆寶樹及以寶塹一一皆有十重圍繞其寶塹中香水盈滿金沙布地諸天寶華優鉢羅華波頭摩華拘物頭華芬陀利華徧覆水上宮殿樓閣處處分布門闥

窻牖相望間列咸施網鐸悉置旛幢無量珍奇以爲嚴飾瑠璃爲地衆寶間錯燒諸沈水塗以栴檀懸衆寶鈴風動成音散諸天華徧布其地種種嚴麗不可稱說諸珍寶藏其數百千十大園林以爲莊嚴爾時善財見此女人顔貌端嚴色相圓滿皮膚金色目髮紺青不長不短不麤不細欲界人天無能與比音聲美妙超諸梵世一切衆生差別言音悉皆具足無不解了深達字義善巧談說得如幻智入方便門衆寶瓔珞及諸嚴具莊嚴其身如意摩尼以爲寶冠而冠其首復有無量眷屬圍繞皆共善根同一行願福德大藏具足無盡時婆須蜜多女從其身出廣大光明普照宅中一切宫殿遇斯光者身得清涼爾時善財前詣其所頂禮其足合掌而住白言聖者我已先發阿耨多羅三藐三菩提心而未知菩薩云何學菩薩行云何修菩薩道我聞聖者善能教誨願爲我說彼即告言善男子我得菩薩解脫名離貪欲際隨其欲樂而爲現身若天見我我爲天女形貌光明殊勝無比如是乃至人非人等而見我者我即爲現人非人女隨其樂欲皆令得見若有衆生欲意所纏來詣我所我爲說法彼聞法已則離貪欲得菩薩無著境界三昧若有衆生暫見於我則離貪欲得菩薩歡喜三昧若有衆生暫與我語則離貪欲得菩薩無礙音聲三昧若有衆生暫執我手則離貪欲得菩薩徧往一切佛刹三昧若有衆生暫升我座則離貪欲得菩薩解脫光明三昧若有衆生暫觀於我則離貪欲得菩薩寂靜莊嚴三昧若有衆

生見我頻申則離貪欲得菩薩摧伏外道三昧若有衆生見我目瞬則離貪欲得菩薩佛境界光明三昧若有衆生抱持於我則離貪欲得菩薩攝一切衆生恒不捨離三昧若有衆生唼我脣吻則離貪欲得菩薩增長一切衆生福德藏三昧凡有衆生親近於我一切皆得住離貪際入菩薩一切智地現前無礙解脱善財白言聖者種何善根修何福業而得成就如是自在答言善男子我念過去有佛出世名爲高行其王都城名曰妙門善男子彼高行如來哀愍衆生入於王城蹈彼門閫其城一切悉皆震動忽然廣博衆寶莊嚴無量光明遞相映徹種種寶華散布其地諸天音樂同時俱奏一切諸天充滿虚空善男子我於彼時爲長者妻名曰善慧見佛神力心生覺悟則與其夫往詣佛所以一寶錢而爲供養是時文殊師利童子爲佛侍者爲我説法令發阿耨多羅三藐三菩提心善男子我唯知此菩薩離貪際解脱如諸菩薩摩訶薩成就無邊巧方便智其藏廣大境界無比而我云何能知能説彼功德行善男子於此南方有城名善度中有居士名鞞瑟胝羅彼常供養栴檀座佛塔汝詣彼問菩薩云何學菩薩行修菩薩道時善財童子頂禮其足繞無量帀慇懃瞻仰辭退而去爾時善財童子漸次遊行至善度城詣居士宅頂禮其足合掌而立白言聖者我已先發阿耨多羅三藐三菩提心而未知菩薩云何學菩薩行云何修菩薩道我聞聖者善能誘誨願爲我説居士告言善男子我得菩薩解脱名不般涅槃

際善男子我不生心言如是如來已般涅槃如是如來現般涅槃如是如來當般涅槃我知十方一切世界諸佛如來畢竟無有般涅槃者唯除爲欲調伏衆生而示現耳善男子我開栴檀座如來塔門時得三昧名佛種無盡善男子我念念中入此三昧念念得知一切無量殊勝之事善財白言此三昧者境界云何居士答言善男子我入此三昧隨其次第見此世界一切諸佛所謂迦葉佛拘那含牟尼佛拘留孫佛尸棄佛毗婆尸佛提舍佛弗沙佛無上勝佛無上蓮華佛如是等而爲上首於一念頃得見百佛得見千佛得見百千佛得見億佛千億佛百千億佛阿庾多億佛那由他億佛乃至不可說不可說世界微塵數佛如是一切次第皆見亦見彼佛初始發心種諸善根獲勝神通成就大願修行妙行具波羅蜜入菩薩地得清淨忍摧伏魔軍成正等覺國土清淨衆會圍繞放大光明轉妙法輪神通變現種種差別我悉能持我悉能憶悉能觀察分別顯示未來彌勒佛等一切諸佛現在毗盧遮那佛等一切諸佛悉亦如是如此世界十方世界所有三世一切諸佛聲聞獨覺諸菩薩衆悉亦如是善男子我唯得此菩薩所得不般涅槃際解脫如諸菩薩摩訶薩以一念智普知三世一念徧入一切三昧如來智日恒照其心於一切法無有分別了一切佛悉皆平等如來及我一切衆生等無有二知一切法自性清淨無有思慮無有動轉而能普入一切世間離諸分別住佛法印悉能開悟法界衆生而我云何能知

能説彼功德行善男子於此南方有山名補
怛洛迦彼有菩薩名觀自在汝詣彼問菩薩
云何學菩薩行修菩薩道即説頌曰
海上有山多聖賢　衆寶所成極清淨
華果樹林皆徧滿　泉流池沼悉具足
勇猛丈夫觀自在　爲利衆生住此山
汝應往問諸功德　彼當示汝大方便
時善財童子頂禮其足繞無量帀已慇懃瞻
仰辭退而去爾時善財童子一心思惟彼居
士教入彼菩薩解脱之藏得彼菩薩能隨念
力憶彼諸佛出現次第念彼諸佛相續次第
持彼諸佛名號次第觀彼諸佛所説妙法知
彼諸佛具足莊嚴見彼諸佛成正等覺了彼
諸佛不思議業漸次遊行至於彼山處處求
覓此大菩薩見其西面巖谷之中泉流縈映
樹林蓊鬱香草柔輭右旋布地觀自在菩薩
於金剛寶石上結跏趺坐無量菩薩皆坐寶
石恭敬圍繞而爲宣説大慈悲法令其攝受
一切衆生善財見已歡喜踴躍合掌諦觀目
不暫瞬作如是念善知識者則是如來善知
識者一切法雲善知識者諸功德藏善知識
者難可值遇善知識者十力寶因善知識者
無盡智炬善知識者福德根芽善知識者一
切智門善知識者智海導師善知識者至一
切智助道之具便即往詣大菩薩所爾時觀
自在菩薩遥見善財告言善來汝發大乘意
普攝衆生起正直心專求佛法大悲深重救
護一切普賢妙行相續現前大願深心圓滿
清淨勤求佛法悉能領受積集善根恒無厭
足順善知識不違其教從文殊師利功德智

慧大海所生其心成熟得佛勢力已獲廣大三昧光明專意希求甚深妙法常見諸佛生大歡喜智慧清淨猶如虚空既自明了復爲他說安住如來智慧光明爾時善財童子頂禮觀自在菩薩足繞無數帀合掌而住白言聖者我已先發阿耨多羅三藐三菩提心而未知菩薩云何學菩薩行云何修菩薩道我聞聖者善能教誨願爲我說菩薩告言善哉善哉善男子汝已能發阿耨多羅三藐三菩提心善男子我已成就菩薩大悲行解脱門善男子我以此菩薩大悲行門平等教化一切衆生相續不斷善男子我住此大悲行門常在一切諸如來所普現一切衆生之前或以布施攝取衆生或以愛語或以利行或以同事攝取衆生或現色身攝取衆生或現種

種不思議色淨光明網攝取衆生或以音聲或以威儀或爲說法或現神變令其心悟而得成熟或爲化現同類之形與其共居而成熟之善男子我修行此大悲行門願常救護一切衆生願一切衆生離險道怖離熱惱怖離迷惑怖離繫縛怖離殺害怖離貧窮怖離不活怖離惡名怖離於死怖離大衆怖離惡趣怖離黑闇怖離遷移怖離愛别怖離寃會怖離逼迫身怖離逼迫心怖離憂悲怖復作是願願諸衆生若念於我若稱我名若見我身皆得免離一切怖畏善男子我以此方便令諸衆生離怖畏已復教令發阿耨多羅三藐三菩提心永不退轉善男子我唯得此菩薩大悲行門如諸菩薩摩訶薩已淨普賢一切願已住普賢一切行常行一切諸善法常

入一切諸三昧常住一切無邊劫常知一切三世法常詣一切無邊刹常息一切衆生惡常長一切衆生善常絶衆生生死流而我云何能知能說彼功德行爾時東方有一菩薩名曰正趣從空中來至娑婆世界輪圍山頂以足按地其娑婆世界六種震動一切皆以衆寶莊嚴正趣菩薩放身光明映蔽一切日月星電天龍八部釋梵護世所有光明皆如聚墨其光普照一切地獄畜生餓鬼閻羅王處令諸惡趣衆苦皆滅煩惱不起憂悲悉離又於一切諸佛國土普雨一切華香瓔珞衣服幢蓋如是所有諸莊嚴具供養於佛復隨衆生心之所樂普於一切諸宮殿中而現其身令其見者皆悉歡喜然後來詣觀自在所時觀自在菩薩告善財言善男子汝見正趣菩薩來此會不白言已見告言善男子汝可往問菩薩云何學菩薩行修菩薩道爾時善財童子敬承其教遽即往詣彼菩薩所頂禮其足合掌而立白言聖者我已先發阿耨多羅三藐三菩提心而未知菩薩云何學菩薩行云何修菩薩道我聞聖者善能教誨願爲我說正趣菩薩言善男子我得菩薩解脫名普門速疾行善財言聖者於何佛所得此法門所從來刹去此幾何發來久如告言善男子此事難知一切世間天人阿脩羅沙門婆羅門等所不能了唯勇猛精進無退無怯諸菩薩衆已爲一切善友所攝諸佛所念善根具足志樂清淨得菩薩根有智慧眼能聞能持能解能說善財言聖者我承佛神力善知識力能信能受願爲我說正趣菩薩言善男

子我從東方妙藏世界普勝生佛所而來此土於彼佛所得此法門從彼發來已經不可說不可說佛刹微塵數劫一一念中舉不可說不可說佛刹微塵數步一一步過不可說不可說世界微塵數佛刹一一佛刹我皆徧入至其佛所以妙供具而爲供養此諸供具皆是無上心所成無作法所印諸如來所忍諸菩薩所歎善男子我又普見彼世界中一切衆生悉知其心悉知其根隨其欲解現身說法或放光明或施財寶種種方便教化調伏無有休息如從東方南西北方四維上下亦復如是善男子我唯得此菩薩普疾行解脫能疾周徧到一切處如諸菩薩摩訶薩普於十方無所不至智慧境界等無差別善布其身悉徧法界至一切道入一切刹知一切法到一切世平等演說一切法門同時照耀一切衆生於諸佛所不生分別於一切處無有障礙而我云何能知能說彼功德行善男子於此南方有城名墮羅鉢底其中有神名曰大天汝詣彼問菩薩云何學菩薩行修菩薩道時善財童子頂禮其足繞無數帀慇懃瞻仰辭退而去爾時善財童子入菩薩廣大行求菩薩智慧境見菩薩神通事念菩薩勝功德生菩薩大歡喜起菩薩堅精進入菩薩不思議自在解脫行菩薩功德地觀菩薩三昧地住菩薩總持地入菩薩大願地得菩薩辯才地成菩薩諸力地漸次遊行至於彼城推問大天今在何所人咸告言在此城內現廣大身爲衆說法爾時善財至大天所頂禮其足於前合掌而作是言聖者我已先發阿

耨多羅三藐三菩提心而未知菩薩云何學菩薩行云何修菩薩道我聞聖者善能教誨願爲我說爾時大天長舒四手取四大海水自洗其面持諸金華以散善財而告之言善男子一切菩薩難可得見難可得聞希出世間於衆生中最爲第一是諸人中芬陀利華爲衆生歸爲衆生救爲諸世間作安隱處爲諸世間作大光明示迷惑者安隱正道爲大導師引諸衆生入佛法門爲大法將善能守護一切智城菩薩如是難可值遇唯身語意無過失者然後乃得見其形像聞其辯才於一切時常現在前善男子我已成就菩薩解脫名爲雲網善財言聖者雲網解脫境界云何爾時大天於善財前示現金聚銀聚瑠璃聚玻瓈聚硨磲聚碼碯聚大燄寶聚離垢藏寶聚大光明寶聚普現十方寶聚寶冠聚寶印聚寶瓔珞聚寶璫聚寶釧聚寶鎖聚珠網聚種種摩尼寶聚一切莊嚴具聚如意摩尼聚皆如大山又復示現一切華一切鬘一切香一切燒香一切塗香一切衣服一切幢旛一切音樂一切五欲娛樂之具皆如山積及現無數百千萬億諸童女衆而彼大天告善財言善男子可取此物供養如來修諸福德幷施一切攝取衆生令其修學檀波羅蜜能捨難捨善男子如我爲汝示現此物教汝行施爲一切衆生悉亦如是皆令以此善根熏習於三寶所善知識所恭敬供養增長善法發於無上菩提之意善男子若有衆生貪著五欲自放逸者爲其示現不淨境界若有衆生瞋恚憍慢多諍競者爲其示現極可怖形

如羅刹等飲血啖肉令其見已驚恐惶懼心意調柔捨離寃結若有衆生惛沈嬾惰爲其示現王賊水火及諸重疾令其見已心生惶怖知有憂苦而自勉策以如是等種種方便令捨一切諸不善行修行善法令除一切波羅蜜障具波羅蜜令超一切障礙險道到無障處善男子我唯知此雲網解脫如諸菩薩摩訶薩猶如帝釋已能摧伏一切煩惱阿脩羅軍猶如大水普能消滅一切衆生諸煩惱火猶如猛火普能乾竭一切衆生諸愛欲水猶如大風普能吹倒一切衆生諸見取幢猶如金剛悉能摧破一切衆生諸我見山而我云何能知能説彼功德行善男子此閻浮提摩竭提國菩提場中有主地神其名安住汝詣彼問菩薩云何學菩薩行修菩薩道時善

財童子禮大天足繞無數帀辭退而去爾時善財童子漸次遊行趣摩竭提國菩提場內安住神所百萬地神同在其中更相謂言此來童子即是佛藏必當普爲一切衆生作所依處必當普壞一切衆生無明㲉藏此人已生法王種中當以離垢無礙法繒而冠其首當開智慧大珍寶藏摧伏一切邪論異道時安住等百萬地神放大光明徧照三千大千世界普令大地同時震吼種種寶物處處莊嚴影潔光流遞相鑒徹一切樹葉俱時生長一切華樹咸共開敷一切果樹靡不成熟一切河流遞相灌注一切池沼悉皆盈滿雨細香雨徧灑其地風來吹華普散其上無數音樂一時俱奏天莊嚴具咸出美音牛王象王師子王等皆生歡喜踊躍哮吼猶如大山相

擊出聲百千伏藏自然涌現時安住地神告善財言善來童子汝於此地曾種善根我爲汝現汝欲見不爾時善財禮地神足遶無數帀合掌而立白言聖者唯然欲見時安住地神以足按地百千億阿僧祇寶藏自然涌出告言善男子今此寶藏隨逐於汝是汝往昔善根果報是汝福力之所攝受汝應隨意自在受用善男子我得菩薩解脫名不可壞智慧藏常以此法成就衆生善男子我憶自從然燈佛來常隨菩薩恭敬守護觀察菩薩所有心行智慧境界一切誓願諸清淨行一切三昧廣大神通大自在力無能壞法徧往一切諸佛國土普受一切諸如來記轉於一切諸佛法輪廣說一切修多羅門大法光明普皆照耀教化調伏一切衆生示現一切諸佛神變我皆能領受皆能憶持善男子乃往古世過須彌山微塵數劫有劫名莊嚴世界名月幢佛號妙眼於彼佛所得此法門善男子我於此法門若入若出修習增長常見諸佛未曾捨離始從初得乃至賢劫於其中間值遇不可說不可說佛刹微塵數如來應正等覺悉皆承事恭敬供養亦見彼佛詣菩提座現大神力亦見彼佛所有一切功德善根善男子我唯知此不可壞智慧藏法門如諸菩薩摩訶薩常隨諸佛能持一切諸佛所說入一切佛甚深智慧念念充徧一切法界等如來身生諸佛心具諸佛法作諸佛事而我云何能知能說彼功德行善男子此閻浮提摩竭提國迦毗羅城有主夜神名婆珊婆演底汝詣彼問菩薩云何學菩薩行修菩薩道時

善財童子禮地神足繞無數帀慇懃瞻仰辭退而去爾時善財童子一心思惟安住神教憶持菩薩不可沮壞智藏解脫修其三昧學其軌則觀其遊戲入其微妙得其智慧達其平等知其無邊測其甚深漸次遊行至於彼城從東門入佇立未久便見日沒心念隨順諸菩薩教渴仰欲見彼主夜神於善知識生如來想復作是念由善知識得周徧眼普能明見十方境界由善知識得廣大解普能了達一切所緣由善知識得三昧眼普能觀察一切法門由善知識得智慧眼普能明照十方剎海作是念時見彼夜神於虛空中處寶樓閣香蓮華藏師子之座身真金色目髮紺青形貌端嚴見者歡喜衆寶瓔珞以爲嚴飾身服朱衣首戴梵冠一切星宿炳然在體於其身上一一毛孔皆現化度無量無數惡道衆生令其免離險難之像是諸衆生或生人中或生天上或有趣向二乘菩提或有修行一切智道又彼一一諸毛孔中示現種種教化方便或爲現身或爲說法或爲示現聲聞乘道或爲示現獨覺乘道或爲示現諸菩薩行菩薩勇猛菩薩三昧菩薩自在菩薩住處菩薩觀察菩薩師子頻申菩薩解脫遊戲如是種種成熟衆生善財童子見聞此已心大歡喜以身投地禮夜神足繞無數帀於前合掌而作是言聖者我已先發阿耨多羅三藐三菩提心我心冀望依善知識獲諸如來功德法藏唯願示我一切智道我行於中至十力地時彼夜神告善財言善哉善哉善男子汝能深心敬善知識樂聞其語修行其教以

修行故決定當得阿耨多羅三藐三菩提善男子我得菩薩破一切衆生癡暗法光明解脫善男子我於惡慧衆生起大慈心於不善業衆生起大悲心於作善業衆生起於喜心於善惡二行衆生起不二心於雜染衆生起令生清淨心於邪道衆生起令生正行心於劣解衆生起令興大解心於樂生死衆生起令捨輪轉心於住二乘道衆生起令住一切智心善男子我以得此解脫故常與如是心共相應善男子我於夜闇人靜鬼神盜賊諸惡衆生所遊行時密雲重霧惡風暴雨日月星宿並皆昏蔽不見色時見諸衆生若入於海若行於陸山林曠野諸險難處或遭盜賊或乏資糧或迷惑方隅或忘失道路慞惶憂怖不能自出我時即以種種方便而救濟之爲海難者示作船師魚王馬王龜王象王阿脩羅王及以海神爲彼衆生止惡風雨息大波浪引其道路示其洲岸令免怖畏悉得安隱復作是念以此善根迴施衆生願令捨離一切諸苦爲在陸地一切衆生於夜闇中遭恐怖者現作日月及諸星宿晨霞夕電種種光明或作屋宅或爲人衆令其得免恐怖之厄復作是念以此善根迴施衆生悉令除滅諸煩惱闇一切衆生有惜壽命有愛名聞有貪財寶有重官位有著男女有戀妻妾未稱所求多生憂怖我皆救濟令其離苦爲行山險而留難者爲作善神現形親近爲作好鳥發音慰悅爲作靈藥舒光照耀示其果樹示其泉井示正直道示平坦地令其免離一切憂厄爲行曠野稠林險道藤蘿所罥雲霧所

闇而恐怖者示其正道令得出離作是念言願一切衆生伐見稠林截愛羅網出生死野滅煩惱闇入一切智平坦正道到無畏處畢竟安樂善男子若有衆生樂著國土而憂苦者我以方便令生厭離作是念言願一切衆生不著諸蘊住一切佛薩婆若境善男子若有衆生樂著聚落貪愛宅舍常處黒闇受諸苦者我爲説法令生厭離令法滿足令依法住作是念言願一切衆生悉不貪樂六處聚落速得出離生死境界究竟安住一切智城善男子若有衆生行闇夜中迷惑十方於平坦路生險難想於險難道起平坦想以高爲下以下爲高其心迷惑生大苦惱我以方便舒光照及若欲出者示其門戶若欲行者示其道路欲度溝洫示其橋梁欲涉河海與其船筏樂觀方者示其險易安危之處欲休息者示其城邑水樹之所作是念言如我於此照除夜闇令諸世事悉得宣敘願我普於一切衆生生死長夜無明闇處以智慧光普皆照了是諸衆生無有智眼想心見倒之所覆翳無常常想無樂樂想無我我想不淨淨想堅固執著我人衆生蘊界處法迷惑因果不識善惡殺害衆生乃至邪見不孝父母不敬沙門及婆羅門不知惡人不識善人貪著惡事安住邪法毀謗如來壞正法輪於諸菩薩呰辱傷害輕大乘道斷菩提心於有恩人反加殺害於無恩處常懷寃結毀謗賢聖親近惡伴盜塔寺物作五逆罪不久當墮三惡道處願我速以大智光明破彼衆生無明黒闇令其疾發阿耨多羅三藐三菩提心既發心

已示普賢乘開十力道亦示如來法王境界亦示諸佛一切智城諸佛所行諸佛自在諸佛成就諸佛總持一切諸佛共同一身一切諸佛平等之處令其安住善男子一切衆生或病所纏或老所侵或苦貧窮或遭禍難或犯王法臨當被刑無所依怙生大怖畏我皆救濟使得安隱復作是念願我以法普攝衆生令其解脫一切煩惱生老病死憂悲苦患近善知識常行法施勤行善業速得如來清淨法身住於究竟無變易處善男子一切衆生入見稠林住於邪道於諸境界起邪分別常行不善身語意業妄作種種諸邪苦行於非正覺生正覺想於正覺所非正覺想爲惡知識之所攝受以起惡見將墮惡道我以種種諸方便門而爲救護令住正見生人天中復作是念如我救此將墜惡道諸衆生等願我普救一切衆生悉令解脫一切諸苦住波羅蜜出世聖道於一切智得不退轉具普賢願近一切智而不捨離諸菩薩行常勤教化一切衆生爾時婆珊婆演底主夜神欲重宣此解脫義承佛神力觀察十方爲善財童子而說頌曰

我此解脫門　生淨法光明　能破愚癡闇
待時而演說　我昔無邊劫　勤行廣大慈
普覆諸世間　佛子應修學　寂靜大悲海
出生三世佛　能滅衆生苦　汝應入此門
能生世間樂　亦生出世樂　令我心歡喜
汝應入此門　既捨有爲患　亦遠聲聞果
淨修諸佛力　汝應入此門　我目甚清淨
普見十方刹　亦見其中佛　菩提樹下坐

相好莊嚴身　無量衆圍繞　一一毛孔內
種種光明出　見諸羣生類　死此而生彼
輪迴五趣中　常受無量苦　我耳甚清淨
聽之無不及　一切語言海　悉聞能憶持
諸佛轉法輪　其聲妙無比　所有諸文字
悉皆能憶持　我鼻甚清淨　於法無所礙
一切皆自在　汝應入此門　我舌甚廣大
淨好能言說　隨應演妙法　汝應入此門
我身甚清淨　三世等如如　隨諸衆生心
一切悉皆現　我心淨無礙　如空含萬象
普念諸如來　而亦不分別　了知無量剎
一切諸心海　諸根及欲樂　而亦不分別
我以大神通　震動無量剎　其身悉徧往
調彼難調衆　我福甚廣大　如空無有盡
供養諸如來　饒益一切衆　我智廣清淨
了知諸法海　除滅衆生惑　汝應入此門
我知三世佛　及以一切法　亦了彼方便
此門徧無等　一一塵中見　三世一切剎
亦見彼諸佛　此是普門力　十方剎塵內
悉見盧舍那　菩提樹下坐　成道演妙法

爾時善財童子白夜神言汝發阿耨多羅三藐三菩提心爲幾時耶得此解脫其已久如乃能如是饒益衆生其神答言善男子乃往古世過如須彌山微塵數劫有劫名寂靜光世界名出生妙寶有五億佛於中出現彼世界中有四天下名寶月燈光有城名蓮華光王名善法度以法施化成就七寶王四天下王有夫人名法慧月夜久眠寤時彼城東有一大林名爲寂住林中有一大菩提樹名一切光摩尼王莊嚴身出生一切佛神力光明

爾時有佛名一切法雷音王於此樹下成等正覺放無量色廣大光明徧照出生妙寶世界蓮華城内有主夜神名爲淨月詣王夫人法慧月所動身瓔珞以覺夫人而告之言夫人當知一切法雷音王如來於寂住林成無上覺及廣爲說諸佛功德自在神力普賢菩薩所有行願令王夫人發阿耨多羅三藐三菩提意供養彼佛及諸菩薩聲聞僧衆善男子時王夫人法慧月者豈異人乎我身是也我於彼佛所發菩提心種善根故於須彌山微塵數劫不生地獄餓鬼畜生諸惡趣中亦不生於下賤之家諸根具足無有衆苦於天人中福德殊勝不生惡世恒不離佛及諸菩薩大善知識常於其所種植善根經八十須彌山微塵數劫常受安樂而未滿足菩薩諸根過此劫已復過萬劫於賢劫前有劫名無憂徧照世界名離垢妙光其世界中淨穢相雜有五百佛於中出現其第一佛名須彌幢寂靜妙眼如來應正等覺我爲名稱長者女名妙慧光明端正殊妙彼淨月夜神以願力故於離垢世界一四天下妙幢王城中生作主夜神名清淨眼我於一時在父母邊夜久眠息彼清淨眼來詣我所震動我宅放大光明出現其身讃佛功德言妙眼如來坐菩提座始成正覺勸諭於我及以父母并諸眷屬令速見佛自爲前導引至佛所廣興供養我纔見佛即得三昧名出生見佛調伏衆生三世智光明輪獲此三昧故能憶念須彌山微塵數劫亦見其中諸佛出現於彼佛所聽聞妙法以聞法故即得此破一切衆生闇法光

明解脱得此解脱已即見其身徧往佛刹微塵數世界亦見彼世界所有諸佛又見自身在其佛所亦見彼世界一切衆生解其言音識其根性知其往昔曾爲善友之所攝受隨其所樂而爲現身令生歡喜我時於彼所得解脱念念增長此心無間又見自身徧往百佛刹微塵數世界此心無間又見自身徧往千佛刹微塵數世界此心無間又見自身徧往百千佛刹微塵數世界如是念念乃至不可說不可說佛刹微塵數世界亦見彼世界中一切如來亦自見身在彼佛所聽聞妙法受持憶念觀察決了亦知彼佛諸本事海諸大願海彼諸如來嚴淨佛刹我亦嚴淨亦見彼世界一切衆生隨其所應而爲現身教化調伏此解脱門念念增長如是乃至充滿法界善男子我唯知此菩薩破一切衆生闇法光明解脱如諸菩薩摩訶薩成就普賢無邊行願普入一切諸法界海得諸菩薩金剛智幢自在三昧出生大願住持佛種於念念中成滿一切大功德海嚴淨一切廣大世界以自在智教化成熟一切衆生以智慧日滅除一切世間闇障以勇猛智覺悟一切衆生惛睡以智慧月決了一切衆生疑惑以清淨音斷除一切諸有執著於一切法界一一塵中示現一切自在神力智眼明淨等見三世而我何能知其妙行說其功德入其境界示其自在善男子此閻浮提摩竭提國菩提場内有主夜神名普德淨光我本從其發阿耨多羅三藐三菩提心常以妙法開悟於我汝詣彼問菩薩云何學菩薩行修菩薩道爾時善

財童子向婆珊婆演底神而説頌曰

見汝清淨身　相好超世間　如文殊師利
亦如寶山王　汝法身清淨　三世悉平等
世界悉入中　成壞無所礙　我觀一切趣
悉見汝形像　一一毛孔中　星月各分布
汝心極廣大　如空徧十方　諸佛悉入中
清淨無分別　一一毛孔內　悉放無數光
十方諸佛所　普雨莊嚴具　一一毛孔內
各現無數身　十方諸國土　方便度衆生
一一毛孔內　示現無量刹　隨諸衆生欲
種種令清淨　若有諸衆生　聞名及見身
悉獲功德利　成就菩提道　多劫在惡趣
始得見聞汝　亦應歡喜受　以滅煩惱故
千刹微塵劫　歎汝一毛德　劫數猶可窮
功德終無盡

時善財童子説此頌已頂禮其足繞無量帀慇懃瞻仰辭退而去

大方廣佛華嚴經卷第六十八

音釋

蓊欝（蓊烏孔切欝於物切蓊欝木盛貌）　遽（其據切疾也）　㲉（苦角切）
哮吼（哮許交切吼呼后切哮吼怒聲）　憧惶（憧諸良切懼也惶胡光切恐也）

大方廣佛華嚴經卷第六十九

唐于闐國三藏沙門實叉難陀譯

入法界品第三十九之十

爾時善財童子了知彼婆珊婆演底夜神初發菩提心所生菩薩藏所發菩薩願所淨菩薩度所入菩薩地所修菩薩行所行出離道一切智光海普救衆生心普徧大悲雲於一切佛刹盡未來際常能出生普賢行願漸次遊行至普德淨光夜神所頂禮其足繞無數帀於前合掌而作是言聖者我已先發阿耨多羅三藐三菩提心而我未知菩薩云何修行菩薩地云何出生菩薩地云何成就菩薩地夜神答言善哉善哉善男子汝已能發阿耨多羅三藐三菩提心今復問於菩薩地修行出生及以成就善男子菩薩成就十法能圓滿菩薩行何者爲十一者得清淨三昧常見一切佛二者得清淨眼常觀一切佛相好莊嚴三者知一切如來無量無邊功德大海四者知等法界無量諸佛法光明海五者知一切如來一一毛孔放等衆生數大光明海利益無量一切衆生六者見一切如來一一毛孔出一切寶色光明燄海七者於念念中出現一切佛變化海充滿法界究竟一切諸佛境界調伏衆生八者得佛音聲同一切衆生言音海轉三世一切佛法輪九者知一切佛無邊名號海十者知一切佛調伏衆生不思議自在力善男子菩薩成就此十種法則能圓滿菩薩諸行善男子我得菩薩解脫名寂靜禪定樂普遊步普見三世一切諸佛亦見彼佛清淨國土道場衆會神通名號説法

壽命言音身相種種不同悉皆明覩而無取著何以故知諸如來非去世趣永滅故非來體性無生故非生法身平等故非滅無有生相故非實住如幻法故非妄利益衆生故非遷超過生死故非壞性常不變故一相言語悉離故無相性相本空故善男子我如是了知一切如來時於菩薩寂靜禪定樂普遊步解脫門分明了達成就增長思惟觀察堅固莊嚴不起一切妄想分別大悲救護一切衆生一心不動修習初禪息一切意業攝一切衆生智力勇猛喜心悅豫修第二禪思惟一切衆生自性厭離生死修第三禪悉能息滅一切衆生衆苦熱惱修第四禪增長圓滿一切智願出生一切諸三昧海入諸菩薩解脫海門遊戲一切神通成就一切變化以清淨

智普入法界善男子我修此解脫時以種種方便成就衆生所謂於在家放逸衆生令生不淨想可厭想疲勞想逼迫想繫縛想羅刹想無常想苦想無我想空想無生想不自在想老病死想自於五欲不生樂著亦勸衆生不著欲樂唯住法樂出離於家入於非家若有衆生住於空閒我爲止息諸惡音聲於靜夜時爲說深法與順行緣開出家門示正道路爲作光明除其闇障滅其怖畏讃出家業歎佛法僧及善知識具諸功德亦歎親近善知識行復次善男子我修解脫時令諸衆生不生非法貪不起邪分別不作諸罪業若已作者皆令止息若未生善法未修波羅蜜行未求一切智未起大慈悲未造人天業皆令其生若已生者令其增長我與如是順道因

緣乃至令成一切智智善男子我唯得此菩薩寂靜禪定樂普遊步解脫門如諸菩薩摩訶薩具足普賢所有行願了達一切無邊法界常能增長一切善根照見一切如來智力住於一切如來境界恒處生死心無障礙疾能滿足一切智願普能往詣一切世界悉能觀見一切諸佛徧能聽受一切佛法能破一切衆生癡闇能於生死大夜之中出生一切智慧光明而我云何能知能說彼功德行善男子去此不遠於菩提場右邊有一夜神名喜目觀察衆生汝詣彼問菩薩云何學菩薩行修菩薩道爾時普德淨光夜神欲重宣此解脫義爲善財童子而說頌曰

若有信解心　盡見三世佛　彼人眼清淨

能入諸佛海　汝觀諸佛身　清淨相莊嚴

一念神通力　法界悉充滿　盧舍那如來

道場成正覺　一切法界中　轉於淨法輪

如來知法性　寂滅無有二　清淨相嚴身

徧示諸世間　佛身不思議　法界悉充滿

普現一切刹　一切無不見　佛身常光明

一切刹塵等　種種清淨色　念念徧法界

如來一毛孔　放不思議光　普照諸羣生

令其煩惱滅　如來一毛孔　出生無盡化

充徧於法界　除滅衆生苦　佛演一妙音

隨類皆令解　普雨廣大法　使發菩提意

佛昔修諸行　已曾攝受我　故得見如來

普現一切刹　諸佛出世間　量等衆生數

種種解脫境　非我所能知　一切諸菩薩

入佛一毛孔　如是妙解脫　非我所能知

此近有夜神　名喜目觀察　汝應往詣彼

問修菩薩行

時善財童子頂禮其足繞無數帀慇懃瞻仰辤退而去爾時善財童子敬善知識教行善知識語作如是念善知識者難見難遇見善知識令心不散亂見善知識破障礙山見善知識入大悲海救護衆生見善知識得智慧光普照法界見善知識悉能修行一切智道見善知識普能覩見十方佛海見善知識得見諸佛轉於法輪憶持不忘作是念已發意欲詣喜目觀察衆生夜神所時喜目神加善財童子令知親近善知識能生諸善根增長成熟所謂令知親近善知識能修助道具令知親近善知識能起勇猛心令知親近善知識能作難壞業令知親近善知識能得難伏力令知親近善知識能入無邊方令知親近善知識能久遠修行令知親近善知識能辦無邊業令知親近善知識能行無量道令知親近善知識能得速疾力普詣諸刹令知親近善知識能不離本處徧至十方時善財童子遽發是念由親近善知識能勇猛勤修一切智道由親近善知識能速疾出生諸大願海由親近善知識能為一切衆生盡未來劫受無邊苦由親近善知識能被大精進甲於一微塵中說法聲徧法界由親近善知識能速往詣一切方海由親近善知識於一毛道盡未來劫修菩薩行由親近善知識於念念中行菩薩行究竟安住一切智地由親近善知識能入三世一切如來自在神力諸莊嚴道由親近善知識能常徧入諸法界門由親近善知識常緣法界未曾動出而能徧往十

方國土爾時善財童子發是念已即詣喜目觀察衆生夜神所見彼夜神在於如來衆會道場坐蓮華藏師子之座入大勢力普喜幢解脫於其身上一一毛孔出無量種變化身雲隨其所應以妙言音而爲說法普攝無量一切衆生皆令歡喜而得利益所謂出無量化身雲充滿十方一切世界說諸菩薩行檀波羅蜜於一切事皆無戀著於一切衆生普皆施與其心平等無有輕慢內外悉施難捨能捨出等衆生數無量化身雲充滿法界普現一切衆生之前說持淨戒無有缺犯修諸苦行皆悉具足於諸世間無有所依於諸境界無所愛著說在生死輪迴往返說諸人天盛衰苦樂說諸境界皆是不淨說一切法皆是無常說一切行悉苦無味令諸世間捨離顛倒住諸佛境持如來戒如是演說種種戒行戒香普熏令諸衆生悉得成熟又出等衆生數種種身雲說能忍受一切衆苦所謂割截捶楚訶罵欺辱其心泰然不動不亂於一切行不卑不高於諸衆生不起我慢於諸法性安住忍受說菩提心無有窮盡心無盡故智亦無盡普斷一切衆生煩惱說諸衆生卑賤醜陋不具足身令生厭離讃諸如來清淨妙色無上之身令生欣樂如是方便成熟衆生又出等衆生界種種身雲隨諸衆生心之所樂說勇猛精進修一切智助道之法勇猛精進降伏魔冤勇猛精進發菩提心不動不退勇猛精進度一切衆生出生死海勇猛精進除滅一切惡道諸難勇猛精進壞無智山勇猛精進供養一切諸佛如來不生疲厭勇

猛精進受持一切諸佛法輪勇猛精進壞散一切諸障礙山勇猛精進教化成熟一切衆生勇猛精進嚴淨一切諸佛國土如是方便成熟衆生又出種種無量身雲以種種方便令諸衆生心生歡喜捨離惡意厭一切欲爲說慚愧令諸衆生藏護諸根爲說無上清淨梵行爲說欲界是魔境界令生恐怖爲現不樂世間欲樂住於法樂隨其次第入諸禪定諸三昧樂令思惟觀察除滅一切所有煩惱又爲演說一切菩薩諸三昧海神力變現自在遊戲令諸衆生歡喜適悅離諸憂怖其心清淨諸根猛利愛重於法修習增長又出等衆生界種種身雲爲說往詣十方國土供養諸佛及以師長真善知識受持一切諸佛法輪精勤不懈又爲演說稱讚一切諸如來海觀察一切諸法門海顯示一切諸法性相開闡一切諸三昧門開智慧境界竭一切衆生疑海示智慧金剛壞一切衆生見山升智慧日輪破一切衆生癡闇皆令歡喜成一切智又出等衆生界種種身雲普詣一切衆生之前隨其所應以種種言辭而爲說法或說世間神通福力或說三界皆是可怖令其不作世間業行離三界處出見稠林或爲稱讚一切智道令其超越二乘之地或爲演說不住生死不住涅槃令其不著有爲無爲或爲演說住於天宮乃至道場令其欣樂發菩提意如是方便教化衆生皆令究竟得一切智又出一切世界微塵數身雲普詣一切衆生之前念念中示普賢菩薩一切行願念念中示清淨大願充滿法界念念中示嚴淨一切世

界海念念中示供養一切如來海念念中示入一切法門海念念中示入一切世界海微塵數世界海念念中示於一切刹盡未來劫清淨修行一切智道念念中示入如來力念念中示入一切三世方便海念念中示往一切刹現種種神通變化念念中示諸菩薩一切行願令一切衆生住一切智如是所作恒無休息又出等一切衆生心數身雲普詣一切衆生之前說諸菩薩集一切智助道之法無邊際力求一切智不破壞力無窮盡力修無上行不退轉力無間斷力於生死法無染著力能破一切諸魔衆力遠離一切煩惱垢力能破一切業障山力住一切劫修大悲行無疲倦力震動一切諸佛國土令一切衆生生歡喜力能破一切諸外道力普於世間轉法輪力以如是等方便成熟令諸衆生至一切智又出等一切衆生心數無量變化色身雲普詣十方無量世界隨衆生心演說一切菩薩智行所謂說入一切衆生界海智說入一切衆生心海智說入一切衆生根海智說入一切衆生行海智說度一切衆生未曾失時智說出一切法界音聲智說念念徧一切法界海智說念念知一切世界海壞智說念念知一切世界海成住莊嚴差別智說念念自在親近供養一切如來聽受法輪智示現如是智波羅蜜令諸衆生皆大歡喜調暢適悅其心清淨生決定解求一切智無有退轉如說菩薩諸波羅蜜成熟衆生如是宣說一切菩薩種種行法而爲利益復於一一諸毛孔中出無量種衆生身雲所謂出與色究竟

天善現天善見天無熱天無煩天相似身雲出少廣廣果福生無雲天相似身雲出徧淨無量淨少淨天相似身雲出光音無量光少光天相似身雲出大梵梵輔梵衆天相似身雲出自在天化樂天兜率陀天須夜摩天忉利天及其采女諸天子衆相似身雲出提頭賴吒乾闥婆王乾闥婆子乾闥婆女相似身雲出毗樓勒叉鳩槃茶王鳩槃茶子鳩槃茶女相似身雲出毗樓博叉龍王龍子龍女相似身雲出毗沙門夜叉王夜叉子夜叉女相似身雲出大樹緊那羅王善慧摩睺羅伽王大速疾力迦樓羅王羅睺阿脩羅王閻羅法王及其子其女相似身雲出諸人王及其子其女相似身雲出聲聞獨覺及諸佛衆相似身雲出地神水神火神風神河神海神山神樹神乃至晝夜主方神等相似身雲周徧十方充滿法界於彼一切衆生之前現種種聲所謂風輪聲水輪聲火燄聲海潮聲地震聲大山相擊聲天城震動聲摩尼相擊聲天王聲龍王聲夜叉王聲乾闥婆王聲阿脩羅王聲迦樓羅王聲緊那羅王聲摩睺羅伽王聲人王聲梵王聲天女歌詠聲諸天音樂聲摩尼寶王聲以如是等種種音聲說喜目觀察衆生夜神從初發心所集功德所謂承事一切諸善知識親近諸佛修行善法行檀波羅蜜難捨能捨行尸波羅蜜棄捨王位宮殿眷屬出家學道行羼提波羅蜜能忍世間一切苦事及以菩薩所修苦行所持正法皆悉堅固其心不動亦能忍受一切衆生於已身心惡作惡說忍一切業皆不失壞忍一切法生

決定解忍諸法性能諦思惟行精進波羅蜜起一切智行成一切佛法行禪波羅蜜其禪波羅蜜所有資具所有修習所有成就所有清淨所有起三昧神通所有入三昧海門皆悉顯示行般若波羅蜜其般若波羅蜜所有資具所有清淨大智慧日大智慧雲大智慧藏大智慧門皆悉顯示行方便波羅蜜其方便波羅蜜所有資具所有修行所有體性所有理趣所有清淨所有相應事皆悉顯示行願波羅蜜其願波羅蜜所有體性所有成就所有修習所有相應事皆悉顯示行力波羅蜜其力波羅蜜所有資具所有因緣所有理趣所有演說所有相應事皆悉顯示行智波羅蜜其智波羅蜜所有資具所有體性所有成就所有清淨所有處所所有增長所有深入所有光明所有顯示所有理趣所有相應事所有簡擇所有行相所有相應法所有所攝法所知法所知業所知剎所知劫所知世所知佛出現所知佛所知菩薩所知菩薩心菩薩位菩薩資具菩薩發趣菩薩迴向菩薩大願菩薩法輪菩薩簡擇法菩薩法海菩薩法門海菩薩法旋流菩薩法理趣如是等智波羅蜜相應境界皆悉顯示成熟衆生又說此神從初發心所集功德相續次第所習善根相續次第所修無量諸波羅蜜相續次第死此生彼及其名號相續次第親近善友承事諸佛受持正法修菩薩行入諸三昧以三昧力普見諸佛普見諸剎普知諸劫深入法界觀察衆生入法界海知諸衆生死此生彼得淨天耳聞一切聲得淨天眼見一切色得

他心智知衆生心得宿住智知前際事得無依無作神足智通自在遊行徧十方刹如是所有相續次第得菩薩解脱入菩薩解脱海得菩薩自在得菩薩勇猛得菩薩遊步住菩薩想入菩薩道如是一切所有功德相續次第皆悉演說分別顯示成熟衆生如是說時於念念中十方各嚴淨不可說不可說諸佛國土度脱無量惡趣衆生令無量衆生生天人中富貴自在令無量衆生出生死海令無量衆生安住聲聞辟支佛地令無量衆生住如來地爾時善財童子見聞如上所現一切諸希有事念念觀察思惟解了深入安住承佛威力及解脱力則得菩薩不思議大勢力普喜幢自在力解脱何以故與喜目夜神於往昔時同修行故如來神力所加持故不思議善根所祐助故得菩薩諸根故生如來種中故得善友力所攝受故受諸如來所護念故毗盧遮那如來會所化故彼分善根已成熟故堪修普賢菩薩行故爾時善財童子得此解脱已心生歡喜合掌向喜目觀察衆生夜神以偈讃曰

無量無數劫　學佛甚深法　隨其所應化
顯現妙色身　了知諸衆生　沈迷嬰妄想
種種身皆現　隨應悉調伏　法身恒寂靜
清淨無二相　爲化衆生故　示現種種形
於諸藴界處　未曾有所著　示行及色身
調伏一切衆　不著内外法　已度生死海
而現種種身　住於諸有界　遠離諸分別
戲論所不動　爲著妄想者　弘宣十力法
一心住三昧　無量劫不動　毛孔出化雲

供養十方佛　得佛方便力　念念無邊際
示現種種身　普攝諸羣生　了知諸有海
種種業莊嚴　爲說無礙法　令其悉清淨
色身妙無比　清淨如普賢　隨諸衆生心
示現世間相

爾時善財童子說此頌已白言天神汝發阿耨多羅三藐三菩提心爲幾時耶得此解脫其已久如爾時喜目觀察衆生主夜神以頌答曰

我念過去世　過於剎塵劫　剎號摩尼光
劫名寂靜音　百萬那由他　俱胝四天下
其王數亦爾　各各自臨馭　中有一王都
號曰香幢寶　莊嚴最殊妙　見者皆欣悅
中有轉輪王　其身甚微妙　三十二種相
隨好以莊嚴　蓮華中化生　金色光明身
騰空照遠近　普及閻浮界　其王有千子
勇猛身端正　臣佐滿一億　智慧善方便
嬪御有十億　顏容狀天女　利益調柔意
慈心給侍王　其王以法化　普及四天下
輪圍大地中　一切皆豐盛　我時爲寶女
具足梵音聲　身出金色光　照及千由旬
日光既已沒　音樂咸寂然　大王及侍御
一切皆安寢　彼時德海佛　出興於世間
顯現神通力　充滿十方界　放大光明海
一切剎塵數　種種自在身　徧滿於十方
地震出妙音　普告佛興世　天人龍神衆
一切皆歡喜　一一毛孔中　出佛化身海
十方皆徧滿　隨應說妙法　我時於夢中
見佛諸神變　亦聞深妙法　心生大歡喜
一萬主夜神　共在空中住　讚歎佛興世

同時覺悟我　賢慧汝應起　佛已現汝國
刼海難值遇　見者得清淨　我時便寐寤
即覩清淨光　觀此從何來　見佛樹王下
諸相莊嚴體　猶如寶山王　一切毛孔中
放大光明海　見已心歡喜　便生此念言
願我得如佛　廣大神通力　我時尋覺悟
大王幷眷屬　令見佛光明　一切皆欣慶
我時與大王　騎從千萬億　衆生亦無量
俱行詣佛所　我於二萬歲　供養彼如來
七寶四天下　一切皆奉施　時彼如來說
功德普雲經　普應羣生心　莊嚴諸願海
夜神覺悟我　令我得利益　我願作是身
覺諸放逸者　我從此初發　最上菩提願
往來諸有中　其心無忘失　從此後供養
十億那由佛　恒受人天樂　饒益諸羣生

初佛功德海　第二功德燈　第三妙寶幢
第四虛空智　第五蓮華藏　第六無礙慧
第七法月王　第八智燈輪　第九兩足尊
寶燄山燈王　第十調御師　三世華光音
如是等諸佛　我悉曾供養　然未得慧眼
入於解脫海　從此次第有　一切寶光剎
其刼名天勝　五百佛興世　最初月光輪
第二名日燈　第三名光幢　第四寶須彌
第五名華燄　第六號燈海　第七熾然佛
第八天藏佛　九光明王幢　十普智光王
如是等諸佛　我悉曾供養　尚於諸法中
無而計爲有　從此復有刼　名曰梵光明
世界蓮華燈　莊嚴極殊妙　彼有無量佛
一一無量衆　我悉曾供養　尊重聽聞法
初寶須彌佛　二功德海佛　三法界音佛

四法震雷佛　五名法幢佛　六名地光佛
七名法力光　八名虚空覺　第九須彌光
第十功德雲　如是等如來　我悉曾供養
未能明了法　而入諸佛海　次後復有劫
名爲功德月　爾時有世界　其名功德幢
彼中有諸佛　八十那由他　我皆以妙供
深心而敬奉　初乾闥婆王　二名大樹王
三功德須彌　第四寶眼佛　第五盧舍那
第六光莊嚴　第七法海佛　第八光勝佛
九名賢勝佛　第十法王佛　如是等諸佛
我悉曾供養　然未得深智　入於諸法海
此後復有劫　名爲寂靜慧　刹號金剛寶
莊嚴悉殊妙　於中有千佛　次第而出興
衆生少煩惱　衆會悉清淨　初金剛齊佛
二無礙力佛　三名法界影　四號十方燈

第五名悲光　第六名戒海　第七忍燈輪
第八法輪光　九名光莊嚴　十名寂靜光
如是等諸佛　我悉曾供養　猶未能深悟
如空清淨法　遊行一切刹　於彼修諸行
次第復有劫　名爲善出現　刹號香燈雲
淨穢所共成　億佛於中現　莊嚴刹及劫
所説種種法　我皆能憶持　初名廣稱佛
次名法海佛　三名自在王　四名功德雲
第五法勝佛　第六天冠佛　第七智燄佛
第八虚空音　第九兩足尊　名普生殊勝
第十無上士　眉間勝光明　如是一切佛
我悉曾供養　然猶未能淨　離諸障礙道
次第復有劫　名集堅固王　刹號寶幢王
一切善分布　有五百諸佛　於中而出現
我恭敬供養　求無礙解脱　最初功德輪

其次寂靜音　次名功德海　次名日光王
第五功德王　第六須彌相　次名法自在
次佛功德王　第九福須彌　第十光明王
如是等諸佛　我悉曾供養　所有清淨道
普入盡無餘　然於所入門　未能成就忍
次第復有劫　名爲妙勝主　刹號寂靜音
衆生煩惱薄　於中有佛現　八十那由他
我悉曾供養　修行最勝道　初佛名華聚
次佛名海藏　次名功德生　次號天王髻
第五摩尼藏　第六眞金山　第七寶聚尊
第八法幢佛　第九名勝財　第十名智慧
此十爲上首　供養無不盡　次第復有劫
名曰千功德　爾時有世界　號善化幢燈
六十億那由　諸佛興於世　最初寂靜幢
其次奢摩他　第三百燈王　第四寂靜光
第五雲密陰　第六日大明　七號法燈光
八名殊勝燄　九名天勝藏　十名大吼音
如是等諸佛　我悉常供養　未得清淨忍
深入諸法海　次第復有劫　名無著莊嚴
爾時有世界　名曰無邊光　中有三十六
那由他佛現　初功德須彌　第二虛空心
第三具莊嚴　第四法雷音　第五法界聲
第六妙音雲　第七照十方　第八法海音
第九功德海　第十功德幢　如是等諸佛
我悉曾供養　次有佛出現　名爲功德幢
我爲月面天　供養人中主　時佛爲我說
無依妙法門　我聞專念持　出生諸願海
我得清淨眼　寂滅定總持　能於念念中
悉見諸佛海　我得大悲藏　普明方便眼
增長菩提心　成就如來力　見衆生顛倒

執常樂我淨　愚癡闇所覆　妄想起煩惱
行止見稠林　往來貪欲海　集於諸惡趣
無量種種業　一切諸趣中　隨業而受身
生老死衆患　無量苦逼迫　爲彼衆生故
我發無上心　願得如十方　一切十力尊
緣佛及衆生　起於大願雲　從是修功德
趣入方便道　願雲悉彌覆　普入一切道
具足波羅蜜　充滿於法界　速入於諸地
三世方便海　一念修諸佛　一切無礙行
佛子我爾時　得入普賢道　了知十法界
一切差別門

善男子於汝意云何彼時轉輪聖王名十方主能紹隆佛種者豈異人乎文殊師利童子是也爾時夜神覺悟我者普賢菩薩之所化耳我於爾時爲王寶女蒙彼夜神覺悟於我令我見佛發阿耨多羅三藐三菩提心自從是來經佛刹微塵數劫不墮惡趣常生人天於一切處常見諸佛乃至於妙燈功德幢佛所得此大勢力普喜幢菩薩解脫以此解脫如是利益一切衆生善男子我唯得此大勢力普喜幢解脫門如諸菩薩摩訶薩於念念中普詣一切諸如來所疾能趣入一切智海於念念中以發趣門入於一切諸大願海於念念中以願海門盡未來劫念念出生一切諸行一一行中出生一切刹微塵數身一一身普入一切法界門一一法界門一切佛刹中隨衆生心說諸妙行一切刹一一塵中悉見無邊諸如來海一一如來所悉見徧法界諸佛神通一一如來所悉見往劫修菩薩行一一如來所受持守護所有法輪一一如來

所悉見三世一切如來諸神變海而我云何能知能說彼功德行善男子此衆會中有一夜神名普救衆生妙德汝詣彼問菩薩云何入菩薩行淨菩薩道時善財童子頂禮其足繞無數帀慇懃瞻仰辭退而去

大方廣佛華嚴經卷第六十九

音釋

嬪御 嬪毗賓切嬪御女侍也

寐寤 寐彌一切寢息也寤五故切睡覺也

大方廣佛華嚴經卷第七十

唐于闐國三藏沙門實叉難陀譯

入法界品第三十九之十一

爾時善財童子於喜目觀察衆生夜神所聞普喜幢解脱門信解趣入了知隨順思惟修習念善知識所有教誨心無暫捨諸根不散一心願得見善知識普於十方勤求匪懈願常親近生諸功德與善知識同一善根得善知識巧方便行依善知識入精進海於無量劫常不遠離作是願已往詣普救衆生妙德夜神所時彼夜神爲善財童子示現菩薩調伏衆生解脱神力以諸相好莊嚴其身於兩眉間放大光明名智燈普照清淨幢無量光明以爲眷屬其光普照一切世間照世間已入善財頂充滿其身善財爾時即得究竟清淨輪三昧得此三昧已悉見二神兩處中間所有一切地塵水塵及以火塵金剛摩尼衆寶微塵華香瓔珞諸莊嚴具如是一切所有微塵一一塵中各見佛刹微塵數世界成壞及見一切地水火風諸大積聚亦見一切世界接連皆以地輪任持而住種種山海種種河池種種樹林種種宮殿所謂天宮殿龍宮殿夜叉宮殿乃至摩睺羅伽人非人等宮殿屋宅地獄畜生閻羅王界一切住處諸趣輪轉生死往來隨業受報各各差別靡不悉見又見一切世界差別所謂或有世界雜穢或有世界清淨或有世界趣雜穢或有世界趣清淨或有世界雜穢清淨或有世界清淨雜穢或有世界一向清淨或有世界其形平正或有覆住或有側住如是等一切世界一切

趣中悉見此普救衆生夜神於一切時一切處隨諸衆生形貌言辭行解差別以方便力普現其前隨宜化度令地獄衆生免諸苦毒令畜生衆生不相食噉令餓鬼衆生無有飢渴令諸龍等離一切怖令欲界衆生離欲界苦令人趣衆生離闇夜怖毀呰怖惡名怖大衆怖不活怖死怖惡道怖斷善根怖退菩提心怖遇惡知識怖離善知識怖墮二乘地怖種種生死怖異類衆生同住怖惡時受生怖惡種族中受生怖造惡業怖業煩惱障怖執著諸想繫縛怖如是等怖悉令捨離又見一切衆生卵生胎生濕生化生有色無色有想無想非有想非無想普現其前常勤救護爲成就菩薩大願力故深入菩薩三昧力故堅固菩薩神通力故出生普賢行願力故增廣菩薩大悲海故得普覆衆生無礙大慈故得普與衆生無量喜樂故得普攝一切衆生智慧方便故得菩薩廣大解脫自在神通故嚴淨一切佛刹故覺了一切諸法故供養一切諸佛故受持一切佛教故積集一切善根修一切妙行故入一切衆生心海而無障礙故知一切衆生諸根教化成熟故淨一切衆生信解除其惡障故破一切衆生無知黑闇故令得一切智清淨光明故時善財童子見此夜神如是神力不可思議甚深境界普現調伏一切衆生菩薩解脫已歡喜無量頭面作禮一心瞻仰時彼夜神即捨菩薩莊嚴之相還復本形而不捨其自在神力爾時善財童子恭敬合掌却住一面以偈讚曰

我善財得見　如是大神力　其心生歡喜

說偈而讚歎　我見尊妙身　衆相以莊嚴
譬如空中星　一切悉嚴淨　所放殊勝光
無量剎塵數　種種微妙色　普照於十方
一一毛孔放　衆生心數光　一一光明端
皆出寶蓮華　華中出化身　能滅衆生苦
光中出妙香　普熏於衆生　復雨種種華
供養一切佛　兩眉放妙光　量與須彌等
普觸諸含識　令滅愚癡闇　口放清淨光
譬如無量日　普照於廣大　毗盧舍那境
眼放清淨光　譬如無量月　普照十方剎
悉滅世癡翳　現化種種身　相狀等衆生
充滿十方界　度脫三有海　妙身徧十方
普現衆生前　滅除水火賊　王等一切怖
我承喜目教　令得詣尊所　見尊眉間相
放大清淨光　普照十方海　悉滅一切闇
顯現神通力　而來入我身　我遇圓滿光
心生大歡喜　得總持三昧　普見十方佛
我於所經處　悉見諸微塵　一一微塵中
各見塵數剎　或有無量剎　一切咸濁穢
衆生受諸苦　常悲歎號泣　或有染淨剎
少樂多憂苦　示現三乘像　往彼而救度
或有淨染剎　衆生所樂見　菩薩常充滿
住持諸佛法　一一微塵中　無量淨剎海
毗盧遮那佛　往劫所嚴淨　佛於一切剎
悉坐菩提樹　成道轉法輪　度脫諸羣生
我見普救天　於彼無量剎　一切諸佛所
普皆往供養

爾時善財童子說此頌已白普救衆生妙德夜神言天神今此解脫甚深希有其名何等得此解脫其已久如修何等行而得清淨夜

神言善男子是處難知諸天及人一切二乘所不能測何以故此是住普賢菩薩行者境界故住大悲藏者境界故救護一切衆生者境界故能淨一切三惡八難者境界故能於一切佛刹中紹隆佛種不斷者境界故能住持一切佛法者境界故能於一切刼修菩薩行成滿大願海者境界故能於一切法界海以清淨智光滅無明闇障者境界故能以一念智慧光明普照一切三世方便海者境界故我承佛力今爲汝説善男子乃往古世過佛刹微塵數刼爾時有刼名圓滿清淨世界名毗盧遮那大威德有須彌山微塵數如來於中出現其佛世界以一切香王摩尼寶爲體衆寶莊嚴住無垢光明摩尼王海上其形正圓淨穢合成一切嚴具帳雲而覆其上一切莊嚴摩尼輪山千帀圍繞有十萬億那由他四天下皆妙莊嚴或有四天下惡業衆生於中止住或有四天下雜業衆生於中止住或有四天下善根衆生於中止住或有四天下一向清淨諸大菩薩之所止住此界東際輪圍山側有四天下名寶燈華幢國界清淨飲食豐足不藉耕耘而生稻粱宮殿樓閣悉皆奇妙諸如意樹處處行列種種香樹恒出香雲種種鬘樹恒出鬘雲種種華樹常雨妙華種種寶樹出諸奇寶無量色光周帀照耀諸音樂樹出諸音樂隨風吹動演妙音聲日月光明摩尼寶王普照一切晝夜受樂無時間斷此四天下有百萬億那由他諸王國土一一國土有千大河周帀圍繞一一皆以妙華覆上隨流漂動出天樂音一切寶樹列植

其岸種種珍奇以爲嚴飾舟船來往稱情戲樂一一河閒有百萬億城一一城有百萬億那由他聚落如是一切城邑聚落各有無量百千億那由他宫殿園林周帀圍繞此四天下閻浮提内有一國土名寶華燈安隱豐樂人民熾盛其中衆生具行十善有轉輪王於中出現名毗盧遮那妙寶蓮華髻於蓮華中忽然化生三十二相以爲嚴好七寶具足王四天下恒以正法教導羣生王有千子端正勇健能伏寃敵百萬億那由他宫人采女皆悉與王同種善根同修諸行同時誕生端正姝妙猶如天女身真金色常放光明諸毛孔中恒出妙香良臣猛將具足十億王有正妃名圓滿面是王女寶端正殊特皮膚金色目髮紺青言同梵音身有天香常放光明照千由旬其有一女名普智燄妙德眼形體端嚴色相殊美衆生見者情無厭足爾時衆生壽命無量或有不定而中夭者種種形色種種音聲種種名字種種族姓愚智勇怯貧富苦樂無量品類皆悉不同時或有人語餘人言我身端正汝形鄙陋作是語已遞相毀辱集不善業以是業故壽命色力一切樂事悉皆損減時彼城北有菩提樹名普光法雲音幢以念念出現一切如來道場莊嚴堅固摩尼王而爲其根一切摩尼以爲其幹衆雜妙寶以爲其葉次第分布並相稱可四方上下圓滿莊嚴放寶光明出妙音聲說一切如來甚深境界於彼樹前有一香池名寶華光明演法雷音妙寶爲岸百萬億那由他寶樹圍繞一一樹形如菩提樹衆寶瓔珞周帀垂下無

量樓閣皆寶所成周徧道場以爲嚴飾彼香池内出大蓮華名普現三世一切如來莊嚴境界雲須彌山微塵數佛於中出現其第一佛名普智寶燄妙德幢於此華上最初得阿耨多羅三藐三菩提無量千歲演說正法成熟衆生其彼如來未成佛時十千年前此大蓮華放淨光明名現諸神通成熟衆生若有衆生遇斯光者心自開悟無所不了知十千年後佛當出現九千年前放淨光明名一切衆生離垢燈若有衆生遇斯光者得清淨眼見一切色知九千年後佛當出現八千年前放大光明名一切衆生業果音若有衆生遇斯光者悉得自知諸業果報知八千年後佛當出現七千年前放大光明名生一切善根音若有衆生遇斯光者一切諸根悉得圓滿知七千年後佛當出現六千年前放大光明名佛不思議境界音若有衆生遇斯光者其心廣大普得自在知六千年後佛當出現五千年前放大光明名嚴淨一切佛刹音若有衆生遇斯光者悉見一切清淨佛土知五千年後佛當出現四千年前放大光明名一切如來境界無差別燈若有衆生遇斯光者悉能往覲一切諸佛知四千年後佛當出現三千年前放大光明名三世明燈若有衆生遇斯光者悉能現見一切如來諸本事海知三千年後佛當出現二千年前放大光明名如來離翳智慧燈若有衆生遇斯光者則得普眼見一切如來神變一切諸佛國土一切世界衆生知二千年後佛當出現一千年前放大光明名令一切衆生見佛集諸善根若有

衆生遇斯光者則得成就見佛三昧知一千年後佛當出現次七日前放大光明名一切衆生歡喜音若有衆生遇斯光者得普見諸佛生大歡喜知七日後佛當出現滿七日已一切世界悉皆震動純淨無染念念普現十方一切清淨佛刹亦現彼刹種種莊嚴若有衆生根性淳熟應見佛者咸詣道場爾時彼世界中一切輪圍一切須彌一切諸山一切大海一切地一切城一切垣牆一切宫殿一切音樂一切語言皆出音聲讃説一切諸佛如來神力境界又出一切香雲一切燒香雲一切末香雲一切香摩尼形像雲一切寶燄雲一切燄藏雲一切摩尼衣雲一切瓔珞雲一切妙華雲一切如來光明雲一切如來圓光雲一切音樂雲一切如來願聲雲一切如來言音海雲一切如來相好雲顯示如來出現世間不思議相善男子此普照三世一切如來莊嚴境界大寶蓮華王有十佛刹微塵數蓮華周帀圍繞諸蓮華内悉有摩尼寶藏師子之座一一座上皆有菩薩結跏趺坐善男子彼普智寶燄妙德幢王如來於此成阿耨多羅三藐三菩提時即於十方一切世界中成阿耨多羅三藐三菩提隨衆生心悉現其前爲轉法輪於一一世界令無量衆生離惡道苦令無量衆生得生天中令無量衆生住於聲聞辟支佛地令無量衆生成就出離菩提之行令無量衆生成就勇猛幢菩提之行令無量衆生成就法光明菩提之行令無量衆生成就清淨根菩提之行令無量衆生成就平等力菩提之行令無量衆生成就入

法城菩提之行令無量衆生成就徧至一切處不可壞神通力菩提之行令無量衆生入普門方便道菩提之行令無量衆生安住三昧門菩提之行令無量衆生成就緣一切清淨境界菩提之行令無量衆生發菩提心令無量衆生住菩薩道令無量衆生安住清淨波羅蜜道令無量衆生住菩薩初地令無量衆生住菩薩二地乃至十地令無量衆生入於菩薩殊勝行願令無量衆生安住普賢清淨行願善男子彼普智寶燄妙德幢如來現如是不思議自在神力轉法輪時於彼一一諸世界中隨其所應念念調伏無量衆生時普賢菩薩知寶華燈王城中衆生自恃色貌及諸境界而生憍慢陵蔑他人化現妙身端正殊特往詣彼城放大光明普照一切令彼聖王及諸妙寶日月星宿衆生身等一切光明悉皆不現譬如日出衆景奪曜亦如聚墨對閻浮金時諸衆生咸作是言此爲是誰爲天爲梵今放此光令我等身所有光色皆不顯現種種思惟無能解了爾時普賢菩薩在彼輪王寶宮殿上虚空中住而告之言大王當知今汝國中有佛興世在普光明法雲音幢菩提樹下時聖王女蓮華妙眼見普賢菩薩所現色身光明自在及聞身上諸莊嚴具所出妙音心生歡喜作如是念願我所有一切善根得如是身如是莊嚴如是相好如是威儀如是自在今此大聖能於衆生生死長夜黑闇之中放大光明開示如來出興於世願令於我亦得如是爲諸衆生作智光明破彼所有無知黑闇願我所在受生之處常得

不離此善知識善男子時轉輪王與其寶女千子眷屬大臣輔佐四種兵衆及其城內無量人民前後圍繞以王神力俱升虛空高一由旬放大光明照四天下普使一切咸得瞻仰欲令衆生俱往見佛以偈讚曰

如來出世間　普救諸羣生　汝等應速起
往詣導師所　無量無數劫　乃有佛興世
演說深妙法　饒益一切衆　佛觀諸世間
顛倒常癡惑　輪迴生死苦　而起大悲心
無數億千劫　修習菩提行　爲欲度衆生
斯由大悲力　頭目手足等　一切悉能捨
爲求菩提故　如是無量劫　無量億千劫
導師難可遇　見聞若承事　一切無空過
今當共汝等　往觀調御尊　坐於如來座
降魔成正覺　瞻仰如來身　放演無量光
種種微妙色　除滅一切闇　一一毛孔中
放光不思議　普照諸羣生　咸令大歡喜
汝等咸應發　廣大精進心　詣彼如來所
恭敬而供養

爾時轉輪聖王說偈讚佛開悟一切衆生已從輪王善根出十千種大供養雲往詣道場向如來所所謂一切寶蓋雲一切華帳雲一切寶衣雲一切寶鈴網雲一切香海雲一切寶座雲一切寶幢雲一切宮殿雲一切妙華雲一切諸莊嚴具雲於虛空中周徧嚴飾到已頂禮普智寶燄妙德幢王如來足繞無量百千帀即於佛前坐普照十方寶蓮華座時轉輪王女普智燄妙德眼即解身上諸莊嚴具持以散佛時莊嚴具於虛空中變成寶蓋寶網垂下龍王執持一切宮殿於中間列十

種寶蓋周帀圍繞形如樓閣内外清淨諸瓔珞雲及諸寶樹香海摩尼以爲莊嚴於此蓋中有菩提樹枝葉榮茂普覆法界念念示現無量莊嚴毗盧遮那如來坐此樹下有不可説佛刹微塵數菩薩前後圍繞皆從普賢行願出生住諸菩薩無差別住亦見有一切諸世間主亦見如來自在神力又見一切諸劫次第世界成壞又亦見彼一切世界一切諸佛出興次第又亦見彼一切世界一一皆有普賢菩薩供養於佛調伏衆生又亦見彼一切菩薩莫不皆在普賢身中亦見自身在其身内亦見其身在一切如來前一切普賢前一切菩薩前一切衆生前又亦見彼一切世界一一各有佛刹微塵數世界種種際畔種種任持種種形狀種種體性種種安布種種莊嚴種種清淨種種莊嚴雲而覆其上種種劫名種種佛興種種三世種種方處種種住法界種種入法界種種住虚空種種如來菩提場種種如來神通力種種如來師子座種種如來大衆海種種如來衆差別種種如來巧方便種種如來轉法輪種種如來妙音聲種種如來言説海種種如來契經雲既見是已其心清淨生大歡喜普智寶燄妙德幢王如來爲説修多羅名一切如來轉法輪十佛刹微塵數修多羅而爲眷屬時彼女人聞此經已則得成就十千三昧門其心柔輭無有麤彊如初受胎如始誕生如娑羅樹初始生芽彼三昧心亦復如是所謂現見一切佛三昧普照一切刹三昧入一切三世門三昧説一切佛法輪三昧知一切佛願海三昧開悟

一切衆生令出生死苦三昧常願破一切衆生闇三昧常願滅一切衆生苦三昧常願生一切衆生樂三昧教化一切衆生不生疲厭三昧一切菩薩無障礙幢三昧普詣一切清淨佛刹三昧得如是等十千三昧已復得妙定心不動心歡喜心安慰心廣大心順善知識心緣甚深一切智心住廣大方便海心捨離一切執著心不住一切世間境界心入如來境界心普照一切色海心無惱害心無高倨心無疲倦心無退轉心無懈怠心思惟諸法自性心安住一切法門海心觀察一切法門海心了知一切衆生海心救護一切衆生海心普照一切世界海心普生一切佛願海心悉破一切障山心積集福德助道心現見諸佛十力心普照菩薩境界心增長菩薩助道心徧緣一切方海心一心思惟普賢大願發一切如來十佛刹微塵數願海願嚴淨一切佛國願調伏一切衆生願徧知一切法界願普入一切法界海願於一切佛刹盡未來際劫修菩薩行願盡未來際劫不捨一切菩薩行願得親近一切如來願得承事一切善友願得供養一切諸佛願於念念中修菩薩行增一切智無有間斷發如是等十佛刹微塵數願海成就普賢所有大願時彼如來復爲其女開示演說發心已來所集善根所修妙行所得大果令其開悟成就如來所有願海一心趣向一切智位善男子復於此前過十大劫有世界名日輪光摩尼佛號因陀羅幢妙相此妙眼女於彼如來遺法之中普賢菩薩勸其修補蓮華座上故壞佛像既修補

已而復彩畫既彩畫已復寶莊嚴發阿耨多羅三藐三菩提心善男子我念過去由普賢菩薩善知識故種此善根從是已來不墮惡趣常於一切天王人王種族中生端正可喜衆相圓滿令人樂見常見於佛常得親近普賢菩薩乃至於今示導開悟成熟於我令生歡喜善男子於意云何爾時毗盧遮那藏妙寶蓮華髻轉輪聖王者豈異人乎今彌勒菩薩是時王妃圓滿面者寂靜音海夜神是今所住處去此不遠時妙德眼童女者即我身是我於彼時身爲童女普賢菩薩勸我修補蓮華座像以爲無上菩提因緣令我發於阿耨多羅三藐三菩提心我於彼時初始發心次復引導令我得見妙德幢佛解身瓔珞散佛供養見佛神力聞佛說法即得菩薩普現一切世間調伏衆生解脫門於念念中見須彌山微塵數佛亦見彼佛道場衆會清淨國土我皆尊重恭敬供養聽聞說法依教修行善男子過彼毗盧遮那大威德世界圓滿清淨劫已次有世界名寶輪妙莊嚴劫名大光有五百佛於中出現我皆承事恭敬供養其最初佛名大悲幢初出家時我爲夜神恭敬供養次有佛出名金剛那羅延幢我爲轉輪王恭敬供養其佛爲我說修多羅名一切佛出現十佛刹微塵數修多羅以爲眷屬次有佛出名金剛無礙德我於彼時爲轉輪王恭敬供養其佛爲我說修多羅名普照一切衆生根須彌山微塵數修多羅而爲眷屬我皆受持次有佛出名火燄山妙莊嚴我於彼時爲長者女其佛爲我說修多羅名普照三世

藏閻浮提微塵數修多羅而爲眷屬我皆聽聞如法受持次有佛出名一切法海高勝王我爲阿修羅王恭敬供養其佛爲我說修多羅名分別一切法界五百修多羅而爲眷屬我皆聽聞如法受持次有佛出名海嶽法光明我爲龍王女雨如意摩尼寶雲而爲供養其佛爲我說修多羅名增長歡喜海百萬億修多羅而爲眷屬我皆聽聞如法受持次有佛出名寶燄山燈我爲海神雨寶蓮華雲恭敬供養其佛爲我說修多羅名法界方便海光明佛刹微塵數修多羅而爲眷屬我皆聽聞如法受持次有佛出名功德海光明輪我於彼時爲五通仙現大神通六萬諸仙前後圍繞雨香華雲而爲供養其佛爲我說修多羅名無著法燈六萬修多羅而爲眷屬我皆聽聞如法受得次有佛出名毗盧遮那功德藏我於彼時爲主地神名出生平等義與無量地神俱雨一切寶樹一切摩尼藏一切寶瓔珞雲而爲供養其佛爲我說修多羅名出生一切如來智藏無量修多羅而爲眷屬我皆聽聞受持不忘善男子如是次第其最後佛名充滿虛空法界妙德燈我爲妓女名曰美顏見佛入城歌舞供養承佛神力踊在空中以千偈頌讚歎於佛佛爲於我放眉間光名莊嚴法界大光明徧觸我身我蒙光已即得解脫門名法界方便不退藏善男子此世界中有如是等佛刹微塵數劫一切如來於中出現我皆承事恭敬供養彼諸如來所說正法我皆憶念乃至不忘一文一句於彼一一諸如來所稱揚讚歎一切佛法爲無量衆

生廣作利益於彼一一諸如來所得一切智光明現三世法界海入一切普賢行善男子我依一切智光明故於念念中見無量佛既見佛已先所未得先所未見普賢諸行悉得成滿何以故以得一切智光明故爾時普救衆生夜神欲重明此解脫義承佛神力為善財童子而説頌言

善財聽我説　甚深難見法　普照於三世
一切差別門　如我初發心　專求佛功德
所入諸解脫　汝今應諦聽　我念過去世
過剎微塵劫　次前有一劫　名圓滿清淨
是時有世界　名為徧照燈　須彌塵數佛
於中出興世　初佛名智燄　次佛名法幢
第三法須彌　第四德師子　第五寂靜王
第六滅諸見　第七高名稱　第八大功德
第九名勝日　第十名月面　於此十佛所
最初悟法門　從此後次第　復有十佛出
初名虛空處　第二名普光　三名住諸方
四名正念海　五名高勝光　六名須彌雲
七名法燄佛　八名山勝佛　九名大悲華
十名法界華　此十出現時　第二悟法門
從此後次第　復有十佛出　第一光幢佛
第二智慧佛　第三心義佛　第四德主佛
第五天慧佛　第六慧王佛　第七勝智佛
第八光王佛　第九勇猛佛　第十蓮華佛
於此十佛所　第三悟法門　從此後次第
復有十佛出　第一寶燄山　第二功德海
第三法光明　第四蓮華藏　第五衆生眼
第六香光寶　七須彌功德　八乾闥婆王
第九摩尼藏　第十寂靜色　從此後次第

復有十佛出　初佛廣大智　次佛寶光明
第三虛空雲　第四殊勝相　第五圓滿戒
第六那羅延　第七須彌德　第八功德輪
第九無勝幢　第十大樹山　從此後次第
復有十佛出　第一娑羅藏　第二世主身
第三高顯光　第四金剛照　第五地威力
第六甚深法　第七法慧音　第八須彌幢
第九勝光明　第十妙寶光　從此後次第
復有十佛出　第一梵光明　第二虛空音
第三法界身　第四光明輪　第五智慧幢
第六虛空燈　第七微妙德　第八徧照光
第九勝福光　第十大悲雲　從此後次第
復有十佛出　第一力光慧　第二普現前
第三高顯光　第四光明身　第五法起佛
第六寶相佛　第七速疾風　第八勇猛幢
第九妙寶蓋　第十照三世　從此後次第
復有十佛出　第一願海光　第二金剛身
第三須彌德　第四念幢王　第五功德慧
第六智慧燈　第七光明幢　第八廣大智
第九法界智　第十法海智　從此後次第
復有十佛出　初名布施法　次名功德輪
三名勝妙雲　四名忍智燈　五名寂靜音
六名寂靜幢　七名世間燈　八名深大願
九名無勝幢　十名智燄海　從此後次第
復有十佛出　初佛法自在　二佛無礙慧
三名意海慧　四名衆妙音　五名自在施
六名普現前　七名隨樂身　八名住勝德
第九本性佛　第十賢德佛　須彌塵數劫
此中所有佛　普作世間燈　我悉曾供養
佛刹微塵劫　所有佛出現　我皆曾供養

入此解脫門　我於無量劫　修行得此道
汝若能修行　不久亦當得
善男子我唯知此菩薩普現一切世間調伏衆生解脫如諸菩薩摩訶薩集無邊行生種種解現種種身具種種根滿種種願入種種三昧起種種神變能種種觀察法入種種智慧門得種種法光明而我云何能知能說彼功德行善男子去此不遠有主夜神名寂靜音海坐摩尼光幢莊嚴蓮華座百萬阿僧祇主夜神前後圍繞汝詣彼問菩薩云何學菩薩行修菩薩道時善財童子頂禮其足繞無數帀慇懃瞻仰辭退而去

大方廣佛華嚴經卷第七十

音釋

姝春朱切美好也　遞大計切更迭也　垣雨元切墻也　陵蔑陵力膺切侮也蔑莫結切輕也

大方廣佛華嚴經卷第七十一

唐于闐國三藏沙門實叉難陀譯

入法界品第三十九之十二

爾時善財童子於普救衆生妙德夜神所聞菩薩普現一切世間調伏衆生解脫門了知信解自在安住而往寂靜音海夜神所頂禮其足繞無數帀於前合掌而作是言聖者我已先發阿耨多羅三藐三菩提心我欲依善知識學菩薩行入菩薩行修菩薩行住菩薩行唯願慈哀爲我宣說菩薩云何學菩薩行云何修菩薩道時彼夜神告善財言善哉善哉善男子汝能依善知識求菩薩行善男子我得菩薩念念出生廣大喜莊嚴解脫門善財言大聖此解脫門爲何事業行何境界起何方便作何觀察夜神言善男子我發起清淨平等樂欲心我發起離一切世間塵垢清淨堅固莊嚴不可壞樂欲心我發起攀緣不退轉位永不退轉心我發起莊嚴功德寶山不動心我發起無住處心我發起普現一切衆生前救護心我發起見一切佛海無厭足心我發起求一切菩薩清淨願力心我發起住大智光明海心我發起令一切衆生超過憂惱曠野心我發起令一切衆生捨離愁憂苦惱心我發起令一切衆生捨離不可意色聲香味觸法心我發起令一切衆生捨離愛別離苦寃憎會苦心我發起令一切衆生捨離惡緣愚癡等苦心我發起與一切險難衆生作依怙心我發起令一切衆生出生死苦處心我發起令一切衆生捨離生老病死等苦心我發起令一切衆生成就如來無上法

樂心我發起令一切衆生皆受喜樂心發是心已復爲說法令其漸至一切智地所謂若見衆生樂著所住宮殿屋宅我爲說法令其了達諸法自性離諸執著若見衆生戀著父毋兄弟姊妹我爲說法令其得預諸佛菩薩清淨衆會若見衆生戀著妻子我爲說法令其捨離生死愛染起大悲心於一切衆生平等無二若見衆生住於王宮采女侍奉我爲說法令其得與衆聖集會入如來教若見衆生染著境界我爲說法令其得入如來境界若見衆生多瞋恚者我爲說法令住如來忍波羅蜜若見衆生其心懈怠我爲說法令得清淨精進波羅蜜若見衆生其心散亂我爲說法令得如來禪波羅蜜若見衆生入見稠林無明闇障我爲說法令得出離稠林黑闇若見衆生無智慧者我爲說法令得般若波羅蜜若見衆生染著三界我爲說法令出生死若見衆生志意下劣我爲說法令其圓滿佛菩提願若見衆生住自利行我爲說法令其發起利益一切諸衆生願若見衆生志力微弱我爲說法令得菩薩力波羅蜜若見衆生愚癡闇心我爲說法令得菩薩智波羅蜜若見衆生色相不具我爲說法令得如來清淨色身若見衆生形容醜陋我爲說法令得無上清淨法身若見衆生色相麤惡我爲說法令得如來微妙色身若見衆生情多憂惱我爲說法令得如來畢竟安樂若見衆生貧窮所苦我爲說法令得菩薩功德寶藏若見衆生住止園林我爲說法令彼勤求佛法因緣若見衆生行於道路我爲說法令其趣向

一切智道若見衆生在聚落中我爲說法令出三界若見衆生住止人間我爲說法令其超越二乘之道住如來地若見衆生居住城郭我爲說法令其得住法王城中若見衆生住於四隅我爲說法令得三世平等智慧若見衆生住於諸方我爲說法令得智慧見一切法若見衆生貪行多者我爲彼說不淨觀門令其捨離生死愛染若見衆生瞋行多者我爲彼說大慈觀門令其得入勤加修習若見衆生癡行多者我爲說法令得明智觀諸法海若見衆生等分行者我爲說法令其得入諸乘願海若見衆生樂生死樂我爲說法令其厭離若見衆生厭生死苦應爲如來所化度者我爲說法令能方便示現受生若見衆生愛著五蘊我爲說法令其得住無依境

界若見衆生其心下劣我爲顯示勝莊嚴道若見衆生心生憍慢我爲其說平等法忍若見衆生其心諂曲我爲其說菩薩直心善男子我以此等無量法施攝諸衆生種種方便教化調伏令離惡道受人天樂脫三界縛住一切智我時便得廣大歡喜法光明海其心怡暢安隱適悅復次善男子我常觀察一切菩薩道場衆會修種種願行現種種淨身有種種常光放種種光明以種種方便入一切智門入種種三昧現種種神變出種種音聲海具種種莊嚴身入種種如來門詣種種國土海見種種諸佛海得種種辯才海照種種解脫境得種種智光海入種種三昧海遊戲種種諸解脫門以種種門趣一切智種種莊嚴虛空法界以種種莊嚴雲徧覆虛空觀察

種種道場衆會集種種世界入種種佛刹詣種種方海受種種如來命從種種如來所與種種菩薩俱雨種種莊嚴雲入如來種種方便觀如來種種法海入種種智慧海坐種種莊嚴座善男子我觀察此道場衆會知佛神力無量無邊生大歡喜善男子我觀毗盧遮那如來念念出現不可思議清淨色身既見是已生大歡喜又觀如來於念念中放大光明充滿法界既見是已生大歡喜又見如來一一毛孔念念出現無量佛刹微塵數光明海一一光明以無量佛刹微塵數光明而爲眷屬一一周徧一切法界消滅一切諸衆生苦既見是已生大歡喜又善男子我觀如來頂及兩肩念念出現一切佛刹微塵數寶燄山雲充滿十方一切法界既見是已生大歡喜又善男子我觀如來一一毛孔於念念中出一切佛刹微塵數香光明雲充滿十方一切佛刹既見是已生大歡喜又善男子我觀如來一一相念念出一切佛刹微塵數諸相莊嚴如來身雲徧往十方一切世界既見是已生大歡喜又善男子我觀如來一一毛孔於念念中出不可說佛刹微塵數佛變化雲示現如來從初發心修波羅蜜具莊嚴道入菩薩地既見是已生大歡喜又善男子我觀如來一一毛孔念念出現不可說不可說佛刹微塵數天王身雲及以天王自在神變充徧一切十方法界應以天王身而得度者即現其前而爲說法既見是已生大歡喜如天王身雲其龍王夜叉王乾闥婆王阿脩羅王迦樓羅王緊那羅王摩睺羅伽王人王梵王

身雲莫不皆於一一毛孔如是出現如是說法我見是已於念念中生大歡喜生大信樂量與法界薩婆若等昔所未得而今始得昔所未證而今始證昔所未入而今始入昔所未滿而今始滿昔所未見而今始見昔所未聞而今始聞何以故以能了知法界相故知一切法唯一相故能平等入三世道故能說一切無邊法故善男子我入此菩薩念念出生廣大喜莊嚴解脫光明海又善男子此解脫無邊普入一切法界門故此解脫無盡等發一切智性心故此解脫無際入無際畔一切衆生心想中故此解脫甚深寂靜智慧所知境故此解脫廣大周徧一切如來境故此解脫無壞菩薩智眼之所知故此解脫無底盡於法界之源底故此解脫者即是普門於一事中普見一切諸神變故此解脫者終不可取一切法身等無二故此解脫者終無有生以能了知如幻法故此解脫者猶如影像一切智願光所生故此解脫者猶如變化化生菩薩諸勝行故此解脫者猶如大地爲一切衆生所依處故此解脫者猶如大水能以大悲潤一切故此解脫者猶如大火乾竭衆生貪愛水故此解脫者猶如大風令諸衆生速疾趣於一切智故此解脫者猶如大海種種功德莊嚴一切諸衆生故此解脫者如須彌山出一切智法寶海故此解脫者如大城郭一切妙法所莊嚴故此解脫者猶如虛空普容三世佛神力故此解脫者猶如大雲普爲衆生雨法雨故此解脫者猶如淨日能破衆生無知闇故此解脫者猶如滿月滿足廣

大福德海故此解脫者猶如真如悉能周徧一切處故此解脫者猶如自影從自善業所化出故此解脫者猶如呼響隨其所應為說法故此解脫者猶如影像隨衆生心而照現故此解脫者如大樹王開敷一切神通華故此解脫者猶如金剛從本已來不可壞故此解脫者如如意珠出生無量自在力故此解脫者如離垢藏摩尼寶王示現一切三世如來諸神力故此解脫者如喜幢摩尼寶能平等出一切諸佛法輪聲故善男子我今為汝說此譬喻汝應思惟隨順悟入爾時善財童子白寂靜音海夜神言大聖云何修行得此解脫夜神言善男子菩薩修行十大法藏得此解脫何等為十一修布施廣大法藏隨衆生心悉令滿足二修淨戒廣大法藏普入一切佛功德海三修堪忍廣大法藏能徧思惟一切法性四修精進廣大法藏趣一切智恒不退轉五修禪定廣大法藏能滅一切衆生熱惱六修般若廣大法藏能徧了知一切法海七修方便廣大法藏能徧成熟諸衆生海八修諸願廣大法藏徧一切佛刹一切衆生海盡未來劫修菩薩行九修諸力廣大法藏念念現於一切法界海一切佛國土成等正覺常不休息十修淨智廣大法藏得如來智徧知三世一切諸法無有障礙善男子若諸菩薩安住如是十大法藏則能獲得如是解脫清淨增長積集堅固安住圓滿善財童子言聖者汝發阿耨多羅三藐三菩提心其已久如夜神言善男子此華藏莊嚴世界海東過十世界海有世界海名一切淨光寶此世

界海中有世界種名一切如來願光明音中有世界名清淨光金莊嚴一切香金剛摩尼王爲體形如樓閣衆妙寶雲以爲其際住於一切寶瓔珞海妙宮殿雲而覆其上淨穢相雜此世界中乃往古世有劫名普光幢國名普滿妙藏道場名一切寶藏妙月光明有佛名不退轉法界音於此成阿耨多羅三藐三菩提我於爾時作菩提樹神名具足福德燈光明幢守護道場我見彼佛成等正覺示現神力發阿耨多羅三藐三菩提心即於此時獲得三昧名普照如來功德海此道場中次有如來出興於世名法樹威德山我時命終還生此中爲道場主夜神名殊妙福智光見彼如來轉正法輪現大神通即得三昧名普照一切離貪境界次有如來出興於世名一切法海音聲王我於彼時身爲夜神因得見佛承事供養即獲三昧名生長一切善法地次有如來出興於世名寶光明燈幢王我於彼時身爲夜神因得見佛承事供養即獲三昧名普現神通光明雲次有如來出興於世名功德須彌光我於彼時身爲夜神因得見佛承事供養即獲三昧名普照諸佛海次有如來出興於世名法雲音聲王我於彼時身爲夜神因得見佛承事供養即獲三昧名一切法海燈次有如來出興於世名智燈照耀王我於彼時身爲夜神因得見佛承事供養即獲三昧名滅一切衆生苦清淨光明燈次有如來出興於世名法勇妙德幢我於彼時身爲夜神因得見佛承事供養即獲三昧名三世如來光明藏次有如來出興於世名師

子勇猛法智燈我於彼時身爲夜神因得見佛承事供養即獲三昧名一切世間無障礙智慧輪次有如來出興於世名智力山王我於彼時身爲夜神因得見佛承事供養即獲三昧名普照三世衆生諸根行善男子清淨光金莊嚴世界普光明幢劫中有如是等佛刹微塵數如來出興於世我於彼時或爲天王或爲龍王或爲夜叉王或爲乾闥婆王或爲阿脩羅王或爲迦樓羅王或爲緊那羅王或爲摩睺羅伽王或爲人王或爲梵王或爲天身或爲人身或爲男子身或爲女人身或爲童男身或爲童女身悉以種種諸供養具供養於彼一切如來亦聞其佛所說諸法從此命終還即於此世界中生經佛刹微塵數劫修菩薩行然後命終生此華藏莊嚴世界海娑婆世界值迦羅鳩孫䭾如來承事供養得三昧名離一切塵垢光明次值拘那含牟尼如來承事供養得三昧名普現一切諸刹海次值迦葉如來承事供養得三昧名演一切衆生言音海次值毗盧遮那如來於此道場成正等覺念念示現大神通力我時得見即獲此念念出生廣大喜莊嚴解脫得此解脫已能入十不可說不可說佛刹微塵數法界安立海見彼一切法界安立海一切佛刹所有微塵一一塵中有十不可說不可說佛刹微塵數佛國土一一佛土皆有毗盧遮那如來坐於道場於念念中成正等覺現諸神變所現神變一一皆徧一切法界海亦見自身在彼一切諸如來所又亦聞其所說妙法又亦見彼一切諸佛一一毛孔出變化海現

神通力於一切法界海一切世界海一切世界種一切世界中隨衆生心轉正法輪我得速疾陀羅尼力受持思惟一切文義以明了智普入一切清淨法藏以自在智普遊一切甚深法海以周徧智普知三世諸廣大義以平等智普達諸佛無差別法如是悟解一切法門一一法門中悟解一切修多羅雲一一修多羅雲中悟解一切法海一一法海中悟解一切法品一一法品中悟解一切法雲一一法雲中悟解一切法流一一法流中出生一切大喜海一一大喜海出生一切地一一地出生一切三昧海一一三昧海得一切見佛海一一見佛海得一切智光海一一智光海普照三世徧入十方知無量如來往昔諸行海知無量如來所有本事海知無量如來難捨能施海知無量如來清淨戒輪海知無量如來清淨堪忍海知無量如來廣大精進海知無量如來甚深禪定海知無量如來般若波羅蜜海知無量如來方便波羅蜜海知無量如來願波羅蜜海知無量如來力波羅蜜海知無量如來智波羅蜜海知無量如來往昔超菩薩地知無量如來往昔住菩薩地無量劫海現神通力知無量如來往昔入菩薩地知無量如來往昔修菩薩地知無量如來往昔治菩薩地知無量如來往昔觀菩薩地知無量如來昔爲菩薩時常見諸佛知無量如來昔爲菩薩時盡見佛海劫海同住知無量如來昔爲菩薩時以無量身徧生剎海知無量如來昔爲菩薩時周徧法界修廣大行知無量如來昔爲菩薩時示現種種諸方

便門調伏成熟一切衆生知無量如來放大光明普照十方一切刹海知無量如來現大神力普現一切諸衆生前知無量如來廣大智地知無量如來轉正法輪知無量如來示現相海知無量如來示現身海知無量如來廣大力海彼諸如來從初發心乃至法滅我於念念悉得知見善男子汝問我言汝發心來其已久如善男子我於往昔過二佛刹微塵數劫如上所說於清淨光金莊嚴世界中爲菩提樹神聞不退轉法界音如來說法發阿耨多羅三藐三菩提心於二佛刹微塵數劫中修菩薩行然後乃生此娑婆世界賢劫之中從迦羅鳩孫駄佛至釋迦牟尼佛及此劫中未來所有一切諸佛我皆如是親近供養如於此世界賢劫之中供養未來一切諸佛一切世界一切劫中所有未來一切諸佛悉亦如是親近供養善男子彼清淨光金莊嚴世界今猶現在諸佛出現相續不斷汝當一心修此菩薩大勇猛門爾時寂靜音海主夜神欲重宣此解脫義爲善財童子而說頌言

善財聽我說　清淨解脫門　聞已生歡喜
勤修令究竟　我昔於劫海　生大信樂心
清淨如虚空　常觀一切智　我於三世佛
皆生信樂心　幷及其衆會　悉願常親近
我昔會見佛　爲衆生供養　得聞清淨法
其心大歡喜　常尊重父母　恭敬而供養
如是無休懈　入此解脫門　老病貧窮人
諸根不具足　一切皆愍濟　令其得安隱
水火及王賊　海中諸恐怖　我昔修諸行

爲救彼衆生　煩惱恒熾然　業障所纏覆
墮於諸險道　我救彼衆生　一切諸惡趣
無量楚毒苦　生老病死等　我當悉除滅
願盡未來劫　普爲諸羣生　滅除生死苦
得佛究竟樂

善男子我唯知此念念生廣大喜莊嚴解脫
如諸菩薩摩訶薩深入一切法界海悉知一
切諸劫數普見一切刹成壞而我云何能知
能說彼功德行善男子此菩提場如來會中
有主夜神名守護一切城增長威力汝詣彼
問菩薩云何學菩薩行修菩薩道爾時善財
童子一心觀察寂靜音海主夜神身而說頌
言

我因善友教　來詣天神所　見神處寶座
身量無有邊　非是著色相　計有於諸法
劣智淺識人　能知尊境界　世間天及人
無量劫觀察　亦不能測度　色相無邊故
遠離於五蘊　亦不住於處　永斷世間疑
顯現自在力　不取內外法　無動無所礙
清淨智慧眼　見佛神通力　身爲正法藏
心是無礙智　既得智光照　復照諸羣生
心集無邊業　莊嚴諸世間　了世皆是心
現身等衆生　知世悉如夢　一切佛如影
諸法皆如響　令衆無所著　爲三世衆生
念念示現身　而心無所住　十方徧說法
無邊諸刹海　佛海衆生海　悉在一塵中
此尊解脫力

時善財童子說此偈已頂禮其足繞無量帀
慇懃瞻仰辭退而去爾時善財童子隨順寂
靜音海夜神教思惟觀察所說法門一一文

句皆無忘失於無量深心無量法性一切方便神通智慧憶念思擇相續不斷其心廣大證入安住行詣守護一切城夜神所見彼夜神坐一切寶光明摩尼王師子之座無數夜神所共圍繞現一切衆生色相身現普對一切衆生身現不染一切世間身現一切衆生身數身現超過一切世間身現成熟一切衆生身現速往一切十方身現徧攝一切十方身現究竟如來體性身現究竟調伏衆生身善財見已歡喜踊躍頂禮其足繞無量帀於前合掌而作是言聖者我已先發阿耨多羅三藐三菩提心而未知菩薩修菩薩行時云何饒益衆生云何以無上攝而攝衆生云何順諸佛教云何近法王位唯願慈哀爲我宣說時彼夜神告善財言善男子汝爲救護一切衆生故汝爲嚴淨一切佛刹故汝爲供養一切如來故汝欲住一切劫救衆生故汝欲守護一切佛種性故汝欲普入十方修諸行故汝欲普入一切法門海故汝欲以平等心徧一切故汝欲普受一切佛法輪故汝欲普隨一切衆生心之所樂雨法雨故問諸菩薩所修行門善男子我得菩薩甚深自在妙音解脫爲大法師無所罣礙善能開示諸佛法藏故具大誓願大慈悲力令一切衆生住菩提心故能作一切利衆生事積集善根無有休息故爲一切衆生調御之師令一切衆生住薩婆若道故爲一切世間清淨法日普照世間令生善根故於一切世間其心平等普令衆生增長善法故於諸境界其心清淨除滅一切諸不善業故誓願利益一切衆生身

恒普現一切國土故示現一切本事因緣令諸衆生安住善行故恒事一切諸善知識爲令衆生安住佛教故佛子我以此等法施衆生令生白法求一切智其心堅固猶如金剛那羅延藏善能觀察佛力魔力常得親近諸善知識摧破一切業惑障山集一切智助道之法心恒不捨一切智地善男子我以如是淨法光明饒益一切衆生集善根助道法時作十種觀察法界何者爲十所謂我知法界無量獲得廣大智光明故我知法界無邊見一切佛所知見故我知法界無限普入一切諸佛國土恭敬供養諸如來故我知法界無畔普於一切法界海中示現修行菩薩行故我知法界無斷入於如來不斷智故我知法界一性如來一音一切衆生無不了故我知法界性淨了如來願普度一切諸衆生故我知法界徧衆生普賢妙行悉周徧故我知法界一莊嚴普賢妙行善莊嚴故我知法界不可壞一切智善根充滿法界不可壞故善男子我作此十種觀察法界集諸善根辦助道法了知諸佛廣大威德深入如來難思境界又善男子我如是正念思惟得如來十種大威德陀羅尼輪何者爲十所謂普入一切法陀羅尼輪普持一切法陀羅尼輪普說一切法陀羅尼輪普念十方一切佛陀羅尼輪普說一切佛名號陀羅尼輪普入三世諸佛願海陀羅尼輪普入一切諸乘海陀羅尼輪普入一切衆生業海陀羅尼輪疾轉一切業陀羅尼輪疾生一切智陀羅尼輪善男子此十陀羅尼輪以十千陀羅尼輪而爲眷屬恒爲

衆生演說妙法善男子我或爲衆生說聞慧法或爲衆生說思慧法或爲衆生說修慧法或爲衆生說一有法或爲衆生說一切有法或爲說一如來名海法或爲說一切如來名海法或爲說一世界海法或爲說一切世界海法或爲說一佛授記海法或爲說一切佛授記海法或爲說一如來衆會道場海法或爲說一切如來衆會道場海法或爲說一如來法輪海法或爲說一切如來法輪海法或爲說一如來修多羅法或爲說一切如來修多羅法或爲說一如來集會法或爲說一切如來集會法或爲說一薩婆若心海法或爲說一切薩婆若心海法或爲說一乘出離法或爲說一切乘出離法善男子我以如是等不可說法門爲衆生說善男子我入如來無差別法界門海說無上法普攝衆生盡未來劫住普賢行善男子我成就此甚深自在妙音解脫於念念中增長一切諸解脫門念念充滿一切法界時善財童子白夜神言奇哉天神此解脫門如是希有聖者證得其已久如夜神言善男子乃往古世過世界轉微塵數劫有劫名離垢光明有世界名法界功德雲以現一切衆生業摩尼王海爲體形如蓮華住四天下微塵數香摩尼須彌山網中以出一切如來本願音蓮華而爲莊嚴須彌山微塵數蓮華而爲眷屬須彌山微塵數香摩尼以爲間錯有須彌山微塵數四天下一一四天下有百千億那由他不可說不可說城善男子彼世界中有四天下名爲妙幢中有王都名普寶華光去此不遠有菩提場名普

顯現法王宮殿須彌山微塵數如來於中出現其最初佛名法海雷音光明王彼佛出時有轉輪王名清淨日光明面於其佛所受持一切法海旋修多羅佛涅槃後其王出家護持正法法欲滅時有千部異衆千種說法近於末劫業惑障重諸惡比丘多有鬬諍樂著境界不求功德樂說王論賊論女論國論海論及以一切世間之論時王比丘而語之言奇哉苦哉佛於無量諸大劫海集此法炬云何汝等而共毀滅作是說已上升虛空高七多羅樹身出無量諸色燄雲放種種色大光明網令無量衆生除煩惱熱令無量衆生發菩提心以是因緣彼如來教復於六萬五千歲中而得興盛時有比丘尼名法輪化光是此王女百千比丘尼而爲眷屬聞父王語及見神力發菩提心永不退轉得三昧名一切佛教燈又得此甚深自在妙音解脫得已身心柔輭即得現見法海雷音光明王如來一切神力善男子於汝意云何彼時轉輪聖王隨於如來轉正法輪佛涅槃後興隆末法者豈異人乎今普賢菩薩是其法輪化光比丘尼即我身是我於彼時守護佛法令十萬比丘尼於阿耨多羅三藐三菩提得不退轉又令得現見一切佛三昧又令得一切佛法輪金剛光明陀羅尼又令得普入一切法門海般若波羅蜜次有佛興名離垢法光明次有佛興名法輪光明髻次有佛興名法日功德雲次有佛興名法海妙音王次有佛興名法日智慧燈次有佛興名法華幢雲次有佛興名法燄山幢王次有佛興名甚深法功德月

次有佛興名法智普光藏次有佛興名開示普智藏次有佛興名功德藏山王次有佛興名普門須彌賢次有佛興名一切法精進幢次有佛興名法寶華功德雲次有佛興名寂靜光明髻次有佛興名法光明慈悲月次有佛興名功德燄海次有佛興名智日普光明次有佛興名普賢圓滿智次有佛興名神通智光王次有佛興名福德華光燈次有佛興名智師子幢王次有佛興名日光普照王次有佛興名須彌寶莊嚴相次有佛興名日光普照次有佛興名法王功德月次有佛興名開敷蓮華妙音雲次有佛興名日光明相次有佛興名普光明妙法音次有佛興名師子金剛那羅延無畏次有佛興名普智勇猛幢次有佛興名普開法蓮華身次有佛興名功德妙華海次有佛興名道場功德月次有佛興名法炬熾然月次有佛興名普光明髻次有佛興名法幢燈次有佛興名金剛海幢雲次有佛興名名稱山功德雲次有佛興名旃檀妙月次有佛興名普妙光明華次有佛興名照一切衆生光明王次有佛興名功德蓮華藏次有佛興名香燄光明王次有佛興名波頭摩華因次有佛興名衆相山普光明次有佛興名普名稱幢次有佛興名須彌普門光次有佛興名功德法城光次有佛興名大樹山光明次有佛興名普德光明幢次有佛興名功德吉祥相次有佛興名勇猛法力幢次有佛興名法輪光明音次有佛興名功德山智慧光次有佛興名無上妙法月次有佛興名法蓮華淨光幢次有佛興名寶蓮華光

明藏次有佛興名光燄雲山燈次有佛興名普覺華次有佛興名種種功德燄須彌藏次有佛興名圓滿光山王次有佛興名福德雲莊嚴次有佛興名法山雲幢次有佛興名功德山光明次有佛興名法日雲燈王次有佛興名法雲名稱王次有佛興名法輪雲次有佛興名開悟菩提智光幢次有佛興名普照法輪月次有佛興名寶山威德賢次有佛興名賢德廣大光次有佛興名普智雲次有佛興名法力功德山次有佛興名功德香燄王次有佛興名金色摩尼山妙音聲次有佛興名頂髻出一切法光明雲次有佛興名法輪熾盛光次有佛興名無上功德山次有佛興名精進炬光明雲次有佛興名三昧印廣大光明冠次有佛興名寶光明功德王次有佛興名法炬寶蓋音次有佛興名普照虛空界無畏法光明次有佛興名月相莊嚴幢次有佛興名光明燄山雲次有佛興名照無障礙法虛空次有佛興名開顯智光身次有佛興名世主德光明音次有佛興名一切法三昧光明音次有佛興名法音功德藏次有佛興名熾然燄法海雲次有佛興名普照三世相大光明次有佛興名普照法輪山次有佛興名法界師子光次有佛興名須彌華光明次有佛興名一切三昧海師子燄次有佛興名普智光明燈善男子如是等須彌山微塵數如來其最後佛名法界城智慧燈並於離垢光明劫中出興于世我皆尊重親近供養聽聞受持所說妙法亦於彼一切諸如來所出家學道護持法教入此菩薩甚深自在妙音

解脱種種方便教化成熟無量衆生從是已來於佛刹微塵數劫所有諸佛出興於世我皆供養修行其法善男子我從是來於生死夜無明昏寐諸衆生中而獨覺悟令諸衆生守護心城捨三界城住一切智無上法城善男子我唯知此甚深自在妙音解脱令諸世間離戲論語不作二語常眞實語恒清淨語如諸菩薩摩訶薩能知一切語言自性於念念中自在開悟一切衆生入一切衆生言音海於一切言辭悉皆辯了明見一切諸法門海於普攝一切法陀羅尼已得自在隨諸衆生心之所疑而爲說法究竟調伏一切衆生能普攝受一切衆生巧修菩薩諸無上業深入菩薩諸微細智能善觀察諸菩薩藏能自在說諸菩薩法何以故已得成就一切法輪陀羅尼故而我云何能知能說彼功德行善男子此佛會中有主夜神名開敷一切樹華汝詣彼問菩薩云何學一切智云何安立一切衆生住一切智爾時守護一切城主夜神欲重宣此解脱義爲善財童子而說頌言

菩薩解脱深難見　虛空如如平等相
普見無邊法界内　一切三世諸如來
出生無量勝功德　證入難思眞法性
增長一切自在智　開通三世解脱道
過於刹轉微塵劫　爾時有劫名淨光
世界名爲法燄雲　其城號曰寶華光
其中諸佛興於世　無量須彌塵數等
有佛名爲法海音　於此劫中先出現
乃至其中最後佛　名爲法界燄燈王
如是一切諸如來　我皆供養聽受法

我見法海雷音佛　其身普作眞金色
諸相莊嚴如寶山　發心願得成如來
我暫見彼如來身　即發菩提廣大心
誓願勤求一切智　性與法界虛空等
由斯普見三世佛　及以一切菩薩衆
亦見國王衆生海　而普攀緣起大悲
隨諸衆生心所樂　示現種種無量身
普徧十方諸國土　動地舒光悟含識
見第二佛而親近　亦見十方刹海佛
乃至最後佛出興　如是須彌塵數等
於諸刹轉微塵劫　所有如來照世燈
我皆親近而瞻奉　令此解脫得清淨

爾時善財童子得入此菩薩甚深自在妙音解脫故入無邊三昧海入廣大總持海得菩薩大神通獲菩薩大辯才心大歡喜觀察守護一切城主夜神以偈讚曰

已行廣大妙慧海　已度無邊諸有海
長壽無患智藏身　威德光明住此衆
了達法性如虛空　普入三世皆無礙
念念攀緣一切境　心心永斷諸分別
了達衆生無有性　而於衆生起大悲
深入如來解脫門　廣度羣迷無量衆
觀察思惟一切法　了知證入諸法性
如是修行佛智慧　普化衆生令解脫
天是衆生調御師　開示如來智慧道
普爲法界諸含識　說離世間衆怖行
已住如來諸願道　已受菩提廣大教
已修一切徧行力　已見十方佛自在
天神心淨如虛空　普離一切諸煩惱
了知三世無量刹　諸佛菩薩及衆生

天神一念悉了知　晝夜日月年劫海
亦知一切眾生類　種種名相各差別
十方眾生生死處　有色無色想無想
隨順世俗悉了知　引導使入菩提路
已生如來普願家　已入諸佛功德海
法身清淨心無礙　隨眾生樂現眾色

時善財童子說此頌已禮夜神足繞無量帀慇懃瞻仰辭退而去

大方廣佛華嚴經卷第七十一

音釋

冤憎 冤於袁切枉也憎咨騰切惡也 依怙 怙侯古切依怙倚恃也 戀 戀龍眷切慕也著直略切相黏也 著 姊 將几切女兄也 瞋恚 瞋稱人切怒而張目也恚於避切恨怒也 懈怠 懈古隘切懶也怠徒耐切惰也 稠林 稠直由切密也 闇障 闇烏紺切不明也 醜陋 醜昌九切惡也陋音漏鄙也

也 憍慢 憍舉喬切恣也慢莫晏切倨也 諂曲 諂丑琰切佞言也 怡暢 怡盈之切和也暢尺亮切通也 薩婆若 梵語也此云一切智若爾者切 柔輭 輭而兗切亦柔也 髻 音計

大方廣佛華嚴經卷第七十二

唐于闐國三藏沙門實叉難陀譯

入法界品第三十九之十三

爾時善財童子入菩薩甚深自在妙音解脱門修行增進徃詣開敷一切樹華夜神所見其身在衆寶香樹樓閣之内妙寶所成師子座上百萬夜神所共圍繞時善財童子頂禮其足於前合掌而作是言聖者我已先發阿耨多羅三藐三菩提心而未知菩薩云何學菩薩行云何得一切智唯願垂慈爲我宣説夜神言善男子我於此娑婆世界日光已没蓮華覆合諸人衆等罷遊觀時見其一切若山若水若城若野如是等處種種衆生咸悉發心欲還所住我皆密護令得正道達其處所宿夜安樂善男子若有衆生盛年好色憍慢放逸五欲自恣我爲示現老病死相令生恐怖捨離諸惡復爲稱歎種種善根使其修習爲慳悋者讚歎布施爲破戒者稱揚淨戒有瞋恚者教住大慈懷惱害者令行忍辱若懈怠者令起精進若散亂者令修禪定住惡慧者令學般若樂小乘者令住大乘樂著三界諸趣中者令住菩薩願波羅蜜若有衆生福智微劣爲諸結業之所逼迫多留礙者令住菩薩力波羅蜜若有衆生其心闇昧無有智慧令住菩薩智波羅蜜善男子我已成就菩薩出生廣大喜光明解脱門善財言大聖此解脱門境界云何夜神言善男子入此解脱能知如來普攝衆生巧方便智云何普攝善男子一切衆生所受諸樂皆是如來威德力故順如來教故行如來語故學如來行故

得如來所護力故修如來所印道故種如來所行善故依如來所說法故如來智慧日光之所照故如來性淨業力之所攝故云何知然善男子我入此出生廣大喜光明解脫憶念毗盧遮那如來應正等覺往昔所修菩薩行海悉皆明見善男子世尊往昔爲菩薩時見一切衆生著我我所住無明闇室入諸見稠林爲貪愛所縛忿怒所壞愚癡所亂慳嫉所纏生死輪迴貧窮困苦不得值遇諸佛菩薩見如是已起大悲心利益衆生所謂起願得一切妙寶資具攝衆生心願一切衆生皆悉具足資生之物無所乏心於一切衆事離執著心於一切境界無貪染心於一切所有無慳悋心於一切果報無希望心於一切榮好無羨慕心於一切因緣無迷惑心起觀察眞實法性心起救護一切衆生心起深入一切法漩澓心起於一切衆生住平等大慈心起於一切衆生行方便大悲心起爲大法蓋普覆衆生心起以大智金剛杵破一切衆生煩惱障山心起令一切衆生增長喜樂心起願一切衆生究竟安樂心起隨衆生所欲雨一切財寶心起以平等方便成熟一切衆生心起令一切衆生滿足聖財心起願一切衆生究竟皆得十力智果心起如是心已得菩薩力現大神變徧法界虛空界於一切衆生前普雨一切資生之物隨其所欲悉滿其意皆令歡喜不悔不悋無間無斷以是方便普攝衆生教化成熟皆令得出生死苦難不求其報淨治一切衆生心寶令其生起一切諸佛同一善根增一切智福德大海菩薩如是

念念成熟一切衆生念念嚴淨一切佛刹念念普入一切法界念念皆悉徧虚空界念念普入一切三世念念成就調伏一切諸衆生智念念恒轉一切法輪念念恒以一切智道利益衆生念念普於一切世界種種差別諸衆生前盡未來劫現一切佛成等正覺念念普於一切世界一切諸劫修菩薩行不生二想所謂普入一切廣大世界海一切世界種中種種際畔諸世界種種莊嚴諸世界種種體性諸世界種種形狀諸世界種種分布諸世界或有世界穢而兼淨或有世界淨而兼穢或有世界一向雜穢或有世界一向清淨或小或大或麤或細或正或側或覆或仰如是一切諸世界中念念修行諸菩薩行入菩薩位現菩薩力亦現三世一切佛身隨衆生心普使知見善男子毗盧遮那如來於過去世如是修行菩薩行時見諸衆生不修功德無有智慧著我我所無明翳障不正思惟入諸邪見不識因果順煩惱業墮於生死險難深坑具受種種無量諸苦起大悲心具修一切波羅蜜行爲諸衆生稱揚讚歎堅固善根令其安住遠離生死貧窮之苦勤修福智助道之法爲説種種諸因果門爲説業報不相違反爲説於法證入之處爲説一切衆生欲解及説一切受生國土令其不斷一切佛種令其守護一切佛教令其捨離一切諸惡又爲稱讚趣一切智助道之法令諸衆生心生歡喜令行法施普攝一切令其發起一切智行令其修學諸大菩薩波羅蜜道令其增長成一切智諸善根海令其滿足一切聖財令

其得入佛自在門令其攝取無量方便令其觀見如來威德令其安住菩薩智慧善財童子言聖者發阿耨多羅三藐三菩提心其已久如夜神言善男子此處難信難知難解難入難說一切世間及以二乘皆不能知唯除諸佛神力所護善友所攝集勝功德欲樂清淨無下劣心無雜染心無諂曲心得普照耀智光明心發普饒益諸衆生心一切煩惱及以衆魔無能壞心起必成就一切智心不樂一切生死樂心能求一切諸佛妙樂能滅一切衆生苦惱能修一切佛功德海能觀一切諸法實性能具一切清淨信解能超一切生死暴流能入一切如來智海能決定到無上法城能勇猛入如來境界能速疾趣諸佛地位能即成就一切智力能於十力已得究竟如是之人於此能持能入能了何以故此是如來智慧境界一切菩薩尚不能知況餘衆生然我今者以佛威力欲令調順可化衆生意速清淨欲令修習善根衆生心得自在隨汝所問爲汝宣說爾時開敷一切樹華夜神欲重明其義觀察三世如來境界而說頌言

佛子汝所問　甚深佛境界　難思剎塵劫
說之不可盡　非是貪恚癡　憍慢惑所覆
如是衆生等　能知佛妙法　非是住慳嫉
諂誑諸濁意　煩惱業所覆　能知佛境界
非著蘊界處　及計於有身　見倒想倒人
能知佛所覺　佛境界寂靜　性淨離分別
非著諸有者　能知此法性　生於諸佛家
爲佛所守護　持佛法藏者　智眼之境界
親近善知識　愛樂白淨法　勤求諸佛力

聞此法歡喜　心淨無分別　猶如太虛空
慧燈破諸闇　是彼之境界　以大慈悲意
普覆諸世間　一切皆平等　是彼之境界
歡喜心無著　一切皆能捨　平等施衆生
是彼之境界　心淨離諸惡　究竟無所悔
順行諸佛教　是彼之境界　了知法自性
及以諸業種　其心無動亂　是彼之境界
勇猛勤精進　安住心不退　勤修一切智
是彼之境界
　其心寂靜住三昧　究竟清涼無熱惱
　已修一切智海因　此證悟者之解脫
　善知一切真實相　深入無邊法界門
　普度羣生靡有餘　此慧燈者之解脫
　了達衆生真實性　不著一切諸有海
　如影普現心水中　此正道者之解脫

從於一切三世佛　方便願種而出生
盡諸劫刹勤修行　此普賢者之解脫
普入一切法界門　悉見十方諸刹海
亦見其中劫成壞　而心畢竟無分別
法界所有微塵中　悉見如來坐道樹
成就菩提化羣品　此無礙眼之解脫
汝於無量大劫海　親近供養善知識
爲利羣生求正法　聞已憶念無遺忘
毗盧遮那廣大境　無量無邊不可思
我承佛力爲汝說　令汝深心轉清淨
善男子乃往古世過世界海微塵數劫有世
界海名普光明真金摩尼山其世界海中有
佛出現名普照法界智慧山寂靜威德王善
男子其佛往修菩薩行時淨彼世界海其世
界海中有世界微塵數世界種一一世界種

有世界微塵數世界一一世界皆有如來出興於世一一如來說世界海微塵數修多羅一一修多羅授佛刹微塵數諸菩薩記現種種神力說種種法門度無量衆生善男子彼普光明眞金摩尼山世界海中有世界種名普莊嚴幢此世界種中有世界名一切寶色普光明以現一切化佛影摩尼王爲體形如天城以現一切如來道場影像摩尼王爲其下際住一切寶華海上淨穢相雜此世界中有須彌山微塵數四天下有一四天下最處其中名一切寶山幢其四天下一一縱廣十萬由旬一一各有一萬大城其閻浮提中有一王都名堅固妙寶莊嚴雲燈一萬大城周帀圍繞閻浮提人壽萬歲時其中有王名一切法音圓滿蓋有五百大臣六萬采女七百王子其諸王子皆端正勇健有大威力爾時彼王威德普被閻浮提內無有寃敵時彼世界劫欲盡時有五濁起一切人衆壽命短促資財乏少形色鄙陋多苦少樂不修十善專作惡業更相忿諍互相毀辱離他眷屬妬他榮好任情起見非法貪求以是因緣風雨不時苗稼不登園林草樹一切枯槁人民匱乏多諸疫病馳走四方靡所依怙咸來共繞王都大城無量無邊百千萬億四面周帀高聲大呼或舉其手或合其掌或以頭扣地或以手搥胷或屈膝長號或踊身大呌頭髮蓬亂衣裳弊惡皮膚皴裂面目無光而向王言大王大王我等今者貧窮孤露飢渴寒凍疾病衰羸衆苦所逼命將不久無依無救無所控告我等今者來歸大王我觀大王仁慈智慧

於大王所生得安樂想得所愛想得活命想得攝受想得寶藏想遇津梁想逢道路想值船筏想見寶洲想獲財利想升天宮想爾時大王聞此語已得百萬阿僧祇大悲門一心思惟發十種大悲語其十者何所謂哀哉衆生墮於無底生死大坑我當云何而速勉濟令其得住一切智地哀哉衆生爲諸煩惱之所逼迫我當云何而作救護令其安住一切善業哀哉衆生生老病死之所恐怖我當云何爲作歸依令其永得身心安隱哀哉衆生常爲世間衆怖所逼我當云何而爲祐助令其得住一切智道哀哉衆生無有智眼常爲身見疑惑所覆我當云何爲作方便令其得決疑見翳膜哀哉衆生常爲癡闇之所迷惑我當云何爲作明炬令其照見一切智城哀哉衆生常爲慳嫉諂誑所濁我當云何而爲開曉令其證得清淨法身哀哉衆生長時漂沒生死大海我當云何而普運度令其得上菩提彼岸哀哉衆生諸根剛彊難可調伏我當云何而爲調御令其具足諸佛神力哀哉衆生猶如盲瞽不見道路我當云何而爲引導令其得入一切智門作是語已擊鼓宣令我今普施一切衆生隨有所須悉令充足即時頒下閻浮提内大小諸城及諸聚落悉開庫藏出種種物置四衢道所謂金銀瑠璃摩尼等寶衣服飲食華香瓔珞宮殿屋宅牀榻敷具建大光明摩尼寶幢其光觸身悉使安隱亦施一切病緣湯藥種種寶器盛衆雜寶金剛器中盛種種香寶香器中盛種種衣輦轝車乘幢旛繒蓋如是一切資生之物悉開

庫藏而以給施亦施一切村營城邑山澤林藪妻子眷屬及以王位頭目耳鼻脣舌牙齒手足皮肉心腎肝肺内外所有悉皆能捨其堅固妙寶莊嚴雲燈城東面有門名摩尼山光明於其門外有施會處其地廣博清淨平坦無諸坑坎荆棘沙礫一切皆以妙寶所成散衆寶華熏諸妙香然諸寶燈一切香雲充滿虛空無量寶樹次第行列無量華網無量香網彌覆其上無量百千億那由他諸音樂器恒出妙音如是一切皆以妙寶而爲莊嚴悉是菩薩淨業果報於彼會中置師子座十寶爲地十寶欄楯十種寶樹周帀圍繞金剛寶輪以承其下以一切寶爲龍神像而共捧持種種寶物以爲嚴飾幢旛間列衆網覆上無量寶香常出香雲種種寶衣處處分布百千種樂恒奏美音復於其上張施寶蓋常放無量寶燄光明如閻浮金熾然清淨覆以寶網垂諸瓔珞摩尼寶帶周迴間列種種寶鈴恒出妙音勸諸衆生修行善業時彼大王處師子座形容端正人相具足光明妙寶以爲其冠那羅延身不可沮壞一一肢分悉皆圓滿性普賢善王種中生於財及法悉得自在辯才無礙智慧明達以政治國無違命者爾時閻浮提無量無數百千萬億那由他衆生種種國土種種族類種種形貌種種衣服種種言辭種種欲樂俱來此會觀察彼王咸言此王是大智人是福須彌是功德月住菩薩願行廣大施時王見彼諸來乞者生悲愍心生歡喜心生尊重心生善友心生廣大心生相續心生精進心生不退心生捨施心生周

徧心善男子爾時彼王見諸乞者心大歡喜經須臾頃假使忉利天王夜摩天王兜率陀天王盡百千億那由他劫所受快樂亦不能及善化天王於無數劫所受快樂自在天王於無量劫所受快樂大梵天王於無邊劫所受梵樂光音天王於難思劫所受天樂徧淨天王於無盡劫所受天樂淨居天王不可說劫住寂靜樂悉不能及善男子譬如有人仁慈孝友遭逢世難父母妻息兄弟姊妹並皆散失忽於曠野道路之間而相值遇瞻奉撫對情無厭足時彼大王見來求者心生歡喜亦復如是善男子其王爾時因善知識於佛菩提解欲增長諸根成就信心清淨歡喜圓滿何以故此菩薩勤修諸行求一切智願得利益一切衆生願獲菩提無量妙樂捨離一切諸不善心常樂積集一切善根常願救護一切衆生常樂觀察薩婆若道常樂修行一切智法滿足一切衆生所願入一切佛功德大海破一切魔業惑障山隨順一切如來教行行一切智無障礙道已能深入一切智流一切法流常現在前大願無盡爲大丈夫住大人法積集一切普門善藏離一切著不染一切世間境界知諸法性猶如虛空於來乞者生一子想生父母想生福田想生難得想生恩益想生堅固想師想佛想不簡方處不擇族類不選形貌隨有來至如其所欲以大慈心平等無礙一切普施皆令滿足求飲食者施與飲食求衣服者施與衣服求香華者施與香華求鬘蓋者施與鬘蓋幢旛瓔珞宮殿園苑象馬車乘牀座被褥金銀摩尼諸珍

寶物一切庫藏及諸眷屬城邑聚落皆悉如是普施衆生時此會中有長者女名寶光明與六十童女俱端正姝妙人所喜見皮膚金色目髮紺青身出妙香口演梵音上妙寶衣以爲莊嚴常懷慚愧正念不亂具足威儀恭敬師長常念順行甚深妙行所聞之法憶持不忘宿世善根流潤其心清淨廣大猶如虛空等安衆生常見諸佛求一切智時寶光明女去王不遠合掌頂禮作如是念我獲善利我獲善利我今得見大善知識於彼王所生大師想善知識想具慈悲想能攝受想其心正直生大歡喜脫身瓔珞持奉彼王作是願言今此大王爲無量無邊無明衆生作所依處願我未來亦復如是如彼大王所知之法所載之乘所修之道所具色相所有財産所攝衆會無邊無盡難勝難壞願我未來悉得如是隨所生處皆隨往生爾時大王知此童女發如是心而告之言童女隨汝所欲我皆與汝我今所有一切皆捨令諸衆生普得滿足時寶光明女信心清淨生大歡喜即以偈頌而讚王言

往昔此城邑　大王未出時　一切不可樂
猶如餓鬼處　衆生相殺害　竊盜縱婬佚
兩舌不實語　無義麤惡言　貪愛他財物
瞋恚懷毒心　邪見不善行　命終墮惡道
以是等衆生　愚癡所覆蔽　住於顛倒見
天旱不降澤　以無時雨故　百穀悉不生
草木皆枯槁　泉流亦乾竭　大王未興世
津池悉枯涸　園苑多骸骨　望之如曠野
大王升寶位　廣濟諸羣生　油雲被八方

普雨皆充洽　大王臨庶品　普斷諸暴虐
刑獄皆止措　煢獨悉安隱　往昔諸衆生
各各相殘害　飲血而噉肉　今悉起慈心
往昔諸衆生　貧窮少衣服　以草自遮蔽
飢羸如餓鬼　大王既興世　粳米自然生
樹中出妙衣　男女皆嚴飾　昔日競微利
非法相陵奪　今時並豐足　如遊帝釋園
昔時人作惡　非分生貪染　他妻及童女
種種相侵逼　今見他婦人　端正妙嚴飾
而心無染著　猶如知足天　昔日諸衆生
妄言不眞實　非法無利益　諂曲取人意
今日羣生類　悉離諸惡言　其心既柔輭
發語亦調順　昔日諸衆生　種種行邪法
合掌恭敬禮　牛羊犬豚類　今聞王正法
悟解除邪見　了知苦樂報　悉從因緣起

大王演妙音　聞者皆欣樂　梵釋音聲等
一切無能及　大王衆寶蓋　迥處虛空中
擎以瑠璃幹　覆以摩尼網　金鈴自然出
如來和雅音　宣揚微妙法　除滅衆生惑
次復廣演說　十方諸佛刹　一切諸劫中
如來幷眷屬　又復次第說　過去十方刹
及彼國土中　一切諸如來　又出微妙音
普徧閻浮界　廣說人天等　種種業差別
衆生聽聞已　自知諸業藏　離惡勤修行
迴向佛菩提　王父淨光明　王母蓮華光
五濁出現時　處位治天下　時有廣大園
園有五百池　一一千樹繞　各各華彌覆
於其池岸上　建立千柱堂　欄楯等莊嚴
一切無不備　末世惡法起　積年不降雨
池流悉乾竭　草樹皆枯槁　王生七日前

先現靈瑞相　見者咸心念　救世今當出
爾時於中夜　大地六種動　有一寶華池
光明猶日現　五百諸池内　功德水充滿
枯樹悉生枝　華葉皆榮茂　池水既盈滿
流演一切處　普及閻浮地　靡不皆霑洽
藥草及諸樹　百穀苗稼等　枝葉華果實
一切皆繁盛　溝坑及塠阜　種種高下處
如是一切地　莫不皆平坦　荆棘沙礫等
所有諸雜穢　皆於一念中　變成衆寶玉
衆生見是已　歡喜而讚歎　咸言得善利
如渴飲美水　時彼光明王　眷屬無量衆
僉然備法駕　遊觀諸園苑　五百諸池内
有池名慶喜　池上有法堂　父王於此住
先王語夫人　我念七夜前　中宵地震動
此中有光現　時彼華池内　千葉蓮華出
光如千日照　上徹須彌頂　金剛以爲莖
閻浮金爲臺　衆寶爲華葉　妙香作鬚蘂
王生彼華上　端身結加坐　相好以莊嚴
天神所恭敬　先王大歡喜　入池自撫鞠
持以授夫人　汝子應欣慶　寶藏皆涌出
寶樹生妙衣　天樂奏美聲　充滿虚空中
一切諸衆生　皆生大歡喜　合掌稱希有
善哉救護世　王時放身光　普照於一切
能令四天下　闇盡病除滅　夜叉毗舍闍
毒蟲諸惡獸　所欲害人者　一切自藏匿
惡名失善利　横事病所持　如是衆苦滅
一切皆歡喜　凡是衆生類　相視如父母
離惡起慈心　專求一切智　關閉諸惡趣
開示人天路　宣揚薩婆若　度脱諸羣生
我等見大王　普獲於善利　無歸無導者

一切悉安樂

爾時寶光明童女以偈讚歎一切法音圓滿蓋王已繞無量帀合掌頂禮曲躬恭敬却住一面時彼大王告童女言善哉童女汝能信知他人功德是爲希有童女一切衆生不能信知他人功德童女一切衆生不知報恩無有智慧其心濁亂性不明了本無志力又退修行如是之人不信不知菩薩如來所有功德神通智慧童女汝今決定求趣菩提能知菩薩如是功德汝今生此閻浮提中發勇猛心普攝衆生功不唐捐亦當成就如是功德王讚女已以無價寶衣手自授與寶光童女幷其眷屬一一告言汝著此衣時諸童女雙膝著地兩手承捧置於頂上然後而著既著衣已右繞於王諸寶衣中普出一切星宿光明衆人見之咸作是言此諸女等皆悉端正如淨夜天星宿莊嚴善男子爾時一切法音圓滿蓋王者豈異人乎今毗盧遮那如來應正等覺是也光明王者淨飯王是蓮華光夫人者摩耶夫人是寶光童女者即我身是其王爾時以四攝法所攝衆生即此會中一切菩薩是皆於阿耨多羅三藐三菩提得不退轉或住初地乃至十地具種種大願集種種助道修種種妙行備種種莊嚴得種種神通住種種解脫於此會中處於種種妙法宮殿

爾時開敷一切樹華主夜神爲善財童子欲重宣此解脫義而說頌言

我有廣大眼　普見於十方　一切剎海中
五趣輪迴者　亦見彼諸佛　菩提樹下坐
神通徧十方　說法度衆生　我有清淨耳

普聞一切聲　亦聞佛説法　歡喜而信受
我有他心智　無二無所礙　能於一念中
悉了諸心海　我得宿命智　能知一切劫
自身及他人　分別悉明了　我於一念知
刹海微塵劫　諸佛及菩薩　五道衆生類
憶知彼諸佛　始發菩提願　乃至修諸行
一一悉圓滿　亦知彼諸佛　成就菩提道
以種種方便　爲衆轉法輪　亦知彼諸佛
所有諸乘海　正法住久近　衆生度多少
我於無量劫　修習此法門　我今爲汝説
佛子汝應學

善男子我唯知此菩薩出生廣大喜光明解脫門如諸菩薩摩訶薩親近供養一切諸佛入一切智大願海滿一切佛諸願海得勇猛智於一菩薩地普入一切菩薩地海得清淨願於一菩薩行普入一切菩薩行海得自在力於一菩薩解脫門普入一切菩薩解脫門海而我云何能知能説彼功德行善男子此道場中有一夜神名大願精進力救護一切衆生汝詣彼問菩薩云何教化衆生令趣阿耨多羅三藐三菩提云何嚴淨一切佛刹云何承事一切如來云何修行一切佛法時善財童子頂禮其足繞無數帀慇懃瞻仰辭退而去

大方廣佛華嚴經卷第七十二

音釋

慳悋（慳苦閑切悋良刃切慳悋靳惜也）漩澓（漩似泉切澓房六切漩澓洄流也）勇健（健渠建切有力也）枯槁（槁苦浩切亦枯也）匱（求位切乏也）疫（營隻切瘟疫也）搥（傳追切擊也）皺裂（皺七句切皮細起也裂良薛切裂破也）羸（力爲切瘦也）翳膜（翳於計切膜音莫）盲瞽

盲眉庚切瞽音古
藪音叟
腎時軫切水藏也
肺芳未切金藏也
荆棘荆音京棘訖力切
礫郎擊切小石也
欄楯欄音闌楯食尹切檻也
沮壞沮慈呂切遏也壞古隤切毀也
佚夷質切縱也
涸下各切水竭也
骸户皆切
煢獨煢渠營切煢獨無弟兄也
粳古行切粳稻也
溝坑溝古侯切坑客庚切
塠阜塠都回切聚土也阜房九切土山也
僉然僉七廉切咸也
莖户耕切幹也
鬚蘂鬚音須花鬚也蘂如壘切花外曰萼內曰蘂
鞠音菊養也
匿女力切隱也
唐捐捐以專切唐捐徒棄也

大方廣佛華嚴經卷第七十三

唐于闐國三藏沙門實叉難陀譯

入法界品第三十九之十四

爾時善財童子住大願精進力救護一切衆生夜神所見彼夜神在大衆中坐普現一切宮殿摩尼王藏師子之座普現法界國土摩尼寶網彌覆其上現日月星宿影像身現隨衆生心普令得見身現等一切衆生形相身現無邊廣大色相海身現普現一切威儀身現普於十方示現身現普調一切衆生身現廣運速疾神通身現利益衆生不絕身現常遊虛空利益身現一切佛所頂禮身現修習一切善根身現受持佛法不忘身現成滿菩薩大願身現光明充滿十方身現法燈普滅世闇身現了法如幻淨智身現遠離塵闇法性身現普智照法明了身現究竟無患無熱身現不可沮壞堅固身現無所住佛力身現無分別離染身現本清淨法性身時善財童子見如是等佛剎微塵數差別身一心頂禮舉體投地良久乃起合掌瞻仰於善知識生十種心何等爲十所謂於善知識生同已心令我精勤辦一切智助道法故於善知識生清淨自業果心親近供養生善根故於善知識生莊嚴菩薩行心令我速能莊嚴一切菩薩行故於善知識生成就一切佛法心誘誨於我令修道故於善知識生能生心能生於我無上法故於善知識生出離心令我修行普賢菩薩所有行願而出離故於善知識生具一切福智海心令我積集諸白法故於善知識生增長心令我增長一切智故於善知

識生具一切善根心令我志願得圓滿故於善知識生能成辦大利益心令我自在安住一切菩薩法故成一切智道故得一切佛法故是爲十發是心已得彼夜神與諸菩薩佛刹微塵數同行所謂同念心常憶念十方三世一切佛故同慧分别決了一切法海差别門故同趣能轉一切諸佛如來妙法輪故同覺以等空智普入一切三世間故同根成就菩薩清淨光明智慧根故同心善能修習無礙功德莊嚴一切菩薩道故同境普照諸佛所行境故同證得一切智照實相海淨光明故同義能以智慧了一切法眞實性故同勇猛能壞一切障礙山故同色身隨衆生心示現身故同力求一切智不退轉故同無畏其心清淨如虚空故同精進於無量劫行菩薩行無懈倦故同辯才得法無礙智光明故同無等身相清淨超世間故同愛語令一切衆生皆歡喜故同妙音普演一切法門海故同滿音一切衆生隨類解故同淨德修習如來淨功德故同智地一切佛所受法輪故同梵行安住一切佛境界故同大慈念念普覆一切國土衆生海故同大悲普雨法雨潤澤一切諸衆生故同身業以方便行教化一切諸衆生故同語業以隨類音演説一切諸法門故同意業普攝衆生置一切智境界中故同莊嚴嚴淨一切諸佛刹故同親近有佛出世皆親近故同勸請請一切佛轉法輪故同供養常樂供養一切佛故同教化調伏一切諸衆生故同光明照了一切諸法門故同三昧普知一切衆生心故同充徧以自在力充滿

一切諸佛刹海修諸行故同住處住諸菩薩
大神通故同眷屬一切菩薩共止住故同入
處普入世界微細處故同心慮普知一切諸
佛刹故同往詣普入一切佛刹海故同方便
悉現一切諸佛刹故同超勝於諸佛刹皆無
比故同不退普入十方無障礙故同破闇得
一切佛成菩提智大光明故同無生忍入一
切佛衆會海故同徧一切諸佛刹網恭敬供
養不可說刹諸如來故同智證了知彼彼法
門海故同修行順行一切諸法門故同希求
於清淨法深樂欲故同清淨集佛功德而以
莊嚴身口意故同妙意於一切法智明了故
同精進普集一切諸善根故同淨行成滿一
切菩薩行故同無礙了一切法皆無相故同
善巧於諸法中智自在故同隨樂隨衆生心

現境界故同方便善習一切所應習故同護
念得一切佛所護念故同入地得入一切菩
薩地故同所住安住一切菩薩位故同記別
一切諸佛授其記故同三昧一刹那中普入
一切三昧門故同建立示現種種諸佛事故
同正念正念一切境界門故同修行盡未來
劫修行一切菩薩行故同淨信於諸如來無
量智慧極欣樂故同捨離滅除一切諸障礙
故同不退智與諸如來智慧等故同受生應
現成熟諸衆生故同所住住一切智方便門
故同境界於法界境得自在故同無依永斷
一切所依心故同說法已入諸法平等智故
同勤修常蒙諸佛所護念故同神通開悟衆
生令修一切菩薩行故同神力能入十方世
界海故同陀羅尼普照一切總持海故同祕

蜜法了知一切修多羅中妙法門故同甚深法解一切法如虛空故同光明普照一切諸世界故同欣樂隨衆生心而爲開示令歡喜故同震動爲諸衆生現神通力普動十方一切刹故同不虛見聞憶念皆悉令其心調伏故同出離滿足一切諸大願海成就如來十力智故時善財童子觀察大願精進力救護一切衆生夜神起十種清淨心獲如是等佛刹微塵數同菩薩行既獲此已心轉清淨偏袒右肩頂禮其足一心合掌以偈讚曰

我發堅固意　志求無上覺　今於善知識
而起自己心　以見善知識　集無盡白法
滅除衆罪垢　成就菩提果　我見善知識
功德莊嚴心　盡未來刹劫　勤修所行道
我念善知識　攝受饒益我　爲我悉示現
正教眞實法　關閉諸惡趣　顯示人天路
亦示諸如來　成一切智道　我念善知識
是佛功德藏　念念能出生　虛空功德海
與我波羅蜜　增我難思福　長我淨功德
令我冠佛繒　我念善知識　能滿佛智道
誓願常依止　圓滿白淨法　我以此等故
功德悉具足　普爲諸衆生　說一切智道
聖者爲我師　與我無上法　無量無數劫
不能報其恩

爾時善財說此偈已白言大聖願爲我說此解脫門名爲何等發心已來爲幾時耶久如當得阿耨多羅三藐三菩提夜神告言善男子此解脫門名教化衆生令生善根我以成就此解脫故悟一切法自性平等入於諸法眞實之性證無依法捨離世間悉知諸法色

相差別亦能了達青黃赤白性皆不實無有差別而恒示現無量色身所謂種種色身非一色身無邊色身清淨色身一切莊嚴色身普見色身等一切衆生色身普現一切衆生前色身光明普照色身見無厭足色身相好清淨色身離衆惡光明色身示現大勇猛色身甚難得色身一切世間無能映蔽色身一切世間共稱歎無盡色身念念常觀察色身示現種種雲色身種種形顯色色身現無量自在力色身妙光明色身一切淨妙莊嚴色身隨順成熟一切衆生色身隨其心樂現前調伏色身無障礙普光明色身清淨無濁穢色身具足莊嚴不可壞色身不思議法方便光明色身無能映奪一切色身無諸闇破一切闇色身集一切白淨法色身大勢力功德海色身從過去恭敬因所生色身如虛空清淨心所生色身最勝廣大色身無斷無盡色身光明海色身於一切世間無所依平等色身徧十方無所礙色身念念現種種色相海色身增長一切衆生歡喜心色身攝取一切衆生海色身一一毛孔中說一切佛功德海色身淨一切衆生欲解海色身決了一切法義色身無障礙普照耀色身等虛空淨光明色身放廣大淨光明色身照現無垢法色身無比色身差別莊嚴色身普照十方色身隨時示現應衆生色身寂靜色身滅一切煩惱色身一切衆生福田色身一切衆生見不虛色身大智慧勇猛力色身無障礙普周徧色身妙身雲普現世間皆蒙益色身具足大慈海色身大福德寶山王色身放光明普照世

間一切趣色身大智慧清淨色身生衆生正念心色身一切寶光明色身普光藏色身現世間種種清淨相色身求一切智處色身現微笑令衆生生淨信色身一切寶莊嚴光明色身不取不捨一切衆生色身無決定無究竟色身現自在加持力色身現一切神通變化色身生如來家色身遠離衆惡徧法界海色身普現一切如來道場衆會色身具種種衆色海色身從善行所流色身隨所應化示現色身一切世間見無厭足色身種種淨光明色身現一切三世海色身放一切光明海色身現無量差別光明海色身超諸世間一切香光明色身現不可說日輪雲色身現廣大月輪雲色身放無量須彌山妙華雲色身出種種鬘雲色身現一切寶蓮華雲色身興

一切燒香雲徧法界色身散一切末香藏雲色身現一切如來大願身色身現一切語言音聲演法海色身現普賢菩薩像色身念念中現如是等色相身充滿十方令諸衆生或見或念或聞說法或因親近或得開悟或見神通或覩變化悉隨心樂應時調伏捨不善業住於善行善男子當知此由大願力故一切智力故菩薩解脫力故大悲力故大慈力故作如是事善男子我入此解脫了知法性無有差別而能示現無量色身一一身現無量色相海一一相放無量光明雲一一光現無量佛國土一一土現無量佛興世一一佛現無量神通力開發衆生宿世善根未種者令種已種者令增長已增長者令成熟念念中令無量衆生於阿耨多羅三藐三菩提得

不退轉善男子如汝所問從幾時來發菩提心修菩薩行如是之義承佛神力當爲汝說善男子菩薩智輪遠離一切分別境界不可以生死中長短染淨廣狹多少如是諸劫分別顯示何以故菩薩智輪本性清淨離一切分別網超一切障礙山隨所應化而普照故善男子譬如日輪無有晝夜但出時名晝沒時名夜菩薩智輪亦復如是無有分別亦無三世但隨心現教化衆生言其止住前劫後劫善男子譬如日輪住閻浮空其影悉現一切寶物及以河海諸淨水中一切衆生莫不目見而彼淨日不來至此菩薩智輪亦復如是出諸有海住佛實法寂靜空中無有所依爲欲化度諸衆生故而於諸趣隨類受生實不生死無所染著無長短劫諸想分別何以故菩薩究竟離心想見一切顛倒得眞實見見法實性知一切世間如夢如幻無有衆生但以大悲大願力故現衆生前教化調伏佛子譬如船師常以大船於河流中不依此岸不著彼岸不住中流而度衆生無有休息菩薩摩訶薩亦復如是以波羅蜜船於生死流中不依此岸不著彼岸不住中流而度衆生無有休息雖無量劫修菩薩行未曾分別劫數長短佛子如太虛空一切世界於中成壞而無分別本性清淨無染無亂無礙無厭非長非短盡未來劫持一切剎菩薩摩訶薩亦復如是以等虛空界廣大深心起大願風輪攝諸衆生令離惡道生諸善趣悉令安住一切智地滅諸煩惱生死苦縛而無憂喜疲厭之心善男子如幻化人支體雖具而無入息

及以出息寒熱飢渴憂喜生死十種之事菩薩摩訶薩亦復如是以如幻智平等法身現衆色相於諸有趣住無量劫教化衆生於生死中一切境界無欣無厭無愛無恚無苦無樂無取無捨無安無怖佛子菩薩智慧雖復如是甚深難測我當承佛威神之力爲汝解說令未來世諸菩薩等滿足大願底就諸力佛子乃往古世過世界海微塵數劫有劫名善光世界名寶光於其劫中有一萬佛出興于世其最初佛號法輪音虛空燈王如來應正等覺十號圓滿彼閻浮提有一王都名寶莊嚴其東不遠有一大林名曰妙光中有道場名爲寶華彼道場中有普光明摩尼蓮華藏師子之座時彼如來於此座上成阿耨多羅三藐三菩提滿一百年坐於道場爲諸菩薩諸天世人及閻浮提宿植善根已成熟者演說正法是時國王名曰勝光時世人民壽一萬歲其中多有殺盜婬佚妄言綺語兩舌惡口貪瞋邪見不孝父母不敬沙門婆羅門等時王爲欲調伏彼故造立囹圄枷鎖禁閉無量衆生於中受苦王有太子名爲善伏端正殊特人所喜見具二十八大人之相在宮殿中遙聞獄囚楚毒音聲心懷傷愍從宮殿出入牢獄中見諸罪人杻械枷鎖遞相連繫置幽闇處或以火炙或以煙熏或被榜笞或遭臏割倮形亂髮飢渴羸瘦筋斷骨現號呌苦劇太子見巳心生悲愍以無畏聲安慰之言汝莫憂惱汝勿愁怖我當令汝悉得解脫便詣王所而白王言獄中罪人苦毒難處願垂寬宥施以無畏時王即集五百大臣而問

之言是事云何諸臣答言彼罪人者私竊官物謀奪王位盜入宮闈罪應刑戮有哀救者罪亦至死時彼太子悲心轉切語大臣言如汝所說但放此人隨其所應可以治我我爲彼故一切苦事悉皆能受粉身歿命無所顧惜要令罪人皆得免苦何以故我若不救此衆生者云何能救三界牢獄諸苦衆生一切衆生在三界中貪愛所縛愚癡所蔽貧無功德墮諸惡趣身形鄙陋諸根放逸其心迷惑不求出道失智慧光樂著三有斷諸福德滅諸智慧種種煩惱濁亂其心住苦牢獄入魔罥網生老病死憂悲惱害如是諸苦常所逼迫我當云何令彼解脱應捨身命而拔濟之時諸大臣共詣王所悉舉其手高聲唱言大王當知如太子意毀壞王法禍及萬人若王

愛念不責治者王之寶祚亦不久立王聞此言赫然大怒令誅太子及諸罪人王后聞之愁憂號哭毀形降服與千采女馳詣王所舉身投地頂禮王足俱作是言唯願大王赦太子命王即迴顧語太子言莫救罪人若救罪人必當殺汝爾時太子爲欲專求一切智故爲欲利益諸衆生故爲以大悲普救攝故其心堅固無有退怯復白王言願恕彼罪身當受戮王言隨意爾時王后白言大王願聽太子半月行施恣意修福然後治罪王即聽許時都城北有一大園名曰日光是昔施場太子往彼設大施會飲食衣服華鬘瓔珞塗香末香幢旛寶蓋諸莊嚴具隨有所求靡不周給經半月已於最後日國王大臣長者居士城邑人民及諸外道悉來集會時法輪音虛

空燈王如來知諸衆生調伏時至與大衆俱天王圍繞龍王供養夜叉王守護乾闥婆王讃歎阿脩羅王曲躬頂禮迦樓羅王以清淨心散諸寶華緊那羅王歡喜勸請摩睺羅伽王一心瞻仰來入彼會爾時太子及諸大衆遥見佛來端嚴殊特諸根寂定如調順象心無垢濁如清淨池現大神通示大自在顯大威德種種相好莊嚴其身放大光明普照世界一切毛孔出香燄雲震動十方無量佛刹隨所至處普雨一切諸莊嚴具以佛威儀以佛功德衆生見者心淨歡喜煩惱消滅爾時太子及諸大衆五體投地頂禮其足安施牀座合掌白言善來世尊善來善逝唯願哀愍攝受於我處于此座以佛神力淨居諸天即變此座爲香摩尼蓮華之座佛坐其上諸菩薩衆亦皆就座周帀圍繞時彼會中一切衆生因見如來苦滅障除堪受聖法爾時如來知其可化以圓滿音説修多羅名普照因輪令諸衆生隨類各解時彼會中有八十那由他衆生遠塵離垢得淨法眼無量那由他衆生得無學地十千衆生住大乘道入普賢行成滿大願當爾之時十方各百佛刹微塵數衆生於大乘中心得調伏無量世界一切衆生免離惡趣生於天上善伏太子即於此時得菩薩教化衆生令生善根解脱門善男子爾時太子豈異人乎我身是也我因往昔起大悲心捨身命財救苦衆生開門大施供養於佛得此解脱佛子當知我於爾時但爲利益一切衆生不著三界不求果報不貪名稱不欲自讃輕毁於他於諸境界無所貪染無

所怖畏但莊嚴大乘出要之道常樂觀察一切智門修行苦行得此解脫佛子於汝意云何彼時五百大臣欲害我者豈異人乎今提婆達多等五百徒黨是也是諸人等蒙佛教化皆當得阿耨多羅三藐三菩提於未來世過須彌山微塵數劫爾時有劫名善光世界名寶光於中成佛其五百佛次第興世最初如來名曰大悲第二名饒益世間第三名大悲師子第四名救護衆生乃至最後名曰醫王雖彼諸佛大悲平等然其國土種族父母受生誕生出家學道往詣道場轉正法輪說修多羅語言音聲光明衆會壽命法住及其名號各各差別佛子彼諸罪人我所救者即拘留孫等賢劫千佛及百萬阿僧祇諸大菩薩於無量精進力名稱功德慧如來所發阿耨多羅三藐三菩提心今於十方國土行菩薩道修習增長此菩薩教化衆生令生善根解脫者是時勝光王今薩遮尼乾子大論師是時王宫人及諸眷屬即彼尼乾六萬弟子與師俱來建大論幢共佛論議悉降伏之授阿耨多羅三藐三菩提記者是此諸人等皆當作佛國土莊嚴劫數名號各各有異佛子我於爾時救罪人已父母聽我捨離國土妻子財寶於法輪音虛空燈王佛所出家學道五百歲中淨修梵行即得成就百萬陀羅尼百萬神通百萬法藏百萬求一切智勇猛精進淨治百萬堪忍門增長百萬思惟心成就百萬菩薩力入百萬菩薩智門得百萬般若波羅蜜門見十方百萬諸佛生百萬菩薩大願念念中十方各照百萬佛刹念念中憶念

十方世界前後際劫百萬諸佛念念中知十方世界百萬諸佛變化海念念中見十方百萬世界所有衆生種種諸趣隨業所受生時死時善趣惡趣好色惡色其諸衆生種種心行種種欲樂種種根性種種業習種種成就皆悉明了佛子我於爾時命終之後還復於彼王家受生作轉輪王彼法輪音虚空燈王如來滅後次即於此值法空王如來承事供養次爲帝釋即此道場值天王藏如來親近供養次爲夜摩天王即於此世界值大地威力山如來親近供養次爲兜率天王即於此世界值法輪光音聲王如來親近供養次爲化樂天王即於此世界值虚空智王如來親近供養次爲他化自在天王即於此世界值無能壞幢如來親近供養次爲阿脩羅王即於此世界值一切法雷音王如來親近供養次爲梵王即於此世界值普現化演法音如來親近供養佛子此寶光世界善光劫中有一萬佛出興于世我皆親近承事供養次復有劫名曰日光有六十億佛出興於世最初如來名妙相山我時爲王名曰大慧於彼佛所承事供養次有佛出名圓滿肩我爲居士親近供養次有佛出名離垢童子我爲大臣親近供養次有佛出名勇猛持我爲阿脩羅王親近供養次有佛出名須彌相我爲樹神親近供養次有佛出名離垢臂我爲商主親近供養次有佛出名師子遊步我爲城神親近供養次有佛出名爲寶髻我爲毗沙門天王親近供養次有佛出名最上法稱我爲乾闥婆王親近供養次有佛出名光明冠我爲

鳩槃荼王親近供養於彼劫中如是次第有六十億如來出興於世我常於此受種種身一一佛所親近供養教化成就無量衆生於一一佛所得種種三昧門種種陀羅尼門種種神通門種種辯才門種種一切智門種種法明門種種智慧門照種種十方海入種種佛刹海見種種諸佛海清淨成就增長廣大如於此劫中親近供養爾所諸佛於一切處一切世界海微塵數劫所有諸佛出興于世親近供養聽聞說法信受護持亦復如是如是一切諸如來所皆悉修習此解脫門復得無量解脫方便爾時救護一切衆生主夜神欲重宣此解脫義即爲善財而說頌言

汝以歡喜信樂心　問此難思解脫法
我承如來護念力　爲汝宣說應聽受
過去無邊廣大劫　過於刹海微塵數
時有世界名寶光　其中有劫號善光
於此善光大劫中　一萬如來出興世
我皆親近而供養　從其修學此解脫
時有王都名喜嚴　縱廣寬平極殊麗
雜業衆生所居住　或心清淨或作惡
爾時有王名勝光　恒以正法御羣生
其王太子名善伏　形體端正備衆相
時有無量諸罪人　繫身牢獄當受戮
太子見已生悲愍　上啓於王請寬宥
爾時諸臣共白王　今此太子危王國
如是罪人應受戮　如何悉救令除免
時勝光王語太子　汝救彼罪自當受
太子哀念情轉深　誓救衆生無退怯
時王夫人采女等　俱來王所白王言

願放太子半月中　布施衆生作功德
時王聞已即聽許　設大施會濟貧乏
一切衆生靡不臻　隨有所求咸給與
如是半月日云滿　太子就戮時將至
大衆百千萬億人　同時瞻仰俱號泣
彼佛知衆根將熟　而來此會化羣生
顯現神變大莊嚴　靡不親近而恭敬
佛以一音方便說　法燈普照修多羅
無量衆生意柔輭　悉蒙與授菩提記
善伏太子生歡喜　發興無上正覺心
誓願承事於如來　普爲衆生作依處
便即出家依佛住　修行一切種智道
爾時便得此解脫　大悲廣濟諸羣生
於中止住經劫海　諦觀諸法真實性
常於苦海救衆生　如是修習菩提道

劫中所有諸佛現　悉皆承事無有餘
咸以清淨信解心　聽聞持護所說法
次於佛刹微塵數　無量無邊諸劫海
所有諸佛現世間　一一供養皆如是
我念往昔爲太子　見諸衆生在牢獄
誓願捨身而救護　因其證此解脫門
經於佛刹微塵數　廣大劫海常修習
念念令其得增長　復獲無邊巧方便
彼中所有諸如來　我悉得見蒙開悟
令我增明此解脫　及以種種方便力
我於無量千億劫　學此難思解脫門
諸佛法海無有邊　我悉一時能普飲
十方所有一切刹　其身普入無所礙
三世種種國土名　念念了知皆悉盡
三世所有諸佛海　一一明見盡無餘

亦能示現其身相　普詣於彼如來所
又於十方一切剎　一切諸佛導師前
普雨一切莊嚴雲　供養一切無上覺
又以無邊大問海　啓請一切諸世尊
彼佛所雨妙法雲　皆悉受持無忘失
又於十方無量剎　一切如來衆會前
坐於衆妙莊嚴座　示現種種神通力
又於十方無量剎　示現種種諸神變
一身示現無量身　無量身中現一身
又於一一毛孔中　悉放無數大光明
各以種種巧方便　除滅衆生煩惱火
又於一一毛孔中　出現無量化身雲
充滿十方諸世界　普雨法雨濟羣品
十方一切諸佛子　入此難思解脫門
悉盡未來無量劫　安住修行菩薩行
隨其心樂爲說法　令彼皆除邪見網
示以天道及二乘　乃至如來一切智
一切衆生受生處　示現無邊種種身
悉同其類現衆像　普應其心而說法
若有得此解脫門　則住無邊功德海
譬如剎海微塵數　不可思議無有量

善男子我唯知此教化衆生令生善根解脫門如諸菩薩摩訶薩超諸世間現諸趣身不住攀緣無有障礙了達一切諸法自性善能觀察一切諸法得無我智證無我法教化調伏一切衆生恒無休息心常安住無二法門普入一切諸言辭海我今云何能知能說彼功德海彼勇猛智彼心行處彼三昧境彼解脫力善男子此閻浮提有一園林名嵐毗尼彼園有神名妙德圓滿汝詣彼問菩薩云何

修菩薩行生如來家爲世光明盡未來劫而無厭倦時善財童子頂禮其足繞無量帀合掌瞻仰辭退而去

大方廣佛華嚴經卷第七十三

音釋

綺語綺去倚切綺語謂綺麗之語也　囹圄囹音陵圄音語囹圄獄名　杻械杻敕久切械胡懈切杻械桎梏也　榜笞榜蒲庚切擊也笞超之切　臏割臏毗忍切刖去膝也割居曷切剥也　倮力果切赤體也　筋音斤骨絡也　劇竭戟切甚也　戮音六殺也　罥古縣切網也　祚昨誤切祿位也　嵐盧含切

大方廣佛華嚴經卷第七十四

唐于闐國三藏沙門實叉難陀譯

入法界品第三十九之十五

爾時善財童子於大願精進力救護一切衆生夜神所得菩薩解脫已憶念修習了達增長漸次遊行至嵐毗尼林周徧尋覓彼妙德神見在一切寶樹莊嚴樓閣中坐寶蓮華師子之座二十億那由他諸天恭敬圍繞爲說菩薩受生海經令其皆得生如來家增長菩薩大功德海善財見已頂禮其足合掌前立白言大聖我已先發阿耨多羅三藐三菩提心而未能知菩薩云何修菩薩行生如來家爲世大明彼神答言善男子菩薩有十種受生藏若菩薩成就此法則生如來家念念增長菩薩善根不疲不懈不厭不退無斷無失離諸迷惑不生怯劣惱悔之心趣一切智入法界門發廣大心增長諸度成就諸佛無上菩提捨世間趣入如來地獲勝神通諸佛之法常現在前順一切智眞實義境何等爲十一者願常供養一切諸佛受生藏二者發菩提心受生藏三者觀諸法門勤修行受生藏四者以深淨心普照三世受生藏五者平等光明受生藏六者生如來家受生藏七者佛力光明受生藏八者觀普智門受生藏九者普現莊嚴受生藏十者入如來地受生藏善男子云何名願常供養一切佛受生藏善男子菩薩初發心時作如是願我當尊重恭敬供養一切諸佛見佛無厭於諸佛所常生愛樂常起深信修諸功德恒無休息是爲菩薩爲一切智始集善根受生藏云何名發菩提

心受生藏善男子此菩薩發阿耨多羅三藐三菩提心所謂起大悲心救護一切衆生故起供養佛心究竟承事故起普求正法心一切無悋故起廣大趣向心求一切智故起慈無量心普攝衆生故起不捨一切衆生心被求一切智堅誓甲故起無諂誑心得如實智故起如說行心修菩薩道故起不誑諸佛心守護一切佛大誓願故起一切智願心盡未來化衆生不休息故菩薩以如是等佛刹微塵數菩提心功德故得生如來家是爲菩薩第二受生藏云何名觀諸法門勤修行受生藏善男子此菩薩摩訶薩起觀一切法門海心起迴向一切智圓滿道心起正念無過失業心起一切菩薩三昧海清淨心起修成一切菩薩功德心起莊嚴一切菩薩道心起求一切智大精進行修諸功德如劫火熾然無休息心起修普賢行教化一切衆生心起善學一切威儀修菩薩功德捨離一切所有住無所有眞實心是爲菩薩第三受生藏云何名以深淨心普照三世受生藏善男子此菩薩具清淨增上心得如來菩提光入菩薩方便海其心堅固猶若金剛背捨一切諸有趣生成就一切佛自在力修殊勝行具菩薩根其心明潔願力不動常爲諸佛之所護念破壞一切諸障礙山普爲衆生作所依處是爲菩薩第四受生藏云何名平等光明受生藏善男子此菩薩具足衆行普化衆生一切所有悉皆能捨住佛究竟淨戒境界具足忍法成就諸佛法忍光明以大精進趣一切智到於彼岸修習諸禪得普門定淨智圓滿以智

慧日明照諸法得無礙眼見諸佛海悟入一切眞實法性一切世間見者歡喜善能修習如實法門是爲菩薩第五受生藏云何名生如來家受生藏善男子此菩薩生如來家隨諸佛住成就一切甚深法門具三世佛清淨大願得一切佛同一善根與諸如來共一體性具出世行白淨善法安住廣大功德法門入諸三昧見佛神力隨所應化淨諸衆生如問而對辯才無盡是爲菩薩第六受生藏云何名佛力光明受生藏善男子此菩薩深入佛力遊諸佛剎心無退轉供養承事菩薩衆會無有疲厭了一切法皆如幻起知諸世間如夢所見一切色相猶如光影神通所作皆如變化一切受生悉皆如影諸佛說法皆如谷響開示法界咸令究竟是爲菩薩第七受生藏云何名觀普智門受生藏善男子此菩薩住童眞位觀一切智一一智門盡無量劫開演一切菩薩所行於諸菩薩甚深三昧心得自在念念生於十方世界諸如來所於有差別境入無差別定於無差別法現有差別智於無量境知無境界於少境界入無量境通達法性廣大無際知諸世間悉假施設一切皆是識心所起是爲菩薩第八受生藏云何名普現莊嚴受生藏善男子此菩薩能種種莊嚴無量佛剎普能化現一切衆生及諸佛身得無所畏演清淨法周流法界無所障礙隨其心樂普使知見示現種種成菩提行令生無礙一切智道如是所作不失其時而常在三昧毗盧遮那智慧之藏是爲菩薩第九受生藏云何名入如來地受生藏善男子

此菩薩悉於三世諸如來所受灌頂法普知一切境界次第所謂知一切衆生前際後際歿生次第一切菩薩修行次第一切衆生心念次第三世如來成佛次第善巧方便說法次第亦知一切初中後際所有諸劫若成若壞名號次第隨諸衆生所應化度爲現成道功德莊嚴神通說法方便調伏是爲菩薩第十受生藏佛子若菩薩摩訶薩於此十法修習增長圓滿成就則能於一莊嚴中現種種莊嚴如是莊嚴一切國土開導示悟一切衆生盡未來劫無有休息演說一切諸佛法海種種境界種種成熟展轉傳來無量諸法現不思議佛自在力充滿一切虛空法界於諸衆生心行海中而轉法輪於一切世界示現成佛恒無間斷以不可說清淨言音說一切法住無量處通達無礙以一切法莊嚴道場隨諸衆生欲解差別而現成佛開示無量甚深法藏教化成就一切世間爾時嵐毗尼林神欲重明其義以佛神力普觀十方而說頌言

最上離垢清淨心　見一切佛無厭足
願盡未來常供養　此明慧者受生藏
一切三世國土中　所有衆生及諸佛
悉願度脫恒瞻奉　此難思者受生藏
聞法無厭樂觀察　普於三世無所礙
身心清淨如虛空　此名稱者受生藏
其心恒住大悲海　堅如金剛及寶山
了達一切種智門　此最勝者受生藏
大慈普覆於一切　妙行常增諸度海
以法光明照羣品　此雄猛者受生藏

了達法性心無礙　生於三世諸佛家
普入十方法界海　此明智者受生藏
法身清淨心無礙　普詣十方諸國土
一切佛力靡不成　此不思議受生藏
入深智慧已自在　於諸三昧亦究竟
觀一切智如實門　此眞身者受生藏
淨治一切諸佛土　勤修普化衆生法
顯現如來自在力　此大名者受生藏
久已修行薩婆若　疾能趣入如來位
了知法界皆無礙　此諸佛子受生藏

善男子菩薩具此十法生如來家為一切世間清淨光明善男子我從無量劫來得是自在受生解脱門善財白言聖者此解脱門境界云何答言善男子我先發願願一切菩薩示受生時皆得親近願入毗盧遮那如來無量受生海以昔願力生此世界閻浮提中嵐毗尼園專念菩薩何時下生經於百年世尊果從兜率陀天而來生此時此林中現十種相何等為十一者此園中地忽自平坦坑坎塠阜悉皆不現二者金剛為地衆寶莊嚴無有瓦礫荊棘株杌三者寶多羅樹周帀行列其根深植至於水際四者生衆香芽現衆香藏寶香為樹扶疎蔭映其諸香氣皆踰天香五者諸妙華鬘寶莊嚴具行列分布處處充滿六者園中所有一切諸樹皆自然開摩尼寶華七者諸池沼中皆自生華從地涌出周布水上八者時此林中娑婆世界欲色所住天龍夜叉乾闥婆阿脩羅迦樓羅緊那羅摩睺羅伽一切諸王莫不來集合掌而住九者此世界中所有天女乃至摩睺羅伽女皆生

歡喜各各捧持諸供養具向畢洛叉樹前恭敬而立十者十方一切諸佛齋中皆放光明名菩薩受生自在燈普照此林一一光中悉現諸佛受生誕生所有神變及一切菩薩受生功德又出諸佛種種言音是爲林中十種瑞相此相現時諸天王等即知當有菩薩下生我見此瑞歡喜無量善男子摩耶夫人出迦毗羅城入此林時復現十種光明瑞相令諸衆生得法光明何等爲十所謂一切寶華藏光寶香藏光寶蓮華開演出眞實妙音聲光十方菩薩初發心光一切菩薩得入諸地現神變光一切菩薩修波羅蜜圓滿智光一切菩薩大願智光一切菩薩教化衆生方便智光一切菩薩證於法界眞實智光一切菩薩得佛自在受生出家成正覺光此十光明

普照無量諸衆生心善男子摩耶夫人於畢洛叉樹下坐時復現菩薩將欲誕生十種神變何等爲十善男子菩薩將欲誕生之時欲界諸天天子天女及以色界一切諸天諸龍夜叉乾闥婆阿脩羅迦樓羅緊那羅摩睺羅伽并其眷屬爲供養故悉皆雲集摩耶夫人威德殊勝身諸毛孔咸放光明普照三千大千世界無所障礙一切光明悉皆不現除滅一切衆生煩惱及惡道苦是爲菩薩將欲誕生第一神變又善男子當爾之時摩耶夫人腹中悉現三千世界一切形像其百億閻浮提内各有都邑各有園林名號不同皆有摩耶夫人於中止住天衆圍繞悉爲顯現菩薩將生不可思議神變之相是爲菩薩將欲誕生第二神變又善男子摩耶夫人一切毛孔

皆現如來往昔修行菩薩道時恭敬供養一切諸佛及聞諸佛說法音聲譬如明鏡及以水中能現虛空日月星宿雲雷等像摩耶夫人身諸毛孔亦復如是能現如來往昔因緣是爲菩薩將欲誕生第三神變又善男子摩耶夫人身諸毛孔一一皆現如來往修菩薩行時所住世界城邑聚落山林河海衆生劫數値佛出世入淨國土隨所受生壽命長短依善知識修行善法於一切刹在在生處摩耶夫人常爲其母如是一切於毛孔中靡不皆現是爲菩薩將欲誕生第四神變又善男子摩耶夫人一一毛孔顯現如來往昔修行菩薩行時隨所生處色相形貌衣服飲食苦樂等事一一普現分明辨了是爲菩薩將欲誕生第五神變又善男子摩耶夫人身諸毛孔一一皆現世尊往昔修施行時捨所難捨頭目耳鼻脣舌牙齒身體手足血肉筋骨男女妻妾城邑宮殿衣服瓔珞金銀寶貨如是一切內外諸物亦見受者形貌音聲及其處所是爲菩薩將欲誕生第六神變又善男子摩耶夫人入此園時其林普現過去所有一切諸佛入母胎時國土園林衣服華鬘塗香末香旛繒幢蓋一切衆寶莊嚴之事妓樂歌詠上妙音聲令諸衆生普得見聞是爲菩薩將誕生時第七神變又善男子摩耶夫人入此園時從其身出菩薩所住摩尼寶王宮殿樓閣超過一切天龍夜叉乾闥婆阿脩羅迦樓羅緊那羅摩睺羅伽及諸人王之所住者寶網覆上妙香普熏衆寶莊嚴內外清淨各各差別不相雜亂周帀徧滿嵐毗尼園是爲

菩薩將誕生時第八神變又善男子摩耶夫人入此園時從其身出十不可說百千億那由他佛刹微塵數菩薩其諸菩薩身形容貌相好光明進止威儀神通眷屬皆與毗盧遮那菩薩等無有異悉共同時讚歎如來是爲菩薩將誕生時第九神變又善男子摩耶夫人將欲誕生菩薩之時忽於其前從金剛際出大蓮華名爲一切寶莊嚴藏金剛爲莖衆寶爲鬚如意寶王以爲其臺有十佛刹微塵數葉一切皆以摩尼所成寶網寶蓋以覆其上一切天王所共執持一切龍王降注香雨一切夜叉王恭敬圍繞散諸天華一切乾闥婆王出微妙音歌讚菩薩往昔供養諸佛功德一切阿脩羅王捨憍慢心稽首敬禮一切迦樓羅王垂寶繒旛徧滿虛空一切緊那羅王歡喜瞻仰歌詠讚歎菩薩功德一切摩睺羅伽王皆生歡喜歌詠讚歎普雨一切寶莊嚴雲是爲菩薩將誕生時第十神變善男子嵐毗尼園示現如是十種相已然後菩薩其身誕生如虛空中現淨日輪如高山頂出於慶雲如密雲中而耀電光如夜闇中而然大炬爾時菩薩從母脇生身相光明亦復如是善男子菩薩爾時雖現初生悉已了達一切諸法如夢如幻如影如像無來無去不生不滅善男子當我見佛於此四天下閻浮提內嵐毗尼園示現初生種種神變時亦見如來於三千大千世界百億四天下閻浮提內嵐毗尼園中示現初生種種神變亦見三千大千世界一一塵中無量佛刹亦見百佛世界千佛世界乃至十方一切世界一一塵中無

量佛刹如是一切諸佛刹中皆有如來示現受生種種神變如是念念常無間斷時善財童子白彼神言大天得此解脫其已久如答言善男子乃往古世過億佛刹微塵數劫復過是數時有世界名爲普寶劫名悅樂八十那由他佛於中出現其第一佛名自在功德幢十號具足彼世界中有四天下名妙光莊嚴其四天下閻浮提中有一王都名須彌莊嚴幢其中有王名寶燄眼其王夫人名曰喜光善男子如此世界摩耶夫人爲毗盧遮那如來之母彼世界中喜光夫人爲初佛母亦復如是善男子其喜光夫人將欲誕生菩薩之時與二十億那由他采女詣金華園園中有樓名妙寶峯其邊有樹名一切施喜光夫人攀彼樹枝而生菩薩諸天王衆各持香水共以洗沐時有乳母名爲淨光侍立其側既洗沐已諸天王衆授與乳母乳母敬受生大歡喜即得菩薩普眼三昧得此三昧已普見十方無量諸佛復得菩薩於一切處示現受生自在解脫如初受胎識速疾無礙得此解脫故見一切佛乘本願力受生自在亦復如是善男子於汝意云何彼乳母者豈異人乎我身是也我從是來念念常見毗盧遮那佛示現菩薩受生海調伏衆生自在神力如見毗盧遮那佛乘本願力念念於此三千大千乃至十方一切世界微塵之內皆現菩薩受生神變見一切佛悉亦如是我皆恭敬承事供養聽所說法如說修行時嵐毗尼林神欲重宣此解脫義承佛神力普觀十方而說頌言

佛子汝所問　諸佛甚深境　汝今應聽受
我說其因緣　過億剎塵劫　有劫名悅樂
八十那由他　如來出興世　最初如來號
自在功德幢　我在金華園　見彼初生日
我時爲乳母　智慧極聰利　諸天授與我
菩薩金色身　我時疾捧持　諦觀不見頂
身相皆圓滿　一一無邊際　離垢清淨身
相好以莊嚴　譬如妙寶像　見已自欣慶
思惟彼功德　疾增衆福海　見此神通事
發大菩提心　專求佛功德　增廣諸大願
嚴淨一切剎　滅除三惡道　普於十方土
供養無數佛　修行本誓願　救脫衆生苦
我於彼佛所　聞法得解脫　億剎微塵數
無量劫修行　劫中所有佛　我昔曾供養
護持其正法　淨此解脫海　億剎微塵數
過去十力尊　盡持其法輪　增明此解脫
我於一念頃　見此剎塵中　一一有如來
所淨諸剎海　剎內悉有佛　園中示誕生
各現不思議　廣大神通力　或見不思議
億剎諸菩薩　住於天宮上　將證佛菩提
無量剎海中　諸佛現受生　說法衆圍繞
於此我皆見　一念見億剎　微塵數菩薩
出家趣道場　示現佛境界　我見剎塵內
無量佛成道　各現諸方便　度脫苦衆生
一一微塵中　諸佛轉法輪　悉以無盡音
普雨甘露法　億剎微塵數　一一剎塵內
悉見於如來　示現般涅槃　如是無量剎
如來示誕生　而我悉分身　現前興供養
不思議剎海　無量趣差別　我悉現其前
雨於大法雨　佛子我知此　難思解脫門

無量億劫中　稱揚不可盡

善男子我唯知此菩薩於無量劫徧一切處示現受生自在解脫如諸菩薩摩訶薩能以一念爲諸劫藏觀一切法以善方便而現受生周徧供養一切諸佛究竟通達一切佛法於一切趣皆現受生一切佛前坐蓮華座知諸衆生應可度時爲現受生方便調伏於一切刹現諸神變猶如影像悉現其前我當云何能知能說彼功德行善男子此迦毗羅城有釋種女名曰瞿波汝詣彼問菩薩云何於生死中教化衆生時善財童子頂禮其足繞無數帀慇懃瞻仰辭退而去

大方廣佛華嚴經卷第七十四

音釋

株杌　株陟輸切木根也杌五忽切樹無枝也　踰　羊朱切越也　齊　祖奚切與臍同

大方廣佛華嚴經卷第七十五

唐于闐國三藏沙門實叉難陀譯

入法界品第三十九之十六

爾時善財童子向迦毗羅城思惟修習受生解脫增長廣大憶念不捨漸次遊行至菩薩集會普現法界光明講堂其中有神號無憂德與一萬主宮殿神俱來迎善財作如是言善來丈夫有大智慧有大勇猛能修菩薩不可思議自在解脫心恒不捨廣大誓願善能觀察諸法境界安住法城入於無量諸方便門成就如來功德大海得妙辯才善調衆生獲聖智身恒順修行知諸衆生心行差別令其歡喜趣向佛道我觀仁者修諸妙行心無暫懈威儀所行悉皆清淨汝當不久得諸如來清淨莊嚴無上三業以諸相好莊嚴其身以十力智瑩飾其心遊諸世間我觀仁者勇猛精進而無有比不久當得普見三世一切諸佛聽受其法不久當得一切菩薩禪定解脫諸三昧樂不久當入諸佛如來甚深解脫何以故見善知識親近供養聽受其教憶念修行不懈不退無憂無悔無有障礙魔及魔民不能爲難不久當成無上果故善財童子言聖者如向所說願我皆得聖者我願一切衆生息諸熱惱離諸惡業生諸安樂修諸淨行聖者一切衆生起諸煩惱造諸惡業墮諸惡趣若身若心恒受楚毒菩薩見已心生憂惱聖者譬如有人唯有一子愛念情至忽見被人割截支體其心痛切不能自安菩薩摩訶薩亦復如是見諸衆生以煩惱業墮三惡趣受種種苦心大憂惱若見衆生起身語意

三種善業生天人趣受身心樂菩薩爾時生大歡喜何以故菩薩不自爲故求一切智不貪生死諸欲快樂不隨想倒見倒心倒諸結隨眠愛見力轉不起衆生種種樂想亦不味著諸禪定樂非有障礙疲厭退轉住於生死但見衆生於諸有中具受無量種種諸苦起大悲心以大願力而普攝取悲願力故修菩薩行爲斷一切衆生煩惱爲求如來一切智智爲供養一切諸佛如來爲嚴淨一切廣大國土爲淨治一切衆生樂欲及其所有身心諸行於生死中無有疲厭聖者菩薩摩訶薩於諸衆生爲莊嚴令生人天富貴樂故爲父母爲其安立菩提心故爲養育令其成就菩薩道故爲衛護令其遠離三惡道故爲船師令其得度生死海故爲歸依令捨諸魔煩惱怖故爲究竟令其永得清涼樂故爲津濟令入一切諸佛海故爲導師令至一切法寶洲故爲妙華開敷諸佛功德心故爲嚴具常放福德智慧光故爲可樂凡有所作悉端嚴故爲可尊遠離一切諸惡業故爲普賢具足一切端嚴身故爲大明常放智慧淨光明故爲大雲常雨一切甘露法故聖者菩薩如是修諸行時令一切衆生皆生愛樂具足法樂爾時善財童子將升法堂其無憂德及諸神衆以出過諸天上妙華鬘塗香末香及以種種寶莊嚴具散善財上而說頌言

汝今出世間　爲世大明燈　普爲諸衆生
勤求無上覺　無量億千劫　難可得見汝
功德日今出　滅除諸世闇　汝見諸衆生
顛倒惑所覆　而興大悲意　求證無師道

汝以清淨心　尋求佛菩提　承事善知識
不自惜身命　汝於諸世間　無依無所著
其心普無礙　清淨如虛空　汝修菩提行
功德悉圓滿　放大智慧光　普照一切世
汝不離世間　亦不著於世　行世無障礙
如風遊虛空　譬如火災起　一切無能滅
汝修菩提行　精進火亦然　勇猛大精進
堅固不可動　金剛慧師子　遊行無所畏
一切法界中　所有諸剎海　汝悉能往詣
親近善知識

爾時無憂德神說此頌已為愛樂法故隨逐善財恒不捨離爾時善財童子入普現法界光明講堂周徧推求彼釋氏女見在堂內坐寶蓮華師子之座八萬四千采女所共圍繞是諸采女靡不皆從王種中生悉於過去修菩薩行同種善根布施愛語普攝眾生已能明見一切智境已共修集佛菩提行恒住正定常遊大悲普攝眾生猶如一子慈心具足眷屬清淨已於過去成就菩薩不可思議善巧方便皆於阿耨多羅三藐三菩提得不退轉具足菩薩諸波羅蜜離諸取著不樂生死雖行諸有心常清淨恒勤觀察一切智道離障蓋網超諸著處從於法身而示化形生普賢行長菩薩力智日慧燈悉已圓滿爾時善財童子詣彼釋女瞿波之所頂禮其足合掌而住作如是言聖者我已先發阿耨多羅三藐三菩提心而未知菩薩云何於生死中而不為生死過患所染了法自性而不住聲聞辟支佛地具足佛法而修菩薩行住菩薩地而入佛境界超過世間而於世受生成就法

身而示現無邊種種色身證無相法而爲衆生示現諸相知法無説而廣爲衆生演説諸法知衆生空而恒不捨化衆生事雖知諸佛不生不滅而勤供養無有退轉雖知諸法無業無報而修諸善行恒不止息時瞿波女告善財言善哉善哉善男子汝今能問菩薩摩訶薩如是行法修習普賢諸行願者能如是問諦聽諦聽善思念之我當承佛神力爲汝宣説善男子若諸菩薩成就十法則能圓滿因陀羅網普智光明菩薩之行何等爲十所謂依善知識故得廣大勝解故得清淨欲樂故集一切福智故於諸佛所聽聞法故心恒不捨三世佛故同於一切菩薩行故一切如來所護念故大悲妙願皆清淨故能以智力普斷一切諸生死故是爲十若諸菩薩成就此法則能圓滿因陀羅網普智光明菩薩之行佛子若菩薩親近善知識則能精進不退修習出生無盡佛法佛子菩薩以十種法承事善知識何等爲十所謂於自身命無所顧惜於世樂具心不貪求知一切法性皆平等永不退捨一切智願觀察一切法界實相心恒捨離一切有海知法如空心無所依成就一切菩薩大願常能示現一切刹海淨修菩薩無礙智輪佛子應以此法承事一切諸善知識無所違逆爾時釋迦瞿波女欲重明此義承佛神力觀察十方而説頌言

菩薩爲利諸羣生　正念親承善知識
敬之如佛心無怠　此行於世帝網行
勝解廣大如虛空　一切三世悉入中
國土衆生佛皆爾　此是普智光明行

志樂如空無有際　永斷煩惱離諸垢
一切佛所修功德　此行於世身雲行
菩薩修習一切智　不可思議功德海
淨諸福德智慧身　此行於世不染行
一切諸佛如來所　聽受其法無厭足
能生實相智慧燈　此行於世普照行
十方諸佛無有量　一念一切悉能入
心恒不捨諸如來　此向菩提大願行
能入諸佛大衆會　一切菩薩三昧海
願海及以方便海　此行於世帝網行
一切諸佛所加持　盡未來際無邊劫
處處修行普賢道　此是菩薩分身行
見諸衆生受大苦　起大慈悲現世間
演法光明除闇冥　此是菩薩智日行
見諸衆生在諸趣　爲集無邊妙法輪
令其永斷生死流　此是修行普賢行
菩薩修行此方便　隨衆生心而現身
普於一切諸趣中　化度無量諸含識
以大慈悲方便力　普徧世間而現身
隨其解欲爲說法　皆令趣向菩提道

時釋迦瞿波說此頌已告善財童子言善男子我已成就觀察一切菩薩三昧海解脫門善財言大聖此解脫門境界云何答言善男子我入此解脫知此娑婆世界佛刹微塵數劫所有衆生於諸趣中死此生彼作善作惡受諸果報有求出離不求出離正定邪定及以不定有煩惱善根無煩惱善根具足善根不具足善根不善根所攝善根善根所攝不善根如是所集善不善法我皆知見又彼劫中所有諸佛名號次第我悉了知彼佛世尊

從初發心及以方便求一切智出生一切諸大願海供養諸佛修菩薩行成等正覺轉妙法輪現大神通化度衆生我悉了知亦知彼佛衆會差別其衆會中有諸衆生依聲聞乘而得出離其聲聞衆過去修習一切善根及其所得種種智慧我悉了知有諸衆生依獨覺乘而得出離其諸獨覺所有善根所得菩提寂滅解脫神通變化成熟衆生入於涅槃我悉了知亦知彼佛諸菩薩衆其諸菩薩從初發心修習善根出生無量諸大願行成就滿足諸波羅蜜種種莊嚴菩薩之道以自在力入菩薩地住菩薩地觀菩薩地淨菩薩地菩薩地相菩薩地智菩薩攝智菩薩教化衆生智菩薩建立智菩薩廣大行境界菩薩神通行菩薩三昧海菩薩方便菩薩於念念中所入三昧海所得一切智光明所獲一切智電光雲所得實相忍所通達一切智所住剎海所入法海所知衆生海所住方便所發誓願所現神通我悉了知善男子此娑婆世界盡未來際所有劫海展轉不斷我皆了知如知娑婆世界亦知娑婆世界內微塵數世界亦知娑婆世界內一切世界亦知娑婆世界微塵內所有世界亦知娑婆世界外十方無間所住世界亦知娑婆世界世界種所攝世界亦知毗盧遮那世尊此華藏世界海中十方無量諸世界種所攝世界所謂世界廣博世界安立世界輪世界場世界差別世界轉世界蓮華世界須彌世界名號盡此世界海一切世界由毗盧遮那世尊本願力故我悉能知亦能憶念亦念如來往昔所有諸因緣

海所謂修習一切諸乘方便無量劫中住菩薩行淨佛國土教化衆生承事諸佛造立住處聽受說法獲諸三昧得諸自在修檀波羅蜜入佛功德海持戒苦行具足諸忍勇猛精進成就諸禪圓滿淨慧於一切處示現受生普賢行願悉皆清淨普入諸刹普淨佛土普入一切如來智海普攝一切諸佛菩提得於如來大智光明證於諸佛一切智性成等正覺轉妙法輪及其所有道場衆會其衆會中一切衆生徃世已來所種善根從初發心成熟衆生修行方便念念增長獲諸三昧神通解脫如是一切我悉了知何以故我此解脫能知一切衆生心行一切衆生修行善根一切衆生雜染清淨一切衆生種種差別一切聲聞諸三昧門一切緣覺寂靜三昧神通解脫一切菩薩一切如來解脫光明皆了知故

爾時善財童子白瞿波言聖者得此解脫其已久如答言善男子我於徃世過佛刹微塵數劫有劫名勝行世界名無畏彼世界中有四天下名爲安隱其四天下閻浮提中有一王城名高勝樹於八十王城中最爲上首彼時有王名曰財主其王具有六萬采女五百大臣五百王子其諸王子皆悉勇健能伏寃敵其王太子名威德主端正殊特人所樂見足下平滿輪相備具足趺隆起手足指間皆有網縵足跟齊正手足柔輭伊尼耶鹿王腨七處圓滿陰藏隱密其身上分如師子王兩肩平滿雙臂牖長身相端直頸文三道頰如師子具四十齒悉皆齊密四牙鮮白其舌長廣出梵音聲眼目紺青睫如牛王眉間毫相

頂上肉髻皮膚細軟如眞金色身毛上靡髮帝青色其身洪滿如尼拘陀樹爾時太子受父王教與十千采女詣香牙園遊觀戲樂太子是時乘妙寶車其車具有種種嚴飾置大摩尼師子之座而坐其上五百采女各執寶繩牽馭而行進止有度不遲不速百千萬人持諸寶蓋百千萬人持諸寶幢百千萬人持諸寶旛百千萬人作諸妓樂百千萬人燒諸名香百千萬人散諸妙華前後圍繞而爲翊從道路平正無有高下衆寶雜華散布其上寶樹行列寶網彌覆種種樓閣延袤其間其樓閣中或有積聚種種珍寶或有陳列諸莊嚴具或有供設種種飲食或有懸布種種衣服或有備擬諸資生物或復安置端正女人及以無量僮僕侍從隨有所須悉皆施與時有母人名爲善現將一童女名具足妙德顏容端正色相嚴潔洪纖得所脩短合度目髮紺青聲如梵音善達工巧精通辯論恭勤匪懈慈愍不害具足慚愧柔和質直離癡寡欲無諸諂誑乘妙寶車采女圍繞及與其母從王城出先太子行見其太子言辭諷詠心生愛染而白母言我心願得敬事此人若不遂情當自殞滅母告女言莫生此念何以故此甚難得此人具足輪王諸相後當嗣位作轉輪王有寶女出騰空自在我等卑賤非其匹偶此處難得勿生是念彼香牙園側有一道場名法雲光明時有如來名勝日身十號具足於中出現已經七日時彼童女暫時假寐夢見其佛從夢覺已空中有天而告之言勝日身如來於法雲光明道場成等正覺已經

七日諸菩薩衆前後圍繞天龍夜叉乾闥婆阿脩羅迦樓羅緊那羅摩睺羅伽梵天乃至色究竟天諸地神風神火神水神河神海神山神樹神園神藥神主城神等爲見佛故皆來集會時妙德童女夢覩如來故聞佛功德故其心安隱無有怖畏於太子前而說頌言

我身最端正　名聞徧十方　智慧無等倫
善達諸工巧　無量百千衆　見我皆貪染
我心不於彼　而生少愛欲　無瞋亦無恨
無嫌亦無喜　但發廣大心　利益諸衆生
我今見太子　具諸功德相　其心大欣慶
諸根咸悅樂　色如光明寶　髮美而右旋
額廣眉纖曲　我心願事汝　我觀太子身
譬若眞金像　亦如大寶山　相好有光明
目廣紺青色　月面師子頰　喜顏美妙音
願垂哀納我　舌相廣長妙　猶如赤銅色
梵音緊那聲　聞者皆歡喜　口方不褰縮
齒白悉齊密　發言現笑時　見者心歡喜
離垢清淨身　具相三十二　必當於此界
而作轉輪位

爾時太子告彼女言汝是誰女爲誰守護若先屬人我則不應起愛染心爾時太子以頌問言

汝身極清淨　功德相具足　我今問於汝
汝於誰所住　誰爲汝父母　汝今繫屬誰
若已屬於人　彼人攝受汝　汝不盜他物
汝不有害心　汝不作邪婬　汝依何語住
不說他人惡　不壞他所親　不侵他境界
不於他恚怒　不生邪險見　不作相違業
不以諂曲力　方便誑世間　尊重父母不

敬善知識不　見諸貧窮人　能生攝心不
若有善知識　誨示於汝法　能生堅固心
究竟尊重不　愛樂於佛不　了知菩薩不
衆僧功德海　汝能恭敬不　汝能知法不
能淨衆生不　爲住於法中　爲住於非法
見諸孤獨者　能起慈心不　見惡道衆生
能生大悲不　見他得榮樂　能生歡喜不
他來逼迫汝　汝無瞋惱不　汝發菩提意
開悟衆生不　無邊劫修行　能無疲倦不
爾時女母爲其太子而說頌言
太子汝應聽　我今說此女　初生及長成
一切諸因緣　太子始生日　即從蓮華生
其目淨脩廣　肢節悉具足　我曾於春月
遊觀娑羅園　普見諸藥草　種種皆榮茂
奇樹發妙華　望之如慶雲　好鳥相和鳴
林間共歡樂　同遊八百女　端正奪人心
被服皆嚴麗　歌詠悉殊美　彼園有浴池
名曰蓮華幢　我於池岸坐　采女衆圍繞
於彼蓮池內　忽生千葉華　寶葉瑠璃莖
閻浮金爲臺　爾時夜分盡　日光初出現
其蓮正開剖　放大清淨光　其光極熾盛
譬如日初出　普照閻浮提　衆歎未曾有
時見此玉女　從彼蓮華生　其身甚清淨
肢分皆圓滿　此是人閒寶　從於淨業生
宿因無失壞　今受此果報　紺髮青蓮眼
梵聲金色光　華鬘衆寶髻　清淨無諸垢
肢節悉具足　其身無缺減　譬如真金像
安處寶華中　毛孔栴檀香　普熏於一切
口出青蓮香　常演梵音聲　此女所住處
常有天音樂　不應下劣人　而當如是偶

世間無有人　堪與此爲夫　唯汝相嚴身
願垂見納受　非長亦非短　非麤亦非細
種種悉端嚴　願垂見納受　文字筭數法
工巧諸技藝　一切皆通達　願垂見納受
善了諸兵法　巧斷衆諍訟　能調難可調
願垂見納受　其身甚清淨　見者無厭足
功德自莊嚴　汝應垂納受　衆生所有患
善達彼緣起　應病而與藥　一切能消滅
閻浮語言法　差別無量種　乃至妓樂音
靡不皆通達　婦人之所能　此女一切知
而無女人過　願垂速納受　不嫉亦不慳
無貪亦無恚　質直性柔輭　離諸麤獷惡
恭敬於尊者　奉事無違逆　樂修諸善行
此能隨順汝　若見於老病　貧窮在苦難
無救無所依　常生大慈愍　常觀第一義
不求自利樂　但願益衆生　以此莊嚴心
行住與坐卧　一切無放逸　言說及默然
見者咸欣樂　雖於一切處　皆無染著心
見有功德人　樂觀無厭足　尊重善知識
樂見離惡人　其心不躁動　先思後作業
福智所莊嚴　一切無怨恨　女人中最上
宜應事太子

爾時太子入香牙園已告其妙德及善現言善女我趣求阿耨多羅三藐三菩提當於盡未來際無量劫集一切智助道之法修無邊菩薩行淨一切波羅蜜供養一切諸如來護持一切諸佛教嚴淨一切佛國土當令一切如來種性不斷當隨一切衆生種性而普成熟當滅一切衆生生死苦置於究竟安樂處當淨治一切衆生智慧眼當修習一切菩薩

所修行當安住一切菩薩平等心當成就一切菩薩所行地當令一切衆生普歡喜當捨一切物盡未來際行檀波羅蜜令一切衆生普得滿足衣服飲食妻妾男女頭目手足如是一切内外所有悉當捨施無所悋惜當於爾時汝或於我而作障難施財物時汝心悋惜施男女時汝心痛惱割肢體時汝心憂悶捨汝出家汝心悔恨爾時太子即爲妙德而說頌言

哀愍衆生故　我發菩提心　當於無量劫
習行一切智　無量大劫中　淨修諸願海
入地及治障　悉經無量劫　三世諸佛所
學六波羅蜜　具足方便行　成就菩提道
十方垢穢刹　我當悉嚴淨　一切惡道難
我當令永出　我當以方便　廣度諸羣生
令滅愚癡闇　住於佛智道　當供一切佛
當淨一切地　起大慈悲心　悉捨内外物
汝見來乞者　或生慳悋心　我心常樂施
汝勿違於我　若見我施頭　慎勿生憂惱
我今先語汝　令汝心堅固　乃至截手足
汝勿嫌乞者　汝今聞我語　應可諦思惟
男女所愛物　一切我皆捨　汝能順我心
我當成汝意

爾時童女白太子言敬奉來教即說頌言

無量劫海中　地獄火焚身　若能眷納我
甘心受此苦　無量受生處　碎身如微塵
若能眷納我　甘心受此苦　無量劫頂戴
廣大金剛山　若能眷納我　甘心受此苦
無量生死海　以我身肉施　汝得法王處
願令我亦然　若能眷納我　與我爲主者

生生行施處　願常以我施　爲愍衆生苦
而發菩提心　既已攝衆生　亦當攝受我
我不求豪富　不貪五欲樂　但爲共行法
願以仁爲主　紺青脩廣眼　慈愍觀世間
不起染著心　必成菩薩道　太子所行處
地出衆寶華　必作轉輪王　願能眷納我
我曾夢見此　妙法菩提場　如來樹下坐
無量衆圍繞　我夢彼如來　身如眞金山
以手摩我頂　寤已心歡喜　往昔眷屬天
名曰喜光明　彼天爲我說　道場佛興世
我曾生是念　願見太子身　彼天報我言
汝今當得見　我昔所志願　於今悉成滿
唯願俱往詣　供養彼如來

爾時太子聞勝日身如來名生大歡喜願見彼佛以五百摩尼寶散其女上冠以妙藏光明寶冠被以火燄摩尼寶衣其女爾時心不動搖亦無喜相但合掌恭敬瞻仰太子目不暫捨其母善現於太子前而說頌言

此女極端正　功德莊嚴身　昔願奉太子
今意已滿足　持戒有智慧　具足諸功德
普於一切世　最勝無倫匹　此女蓮華生
種姓無譏醜　太子同行業　遠離一切過
此女身柔軟　猶如天繒纊　其手所觸摩
衆患悉除滅　毛孔出妙香　芬馨最無比
衆生若聞者　悉住於淨戒　身色如眞金
端坐華臺上　衆生若見者　離害具慈心
言音極柔軟　聽之無不喜　衆生若得聞
悉離諸惡業　心淨無瑕垢　遠離諸諂曲
稱心而發言　聞者皆歡喜　調柔具慚愧
恭敬於尊宿　無貪亦無誑　憐愍諸衆生

此女心不恃　色相及眷屬　但以清淨心
恭敬一切佛

爾時太子與妙德女及十千采女幷其眷屬出香牙園詣法雲光明道場至已下車步進詣如來所見佛身相端嚴寂靜諸根調順內外清淨如大龍池無諸垢濁皆生淨信踊躍歡喜頂禮佛足繞無數帀于時太子及妙德女各持五百妙寶蓮華供散彼佛太子爲佛造五百精舍一一皆以香木所成衆寶莊嚴五百摩尼以爲間錯時佛爲說普眼燈門修多羅聞是經已於一切法中得三昧海所謂得普照一切佛願海三昧普照三世藏三昧現見一切佛道場三昧普照一切衆生三昧普照一切世間智燈三昧普照一切衆生根智燈三昧救護一切衆生光明雲三昧普照一切衆生大明燈三昧演一切佛法輪三昧具足普賢清淨行三昧時妙德女得三昧名難勝海藏於阿耨多羅三藐三菩提永不退轉時彼太子與妙德女幷其眷屬頂禮佛足繞無數帀辭退還宮詣父王所拜跪畢已奉白王言大王當知勝日身如來出興於世於此國內法雲光明菩提場中成等正覺于今未久爾時大王語太子言是誰爲汝說如是事天耶人耶太子白言是此具足妙德女說時王聞已歡喜無量譬如貧人得大伏藏作如是念佛無上寶難可値遇若得見佛永斷一切惡道怖畏佛如醫王能治一切諸煩惱病能救一切生死大苦佛如導師能令衆生至於究竟安隱住處作是念已集諸小王羣臣眷屬及以剎利婆羅門等一切大衆便捨

王位授與太子灌頂訖已與萬人俱往詣佛所到已禮足繞無數帀弁其眷屬悉皆退坐爾時如來觀察彼王及諸大衆白毫相中放大光明名一切世間心燈普照十方無量世界住於一切世主之前示現如來不可思議大神通力普令一切應受化者心得清淨爾時如來以不思議自在神力現身超出一切世間以圓滿音普為大衆說陀羅尼名一切法義離闇燈佛剎微塵數陀羅尼而為眷屬彼王聞已即時獲得大智光明其衆會中有閻浮提微塵數菩薩俱時證得此陀羅尼六十萬那由他人盡諸有漏心得解脫十千衆生遠塵離垢得法眼淨無量衆生發菩提心時佛又以不思議力廣現神變普於十方無量世界演三乘法化度衆生時彼父王作如是念我若在家不能證得如是妙法若於佛所出家學道即當成就作是念已前白佛言願得從佛出家修學佛言隨意宜自知時時財主王與十千人皆於佛所同時出家未久之間悉得成就一切法義離闇燈陀羅尼亦得如上諸三昧門又得菩薩十神通門又得菩薩無邊辯才又得菩薩無礙淨身往詣十方諸如來所聽受其法為大法師演說妙法復以神力徧十方剎隨衆生心而為現身讚佛出現說佛本行示佛本緣稱揚如來自在神力護持於佛所說教法爾時太子於十五日在正殿上采女圍繞七寶自至一者輪寶名無礙行二者象寶名金剛身三者馬寶名迅疾風四者珠寶名日光藏五者女寶名具妙德六藏臣寶名為大財七主兵寶名離垢

眼七寶具足爲轉輪王主閻浮提正法治世人民快樂王有千子端正勇健能伏寃敵其閻浮提中有八十王城一一城中有五百僧坊一一僧坊立佛支提皆悉高廣以衆妙寶而爲校飾一一王城皆請如來以不思議衆妙供具而爲供養佛入城時現大神力令無量衆生種諸善根無量衆生心得清淨見佛歡喜發菩提意起大悲心利益衆生勤修佛法入眞實義住於法性了法平等獲三世智等觀三世知一切佛出興次第說種種法攝取衆生發菩薩願入菩薩道知如來法成就法海能普現身徧一切刹知衆生根及其性欲令其發起一切智願佛子於汝意云何彼時太子得輪王位供養佛者豈異人乎今釋迦牟尼佛是也財主王者寶華佛是其寶華佛現在東方過世界海微塵數佛刹有世界海名現法界虛空影像雲中有世界種名普現三世影摩尼王彼世界種中有世界名圓滿光中有道場名現一切世主身寶華如來於此成阿耨多羅三藐三菩提不可說佛刹微塵數諸菩薩衆前後圍繞而爲說法寶華如來往昔修行菩薩道時淨此世界海其世界海中去來今佛出興世者皆是寶華如來爲菩薩時教化令發阿耨多羅三藐三菩提心彼時女母善現者今我母善目是其王眷屬今如來所衆會是也皆具修行普賢諸行成滿大願雖恒在此衆會道場而能普現一切世間住諸菩薩平等三昧常得現見一切諸佛一切如來以等虛空妙音聲雲演正法輪悉能聽受於一切法悉得自在名稱普聞

諸佛國土普詣一切道場之所普現一切衆生之前隨其所應教化調伏盡未來劫修菩薩道恒無間斷成滿普賢廣大誓願佛子其妙德女與威德主轉輪聖王以四事供養勝日身如來者我身是也彼佛滅後其世界中六十億百千那由他佛出興於世我皆與王承事供養其第一佛名清淨身次名一切智月光明身次名閻浮檀金光明王次名諸相莊嚴身次名妙月光次名智觀幢次名大智光次名金剛那羅延精進次名智力無能勝次名普安詳智次名離垢勝智雲次名師子智光明次名光明髻次名功德光明幢次名智日幢次名寶蓮華開敷身次名福德嚴淨光次名智燄雲次名普照月次名莊嚴蓋妙音聲次名師子勇猛智光明次名法界月次名現虛空影像開悟衆生心次名恒齅寂滅香次名普震寂靜音次名甘露山次名法海音次名堅固網次名佛影髻次名月光毫次名辯才口次名覺華智次名寶燄山次名功德星次名寶月幢次名三昧身次名寶光王次名普智行次名燄海燈次名離垢法音王次名無比德名稱幢次名脩臂次名本願清淨月次名照義燈次名深遠音次名毗盧遮那勝藏王次名諸乘幢次名法海妙蓮華佛子彼劫中有如是等六十億百千那由他佛出興于世我皆親近承事供養其最後佛名廣大解於彼佛所得淨智眼爾時彼佛入城教化我爲王妃與王禮覲以衆妙物而爲供養於其佛所聞說出生一切如來燈法門即時獲得觀察一切菩薩三昧海境界解脫佛

子我得此解脫已與菩薩於佛刹微塵數劫勤加修習於佛刹微塵數劫中承事供養無量諸佛或於一劫承事一佛或二或三或不可說或值佛刹微塵數佛悉皆親近承事供養而未能知菩薩之身形量色貌及其身業心行智慧三昧境界佛子若有衆生得見菩薩修菩提行若疑若信菩薩皆以世出世間種種方便而攝取之以爲眷屬令於阿耨多羅三藐三菩提得不退轉佛子我見彼佛得此解脫已與菩薩於百佛刹微塵數劫而共修習於其劫中所有諸佛出興于世我皆親近承事供養聽所說法讀誦受持於彼一切諸如來所得此解脫種種法門知種種三世入種種刹海見種種成正覺入種種佛衆會發菩薩種種大願修菩薩種種妙行得菩薩種種解脫然未能知菩薩所得普賢解脫門何以故菩薩普賢解脫門如太虛空如衆生名如三世海如十方海如法界海無量無邊佛子菩薩普賢解脫門與如來境界等佛子我於佛刹微塵數劫觀菩薩身無有厭足如多欲人男女集會遞相愛染起於無量妄想思覺我亦如是觀菩薩身一一毛孔念念見無量無邊廣大世界種種安住種種莊嚴種種形狀有種種山種種地種種雲種種名種種佛興種種道場種種衆會演種種修多羅說種種灌頂種種諸乘種種方便種種清淨又於菩薩一一毛孔念念常見無邊佛海坐種種道場現種種神變轉種種法輪說種種修多羅恒不斷絕又於菩薩一一毛孔見無邊衆生海種種住處種種形貌種種作業種

種諸根又於菩薩一一毛孔見三世諸菩薩無邊行門所謂無邊廣大願無邊差別地無邊波羅蜜無邊往昔事無邊大慈門無邊大悲雲無邊大喜心無邊攝取衆生方便佛子我於佛刹微塵數劫念念如是觀於菩薩一一毛孔已所至處而不重至已所見處而不重見求其邊際竟不可得乃至見彼悉達太子住於宫中采女圍繞我以解脱力觀於菩薩一一毛孔悉見三世法界中事佛子我唯得此觀察菩薩三昧海解脱如諸菩薩摩訶薩究竟無量諸方便海爲一切衆生現隨類身爲一切衆生説隨樂行於一一毛孔現無邊色相海知諸法性無性爲性知衆生性同虚空相無有分别知佛神力同於如如徧一切處示現無邊解脱境界於一念中能自在

入廣大法界遊戲一切諸地法門而我云何能知能説彼功德行善男子此世界中有佛母摩耶汝詣彼問菩薩云何修菩薩行於諸世間無所染著供養諸佛恒無休息作菩薩業永不退轉離一切障礙入菩薩解脱不由於他住一切菩薩道詣一切如來所攝一切衆生界盡未來劫修菩薩行發大乘願增長一切衆生善根常無休息爾時釋迦瞿波女欲重明此解脱義承佛神力即説頌言

若有見菩薩　修行種種行　起善不善心
菩薩皆攝取　乃往久遠世　過百刹塵劫
有劫名清淨　世界名光明　此劫佛興世
六十千萬億　最後天人主　號曰法幢燈
彼佛涅槃後　有王名智山　統領閻浮提
一切無寃敵　王有五百子　端正能勇健

其身悉清淨　見者皆歡喜　彼王及王子
信心供養佛　護持其法藏　亦樂勤修法
太子名善光　離垢多方便　諸相皆圓滿
見者無厭足　五百億人俱　出家行學道
勇猛堅精進　護持其佛法　王都名智樹
千億城圍繞　有林名靜德　衆寶所莊嚴
善光住彼林　廣宣佛正法　辯才智慧力
令衆悉清淨　有時因乞食　入彼王都城
行止極安詳　正知心不亂　城中有居士
號曰善名稱　我時爲彼女　名爲淨日光
時我於城中　遇見善光明　諸相極端嚴
其心生染著　次乞至我門　我心增愛染
即解身瓔珞　并珠置鉢中　雖以愛染心
供養彼佛子　二百五十劫　不墮三惡趣
或生天王家　或作人王女　恒見善光明
妙相莊嚴身　此後所經劫　二百有五十
生於善現家　名爲具妙德　時我見太子
而生尊重心　願得備瞻侍　幸蒙哀納受
我時與太子　覲佛勝日身　恭敬供養畢
即發菩提意　於彼一劫中　六十億如來
最後佛世尊　名爲廣大解　於彼得淨眼
了知諸法相　普見受生處　永除顛倒心
我得觀菩薩　三昧境解脫　一念入十方
不思議剎海　我見諸世界　淨穢種種別
於淨不貪樂　於穢不憎惡　普見諸世界
如來坐道場　皆於一念中　悉放無量光
一念能普入　不可說衆會　亦知彼一切
所得三昧門　一念能悉知　彼諸廣大行
無量地方便　及以諸願海　我觀菩薩身
無邊劫修行　一一毛孔量　求之不可得

一一毛孔剎　無數不可說　地水火風輪
靡不在其中　種種諸建立　種種諸形狀
種種體名號　無邊種莊嚴　我見諸剎海
不可說世界　及見其中佛　說法化衆生
不了菩薩身　及彼身諸業　亦不知心智
諸劫所行道

爾時善財童子頂禮其足繞無數帀辭退而去

大方廣佛華嚴經卷第七十五

音釋

趺音夫足也　網縵縵謨官切網縵謂佛指間網縵相連如鵝鴈掌也　跟音根足踵也　腨市兖切腓腸也　傭丑容切圓直也　頸古郢切頭莖也　頰古協切面旁也　睫即葉切目旁毛也　馭牛倨切使也　翊音弋輔翊也　延袤袤莫候切延袤亘長也　殞于敏切殁也　褰縮褰去乾切縮所

六切　獷古猛切麤惡也　躁則到切不安靜也　寤五故切寤覺也　繒纊繒疾陵切帛也纊苦謗切絮也